*El Ingenioso Hidalgo
Don Quijote de la Mancha*

Letras Hispánicas

Miguel de Cervantes

El Ingenioso Hidalgo
Don Quijote de la Mancha

I

Edición de John Jay Allen

DECIMOSÉPTIMA EDICIÓN

CATEDRA

LETRAS HISPANICAS

Ilustración de cubierta: Pilar Coomonte

Edición ilustrada por Pilar Coomonte

© Ediciones Cátedra, S. A., 1995
(De la introducción, texto y notas)
Juan Ignacio Luca de Tena, 15. 28027 Madrid
© Servicios Editoriales y de Empresa, S. A.
Ferrer del Río, 35. 28028 Madrid
Depósito legal: M. 25.714-1995
ISBN: 84-376-0116-9 (obra completa)
ISBN: 84-376-0117-7 (tomo I)
Printed in Spain
Impreso y encuadernado en Huertas, S. A.
Fuenlabrada (Madrid)

Introducción

Vida

Casi nada sabemos de los primeros veinte años de Miguel de Cervantes Saavedra. Nació en 1547, en Alcalá de Henares, y aunque desconocemos la fecha de su nacimiento, consta que fue bautizado el 9 de octubre. Era el cuarto de los siete hijos de Rodrigo de Cervantes, cirujano, y de Leonor de Cortinas. En los años que siguieron al nacimiento de Miguel, Rodrigo de Cervantes probó su suerte en Valladolid, Córdoba y Sevilla, sin lograr salir nunca de una estrechez precaria. En 1566 se encuentra la familia en Madrid, donde Miguel fue discípulo de Juan López de Hoyos, ya sea en un colegio particular, o en el Estudio de la Villa, donde este humanista fue catedrático en 1568. De este período son las primeras obras literarias que conocemos de Cervantes —un soneto dedicado a la reina Isabel de Valois, escrito tal vez al nacer la princesa Catalina Micaela, en octubre de 1567, y unos cuantos poemas que forman parte de las exequias de la reina al morirse ésta un año más tarde, publicadas por López de Hoyos en 1569. Hay ciertos indicios de que Miguel se haya ausentado de Madrid por algún tiempo durante los años 1567 y 1568 —después arriesgaré una hipótesis sobre sus actividades durante este período—, pero la próxima noticia que tenemos de él es del 15 de septiembre de 1569, en un documento por el que se ordena arrestar a un Miguel de Cervantes por haber herido a un tal Antonio de Sigura, condenado aquél "a que con vergüenza pública le fuese cortada la mano derecha y en destierro ... por tiempo de diez años." [1]

---

[1] Las obras citadas en esta edición se encuentran en la Bibliografía (págs. 47-64), y se citan sólo por el nombre del autor, seguido de las indicaciones necesarias de tomo

Nada sabemos de este lance y hay dudas sobre la identidad de este Miguel con el autor del *Quijote*,[2] pero, en todo caso, sabemos que nuestro novelista salió del país pronto, porque antes de fin de año lo encontramos en Italia, en el séquito de Giulio Acquaviva, nombrado Cardenal en 1570. Poco después se alistó en el ejército y, por una ironía del destino, terminó cumpliendo la pena que se le había impuesto al agraviador de Antonio de Sigura: no logró volver a España sino después de diez años, y volvió con una mano inutilizada. Siguen cinco años de servicios militares en Italia y el Mediterráneo y cinco de cautiverio en Argel, con repetidas muestras de un heroísmo ejemplar, desde la batalla de Lepanto, cuando se negó a retirarse bajo cubierta como se lo habían mandado por estar enfermo, y donde se le estropeó la mano izquierda con una de las heridas que recibió, hasta los cuatro intentos de escaparse durante su cautiverio. Consigue por fin ser rescatado, a costa de grandes sacrificios por parte de su familia, y en 1580 vuelve, pobre y manco, a España.

Antes de dejar esta etapa de la carrera militar de Cervantes, se me permitirá un pequeño rodeo para justificar una discrepancia con los biógrafos recientes sobre los años oscuros de 1567 y 1568. Nos servirá a la vez como ejemplo de la compenetración de literatura y vida que a veces revelan las obras de nuestro autor.

Leyendo a Cervantes, hay momentos en que se siente palpable al autor, al hombre, en su obra. En el Capítulo 63 de la Segunda Parte está narrando Cide Hamete el encuentro entre las galeras españolas y el bergantín de Ana Félix. A medida que se va acercando la galera capitana al bergantín árabe, se empieza a sentir la presencia de Cervantes, del Cervantes de Lepanto, de Navarino, de la Goleta, detrás de su narrador. Porque no es Cide Hamete, el historiador árabe, a pesar de haber jurado una vez "como católico cristiano," el que ahora empieza a hablar de "nuestras galeras [españolas]." Y en el momento del encuentro —uno de esos encuentros como el de la *Marquesa* en la Batalla Naval, donde perdió Cervantes el uso de la mano izquierda— en ese momento, dice Cervantes, "dos ... turcos borrachos ... dieron muerte a dos soldados que sobre *nuestras* arrumbadas venían (II, 509). Las 'arrumbadas' son los costados del castillo de proa, y sólo las puede llamar *nuestras* el que narra

y página —en este caso, Astrana Marín, II, 185-86. Se indica la fecha cuando hay que distinguir entre varios títulos de un solo autor, seguida de letras minúsculas en el caso de tener que distinguir entre varias publicaciones de un solo autor en el mismo año.
    [2] Véase A. Sánchez (1973), págs. 7-8.

desde la perspectiva de los que van en la galera, el que está a bordo de la capitana. Hemos pasado de la perspectiva del árabe, por la de un autor español y patriota, a la del Cervantes *participante* en un encuentro naval.

En otro sentido, se siente la presencia del novelista cuando algún personaje enjuicia un libro, o cuando habla don Quijote de las "entradas y salidas de los impresores, y las correspondencias que hay de unos a otros" (II, 504). Pero son los lejanos recuerdos militares como el que se acaba de notar los que manifiestan la más honda compenetración de vida y literatura. Don Quijote crea una vida a base de la literatura; Cervantes hace literatura basándose en su vida.

El texto más interesante del *Quijote* en este sentido es el cuento del cautivo (I, 39-41), que en su etapa "histórica" coincide con la carrera militar de Cervantes, con unos pequeños ajustes al contexto ficticio perfectamente explicables. Compaginando los datos de la carrera del cautivo con las declaraciones de Cervantes y su familia sobre la suya, parece lógico suponer que Cervantes pudo haberse alistado en 1567 y servido en Flandes como el cautivo, interrumpiendo sus servicios con una vuelta a España a fines de 1568.[3]

Al volver a España en 1580, se reunió el recién rescatado Cervantes con su familia en Madrid. Al año siguiente viajó a la corte de Felipe II en Portugal, y después a Orán con una comisión del rey. En 1582, vuelto a Madrid, solicitó sin éxito un puesto en América, y durante los años siguientes se relacionó con Ana de Villafranca, casada, con quien tuvo una hija que se llamó después Isabel de Saavedra. Durante estos años escribía para el teatro —de esta llamada 'primera época' de su teatro sólo nos quedan *La Numancia* y *El Trato de Argel*— y acabó su primera novela, *La Galatea,* que publicó en 1585. En diciembre de 1584 se casó con Catalina de Salazar y Palacios, de Esquivias, adonde fue a vivir por entonces. Entre 1587 y 1594 desempeñó el cargo de comisario real de abastos para las galeras, y el puesto le obligó a viajar continuamente por Andalucía, fijando su residencia en Sevilla. Su esposa Catalina se quedó en Esquivias. La comisaría le ocasionó a Cervantes constantes problemas: dos veces fue excomulgado por haber embargado trigo de propiedad eclesiástica, y hasta fue encarcelado brevemente en 1592, en Castro del Río, por una acusación infundada de haber excedido su autoridad. Bastante motivo le dio el desagradable oficio

---

[3] Para el desarrollo detallado de esta hipótesis, véase Allen (1978, 1979a).

para escribir el *Memorial* arriba aludido de 1590 pidiendo nuevamente un puesto en América.

A pesar de los sinsabores, seguía escribiendo, con la confianza en sí mismo que demuestra un contrato de 1592 con el 'autor' Rodrigo de Osorio donde estipula que si las seis comedias que promete no resultan ser "de las mejores que se han representado en España," quedaba Osorio libre de la obligación de pagárselas.

Al abolirse el sistema comisarial en 1594, consiguió un puesto cobrando los atrasos de alcabala en Granada, y en 1597 tuvo la desgracia de depositar fondos del gobierno con un banquero que quebró. Volvió Miguel a la cárcel, esta vez a la de Sevilla, y por siete meses. De los años que median entre este encarcelamiento y la entrega a la editorial del manuscrito de la Primera Parte del *Quijote,* en 1604, sólo podemos seguir el rastro del novelista por Madrid, Esquivias y Toledo a través de unos cuantos documentos legales. En el verano de 1604 alquiló un piso en Valladolid, donde se había mudado la Corte en 1601. Allí vivió con su esposa, sus dos hermanas, su hija Isabel de Saavedra y una sobrina, hasta que volvió la Corte a Madrid en 1606. Los últimos años de su vida los pasó en Madrid, diez años de intensa creación literaria, que vieron la publicación de las *Novelas ejemplares, El viaje del Parnaso,* la Segunda Parte del *Quijote, Ocho comedias y ocho entremeses* y el *Persiles,* obra póstuma. Miguel de Cervantes murió el 22 de abril de 1616.

Obra

Don Quijote se cuenta entre las obras maestras de la literatura que son a la vez culminación de lo anterior —compendio en este caso de todas las líneas de desarrollo de la prosa del siglo xvi—, y anuncio y base del desarrollo posterior del género. La *Celestina* (1499-1502) había sido a su vez, aunque en otro sentido, culminación de lo medieval y anuncio de lo renacentista. En su novela dialogada, Fernando de Rojas había manifestado dos tendencias fundamentales del Renacimiento: el idealismo neoplatónico y la observación crítica de la realidad. El ambiente rarificado en que viven los amantes Calixto y Melibea choca con la cruda realidad de Celestina y los criados. La novelística del siglo xvi desarrolló estas dos líneas por separado, y no se vuelven a unir hasta la genial fusión de las dos lograda en el *Quijote.*

Los principales géneros de la novela en España durante estos cien años entre la *Celestina* y el *Quijote* eran la novela de caballerías y la novela pastoril, en el plano ideal, y en el plano "real" (la realidad distorsionada en dirección opuesta por la sátira) la picaresca, producto de la observación crítica de los aspectos más sórdidos de la vida española contemporánea.

Los libros de caballerías

Las novelas más leídas en el siglo XVI eran las de caballerías. El progenitor de esta boga literaria fue el *Amadís de Gaula*, de Garci-Rodríguez de Montalvo (1508). Fueron las hazañas de Amadís las que llevaron a don Quijote a escogerle como modelo en preferencia a Orlando. De inspiración medieval (el *Amadís* de Montalvo es una elaboración de materia que remonta al siglo XIV), los libros de caballerías, condenados rotundamente por los moralistas contemporáneos por lascivos y falsos, narran las extraordinarias aventuras de caballeros andantes que acaban fabulosas hazañas al servicio de sus damas, enderezando entuertos y favoreciendo doncellas, en interminables peregrinaciones por tierras fantásticas, pobladas de monstruos y gigantes. Tal es la materia parodiada por Cervantes, quien elabora en el *Quijote* una especie de contragénero frente a los libros de caballerías, causa expresa de la locura de don Quijote y modelo de su existencia como caballero andante.

La novela pastoril

Otro género de la novela, poético, idealizante, se desarrolló en España tras la publicación en 1559 de *La Diana*, de Jorge de Montemayor, y fue muy popular en la segunda mitad del siglo XVI y principios del XVII. Se dirigía a un público más culto, y los modelos del género eran obras del Renacimiento italiano: *Carmen Bucolicum*, de Petrarca, *Ninfale Fiesolano* y *Ameto*, de Boccaccio, y, sobre todo, la *Arcadia* (1504) de Sannazaro, traducida al castellano en 1547.

Mezcla de prosa y verso, la novela pastoril coloca a sus personajes cortesanos disfrazados de pastores en un escenario bucólico idealizado de verdes prados y aguas cristalinas, y los enreda en una serie de casos de amor que dan lugar a largos razonamientos neoplatónicos y lamentos líricos. Si la novela de caballerías se caracteriza por la acción ininterrumpida, la pastoril se estanca en un análisis constante que paraliza a los personajes. Debemos advertir, sin embargo, que Cervantes, cuya primera novela, *La Galatea*, fue una novela pastoril, supo apreciar el adelanto en la penetración psicológica alcanzado en este género que hoy nos parece tan convencionalizado y artificial. Algunos episodios importantes de la Primera Parte del *Quijote* se basan en la novela pastoril.

La picaresca

Ni los libros de caballerías ni la novela pastoril le proporcionaban a Cervantes el mundo —la realidad contemporánea—, el lenguaje —escribir "a la llana, con palabras significantes, ... vuestra oración y período sonoro y festivo, ... dando a entender vuestros conceptos sin intricarlos y escurecerlos" (I, Prólogo)—, y el tono —ironía sutil y ambigua—, que iban a caracterizar al *Quijote*. Estos elementos se encontraban en la novela picaresca, genial creación española que nació con el anónimo *Lazarillo de Tormes* en 1554, y alcanzó su apogeo con el *Guzmán de Alfarache* (1599-1604) de Mateo Alemán. Las características esenciales del género son las siguientes:

1) La narración autobiográfica de la vida del pícaro, que sirve a distintos amos, lo que da lugar a

2) la sátira de distintos elementos de la sociedad, presentados desde la perspectiva del pícaro, que no siempre coincide con la del autor y del lector.

3) La restricción de la acción, por lo general, al nivel moral y social más bajo, y a una extensión geográfica reducida y de terreno familiar.

4) Énfasis en la satisfacción de las necesidades más elementales de la vida, sobre todo la del hambre.

5) El desarrollo y ejercicio del ingenio y las mañas esenciales para que el pícaro pueda sobrevivir.

El pícaro es un anti-héroe, un excluido que contempla la sociedad con cinismo desde abajo, víctima de su propia debilidad y de la hipocresía y el egoísmo de sus prójimos. En uno de los amos de Lazarillo, el escudero, vemos uno de los antecedentes literarios de don Quijote. El escudero orgulloso y vano, cuya idea de su propia importancia se aleja tanto de sus posibilidades reales, es un precursor del caballero manchego, y Lazarillo le tiene lástima, como se la tienen a don Quijote el cura y el canónigo.

Otros géneros

Entre los otros géneros del siglo XVI —la novela sentimental, el cuento morisco y la *novella* italiana— el último es tal vez el que más influye en Cervantes, tanto en las *Novelas ejemplares* como en "El curioso impertinente" del *Quijote* (I, 33-35).

Evolución de la novela cervantina

La evolución de la técnica novelística de Cervantes sigue siendo un problema fundamental para la crítica. Ha desorientado a los críticos el hecho de que Cervantes siguiera prometiendo a lo largo de su vida una segunda parte de *La Galatea*, en la que parece haber estado pensando al escribir el *Quijote*. El cura encuentra *La Galatea* entre los libros de la biblioteca de don Quijote (I, 6), y afirma que "es menester esperar la segunda parte que promete," y hasta en la Dedicatoria del *Persiles*, unos días antes de morir, le promete al conde de Lemos el "fin de la *Galatea*."

El problema para la crítica es la aparente contradicción entre una afición por el género pastoril, tan estilizado y artificial, y la perspectiva del autor en el *Quijote*, la primera novela realista moderna. El mismo Cervantes había señalado la inverosimilitud del género, en el *Coloquio de los perros*, al notar Berganza la discrepancia entre la vida de los pastores a quienes él había servido y las "cosas soñadas y bien escritas para entretenimiento de los ociosos, [sin] verdad alguna." Dos aspectos del género pueden haberle interesado a Cervantes. En primer lugar, como género establecido constituía un campo lógico para el aprendizaje de un escritor en el proceso de desarrollar su propio estilo individual. Ya viejo, no satisfecho con lo que había hecho en *La Galatea*, o quizá deseoso de volver sobre algo que llevaba la primera parte en potencia, como en el caso del *Quijote*, habrá querido terminarla. En segundo lugar, se habrá sentido atraído todavía por la oportunidad que ofrecía el género para el análisis psicológico y la presentación de personajes dominados por pasiones incontrolables. Sabemos que uno de sus temas predilectos fue el de los celos.

Después de salir *La Galatea*, en 1585, Cervantes no publicó nada hasta 1605, cuando salió la Primera Parte del *Quijote*.

15

Lo extraordinario es que esta obra, que aparece cuando el autor había cumplido 57 años, representa sólo el comienzo de una serie de obras maestras. Con las *Novelas ejemplares,* publicadas en 1613, se estableció como el padre del cuento moderno español, "el primero que he novelado en lengua castellana," como dice en el Prólogo. Se ha señalado la influencia de los *novellieri* italianos en algunos de los cuentos, pero los mejores —"Rinconete y Cortadillo," "El casamiento engañoso," "El coloquio de los perros"— son notablemente originales en contenido y estilo. Comparten algunas características con la novela picaresca, pero se separan radicalmente de este género. Otro cuento de la colección, "El licenciado Vidriera," revela el interés en la locura que tanta importancia tiene para la creación de don Quijote. Son doce en total los cuentos, y reflejan la misma dicotomía del *Quijote* frente a *La Galatea* y el *Persiles,* unos "realistas," y otros clasificados por la crítica, sin excesivo rigor, como "románticos" o "italianizantes."

En 1615 salieron la Segunda Parte del *Quijote* y las *Ocho comedias y ocho entremeses nunca representados.* Las comedias de este tomo revelan el intento de Cervantes de ajustarse a las nuevas normas que el talento y la fecundidad de Lope de Vega habían impuesto en el teatro. Son todas de tres jornadas, en contraste con la predilección de Cervantes en sus comedias anteriores por cuatro o cinco. Mucho más populares han sido los entremeses, algunos de los cuales, como "El retablo de las maravillas" y "La cueva de Salamanca," se siguen representando con frecuencia hoy.

Los trabajos de Persiles y Sigismunda. Historia septentrional, publicado en 1617, representa otro enigma para la crítica. ¿Por qué recurrió Cervantes de nuevo a un género convencional e idealizante, esta vez a la llamada novela bizantina de Heliodoro, autor griego del siglo IV, cuya *Historia etiópica de los amores de Teágenes y Cariclea* se había popularizado en la España renacentista? Algunos, sin poder aceptar lo que parece ser un cambio tan radical en la orientación estética del autor, han sugerido que se trata de una obra escrita mucho antes y sólo refundida y terminada al final de su vida. Sin embargo, la mayoría de los críticos ha visto en el *Persiles* el intento de crear, con las aventuras simbólicas de los dos amantes idealizados, la épica en prosa que bosqueja el canónigo en el *Quijote* (I, cap. 47). Se ha visto en toda la obra de Cervantes, desde el primer *Quijote,* una trayectoria que va desde el realismo perspectivista de la Primera Parte y las *Novelas ejemplares* más realistas, hacia la idealización del *Per-*

siles y cuentos como "Las dos doncellas" y "La española inglesa" —"from novel to romance" (El Saffar, 1974). La crítica reciente ha subrayado el dilema no resuelto que se refleja en el *Persiles* entre los cánones literarios aristotélicos y la atracción instintiva de Cervantes hacia la libertad sin trabas para el artista.[4]

El "Quijote" de 1605

La partición de las aguas

Cervantes nació en el reinado de Carlos V, en la época de la expansión imperial de una España abierta a las corrientes intelectuales de la Europa renacentista, dueña del Nuevo Mundo y árbitro, a través de su vasto imperio, de la política de Occidente. Pero cuando se publicó el *Quijote* de 1605 ya España se había vuelto de espaldas al resto del continente, tras el fracaso del ideal de la unidad católica de Europa bajo la hegemonía española, amenazada desde fuera por la oposición extranjera a su política y por una serie de crisis económicas y financieras desde dentro. En la España de los Felipes las obras de Erasmo, que habían influido tanto en la vida intelectual de la corte del Emperador, estaban prohibidas, y España, que había fundado hacía dos siglos un Colegio Español en Bolonia, prohibió a la juventud el estudio en el extranjero.

La vida de Cervantes se relaciona íntimamente con los acontecimientos a los dos lados de esta partición de las aguas del destino imperial de España. Alude repetidas veces a su participación en la victoria sobre los turcos en Lepanto (1571), para él "la más alta ocasión que vieron los siglos pasados, los presentes, ni esperan ver los venideros" (II, "Prólogo"). Sólo diecisiete años más tarde, sin embargo, tras el largo cautiverio en Argel y su regreso a España, se vio reducido al puesto de comisario de abastos para la Armada Invencible, cuya derrota en 1588 señala el comienzo del ocaso español del siglo XVII.

A esta partición de las aguas políticas e históricas corresponden distintas etapas en el desarrollo de la literatura española, pues Cervantes nació y se crió en pleno Renacimiento, pero publicó el *Quijote* al principio del Barroco. La literatura del Renacimiento en España se caracteriza por la sencillez, la claridad y el equilibrio, ejemplificados en las églogas de Garcilaso y las novelas pastoriles de Montemayor y Gil Polo. En el Barroco, la

---

[4] Véase Forcione (1970a), págs. 91-130.

imaginería y la temática renacentistas son intensificadas, exageradas, retorcidas, parodiadas y, en general, sometidas a toda clase de elaboraciones extremas. Productos típicos del Barroco son las suntuosas metáforas de Góngora y la difícil sintaxis de sus *Soledades*, por un lado, y los agudos conceptos y la sátira hiperbólica de Quevedo, por otro. Las dos tendencias principales del estilo barroco, *conceptismo* y *culteranismo*, tienen una base común de complejidad, exageración e intensificación, con una consecuente desrealización que se relaciona con una íntima sensación de desilusión y desengaño, reflejada ya en la sátira y la parodia exacerbadas, ya en la fuga a un mundo metaforizado depurado y deslumbrante, alejado hasta el máximo de la realidad circundante.

El agotamiento de las posibilidades de expresión de las formas literarias renacentistas coincidió con el fracaso nacional, y los escritores del Barroco pugnaban por encontrar formas adecuadas a la nueva sensibilidad. En el *Quijote*, Cervantes parece haber logrado la asimilación de las características esenciales de las dos sensibilidades en un equilibrio y una serenidad renacentistas que abarcan toda la problemática barroca sobre este mundo de engaños y decepciones.

Génesis del "Quijote"

Las circunstancias de la composición del *Quijote* de 1605 son totalmente desconocidas, y las especulaciones sobre posibles modelos vivos para don Quijote, "la cárcel en que se engendró" la novela y el "lugar de la Mancha" donde vivía Alonso Quijano no han llegado a conclusiones definitivas. Como hemos visto, la fecha de composición de algunos capítulos se remonta por lo menos a 1589 (Caps. 39-41). Hay quienes relacionan el comienzo de la obra con el encarcelamiento de Cervantes en Castro del Río en 1592 (Stagg [1955]). Se ha sugerido la posibilidad de que Cervantes se hubiera propuesto escribir una breve "novela ejemplar," inspirándose en una obrita contemporánea, "El entremés de los romances," y que sólo al darse cuenta de las posibilidades del tema integrara el esbozo en la estructura mucho más compleja de la novela (Menéndez Pidal). Otras muestras de vacilaciones y titubeos se han visto en la intercalación tardía de epígrafes de capítulos, en la breve salida inicial sin Sancho, y en los indicios de que Cervantes parece haber cambiado el orden de ciertos episodios después de la redacción de una versión primitiva (Stagg [1959]).

Lo que parece fuera de duda es que hay que tomar muy en serio la repetida afirmación del autor de haber escrito el *Quijote* para "derribar la máquina mal fundada destos caballerescos libros" (I, "Prólogo"). La importancia de la crítica literaria en el *Quijote* de 1605 (Caps. 6 y 47-50) y la radical importancia del tema de "la literatura y la vida" obligan al lector a no olvidar este aspecto inconfundible de polémica literaria en el primer *Quijote*.

El novelar como problema

En estrecha relación con estas consideraciones estéticas está todo lo que hay en la novela sobre la transmutación de las aventuras del protagonista en "historia" y la transmisión y presentación de la materia por medio de una serie de intermediarios: el historiador-sabio árabe Cide Hamete Benengeli, el traductor morisco, y un "Cervantes" diligente rastreador de archivos y librerías.

Ya en el "Prólogo" se desdobla Cervantes al delegar la orientación inicial del lector hacia su obra al "amigo," y se distancia inmediatamente de su protagonista al calificarse de "padrastro de don Quijote," término deliciosamente ambiguo que abarca una serie de posibles actitudes, desde la del historiador desapasionado hasta la del severo y censorio padrastro folklórico. Las irónicas dudas expresadas por el autor en el "Prólogo," las discusiones teóricas ya aludidas, las reservas explícitas en cuanto a la objetividad de Cide Hamete, la intervención del traductor morisco y los comentarios críticos de los personajes sobre los cuentos intercalados, hacen del problema de la creación literaria y de las relaciones entre historia y poesía un asunto de tanto interés como las mismas aventuras del caballero, con una integración temática total y profunda entre un protagonista que borra los límites entre la vida y la literatura y una narración que juega y teoriza sobre la misma dicotomía y se interroga constantemente sobre sí misma. "Le *Don Quichotte* est sans aucun doute le premier roman 'moderne', si on entend par modernité le mouvement d'une littérature qui, perpétuellement en quête d'elle-meme, s'interroge, se met en cause, fait de ses doutes et de sa foi á l'égard de son propre message le sujet même de ses récits" (Robert [1972], pág. 11).

La obra maestra de Cervantes es además en gran parte la historia de lectores que leen bien o mal, y de autores que escriben bien o mal, o que dejan de escribir. Las lecturas de don Quijote le volvieron loco, y se lamenta a la hora de morir el que no le haya quedado tiempo para leer otra clase de libro. Todos los personajes principales de la Segunda Parte son lectores de la Primera, y casi todos los de las dos Partes son o han sido lectores de los libros de caballerías y de otros géneros de ficción. Don Quijote y el canónigo han aspirado a ser escritores, y Ginés de Pasamonte se nos aparece entre dos partes del libro de su vida que está escribiendo. El "humanista," guía a la cueva de Montesinos, es un autor profesional. Hay en el texto discusiones explícitas y extensas no sólo de la ficción en prosa, sino de la comedia, la épica y la lírica. Libros y manuscritos son comprados y vendidos, representados, anotados, traducidos, criticados, impresos, hojeados, leídos en voz alta, quemados, enterrados y hasta pateados por los diablos en el infierno.

«Don Quijote» y los orígenes de la novela

A pesar de la casi total unanimidad con que se le asigna al *Quijote* un puesto eminente entre las mejores novelas del mundo, falta semejante acuerdo a la hora de precisar en qué consiste el logro de Cervantes en su obra maestra. Y aunque se afirma generalmente que el *Quijote* es la primera novela moderna, cada crítico o teórico ve la esencial "novedad" de la novela de una manera distinta. Se cita con frecuencia una formulación de Lionel Trilling: "Toda la ficción en prosa es una variación sobre el tema de *Don Quijote*" (pág. 203). Según Trilling, Cervantes estableció como tema "el problema de la apariencia y la realidad." Parece seguirle bastante de cerca Harry Levin, al decir que *Don Quijote*, "prototipo de toda novela realista", emplea "la técnica literaria de la desilusión sistemática" (págs. 47-48).

Alejo Carpentier ha afirmado que Cervantes, "con el *Quijote*, instala la dimensión imaginaria dentro del hombre, con todas sus implicaciones terribles o magníficas, destructoras o poéticas, novedosas o inventivas, haciendo de ese nuevo *yo* un medio de indagación y conocimiento del hombre".

Entre los admiradores más entusiastas de Cervantes se han encontrado siempre los novelistas mismos. Defoe se ufanaba de reconocer 'el quijotismo de Robinson Crusoe.' La primera novela de Marivaux, *Pharsamond*, se subtituló *Le Don Quichotte français*. Fielding estrenó una comedia, *Don Quixote in England*, antes de proclamar en la portada de *Joseph Andrews* que su primera novela había sido escrita "imitando la manera de Cervantes." William Faulkner releía *Don Quijote* todos los años, "como otros la Biblia". Stendhal y Flaubert reconocieron el estímulo de Cervantes (Levin, 1966, págs. 44-48). Kazantzakis dedicó una novela a Sancho Panza, *El idiota* de Dostoievski no se entiende sin el antecedente del *Quijote*, y André Malraux dijo después de la Segunda Guerra Mundial que "sólo tres libros, *Robinson Crusoe*, *Don Quijote* y *El idiota*, retenían su verdad para los que habían visto las cárceles y los campos de concentración" (citado por Watt, pág. 133).

Para poder decir algo de las innovaciones técnicas con que logra Cervantes este paso fundamental en la creación de un género nuevo, el género por excelencia de Occidente en la época post-renacentista, hay que empezar por caracterizar las relaciones entre la novela y sus rivales en prosa. El contexto genérico de las obras literarias es de fundamental importancia, porque en la práctica, al empezar a leer un libro, lo asignamos, conscientemente o no, a un género determinado y lo asimilamos a una serie de libros parecidos de nuestra experiencia literaria personal. Según vamos leyendo precisamos cada vez más, acercándonos así a la unicidad de la obra a través de las afinidades con otras obras anteriores (Hirsch, pág. 74). Desde esta perspectiva se reconoce mejor el dilema de los primeros lectores del *Quijote*, cuya experiencia literaria les debía de haber inclinado a asimilar esta obra revolucionaria a la sátira frente al *romance*, facilitando así un error que persiste hoy: la idea de que el *Quijote* ejemplifica un contra-género en oposición directa al género del *romance*.[5]

Para poder hacer las distinciones necesarias a este respecto es útil la teoría de modalidades de la ficción desarrollada por Robert Scholes (págs. 132-38). Las tres modalidades de Scholes abarcan desde el mundo heroico, superior, del *romance* a un extremo, hasta el mundo degradado de la sátira al otro, con el mundo mimético de la historia en el medio, incluyendo así de un modo general toda la gama de posibles relaciones entre el

---

[5] Me veo obligado a usar el término del inglés *(romance)* para distinguir entre mundos ficticios tan dispares como los del *Amadís* y *La Diana*, por un lado, y el *Quijote*, por otro.

mundo de la ficción y el de la existencia. Partiendo de la historia hacia el polo del *romance* se encuentran la literatura sentimental y la tragedia, y en dirección opuesta, desde el centro hacia la sátira, caen la comedia y la picaresca.

Desde esta perspectiva queda claro que aunque la picaresca, que se aproxima mucho a la modalidad de la sátira, se reconoce como anticaballeresca, la novela, o sea *Don Quijote*, es otra cosa. En las palabras de Scholes, "podemos ver... la aparición de la novela como resultado de una confluencia de estímulos literarios del *romance* y de la sátira, atraídos hacia la historia por la creciente conciencia histórica del renacimiento tardío" (pág. 135). Como ha dicho Claudio Guillén, "La novela, tal como surge en el siglo XVI, después de los grandes historiadores florentinos y las crónicas de Indias, debe mucho a este *rapprochement* entre literatura e historia a la organización y la recreación minuciosa y la comprensión tolerante de la riqueza concreta de la experiencia de una 'tercera' persona" (1971, pág. 156). En resumen, pues, en la formulación de Scholes y Kellogg, "la novela no es lo opuesto del *romance*, como se suele afirmar, sino un producto de la reunión de elementos empíricos y ficticios" (pág. 15).

Reconocer que la obra maestra de Cervantes es la culminación de este desarrollo histórico, dentro del contexto genérico y de modalidades, es verla como una parodia de los excesos de un género histórico determinado (los libros de caballerías), pero no como una crítica de la modalidad del *romance*. Pruebas de esto las hay, desde luego, independientes del esquema teórico que acabo de exponer: en el escrutinio de la biblioteca de don Quijote (I, 130) no se quema el *Amadís;* el canónigo afirma la posibilidad de escribir un libro de caballerías bueno (I, 554-55); el *Persiles* es en efecto un *romance* escrito con la receta del canónigo, etc.

Así que, aunque Cervantes obviamente no rechazaba la modalidad del *romance*, con su héroe superior, creó *Don Quijote* con una contratécnica paródica, ridiculizando los libros de caballerías, y le obligó al lector a reconocer que hay otra clase de heroísmo que estriba en ser "vencedor de sí mismo" y no de los demás. Al pretexto de la pseudohistoria de los libros de caballerías opuso la figura poco fiable de Cide Hamete Benengeli, a lo fantástico y sobrenatural opuso lo familiar y verosímil, al tiempo mítico y lugares legendarios opuso la España contemporánea; al estilo altisonante opuso una multiplicidad de niveles estilísticos irónicamente yuxtapuestos; a las hazañas ejemplares opuso fracasos y encuentros intrascendentes y casuales.

Puede haberse dado cuenta Cervantes al leer libros como el *Lazarillo* y el *Guzmán* que la relación entre lector y protagonista cobra más fuerza e intimidad cuando el protagonista lucha con sus propias limitaciones, en vez de demostrar o confirmar su superioridad sobre el mundo exterior y los hombres que lo rodean. Don Quijote, que comienza la novela como una figura del mundo de la sátira, inferior a su mundo, el antitipo de Amadís, se eleva por un proceso de autopurificación a una posición de superioridad, a través de la humildad y el autoconocimiento.

Tres aspectos del *Quijote* se pueden señalar para aclarar la "novedad" de la novela de Cervantes: 1) el rechazo de los géneros literarios establecidos a favor del compendio y confrontación de géneros, que le liberó de las limitaciones respectivas de las narraciones de caballeros, pastores y pícaros; 2) el rechazo de lo fantástico y milagroso para crear un mundo providencial, que le permitió suscitar el efecto de *admiratio* (asombro) sin sacrificar la verosimilitud y establecer como provincia de la primera novelística el realismo cómico; 3) el rechazo de la preocupación clásica por establecer la autoridad de la narración, para explorar los efectos múltiples del manejo y la manipulación de distintos puntos de vista, siendo éste el aspecto que más le aleja de la picaresca. Veamos en qué consisten estos tres aspectos de la innovación cervantina.

El "diálogo activo" que, según Claudio Guillén (1971, página 127), sostiene Cervantes con las normas explícitas e implícitas de la literatura de su tiempo se encuentra en *Don Quijote* en el episodio de los galeotes, donde Ginés de Pasamonte representa no tanto el pícaro como el género picaresco; en la yuxtaposición de los rústicos cabreros y el episodio de Marcela y Grisóstomo; en la repetida "crítica literaria" de los cuentos intercalados; en el diálogo sobre la literatura entre don Quijote y el canónigo.

En cuanto al segundo aspecto, Cervantes opone conscientemente el mundo providencial de su ficción a la inverosimilitud de los libros de caballerías. El principio estético invocado con más insistencia en el *Quijote* es la verosimilitud (véase Riley [1962], cap. V). El problema de Cervantes era cómo lograr los efectos del *admiratio* dentro de los límites de la plausibilidad, y una de las soluciones a este dilema aristotélico fue la disposición providencial de los hechos, el uso más limitado posible de lo sobrenatural cristiano —dominio éste en las fronteras de lo verosímil explícitamente permitido por los teóricos de la época (véase Forcione [1970a]).

Para indicar la relación que establece Cervantes entre la Providencia y lo maravilloso bastarán unas citas de sus obras. En *Las dos doncellas*, el narrador comenta la asombrosa recuperación de salud de Marco Antonio:

> Dios, que así lo tenía ordenado, tomando por medio e instrumento de sus obras —cuando a nuestros ojos quiere hacer una maravilla— lo que la misma Naturaleza no alcanza, ordenó que la alegría y poco silencio... fuesen parte para mejorarle.

En el *Persiles*, la relación es expresada por los personajes y por el narrador en términos muy similares; Sinforosa le dice a Auristela:

> Creo que los Cielos te han traído por tan extraño rodeo, que parece milagro, a esta tierra.

En otro momento, nos dice el narrador:

> Y en esta sazón tan confusa, no se olvidó el Cielo de socorrerle, por tan extraña novedad, que le tuvieron por milagro.

Tanto le preocupa a Cervantes la verosimilitud y la distinción entre "milagro" y "misterio," que el narrador se detiene en cierto momento a explicárnosla:

> Los milagros suceden fuera del orden de la naturaleza, y los misterios son aquellos que parecen milagros y no lo son, sino casos que acontecen raras veces.

Así se entiende que Cervantes espera que sus "misterios," las coincidencias, encuentros fortuitos, hazañas prodigiosas y súbitos reconocimientos que llenan sus obras sean verosímiles, a diferencia de los milagros, como manifestaciones de la Providencia divina.

Juan Bautista Avalle-Arce ha señalado el rechazo de la solución sobrenatural de los problemas amorosos de los personajes de *La Diana* que hay implícito en la resolución de los problemas de Cardenio, Luscinda, Fernando y Dorotea en la

Primera Parte del *Quijote*, donde Cervantes resuelve las complicaciones "dentro del ámbito de las existencias en juego" (1959, pág. 76). En el escrutinio de los libros de don Quijote (I, capítulo 6), el cura no había condenado *La Diana*, pero exigió la eliminación de "todo aquello que trata de la sabia Felicia y de la agua encantada," o en otras palabras, todo lo que se relaciona con la solución sobrenatural e inverosímil de los dilemas amorosos. En la propia *Galatea* de Cervantes, que como dice el cura "propone algo y no concluye nada," la resolución de los problemas de los personajes principales se deja para la prometida segunda parte, pero en un "caso de amor" que se lleva a su desenlace —el de Timbrio, Silerio, Nísida y Blanca— la resolución providencial se produce en el momento crítico. Así lo esperan los personajes:

> Damón y Tirsi... con muchas razones le persuadieron [a Silverio] a no perder la esperanza de ver a su amigo Timbrio con más contento que él sabría imaginar, pues no era posible sino que tras tanta fortuna serenase el Cielo, del cual se debía esperar que no consentiría que la falsa nueva de la muerte de Nísida a noticia de Timbrio ... no viniese...

Y así lo dispone Dios:

> El Cielo ahora con tantas ventajas ha dado remedio a nuestras calamidades.

Es importante reconocer que el rechazo de lo milagroso y fantástico en *Don Quijote* no nos lleva del *deus ex machina* a un mundo sin Dios, y que una de las consecuencias de la inclusión de los cuentos intercalados en la novela es precisamente la confirmación reiterada de la operación de la Providencia en el mundo de don Quijote y Sancho. No es el mundo de Diana ni de Amadís, sino el de las novelas de Fielding.

Buen ejemplo es el desenlace de la historia de Dorotea y Fernando. Advierte Dorotea a éste después del encuentro en la venta:

> Notad cómo el cielo, por desusados y por nosotros encubiertos caminos, me ha puesto a mi verdadero esposo delante (I, 442).

> que considerase que, no acaso, como parecía, sino con particular providencia del cielo, se habían todos juntado en lugar donde menos ninguno pensaba (I, 445).

Y en lo que se refiere a la Providencia, conviven todos los personajes en un mismo mundo donde, como le dice don Quijote a Sancho en un momento crítico de su carrera caballeresca:

> Lo que te sé decir es que no hay fortuna en el mundo, ni las cosas que en él suceden, buenas o malas, vienen acaso, sino por particular providencia de los cielos, y de aquí viene lo que suele decirse: que cada uno es artífice de su ventura (II, 526).

La trayectoria vital de don Quijote se inscribe fundamentalmente entre esta afirmación de que "cada uno es artífice de su ventura," perspectiva de la *responsabilidad*, y la formulación inicial, en que "cada uno es hijo de sus obras," perspectiva de la *libertad* y la autonomía individual con que inició su carrera en el capítulo 4 de la Primera Parte.

La tercera innovación cervantina que me interesa señalar es el rechazo de la preocupación clásica por establecer la autoridad de la narración para explorar los múltiples efectos del manejo y la manipulación de distintos puntos de vista. En primer lugar, Cervantes incluye en *Don Quijote* toda la gama de las técnicas clásicas de establecer la autoridad de una narrativa, entremezclándolas de tal manera que cada una invalida las demás, con efecto parecido al de la yuxtaposición de estilos y de géneros. En segundo lugar, ha sabido transformar el simple *acontecimiento* en *experiencia* vital por medio de variaciones del punto de vista.

Con respecto a la primera de estas dos innovaciones, veamos a continuación una lista de las distintas fuentes de la autoridad narrativa que caracterizan la literatura clásica, según la clasificación de Scholes y Kellogg, añadiendo nosotros un ejemplo del *Quijote* de cada caso:

1) *histor* (Tácito): "El *histor* como narrador no es un simple escribano o relator, sino un investigador. Examina el pasado con vistas a la distinción entre realidad y mito" (págs. 242-47).

Quieren decir que tenía el sobrenombre de Quijada, o Quesada, que en esto hay alguna diferencia en los autores que deste caso escriben; aunque por conjeturas verosímiles se deja entender que se llamaba Quejana (I, 98).

2) vate inspirado (Virgilio, Ovidio):
¡Oh perpetuo descubridor de los antípodas, hacha del mundo, ojo del cielo, meneo dulce de las cantimploras, Timbrio aquí, Febo allí, tirador acá, médico acullá, padre de la Poesía, inventor de la Música, tú que siempre sales y, aunque lo parece, nunca te pones! A ti digo, ¡oh sol!, ... que me favorezcas y alumbres la escuridad de mi ingenio... (II, 359).

3) relato personal de testigo ocular en su propio nombre (San Agustín):
dice Cide Hamete que pocas veces vio a Sancho Panza sin ver al rucio, ni al rucio sin ver a Sancho... (II, 287).

4) relato ficticio en nombre de uno de los personajes (Petronio, Aquiles Tacio):
el autor desta historia, que deste harriero hace particular mención, porque le conocía muy bien, y aun quieren decir que era algo pariente suyo... (I, 212).

Pues bien, esta proliferación de bases de la autoridad narrativa que se excluyen mutuamente acaba por poner en duda lo fidedigno de toda la narración, dándole así a don Quijote una autonomía y una "realidad" por encima de lo inadecuado de la recreación literaria de su vida proporcionada por Cide Hamete.

Para ilustrar la segunda innovación de Cervantes en el manejo del punto de vista, aún más radical, comparemos dos versiones de un episodio convencional de la literatura de la época: una rica boda campestre. En el Libro II de la *Galatea*, Cervantes nos pinta con lujo de detalles la boda de Silveria y el rico Daranio, con el lamento del rechazado Mireno. El paralelo con las bodas de Camacho en *Don Quijote* II, capítulos 19 a 21, es claro. El hecho de que Basilio el pobre triunfe sobre Camacho, mientras que Mireno fracasa, no constituye la diferencia esencial entre los dos relatos. Se trata de una de las diferencias esenciales entre novela y *romance*, entre lo viejo y lo nuevo.

En la *Galatea*, Tirsi y Damón van a la boda, intrigados por lo que han oído:

—... mañana se desposa Daranio con la pastora Silveria, con quien [Mireno] pensaba casarse. Pero, en fin, han podido más con los padres de Silveria las riquezas de Daranio que las habilidades de Mireno.

—Verdad dices —replicó Elicio—; pero con Silveria más había de poder la voluntad que de Mireno tenía conocida que otro tesoro alguno; cuánto más que no es Mireno tan pobre que, aunque Silveria se casara con él, fuera su necesidad notada.

De la misma manera se despierta la curiosidad de Sancho y don Quijote:

—Basilio se enamoró de Quiteria desde sus tiernos y primeros años, y ella fue correspondiendo a su deseo con mil honestos favores... El padre de Quiteria... ordenó de casar a su hija con el rico Camacho, no pareciéndole bien casarla con Basilio, que no tenía bienes de fortuna como de naturaleza (II, 146-147).

Al lamento del "triste y desdichado Mireno" corresponde la descripción de Basilio: "siempre anda pensativo y triste, hablando entre sí mismo, con que da ciertas y claras señales de que se le ha vuelto el juicio."

La presentación de la boda de Daranio y Silveria que sigue consiste en la descripción que hace el narrador omnisciente del decorado y la música, del rechazado Mireno, de la gran concurrencia de invitados, la abundante comida y el lujoso atuendo de los novios. El uso de la tercera persona cede sólo a un intercambio entre Mireno y Elicio, el lamento de aquél y la alabanza de Erastro de la belleza de Galatea, elemento éste que corresponde a la rústica alabanza que hace Sancho de la belleza de Quiteria en el *Quijote*.

Las bodas de Camacho, por otra parte, son presentadas a través de los ojos de los personajes. El acontecimiento se convierte en experiencia, y en esto estriba la novedad, la modernidad del episodio:

Hizo Sancho lo que su señor le mandaba y poniendo la silla a Rocinante y la albarda al rucio, subieron los dos, y paso ante paso se fueron entrando por la enramada.

Lo primero que se le ofreció a la vista de Sancho fue, espetado en un asador de un olmo entero, un entero novillo...

Contó Sancho más de sesenta zaques de más de a dos arrobas cada uno...

Todo lo miraba Sancho Panza, y todo lo contemplaba, y de todo se aficionaba. Primero le cautivaron y rindieron el deseo las ollas, de quien él tomara de bonísima gana un mediano puchero... (II, 175-76).

¿Y dónde, a todo esto, estaba don Quijote, que había llegado a la boda junto con Sancho?

En tanto, pues, que esto pasaba Sancho, *estaba don Quijote mirando* cómo por una parte de la enramada entraban hasta doce labradores sobre doce hermosísimas yeguas, con ricos y vistosos jaeces de campo...

Sigue la descripción de los bailes,

con tantas vueltas y con tanta destreza, que aunque don Quijote estaba hecho a ver semejantes danzas, ninguna le había parecido tan bien como aquélla... También le pareció bien otra que entró de doncellas hermosísimas...

Los bailes ceden a figuras alegóricas y versos, "algunos elegantes y algunos ridículos, y sólo tomó de memoria don Quijote (que la tenía grande) los ya referidos." Al llegar a este punto, don Quijote ha venido a ser la fuente de la descripción, tanto nos ha asimilado Cervantes a la perspectiva de su personaje. Presenciando los dos personajes la misma escena, Sancho cuenta zaques de vino y don Quijote escucha versos, y sus ojos son los nuestros. Éste es el mundo de la novela moderna, y no parece sino que Cervantes, al narrar la vida de un hombre que ve gigantes donde su compañero ve molinos, se diera cuenta de la importancia para la literatura del hecho de que aun entre los cuerdos cada uno ve el mundo a su manera.

La crítica

El problema de la actitud del lector frente a don Quijote no tiene, creo, paralelos en la historia de la literatura. Parece que los primeros lectores del *Quijote* no vieron más que una parodia de los libros de caballerías. Una segunda etapa se desarrolló cuando algunos lectores empezaron a identificarse con el caballero. Motteux pudo decir, en 1700, que "todos los hombres tienen alguna amada Dulcinea de sus pensamientos, que los encamina hacia aventuras locas" (Knowles, págs. 280-81). En 1750, Samuel Johnson, el célebre lexicógrafo inglés, afirmó que "muy pocos lectores, entre la risa o la lástima, pueden negar el haber admitido visiones del mismo tipo; y cuando nos reímos, nuestros corazones nos informan que él no es más ridículo que nosotros, sino que él dice lo que nosotros sólo hemos pensado" (Knowles, pág. 281). Por la misma época, hay comentarios ingleses que indican ya el comienzo de la idealización del caballero. Alexander Pope dice, en 1739, de un amigo, que era "tan niño en la verdadera sencillez de su corazón, que lo quiero, como él quiere a don Quijote, por ser el loco más moral y razonador del mundo" (Tave, pág. 154). Por fin, en 1754, Sarah Fielding, la hermana del famoso novelista, aseveró que "viajar por toda una obra sólo para reírnos de nuestro principal compañero de viaje es una carga insoportable. Y nos imaginamos que la lectura de esa comedia incomparable de Cervantes proporcionará poco placer a los que no reciben de ella más entretenimiento ni provecho que el reírse de los sueños de don Quijote y compartir el júbilo malicioso de sus antagonistas .... La representación tan poderosa y bella de su locura con respecto a una sola cosa, y su juicio extraordinariamente agudo con respecto a todo lo demás, es un verdadero desperdicio en el caso de los lectores que sólo lo consideran objeto de su risa" (Tave, pág. 154).

Estas notas de conmiseración y estima constituyen la semilla de la interpretación romántica de *Don Quijote* que iba a dominar la crítica del siglo XIX. Don Quijote se presenta, con una frecuencia cada vez mayor, como el "Caballero de la Fe," que encarna la fuerza espiritual de las aspiraciones humanas, moralmente superior a sus antagonistas. Anthony Close (1978b) ha trazado los orígenes, las formulaciones y la influencia de tres tendencias fundamentales de los románticos alemanes:

1) La idealización del protagonista y el rechazo del propósito satírico del libro.

2) El descubrimiento (invención, diría Close) en el *Quijote* de un simbolismo de la relación entre el espíritu humano y la realidad, o de la historia española.

3) La interpretación de este simbolismo y del espíritu y el estilo de la obra en términos de una ideología, una estética y una sensibilidad modernas.

Las ideas de los alemanes (los hermanos Schlegel, Schelling,

Tieck y Jean-Paul Richter) pasaron al resto de Europa por medio de Bouterwek, Sismundi y Lockhart, y se ejemplificaron en España en los artículos de Nicolás Díaz de Benjumea en 1859.

Se desvió la crítica española de Menéndez Pelayo y Menéndez Pidal en el intento de identificar el objeto histórico de la sátira de Cervantes, pero por lo demás siguió líneas esencialmente románticas la crítica de Ganivet, Unamuno y Azorín, y en Ortega y Gasset, según Close, el proceso de relacionar la crítica española del *Quijote* con sus orígenes en el romanticismo alemán se completó.

Esta línea de interpretación sigue determinando la visión popular de la obra, aunque la crítica del siglo xx tiende a aproximarse cada vez más al punto de vista del siglo xvii, viendo al caballero, a pesar de su nobleza, como objeto de la burla de Cervantes.

La gama de puntos de vista se ha ensanchado enormemente en el siglo xx. Se ha visto a Cervantes como reaccionario (Cesare De Lollis), anticonformista (Américo Castro), relativista (Jean Cassou), revolucionario (Pavel Novitsky, A. Gerchunov), erasmista (Ludwig Pfandl), hombre de la Edad Media (Casella), hombre barroco (Bataillon), contrarreformista (Toffanin, Hatzfeld) e iconoclasta (Efron). Esta enorme diversidad de perspectivas atestigua la complejidad del mundo creado por Cervantes en el *Quijote*. En años recientes, sin embargo, ha habido una tendencia a rechazar tanto las interpretaciones simplistas y reductivas del siglo xviii como las más extremas y anacrónicas del siglo xix y principios del xx, y se va formando la imagen de un Cervantes conscientemente innovador, pero consecuente con el momento histórico en que le tocó vivir. Alban Forcione, con una serie de minuciosas investigaciones de las filiaciones teóricas, genéricas e ideológicas del *Persiles* y de las *Novelas ejemplares*, es quizás el que más ha contribuido a forjar esta imagen de un Cervantes humanista cristiano en la línea de Erasmo, reformando, refinando y extendiendo la línea crítica establecida en el primer libro de crítica cervantina de Américo Castro (1972; 1.ª ed., 1925; de Forcione, véase 1970a, 1971, 1982, 1984).

Otro aspecto de la crítica del siglo xx se ve en la abundancia de estudios de la estructura, la técnica narrativa y el estilo del *Quijote*, en los cuales se aplica toda la gama de las nuevas técnicas de análisis literario. La cuestión del estilo (de los estilos) del *Quijote* merece aquí un tratamiento más extenso, ya que, aun siendo un elemento original y fundamental de la novela, como bien ha dicho Francisco Ayala, "con toda la abrumadora obra crítica que pesa sobre el texto del *Quijote*, en verdad todavía está por hacer el análisis adecuado de sus diversos niveles y maneras de prosa, y de la intención significativa a que responden" (1972, pág. 605). No pretendo dar aquí este "análisis adecuado," sino simplemente poner alerta al lector a la impresionante variedad de estilos que maneja Cervantes e indicar una de las múltiples funciones que desempeñan en la novela.

Al comentar el episodio de Marcela y Grisóstomo y su contexto (I, caps. 11-14), se ha fijado Francisco Ayala en la integración en el *Quijote* de varios "espacios espirituales," "ámbitos imaginativos diferentes y en principio inconciliables" (1972, páginas 605-6). Martínez-Bonati recoge esta idea, en un intento de precisar el "carácter de la abstracción" o "principio de estilización" que define cada una de estas distintas "regiones de la imaginación" (1977a, pág. 33). En cuanto a la relación entre el mundo de los cabreros que acogen a don Quijote y Sancho en el capítulo 11 y el de Marcela y Grisóstomo, observa que "las leyes de una estilización son incompatibles con las de la otra; hay, como dijimos, discontinuidad entre las regiones de lo imaginario." El problema de don Quijote, por otra parte, es precisamente el creer en la *continuidad* entre el mundo de su experiencia cotidiana y el de los libros de caballerías, mundos que de hecho se excluyen mutuamente (pág. 41).

Basándome en estas percepciones críticas tan sugerentes, quisiera hacer lo siguiente, a manera de *prolegomenon* al *Quijote:*

1) ilustrar la multiplicidad de estilos con que Cervantes expresa una situación dada: lo pastoril,

2) sugerir que el uso de estos estilos variados constituye una especie de aviso o advertencia a los lectores, estimulándolos a que estén conscientes de los distintos estilos y sus efectos variables,

3) indicar el uso complementario de la misma técnica en el contexto primario alternativo del *Quijote:* el caballeresco,

4) ofrecer una interpretación del significado más profundo de esta nueva conciencia o sensibilidad de estilo para el lector.

Veamos unos ejemplos de los distintos estilos con que Cervantes presenta la materia bruta que es en potencia un "caso de amor" pastoril. La gama va desde el rechazo de Rocinante por las yeguas yangüesas, a la narración cómica de Sancho del pastor Lope Ruiz y la Torralba, la rústica canción del cabrero Antonio, la tragedia 'literaria' de Grisóstomo y la penitencia estilizada de Eugenio, hasta la representación de la literatura como tal, en las églogas de Garcilaso y Camoens preparadas en II, 58.

Los ejemplos no vienen todos de la misma etapa de los respectivos episodios; algunos son la expresión de narradores. otros de participantes. Ni el que habla ni el contenido son de interés aquí, porque lo que importa destacar es el son del estilo de los cinco pasajes:

1) le vino en deseo de refocilarse con las señoras facas, [que] debían de tener más gana de pacer que de ál (pág. 202).

2) yendo días y viniendo días, el diablo, que todo lo añasca, hizo de manera que el amor que el pastor tenía a la pastora se volvió en omecillo y mala voluntad; y la causa fue, según malas lenguas, una cierta cantidad de celillos que ella le dio, tales, que pasaban de la raya y llegaban a lo vedado (pág. 250).

3) no te quiero yo a montón,
   ni te pretendo y te sirvo
   por lo de barraganía;
   que más bueno es mi designio (pág. 173).

4) Quiso bien, fue aborrecido; adoró, fue desdeñado; rogó a una fiera, importunó a un mármol, corrió tras el viento, dio voces a la soledad, sirvió a una ingratitud, de quien alcanzó por premio ser despojos de la muerte en la mitad de la carrera de la vida... (pág. 188).

5) mi competidor... sólo se queja de ausencia... Yo sigo otro camino más fácil, y a mi parecer el más acertado, que es decir mal de la ligereza de las mujeres, de su inconstancia, de su doble trato, de sus promesas muertas, de su fe rompida, y, finalmente, del poco discurso que tienen en saber colocar sus pensamientos e intenciones que tienen (pág. 582).

La maestría de Cervantes en la caracterización estilística de estas distintas "regiones de la imaginación" es evidente en la variedad de ritmo, de léxico, de la distancia entre el hablante y su materia, en la *retórica*, en fin, aun de estos breves retazos. Una de las selecciones está en verso, pero los distintos efectos de prosa y verso son elementos mínimos de la matriz estilística ejemplificada en cada caso. Para convencerse de esto, sólo hay que notar el abismo que separa los dos poemas que Dulcinea inspira en don Quijote.

En la Primera Parte:

> Así, hasta henchir un pipote,
> aquí lloró don Quijote
> ausencias de Dulcinea
> del Toboso (I, cap. 26).

En la Segunda:

> Así el vivir me mata,
> que la muerte me torna a dar la vida.
> ¡Oh condición no oída
> la que conmigo muerte y vida trata! (II, 68)

Ya conocíamos esta clase de disparidad sin habérnoslo mostrado Cervantes. Sabemos que 'el ajusticiamiento de un valiente,' por ejemplo, puede ser el de Sidney Carton presentado por Dickens en *Una historia de dos ciudades*, o puede ser el del padre de Pablos, en el *Buscón*, relatado por Alonso Ramplón, verdugo y hermano del difunto. Pero Cervantes, que puede hacer las dos cosas en un mismo capítulo, hasta en una misma oración, es consciente como nadie de la relación entre estilo y género literario, y se empeña en hacer consciente de ello al lector, en esta historia del mal lector más famoso de la literatura mundial.

Establecida nuetra orientación, veamos brevemente la preparación de Cervantes del episodio de Marcela y Grisóstomo. La caracterización de Ayala nos proporciona la perspectiva apropiada:

[Hay] una gradación muy sutil. Don Quijote va a ingresar en esta Arcadia fingida a través de las chozas de unos cabreros, su rústica mesa y sus groseras ceremonias. Él mismo se encargará de evocar la edad de oro con su discurso famoso. Apenas terminado, se anuncia la venida de un "zagal muy entendido y muy enamorado," el son de cuyo rabel no tarda en oírse. Este zagal, Antonio, que cantará "con buena gracia" una canción oportuna, se eleva individualizado sobre la estatura vulgar de sus compañeros; y otro recién llegado cabrero, Pedro, aportará la noticia de lo sucedido con los señores y su fingida Arcadia dándonos así acceso a su peculiarísimo terreno literario (pág. 603).

La canción de Antonio es un toque delicado, indudablemente, pero el acierto más hábil y arriesgado de la transición, semejante a la escalación estilística del habla de Sancho en II, 5, es la transformación del lenguaje de Pedro al relatar los acontecimientos previos a la muerte de Grisóstomo. Empezando con una serie de vulgarismos que corrige don Quijote compulsivamente —*cris* por *eclipse*, *estil* por *estéril*, *sarna* por *Sarra*—, la gama del estilo de Pedro va en una sola página desde "hételo aquí, cuando no me cato, que remanece un día la melindrosa Marcela hecha pastora," hasta:

> aquí suspira un pastor, allí se queja otro; acullá se oyen amorosas canciones, acá desesperadas endechas. Cuál hay que pasa todas las horas de la noche sentado al pie de alguna encina o peñasco, y allí, sin plegar los llorosos ojos, embebecido y transportado en sus pensamientos, le halló el sol a la mañana... (pág. 179).

El descenso de la "región de la imaginación" de lo pastoril es igualmente abrupto: el rechazo de Rocinante por las yeguas.

Lo que importa destacar es que esta yuxtaposición incómodamente íntima de estilos es más que un alarde de virtuosismo. Desde las primeras páginas del libro Cervantes hace hincapié con insistencia en la cuestión del estilo. La importancia de un estilo adecuado y apropiado es un punto central en el Prólogo, y gran parte de los primeros capítulos se dedica a señalar el significado primordial de la variación estilística. Dos ejemplos del primer encuentro de don Quijote en su primera salida pueden servir de muestras de este énfasis.

El primero es el tratamiento de la llegada de don Quijote a la venta en el capítulo 2, su recepción por las prostitutas y el ventero y la cena. El uso por Cervantes de tres palabras claves —*castellano*, *doncellas* y *truchuelas*— le permite demostrar la posibilidad de desarrollar dos interpretaciones radicalmente dispares de una serie de acontecimientos, mediante la asociación de las palabras con dos regiones de la imaginación incompatibles: lo caballeresco, por un lado, y el realismo cómico, por otro.

Las tres palabras claves introducidas en sucesivas etapas de la acción funcionan tanto en el nivel de la fantasía caballeresca

35

del protagonista como en el del realismo cómico de la narración. Dos estímulos no verbales, uno al principio y otro al final de la serie, también funcionan en ambos niveles:

1.er contexto (caballeresco)	anuncio caballeresco de la llegada	señor del castillo	damas de alta calidad	trucha pequeña	música cortesana
TEXTO	sonido de cuerno	*castellano*	*doncellas*	*truchuela*	silbato de cañas
2.º contexto (realismo cómico)	cuerno de porquero	hombre de Castilla	vírgenes	bacalao	aviso del castrador de puercos

Este primer encuentro de don Quijote con sus prójimos no se presenta en términos de un desacuerdo abierto con respecto al mundo en que viven (molinos/gigantes), sino como consecuencia de la ambigüedad esencial de todo lenguaje frente a la realidad que pretende representar: simplemente no se entienden.

El segundo ejemplo: cuando le dice el ventero a don Quijote que él también ha sido caballero andante, Cervantes demuestra la posibilidad de que el contenido puede hasta desaparecer, obliterado, anulado por el estilo:

> él, asimesmo, en los años de su mocedad, se había dado a aquel honroso ejercicio, ... haciendo muchos tuertos, recuestando muchas viudas, deshaciendo algunas doncellas y engañando a algunos pupilos... (pág. 112).

Don Quijote, que "prometió... de hacer lo que se le aconsejaba con toda puntualidad," acepta lo que ha dicho el ventero basándose exclusivamente en su conformidad *estilística* con los libros de caballerías, sin tener en cuenta para nada el contenido.

Los distintos estilos del *Quijote* fluyen a veces y se modulan, a veces chocan; se vuelven opacos o transparentes, elevan y desinflan, en relación íntima y siempre intencionada con los personajes y acontecimientos que estilizan.

El estilo es el vehículo del "principio de estilización" de Martínez-Bonati, y estilo es a episodio lo que es la experiencia al acontecimiento. Es decir, que un estilo es una imitación (o una proyección) de una u otra manera de percibir la vida. Cuando dice Wayne Booth que "nuestros cuentos y novelas se critican

unos a otros en calidad de expresiones de cómo es la vida"
(1961, pág. 69), da por sentado que leer una narración es ver la
vida por los ojos de otro. Una manera de escribir o de hablar
expresa una forma de ver y entender el mundo.

La exploración y ejemplificación de la variedad estilística es
una consecuencia del perspectivismo de Cervantes, del interés
en las distintas formas de ver el mundo que vimos al examinar
su manejo del punto de vista. No deja nunca, en *Don Quijote*,
de yuxtaponer "regiones de la imaginación," y cuando nos dice
que el protagonista, "entre compasiones y lágrimas de los que
allí se hallaron, dio su espíritu, quiero decir que se murió"
(II, pág. 577), la frase final no representa una aclaración, por lo
demás innecesaria, sino que está allí para producir el choque
disonante de dos "regiones de la imaginación" dispares. Y la
adopción por don Quijote de un estilo apropiado, consonante
con el mundo en que vive, abandonando el arcaísmo caballeresco
y finalmente la retórica 'literaria' en general, pone el sello a la
recuperación de su juicio antes de morir. El "yo tengo juicio
ya, libre y claro" de Alonso Quijano al final es menos convin-
cente, menos *definitivo*, que "en los nidos de antaño no hay
pájaros hogaño."

Esta edición

El lector general encontrará la puntuación, acentuación y
ortografía modernizadas según el criterio corriente en las ediciones modernas serias de las obras clásicas españolas. En cuanto
a la ortografía, esto implica la resolución de las variantes *c/z/ç,
b/u/v, s/ss, x/j/g, c/q,* y el uso moderno de la *h*. Encontrará en las
notas un mínimo de aclaraciones sobre el léxico, la cultura, la
historia y la literatura necesarias para el lector contemporáneo
de formación media. El estudiante hallará, además, referencias
en las notas a la crítica, especialmente con respecto a algunos
de los episodios más comentados, y una bibliografía crítica cui-
dadosamente seleccionada para mayor utilidad. El crítico dis-
pondrá de un texto fidedigno, basado en las primeras ediciones
de Juan de la Cuesta. Me he esmerado en indicar, con parén-
tesis cuadrados, todos los casos de restitución textual o de des-
viación de las *editiones principes* que no sean correcciones de un
obvio error de imprenta, cuando hay una posibilidad, por remota que sea, de otra lectura, reproduciendo en las notas el texto

original cuando me ha parecido que puede tener algún interés. He aportado a las notas las distintas lecturas de pasajes problemáticos que se encuentran en las ediciones más respetadas. He cotejado texto y notas con las principales ediciones que han salido hasta la fecha.

La gran labor de anotación del *Quijote* ya está hecha. Clemencín, Rodríguez Marín, Cortejón, Schevill y Riquer han dejado poco sin aclarar. De las mil doscientas y tantas notas de esta edición, unas cincuenta tendrán alguna originalidad; todas las restantes, menos unas veinte, se encuentran en dos o más de las ediciones anteriores. Ha sido una labor de siglos, y los nombres arriba mencionados sólo señalan a unos cuantos individuos entre las docenas que han contribuido a esclarecer una frase dudosa o una referencia oscura.

En esta edición regularizo dos tipos de variantes ortográficas:

1) Grupos de consonantes *(concepto/conceto, excepto/eceto, bautizar/baptizar,* etc.).

2) Vocal átona u/o, e/i *(civil/cevil, escribir/escrebir, juventud/joventud, resolución/resulución,* etc.).

Adopto en cada caso la forma más moderna dentro del repertorio de formas constatadas en el texto.[6]

La variación entre otras vocales es rara *(rencor/rancor, compatriota/compatriote,* etc.), y la he mantenido. La vocal tónica pocas veces varía, y cuando hay variación el efecto es mucho mayor, y a veces de innegable impacto estilístico: "Vio, dice la historia, el rostro *mesmo,* la *misma* figura, el *mesmo* aspecto, la *misma* fisonomía, la *mesma* efigie, la pespectiva *mesma* del bachiller Sansón Carrasco" (II, 14); se mantiene igualmente la asimilación del pronombre enclítico al infinitivo *(meneallo),* la metátesis y la disimulación dentro de los grupos de consonantes, recursos significativos estos últimos que utiliza Cervantes para la caracterización lingüística (Sancho: *pelras;* aldeanas del Toboso: *déjenmos),* lo que no es el caso en las categorías comprendidas en nuestras normas, ya que las variantes son empleadas indiscriminadamente por el narrador, don Quijote, Sancho, el canónigo, etc.

La regularización de estas formas se basa en el hecho de que las variantes en las *principes,* tan escrupulosamente reproducidas en las ediciones más cuidadas, no reflejan con fidelidad la ortografía de Cervantes. Con la obra de R. M. Flores (1975) queda definitivamente establecido lo siguiente:

---

[6] Para la lista de las palabras afectadas, véase la pág. 65.

1) La primera edición de Juan de la Cuesta, con Privilegio de 1604, es la *princeps*.

2) Los cajistas compusieron a base del manuscrito de Cervantes.

3) Los cajistas impusieron sus predilecciones ortográficas individuales hasta el punto de permitir la identificación, por medio de estas idiosincracias, de los cuatro que compartieron el trabajo.

4) Hay variaciones caprichosas además de la interferencia de estas predilecciones individuales, como demuestran, por ejemplo, los folios 304 y 305 de la Primera Parte (reclamo, verso 304: *propio*; el texto, recto 305: *proprio*).

En la segunda edición de Cuesta, compuesta unos meses después de la primera, y usando como base su propia primera edición (Flores [1975], pág. 41), los cajistas introdujeron unos noventa cambios del tipo que regularizo.

Hay un pasaje en la novela que indica que Cervantes quiso valerse a veces de las variaciones que regularizo con fines estéticos, pero este mismo pasaje revela cómo los cajistas han frustrado su propósito:

> —Bien parece, Sancho —respondió la duquesa—, que habéis aprendido a ser cortés en la escuela de la misma cortesía; bien parece, quiero decir, que os habéis criado a los pechos del señor don Quijote, que debe de ser la nata de los comedimientos y la flor de las ceremonias, o *cirimonias*, como vos decís (II, 32).

Buscará en vano el lector las *cirimonias* de Sancho, porque se las había vuelto *ceremonias* el cajista. La única otra variante de *ceremonia* que se encuentra en todo el *Quijote* se halla, en oposición directa al efecto deseado por Cervantes, en boca del narrador: "... dieron saco a las alforjas, y, sin *cirimonia* alguna, en buena paz y compañía, amo y mozo comieron lo que en ellas hallaron" (I, 201). En la segunda edición los cajistas lo cambiaron a *ceremonia*, siendo ésta la tercera interferencia con la ortografía de Cervantes en el uso de una sola palabra.

Y así es con todas las variantes que regularizo. *Recibir/recebir, efecto/efeto, escribir/escrebir, así/ansí,* alternan en boca de todos. Si Sancho emplea *sospiro* a veces, mucho más lo usan el narrador y don Quijote; Sancho dice *envidia, experiencia, efecto, encrucijada, inconveniente;* el canónigo dice *doto, lección, inconvi-*

niente, perfeción. Lo que se ha demostrado con respecto al *Quijote* de 1605 vale también para la Segunda Parte, que se caracteriza por las mismas vacilaciones ortográficas. Todas las variantes se atribuyen a toda la gama de personajes sin sombra de sistema. Esto es lo corriente en los textos de la época. Como nos advierte José Manuel Blecua en su magistral edición de la *Obra poética* de Quevedo (tomo I, Madrid, Castalia, 1969, página xxvii), "cada copista o compositor utiliza normalmente *su* ortografía, que en algún caso es sencillamente delirante."

Dado que las *principes* no siguen con fidelidad las formas utilizadas por Cervantes, ¿por qué introducir un sistema de regularización que tampoco se basa en la práctica del novelista? Pues por varios motivos:

1) Sin suponer que Cervantes escribiera las mismas palabras siempre en la misma forma, es lógico esperar que hubiera menos variación en un solo escritor que en cuatro cajistas, sobre todo si éstos tienen las idiosincrasias precisadas por Flores. Establezco una *consistencia,* que lógicamente se parecerá más a la relativa consistencia del manuscrito postulado. De todos modos —y esto es fundamental—, a la distorsión *obtrusiva* de los cajistas, prefiero la interferencia *transparente* de la regularización.

2) Se distinguen con más nitidez los distintos niveles de estilo tan magistralmente elaborados por Cervantes en la obra. Si asimilamos el "mochacho" de Teresa a su habla rústica, nos desorientará hallarlo en boca del cura y otros personajes instruidos. Algo parecido ocurre con el estilo arcaico de don Quijote, tan delicadamente trazado por Cervantes. ¿Se da cuenta el lector de la diferencia entre el apóstrofe, lleno de arcaismos, que don Quijote dirige a Dulcinea en el segundo capítulo, y la altisonante descripción del amanecer de su primera salida que lo precede, extemporizado en un lenguaje perfectamente contemporáneo? ¿Percibe que los discursos de la Edad de Oro y de las Armas y las Letras no contienen un solo arcaísmo? ¿Nota que a lo largo de los últimos cuarenta capítulos de la novela don Quijote no recurre a ninguna forma arcaica? Creo que la falta de percepción de estas y otras características del lenguaje y estilo del *Quijote* se debe en parte a la profusión de variantes introducidas en el texto por los cajistas.

3) Finalmente, y, a mi modo de ver, de mayor trascendencia todavía, no dudo que la impresión de desaliño, de caprichosa variación que se desprende de la multiplicidad inconsecuente

de formas en estos casos, debida a lo que ha llamado Flores "the various and disheveled spellings and typographical habits of the compositors" (pág. 5), ha contribuido a la leyenda del Cervantes "ingenio lego," que con tanta dificultad se está desarraigando de la crítica en las últimas décadas. "De humilde calificó su estilo el falso Avellaneda. De ingenio lego le tacharon. A ese ingenio lego, y a ese estilo humilde debe España su alto puesto en la literatura del mundo" (Rosenblat [1971], pág. 345).[7]

Debo advertir que, dada la comprobación de Flores de la falta de autoridad de las ediciones posteriores a la *princeps*, intercalo el robo del rucio de Sancho en I, 25, donde pertenece, como se ha sabido desde la edición de Hartzenbusch, y no en I, 23, donde lo suelen colocar los editores modernos, siguiendo la segunda edición de Cuesta. Cambio también la división entre I, 42 y 43, aceptando las conclusiones al respecto en el trabajo más reciente de Flores sobre ese problema textual.

Las ediciones utilizadas en la preparación de ésta, con las indicaciones con que se refiere a ellas en las notas, son las siguientes:

La *princeps* (1.ª Parte). *Don Quijote de la Mancha. Facsímil de la primera impresión. Tomo I, según la edición príncipe de Juan de la Cuesta, Madrid, 1605, seguida de los dos pasajes que omite.* [Reproducidos de la tercera edición de Juan de la Cuesta, Madrid, 1608], Palma de Mallorca, Alfaguara, The Hispanic Society of América, Papeles de Son Armadans, 1968.

La *princeps* (2.ª Parte). *Don Quijote de la Mancha. Facsímil de la primera impresión. Tomo II, según la edición príncipe de Juan de la Cuesta, Madrid, 1615.*

Pellicer. *El ingenioso hidalgo Don Quixote de la Mancha,* ed. de Juan Antonio Pellicer, Madrid, Gabriel de Sancha, 1797-98, 5 tomos.

---

[7] Entre las reseñas de la primera edición que ahora reviso, el único reparo que he visto a esta radical solución del problema que plantea la intervención ortográfica de los cajistas es la de Luis Murillo *(Journal of Hispanic Philology*, 3 (1979), 185-87; recogido el reparo después en reseña de E. C. Riley). Murillo sospecha que esta regularización puede borrar u ofuscar ciertos matices estilísticos de Cervantes, pero el único ejemplo concreto que aduce para fundar sus sospechas es una intervención modernizadora de los cajistas de la Editorial Cátedra *(continos > continuos,* I, 295), cambio que cae fuera de las normas especificadas aquí y que, por consiguiente, no aparece en la lista de palabras afectadas. Se corrigió en la segunda edición.

Clemencín. *El ingenioso hidalgo Don Quijote de la Mancha,* ed. de Diego Clemencín, Madrid, D. E. Aguado, 1833-39, 6 tomos. Para el comentario de Clemencín se ha utilizado la edición de Luis Astrana Marín (Madrid, Castilla, 1966), quien lo reproduce.

Hartzenbusch. *El ingenioso hidalgo Don Quixote de la Mancha,* ed. de Juan Eugenio Hartzenbusch, Argamasilla de Alba, Imprenta de don Manuel Rivadeneyra, 1863, 4 tomos.

Fitzmaurice-Kelly. *Don Quixote de la Mancha. Primera edición del texto restituido con notas y una introducción por Jaime Fitzmaurice-Kelly y Juan Ormsby.* Edimburgo y Londres, David Nutt, 1898-99, 2 tomos.

Cortejón. *El ingenioso hidalgo Don Quijote de la Mancha,* ed. de Clemente Cortejón, continuada por Juan Givanel y Mas y Juan Suñé Benages, Madrid, Victoriano Suárez, 1905-13, 6 tomos.

Schevill. *El ingenioso hidalgo Don Quixote de la Mancha,* ed. de Rodolfo Schevill y Adolfo Bonilla, Madrid, Gráficas Reunidas, 1928-41, 4 tomos.

Rodríguez Marín. *El ingenioso hidalgo Don Quijote de la Mancha,* ed. de Francisco Rodríguez Marín, Madrid, Atlas, 1947-49, 10 tomos.

Riquer. *Miguel de Cervantes. Obras completas. I. "Don Quijote de la Mancha," seguido del "Quijote" de Avellaneda,* ed. de Martín de Riquer, 3.ª ed. Barcelona, Planeta, 1968 [La 1.ª ed. es de 1962]. De este tomo se publicó después aparte *Don Quijote de la Mancha,* con alguna refundición de las notas (Barcelona, Planeta, 1975). Conviene no confundir esta excelente edición con las del mismo editor basadas en la de Barcelona: George G. Harrap and Co., 1944 (2.ª y sucesivas ediciones, Barcelona, Juventud, 1950, etc.), de texto menos cuidado.

Cortázar y Lerner. *El ingenioso hidalgo Don Quijote de la Mancha,* ed. de Celina S. de Cortázar e Isaías Lerner, prólogo de Marcos A. Morínigo, Buenos Aires, Editorial Universitaria de Buenos Aires, 1969, 2 tomos.

Araya. *Don Quijote de la Mancha,* ed. de Guillermo Araya, Santiago de Chile, Editorial Universitaria, 1975, 2 tomos.

Quiero agradecerles a Elias Rivers, R. M. Flores, Daniel Eisenberg, Geoffrey Stagg y Miel Slager sus valiosas sugerencias sobre algunos aspectos de la preparación de esta edición, y a don Pedro Villa Fernández su lectura cuidadosa de las **Introducciones y las notas al texto.** A Tulia Elena Allen no hay manera de agradecerle su incansable ayuda en la fijación del texto y sus consejos sobre varios aspectos de la obra. Si logro esquivar la denuncia quevedesca de una "forasteridad ... eximia," a Tulia y a don Pedro se deberá.

SIGLAS BIBLIOGRÁFICAS

AC	Anales Cervantinos
BBMP	Boletín de la Biblioteca Menéndez Pelayo
BH	Bulletin Hispanique
BHS	Bulletin of Hispanic Studies
BICC	Boletín del Instituto Caro y Cuervo
BJA	British Journal of Aesthetics
BRAE	Boletín de la Real Academia Española
BRP	Beitraege zur Romanischen Philologie
CA	Cuadernos Americanos
CHA	Cuadernos Hispanoamericanos
CL	Comparative Literature
CSIC	Consejo Superior de Investigaciones Científicas
DHR	Duquesne Hispanic Review
FMLS	Forum for Modern Language Studies
HR	Hispanic Review
KRQ	Kentucky Romance Quarterly
LCUT	Library Chronicle of the University of Texas
MLJ	Modern Language Journal
MLN	Modern Language Notes
MLQ	Modern Language Quarterly
MLR	Modern Language Review
MP	Modern Philology
NeoPhil	Neophilologus
NRFH	Nueva Revista de Filología Hispánica
NS	Die Neueren Sprachen
PMLA	Publications of the Modern Language Association of America
PQ	Philological Quarterly
PSA	Papeles de Son Armadans
RABM	Revista de Archivos, Bibliotecas y Museos
RdeO	Revista de Occidente
REH	Revista de Estudios Hispánicos (Puerto Rico)
RFE	Revista de Filología Española
RHM	Revista Hispánica Moderna
RJ	Romanistisches Jahrbuch
RomN	Romance Notes
RPh	Romance Philology
RR	Romanic Review

Bibliografía selecta

La bibliografía se ha concebido como una ayuda a la lectura del *Quijote*. Por consiguiente, se restringe casi totalmente a cuestiones de fuentes y a la interpretación del texto. Con la excepción de las obras citadas en las Introducciones a los dos tomos, se excluyen las obras que tratan de la influencia posterior de la novela y la biografía del autor, y poco hay de crítica de la crítica. Casi toda ella es de los últimos treinta años. No es, claro, una bibliografía completa ni dentro de estos límites. Espero que sea útil.

Las siglas que aparecen después de los datos bibliográficos de muchas de las obras se refieren al número consignado al libro o artículo en dos bibliografías donde el lector puede buscar más información.

AC   *Anales cervantinos*, Madrid, CSIC, 1951—. Aquí encontrará el lector a veces un breve resumen del contenido, sobre todo si se trata de un título reciente; en unos casos se citan reseñas.

Drake I   Dana B. Drake, *"Don Quijote": A Selected Annotated Bibliography. I*, Chapel Hill, University of North Carolina Press, 1973. Drake y sus asociados dan un resumen (en inglés) de cada obra incluida.

Drake II   *«Don Quijote» (1894-1970): A Selective and Annotated Bibliography. Volume II, with an Index to Volumes One and Two*, Miami, Universal, 1978.

Otras bibliografías consultadas:

GRISMER, Raymond L., *Cervantes: A Bibliography*, N. Y., H. W. Wilson, 1946.

— *Cervantes: A Bibliography. Volume II*, Minneapolis, Burgess-Beckwith, Inc. [1963].

MURILLO, Luis Andrés, *Miguel de Cervantes. "Don Quijote de la Mancha." Bibliografía fundamental*. Excelente bibliografía elaborada para acompañar su edición del *Quijote* (Madrid, Castalia, 1978).

ACHLEITNER, Alois, "Pasamonte", *AC*. 2 (1952), págs. 365-67. *(AC*. 599).

AEBISCHER, Paul, "Paléozoologie de l'*Equus clavileñus*, Cervant.". *Études de Lettres* 2 (1962), págs. 93-130. *(AC*. 1599).

ALBORG, Juan Luis," El Quijote." *Historia de la literatura española*, II, Madrid, Gredos, 1967, págs. 127-95. *(AC,* 1531).

ALFARO, Gustavo A.," Cervantes y la novela picaresca." *AC,* 10 (1971), págs. 23-31. *(AC,* 1754).

ALLEN, John J., *Don Quixote: Hero or Fool? A Study in Narrative Technique*, Gainesville, Univ. of Florida Press, 1969. *(AC,* 1755; Drake, I, 1).

— " Melisendra's Mishap in Maese Pedro's Puppet Show." *MLN,* 88 (1973), páginas 330-35. *(AC,* 1984).

— " The Governorship of Sancho and Don Quijote's Chivalric Career." *RHM,* 38 (1974-75), págs. 141-52.

— " The Narrators, the Reader and Don Quijote." *MLN,* 91 (1976), págs. 201-212.

— *Don Quijote: Hero or Fool? Part II*, Gainesville, University Presses of Florida, 1979.

— "Autobiografía y ficción: El relato del capitán cautivo," *AC,* 15 (1978), 149-55.

— "Más sobre autobiografía y ficción en el *Quijote*," *AC,* 16 (1979a), 253-54.

— "*Don Quixote* and the Origins of the Novel," *Cervantes and the Renaissance*, Easton, PA, Juan de la Cuesta Press, 1980, págs. 125-40.

ALONSO, Amado, " Las prevaricaciones idiomáticas de Sancho." *NRFH,* 2 (1948a), págs. 1-20. *(AC,* 173).

— " Don Quijote no asceta, pero ejemplar caballero y cristiano." *NRFH,* 2 (1948b), págs. 333-59. *(AC,* 174; Drake, I, 2).

ALONSO, Dámaso," El hidalgo Camilote y el hidalgo Don Quijote." *RFE,* 20 (1933), págs. 391-97. (Drake, I, 3).

— " Sancho-Quijote, Sancho-Sancho." *Homenaje a Cervantes*, ed. F. Sánchez-Castañer, Valencia, Ed. Mediterráneo, 1950, II, págs. 53-63. *(AC,* 498; Drake, I, 5).

ANDREA, Peter Frank de, " El 'gobierno de la ínsula Barataria,' *speculum principis* cervantino." *Filosofia y Letras,* 13 (1947), págs. 241-57. *(AC,* 176).

ASTRANA MARÍN, Luis, *Vida ejemplar y heroica de Miguel de Cervantes Saavedra*, Madrid, Reus, 1948-58.

AUBRUN, Charles V., " Pour quelle raison déraisonna Don Quichotte." *Homenaje a Casalduero*, Madrid, Gredos, 1972, págs. 37-44. *(AC,* 1760).

AUDEN, W. H., " The Ironic Hero: Some Reflections on Don Quixote." *Horizon,* 20 (1949), págs. 86-94. Reimpreso en Lowry Nelson, Jr., ed., *Cervantes: A Collection of Critical Essays*, Englewood Cliffs, N. J., Prentice-Hall, 1969, págs. 73-81. (Drake, I, 13).

AUERBACH, Erich, " Die verzauberte Dulcinea." *Deutsche Vierteljahresschrift für Litteraturwissenschaft und Geistesgeschichte,* 35 (1951), págs. 294-316. Versión española en *Mimesis: la representación de la realidad en la literatura occidental*, trad. I. Villanueva y E. Imaz, México, Fondo de Cultura Económica, 1950.

AVALLE-ARCE, Juan Bautista, " La 'canción desesperada' de Grisóstomo." *NRFH,* 11 (1957), págs. 193-98. *(AC,* 988).

— *La novela pastoril española*, Madrid, Revista de Occidente, 1959.

— *Nuevos deslindes cervantinos*, Barcelona, Ariel, 1975. (Véase *AC,* 1420; Drake, I, 15, 16 y 17.)

— *Don Quijote como forma de vida*, Valencia, Fundación Juan March y Editorial Castalia, 1976.

— y E. C. Riley," Don Quijote," *Suma cervantina*, Londres, Támesis, 1973, páginas 47-79. *(AC,* 1985).

AVELEYRA A., Teresa," Un hombre llamado Sancho Panza," *NRFH.* 22 (1973), páginas 1-16.

AVERY, William," Elementos dantescos del *Quijote.*" *AC.* 9 (1961-62), págs. 1-28 *(AC.* 1761), y *AC.* 13-14 (1974-75), págs. 3-36.

AYALA, Francisco, " La invención del *Quijote* como problema técnico-literario." *Realidad.* 2 (1947a), págs. 183-200. *(AC.* 183; Drake. I, 19).

— " Nota sobre la creación del *Quijote.*" *CA.* 35 (1947b), págs. 194-206. *(AC.* 182; Drake. I, 20).

— *Experiencia e invención (Ensayos sobre el escritor y su mundo),* Madrid, Taurus, 1960, págs. 27-103.

— " Nota sobre la novelística cervantina." *RHM.* 31 (1965a), págs. 36-45. *(AC.* 1537; Drake I, 22).

— " Los dos amigos," *RdeO.* 10 (1965b), págs. 287-306. *(AC.* 1603).

— *Cervantes y Quevedo.* Barcelona, Seix Barral, 1974.

— *Los ensayos. Teoría y crítica literaria,* Madrid, Aguilar, 1972.

BABELON, Jean, *Cervantès,* Paris, eds. de la *Nouvelle Revue Critique,* 1939.

BALBÍN LUCAS, Rafael de, " Lo trágico y lo cómico mezclado. (Nota al capítulo XXXV de la Primera Parte del *Quijote).*" *Homenaje a Cervantes,* ed. F. Sánchez-Castañer, Valencia, Ed. Mediterráneo, 1950. II, páginas 311-20.

BANDERA, Cesáreo, "Cervantes frente a Don Quijote. Violenta simetría entre la realidad y la ficción." *MLN.* 89 (1974), págs. 159-72.

— *Mimesis conflictiva. Ficción literaria y violencia en Cervantes y Calderón,* Madrid, Gredos, 1975, págs. 1-171.

BARRICK, Mac E., " The Form and Function of Folktales in *Don Quijote.*" *Journal of Medieval and Renaissance Studies,* 6 (1976), págs. 101-38.

BARTO, Philip S., " The Subterranean Grail Paradise of Cervantes," *PMLA.* 38 (1923), págs. 401-11.

BATAILLON, Marcel, " L'erasmisme de Cervantès." *Erasme et l'Espagne: Recherches sur l'histoire spirituelle du XVI siècle,* Paris, E. Droz, 1937, páginas 819-49.

— " Exégesis esotérica y análisis de intenciones del *Quijote.*" *BRP,* Sonderheft, 1967, págs. 22-26.

BATES, Margaret J., *"Discreción" in the Works of Cervantes,* Washington, D. C., Catholic Univ. of America Press, 1945.

— " Cervantes' Criticism of *Tirant lo Blanch.*" *HR.* 21 (1953), págs. 142-44.

BELL, Michael, " The Structure of Don Quixote." *Essays in Criticism.* 18 (1968), págs. 241-57. (Drake. I, 33).

BENARDETE, M. J., " Los galeotes (Capítulos 22, 23, 25, 29 de la Primera Parte del *Quijote).*" *RHM.* 31 (1965), págs. 57-70.

BENCHENEB, S., y C. Marcilly, "Qui était Cide Hamete Benengeli?." *Mélanges à la mémoire de Jean Sarrailh,* Paris, Centre de Recherches de l'Institut d'Études Hispaniques, 1966, I, págs. 97-116.

BERRYMAN, John, "The Freedom of the Don," *The Freedom of the Poet.* N. Y., Farrar. Strauss y Giroux, 1976, págs. 144-58 [Escrito en ¿1960?].

BERTRAND, J.-J. A., " La naissance du chef-d'oeuvre." *AC.* 6 (1957), págs. 193-226. *(AC.* 1140; Drake. I, 37).

BIGEARD, Martine, *La folie et les foux littéraires en Espagne, 1500-1650*, París, Centre de Recherches de l'Institut d'Études Hispaniques, 1972, páginas 153-66.

BLECUA, Luis Alberto, "'A su albedrío y sin orden alguna,' nota al *Quijote*." *BRAE*.47 (1967), págs. 511-20. *(AC*.1763).

BLEZNICK, Donald W., "Don Quijote's Advice to Governor Sancho Panza," *Hispania*.40 (1957), págs. 62-65. *(AC*.992).

BOLAÑO E ISLA, Amancio, *Estudios literarios*, México, Porrúa, 1960.

BOOTH, Wayne C., *The Rhetoric of Fiction*, Chicago, Univ. of Chicago Press, 1961.

— "The Self-Conscious Narrator in Comic Fiction Before Tristram Shandy." *PMLA*, 67 (1952), págs. 163-85 (Drake. I, 46).

BORGES, Jorge Luis, "Magias parciales del *Quijote*," *Otras inquisiciones*, Buenos Aires, Emecé, 1960, págs. 65-69 [1.ª ed.,1952]. (Drake.I, 48).

— "Análisis del último capítulo del *Quijote*," *Revista de la Universidad de Buenos Aires*.I (1956), págs. 28-36. (Drake. I, 49).

BRANTLEY, Franklin O., "Sancho's Ascent into the Spheres," *Hispania*, 53 (1970), págs. 37-45.

BRENAN, Gerald, "Cervantes," *The Literature of the Spanish People*, N. Y., Meridian Books, 1957 [1.ª ed., 1951], págs. 175-98. (Drake.I, 50).

BRODERICK, James H., y Hubert L. Dreyfus, "Curds and Lions in Don Quijote," *MLQ*.18 (1957), págs. 100-106.

BRODY, Robert, "Don Quijote's Emotive Adventures: Fulling Hammers and Lions," *NeoPhil*.59 (1975), págs. 372-81.

BROWNE, James R., "Cervantes and the *galeotes* Episode," *Hispania*, 41 (1958), págs. 460-64. *(AC*,1284).

— "Recognition and the *galeotes* Episode," *Hispania*.42 (1959), págs. 42-45. *(AC*,1285).

BUCHANAN, Milton A., "Extraneous Matter in the First Part of Cervantes' *Don Quijote*," *Estudios eruditos in memoriam de Adolfo Bonilla y San Martín*, Madrid, Universidad Central, Facultad de Filosofía y Letras, 1927, I, páginas 143-49.

CAMERA DE ASARTA, Vittorio, "Consideraciones sobre un punto dudoso del *Quijote*," *RFE*.46 (1963), págs. 179-80. *(AC*.1765).

CAMÓN AZNAR, José, *"Don Quijote" en la teoría de los estilos*, Zaragoza, *CSIC*, 1949. (AC, 191: Drake.I, 53).

CANAVAGGIO, Jean François, "Alonso López Pinciano y la estética literaria de Cervantes en el *Quijote*," *AC*.7 (1958), págs. 13-107. *(AC*.1286; Drake.I, 54).

— «Cervantes en primera persona,» *Journal of Hispanic Philology*, 2 (1977), 35-44.

CARBALLO PICAZO, Alfredo, "Cervantes, Avellaneda y los artículos," *Studia Philologica. Homenaje ofrecido a Dámaso Alonso*, Madrid, Gredos, 1960, I, páginas 281-93. *(AC*, 1457).

CASALDUERO, Joaquín, "Explicando la primera frase del *Quijote*," *BH*. 36 (1934), págs. 137-48. (Drake.I, 56).

— *Sentido y forma del "Quijote" (1605-1615)*, Madrid, Ínsula,1966a [1.ª ed. 1949]. *(AC*, 196, 1607; Drake.I, 58).

— "La lectura de 'El curioso impertinente'," *Homenaje a Rodríguez Moñino*, Madrid, Castalia, 1966b, I, págs. 83-90. *(AC*, 1606).

— "La persona en el *Quijote* de 1605 y en el de 1615," *Studia hispanica in honorem R. Lapesa*, Madrid, Gredos, 1974. *(AC.* 1968).

CASTRO, Américo, "Prólogo," *El ingenioso hidalgo Don Quijote de la Mancha*, México, Porrúa, 1960, págs. VII-LXIX. *(AC,* 1444).

— *Cervantes y los casticismos españoles*, Madrid-Barcelona, Alfaguara, 1966. *(AC,* 1542).

— *Hacia Cervantes*, Madrid, Taurus, 1967, 3.ª ed. considerablemente renovada [1.ª ed., 1957], págs. 213-474. *(AC,* 959, 1541; Drake, I, 62, 69, 70, 71, 72, 73, 74).

— "Cómo veo ahora el *Quijote*," Estudio preliminar a *El ingenioso hidalgo don Quijote de la Mancha*, Madrid, E.M.E.S.A., Novelas y cuentos, 1971, páginas 9-102.

— *El pensamiento de Cervantes*, Nueva edición ampliada y con notas del autor y de Julio Rodríguez-Puértolas, Barcelona-Madrid, Noguer, 1972 [1.ª ed., 1925]. *(AC,* 1725; Drake, I, 63).

CAVESTANY, Juan Antonio, "Sobre una frase oscura de Sancho Panza," *AC.* 11 (1972), págs. 163-69. *(AC,* 1899).

CLOSE, Anthony, "Don Quixote and the 'Intentionalist Fallacy'," *BJA,* 12 (1972), págs. 19-39.

— "Sancho Panza: Wise Fool," *MLR.* 68 (1973a), págs. 344-57.

— "Don Quixote's Love for Dulcinea: A Study of Cervantine Irony," *BHS.* 50 (1973b), págs. 237-55.

— "Don Quixote as a Burlesque Hero: A Re-constructed Eighteenth-Century View," *FMLS.* 10 (1974), págs. 365-78.

— "Don Quixote's Sophistry and Wisdom," *BHS,* 55 (1978a), 103-114.

— *The Romantic Approach to "Don Quixote," a Critical History of the Romantic Tradition in "Quixote" Criticism*, Cambridge Univ. Press, 1978b.

CRIADO DE VAL, Manuel, *"Don Quijote* como diálogo," *AC,* 5 (1955-56), páginas 183-208. *(AC,* 1003; Drake, I, 84).

CROCKER, Lester G., *"Don Quijote,* Epic of Frustration," *RR,* 42 (1951), páginas 178-88. (Drake, II, 83).

CHAMBERLAIN, Vernon A., y Jack Weiner, "Color Symbolism: 'A Key to a Possible New Interpretation of Cervantes' 'Caballero del Verde Gabán'," *RomN.* 10 (1968), págs. 342-47.

CHAMBERS, Leland H., "Structure and the Search for Truth in the *Quijote*," *HR,* 35 (1967), págs. 309-26. *(AC,* 1769; Drake, I, 78).

— "Irony in the Final Chapter of the *Quijote*," *RR,* 61 (1970), págs. 14-22. *(AC,* 1770; Drake, II, 69).

— "Idea and the Concept of Character in *Don Quijote,*" *Studia Ibérica. Festschrift für Hans Flasche*, Berna, A. Francke, 1973, págs. 119-30.

DAVID-PEYRE, Yvonne, "L'observation psycho-pathologique et la fiction dans la folie de Don Quichotte," *Hommage a Amédée Mas*, Paris, Presses universitaires de France, Publications de l'Université de Poitiers, 1972, páginas 59-73.

DE CHASCA, Edmund, "Algunos aspectos del ritmo y del movimiento narrativo del *Quijote.*" *RFE.* 47 (1964), págs. 287-307. *(AC,* 1771; Drake, I, 79).

DESCOUZIS, Paul Marcel, *Cervantes a nueva luz. I, El "Quijote" y el Concilio de Trento*, Frankfurt, V. Klostermann, 1966. *(AC,* 1510; Drake, I, 91). *II, Con la iglesia hemos dado, Sancho*, Madrid, Ediciones Iberoamericanas, 1973. *(AC,* 1903).

Díaz-Plaja, Guillermo, "El retablo de Maese Pedro," *Ínsula*, 18, no. 204 (1963), págs. 1 y 12.

Dudley, Edward, "Don Quijote as Magus: The Rhetoric of Interpolation," *BHS*, 49 (1972), págs. 355-68.

Dunn, Peter N., "La cueva de Montesinos por fuera y por dentro: estructura épica, fisonomía, *MLN*, 88 (1973), págs. 190-202. *(AC*, 1990).

Durán, Manuel, "Perspectivismo en un capítulo del *Quijote*," *Hispania*, 39 (1956), págs. 145-48. *(AC*, 823).

— *La ambigüedad en el "Quijote*," Xalapa, México, Universidad Veracruzana, 1960. *(AC*, 1612; Drake, I, 95).

— *Cervantes*, N. Y., Twayne, 1974.

Efron, Arthur, *Don Quixote and the Dulcineated World*, Austin, Univ. of Texas Press, 1971. *(AC*, 1992).

Eisenberg, Daniel, "Pero Pérez the Priest and his Comment on *Tirant lo Blanch*," *MLN*, 88 (1973a), págs. 321-30. *(AC*, 1993).

— "*Don Quijote* and the Romances of Chivalry: The Need for a Reexamination," *HR*, 41 (1973a), págs. 451-67.

El Saffar, Ruth, "The Function of the Fictional Narrator in *Don Quijote*," *MLN*, 83 (1968) págs. 164-77. (Drake, I, 98).

— "Montesinos' Cave and the *Casamiento engañoso* in the Development of Cervantes' Prose Fiction," *KRQ*, 20 (1973a), págs. 451-67.

— "Development and Reorientation in the Works of Cervantes," *MLN*, 88 (1973b), págs. 203-14. *(AC*, 1973).

— *Novel to Romance. A Study of Cervantes's "Novelas ejemplares"*, Baltimore, Johns Hopkins, 1974.

— *Distance and Control in "Don Quijote*," Chapel Hill, University of North Carolina Press, 1975.

— "Beyond Fiction," *The Recovery of the Feminine in the Novels of Cervantes*, Berkeley, Univ. of California Press, 1984.

Evreinoff, Nicolas [Yevreinov, Nicolai], "Don Quixote and Robinson Crusoe," *The Theatre in Life*, ed. y trad. de Alexander I. Nazaroff, N. Y., Bretano's, 1927, págs. 83-97.

Fitzmaurice Kelly, James, *Miguel de Cervantes Saavedra: A Memoir*, Oxford, Clarendon Press, 1913.

Flecniakoska, Jean-Louis, "Reflexions sur la parodie pastorale dans le *Quichotte*," *AC*, 8 (1959-60), págs. 371-78. *(AC*, 1463; Drake, I, 111).

Flores, R. M., "Sancho's Fabrications: A Mirror of the Development of his Imagination," *HR*, 38 (1970), págs. 174-82. *(AC*, 1904; Drake, II, 104).

— *The Compositors of the First and Second Madrid Editions of "Don Quijote*," *Part One*, Londres, Modern Humanities Research Association, 1975.

— "El caso del epígrafe desaparecido: capítulo 43 de la edición príncipe de la Primera Parte del *Quijote*". Se presentó entre las ponencias del VIº Congreso de la Asociación Internacional de Hispanistas en Toronto, 1977.

Forcione, Alban K., *Cervantes, Aristotle and the "Persiles*," Princeton, Princeton University Press, 1970a, págs. 1-166. (Drake, I, 113).

— "Cervantes and the Freedom of the Artist," *RR*, 61 (1970b), págs. 243-55. (Drake, II, 105).

— *Cervantes and the Humanist Vision: A Study of Four "Exemplary Novels*," Princeton, Princeton Univ. Press, 1982.

— *Cervantes and the Mystery of Lawlessness: A Study of "El casamiento engañoso y El coloquio de los perros,"* Princeton, Princeton University Press, 1984.

FOUCAULT, Michel, *Les mots et les choses. Une archéologie des sciences humaines*, París, Gallimard, Bibliothèque des Sciences Humaines, 1966, páginas 60-64.

FRATTONI, Oreste, "Idilio y realidad en Sierra Morena," *Boletín de literaturas hispánicas*, 5 (1963), págs. 59-82.

FRY, Gloria, "Symbolic Action in the Episode of the Cave of Montesinos," *Hispania*, 48 (1965), págs. 468-74. *(AC*, 1776).

FUCILLA, Joseph G., "The Role of the *Cortegiano* in the Second Part of *Don Quijote*," *Hispania*, 33 (1950), págs. 291-96.

— "The Cave of Montesinos," *Italica*, 29 (1952), págs. 170-73.

FUENTES, Carlos, *Cervantes o la crítica de la lectura*, México, Joaquin Mortiz, 1976.

GAOS, Vicente, "El *Quijote*: Aproximaciones," *Temas y problemas de la literatura española*, Madrid, Guadarrama, 1959, págs. 93-118. [Escrito en 1948]. *(AC*, 1293; Drake, I, 120).

— "Alto y sobajado don Quijote," *Estafeta literaria*, 332 (1965), págs. 3-5.

— "El *Quijote* y las novelas interpoladas," *Claves de literatura española*, Madrid, Guadarrama, 1971, I, págs. 181-92.

GARCÍA, William B., "Algo sobre el episodio del cautivo," *AC*, 12 (1973), páginas 187-90. *(AC*, 1995).

GARCÍA DE DIEGO, Vicente, "Notas etimológicas: *follón*," *BRAE*, 39 (1959), páginas 54-72. *(AC*, 1294).

GARCÍA GÓMEZ, Jorge, "Vida e interpretación en el primer *Quijote*," *CHA*, 221 (1968), págs. 335-66.

GERHARDT, Mia I., *Don Quijote, la vie et les livres*, Amsterdam, Noord-Hollandsche Uitgevers Maatschappij, 1955. *(AC*, 828; Drake, I, 125).

GILLESPIE, Ruth C., "Don Quijote and the *pecados mortales*," *Hispania*, 42 (1959), págs. 40-41. *(AC*, 1297).

GILLET, Joseph E., "Clavileño: su fuente directa y sus orígenes primitivos," *AC*, 6 (1957), págs. 251-55. *(AC*, 1153).

GILMAN, Stephen, *Cervantes y Avellaneda: Estudio de una imitación*, trad. del original inédito por Margit Frenk Alatorre, México, Colegio de México, 1951. *(AC*, 512; Drake, I, 128).

— "Los inquisidores literarios de Cervantes," *Actas del tercer congreso internacional de hispanistas*, México, Colegio de México, 1970, págs. 3-25. (Drake I, 127).

GIRARD, René, *Mensonge romantique et vérité romanesque*, Paris, Bernard Grasset, 1961. *(AC*, 1619; Drake, II, 125).

GOGGIO, Emilio, "The Dual Role of Dulcinea in Cervantes, *Don Quijote de la Mancha*," *MLQ*, 13 (1952), págs. 285-91. (Drake, I, 129).

GÓMEZ GALÁN, Antonio, "El día y la noche en el *Quijote*," *Arbor*, 49, no. 185 (1961), págs. 33-43.

GONZÁLEZ, Ariosto D., "El *Quijote* como obra histórica," *Revista Nacional* (Montevideo) 231 (1967), págs. 4-94.

GONZÁLEZ LÓPEZ, Emilio, "La dueña dolorida del *Quijote* y la Emperatriz de Constantinopla," *NRFH*, 9 (1955), págs. 35-37.

— "La evolución del arte cervantino y las ventas de *El Quijote*," *RHM*. 34 (1968), págs. 302-12. *(AC.* 1779).

GORDON, Samuel, "Breve estudio de dos romances en dos capítulos del *Quijote*," *CHA*. 287 (1974), págs. 497-505.

GREEN, Otis H., "El ingenioso hidalgo," *HR*. 25 (1957), págs. 175-93.

— "Realidad, voluntad y gracia en Cervantes," *Ibérida*.5 (1961), págs. 113-128. (Drake. I, 133).

— "Melancholy and Death in Cervantes," *Hispanic Studies in Honor of Nicholson B. Adams*, Chapel Hill, Univ. of North Carolina Press, 1966a, páginas 49-55. (Drake. II, 136).

— "Don Quijote and the *alcahuete*," *Estudios dedicados a James Homer Herriott*, Madison, Univ. of Wisconsin Press, 1966b, págs. 109-116.

GILBEAU, John J., "Some Folk-Motifs in *Don Quijote*," *Studies in Comparative Literature*, ed. Waldo F. McNeir, Baton Rouge, Louisiana State Univ. Press, 1962, págs. 69-83.

GUILLÉN, Claudio, "Luis Sánchez, Ginés de Pasamonte y los inventores del género picaresco," *Homenaje a Rodríguez Moñino*, Madrid, Castalia, 1966, I, págs. 221-31. *(AC.* 1624; Drake. I, 135).

— *Literature as System*, Princeton, Princeton Univ. Press, 1971.

GUILLÉN, Jorge, "Vida y muerte de Alonso Quijano," *Romanische Forschungen*. 64 (1952), págs. 102-13. (Drake. I, 136).

HAHN, Juergen, "*El curioso impertinente* and Don Quijote's Symbolic Struggle against *Curiositas*," *BHS*. 49 (1972), págs. 128-40.

HALEY, George, "The Narrator in *Don Quijote:* Maese Pedro's Puppet Show," *MLN*. 80 (1965), págs. 145-65. *(AC.* 1625; Drake. I, 139).

HAMBURGER, Käte, "*Don Quijote* und die Struktur des epischen Humors," *Festgabe für Eduard Berend*, Weimar, H. Böhlaus Nachf., 1959, págs. 191-209. (Drake. II, 145).

HAMILTON, T. Earle, "What Happened in the Cave of Montesinos?," *Comparative Literature Symposium*, Lubbock, Texas, Texas Tech Press, I (1968), págs. 3-17.

HATZFELD, Helmut, "Mittel der Spannung im *Quijote*," *Estudios eruditos in memoriam de Adolfo Bonilla y San Martín*, Madrid, Universidad Central, Facultad de Filosofía y Letras, 1927, I, págs. 127-42. (Drake. II, 151).

— "¿Don Quijote asceta?," *NRFH*, 2 (1948), págs. 57-70. *(AC*, 230: Drake, I, 145).

— *El "Quijote" como obra de arte del lenguaje*, 2.ª ed. española, refundida y aumentada, Madrid, CSIC, 1966 [Original alemán de 1927]. *(AC*. 231, 1910; Drake. I, 141).

— "Der dialog zwischen Sancho und Teresa Panza," *Interpretation und Vergleich. Festschrift für Walter Pabst*, Berlín, Erich Schmidt, 1972a, páginas 69-78.

— "Una explicación de texto *(Don Quijote de la Mancha*, parte II, capítulo XVI, Sección Central)," *Estudios de literaturas románicas*, Barcelona, Planeta, 1972b, págs. 366-81.

— "Why is *Don Quijote* Baroque?," *PQ*. 51 (1972c), págs. 158-76.

HAZARD, Paul, "*Don Quichotte*" *de Cervantès. Étude et analyse*, París, Mellottée, 1931. (Drake. I, 149).

HENDRIX, W. S., "Sancho Panza and the Comic Types of the Sixteenth Century," *Homenaje ofrecido a Menéndez Pidal*, Madrid, editorial Hernando, 1925, II, págs. 485-494.

HENRY, Albert, "L'ascendance littéraire de Clavileño," *Romania*. 90 (1969), páginas 242-57.

HERRERO, Javier, "Arcadia's Inferno: Cervantes' Attack on Pastoral," *BHS*, 55 (1978), 289-99.

HEUGAS, Pierre, "Variation sur un portrait: de Mélibée a Dulcinée." *BH*. 71 (1969), págs. 5-30. *(AC*. 1783).

HILBORN, Harry W., "Lo subconsciente en la psicología de Sancho Panza," *Studia Ibérica. Festschrift für Hans Flasche*, Berna, A. Francke, 1973, páginas 267-80.

HIRSCH, E. D., *Validity in Interpretation*, New Haven, Yale University Press, 1967.

HOLLANDER, Robert, "The Cave of Montesinos and the Key of Dreams." *Southern Review*. 4 (1968), págs. 756-67.

HUGHES, Gethin, «The Cave of Montesinos: Don Quixote's Interpretation and Dulcinea's Disenchantment," *BHS*, 54 (1977), 107-113.

IBÉRICO RODRÍGUEZ, Mariano, "El retablo de Maese Pedro: Estudio sobre el sentimiento del tiempo en *Don Quijote*," *Letras* (Lima) 54-55 (1955), páginas 5-23.

IMMERWAHR, Raymond, "Structural Symmetry in the Episodic Narratives of *Don Quijote*, Part One," *CL*. 10 (1958), págs. 121-35. *(AC*. 1301; Drake. I, 158).

IRIARTE, Mauricio de, "El examen de ingenios y el ingenioso hidalgo," *El Doctor Huarte de San Juan y su "Examen de ingenios". Contribución a la historia de la psicología diferencial*, 3.ª ed., Madrid, CSIC, 1948, págs. 311-322 [1.ª ed., 1938; 1.ª redacción de este cap., 1933]. (Drake, II, 164).

IVENTOSCH, Herman, "Dulcinea, nombre pastoril," *NRFH*, 17 (1964), páginas 60-81.

— "Cervantes and Courtly Love: The Grisóstomo-Marcela Episode." *PMLA*. 80 (1974), págs. 64-67.

JOHNSON, Carroll B., "A Second Look at Dulcinea's Ass." *HR*. 43 (1975), páginas 191-98.

JONES, Joseph R., "Historical Materials for the Study of the 'Cabeza encantada' Episode in *Don Quijote*," *HR*, 47 (1979), 87-103.

KATTAN, Olga, "Algunos paralelos entre Jerónimo de Pasamonte y Ginesillo en el *Quijote*," *CHA*. 244 (1970), págs. 190-206. *(AC*. 1784).

KNOWLES, Edwin, "Cervantes and English Literature," *Cervantes across the Centuries*, eds. Angel Flores y M. J. Benardete, N. Y., Dryden Press, 1947, págs. 267-93.

KÖHLER, Erich, "Wandlungen Arkadiens: die Marcela-Episode des *Don Quijote* (I, 11-14)," *Literaturgeschichte als geschichtlicher Auftrag. Werner Krauss zum 60 Geburtstag*, Berlín, Rütten and Loening, 1961, págs. 41-60.

KOMMERELL, Max, "Humoristiche Personifikation in *Don Quijote*," *Die Neue Rundschau*, 49 Jahrgang, Band, 1 (1938), págs. 209-32. (Drake. I, 162).

KRAPPE, Alexander Haggerty, "La fuente clásica de Miguel de Cervantes' *Don Quijote*, Primera parte, Capítulo 18," *RR*. 20 (1929), págs. 42-43.

KRAUSS, Werner, *Miguel de Cervantes. Leben und Werk*, Berlín, Luchterhand, 1966. *(AC*. 1557; Drake. I, 164).

KRUSE, Margot, "Ariost und Cervantes," *RJ*. 12 (1961), págs. 248-64. (Drake, I, 166).

KURZ, Gerhard, "Die Literatur, das Leben und der Tod. Ammerkungen zu Cervantes und Kafka," *Archiv für das Studium der neuren Sprachen und Literaturen.* 212 (1975), págs. 265-79.

LA BARBERA, Enrico, *Las influencias italianas en la novela de "El curioso impertinente"* de Cervantes, Roma, Vittorio Bonacci, 1963.

LAPESA, Rafael, "Aldonza-Dulce-Dulcinea," *BBMP,* 23 (1947), págs. 48-53. *(AC.* 239).

LARA, Cecilia de, "Estilo e ritmo no *Quixote," Miscelánea "Universitas"*, Sorocaba, II (1956), págs. 29-59. *(AC.* 1022; Drake, II, 175).

LASCARIS COMMENO, Constantino, "El nombre de Don Quijote," *AC.* 2 (1952), páginas 361-64. *(AC,* 621; Drake, I, 169).

LEVIN, Harry, "The Example of Cervantes," *Contexts of Criticism*, Cambridge, Mass., Harvard Univ. Press, 1957, págs. 79-96. (Drake, I, 171) [Escrito en 1955].

— *The Gates of Horn. A Study of Five French Realists,* N.Y., Oxford Univ. Press, 1966.

— "The Quixotic Principle: Cervantes and Other Novelists," *Harvard English Studies.* 1 (1970), págs. 45-66. Versión española: "Cervantes, el quijotismo y la posteridad," *Suma cervantina*, eds. J. B. Avalle-Arce y E. C. Riley, Londres, Támesis, 1973, págs. 377-96. *(AC.* 1997; Drake, II, 179).

LIDA, Raimundo, "Vértigo del *Quijote," Asomante.* 18, no. 2 (1962), págs. 7-26. (Drake, II, 181).

LIDA DE MALKIEL, María Rosa, "'De cuyo nombre no quiero acordarme ...'," *RFE.* 1 (1939), págs. 167-71. (Drake, I, 174).

— "Dos huellas del *Esplandián* en el *Quijote* y el *Persiles," RPh,* 9 (1955-56), páginas 156-62. *(AC.* 838).

— "El amanecer mitológico en la poesía narrativa española," *La tradición clásica en España*, Barcelona, Ariel, 1975, págs. 119-64, esp. 162-64. [Reimpreso de *RFE.* 8 (1946), 77-110].

LIVERMORE, Harold V., "El caballero salvaje," *RFE.* 34 (1950), págs. 166-83.

LOCKE, F. W., "*El sabio encantador*, the Author of *Don Quixote," Symposium* 23 (1969), págs. 46-61.

LÓPEZ ESTRADA, Francisco, "La aventura frustrada. Don Quijote como caballero aventurero," *AC.* 3 (1953), págs. 161-214. *(AC.* 700).

— "Un poco más sobre 'de cuyo nombre no quiero acordarme'," *Strenae. Estudios de filosofía e historia dedicados al profesor Manuel García Blanco*, Acta salmanticensia, Filosofía y Letras 16 (1962), págs. 297-300. *(AC.* 1626).

LÓPEZ LANDEIRA, Ricardo, "Los encantadores de Don Quijote y su crítica literaria," *AC.* 12 (1973), págs. 115-28. *(AC.* 1998).

LÓPEZ NAVÍO, José, "Duelos y quebrantos los sábados," *AC,* 6 (1957), páginas 169-91. *(AC,* 1160).

— "Génesis y desarrollo del *Quijote," AC.* 7 (1958), págs. 157-235. *(AC.* 1305; Drake, I, 180).

— "Sobre la frase de la duquesa, 'las obras de caridad hechas floja y tibiamente'," *AC.* 9 (1962), págs. 97-112. *(AC.* 1787).

LLORENS, Vicente, "Un episodio del *Quijote:* la aventura de la hermosa morisca," *Revista de América.* 7, no. 19 (1946), págs. 25-32.

— "Historia y ficción en el *Quijote," PSA,* 8, tomo 28 (1963), págs. 235-58. *(AC.* 1628; Drake, I, 177).

— "La intención del *Quijote*," *RdeO*. 18 (1967), págs. 143-58. *(AC*. 1629; Drake. I, 178).

— "Don Quijote y la decadencia del hidalgo," *Aspectos sociales de la literatura española*, Madrid, Castalia, 1974, págs. 47-66. *(AC*. 1999).

MACKEY, Mary, "Rhetoric and Characterization in *Don Quijote*," *HR*, 42 (1974), págs. 51-66.

MADARIAGA, Salvador de, *Guía del lector del "Quijote". Ensayo psicológico sobre el "Quijote"*, Buenos Aires, Ed. Sudamericana, 1943 [1.ª ed., 1923-25]. *(AC*. 841; Drake. I, 182).

MADES, Leonard, *The Armor and the Brocade. A Study of "Don Quijote" and "The Courtier"*, N. Y., Las Américas, 1968a.

— "El auto de 'las Cortes de la Muerte' mencionado en *El Quijote*," *RHM*. 34 (1968b), págs. 376-99.

MAETZU, Ramiro de, *Don Quijote o el amor. Ensayos en simpatía*, ed. Alberto Sánchez, Madrid, Anaya, 1964 [1.ª ed., 1926]. *(AC*. 1633; Drake. I, 184; II, 192).

MALDONADO DE GUEVARA, Francisco, *La "maiestas" cesárea en el "Quijote"*, Madrid, CSIC, 1948. *(AC*, 246).

— "Dos estudios," *AC*. 1 (1951), págs. 133-231. (Drake. II, 197).

— "Del *Ingenium* de Cervantes al de Gracián," *AC*, 6 (1957), págs. 97-111. *(AC*, 1163; Drake. I, 186).

MANCING, Howard, "Dulcinea's Ass: A note on *Don Quijote*, Part II, Chapter 10," *HR*, 39 (1972), págs. 73-77. *(AC*, 1917).

— "The Comic Function of Chivalric Names in *Don Quijote*," *Names*. 21 (1973), págs. 200-225.

— "Cervantes and the Tradition of Chivalric Parody," *FMLS*. 11 (1975), páginas 177-91.

MANDEL, Oscar, "The Function of the Norm in *Don Quixote*," *MP*. 55 (1957-58), págs. 154-63. (Drake. I, 189).

MANN, Thomas, *Meerfahrt mit Don Quijote*, Wiesbaden, Inselbucherei, 1956. *(AC*, 1307; Drake. I, 190).

MARASSO ROCCA, Arturo, *Cervantes: La invención del "Quijote"*, Buenos Aires, Biblioteca Nueva, 1943. *(AC*. 250; Drake. I, 191).

MARCILLY, C., "Études cervantines. Réflexions sur la destruction de la bibliothèque de Don Quichotte," *Revue de la Mediterranée*, 21, no. 2 (1961), páginas 141-70.

MARONE, Gherardo, "La cultura italiana en la formación del *Quijote*," *Homenaje a Cervantes*, Buenos Aires, Facultad de Filosofía y Letras, 1947.

MÁRQUEZ VILLANUEVA, Francisco, "Sobre la génesis literaria de Sancho Panza." *AC*, 7 (1958), págs. 123-55.

— "Dorotea, la muchacha de Osuna," *Archivo Hispalense*, 2.ª época, no. 141-46 (1967), págs. 147-63. *(AC*, 1788).

— *Fuentes literarias cervantinas*, Madrid, Gredos, 1973. *(AC*, 1967).

— *Personajes y temas del "Quijote"*, Madrid, Taurus, 1975.

MARTÍNEZ-BONATI, Félix, "Cervantes y las regiones de la imaginación," *Dispositio*, 2 (1977), 28-53.

— "La unidad del *Quijote*," *Dispositio*, 2 (1977), 118-39.

— "El *Quijote*: juego y significación," *Dispositio*, 3 (1978), 243-93.

MAYA, Rafael, "Los tres mundos de Don Quijote," *BICC*, 3 (1947), págs. 36-59. (Drake. II, 217).

McCanles, Michael, "The Literal and the Metaphorical: Dialectic or Interchange." *PMLA.*91 (1976), págs. 279-90.

McCready, Warren T., "Cervantes and the 'Caballero Fonseca'," *MLN.* 73 (1958), págs. 33-35.

McGrady, Donald, "The *sospiros* of Sancho's Donkey," *MLN.* 88 (1973), páginas 335-37. *(AC.*2003).

McPheeters, D. W., "'Cervantes' Versos on *La Celestina,*" *RomN.* 4 (1963), páginas 136-38.

Menéndez Pidal, Ramón, "Un aspecto en la elaboración del *Quijote,*" *De Cervantes y de Lope de Vega,* Buenos Aires, Espasa-Calpe, 1948, págs. 9-60 [Discurso leído en 1920]. (Drake. I, 196).

Meyer, Herman, "Von der Frieheit des Erzählers," *Zarte Empirie. Studien zur literaturgeschichte,* Stuttgart, J. B. Metzlersche, 1963, págs. 1-11.

Millé y Giménez, Juan, *Sobre la génesis del "Quijote",* Barcelona, Araluce, 1930. (Drake. I, 203).

Molho, Mauricio, *Cervantes: Raíces folklóricas,* Madrid, Gredos, 1976.

Monas, Sidney, "The Lion in the Cage: The Quixote of Reality," *The Massachussets Review.* 1 (1959), págs. 156-75.

Monroy, Juan Antonio, *La biblia en el "Quijote",* Madrid, V. Suárez, 1963. *(AC.*1635; Drake. I, 204).

Moreno Báez, Enrique, "Arquitectura del *Quijote,*" *RFE,* 32 (1948), páginas 269-85. (Drake, I, 212).

— *Reflexiones sobre el "Quijote",* Madrid, Editorial Prensa Española, 1968. (Drake. I, 213).

Moríñigo, Marcos A., "Una nota para la edición del *Quijote.* ¿Ladrillos *enrejalados* o ladrillos *enrelejados?,*" *Filología.* 10 (1964), págs. 217-22. *(AC.*1791).

Morón Arroyo, Ciriaco, *Nuevas meditaciones del "Quijote",* Madrid, Gredos, 1976.

Mozos, Santiago de los, "Enmiendas injustificadas en ediciones del *Quijote,*" *BRAE.*54 (1974), págs. 105-22.

Murillo, Luis Andrés, "Cervantic Irony in *Don Quixote:* The Problem for Literary Criticism," *Homenaje a Rodríguez Moñino,* Madrid, Castalia, 1966, II, págs. 21-27. *(AC.*1639; Drake. I, 214).

— "Don Quijote, *nuevo* caballero," *Estudios de literatura española ofrecidos a Marcos A. Moríñigo,* Madrid, Ínsula, 1971, págs. 91-102.

— "The Summer of Myth: *Don Quijote de la Mancha* and *Amadis de Gaula,*" *PQ.* 51 (1972), págs. 145-57.

— *The Golden Dial: Temporal Configuration in "Don Quijote",* Oxford, Dolphin Book Co., 1975.

Nallim, Carlos Orlando, "Sobre la estructura del *Quijote* (las narraciones breves y su ensamble a la obra)." *La Palabra y el Hombre, Revista de la Universidad Veracruzana.*31 (1964), págs. 365-87.

Navarro González, Alberto. *El Quijote español del siglo XVII,* Madrid, Rialp, 1964. *(AC.*1641; Drake. II, 227).

— "Dulcinea y Galatea," *Cuadernos del Sur.* 11 (1969-71), págs. 127-32.

Neuschafer, Hans-Jörg. *Der Sinn der Parodie im "Don Quijote."* Heidelberg, C. Winter, 1963. *(AC.*1792; Drake. I, 220).

— "Don Quijote como ser social: Nuevo aspecto en la dialéctica cervantina."

Studia Hispánica in Honorem R. Lapesa, Madrid, Gredos, 1972, II, páginas 399-410.

NIETO, Ramón, "Cuatro parejas en el *Quijote,*" *CHA.* 276 (1973), págs. 496-527.

OLIVER, Antonio, "El morisco Ricote," *AC,* 5 (1955-56), págs. 249-55. *(AC,* 1038).

OLIVER ASÍN, Jaime, "La hija de Agi Morato en la obra de Cervantes," *BRAE,* 27 (1947-48), págs. 245-333. *(AC,* 269).

OLMOS GARCÍA, Francisco, *Cervantes en su época,* Madrid, Ricardo Aguilera, 1968.

ORDUNA, Lidia F., "Belianís de Grecia, según los anotadores del *Quijote,*" *AC,* 12 (1973), págs. 179-86. *(AC,* 2005).

ORTEGA Y GASSET, José, *Meditaciones del "Quijote,"* Madrid, *RdeO,* 3.ª ed., 1956. [1.ª ed. 1914]. (Drake, I, 223).

PALACIOS, Leopoldo Eulogio, "La significación doctrinal del *Quijote,*" *RFE,* 32 (1948), págs. 307-18. (Drake, I, 227).

PARKER, Alexander A., "El concepto de la verdad en el *Quijote,*" *RFE,* 32 (1948), págs. 287-305. (Drake, I, 230).

— "Fielding and the Structure of *Don Quijote,*" *BHS,* 33 (1956), págs. 1-16. (Drake, I, 231).

PELLEGRINI, Silvio, "L'unità del *Don Chisciotte,*" *Belfagor,* 19 (1964), páginas 534-45.

PEMÁN, José María, "La 'armazón de cauallería' de Don Quijote: apuntes sobre el capítulo III de la Primera Parte," *BRAE,* 27 (1947-48), págs. 7-19.

PERCAS DE PONSETI, Helena, "La cueva de Montesinos," *RHM,* 34 (1968), páginas 376-99.

— *Cervantes y su concepto del arte,* Madrid, Gredos, 1975.

PLACE, Edwin B., "Cervantes and the *Amadís,*" *Hispanic Studies in Honor of Nicholson B. Adams,* Chapel Hill, Univ. of North Carolina Press, 1966, páginas 131-40. (Drake, II, 252).

POPE, Randolph D., "El Caballero del Verde Gabán y su encuentro con don Quijote," *HR,* 47 (1979), 207-218.

PREDMORE, Richard Lionel, *El mundo del "Quijote",* Madrid, Insula, 1958. *(AC,* 1173, Drake, I, 238).

— *Cervantes,* N. Y., Dodd, Mead, 1973.

RAMÍREZ, Alejandro, "The Concept of Ignorance in *Don Quijote,*" trad. Annabelle Stafford, *PQ,* 45 (1966), págs. 474-79. *(AC,* 1800).

— "El morisco Ricote y la libertad de conciencia," *HR,* 24 (1956), págs. 278-89. *(AC,* 868).

REAL DE LA RIVA, César, "El *Quijote,* obra de invención," *Homenaje a Cervantes,* Valencia, Editorial Mediterráneo, 1950, II, págs. 287-310. (Drake, II, 263).

REBERSAT, Jacques, "Réalisme et réalité dans le *Don Quichotte,*" *Europe,* 34ᵉ année, no. 121-22 (1956), págs. 35-43.

REDONDO, Agustín, "Tradición carnavalesca y creación literaria, del personaje de Sancho Panza al episodio de la ínsula Barataria...," *BH,* 80 (1978), 39-70.

RIBER, Lorenzo, "Al margen de un capítulo de *Don Quijote,*" *BRAE,* 27 (1947-48), págs. 79-90.

RICARD, Robert, "Sur deux phrases de Cervantes *(Don Quichotte,* I, 7, t. II, 36)," *Les Lettres Romanes,* 17 (1963), págs. 159-67 y 170.

RILEY, Edward C., "Don Quixote and the Imitation of Models," *BHS* 31 (1954), págs. 3-16. *(AC.* 708; Drake, I, 265).

— "Episodio, novela y aventura en *Don Quijote," AC.* 5 (1955-56), págs. 209-30. *(AC.* 1046; Drake, I, 247).

— "'El alba bella que las perlas cría': Dawn Description in the Novels of Cervantes," *BHS,* 33 (1956), págs. 125-37. *(AC.* 752).

— "Who's Who in *Don Quixote?* Or an Approach to the Problem of Identity," *MLN.* 81 (1961), págs. 113-30. *(AC.* 1802; Drake, I, 246).

— *Cervantes's Theory of the Novel,* Oxford, Clarendon Press, 1962, trad. de Carlos Sahagún, *Teoría de la novela en Cervantes,* Madrid, Taurus, 1966. *(AC.* 1562; Drake, I, 248).

— "Three Versions of Don Quixote," *MLR,* 68 (1973), págs. 807-19. *(AC,* 2006).

Río, Angel del, "Quijotismo y cervantismo. El devenir de un símbolo," *REH,* 1 (1928), págs. 241-67. (Drake, I, 250).

— "El equívoco del *Quijote," HR,* 27 (1959), págs. 200-221. *(AC.* 1324; Drake, I, 249).

RIQUER, Martín de, "Don Quijote, caballero por escarnio," *Clavileño,* 7, no. 41 (1956), págs. 47-50. *(AC,* 874; Drake, II, 267).

— *Aproximación al "Quijote",* 2.ª ed. revisada, Barcelona, Teide, 1967. *(AC.* 1563; Drake, I, 252).

— "El *Quijote* y los libros," *PSA,* 14, tomo 54 (1969), págs. 5-24. *(AC,* 1803; Drake, I, 254).

— "Cervantes y la caballeresca," *Suma cervantina,* eds. J. B. Avalle-Arce y E. C. Riley, Londres, Támesis, 1973, págs. 273-92. *(AC,* 2007).

RIVERS, Elias L., "El grave defecto del *Quijote," Ínsula,* 6, no. 64 (1951), págs. 1-2. (Drake, I, 256).

— "On the Prefatory Pages of *Don Quijote,* Part II," *MLN,* 75 (1960), páginas 214-21. *(AC,* 1325; Drake, I, 255).

— "Talking and Writing in *Don Quixote," Thought,* 51 (1976), 296-305.

ROATEN, Darnell, "Dos notas sobre el *Quijote," Hispanófila,* 12, no. 35 (1969), páginas 27-31. *(AC,* 1804).

ROBERT, Marthe, "L'imitation souveraine," *Les Temps Modernes.* 16 (1961), páginas 1124-49 [Extracto del libro siguiente].

— *L'ancien et le noveau, de "Don Quichotte" a Kafka,* París, ed. Bernard Grasset, 1963. (Drake, II, 269).

— "Robinsonnades et donquichotteries," *Roman des origines et origines du roman,* Paris, Bernard Grasset, 1972, págs. 131-233.

RODRÍGUEZ GUERRERO, Ignacio, *Tipos delincuentes del "Quijote",* Quito, Casa de la Cultura Ecuatoriana, 1966. *(AC.* 1654; Drake, II, 276).

RODRÍGUEZ-LUIS, Julio, "Dulcinea a través de los dos *Quijotes," NRFH,* 18 (1965-66), págs. 378-416. (Drake, II, 277).

ROMERO FLORES, Hipólito R., *Biografía de Sancho Panza, filósofo de la sensatez,* Barcelona, Aedos, 1969 [1.ª ed., 1952]. *(AC,* 524; Drake, I, 260).

ROSALES, Luis, *Cervantes y la libertad,* Madrid, Gráficas Valera, 1960. *(AC,* 469, 1249; Drake, I, 261).

ROSENBLAT, Ángel, "La lengua de Cervantes," *Cervantes,* Caracas, Univ. Central, 1949, págs. 47-129.

— *La lengua de Cervantes,* Madrid, Gredos, 1971. *(AC,* 1805).

ROUX, Lucette, "A propos du '*Curioso impertinente*'," *Revue des Langues Romanes* (Montpellier) 75 (1963), págs. 173-94.

RUBENS, Erwin Félix, "Sobre el capítulo VI de la Primera Parte del *Quijote*," *Cuadernos del Sur*, Bahía Blanca, Argentina, Univ. Nacional del Sur, 1959 [Conferencia de 1957]. *(AC.*1180).

— "Cide Hamete Benengeli, autor del *Quijote*," *Comunicaciones de literatura española*, Buenos Aires, Univ. Católica Argentina, Facultad de Letras, 1972, I, págs. 8-13. *(AC.*1924).

RUBIA BARCIA, J., "Alonso Quijano y Don Quijote. Reflexiones sobre el 'ser' de la novela," *Cuadernos.*47 (1961), págs. 84-94.

RUBIN, Louis D., Jr., "Concerning Cide Hamete Benengeli and Others," *The Teller in the Tale*, Seattle-Londres, Univ. of Washington Press, 1967, páginas 3-23.

RÜEGG, August, *Miguel de Cervantes und sein "Don Quijote"*, Berna, A. Francke, 1949. *(AC.*112; Drake.I, 264).

— "Le réalisme de Cervantès," *AC.*2 (1952), págs. 111-28. *(AC.*584; Drake.I, 265).

— "Lo erásmico en el *Don Quijote* de Cervantes," *AC.*4 (1954), págs. 1-40. (Drake.I, 266).

RUSSELL, P. E., "*Don Quixote* as a Funny Book," *MLR* 64 (1969), págs. 312-26. (Drake.I, 267).

SALINAS, Pedro, "Cervantes," *Ensayos de literatura hispánica*, 2.ª ed., Madrid, Aguilar, 1961, págs. 73-142. (Drake.II, 288).

SALINGAR, L. G., "*Don Quixote* as a Prose Epic," *FMLS.*2 (1966), págs. 53-68. (Drake.II, 290).

SÁNCHEZ, Alberto, "Historia y poesía en el *Quijote*," *Cuadernos de Literatura.*3 (1948), págs. 139-60. (Drake I, 270).

— "El caballero del Verde Gabán," *AC* 9 (1961-62), págs. 169-201. *(AC.*1806).

— "Estado actual de los estudios biográficos," *Suma cervantina*, Londres, Támesis, 1973, págs. 3-24.

SÁNCHEZ MARIÑO, Rafael, "Un Alonso Quijano de carne y hueso," *AC.* 9 (1961-62), págs. 257-58.

SÁNCHEZ Y ESCRIBANO, Federico, "Un tema erasmiano en el *Quijote*, I, 22," *RHM.* 19 (1953), págs. 88-93.

— "De la técnica realista en algunos cuentos pastoriles del *Quijote*," *AC.* 4 (1954), págs. 113-17. *(AC.*877; Drake.I, 274).

— "El sentido cervantino del ataque contra los libros de caballería," *AC.* 5 (1955-56), págs. 19-40. *(AC.*1048).

— "Cervantes ante el problema aristotélico de la relación entre la fábula y los episodios," *Hispanófila.*4, no. 12 (1961), págs. 33-37. *(AC.*1658).

— "De la supresión de la frase de la duquesa, 'las obras de caridad que se hacen tibia y flojamente'," *KRQ.*14 (1967), págs. 71-87.

— "Cervantes' Literary Achievement," *RHM*, 34 (1968), págs. 424-35. (Drake II, 293).

SANSONE, Giuseppe, "Ancora del giudizio di Cervantes sul *Tirant lo Blanch*," *Studi Mediolatini e Volgari.*8 (1960), págs. 235-53.

SANVISENTI, B., "Il passo più oscuro del *Chisciotte*," *RFE.*9 (1922), págs. 58-62.

SARMIENTO, Edward, "Don Quixote and the Holy Images," *Dublin Review.*44 (1947), págs. 38-47. (Drake.II, 296).

— "On the Interpretation of *Don Quixote*," *BHS.* 37 (1960), págs. 146-53. *(AC.*1485; Drake.I, 277).

— y Columba Cary-Elwes, "A Note to Don Quixote's Adventure with the Men in White," *BHS.*32 (1955), págs. 125-29.

61

SCHEVILL, Rodolfo. *Cervantes*. N. Y., Ungar, 1966 [1.ª ed., 1919].

— "El episodio de Clavileño," *Estudios eruditos in memoriam de Adolfo Bonilla y San Martín*, Madrid, Universidad Central, Facultad de filosofía y letras, 1927, I, págs. 115-25.

SCHOLBERG, Kenneth R., "`La verdad adelgaza y no quiebra`," *Hispania*, 41 (1958), págs. 71-72. *(AC*, 1333).

SCHOLES, Robert, *Structuralism in Literature*, New Haven, Yale Univ. Press, 1974.

SCHOLES, Robert, y KELLOGG, Robert, *The Nature of Narrative*, Londres-Oxford-N. Y., Oxford Univ. Press, 1966, págs. 252-56.

SCHÜRR, Friedrich, *Cervantes: Leben und Werk des grossen Humoristen*, Berna-Munich, A. Francke, 1963 [1.ª ed., 1947]. *(AC*, 474; Drake, I, 281).

— "Romanticismo, realismo y humorismo de Cervantes," *AC*, 3 (1953), páginas 361-66.

SCHUTZ, Alfred, "Don Quixote and the Problem of Reality," *Collected Papers*, La Haya, M. Nijhoff, 1964, II, *Studies in Social Theory*, págs. 135-58.

SCKOMMODAU, Hans, "Ínsula: zu einem abenteuer Sancho Panzas," *NS*, Serie 2, 13 (1964), págs. 512-25.

SELIG, Karl-Ludwig, "Cervantes and the Moriscos," *LCUT*, 3 (1948), páginas 90-99.

— "Cervantes: 'En un lugar de ...'," *MLN*, 86 (1971), págs. 266-68.

— "The Battle of the Sheep *(Don Quixote*, I, 18)," *RHM*, 38 (1974-75), páginas 64-72.

SERRANO-PLAJA, Arturo, *Realismo "mágico" en Cervantes: Don Quijote visto desde "Tom Sawyer" y "El Idiota"*, Madrid, Gredos, 1967. *(AC*, 1810; Drake I, 283).

SIEBER, Harry, "On Juan Huarte de San Juan and Anselmo's *locura* in *"El curioso impertinente*'," *RHM*, 36 (1970-71), págs. 1-8.

— "Literary Time in the 'Cueva de Montesinos'," *MLN*, 86 (1971), págs. 268-73.

— "Society and the Pastoral Vision in the Marcela-Grisóstomo Episode of *Don Quijote*," *Estudios literarios de hispanistas norteamericanos dedicados a Helmut Hatzfeld ...* , Barcelona, Hispam, 1974, págs. 185-94.

SINNIGEN, John, "Themes and Structures in the '*Bodas de Camacho*'," *MLN*, 84 (1969), págs. 157-70.

SLETSJÖE, Leif, *Sancho Panza, hombre de bien*, Madrid, Ínsula, 1961. *(AC*, 1487; Drake, I, 286).

SOBEJANO, Gonzalo, "De Alemán a Cervantes, monólogo y diálogo," *Homenaje al Prof. [Manuel] Muñoz Cortés*, Univ. de Murcia, Facultad de filosofía y Letras, 1976-7. Págs. 713-29.

SOBRÉ, J. M., "Don Quixote, the Hero Upside Down," *HR*, 44 (1976), páginas 127-41.

SOCORRO, Manuel, *La insula de Sancho en el reino de Don Quijote*, Las Palmas: Imp. España, 1948.

SOCRATE, Mario, *Prologhi al "Don Chisciotte"*, Venecia y Padua, Marsilio Editori, 1974.

SOONS, C. A., "Cide Hamete Benengeli: His Significance for *Don Quijote*," *MLR*, 54 (1959), págs. 351-57. *(AC*, 1340).

SPITZER, Leo. "Thomas Mann y la muerte de don Quijote," *RFH*, 2 (1940), páginas 46-48.

— "Linguistic Perspectivism in the *Don Quijote*," *Linguistics and Literary History: Essays in Stylistics*, Princeton, N. J., Princeton Univ. Press, 1948. *(AC.*884; Drake. 289). Trad. española de José Pérez Riesco: *Lingüística e historia literaria*, Madrid, Gredos, 1961, 2.ª ed., págs. 135-87.

— "On the Significance of *Don Quijote*," *MLN.* 77 (1962), págs. 113-29 [Escrito *c.* 1940]. (Drake. I, 290).

STAGG, Geoffrey, "La primera salida de Don Quijote: Imitación y parodia de sí mismo," *Clavileño.*4, no. 22 (1953), págs. 4-10. *(AC.*634; Drake.I, 293).

— "Castro del Río, ¿cuna del *Quijote?*." *Clavileño.*6, no. 36 (1955), págs. 1-11. *(AC.*885; Drake. I, 294).

— "El sabio Hamete Venengeli," *BHS.*33 (1956), págs. 219-25.

— "Revision in *Don Quijote*, Part I," *Hispanic Studies in Honour of Ignacio González Llubera*, Oxford, The Dolphin Book Co., 1959, págs. 347-66. (Drake. I, 291). Trad. española de Mario Ferreccio Podestá: "Cervantes revisa su novela," *Anales de la Univ. de Chile*, 124, no. 140 (1966), páginas 5-33.

— "Sobre el plan primitivo del *Quijote*," *Actas del Primer Congreso Internacional de Hispanistas*, Oxford, The Dolphin Book Co., 1964, págs. 463-71. *(AC.*1663; Drake.I, 292).

TAVE, Stuart, *The Amiable Humorist*, Chicago, Univ. of Chicago Press, 1960.

THARPE, Dorothy, "The 'Education' of Sancho as Seen in his Personal References," *MLJ.* 45 (1961), págs. 244-48.

THOMOV, Thomas S., "Don Quichotte dans la vie et l'oeuvre de Cervantès," *BRP.* 6 (1967), págs. 103-13 y 313-22.

TOFFANIN, Giuseppe, "Il Cervantes," *La fine dell'umanesimo*, Torino, Fratelli Bocca, 1920, págs. 211-21. (Drake.I, 300).

TOGEBY, Knud, *La composition du roman "Don Quijote"*, Copenhague, Munksgaard, 1957. *(AC.*1343; Drake.I, 301).

TORRENTE BALLESTER, Gonzalo, *El "Quijote" como juego*, Madrid, Guadarrama, 1975.

TRILLING, Lionel, "Manners, Morals, and the Novel," *The Liberal Imagination*, N. Y., Viking Press, 1950.

TRUEBLOOD, Alan S., "Sobre la selección artística en el *Quijote:* 'lo que ha dejado de escribir': (II, 44)," *NRFH.* 10 (1956), págs. 44-50. *(AC.* 889; Drake.I, 304).

— "El silencio en el *Quijote*," *NRFH.* 12 (1958), págs. 160-80. *(AC.* 1189; Drake.I, 305).

UGALDE, Victoriano, "En torno a la novelística cervantina," *REH,*6 (1972), páginas 163-89.

— "*Quijote I*, 36: Hacia su revalorización," *AC*, 13-14 (1974-75), págs. 79-91.

ULLMAN, Pierre Lioni, "The Burlesque Poems Which Frame the *Quijote*," *AC.*9 (1961-62), págs. 213-227. *(AC.*1813; Drake.I, 306).

— "The Heading of Chapter X in the 1605 *Quijote*," *FMLS*, 7 (1971), páginas 43-51.

UNAMUNO, Miguel de, *Vida de Don Quijote y Sancho, según Miguel de Cervantes Saavedra, explicada y comentada*, Madrid, Espasa-Calpe, 1958 [1.ª ed.. 1905]. (Drake.I, 309).

VAN DOREN, Mark, *Don Quixote's Profession*, N. Y., Columbia Univ. Press, 1958. *(AC*, 1191, 1966 [trad.]; Drake, I, 211).

Varo, Carlos, *Génesis y evolución del "Quijote"*, Madrid, Ed. Alcalá, 1968. (*AC*.1667; Drake.I, 312).

Veres d'Ocon, Ernesto, "Los retratos de Dulcinea y Maritornes," *AC.* 1 (1951), págs. 249-71.

Vilanova, Antonio, *Erasmo y Cervantes*, Barcelona, CSIC, 1949. (Drake.I, 313).

— "La *Moria* de Erasmo y el prólogo del *Quijote*," *Collected Studies in Honor of Américo Castro's Eightieth Year*, ed. M. P. Hornik, Oxford, Lincombe Lodge Research Library, 1965, págs. 423-33.

Villégier, Jean, "De l'imitation au mimétisme, un avatar de Don Quichotte," *Mélanges à la mémoire de Jean Sarrailh*, Paris, Centre de Recherches de l'Institut d'Études Hispaniques, 1966, II, págs. 449-54.

Voerster, Erika, *Märchen und Novellen im klassisch-romantischen Roman*, Bonn, H. Bouvier, 1966, págs. 26-51.

Wardropper, Bruce W., "'Cervantes' Theory of the Drama," *MP.* 52 (1955), páginas 217-21.

— "The Pertinence of '*El curioso impertinente*'," *PMLA.*72 (1957), págs. 587-600. (*AC.* 1053).

— "*Don Quixote:* Story or History?" *MP.* 63 (1965), págs. 1-11. (Drake.I, 316).

Watson, A. Irvine, "La primera salida de Don Quijote en busca de la confianza," *Clavileño.* 6, no. 32 (1955), págs. 1-6. (*AC.* 893; Drake.II, 331).

Watt, Ian, *The Rise of the Novel*, Berkeley, Univ. of California Press, 1962.

Weber de Kurlat, Frida, "El arte cervantino en el capítulo XXI de la Primera Parte del *Quijote*," *Studia hispánica in honorem R. Lapesa*, Madrid, Gredos, 1972, I, págs. 571-86.

Weinrich, Harald, *Das Ingenium Don Quijote. Ein Beitrag zur literarischen Charakterkunde*, Münster, Westfallen, Aschendorff, 1956. (*AC.* 894; Drake.I, 317).

Willis, Raymond S., Jr., *The Phantom Chapters of the "Quijote"*, N. Y., Hispanic Institute, 1953. (*AC.*895; Drake.319).

— "Sancho Panza: Prototype for the Modern Novel," *HR*, 37 (1969), páginas 207-37. (*AC*, 1927; Drake, I, 318).

Zamora Vicente, Alonso, "El cautiverio en la obra de Cervantes," *Homenaje a Cervantes*, ed. Francisco Sánchez Castañer, Valencia, Ed. Mediterráneo, 1950, II, págs. 237-56.

Zardoya, Concha, "Los 'silencios' de *Don Quijote de la Mancha*," *Hispania.* 43 (1960), págs. 314-19. (*AC* 1492).

Zimic, Stanislav, "El 'engaño a los ojos' en las Bodas de Camacho," *Hispania.*55 (1972), págs. 881-86. (*AC.*1928).

Ziomek, Henryk, "La satirizante fuerza cómica del *Quijote*," *Hispania.* 49 (1966), págs. 769-77. (*AC.*1816).

— "La actitud de Cervantes ante la muerte en *Don Quijote*," *DHR.*8 (1969), páginas 13-23.

Lista de todas las palabras afectadas por las nuevas normas ortográficas[1]

La regularización se hace a base de la forma más moderna constatada en el texto de la *princeps*. Es decir, que todas las palabras de las dos columnas a continuación constan en la *princeps*. Las formas de la columna a la izquierda se regularizan según las de la columna a la derecha. Los cambios indicados son descriptivos de la variación en cada caso, y señalan la dirección de la regularización. No se ha generalizado en ninguno de los casos, sino dentro del repertorio de formas conjugadas, en el caso de un verbo, y entre singular y plural y masculino y femenino, en el caso de un adjetivo o sustantivo. Por ejemplo: *decendiente(s)* se regulariza, por constar *descendiente*, pero *decender* se mantiene, no constando ninguna forma verbal de esta palabra en *-sc-*; *letura* se mantiene, pero *letor > lector*.

I. Regularización de vocales.

A. *e > i, ie*

ad*e*vinar	ad*i*vinar
adv*e*rtimento	adv*e*rtim*i*ento
c*e*vil	c*i*vil
dec*e*plinante	dic*i*plinante
d*e*ciembre	d*i*ciembre
d*e*sculpar	d*i*sculpar

---

[1] Véase I, Introducción.

d*e*putado	d*i*putado
desp*e*diendo[2]	desp*i*diendo
desp*e*dió[2]	desp*i*dió
d*e*stinguir	d*i*stinguir
d*e*vidir	d*i*vidir
encruc*e*jada	encruc*i*jada
*e*ntricado	*i*ntricado
escr*e*bir	escr*i*bir
esgrem*i*:	esgr*i*mir
esp*i*riencia	exp*e*riencia
h*e*ciste	h*i*ciste
med*e*cina	med*i*cina
m*e*tad	m*i*tad
pr*e*vilegio	pr*i*vilegio
rec*e*bir	rec*i*bir
v*e*niere[2]	v*i*niere

B. *i > e; ie > e*

cer*i*monia	cer*e*monia
cont*i*niendo[2]	cont*e*niendo
cu*i*stión	cu*e*stión
d*i*licado	d*e*licado
d*i*signio	d*e*signio
g*i*rifalte	g*e*rifalte
h*i*diondo	h*e*diondo
húm*i*do	húm*e*do
imág*i*nes	imág*e*nes
impedim*i*ento	impedim*e*nto
imp*i*día	imp*e*día
*i*mpresa	*e*mpresa
inconv*i*niente	inconv*e*niente
*i*nvidia	*e*nvidia
*i*nvidiado	*e*nvidiado
l*i*gítimo	l*e*gítimo
qu*i*riendo[2]	qu*e*riendo
requ*i*rido	requ*e*rido
s*i*guimiento	s*e*guimiento
y [(h)i]	*e* [(h)i]

C. *o > u*

ac*o*rrucarse	ac*u*rrucarse
f*o*ribundo	f*u*ribundo

---

[2] La regularización en este caso se restringe a la forma verbal indicada. No se ha generalizado a otras formas conjugadas, por los varios efectos de la yod en las distintas formas.

h*o*biere	h*u*biere
j*o*ventud	j*u*ventud
m*o*chacho	m*u*chacho
s*o*ficiente	s*u*ficiente
s*o*spirar	s*u*spirar
s*o*spiro	s*u*spiro
s*o*til	s*u*til
s*o*tileza	s*u*tileza

D. *u > o*

c*u*dicia	c*o*dicia
.disp*u*sición	disp*o*sición
fech*u*ría	fech*o*ría
res*u*lución	res*o*lución

II. Regularización de grupos de consonantes.

A. Hacia la derivación culta

c > cc

a*c*idente	a*cc*idente
a*c*ión	a*cc*ión
ele*c*ión	ele*cc*ión
fa*c*ión	fa*cc*ión
le*c*ión	le*cc*ión
perfe*c*ión	perfe*cc*ión
prote*c*ión	prote*cc*ión

c > sc

de*c*endiente	de*sc*endiente
do*c*ientos	do*sc*ientos

c > xc

e*c*etar, e*c*eptar	e*xc*eptar
e*c*eto, e*c*epto	e*xc*epto

d > sd

juri*d*ición	juri*sd*ición

m > nm

e*m*endar	e*nm*endar

m > sm

di*m*inuir	di*sm*inuir

67

$$n > gn$$

si**n**ificativo	si**gn**ificativo

$$n > mn$$

calu**n**iar	calu**mn**iar

$$n > nn$$

i**n**umerable	i**nn**umerable

$$s > bs$$

a**s**olver	a**bs**olver

$$s > ns$$

circu**s**tancia	circu**ns**tancia
Co**s**tantinopla	Co**ns**tantinopla
tra**s**portado	tra**ns**portado

$$s > x$$

comple**s**ión	comple**x**ión
e**s**periencia	e**x**periencia
e**s**preso	e**x**preso
e**s**traordinario	e**x**traordinario

$$t > ct$$

cara**t**eres	cara**ct**eres
di**t**ado	di**ct**ado
do**t**o	do**ct**o
do**t**rina	do**ct**rina
efe**t**o	efe**ct**o
Hé**t**or	Hé**ct**or
invi**t**o	invi**ct**o
le**t**or	le**ct**or
respe**t**o	respe**ct**o
salvocondu**t**o	salvocondu**ct**o
tradu**t**or	tradu**ct**or
vi**t**oria	vi**ct**oria

$$t > pt$$

ace**t**ar	ace**pt**ar
conce**t**o	conce**pt**o
ece**t**ar, exce**t**ar	exce**pt**ar
ece**t**o	exce**pt**o
prece**t**o	prece**pt**o

B. Hacia la derivación popular

1. Reducción

bj > j

su*bj*eto   su*j*eto

bt > t

su*bt*il   su*t*il

ct > t

peri*ct*o   peri*t*o
rec*t*órico   re*t*órico
respe*ct*o   respe*t*o

gm > m

au*gm*entar   au*m*entar

mpt > nt

asu*mpt*o   asu*nt*o
pro*mpt*o   pro*nt*o
su*mpt*uoso   su*nt*uoso

ns > s

an*s*í   a*s*í
demo*ns*trativo   demo*s*trativo

pr > p

pro*pr*iedad   pro*p*iedad
pro*pr*io   pro*p*io

pt > t

ce*pt*ro   ce*t*ro

sc > c

re*sc*ibir   re*c*ibir

2. Vocalización

pt > ut

ba*pt*izar   ba*ut*izar
ca*pt*ivo   ca*ut*ivo

El Ingenioso Hidalgo
Don Quijote de la Mancha

EL INGENIOSO
HIDALGO DON QVI-
XOTE DE LA MANCHA,

Compuesto por Miguel de Ceruantes
Saauedra.

DIRIGIDO AL DVQVE DE BEIAR,
Marques de Gibraleon, Conde de Benalcaçar, y Bañares, Vizconde de la Puebla de Alcozer, Señor de
las villas de Capilla, Curiel, y
Burguillos

Año,   1605.

CON PRIVILEGIO,
EN MADRID Por Iuan de la Cuesta.

Vendese en casa de Francisco de Robles, librero del Rey nro señor

T A S A

Yo, Juan Gallo de Andrada, escribano de Cámara del Rey nuestro señor, de los que residen en su Consejo, certifico y doy fe que, habiendo visto por los señores dél un libro intitulado *El ingenioso hidalgo de la Mancha*, compuesto por Miguel de Cervantes Saavedra, tasaron cada pliego del dicho libro a tres maravedís y medio; el cual tiene ochenta y tres pliegos, que al dicho precio monta el dicho libro doscientos y noventa maravedís y medio, en que se ha de vender en papel; y dieron licencia para que a este precio se pueda vender, y mandaron que esta tasa se ponga al principio del dicho libro, y no se pueda vender sin ella. Y para que dello conste, di la presente en Valladolid, a veinte días del mes de diciembre de mil y seiscientos y cuatro años.

JUAN GALLO DE ANDRADA

TESTIMONIO DE LAS ERRATAS

Este libro no tiene cosa digna que no corresponda a su original, en testimonio de lo haber correcto di esta fee. En el Colegio de la Madre de Dios de los Teólogos de la Universidad de Alcalá, en primero de diciembre de 1604 años.

EL LICENCIADO FRANCISCO MURCIA DE LA LLANA

EL REY

Por cuanto por parte de vos, Miguel de Cervantes, nos fue fecha relación que habíades compuesto un libro intitulado *El ingenioso hidalgo de la Mancha*, el cual os había costado mucho trabajo y era muy útil y provechoso, [y] nos pedistes y suplicastes os mandásemos dar licencia y facultad para le poder imprimir, y privilegio por el tiempo que fuésemos servidos, o como la nuestra merced fuese, lo cual visto por los del nuestro Consejo, por cuanto en el dicho libro se hicieron las diligencias que la premática últimamente por nos fecha sobre la impresión de los libros dispone; fue acordado que debíamos mandar dar esta nuestra cédula para vos, en la dicha razón, y nos tuvímoslo por bien.

Por la cual, por os hacer bien y merced, os damos licencia y facultad para que vos, o la persona que vuestro poder hubiere, y no otra alguna, podáis imprimir el dicho libro, intitulado *El ingenioso hidalgo de la Mancha*, que desuso se hace mención, en todos estos nuestros reinos de Castilla, por tiempo y espacio de diez años, que corran y se cuenten desde el dicho día de la data desta nuestra cédula; so pena que la persona o personas que, sin tener vuestro poder, lo imprimiere o vendiere, o hiciere imprimir o vender, por el mesmo caso pierda la impresión que hiciere, con los moldes y aparejos della, y más incurra en pena de cincuenta mil maravedís cada vez que lo contrario hiciere. La cual dicha pena sea la tercia parte para la persona que lo acusare, y la otra tercia parte para nuestra Cámara, y la otra tercia parte para el juez que lo sentenciare. Con tanto que todas las veces que hubiéredes de hacer imprimir el dicho libro, durante el tiempo de los dichos diez años, le traigáis al nuestro Consejo, juntamente con el original que en él fue visto, que va rubricado cada plana, y firmado al fin dél, de Juan Gallo de Andrada, nuestro escribano de Cámara, de los que en él residen, para saber si la dicha impresión está conforme el original; o traigáis fe en pública forma de como por corretor nombrado por nuestro mandado, se vio y corrigió la dicha impresión por el original, y se imprimió conforme a él, y quedan impresas las erratas por él apuntadas, para cada un libro de los que así fueren impresos, para que se tase el precio que por cada volumen hubiéredes de haber.

Y mandamos al impresor que así imprimiere el dicho libro, no imprima el principio ni el primer pliego dél, ni entregue más de un solo libro con el original al autor o persona a cuya costa lo imprimiere, ni otro alguno, para efecto de la dicha correción y tasa, hasta que antes y primero el dicho libro esté corregido y tasado por los del nuestro Consejo; y estando hecho, y no de otra manera, pueda imprimir el dicho principio y primer pliego, y sucesivamente ponga esta nuestra cédula, y la aprobación, tasa y erratas, so pena de caer e incurrir en las penas contenidas en las leyes y premáticas destos nuestros reinos.

Y mandamos a los del nuestro Consejo y a otras cualesquier justicias dellos, guarden y cumplan esta nuestra cédula y lo en ella contenido.

Fecha en Valladolid, a veinte y seis días del mes de setiembre de mil y seiscientos y cuatro años.

YO EL REY

Por mandado del Rey nuestro señor:
JUAN DE AMEZQUETA

AL· DUQUE DE BÉJAR[1]

MARQUÉS DE GIBRALEÓN, CONDE DE BENALCÁZAR Y BAÑARES, VIZCONDE DE LA PUEBLA DE ALCOCER, SEÑOR DE LAS VILLAS DE CAPILLA, CURIEL Y BURGUILLOS

En fe del *buen acogimiento y honra* que hace Vuestra Excelencia a toda suerte de libros, como príncipe tan inclinado a favorecer las buenas artes, mayormente las que por su nobleza no se abaten al servicio y granjerías del vulgo, he determinado de sacar a luz al *Ingenioso hidalgo don Quijote de la Mancha* al abrigo del *clarísimo nombre de Vuestra Excelencia*, a quien, con el acatamiento que debo a tanta grandeza, suplico le *reciba agradablemente* en su protección, para que a su sombra, aunque *desnudo de aquel* precioso ornamento *de elegancia y erudición de que suelen andar vestidas las obras que se componen en las casas de los hombres que saben,* ose parecer seguramente en el juicio de algunos que, [no] *contenidéndose en los límites de su ignorancia,* suelen *condenar con más rigor y menos justicia los trabajos ajenos;* que, poniendo los ojos la prudencia de Vuestra Excelencia en mi buen deseo, fío que no desdeñará la cortedad de tan humilde servicio.

MIGUEL DE CERVANTES SAAVEDRA

---

[1] Este duque, al que Cervantes no vuelve a nombrar, es Alonso Diego López de Zúñiga y Sotomayor. Sigo la práctica de Cortejón y de Rodríguez Marín al subrayar las frases que Cervantes tomó de la dedicatoria que Fernando de Herrera escribió para el marqués de Ayamonte en *Obras de Garcilaso con anotaciones* (Sevilla, 1580).

PRÓLOGO

Desocupado lector: sin juramento me podrás creer que quisiera que este libro, como hijo del entendimiento, fuera el más hermoso, el más gallardo y más discreto que pudiera imaginarse. Pero no he podido yo contravenir al orden de naturaleza; que en ella cada cosa engendra su semejante. Y así, ¿qué podrá engendrar el estéril y mal cultivado ingenio mío sino la historia de un hijo seco, avellanado, antojadizo y lleno de pensamientos varios y nunca imaginados de otro alguno, bien como quien se engendró en una cárcel, donde toda incomodidad tiene su asiento y donde todo triste ruido hace su habitación?[1] El sosiego, el lugar apacible, la amenidad de los campos, la serenidad de los cielos, el murmurar de las fuentes, la quietud del espíritu, son grande parte para que las musas más estériles se muestren fecundas y ofrezcan partos al mundo que le colmen de maravilla y de contento.

Acontece tener un padre un hijo feo y sin gracia alguna, y el amor que le tiene le pone una venda en los ojos para que no vea sus faltas, antes las juzga por discreciones y lindezas, y las cuenta a sus amigos por agudezas y donaires. Pero yo, que, aunque parezco padre, soy padrastro de don Quijote, no quiero irme con la corriente del uso, ni suplicarte casi con las lágrimas en los ojos, como otros hacen, lector carísimo, que perdones o disimules las faltas que en este mi hijo vieres, y ni eres su pariente ni su amigo, y tienes tu alma en tu cuerpo y tu libre albedrío

---

[1] Se suele asociar esta referencia con uno de los dos períodos de encarcelamiento de Cervantes en Sevilla, en 1597 y en 1602. Pero véase Stagg (1955).

como el más pintado, y estás en tu casa, donde eres señor della, como el rey de sus alcabalas, y sabes lo que comúnmente se dice, que debajo de mi manto, al rey mato. Todo lo cual te esenta y hace libre de todo respeto y obligación, y así puedes decir de la historia todo aquello que te pareciere, sin temor que te calumnien por el mal ni te premien por el bien que dijeres della.

Sólo quisiera dártela monda y desnuda, sin el ornato de prólogo, ni de la innumerabilidad y catálogo de los acostumbrados sonetos, epigramas y elogios que al principio de los libros suelen ponerse. Porque te sé decir que, aunque me costó algún trabajo componerla, ninguno tuve por mayor que hacer esta prefación que vas leyendo. Muchas veces tomé la pluma para escribille, y muchas la dejé, por no saber lo que escribiría; y estando una suspenso, con el papel delante, la pluma en la oreja, el codo en el bufete y la mano en la mejilla, pensando lo que diría, entró a deshora un amigo mío, gracioso y bien entendido, el cual, viéndome tan imaginativo, me preguntó la causa, y no encubriéndosela yo, le dije que pensaba en el prólogo que había de hacer a la historia de don Quijote, y que me tenía de suerte que ni quería hacerle, ni menos sacar a luz las hazañas de tan noble caballero.

—Porque ¿cómo queréis vos que no me tenga confuso el qué dirá el antiguo legislador que llaman vulgo cuando vea que, al cabo de tantos años como ha que duermo en el silençio del olvido, salgo ahora, con todos mis años a cuestas,[2] cŏn una leyenda seca como un esparto, ajena de invención, menguada de estilo, pobre de conceptos y falta de toda erudición y doctrina, sin acotaciones en las márgenes y sin anotaciones en el fin del libro, como veo que están otros libros, aunque sean fabulosos y profanos, tan llenos de sentencias de Aristóteles, de Platón y de toda la caterva de filósofos, que admiran a los leyentes, y tienen a sus autores por hombres leídos, eruditos y elocuentes? ¡Pues qué, cuando citan la Divina Escritura! No dirán sino que son unos santos Tomases y otros doctores de la Iglesia; guardando en esto un decoro tan ingenioso, que en un renglón han pintado un enamorado destraído y en otro hacen un sermoncico cristiano, que es un contento y un regalo oílle o leelle. De todo esto ha de carecer mi libro, porque ni tengo qué acotar en el margen, ni qué anotar en el fin, ni menos sé qué autores sigo en él, para ponerlos al principio, como hacen todos, por las letras del ABC,

---

[2] Tenía Cervantes 57 años al escribir estas líneas y no había publicado nada desde hacía 20 años, cuando salió *La Galatea* (1585).

comenzando en Aristóteles y acabando en Xenofonte y en Zoilo o Zeuxis, aunque fue maldiciente el uno y pintor el otro. También ha de carecer mi libro de sonetos al principio, a lo menos de sonetos cuyos autores sean duques, marqueses, condes, obispos, damas o poetas celebérrimos; aunque si yo los pidiese a dos o tres oficiales amigos, yo sé que me los darían, y tales que no les igualasen los de aquellos que tienen más nombre en nuestra España.

En fin, señor y amigo mío —proseguí—, yo determino que el señor don Quijote se quede sepultado en sus archivos en la Mancha, hasta que el cielo depare quien le adorne de tantas cosas como le faltan, porque yo me hallo incapaz de remediarlas, por mi insuficiencia y pocas letras, y porque naturalmente soy poltrón y perezoso de andarme buscando autores que digan lo que yo me sé decir sin ellos. De aquí nace la suspensión y elevamiento, amigo, en que me hallastes: bastante causa para ponerme en ella la que de mí habéis oído.

Oyendo lo cual mi amigo, dándose una palmada en la frente y disparando en una carga de risa, me dijo:

—Por Dios, hermano, que agora me acabo de desengañar de un engaño en que he estado todo el mucho tiempo que ha que os conozco, en el cual siempre os he tenido por discreto y prudente en todas vuestras acciones. Pero agora veo que estáis tan lejos de serlo como lo está el cielo de la tierra. ¿Cómo que es posible que cosas de tan poco momento y tan fáciles de remediar puedan tener fuerzas de suspender y absortar un ingenio tan maduro como el vuestro, y tan hecho a romper y atropellar por otras dificultades mayores? A la fe, esto no nace de falta de habilidad, sino de sobra de pereza y penuria de discurso. ¿Queréis ver si es verdad lo que digo? Pues estadme atento y veréis cómo en un abrir y cerrar de ojos confundo todas vuestras dificultades, y remedio todas las faltas que decís que os suspenden y acobardan para dejar de sacar a la luz del mundo la historia de vuestro famoso don Quijote, luz y espejo de toda la caballería andante.

—Decid —le repliqué yo, oyendo lo que me decía—: ¿de qué modo pensáis llenar el vacío de mi temor y reducir a claridad el caos de mi confusión?

A lo cual él dijo:

—Lo primero en que reparáis de los sonetos, epigramas o elogios que os faltan para el principio, y que sean de personas graves y de título, se puede remediar en que vos mesmo toméis algún trabajo en hacerlos, y después los podéis bautizar y poner el nombre que quisiéredes, ahijándolos al Preste Juan de las Indias, o al Emperador de Trapisonda[3], de quien yo sé que hay noticia que fueron famosos poetas; y cuando no lo hayan sido y hubiere algunos pedantes y bachilleres que por detrás os muerdan y murmuren desta verdad, no se os dé dos maravedís, porque ya que os averigüen la mentira, no os han de cortar la mano con que lo escribistes.

En lo de citar en las márgenes los libros y autores de donde sacáredes las sentencias y dichos que pusiéredes en vuestra historia, no hay más sino hacer, de manera que venga a pelo, algunas sentencias o latines que vos sepáis de memoria, o, a lo menos, que os cuesten poco trabajo el buscalle, como será poner, tratando de libertad y cautiverio:

Non bene pro toto libertas venditur auro.[4]

Y luego, en el margen, citar a Horacio, o a quien lo dijo. Si tratáredes del poder de la muerte, acudir luego con:

Pallida mors aequo pulsat pede pauperum tabernas,
Regumque turres.[5]

Si de la amistad y amor que Dios manda que se tenga al enemigo, entraros luego al punto por la Escritura Divina, que lo podéis hacer con tantico de curiosidad, y decir las palabras, por lo menos, del mismo Dios: *Ego autem dico vobis: diligite inimicos vestros.*[6] Si tratáredes de malos pensamientos, acudid con el Evangelio: *De corde exeunt cogitationes malae.*[7] Si de la instabilidad de los amigos, ahí está Catón, que os dará su dístico:

Donec eris felix, multos numerabis amicos,
Tempora si fuerint nubila, solus eris.[8]

---

[3] La moderna Trebisonda, Turquía.

[4] Primer verso de un dístico de una de las fábulas esópicas. Se encuentra en la colección de Walther Anglicus, del siglo XII (Schevill). Juan Ruiz, el Arcipreste de Hita, lo tradujo así: «Libertad e soltura non es por oro comprado.»

[5] Horacio, *Carminum*, I, 4. Fray Luis de León traduce los mismos versos así:

que la muerte amarilla va igualmente
a la choza del pobre desvalido
y al alcázar real del rey potente.

[6] San Mateo, V, 44. «Y yo os digo: amad a vuestros enemigos.»

[7] San Mateo, XV, 19. «Del corazón salen los malos pensamientos.»

[8] Ovidio (y no Catón), *Tristia*, I, 9, versos 5-6. «En tanto que eres feliz, contarás numerosos amigos, pero si el tiempo se anuda, estarás solo.» Donde Ovidio había dicho *sospes* (favorecido, afortunado), Cervantes pone *felix*, posible alusión a *Félix* Lope de Vega (Cf. n. 18).

Y con estos latinicos y otros tales os tendrán siquiera por gramático; que el serlo no es de poca honra y provecho el día de hoy.

En lo que toca el poner anotaciones al fin del libro, seguramente lo podéis hacer desta manera: si nombráis algún gigante en vuestro libro, hacelde[9] que sea el gigante Golías, y con sólo esto, que os costará casi nada, tenéis una grande anotación, pues podéis poner: *El gigante Golías, o Goliat. Fue un filisteo a quien el pastor David mató de una gran pedrada, en el valle de Terebinto, según se cuenta en el libro de los Reyes,* en el capítulo que vos halláredes que se escribe.[10] Tras esto, para mostraros hombre erudito en letras humanas y cosmógrafo, haced de modo como en vuestra historia se nombre el río Tajo, y veréisos luego con otra famosa anotación, poniendo: *El río Tajo fue así dicho por un rey de las Españas; tiene su nacimiento en tal lugar y muere en el mar Océano, besando los muros de la famosa ciudad de Lisboa, y es opinión que tiene las arenas de oro,* etc. Si tratáredes de ladrones, yo os diré la historia de Caco, que la sé de coro; si de mujeres rameras, ahí está el obispo de Mondoñedo,[11] que os prestará a Lamia, Laida y Flora, cuya anotación os dará gran crédito; si de crueles, Ovidio os entregará a Medea;[12] si de encantadores y hechiceras, Homero tiene a Calipso,[13] y Virgilio a Circe;[14] si de capitanes valerosos, el mesmo Julio César os prestará a sí mismo en sus *Comentarios,* y Plutarco os dará mil Alejandros.[15] Si tratáredes de amores, con dos onzas que sepáis de la lengua toscana, toparéis con León Hebreo,[16] que os hincha las medidas. Y si no queréis andaros por tierras estrañas, en vuestra casa tenéis a Fonseca,[17] *Del amor de Dios,* donde se cifra todo lo que vos y el más ingenioso acertare a desear en tal materia. En resolución, no hay más sino que vos procuréis nombrar estos nombres, o tocar estas historias en la vuestra, que aquí he dicho, y dejadme a mí el cargo de poner las anotaciones y acotaciones; que yo os voto a tal de llenaros las márgenes y de gastar cuatro pliegos en el fin del libro.

---

[9] *hacelde,* hacedle. Metátesis corriente en la época.
[10] I, Reyes, XVIII.
[11] Fray Antonio de Guevara. Cervantes alude a sus *Epístolas familiares,* y lo del «gran crédito» es obviamente irónico.
[12] *Metamorfosis,* VII.
[13] *Odisea,* X.
[14] *Eneida,* VII.
[15] *Vidas paralelas.*
[16] *Dialoghi d'Amore,* traducidos al castellano tres veces en el siglo XVI.
[17] Fray Cristóbal de Fonseca. El *Tratado del amor de Dios* es de 1592.

Vengamos ahora a la citación de los autores que los otros libros tienen, que en el vuestro os faltan. El remedio que esto tiene es muy fácil, porque no habéis de hacer otra cosa que buscar un libro que los acote todos, desde la A hasta la Z, como vos decís.[18] Pues ese mismo abecedario pondréis vos en vuestro libro; que puesto que[19] a la clara se vea la mentira, por la poca necesidad que vos teníades de aprovecharos dellos, no importa nada; y quizá alguno habrá tan simple que crea que de todos os habéis aprovechado en la simple y sencilla historia vuestra. Y cuando no sirva de otra cosa, por lo menos servirá aquel largo catálogo de autores a dar de improviso autoridad al libro. Y más, que no habrá quien se ponga a averiguar si los seguistes o no los seguistes, no yéndole nada en ello. Cuanto más que, si bien caigo en la cuenta, este vuestro libro no tiene necesidad de ninguna cosa de aquellas que vos decís que le falta, porque todo él es una invectiva contra los libros de caballerías, de quien nunca se acordó Aristóteles, ni dijo nada San Basilio, ni alcanzó Cicerón. Ni caen debajo de la cuenta de sus fabulosos disparates las puntualidades de la verdad, ni las observaciones de la astrología; ni le son de importancia las medidas geométricas, ni la confutación de los argumentos de quien se sirve la retórica; ni tiene para qué predicar a ninguno, mezclando lo humano con lo divino, que es un género de mezcla de quien no se ha de vestir ningún cristiano entendimiento.

Sólo tiene que aprovecharse de la imitación en lo que fuere escribiendo, que cuanto ella fuere más perfecta, tanto mejor será lo que se escribiere. Y pues esta vuestra escritura no mira a más que a deshacer la autoridad y cabida que en el mundo y en el vulgo tienen los libros de caballerías, no hay para qué andéis mendigando sentencias de filósofos, consejos de la Divina Escritura, fábulas de poetas, oraciones de retóricos, milagros de santos, sino procurar que a la llana, con palabras significantes, honestas y bien colocadas, salga vuestra oración y período sonoro y festivo, pintando, en todo lo que alcanzáredes y fuere posible, vuestra intención, dando a entender vuestros conceptos sin intricarlos y escurecerlos. Procurad también que, leyendo vuestra historia, el melancólico se mueva a risa, el risueño la acreciente, el simple no se enfade, el discreto se admire de la

---

[18] Parece aludir a Lope de Vega, que en *El Peregrino* y el *Isidro* puso tablas alfabéticas de los autores citados, llegando a 267 la cifra de nombres en la segunda (Clemencín).

[19] Conviene tener en cuenta a lo largo del texto que *puesto que*, en tiempos de Cervantes, casi siempre significa «aunque.»

invención, el grave no la desprecie, ni el prudente deje de alabarla. En efecto, llevad la mira puesta a derribar la máquina mal fundada destos caballerescos libros, aborrecidos de tantos y alabados de muchos más; que si esto alcanzásedes, no habríades alcanzado poco.

Con silencio grande estuve escuchando lo que mi amigo me decía, y de tal manera se imprimieron en mí sus razones, que sin ponerlas en disputa las aprobé por buenas y de ellas mismas quise hacer este prólogo, en el cual verás, lector suave, la discreción de mi amigo, la buena ventura mía en hallar en tiempo tan necesitado tal consejero, y el alivio tuyo en hallar tan sincera y tan sin revueltas la historia del famoso don Quijote de la Mancha, de quien hay opinión, por todos los habitadores del distrito del campo de Montiel, que fue el más casto enamorado y el más valiente caballero que de muchos años a esta parte se vio en aquellos contornos. Yo no quiero encarecerte el servicio que te hago en darte a conocer tan noble y tan honrado caballero; pero quiero que me agradezcas el conocimiento que tendrás del famoso Sancho Panza, su escudero, en quien, a mi parecer, te doy cifradas todas las gracias escuderiles que en la caterva de los libros vanos de caballerías están esparcidas. Y con esto, Dios te dé salud, y a mí no olvide. *Vale.*[20]

[20] *Vale*, saludo de despedida; significa «consérvate sano», en latín. Para un estudio a fondo del «Prólogo» véase Socrate, págs. 69-127.

[VERSOS PRELIMINARES]

AL LIBRO DE
DON QUIJOTE DE LA MANCHA
URGANDA LA DESCONOCIDA[1]

Si de llegarte a los bue-,
libro, fueres con letu-,[2]
no te dirá el boquirru-[3]
que no pones bien los de-.[4]
Mas si el pan no se te cue-[5]
por ir a manos de idio-,
verás de manos a bo-,
aun no dar una en el cla-,
si bien se comen las ma-[6]
por mostrar que son curio-
Y pues la experiencia ense-
que el que a buen árbol se arri-
buena sombra le cobi-,
en Béjar tu buena estre-
un árbol real te ofre-

---

[1] Encantadora, amiga de Amadís de Gaula; se llamaba «la desconocida» porque se transformaba y no se le reconocía. Los versos son *de cabo roto;* la estrofa, con la rima basada en la última sílaba acentuada de cada verso, es la décima: *abbaaccddc.*
[2] *ir con letura,* proceder con cuidado.
[3] *boquirrubio,* inexperto.
[4] *poner bien los dedos,* saber lo que se hace, hacerlo con destreza.
[5] *no cocérsele a uno el pan,* estar inquieto, impaciente.
[6] *comerse las manos,* úsase normalmente con «tras,» y no «por,» y significa desear con ahínco.

que da príncipes por fru-,
en el cual floreció un duque es nuevo Alejandro Ma-:[7]
llega a su sombra; que a osa-
favorece la fortu-.

De un noble hidalgo manche-
contarás las aventu-,
a quien ociosas letu-
trastornaron la cabe-:
damas, armas, caballe-,[8]
le provocaron de mo-,
que, cual Orlando furio-,
templado a lo enamora-,
alcanzó a fuerza de bra-
a Dulcinea del Tobo-.[9]

No indiscretos hierogli-
estampes en el escu-.[10]
que cuando es todo figu-
con ruines puntos se envi-.[11]
Si en la dirección[12] te humi-,
no dirá mofante algu-:
—¡Qué don Álvaro de Lu-.
qué Aníbal el de Carta-,
qué rey Francisco en Espa-
se queja de la fortu-![13]

Pues al cielo no le plu-
que salieses tan ladi-
como el negro Juan Lati-,[14]
hablar latines rehu-.
No me despuntes de agu-,
ni me alegues con filó-;

[7] El duque de Béjar, al que dedicó el libro.
[8] Alusión al *Orlando furioso*, de Ludovico Ariosto, que comienza así: «Le donne, i cavallier, l'arme, gli amore... io canto,» que alude a su vez a la *Eneida*: «arma virumque cano...»
[9] Falló esta profecía de Urganda, ya que don Quijote ni siquiera llega a ver a Dulcinea. ¿Habrá pensado Cervantes efectuarla en la segunda parte que entonces proyectaba?
[10] Parece aludir de nuevo a Lope de Vega, objeto de la burla de Góngora por el escudo que aquél hizo estampar con *La Arcadia* (1598), identificándose como descendiente de Bernardo del Carpio.
[11] *envida;* alude a la desvalorización de las figuras en algunos juegos de naipes.
[12] *dirección,* dedicatoria.
[13] Tres de los más conocidos ejemplos de la «caída de los grandes.»
[14] *Juan Latino* (m. ¿1573?).

porque, torciendo la bo-,
dirá el que entiende la le-,[15]
no un palmo de las ore-:
—¿Para qué conmigo flo-?

No te metas en dibu-,
ni en saber vidas aje-;
que en lo que no va ni vie-
pasar de largo es cordu-.
Que suelen en caperu-[16]
darles a los que grace-;
mas tú quémate las ce-
sólo en cobrar buena fa-;
que el que imprime necada-
dalas a censo perpe-.

Advierte que es desati-,
siendo de vidrio el teja-,
tomar piedras en las ma-
para tirar al veci-.
Deja que el hombre de jui-
en las obras que compo-
se vaya con pies de plo-;
que el que saca a luz pape-
para entretener donce-
escribe a tontas y a lo-.[17]

AMADÍS DE GAULA
A DON QUIJOTE DE LA MANCHA

Soneto

Tú, que imitaste la llorosa vida
que tuve ausente y desdeñado sobre
el gran ribazo de la Peña Pobre,
de alegre a penitencia reducida,[18]

tú, a quien los ojos dieron la bebida
de abundante licor, aunque salobre,
y alzándote la plata, estaño y cobre[19]

---

[15] *leva* y, más abajo, *flores*, desarrollan la metáfora del juego introducida en la 4.ª estrofa. Son trampas.

[16] *darles en caperuza*, frustrarles los designios.

[17] *a tontas y a locas*, sin orden ni concierto. Cervantes juega aquí con los dos posibles sentidos de la frase en el contexto.

[18] Alude al Capítulo 25 del *Quijote* de 1605.

[19] Quitándote el cubierto.

te dio la tierra en tierra la comida,
   vive seguro de que eternamente,
en tanto, al menos, que en la cuarta esfera,
sus caballos aguije el rubio Apolo,
   tendrás claro renombre de valiente;
tu patria será en todas la primera;
tu sabio autor, al mundo único y solo.

DON BELIANÍS DE GRECIA[20]
A DON QUIJOTE DE LA MANCHA

Soneto

Rompí, corté, abollé, y dije e hice
más que en el orbe caballero andante;
fui diestro, fui valiente, fui arrogante;
mil agravios vengué, cien mil deshice.
   Hazañas di a la Fama que eternice;
fui comedido y regalado amante;
fue enano para mí todo gigante
y al duelo en cualquier punto satisfice.
   Tuve a mis pies postrada la Fortuna,
y trajo del copete mi cordura
a la calva Ocasión al estricote.[21]
   Mas, aunque sobre el cuerno de la luna
siempre se vio encumbrada mi ventura,
tus proezas envidio, ¡oh gran Quijote!

LA SEÑORA ORIANA[22]
A DULCINEA DEL TOBOSO

Soneto

¡Oh, quién tuviera, hermosa Dulcinea,
por más comodidad y más reposo,
a Miraflores puesto en el Toboso,

---

[20] Héroe de la serie de libros de caballerías escritos por Jerónimo Fernández que empieza con *El libro primero del valeroso e invencible Príncipe don Belianís de Grecia* (Burgos, 1547).

[21] *al esiricote*, sin sosiego.

[22] La amada de Amadís de Gaula. El castillo de Miraflores, mencionado abajo, estaba a dos leguas de Londres.

y trocara sus Londres con tu aldea!
¡Oh, quién de tus deseos y librea
alma y cuerpo adornara, y del famoso
caballero que hiciste venturoso
mirara alguna desigual pelea!

¡Oh, quién tan castamente se escapara
del señor Amadís como tú hiciste
del comedido hidalgo don Quijote!

Que así envidiada fuera, y no envidiara,
y fuera alegre el tiempo que fue triste,
y gozara los gustos sin escote.[23]

GANDALÍN, ESCUDERO DE AMADÍS DE GAULA,
A SANCHO PANZA, ESCUDERO DE DON QUIJOTE

Soneto

Salve, varón famoso, a quien Fortuna,
cuando en el trato escuderil te puso,
tan blanda y cuerdamente lo dispuso,
que lo pasaste sin desgracia alguna.

Ya la azada o la hoz poco repugna
al andante ejercicio; ya está en uso
la llaneza escudera, con que acuso
al soberbio que intenta hollar la luna.

Envidio a tu jumento y a tu nombre,
y a tus alforjas igualmente envidio,
que mostraron tu cuerda providencia.

Salve otra vez, ¡oh Sancho!, tan buen hombre,
que a solo tú nuestro español Ovidio,
con buzcorona[24] te hace reverencia.

---

[23] *sin escote*, sin tasa.
[24] *buzcorona*, burla que se hacía dando a besar la mano y descargando un golpe sobre la cabeza y carrillo del que la besaba.

DEL DONOSO,[25] POETA ENTREVERADO,
A SANCHO PANZA Y ROCINANTE

Soy Sancho Panza, escude-
del manchego don Quijo-;
puse pies en polvoro-,
por vivir a lo discre-;
que el tácito Villadie-
toda su razón de esta-
cifró en una retira-,[26]
según siente Celesti-
libro, en mi opinión, divi-,
si encubriera más lo huma-.

A Rocinante

Soy Rocinante el famo-
bisnieto del gran Babie-;[27]
por pecados de flaque-
fui a poder de un don Quijo-.
Parejas corrí a lo flo-;[28]
mas por uña de caba-
no se me escapó ceba-
que esto saqué a Lazari-[29]
cuando, para hurtar el vi-
al ciego, le di la pa-.

---

[25] Este *Donoso* más parece compañero de los académicos de Argamasilla que componen los epitafios al final del *Quijote* de 1605 que de las figuras de las novelas de caballerías reunidas aquí. Según Bataillon, puede ser seudónimo de Gabriel Lasso de la Vega, que sería entonces autor de estos versos.

[26] La frase «tomar las (calzas) de Villadiego.» que significa huir, se encuentra en el auto XII de *La Celestina*, de Fernando de Rojas.

[27] *Babieca*, caballo del Cid Ruy Díaz.

[28] *a lo flojo*, flojamente. Parece aludir a una especie de carrera en que gana el que corre menos.

[29] Se refiere al conocido episodio del primer Tratado del *Lazarillo de Tormes*.

ORLANDO FURIOSO
A DON QUIJOTE DE LA MANCHA

Soneto

Si no eres par, tampoco le has tenido:
que par pudieras ser entre mil pares;
ni puede haberle donde tú te hallares,
invicto vencedor, jamás vencido.

Orlando soy, Quijote, que, perdido
por Angélica, vi remotos mares,
ofreciendo a la Fama en sus altares
aquel valor que respetó el olvido.

No puedo ser tu igual; que este decoro
se debe a tus proezas y a tu fama,
puesto que, como yo, perdiste el seso.

Mas serlo has mío, si al soberbio moro
y cita fiero domas, que hoy nos llama
iguales en amor con mal suceso.

EL CABALLERO DEL FEBO[30]
A DON ·QUIJOTE DE LA MANCHA

Soneto

A vuestra espada no igualó la mía,
Febo español, curioso cortesano,
ni a la alta gloria de valor mi mano,
que rayo fue do nace y muere el día.

Imperios desprecié; la monarquía
que me ofeció el Oriente rojo en vano
dejé, por ver el rostro soberano
de Claridiana, aurora hermosa mía.

Améla por milagro único y raro,
y, ausente en su desgracia, el propio infierno
temió mi brazo, que domó su rabia.

---

[30] Uno de los protagonistas del *Espejo de príncipes y cavalleros...* (1562), de Diego Ortúñez de Calahorra, ahora recién editado por Daniel Eisenberg (Madrid, Clásicos Castellanos, 1975). Claridiana, mencionada más abajo, es hija del emperador de Trapisonda.

Mas vos, godo Quijote, ilustre y claro,
por Dulcinea sois al mundo eterno,
y ella, por vos, famosa, honesta y sabia.

Soneto

Maguer,[32] señor Quijote, que sandeces
vos tengan el cerbelo derrumbado,
nunca seréis de alguno reprochado
por home de obras viles y soeces.
    Serán vuesas fazañas los joeces,
pues tuertos desfaciendo habéis andado,
siendo vegadas mil apaleado
por follones cautivos y raheces.[33]
    Y si la vuesa linda Dulcinea
desaguisado contra vos comete,
ni a vuesas cuitas muestra buen talante,
en tal desmán, vueso conorte sea
que Sancho Panza fue mal alcagüete,
necio él, dura ella, y vos no amante.

DIÁLOGO ENTRE BABIECA Y ROCINANTE

Soneto

B.   ¿Cómo estáis, Rocinante, tan delgado?
R.   Porque nunca se come, y se trabaja.
B.   Pues ¿qué es de la cebada y de la paja?
R.   No me deja mi amo ni un bocado.
B.   Andá,[34] señor, que estáis muy mal criado,
pues vuestra lengua de asno al amo ultraja.

---

[31] No se ha llegado a identificar a este personaje.

[32] *Maguer*, aunque.

[33] Este soneto pertenece al género de poesía «en fabla,» que puede haberle sugerido a Cervantes uno de los recursos más característicos del *Quijote*: el remedar burlescamente el lenguaje arcaizante de las novelas de caballerías *(home, fazañas, joeces, vegadas, cautivos* [malos], *desaguisado, conorte)*. Véase Mancing (1975).

[34] *Andá*, andad.

R. Asno se es de la cuna a la mortaja.
      ¿Queréislo ver? Miraldo enamorado.
B.   ¿Es necedad amar?   *R.*   No es gran prudencia.
B. Metafísico estáis.   *R.*   Es que no como.
B. Quejaos del escudero.   *R.*   No es bastante.
      ¿Cómo me he de quejar en mi dolencia,
   si el amo y escudero o mayordomo
   son tan rocines como Rocinante?

PRIMERA PARTE DEL INGENIOSO HIDALGO
DON QUIJOTE DE LA MANCHA

Capítulo primero

**Que trata de la condición y ejercicio del famoso hidalgo
don Quijote de la Mancha**

En un lugar de la Mancha,[1]

de cuyo nombre no quiero acordarme, no ha mucho tiempo que
vivía un hidalgo de los de lanza en astillero, adarga antigua,
rocín flaco y galgo corredor. Una olla de algo más vaca que car-
nero, salpicón las más noches, duelos y quebrantos los sábados,
lantejas los viernes, algún palomino de añadidura los domingos,
consumían las tres partes de su hacienda. El resto della concluían
sayo de velarte, calzas de velludo para las fiestas, con sus pan-
tuflos de lo mesmo, y los días de entresemana se honraba con
su vellorí de lo más fino.[2] Tenía en su casa una ama que pasaba

---

[1] Verso de una «ensaladilla» del *Romancero general* (núm. 790), de un amante,
«más valiente que Roldán,» que queda apaleado. Cf. el comienzo de II, 9, y el de II, 26.

[2] Estos detalles de las armas ancestrales, la comida y el vestuario de don Quijote,
habrán colocado al protagonista con bastante precisión para los lectores contemporáneos dentro de la escala socio-económica: hidalgo de aldea medianamente acomodado. *Salpicón*, carne picada con sal, aceite y pimienta; *duelos y quebrantos*, o las
extremidades y asadura de los animales, o huevos con torreznos; *velarte*, paño fino;
velludo, terciopelo; *vellorí*, paño entrefino, pardo.

de los cuarenta, y una sobrina que no llegaba a los veinte, y un mozo de campo y plaza, que así ensillaba el rocín como tomaba la podadera. Frisaba la edad de nuestro hidalgo con los cincuenta años. Era de complexión recia, seco de carnes, enjuto de rostro, gran madrugador y amigo de la caza. Quieren decir que tenía el sobrenombre de Quijada, o Quesada, que en esto hay alguna diferencia en los autores que deste caso escriben; aunque por conjeturas verosímiles se deja entender que se llamaba Quejana. Pero esto importa poco a nuestro cuento; basta que en la narración dél no se salga un punto de la verdad.

Es, pues, de saber, que este sobredicho hidalgo, los ratos que estaba ocioso (que eran los más del año), se daba a leer libros de caballerías con tanta afición y gusto, que olvidó casi de todo punto el ejercicio de la caza, y aun la administración de su hacienda; y llegó a tanto su curiosidad y desatino en esto, que vendió muchas hanegas de tierra de sembradura para comprar libros de caballerías en que leer, y así, llevó a su casa todos cuantos pudo haber dellos; y de todos, ningunos le parecían tan bien como los que compuso el famoso Feliciano de Silva,[3] porque la claridad de su prosa y aquellas intricadas razones suyas le parecían de perlas, y más cuando llegaba a leer aquellos requiebros y cartas de desafíos, donde en muchas partes hallaba escrito: *La razón de la sinrazón que a mi razón se hace, de tal manera mi razón enflaquece, que con razón me quejo de la vuestra fermosura.* Y también cuando leía: *... los altos cielos que de vuestra divinidad divinamente con las estrellas os fortifican, y os hacen merecedora del merecimiento que merece la vuestra grandeza.*

Con estas razones perdía el pobre caballero el juicio, y desvelábase por entenderlas y desentrañarles el sentido, que no se lo sacara ni las entendiera el mesmo Aristóteles, si resucitara para solo ello. No estaba muy bien con las heridas que don Belianís daba y recibía, porque se imaginaba que, por grandes maestros que le hubiesen curado, no dejaría de tener el rostro y todo el cuerpo lleno de cicatrices y señales. Pero, con todo, alababa en su autor aquel acabar su libro con la promesa de aquella inacabable aventura, y muchas veces le vino deseo de tomar la pluma y dalle fin al pie de la letra, como allí se promete; y sin duda alguna lo hiciera, y aun saliera con ello, si otros mayores y continuos pensamientos no se lo estorbaran. Tuvo muchas veces competencia con el cura de su lugar (que era hombre

---

[3] Autor de la *Segunda comedia de Celestina*, lo es también de varios libros de caballerías, como *Lisuarte de Grecia, Amadís de Grecia, Florisel de Niquea* y *Rogel de Grecia*.

PLAR CONTE

docto, graduado en Sigüenza)[4] sobre cuál había sido mejor caballero: Palmerín de Ingalaterra[5] o Amadís de Gaula; mas maese Nicolás, barbero del mesmo pueblo, decía que ninguno llegaba al Caballero del Febo, y que si alguno se le podía comparar, era don Galaor, hermano de Amadís de Gaula, porque tenía muy acomodada condición para todo; que no era caballero melindroso, ni tan llorón como su hermano, y que en lo de la valentía no le iba en zaga.

En resolución, él se enfrascó tanto en su letura, que se le pasaban las noches leyendo de claro en claro, y los días de turbio en turbio; y así, del poco dormir y del mucho leer se le secó el celebro de manera que vino a perder el juicio. Llenósele la fantasía de todo aquello que leía en los libros, así de encantamentos como de pendencias, batallas, desafíos, heridas, requiebros, amores, tormentas y disparates imposibles; y asentósele de tal modo en la imaginación que era verdad toda aquella máquina de aquellas sonadas soñadas invenciones que leía, que para él no había otra historia más cierta en el mundo. Decía él que el Cid Ruy Díaz había sido muy buen caballero, pero que no tenía que ver con el Caballero de la Ardiente Espada,[6] que de solo un revés había partido por medio dos fieros y descomunales gigantes. Mejor estaba con Bernardo del Carpio, porque en Roncesvalles había muerto a Roldán el encantado, valiéndose de la industria de Hércules, cuando ahogó a Anteo, el hijo de la Tierra, entre los brazos. Decía mucho bien del gigante Morgante,[7] porque, con ser de aquella generación gigantea, que todos son soberbios y descomedidos, él solo era afable y bien criado. Pero, sobre todos, estaba bien con Reinaldos de Montalbán,[8] y más cuando le veía salir de su castillo y robar cuantos topaba, y cuando en allende[9] robó aquel ídolo de Mahoma que era todo de oro, según dice su historia. Diera él por dar una mano de coces al traidor de Galalón,[10] al ama que tenía y aun a su sobrina de añadidura.

---

[4] Lo de *hombre docto, graduado en Sigüenza*, se suele tomar por ironía, dado el poco prestigio de las llamadas Universidades Menores entre los contemporáneos de Cervantes.

[5] Protagonista del *Libro del muy esforzado caballero Palmerín de Inglaterra*, de Francisco de Moraes Cabral, traducido al castellano en 1547.

[6] Amadís de Grecia.

[7] Del *Morgante maggiore*, de Luigi Pulci.

[8] Uno de los personajes principales del *Orlando innamorato*, de Boiardo, que aparece también en los romances españoles.

[9] *en allende*, más allá del mar.

[10] El traidor de Roncesvalles.

En efecto, rematado ya su juicio, vino a dar en el más estraño pensamiento que jamás dio loco en el mundo, y fue que le pareció convenible y necesario, así para el aumento de su honra como para el servicio de su república, hacerse caballero andante, e irse por todo el mundo con sus armas y caballo a buscar las aventuras y a ejercitarse en todo aquello que él había leído que los caballeros andantes se ejercitaban, deshaciendo todo género de agravio, y poniéndose en ocasiones y peligros donde, acabándolos, cobrase eterno nombre y fama. Imaginábase el pobre ya coronado por el valor de su brazo, por lo menos, del imperio de Trapisonda; y así, con estos tan agradables pensamientos, llevado del estraño gusto que en ellos sentía, se dio priesa a poner en efecto lo que deseaba.

Y lo primero que hizo fue limpiar unas armas que habían sido de sus bisabuelos, que, tomadas de orín y llenas de moho, luengos siglos había que estaban puestas y olvidadas en un rincón. Limpiólas y aderezólas lo mejor que pudo; pero vio que tenían una gran falta, y era que no tenían celada de encaje, sino morrión simple; mas a esto suplió su industria, porque de cartones hizo un modo de media celada, que, encajada con el morrión, hacían una apariencia de celada entera.[11] Es verdad que para probar si era fuerte y podía estar al riesgo de una cuchillada, sacó su espada y le dio dos golpes, y con el primero y en un punto deshizo lo que había hecho en una semana; y no dejó de parecerle mal la facilidad con que la había hecho pedazos, y, por asegurarse deste peligro, la tornó a hacer de nuevo, poniéndole una barras de hierro por de dentro, de tal manera, que él quedó satisfecho de su fortaleza, y sin querer hacer nueva experiencia della, la diputó y tuvo por celada finísima de encaje.

Fue luego a ver su rocín, y aunque tenía más cuartos que un real y más tachas que el caballo de Gonela,[12] que *tantum pellis et ossa fuit*, le pareció que ni el Bucéfalo de Alejandro ni Babieca el del Cid con él se igualaban. Cuatro días se le pasaron en imaginar qué nombre le pondría; porque (según se decía él a sí mesmo) no era razón que caballo de caballero tan famoso, y tan bueno él por sí, estuviese sin nombre conocido; y así procuraba acomodársele de manera que declarase quién había sido antes que fuese de caballero andante, y lo que era entonces; pues estaba muy puesto en razón que, mudando su señor estado, mu-

---

[11] La *celada*, encajada con el *morrión*, protegía la parte inferior de la cabeza.

[12] Cervantes emplea aquí *cuartos* en su doble sentido de moneda y de enfermedad de los caballos. La flaqueza del caballo de Gonela, bufón de los Ferrara en el siglo xv, se hizo proverbial. Véase Cámera de Asarta.

dase él también el nombre, y [le] cobrase famoso y de estruendo, como convenía a la nueva orden y al nuevo ejercicio que ya profesaba; y así, después de muchos nombres que formó, borró y quitó, añadió, deshizo y tornó a hacer en su memoria e imaginación, al fin le vino a llamar *Rocinante*, nombre, a su parecer, alto, sonoro y significativo de lo que había sido cuando fue rocín, antes de lo que ahora era, que era antes y primero de todos los rocines del mundo.

Puesto nombre, y tan a su gusto, a su caballo, quiso ponérsele a sí mismo, y en este pensamiento duró otros ocho días, y al cabo se vino a llamar *don Quijote;* de donde, como queda dicho, tomaron ocasión los autores desta tan verdadera historia que sin duda se debía de llamar Quijada, y no Quesada, como otros quisieron decir. [13] Pero acordándose que el valeroso Amadís no sólo se había contentado con llamarse Amadís a secas, sino que añadió el nombre de su reino y patria, por [hacerla] famosa, y se llamó Amadís de Gaula, así quiso, como buen caballero, añadir al suyo el nombre de la suya y llamarse *don Quijote de la Mancha*, con que, a su parecer, declaraba muy al vivo su linaje y patria, y la honraba con tomar el sobrenombre della.

Limpias, pues, sus armas, hecho del morrión celada, puesto nombre a su rocín y confirmándose a sí mismo, se dio a entender que no le faltaba otra cosa sino buscar una dama de quien enamorarse; porque el caballero andante sin amores era árbol sin hojas y sin fruto y cuerpo sin alma. Decíase él:

—Si yo, por malos de mis pecados, o por mi buena suerte, me encuentro por ahí con algún gigante, como de ordinario les acontece a los caballeros andantes, y le derribo de un encuentro, o le parto por mitad del cuerpo, o, finalmente, le venzo y le rindo, ¿no será bien tener a quien enviarle presentado, y que entre y se hinque de rodillas ante mi dulce señora, y diga con voz humilde y rendido: "—Yo, señora, soy el gigante Caraculiambro, señor de la ínsula Malindrania, a quien venció en singular batalla el jamás como se debe alabado caballero don Quijote de la Mancha, el cual me mandó que me presentase ante vuestra merced para que la vuestra grandeza disponga de mí a su talante?"

¡Oh, cómo se holgó nuestro buen caballero cuando hubo hecho este discurso, y más cuando halló a quien dar nombre de su dama! Y fue, a lo que se cree, que en un lugar cerca del suyo

---

[13] Lo que «queda dicho,» como se acordará el lector, es que se habría llamado Quejana, y que los que proponen Quijada probablemente se equivocan. *Quijote,* como dice Clemencín, es la parte de la armadura que cubre el muslo, pero la terminación *-ote* sugiere al mismo tiempo comicidad y parentesco con Lanzarote, como indica Riquer.

había una moza labradora de muy buen parecer, de quien él un tiempo anduvo enamorado (aunque, según se entiende, ella jamás lo supo ni le dio cata dello).[14] Llamábase Aldonza Lorenzo, y a ésta le pareció ser bien darle título de señora de sus pensamientos; y buscándole nombre que no desdijese mucho del suyo, y que tirase y se encaminase al de princesa y gran señora, vino a llamarla *Dulcinea del Toboso*, porque era natural del Toboso; nombre, a su parecer, músico y peregrino y significativo, como todos los demás que a él y a sus cosas había puesto.

---

[14] *ni le dio cata dello*, «ni él [don Quijote] le dio a ella cuenta de ello» (Riquer). Se suele enmendar: *ni se dio cata dello*.

Capítulo II

Que trata de la primera salida que de su tierra hizo el ingenioso don Quijote

Hechas, pues, estas prevenciones, no quiso aguardar más tiempo a poner en efecto su pensamiento, apretándole a ello la falta que él pensaba que hacía en el mundo su tardanza, según eran los agravios que pensaba deshacer, tuertos que enderezar, sinrazones que enmendar, y abusos que mejorar, y deudas que satisfacer. Y así, sin dar parte a persona alguna de su intención, y sin que nadie le viese, una mañana, antes del día, que era uno de los calurosos del mes de julio, se armó de todas sus armas, subió sobre Rocinante, puesta su mal compuesta celada, embrazó su adarga, tomó su lanza, y por la puerta falsa de un corral salió al campo, con grandísimo contento y alborozo de ver con cuánta facilidad había dado principio a su buen deseo. Mas apenas se vio en el campo, cuando le asaltó un pensamiento terrible, y tal, que por poco le hiciera dejar la comenzada empresa; y fue que le vino a la memoria que no era armado caballero, y que conforme a ley de caballería ni podía ni debía tomar armas con ningún caballero; y puesto que lo fuera, había de llevar armas blancas, como novel caballero, sin empresa en el escudo, hasta que por su esfuerzo la ganase. Estos pensamientos le hicieron titubear en su propósito; mas, pudiendo más su locura que otra razón alguna, propuso de hacerse armar caballero del primero que topase, a imitación de otros muchos que así lo hicieron, según él había leído en los libros que tal le tenían. En lo de las armas blancas, pensaba limpiarlas de manera, en teniendo

PILAR CHIMONTE

lugar, que lo fuesen más que un armiño;[1] y con esto se quietó y prosiguió su camino, sin llevar otro que aquel que su caballo quería, creyendo que en aquello consistía la fuerza de las aventuras.

Yendo, pues, caminando nuestro flamante aventurero, iba hablando consigo mesmo y diciendo:

—¿Quién duda sino que en los venideros tiempos, cuando salga a luz la verdadera historia de mis famosos hechos, que el sabio que los escribiere no ponga, cuando llegue a contar esta mi primera salida tan de mañana, desta manera?: "Apenas había el rubicundo Apolo tendido por la faz de la ancha y espaciosa tierra las doradas hebras de sus hermosos cabellos, y apenas los pequeños y pintados pajarillos con sus harpadas lenguas habían saludado con dulce y meliflua armonía la venida de la rosada Aurora, que, dejando la blanda cama del celoso marido, por las puertas y balcones del manchego horizonte a los mortales se mostraba, cuando el famoso caballero don Quijote de la Mancha, dejando las ociosas plumas, subió sobre su famoso caballo Rocinante, y comenzó a caminar por el antiguo y conocido campo de Montiel."

Y era la verdad que por él caminaba. Y añadió diciendo:

—Dichosa edad y siglo dichoso aquel adonde saldrán a luz las famosas hazañas mías, dignas de entallarse en bronces, esculpirse en mármoles y pintarse en tablas, para memoria en lo futuro. ¡Oh tú, sabio encantador, quienquiera que seas, a quien ha de tocar el ser coronista desta peregrina historia, ruégote que no te olvides de mi buen Rocinante, compañero eterno mío en todos mis caminos y carreras!

Luego volvía diciendo, como si verdaderamente fuera enamorado:

—¡Oh princesa Dulcinea, señora deste cautivo corazón! Mucho agravio me habedes fecho en despedirme y reprocharme con el [riguroso] afincamiento de mandarme no parecer ante la vuestra fermosura. Plégaos, señora, de membraros deste vuestro sujeto corazón, que tantas cuitas por vuestro amor padece.[2]

Con estos iba ensartando otros disparates, todos al modo de los que sus libros le habían enseñado, imitando en cuanto podía su lenguaje. Con esto, caminaba tan despacio, y el sol entraba

---

[1] Don Quijote entiende *armas blancas* (i.e., sin empresa) en su sentido literal.

[2] Aquí empieza el lenguaje arcaizante de don Quijote, caracterizado por: 1) la *f-* inicial *(fecho)*, 2) *-edes* por *-éis* en las desinencias verbales llanas, 3) el artículo con el adjetivo posesivo *(la vuestra fermosura)*, y 4) léxico arcaico *(plégaos [plázcaos], membraros)*. Nótese el contraste en cuanto a estos elementos con el amanecer épico arriba —estilo *narrativo* apropiado, según don Quijote, para su historia, y nada arcaico. Véase Rosenblat (1971), págs. 26-32.

tan apriesa y con tanto ardor, que fuera bastante a derretirle los sesos (si algunos tuviera).

Casi todo aquel día caminó sin acontecerle cosa que de contar fuese, de lo cual se desesperaba, porque quisiera topar luego luego con quien hacer experiencia del valor de su fuerte brazo. Autores hay que dicen que la primera aventura que le avino fue la del Puerto Lápice; otros dicen que la de los molinos de viento; pero lo que yo he podido averiguar en este caso, y lo que he hallado escrito en los anales de la Mancha, es que él anduvo todo aquel día, y, al anochecer, su rocín y él se hallaron cansados y muertos de hambre; y que, mirando a todas partes por ver si descubriría algún castillo o alguna majada de pastores donde recogerse y adonde pudiese remediar su mucha hambre y necesidad, vio, no lejos del camino por donde iba, una venta, que fue como si viera una estrella que, no a los portales, sino a los alcázares de su redención le encaminaba. Diose priesa a caminar, y llegó a ella a tiempo que anochecía.

Estaban acaso a la puerta dos mujeres mozas, destas que llaman del partido, las cuales iban a Sevilla con unos harrieros que en la venta aquella noche acertaron a hacer jornada, y como a nuestro aventurero todo cuanto pensaba, veía o imaginaba le parecía ser hecho y pasar al modo de lo que había leído, luego que vio la venta se le representó que era un castillo con sus cuatro torres y chapiteles de luciente plata, sin faltarle su puente levadiza y honda cava, con todos aquellos adherentes que semejantes castillos se pintan. Fuese llegando a la venta que a él le parecía castillo, y a poco trecho della detuvo las riendas a Rocinante, esperando que algún enano se pusiese entre las almenas a dar señal con alguna trompeta de que llegaba caballero al castillo. Pero como vio que se tardaban y que Rocinante se daba priesa por llegar a la caballeriza, se llegó a la puerta de la venta, y vio a las dos destraídas mozas que allí estaban, que a él le parecieron dos hermosas doncellas o dos graciosas damas que delante de la puerta del castillo se estaban solazando. En esto sucedió acaso que un porquero que andaba recogiendo de unos rastrojos una manada de puercos (que, sin perdón, así se llaman)[3] tocó un cuerno, a cuya señal ellos se recogen, y al instante se le representó a don Quijote lo que deseaba, que era que algún enano hacía señal de su venida, y así, con estraño contento llegó a la venta y a las damas, las cuales, como vieron venir un hombre

---

[3] Se burla Cervantes de la costumbre de pedir perdón al nombrar algo sucio o vil.

de aquella suerte, armado y con lanza y adarga, llenas de miedo se iban a entrar en la venta; pero don Quijote, coligiendo por su huida su miedo, alzándose la visera de papelón y descubriendo su seco y polvoroso rostro, con gentil talante y voz reposada les dijo:

—No fuyan las vuestras mercedes ni teman desaguisado alguno; ca a la orden de caballería que profeso non toca ni atañe facerle a ninguno, cuanto más a tan altas doncellas como vuestras presencias demuestran.

Mirábanle las mozas, y andaban con los ojos buscándole el rostro, que la mala visera le encubría; mas como se oyeron llamar doncellas, cosa tan fuera de su profesión, no pudieron tener la risa, y fue de manera, que don Quijote vino a correrse[4] y a decirles:

—Bien parece la mesura en las fermosas, y es mucha sandez, además, la risa que de leve causa procede; pero non vos lo digo porque os acuitedes ni mostredes mal talante; que el mío non es de ál[5] que de serviros.

El lenguaje, no entendido de las señoras, y el mal talle de nuestro caballero acrecentaba en ellas la risa y en él el enojo, y pasara muy adelante si a aquel punto no saliera el ventero, hombre que, por ser muy gordo, era muy pacífico, el cual, viendo aquella figura contrahecha, armada de armas tan desiguales como eran la brida, lanza, adarga y coselete, no estuvo en nada en acompañar a las doncellas en las muestras de su contento. Mas, en efecto, temiendo la máquina de tantos pertrechos, determinó de hablarle comedidamente, y así le dijo:

—Si vuestra merced, señor caballero, busca posada, amén del lecho (porque en esta venta no hay ninguno), todo lo demás se hallará en ella en mucha abundancia.

Viendo don Quijote la humildad del alcaide de la fortaleza, que tal le pareció a él el ventero y la venta, respondió:

—Para mí, señor castellano, cualquiera cosa basta, porque

> mis arreos son las armas,
> mi descanso el pelear, etc.[6]

Pensó el huésped que el haberle llamado castellano había sido por haberle parecido de los sanos de Castilla, aunque él era an-

---

[4] *correrse*, avergonzarse, confundirse.
[5] *ál*, otra cosa.
[6] Versos de un romance antiguo. Más abajo alude el ventero a los versos que siguen:
> *mi cama las duras peñas,*
> *mi dormir siempre velar.*

daluz, y de los de la playa de Sanlúcar,[7] no menos ladrón que Caco, ni menos maleante que estudiantado paje, y así le respondió:

—Según eso, las camas de vuestra merced serán duras peñas, y su dormir, siempre velar; y siendo así, bien se puede apear, con seguridad de hallar en esta choza ocasión y ocasiones para no dormir en todo un año, cuanto más en una noche.

Y diciendo esto, fue a tener el estribo a don Quijote, el cual se apeó con mucha dificultad y trabajo, como aquel que en todo aquel día no se había desayunado.

Dijo luego al huésped que le tuviese mucho cuidado de su caballo, porque era la mejor pieza que comía pan en el mundo. Miróle el ventero, y no le pareció tan bueno como don Quijote decía, ni aun la mitad; y acomodándole en la caballeriza, volvió a ver lo que su huésped mandaba, al cual estaban desarmando las doncellas, que ya se habían reconciliado con él; las cuales, aunque le habían quitado el peto y el espaldar, jamás supieron ni pudieron desencajarle la gola ni quitalle la contrahecha celada, que traía atada con unas cintas verdes, y era menester cortarlas, por no poderse quitar los ñudos; mas él no lo quiso consentir en ninguna manera, y así, se quedó toda aquella noche con la celada puesta, que era la más graciosa y estraña figura que se pudiera pensar; y al desarmarle (como él se imaginaba que aquellas traídas y llevadas que le desarmaban eran algunas principales señoras y damas de aquel castillo), les dijo con mucho donaire:

—Nunca fuera caballero
de damas tan bien servido
como fuera don Quijote
cuando de su aldea vino:
doncellas curaban dél;
princesas, del su rocino,[8]

o Rocinante, que éste es el nombre, señoras mías, de mi caballo, y don Quijote de la Mancha el mío; que, puesto que no quisiera descubrirme fasta que las fazañas fechas en vuestro servicio y pro me descubrieran, la fuerza de acomodar al propósito presente este romance viejo de Lanzarote ha sido causa que sepáis mi nombre antes de toda sazón; pero tiempo vendrá en que las

---

[7] Lugar asociado con la vida picaresca por Cervantes en «La ilustre fregona.»
[8] Versos del romance antiguo de Lanzarote.

vuestras señorías me manden y yo obedezca, y el valor de mi brazo descubra el deseo que tengo de serviros.

Las mozas, que no estaban hechas a oír semejantes retóricas, no respondían palabra; sólo le preguntaron si quería comer alguna cosa.

—Cualquiera yantaría yo —respondió don Quijote—, porque, a lo que entiendo, me haría mucho al caso.

A dicha, acertó a ser viernes aquel día, y no había en toda la venta sino unas raciones de un pescado que en Castilla llaman abadejo, y en Andalucía bacallao, y en otras partes curadillo, y en otras truchuela. Preguntáronle si por ventura comería su merced truchuela; que no había otro pescado que dalle a comer.

—Como haya muchas truchuelas —respondió don Quijote—, podrán servir de una trucha, porque eso se me da que me den ocho reales en sencillos que en una pieza de a ocho. Cuanto más, que podría ser que fuesen estas truchuelas como la ternera, que es mejor que la vaca, y el cabrito que el cabrón. Pero, sea lo que fuere, venga luego; que el trabajo y peso de las armas no se puede llevar sin el gobierno de las tripas.

Pusiéronle la mesa a la puerta de la venta, por el fresco, y trújole el huésped una porción del mal remojado y peor cocido bacallao y un pan tan negro y mugriento como sus armas; pero era materia de grande risa verle comer, porque, como tenía puesta la celada y alzada la visera, no podía poner nada en la boca con sus manos si otro no se lo daba y ponía, y así, una de aquellas señoras servía deste menester. Mas al darle de beber, no fue posible, ni lo fuera si el ventero no horadara una caña, y puesto el un cabo en la boca, por el otro le iba echando el vino; y todo esto lo recibía en paciencia, a trueco de no romper las cintas de la celada. Estando en esto, llegó acaso a la venta un castrador de puercos, y así como llegó, sonó su silbato de cañas cuatro o cinco veces, con lo cual acabó de confirmar don Quijote que estaba en algún famoso castillo, y que le servían con música, y que el abadejo eran truchas, el pan candeal, y las rameras damas, y el ventero castellano del castillo, y con esto daba por bien empleada su determinación y salida. Mas lo que más le fatigaba era el no verse armado caballero, por parecerle que no se podría poner legítimamente en aventura alguna sin recibir la orden de caballería.

CAPÍTULO III

Donde se cuenta la graciosa manera que tuvo
don Quijote en armarse caballero

Y así, fatigado deste pensamiento, abrevió su venteril y limitada cena; la cual acabada, llamó al ventero y, encerrándose con él en la caballeriza, se hincó de rodillas ante él, diciéndole:

—No me levantaré jamás de donde estoy, valeroso caballero, fasta que la vuestra cortesía me otorgue un don que pedirle quiero, el cual redundará en alabanza vuestra y en pro del género humano.

El ventero, que vio a su huésped a sus pies y oyó semejantes razones, estaba confuso mirándole, sin saber qué hacerse ni decirle, y porfiaba con él que se levantase, y jamás quiso, hasta que le hubo de decir que él le otorgaba el don que le pedía.

—No esperaba yo menos de la gran magnificencia vuestra, señor mío —respondió don Quijote—; y así, os digo que el don que os he pedido y de vuestra liberalidad me ha sido otorgado es que mañana en aquel día me habéis de armar caballero, y esta noche en la capilla deste vuestro castillo velaré las armas; y mañana, como tengo dicho, se cumplirá lo que tanto deseo, para poder como se debe ir por todas las cuatro partes del mundo buscando las aventuras, en pro de los menesterosos, como está a cargo de la caballería y de los caballeros andantes, como yo soy, cuyo deseo a semejantes fazañas es inclinado.

El ventero, que, como está dicho, era un poco socarrón y ya tenía algunos barruntos de la falta de juicio de su huésped, acabó de creerlo cuando acabó de oírle semejantes razones, y, por tener que reír aquella noche, determinó de seguirle el humor; y así, le dijo que andaba muy acertado en lo que deseaba y pedía, y que tal prosupuesto era propio y natural de los caballeros tan principales como él parecía y como su gallarda presencia mostraba; y que él, asimesmo, en los años de su mocedad, se había dado a aquel honroso ejercicio, andando por diversas partes del mundo, buscando sus aventuras, sin que hubiese dejado los Percheles de Málaga, Islas de [Riarán], Compás de Sevilla, Azoguejo de Segovia, la Olivera de Valencia, Rondilla de Granada, playa de Sanlúcar, Potro de Córdoba y las Ventillas de Toledo[1] y otras diversas partes, donde había ejercitado la ligereza de sus pies [y] sutileza de sus manos, haciendo muchos tuertos, recuestando muchas viudas, deshaciendo algunas doncellas y engañando a algunos pupilos, y, finalmente, dándose a conocer por cuantas audiencias y tribunales hay casi en toda España; y que, a lo último, se había venido a recoger a aquel su castillo, donde vivía con su hacienda y con las ajenas, recogiendo en él a todos los caballeros andantes, de cualquiera calidad y condición que fuesen, sólo por la mucha afición que les tenía y porque partiesen con él de sus haberes, en pago de su buen deseo.

Díjole también que en aquel su castillo no había capilla alguna donde poder velar las armas, porque estaba derribada para hacerla de nuevo; pero que en caso de necesidad él sabía que se podían velar dondequiera, y que aquella noche las podría velar en un patio del castillo; que a la mañana, siendo Dios servido, se harían las debidas ceremonias, de manera que él quedase armado caballero, y tan caballero, que no pudiese ser más en el mundo.

Preguntóle si traía dineros; respondió don Quijote que no traía blanca, porque él nunca había leído en las historias de los caballeros andantes que ninguno los hubiese traído. A esto dijo el ventero que se engañaba; que, puesto caso que en las historias no se escribía, por haberles parecido a los autores dellas que no era menester escribir una cosa tan clara y tan necesaria de traerse como eran dineros y camisas limpias, no por eso se había de creer que no los trujeron; y así, tuviese por cierto y averiguado que todos los caballeros andantes, de que tantos libros están llenos y atestados, llevaban bien herradas las bolsas, por lo que pudiese sucederles; y que asimismo llevaban camisas y una arqueta pequeña llena de ungüentos para curar las heridas que recibían, porque no todas veces en los campos y desiertos donde se combatían y salían heridos había quien los curase, si ya no era que tenían algún sabio encantador por amigo, que luego los

---

[1] Lugares todos asociados con la vida picaresca.

socorría, trayendo por el aire, en alguna nube, alguna doncella o enano con alguna redoma de agua de tal virtud, que, en gustando alguna gota della, luego al punto quedaban sanos de sus llagas y heridas, como si mal alguno hubiesen tenido. Mas que en tanto que esto no hubiese, tuvieron los pasados caballeros por cosa acertada que sus escuderos fuesen proveídos de dineros y de otras cosas necesarias, como eran hilas y ungüentos para curarse; y cuando sucedía que los tales caballeros no tenían escuderos (que eran pocas y raras veces), ellos mesmos lo llevaban todo en unas alforjas muy sutiles, que casi no se parecían, a las ancas del caballo, como que era otra cosa de más importancia; porque, no siendo por ocasión semejante, esto de llevar alforjas no fue muy admitido entre los caballeros andantes; y por esto le daba por consejo, pues aún se lo podía mandar como a su ahijado, que tan presto lo había de ser, que no caminase de allí adelante sin dineros y sin las prevenciones referidas, y que vería cuán bien se hallaba con ellas, cuando menos se pensase.

Prometióle don Quijote de hacer lo que se le aconsejaba con toda puntualidad, y así, se dio luego orden como velase las armas en un corral grande que a un lado de la venta estaba; y recogiéndolas don Quijote todas, las puso sobre una pila que junto a un pozo estaba y, embrazando su adarga, asió de su lanza, y con gentil continente se comenzó a pasear delante de la pila; y cuando comenzó el paseo comenzaba a cerrar la noche.

Contó el ventero a todos cuantos estaban en la venta la locura de su huésped, la vela de las armas y la armazón de caballería que esperaba. Admiráronse de tan estraño género de locura y fuéronselo a mirar desde lejos, y vieron que, con sosegado ademán, unas veces se paseaba; otras, arrimado a su lanza, ponía los ojos en las armas, sin quitarlos por un buen espacio dellas. Acabó de cerrar la noche, pero con tanta claridad de la luna, que podía competir con el que se la prestaba, de manera que cuanto el novel caballero hacía era bien visto de todos. Antojósele en esto a uno de los harrieros que estaban en la venta ir a dar agua a su recua, y fue menester quitar las armas de don Quijote, que estaban sobre la pila; el cual, viéndole llegar, en voz alta le dijo:

—¡Oh tú, quienquiera que seas, atrevido caballero, que llegas a tocar las armas del más valeroso andante que jamás se ciñó espada! Mira lo que haces, y no las toques, si no quieres dejar la vida en pago de tu atrevimiento.

No se curó[2] el harriero destas razones (y fuera mejor que se curara, porque fuera curarse en salud); antes, trabando de las correas, las arrojó gran trecho de sí. Lo cual visto por don Quijote, alzó los ojos al cielo y, puesto el pensamiento (a lo que pareció) en su señora Dulcinea, dijo:

—Acorredme, señora mía, en esta primera afrenta que a este vuestro avasallado pecho se le ofrece; no me desfallezca en este primero trance vuestro favor y amparo.

Y diciendo estas y otras semejantes razones, soltando la adarga, alzó la lanza a dos manos y dio con ella tan gran golpe al harriero en la cabeza, que le derribó en el suelo tan maltrecho, que si segundara con otro, no tuviera necesidad de maestro que le curara. Hecho esto, recogió sus armas y tornó a pasearse con el mismo reposo que primero. Desde allí a poco, sin saberse lo que había pasado (porque aún estaba aturdido el harriero), llegó otro con la mesma intención de dar agua a sus mulos y, llegando a quitar las armas para desembarazar la pila, sin hablar don Quijote palabra y sin pedir favor a nadie, soltó otra vez la adarga y alzó otra vez la lanza, y, sin hacerla pedazos, hizo más de tres la cabeza del segundo harriero, porque se la abrió por cuatro. Al ruido acudió toda la gente de la venta, y entre ellos el ventero. Viendo esto don Quijote, embrazó su adarga y, puesta mano a su espada, dijo:

—¡Oh señora de la fermosura, esfuerzo y vigor del debilitado corazón mío! Ahora es tiempo que vuelvas los ojos de tu grandeza a este tu cautivo caballero, que tamaña aventura está atendiendo.

Con esto cobró, a su parecer, tanto ánimo, que si le acometieran todos los harrieros del mundo, no volviera el pie atrás. Los compañeros de los heridos, que tales los vieron, comenzaron desde lejos a llover piedras sobre don Quijote, el cual, lo mejor que podía, se reparaba con su adarga, y no se osaba apartar de la pila por no desamparar las armas. El ventero daba voces que le dejasen, porque ya les había dicho como era loco, y que por loco se libraría, aunque los matase a todos. También don Quijote las daba, mayores, llamándolos de alevosos y traidores, y que el señor del castillo era un follón[3] y mal nacido caballero, pues de tal manera consentía que se tratasen los andantes caballeros, y que si él hubiera recibido la orden de caballería, que él le diera a entender su alevosía:

---

[2] *No se curó*, no hizo caso.
[3] *follón*, vano, fanfarrón. Véase García de Diego.

—Pero de vosotros, soez y baja canalla, no hago caso alguno; tirad, llegad, venid y ofendedme en cuanto pudiéredes; que vosotros veréis el pago que lleváis de vuestra sandez y demasía.

Decía esto con tanto brío y denuedo, que infundió un terrible temor en los que le acometían; y así por esto como por las persuasiones del ventero, le dejaron de tirar, y él dejó retirar a los heridos y tornó a la vela de sus armas, con la misma quietud y sosiego que primero.

No le parecieron bien al ventero las burlas de su huésped, y determinó abreviar y darle la negra orden de caballería luego, antes que otra desgracia sucediese. Y así, llegándose a él, se disculpó de la insolencia que aquella gente baja con él había usado, sin que él supiese cosa alguna; pero que bien castigados quedaban de su atrevimiento. Díjole cómo ya le había dicho que en aquel castillo no había capilla, y para lo que restaba de hacer tampoco era necesaria; que todo el toque de quedar armado caballero consistía en la pescozada y en el espaldarazo, según él tenía noticia del ceremonial de la orden, y que aquello en mitad de un campo se podía hacer, y que ya había cumplido con lo que tocaba al velar de las armas, que con solas dos horas de vela se cumplía, cuanto más que él había estado más de cuatro. Todo se lo creyó don Quijote, [y dijo] que él estaba allí pronto para obedecerle, y que concluyese con la mayor brevedad que pudiese; porque si fuese otra vez acometido y se viese armado caballero, no pensaba dejar persona viva en el castillo, excepto aquellas que él le mandase, a quien por su respeto dejaría.

Advertido y medroso desto el castellano, trujo luego un libro donde asentaba la paja y cebada que daba a los harrieros, y con un cabo de vela que le traía un muchacho, y con las dos ya dichas doncellas, se vino adonde don Quijote estaba, al cual mandó hincar de rodillas; y, leyendo en su manual (como que decía alguna devota oración), en mitad de la leyenda alzó la mano y diole sobre el cuello un buen golpe, y tras él, con su mesma espada, un gentil espaldarazo (siempre murmurando entre dientes, como que rezaba). Hecho esto, mandó a una de aquellas damas que le ciñese la espada, la cual lo hizo con mucha desenvoltura y discreción, porque no fue menester poca para no reventar de risa a cada punto de las ceremonias; pero las proezas que ya habían visto del novel caballero les tenía la risa a raya. Al ceñirle la espada dijo la buena señora:

—Dios haga a vuestra merced muy venturoso caballero y le dé ventura en lides.

Don Quijote le preguntó cómo se llamaba, porque él supiese de allí adelante a quién quedaba obligado por la merced recibida, porque pensaba darle alguna parte de la honra que alcanzase por el valor de su brazo. Ella respondió con mucha humildad que se llamaba la Tolosa, y que era hija de un remendón natural de Toledo, que vivía a las tendillas de Sancho Bienaya, y que dondequiera que ella estuviese le serviría y le tendría por señor. Don Quijote le replicó que, por su amor, le hiciese merced que de allí adelante se pusiese *don*[4] y se llamase doña Tolosa. Ella se lo prometió, y la otra le calzó la espuela; con la cual le pasó casi el mismo coloquio que con la de la espada. Preguntóle su nombre, y dijo que se llamaba la Molinera, y que era hija de un honrado molinero de Antequera; a la cual también rogó don Quijote que se pusiese *don*, y se llamase doña Molinera, ofreciéndole nuevos servicios y mercedes.

Hechas, pues, de galope y aprisa las hasta allí nunca vistas ceremonias, no vio la hora don Quijote de verse a caballo y salir buscando las aventuras, y, ensillando luego a Rocinante, subió en él, y abrazando a su huésped, le dijo cosas tan estrañas, agradeciéndole la merced de haberle armado caballero, que no es posible acertar a referirlas. El ventero, por verle ya fuera de la venta, con no menos retóricas, aunque con más breves palabras, respondió a las suyas y, sin pedirle la costa de la posada, le dejó ir a la buen hora.

---

[4] La costumbre de ponerse el *don* sin tener derecho a usarlo fue muy criticada. Los hidalgos del pueblo de don Quijote se lo critican a él más adelante (II, 2).

Capítulo IV

De lo que le sucedió a nuestro caballero cuando salió de la venta

La del alba sería[1] cuando don Quijote salió de la venta, tan contento, tan gallardo, tan alborozado por verse ya armado caballero, que el gozo le reventaba por las cinchas del caballo. Mas viniéndole a la memoria los consejos de su huésped cerca de las prevenciones tan necesarias que había de llevar consigo, especial la de los dineros y camisas, determinó volver a su casa y acomodarse de todo, y de un escudero, haciendo cuenta de recibir a un labrador vecino suyo, que era pobre y con hijos, pero muy a propósito para el oficio escuderil de la caballería. Con este pensamiento guió a Rocinante hacia su aldea, el cual, casi conociendo la querencia, con tanta gana comenzó a caminar, que parecía que no ponía los pies en el suelo.

No había andado mucho, cuando le pareció que a su diestra mano, de la espesura de un bosque que allí estaba, salían unas voces delicadas, como de persona que se quejaba, y apenas las hubo oído, cuando dijo:

—Gracias doy al cielo por la merced que me hace, pues tan presto me pone ocasiones delante donde yo pueda cumplir con lo que debo a mi profesión, y donde pueda coger el fruto de mis buenos deseos. Estas voces, sin duda, son de algún menesteroso, o menesterosa, que ha menester mi favor y ayuda.

---

[1] La *hora* del alba. Se refiere a la palabra con que termina el capítulo anterior.

Y volviendo las riendas, encaminó a Rocinante hacia donde le pareció que las voces salían. Y a pocos pasos que entró por el bosque, vio atada una yegua a una encina, y atado en otra a un muchacho, desnudo de medio cuerpo arriba, hasta de edad de quince años, que era el que las voces daba, y no sin causa, porque le estaba dando con una pretina muchos azotes un labrador de buen talle, y cada azote le acompañaba con una reprehensión y consejo. Porque decía:

—La lengua queda y los ojos listos.

Y el muchacho respondía:

—No lo haré otra vez, señor mío; por la pasión de Dios que no lo haré otra vez, y yo prometo de tener de aquí adelante más cuidado con el hato.

Y viendo don Quijote lo que pasaba, con voz airada dijo:

—Descortés caballero, mal parece tomaros con quien defender no se puede; subid sobre vuestro caballo y tomad vuestra lanza (que también tenía una lanza arrimada a la encina adonde estaba arrimada la yegua), que yo os haré conocer ser de cobardes lo que estáis haciendo.

El labrador, que vio sobre sí aquella figura llena de armas blandiendo la lanza sobre su rostro, túvose por muerto, y con buenas palabras respondió:

—Señor caballero, este muchacho que estoy castigando es un mi criado, que me sirve de guardar una manada de ovejas que tengo en estos contornos, el cual es tan descuidado, que cada día me falta una; y porque castigo su descuido, o bellaquería, dice que lo hago de miserable, por no pagalle la soldada que le debo, y en Dios y en mí ánima que miente.

—¿"Miente" delante de mí, ruin villano?[2] —dijo don Quijote—. Por el sol que nos alumbra que estoy por pasaros de parte a parte con esta lanza. Pagadle luego sin más réplica; si no, por el Dios que nos rige que os concluya y aniquile en este punto. Desatadlo luego.

El labrador bajó la cabeza y, sin responder palabra, desató a su criado, al cual preguntó don Quijote que cuánto le debía su amo. Él dijo que nueve meses, a siete reales cada mes. Hizo la cuenta don Quijote y halló que montaban setenta y tres reales,[3] y díjole al labrador que al momento los desembolsase, si no

---

[2] Desmentir a una persona se consideraba irrespetuoso para cualquier otro que lo presenciara. Cf. lo que dice Sancho más tarde: «...quienquiera que hubiere dicho que yo soy comedor aventajado y no limpio, téngase por dicha que no acierta; y de otra manera dijera esto si no mirara a las barbas honradas que están a la mesa.» (II, 62.)

[3] $7 \times 9 = 73$. ¿Error de imprenta, o elemento caracterizador de don Quijote? (Riquer)

quería morir por ello. Respondió el medroso villano que para el paso en que estaba y juramento que había hecho (y aún no había jurado nada), que no eran tantos; porque se le habían de descontar y recibir en cuenta tres pares de zapatos que le había dado, y un real de dos sangrías que le habían hecho estando enfermo.

—Bien está todo eso —replicó don Quijote—; pero quédense los zapatos y las sangrías por los azotes que sin culpa le habéis dado; que si él rompió el cuero de los zapatos que vos pagastes, vos le habéis rompido el de su cuerpo; y si le sacó el barbero sangre estando enfermo, vos en sanidad se la habéis sacado; así que, por esta parte, no os debe nada.

—El daño está, señor caballero, en que no tengo aquí dineros: véngase Andrés conmigo a mi casa, que yo se los pagaré un real sobre otro.

—¿Irme yo con él —dijo el muchacho— más? ¡Mal año! No, señor, ni por pienso; ¿porque en viéndose solo me desuelle como a un San Bartolomé?[4]

—No hará tal —replicó don Quijote—: basta que yo se lo mande para que me tenga respeto; y con que él me lo jure por la ley de caballería que ha recibido, le dejaré ir libre y aseguraré la paga.

—Mire vuestra merced, señor, lo que dice —dijo el muchacho—; que este mi amo no es caballero ni ha recibido orden de caballería alguna; que es Juan Haldudo el rico, el vecino del Quintanar.

—Importa poco eso —respondió don Quijote—; que Haldudos puede haber caballeros; cuanto más que cada uno es hijo de sus obras.

—Así es verdad —dijo Andrés—; pero este mi amo, ¿de qué obras es hijo, pues me niega mi soldada y mi sudor y trabajo?

—No niego, hermano Andrés —respondió el labrador—; y hacedme placer de veniros conmigo; que yo juro por todas las órdenes que de caballerías hay en el mundo de pagaros, como tengo dicho, un real sobre otro, y aun sahumados.[5]

—Del sahumerio os hago gracia —dijo don Quijote—; dádselos en reales, que con eso me contento; y mirad que lo cumpláis como lo habéis jurado; si no, por el mismo juramento os juro de volver a buscaros y a castigaros, y que os tengo de hallar, aunque os escondáis más que una lagartija. Y si queréis saber quién os manda esto, para quedar con más veras obligado a cum-

---

[4] He puntuado como interrogativa esta oración porque me parece que sólo así tiene sentido el subjuntivo *desuelle*.

[5] sahumados, perfumados, en demostración de buena voluntad.

plirlo, sabed que yo soy el valeroso don Quijote de la Mancha, el desfacedor de agravios y sinrazones, y a Dios quedad, y no se os parta de las mientes lo prometido y jurado, so pena de la pena pronunciada.

Y en diciendo esto, picó a su Rocinante, y en breve espacio se apartó dellos. Siguióle el labrador con los ojos, y cuando vio que había traspuesto del bosque y que ya no parecía, volvióse a su criado Andrés y díjole:

—Venid acá, hijo mío; que os quiero pagar lo que os debo, como aquel deshacedor de agravios me dejó mandado.

—Eso juro yo —dijo Andrés—; y ¡cómo que andará vuestra merced acertado en cumplir el mandamiento de aquel buen caballero, que mil años viva; que, según es de valeroso y de buen juez, vive Roque, que si no me paga, que vuelva y ejecute lo que dijo!

—También lo juro yo —dijo el labrador—; pero, por lo mucho que os quiero, quiero acrecentar la deuda, por acrecentar la paga.

Y asiéndole del brazo le tornó a atar a la encina, donde le dio tantos azotes, que le dejó por muerto.

—Llamad, señor Andrés, ahora —decía el labrador— al desfacedor de agravios; veréis cómo no desface aquéste. Aunque creo que no está acabado de hacer, porque me viene gana de desollaros vivo, como vos temíades.

Pero, al fin, le desató y le dio licencia que fuese a buscar su juez, para que ejecutase la pronunciada sentencia. Andrés se partió algo mohíno, jurando de ir a buscar al valeroso don Quijote de la Mancha y contalle punto por punto lo que había pasado, y que se lo había de pagar con las setenas.[6] Pero con todo esto, él se partió llorando y su amo se quedó riendo.

Y desta manera deshizo el agravio el valeroso don Quijote; el cual, contentísimo de lo sucedido, pareciéndole que había dado felicísimo y alto principio a sus caballerías, con gran satisfación de sí mismo iba caminando hacia su aldea, diciendo a media voz:

—Bien te puedes llamar dichosa sobre cuantas hoy viven en la tierra, ¡oh sobre las bellas bella Dulcinea del Toboso!, pues te cupo en suerte tener sujeto y rendido a toda tu voluntad e talante a un tan valiente y tan nombrado caballero como lo es y será don Quijote de la Mancha, el cual (como todo el mundo sabe) ayer recibió la orden de caballería, y hoy ha desfecho el mayor

---

[6] con las setenas, con una multa del septuplicado de la suma.

tuerto y agravio que formó la sinrazón y cometió la crueldad: hoy quitó el látigo de la mano a aquel despiadado enemigo que tan sin ocasión vapulaba a aquel delicado infante.

En esto, llegó a un camino que en cuatro se dividía, y luego se le vino a la imaginación las encrucijadas donde los caballeros andantes se ponían a pensar cuál camino de aquéllos tomarían, y, por imitarlos, estuvo un rato quedo; y al cabo de haberlo muy bien pensado, soltó la rienda a Rocinante, dejando a la voluntad del rocín la suya, el cual siguió su primer intento, que fue el irse camino de su caballeriza. Y habiendo andado como dos millas, descubrió don Quijote un grande tropel de gente, que, como después se supo, eran unos mercaderes toledanos que iban a comprar seda a Murcia. Eran seis, y venían con sus quitasoles, con otros cuatro criados a caballo y tres mozos de mulas a pie. Apenas los divisó don Quijote, cuando se imaginó ser cosa de nueva aventura; y, por imitar en todo cuanto a él le parecía posible los pasos que había leído en sus libros, le pareció venir allí de molde uno que pensaba hacer. Y así, con gentil continente y denuedo, se afirmó bien en los estribos, apretó la lanza, llegó la adarga al pecho y, puesto en la mitad del camino, estuvo esperando que aquellos caballeros andantes llegasen, que ya él por tales los tenía y juzgaba; y cuando llegaron a trecho que se pudieron ver y oír, levantó don Quijote la voz, y con ademán arrogante dijo:

—Todo el mundo se tenga, si todo el mundo no confiesa que no hay en el mundo todo doncella más hermosa que la emperatriz de la Mancha, la sin par Dulcinea del Toboso.

Paráronse los mercaderes al son destas razones, y a ver la estraña figura del que las decía; y por la figura y por las razones luego echaron de ver la locura de su dueño; mas quisieron ver despacio en qué paraba aquella confesión que se les pedía, y uno dellos, que era un poco burlón y muy mucho discreto, le dijo:

—Señor caballero, nosotros no conocemos quién sea esa buena señora que decís; mostrádnosla: que si ella fuere de tanta hermosura como significáis, de buena gana y sin apremio alguno confesaremos la verdad que por parte vuestra nos es pedida.

—Si os la mostrara —replicó don Quijote—, ¿qué hiciérades vosotros en confesar una verdad tan notoria? La importancia está en que sin verla lo habéis de creer, confesar, afirmar, jurar y defender; donde no, conmigo sois en batalla, gente descomunal[7]

---

[7] *descomunal*, extraordinaria, monstruosa.

y soberbia. Que, ahora vengáis uno a uno (como pide la orden de caballería), ora todos juntos, como es costumbre y mala usanza de los de vuestra ralea, aquí os aguardo y espero, confiado en la razón que de mi parte tengo.

—Señor caballero —replicó el mercader—, suplico a vuestra merced, en nombre de todos estos príncipes que aquí estamos, que, porque no encarguemos nuestras conciencias confesando una cosa por nosotros jamás vista ni oída, y más siendo tan en perjuicio de las emperatrices y reinas del Alcarria y Estremadura, que vuestra merced sea servido de mostrarnos algún retrato de esa señora, aunque sea tamaño como un grano de trigo; que por el hilo se sacará el ovillo, y quedaremos con esto satisfechos y seguros, y vuestra merced quedará contento y pagado; y aun creo que estamos ya tan de su parte, que, aunque su retrato nos muestre que es tuerta de un ojo y que del otro le mana bermellón y piedra azufre, con todo eso, por complacer a vuestra merced, diremos en su favor todo lo que quisiere.

—No le mana, canalla infame —respondió don Quijote, encendido en cólera—; no le mana, digo, eso que decís, sino ámbar y algalia entre algodones; y no es tuerta ni corcovada, sino más derecha que un huso de Guadarrama. Pero ¡vosotros pagaréis la grande blasfemia que habéis dicho contra tamaña beldad como es la de mi señora!

Y en diciendo esto, arremetió con la lanza baja contra el que lo había dicho, con tanta furia y enojo, que si la buena suerte no hiciera que en la mitad del camino tropezara y cayera Rocinante, lo pasara mal el atrevido mercader. Cayó Rocinante, y fue rodando su amo una buena pieza por el campo: y queriéndose levantar, jamás pudo: tal embarazo le causaban la lanza, adarga, espuelas y celada, con el peso de las antiguas armas. Y entretanto que pugnaba por levantarse y no podía, estaba diciendo:

—Non fuyáis, gente cobarde; gente cautiva,[8] atended; que no por culpa mía, sino de mi caballo, estoy aquí tendido.

Un mozo de mulas de los que allí venían, que no debía de ser muy bien intencionado, oyendo decir al pobre caído tantas arrogancias, no lo pudo sufrir sin darle la respuesta en las costillas. Y llegándose a él, tomó la lanza y, después de haberla hecho pedazos, con uno dellos comenzó a dar a nuestro don Quijote tantos palos, que, a despecho y pesar de sus armas, le molió como cibera. Dábanle voces sus amos que no le diese tanto y que le dejase; pero estaba ya el mozo picado y no quiso dejar el

---

[8] *cautiva*, mala (arcaísmo).

juego hasta envidar todo el resto de su cólera, y acudiendo por los demás trozos de la lanza, los acabó de deshacer sobre el miserable caído, que, con toda aquella tempestad de palos que sobre él [llo]vía,[9] no cerraba la boca, amenazando al cielo y a la tierra, y a los malandrines, que tal le parecían.

Cansóse el mozo, y los mercaderes siguieron su camino, llevando qué contar en todo él del pobre apaleado. El cual, después que se vio solo, tornó a probar si podía levantarse; pero si no lo pudo hacer cuando sano y bueno, ¿cómo lo haría molido y casi deshecho? Y aún se tenía por dichoso, pareciéndole que aquélla era propia desgracia de caballeros andantes, y toda la atribuía a la falta de su caballo; y no era posible levantarse, según tenía brumado todo el cuerpo.

---

[9] La *princeps: vía*, que los editores modernos suelen retener, como síncopa de «veía.»

CAPÍTULO V

**Donde se prosigue la narración de la desgracia
de nuestro caballero**

Viendo, pues, que en efecto no podía menearse, acordó de
acogerse a su ordinario remedio, que era pensar en algún paso
de sus libros, y trújole su locura a la memoria aquel de Valdovinos y del marqués de Mantua, cuando Carloto le dejó herido
en la montiña,[1] historia sabida de los niños, no ignorada de los
mozos, celebrada y aun creída de los viejos, y, con todo esto,
no más verdadera que los milagros de Mahoma. Ésta, pues, le
pareció a él que le venía de molde para el paso en que se hallaba;
y así, con muestras de grande sentimiento, se comenzó a volcar[2]
por la tierra, y a decir con debilitado aliento lo mesmo que dicen
decía el herido caballero del bosque:

> —¿Dónde estás, señora mía,
> que no te duele mi mal?
> O no lo sabes, señora,
> o eres falsa y desleal.

Y desta manera fue prosiguiendo el romance, hasta aquellos
versos que dicen:

> —¡Oh noble marqués de Mantua,
> mi tío y señor carnal!

---

[1] *montiña*, montaña. Se encuentra en algunos romances antiguos.
[2] *volcar*, revolcar.

Y quiso la suerte que, cuando llegó a este verso, acertó a pasar por allí un labrador de su mesmo lugar y vecino suyo, que venía de llevar una carga de trigo al molino; el cual, viendo aquel hombre allí tendido, se llegó a él y le preguntó que quién era y qué mal sentía, que tan tristemente se quejaba. Don Quijote creyó, sin duda, que aquél era el marqués de Mantua, su tío, y así, no le respondió otra cosa si no fue proseguir en su romance, donde le daba cuenta de su desgracia y de los amores del hijo del Emperante con su esposa, todo de la mesma manera que el romance lo canta.

El labrador estaba admirado oyendo aquellos disparates; y quitándole la visera, que ya estaba hecha pedazos de los palos, le limpió el rostro, que le tenía cubierto de polvo. Y apenas le hubo limpiado, cuando le conoció[3] y le dijo:

—Señor Quijana (que así se debía de llamar cuando él tenía juicio y no había pasado de hidalgo sosegado a caballero andante),[4] ¿quién ha puesto a vuestra merced desta suerte?

Pero él seguía con su romance a cuanto le preguntaba. Viendo esto el buen hombre, lo mejor que pudo le quitó el peto y espaldar, para ver si tenía alguna herida; pero no vio sangre ni señal alguna. Procuró levantarle del suelo, y no con poco trabajo le subió sobre su jumento, por parecer caballería más sosegada. Recogió las armas, hasta las astillas de la lanza, y liólas sobre Rocinante, al cual tomó de la rienda, y el cabestro al asno, y se encaminó hacia su pueblo, bien pensativo de oír los disparates que don Quijote decía; y no menos iba don Quijote, que, de puro molido y quebrantado, no se podía tener sobre el borrico, y de cuando en cuando daba unos suspiros que los ponía en el cielo; de modo, que de nuevo obligó a que el labrador le preguntase le dijese qué mal sentía; y no parece sino que el diablo le traía a la memoria los cuentos acomodados a sus sucesos; porque en aquel punto, olvidándose de Valdovinos, se acordó del moro Abindarráez, cuando el alcaide de Antequera, Rodrigo de Narváez, le prendió y llevó cautivo a su alcaidía. De suerte que

---

[3] Clemencín anota acertadamente cómo las acciones del vecino siguen el hilo del romance:

> Con un paño que traía
> la cara le fue a limpiare;
> desque lo hubo limpiado,
> luego conocido lo hae...

[4] Quejana, según «conjeturas verosímiles,» y Quijada, según «los autores,» don Quijote dirá más adelante que desciende «en línea recta de varón» de Gutierre Quijada (I, 49), pero en su lecho de muerte se llamará Alonso Quijano.

cuando el labrador le volvió a preguntar que cómo estaba y qué sentía, le respondió las mesmas palabras y razones que el cautivo abencerraje respondía a Rodrigo de Narváez, del mesmo modo que él había leído la historia en *La Diana*, de Jorge de Montemayor, donde se escribe;[5] aprovechándose della tan a propósito, que el labrador se iba dando al diablo de oír tanta máquina de necedades; por donde conoció que su vecino estaba loco, y dábale priesa a llegar al pueblo, por escusar el enfado que don Quijote le causaba con su larga arenga. Al cabo de lo cual dijo:

—Sepa vuestra merced, señor don Rodrigo de Narváez, que esta hermosa Jarifa que he dicho es ahora la linda Dulcinea del Toboso, por quien yo he hecho, hago y haré los más famosos hechos de caballerías que se han visto, vean ni verán en el mundo.

A esto respondió el labrador:

—Mire vuestra merced, señor, pecador de mí, que yo no soy don Rodrigo de Narváez, ni el marqués de Mantua, sino Pedro Alonso, su vecino; ni vuestra merced es Valdovinos, ni Abindarráez, sino el honrado hidalgo del señor Quijana.

—Yo sé quién soy —respondió don Quijote—, y sé que puedo ser no sólo los que he dicho, sino todos los doce Pares de Francia, y aun todos los nueve de la Fama,[6] pues a todas las hazañas que ellos todos juntos y cada uno por sí hicieron, se aventajarán las mías.

En estas pláticas y en otras semejantes llegaron al lugar, a la hora que anochecía; pero el labrador aguardó a que fuese algo más noche, porque no viesen al molido hidalgo tan mal caballero. Llegada, pues, la hora que le pareció, entró en el pueblo, y en la casa de don Quijote, la cual halló toda alborotada; y estaban en ella el cura y el barbero del lugar, que eran grandes amigos de don Quijote, que estaba diciéndoles su ama a voces:

—¿Qué le parece a vuestra merced, señor licenciado Pero Pérez (que así se llamaba el cura), de la desgracia de mi señor? Tres días ha que no parecen él, ni el rocín, ni la adarga, ni la lanza, ni las armas. ¡Desventurada de mí!, que me doy a entender, y así es ello la verdad como nací para morir, que estos malditos libros de caballerías que él tiene y suele leer tan de ordi-

---

[5] Libro IV.

[6] *Los doce Pares* se describen más adelante como «caballeros escogidos por los reyes de Francia, a quien llamaron Pares por ser todos iguales en valor, en calidad y en valentía» (I, 49). *Los nueve de la Fama* fueron tres judíos: Josué, David y Judas Macabeo; tres gentiles: Alejandro, Héctor y Julio César, y tres cristianos: el rey Artús, Carlomagno y Godofredo de Buillón.

nario le han vuelto el juicio; que ahora me acuerdo haberle oído decir muchas veces, hablando entre sí, que quería hacerse caballero andante, e irse a buscar las aventuras por esos mundos. Encomendados sean a Satanás y a Barrabás tales libros, que así han echado a perder el más delicado entendimiento que había en toda la Mancha.

La sobrina decía lo mesmo, y aún decía más:

—Sepa, señor maese Nicolás (que éste era el nombre del barbero), que muchas veces le aconteció a mi señor tío estarse leyendo en estos desalmados libros de desventuras dos días con sus noches, al cabo de los cuales arrojaba el libro de las manos, y ponía mano a la espada, y andaba a cuchilladas con las paredes, y cuando estaba muy cansado decía que había muerto a cuatro gigantes como cuatro torres, y el sudor que sudaba del cansancio decía que era sangre de las feridas que había recibido en la batalla, y bebíase luego un gran jarro de agua fría, y quedaba sano y sosegado, diciendo que aquella agua era una preciosísima bebida que la había traído el sabio Esquife, [7] un grande encantador y amigo suyo. Mas yo me tengo la culpa de todo, que no avisé a vuestras mercedes de los disparates de mi señor tío, para que lo remediaran antes de llegar a lo que ha llegado, y quemaran todos estos descomulgados libros; que tiene muchos, que bien merecen ser abrasados, como si fuesen de herejes.

—Esto digo yo también —dijo el cura—, y a fee que no se pase el día de mañana sin que dellos no se haga acto público, y sean condenados al fuego, porque no den ocasión a quien los leyere de hacer lo que mi buen amigo debe de haber hecho.

Todo esto estaban oyendo el labrador y don Quijote, con que acabó de entender el labrador la enfermedad de su vecino, y así, comenzó a decir a voces:

—Abran vuestras mercedes al señor Valdovinos y al señor marqués de Mantua, que viene mal ferido, y al señor moro Abindarráez, que trae cautivo el valeroso Rodrigo de Narváez, alcaide de Antequera.

A estas voces salieron todos, y como conocieron los unos a su amigo, las otras a su amo y tío, que aún no se había apeado del jumento, porque no podía, corrieron a abrazarle. Él dijo:

—Ténganse todos, que vengo malferido por la culpa de mi caballo. Llévenme a mi lecho y llámese, si fuere posible, a la sabia Urganda, que cure y cate de mis feridas.

---

[7] Alquife, marido de Urganda, a quien llamará más abajo el ama «esa hurgada.»

—¡Mirá, en hora maza[8] —dijo a este punto el ama—, si me decía a mí bien mi corazón del pie que cojeaba mi señor! Suba vuestra merced en buen hora, que sin que venga esa hurgada le sabremos aquí curar. ¡Malditos, digo, sean otra vez y otras ciento estos libros de caballerías, que tal han parado a vuestra merced!

Lleváronle luego a la cama, y, catándole las feridas, no le hallaron ninguna; y él dijo que todo era molimiento, por haber dado una gran caída con Rocinante, su caballo, combatiéndose con diez jayanes, los más desaforados y atrevidos que se pudieran fallar en gran parte de la tierra.

—¡Ta, ta! —dijo el cura—. ¿Jayanes hay en la danza? Para mi santiguada[9] que yo los queme mañana antes que llegue la noche.

Hiciéronle a don Quijote mil preguntas, y a ninguna quiso responder otra cosa sino que le diesen de comer y le dejasen dormir, que era lo que más le importaba. Hízose así, y el cura se informó muy a la larga del labrador del modo que había hallado a don Quijote. Él se lo contó todo, con los disparates que al hallarle y al traerle había dicho, que fue poner más deseo en el licenciado de hacer lo que otro día[10] hizo, que fue llamar a su amigo el barbero maese Nicolás, con el cual se vino a casa de don Quijote.

---

[8] *en hora maza*, eufemismo popular por «en hora mala.»

[9] *Para mi santiguada*, jurar por la señal de la cruz que se hace al persignarse.

[10] Para la cabal comprensión del pasaje del tiempo en la novela, conviene tener en cuenta que *otro día* casi siempre significa «al día siguiente.»

Capítulo VI

Del donoso y grande escrutinio que el cura y el barbero hicieron en la librería de nuestro ingenioso hidalgo

El cual aún todavía dormía.[1] Pidió las llaves, a la sobrina, del aposento donde estaban los libros, autores del daño, y ella se las dio de muy buena gana. Entraron dentro todos, y el ama con ellos, y hallaron más de cien cuerpos de libros grandes, muy bien encuadernados, y otros pequeños; y así como el ama los vio, volvióse a salir del aposento con gran priesa, y tornó luego con una escudilla de agua bendita y un hisopo, y dijo:

—Tome vuestra merced, señor licenciado; rocíe este aposento, no esté aquí algún encantador de los muchos que tienen estos libros, y nos encanten, en pena de las que les queremos dar echándolos del mundo.

Causó risa al licenciado la simplicidad del ama, y mandó al barbero que le fuese dando de aquellos libros uno a uno, para ver de qué trataban, pues podía ser hallar algunos que no mereciesen castigo de fuego.

—No —dijo la sobrina—; no hay para qué perdonar a ninguno, porque todos han sido los dañadores; mejor será arrojarlos por las ventanas al patio, y hacer un rimero dellos, y pegarles fuego; y si no, llevarlos al corral, y allí se hará la hoguera, y no ofenderá el humo.

---

[1] El hecho de que en este caso, como en el del Capítulo 4, haya que leer la primera oración como si no interviniera el epígrafe ha sido motivo para que muchos críticos supongan algunos epígrafes añadidos después de redactado el texto.

Lo mismo dijo el ama: tal era la gana que las dos tenían de la muerte de aquellos inocentes; mas el cura no vino en ello sin primero leer siquiera los títulos. Y el primero que maese Nicolás le dio en las manos fue *Los cuatro de Amadís de Gaula*,[2] y dijo el cura:

—Parece cosa de misterio ésta; porque, según he oído decir, este libro fue el primero de caballerías que se imprimió en España,[3] y todos los demás han tomado principio y origen deste; y así, me parece que, como a dogmatizador de una secta tan mala, le debemos, sin escusa alguna, condenar al fuego.

—No, señor —dijo el barbero—; que también he oído decir que es el mejor de todos los libros que de este género se han compuesto; y así, como a único en su arte, se debe perdonar.

—Así es verdad —dijo el cura—, y por esa razón se le otorga la vida por ahora. Veamos esotro que está junto a él.

—Es —dijo el barbero— las *Sergas de Esplandián*, hijo legítimo de Amadís de Gaula.[4]

—Pues, en verdad —dijo el cura— que no le ha de valer al hijo la bondad del padre. Tomad, señora ama; abrid esa ventana y echadle al corral, y dé principio al montón de la hoguera que se ha de hacer.

Hízolo así el ama con mucho contento, y el bueno de Esplandián fue volando al corral, esperando con toda paciencia el fuego que le amenazaba.

—Adelante —dijo el cura.

—Este que viene —dijo el barbero— es *Amadís de Grecia*;[5] y aun todos los deste lado, a lo que creo, son del mesmo linaje de Amadís.

—Pues vayan todos al corral —dijo el cura—; que a trueco de quemar a la reina Pintiquiniestra, y al pastor Darinel, y a sus églogas, y a las endiabladas y revueltas razones de su autor, quemaré con ellos al padre que me engendró, si anduviera en figura de caballero andante.

---

[2] *Los cuatro libros del virtuoso caballero Amadís de Gaula*. La edición más antigua que se conserva hoy es la refundición de Garci Rodríguez de Montalvo (Zaragoza, 1508), pero hay fragmentos de una versión primitiva que remonta al siglo XIV.

[3] *Tirante el Blanco* (véase más adelante, n. 20) se había publicado en catalán en 1490, pero la versión en castellano, que es la que debió conocer Cervantes, no salió hasta 1511.

[4] *Las sergas del muy virtuoso caballero Esplandián, hijo de Amadís de Gaula...* (Sevilla, 1510), del mismo Garci Rodríguez de Montalvo. *Serga* (sarga) es la representación de la historia de un personaje en tapiz. Véase II, 71, n. 9.

[5] *Noveno libro del Amadís...*, llamado después la *Crónica del muy valiente y esforzado príncipe y caballero de la Ardiente Espada, Amadís de Grecia* (Burgos, 1535). Es de Feliciano de Silva, autor predilecto de don Quijote, según lo dicho por el narrador en el primer capítulo.

—De ese parecer soy yo —dijo el barbero.

—Y aun yo —añadió la sobrina.

—Pues así es —dijo el ama—, vengan, y al corral con ellos. Diéronselos, que eran muchos, y ella ahorró la escalera y dio con ellos por la ventana abajo.

—¿Quién es ese tonel? —dijo el cura.

—Éste es —respondió el barbero— *Don Olivante de Laura.*[6]

—El autor de ese libro —dijo el cura— fue el mesmo que compuso a *Jardín de flores;* y en verdad que no sepa determinar cuál de los dos libros es más verdadero, o, por decir mejor, menos mentiroso; sólo sé decir que éste irá al corral, por disparatado y arrogante.

—Este que se sigue es *Florismarte de Hircania*[7] —dijo el barbero.

—¿Ahí está el señor Florismarte? —replicó el cura—. Pues a fe que ha de parar presto en el corral, a pesar de su estraño nacimiento y sonadas aventuras; que no da lugar a otra cosa la dureza y sequedad de su estilo. Al corral con él, y con esotro, señora ama.

—Que me place, señor mío —respondía ella; y con mucha alegría ejecutaba lo que le era mandado.

—Éste es *El Caballero Platir*[8] —dijo el barbero.

—Antiguo libro es ése —dijo el cura—, y no hallo en él cosa que merezca venia. Acompañe a los demás sin réplica.

Y así fue hecho. Abrióse otro libro y vieron que tenía por título *El Caballero de la Cruz.*[9]

—Por nombre tan santo como este libro tiene se podía perdonar su ignorancia; mas también se suele decir: "tras la cruz está el diablo"; vaya al fuego.

Tomando el barbero otro libro, dijo:

—Éste es *Espejo de caballerías.*[10]

---

[6] *Historia del invencible caballero don Olivante de Laura,* de Antonio de Torquemada (Barcelona, 1564). Su *Jardín de flores curiosas* es de 1570.

[7] *Primera parte de la grande historia del muy animoso y esforzado príncipe Felixmarte de Hircania...,* de Melchor de Ortega (Valladolid, 1556). El protagonista lleva los dos nombres: Felixmarte y Florismarte.

[8] *Crónica del muy valiente y esforzado caballero Platir, hijo del Emperador Primaleón,* obra anónima (Valladolid, 1533).

[9] *Crónica de Lepolemo, llamado el caballero de la Cruz, hijo del emperador de Alemania...* (Valencia, 1521). A continuación, el título sugiere uno de los posibles antecedentes de Cide Hamete Benengeli (I, 9): «Compuesta en arábigo por Xartón, y trasladada en castellano por Alonso de Salaxar.»

[10] Aunque se publicó la materia en distintas partes, comenzando con el *Espejo de caballerías...,* de Pedro López de Santa Catalina (Sevilla, 1533), parece, según indica Rodríguez Marín, que Cervantes se refiere aquí a la *Primera, segunda y tercera*

—Ya conozco a su merced —dijo el cura—. Ahí anda el señor Reinaldos de Montalbán con sus amigos y compañeros, más ladrones que Caco, y los doce Pares, con el verdadero historiador Turpín; y en verdad que estoy por condenarlos no más que a destierro perpetuo, siquiera porque tienen parte de la invención del famoso Mateo Boyardo, de donde también tejió su tela el cristiano poeta Ludovico Ariosto, [11] al cual, si aquí le hallo, y que habla en otra lengua que la suya, no le guardaré respeto alguno; pero si habla en su idioma, le pondré sobre mi cabeza. [12]

—Pues yo le tengo en italiano —dijo el barbero—; mas no le entiendo.

—Ni aun fuera bien que vos le entendiérades —respondió el cura—; y aquí le perdonáramos al señor capitán [13] que no le hubiera traído a España y hecho castellano; que le quitó mucho de su natural valor, y lo mesmo harán todos aquellos que los libros de verso quisieren volver en otra lengua: que, por mucho cuidado que pongan y habilidad que muestren, jamás llegarán al punto que ellos tienen en su primer nacimiento. Digo, en efecto, que este libro, y todos los que se hallaren que tratan destas cosas de Francia, se echen y depositen en un pozo seco, hasta que con más acuerdo se vea lo que se ha de hacer dellos, ecetuando a un *Bernardo del Carpio* [14] que anda por ahí, y a otro llamado *Roncesvalles*; [15] que éstos, en llegando a mis manos, han de estar en las del ama, y dellas en las del fuego, sin remisión alguna.

Todo lo confirmó el barbero, y lo tuvo por bien y por cosa muy acertada, por entender que era el cura tan buen cristiano y tan amigo de la verdad, que no diría otra cosa por todas las del mundo. Y abriendo otro libro, vio que era *Palmerín de Oliva*, [16] y junto a él estaba otro que se llamaba *Palmerín de Ingalaterra*; [17] lo cual visto por el licenciado, dijo:

---

parte de Orlando Enamorado. Espejo de caballerías... (Medina del Campo, 1586). Como indica el cura, es una traducción poco fiel del *Orlando innamorato* de Mateo Boiardo (1434-94).

[11] Autor del poema épico italiano *Orlando furioso* (1474-1533).

[12] *Poner sobre la cabeza* es señal de respeto.

[13] Se refiere a Jerónimo de Urrea, cuya traducción del *Orlando furioso* se publicó en Amberes, en 1549.

[14] *Historia de las hazañas y hechos del invencible caballero Bernardo del Carpio*, composición en octavas reales, por Agustín Alonso (Toledo, 1585).

[15] *El verdadero suceso de la famosa batalla de Roncesvalles con la muerte de los doce Pares de Francia* (Valencia, 1555), por Francisco Garrido Villena.

[16] *Libro del famoso y muy esforzado caballero Palmerín de Oliv(i)a* (Salamanca, 1511), de dudosa atribución.

[17] Véase I, 1, n. 5.

133

—Esa oliva se haga luego rajas y se queme, que aun no queden della las cenizas, y esa palma de Ingalaterra se guarde y se conserve como a cosa única, y se haga para ello otra caja como la que halló Alejandro en los despojos de Darío, que la diputó para guardar en ella las obras del poeta Homero. Este libro, señor compadre, tiene autoridad por dos cosas: la una, porque él por sí es muy bueno, y la otra, porque es fama que le compuso un discreto rey de Portugal. Todas las aventuras del castillo de Miraguarda son bonísimas y de grande artificio; las razones, cortesanas y claras, que guardan y miran el decoro del que habla con mucha propiedad y entendimiento. Digo, pues, salvo vuestro buen parecer, señor maese Nicolás, que éste y *Amadís de Gaula* queden libres del fuego, y todos los demás, sin hacer más cala y cata, perezcan.

—No, señor compadre —replicó el barbero—; que este que aquí tengo es el afamado *Don Belianís*.[18]

—Pues ése —replicó el cura—, con la segunda, tercera y cuarta parte, tienen necesidad de un poco de ruibarbo para purgar la demasiada cólera suya, y es menester quitarles todo aquello del castillo de la Fama y otras impertinencias de más importancia, para lo cual se les da término ultramarino,[19] y como se enmendaren, así se usará con ellos de misericordia o de justicia; y en tanto, tenedlos vos, compadre, en vuestra casa; mas no los dejéis leer a ninguno.

—Que me place —respondió el barbero.

Y sin querer cansarse más en leer libros de caballerías, mandó al ama que tomase todos los grandes y diese con ellos en el corral. No se dijo a tonta ni a sorda, sino a quien tenía más gana de quemallos que de echar una tela, por grande y delgada que fuera; y asiendo casi ocho de una vez, los arrojó por la ventana. Por tomar muchos juntos, se le cayó uno a los pies del barbero, que le tomó gana de ver de quién era, y vio que decía: *Historia del famoso caballero Tirante el Blanco*.[20]

—¡Válame Dios! —dijo el cura, dando una gran voz—. ¡Que aquí esté Tirante el Blanco! Dádmele acá, compadre; que hago cuenta que he hallado en él un tesoro de contento y una mina de pasatiempos. Aquí está don Quirieleisón de Montalbán, valeroso caballero, y su hermano Tomás de Montalbán, y el ca-

---

[18] Véanse los versos preliminares, n. 20.

[19] *término ultramarino*, plazo dilatado.

[20] *Los cinco libros del esforzado e invencible caballero Tirante el Blanco...* (Valladolid, 1511), traducción del original catalán (Valencia, 1490), de Johanot Martorell (las tres primeras partes) y Johan de Galba (la cuarta parte).

ballero Fonseca, con la batalla que el valiente de Tirante hizo con el alano, y las agudezas de la doncella Placerdemivida, con los amores y embustes de la viuda Reposada, y la señora Emperatriz, enamorada de Hipólito, su escudero. Dígoos verdad, señor compadre, que, por su estilo, es éste el mejor libro del mundo: aquí comen los caballeros, y duermen y mueren en sus camas, y hacen testamento antes de su muerte, con estas cosas de que todos los demás libros deste género carecen. Con todo eso, os digo que merecía el que le compuso, pues no hizo tantas necedades de industria, que le echaran a galeras por todos los días de su vida.[21] Llevadle a casa y leedle, y veréis que es verdad cuanto dél os he dicho.

—Así será —respondió el barbero—; pero ¿qué haremos destos pequeños libros que quedan?

—Éstos —dijo el cura— no deben de ser de caballerías, sino de poesía.

Y abriendo uno, vio que era *La Diana*,[22] de Jorge de Montemayor, y dijo, creyendo que todos los demás eran del mesmo género:

—Éstos no merecen ser quemados, como los demás, porque no hacen ni harán el daño que los de caballerías han hecho; que son libros de entendimiento,[23] sin perjuicio de tercero.

—¡Ay señor! —dijo la sobrina—. Bien los puede vuestra merced mandar quemar, como a los demás; porque no sería

---

[21] *con todo eso...vida.* Este pasaje, calificado por Clemencín de «pasaje el más obscuro del *Quijote*,» ha suscitado toda una serie de explicaciones a fin de aclarar el verdadero juicio de Cervantes sobre el *Tirante.* Por los comentarios anteriores del cura y su recomendación al barbero, parece obvio que el juicio de Cervantes es favorable. La interpretación de Riquer, en consonancia con este juicio favorable, parece la más acertada. Basándose en el juego de palabras que envuelve *echar a galeras:* 1) condenar al remo, y 2) imprimir un libro, y la acepción «imprimir» de la palabra *componer,* resuelve el pasaje de la siguiente manera: «El *Tirante* es un libro divertido y distinto de los otros libros de caballerías, pero a pesar de ello Diego de Gumiel, ya que no *compuso* (o sea, imprimió) tantas *necedades* (o sea, episodios divertidos) a sabiendas, merecía que se pasara todos los días de su vida imprimiendo.» La condena sería entonces un reproche de Cervantes al impresor por no haberse dado suficiente cuenta de la importancia del libro para haberlo reimpreso. Para otras interpretaciones, véase Bandera (1974), 159-65, y (1975), 39-44; Bates (1953); Eisenberg (1973); Maldonado de Guevara (1951), 133-57; McCready; Morón Arroyo, 196-97 n.; Riley (1962), 23-25; Sánchez y Escribano (1955-56); Sanvisenti.

[22] *Los siete libros de la Diana* (Valencia, s. a., 1558 ó 59), de Jorge de Montemayor.

[23] A pesar de la larga tradición de enmendar *entendimiento* en *entretenimiento,* prefiero la lectura de la *princeps,* pues con la enmienda quedan indistinguibles las novelas pastoriles de las de caballerías. Cervantes parece trazar dos contrastes: 1) libros de *entendimiento,* frente a los de caballerías, que no lo son, y 2) *sin perjuicio de tercero,* frente a algunos otros libros de entendimiento.

135

mucho que, habiendo sanado mi señor tío de la enfermedad caballeresca, leyendo éstos se le antojase de hacerse pastor y andarse por los bosques y prados cantando y tañendo, y, lo que sería peor, hacerse poeta, que, según dicen, es enfermedad incurable y pegadiza.

—Verdad dice esta doncella —dijo el cura—, y será bien quitarle a nuestro amigo este tropiezo y ocasión delante. Y, pues comenzamos por *La Diana*, de Montemayor, soy de parecer que no se queme, sino que se le quite todo aquello que trata de la sabia Felicia y de la agua encantada, y casi todos los versos mayores, y quédesele en hora buena la prosa, y la honra de ser primero en semejantes libros.

—Este que se sigue —dijo el barbero— es *La Diana* llamada *segunda del Salmantino;*[24] y éste, otro que tiene el mesmo nombre, cuyo autor es Gil Polo.[25]

—Pues la del Salmantino —respondió el cura— acompañe y acreciente el número de los condenados al corral, y la de Gil Polo se guarde como si fuera del mesmo Apolo; y pase adelante, señor compadre, y démonos prisa; que se va haciendo tarde.

—Este libro es —dijo el barbero abriendo otro— *Los diez libros de Fortuna de amor,*[26] compuestos por Antonio de Lofraso, poeta sardo.

—Por las órdenes que recibí —dijo el cura—, que desde que Apolo fue Apolo, y las musas musas, y los poetas poetas, tan gracioso ni tan disparatado libro como ése no se ha compuesto, y que, por su camino, es el mejor y el más único de cuantos deste género han salido a la luz del mundo; y el que no le ha leído puede hacer cuenta que no ha leído jamás cosa de gusto. Dádmele acá, compadre; que precio más haberle hallado que si me dieran una sotana de raja de Florencia.[27]

Púsole aparte con grandísimo gusto, y el barbero prosiguió diciendo:

—Estos que se siguen son *El pastor de Iberia, Ninfas de Henares* y *Desengaños de celos.*[28]

---

[24] *Segunda parte de la Diana de Jorge de Montemayor* (Alcalá, 1564), de Alonso Pérez.

[25] *Diana enamorada* (Valencia, 1564), de Gaspar Gil Polo.

[26] Barcelona, 1573. El elogio del cura es claramente irónico, ya que Cervantes se burló de Lofraso y su libro en *El viaje del Parnaso.*

[27] *raja de Florencia,* paño rico y costoso.

[28] *El Pastor de Iberia* (Sevilla, 1591), de Bernardo de la Vega. *Primera parte de las ninfas y pastores de Henares* (Alcalá, 1587), de Bernardo González de Bobadilla. *Desengaño de celos* (Madrid, 1586), de Bartolomé López de Enciso.

—Pues no hay más que hacer —dijo el cura—, sino entregarlos al brazo seglar del ama; y no se me pregunte el porqué, que sería nunca acabar.

—Este que viene es *El Pastor de Fílida*.[29]

—No es ése pastor —dijo el cura—, sino muy discreto cortesano; guárdese como joya preciosa.

—Este grande que aquí viene se intitula —dijo el barbero— *Tesoro de varias poesías*.[30]

—Como ellas no fueran tantas —dijo el cura—, fueran más estimadas; menester es que este libro se escarde y limpie de algunas bajezas que entre sus grandezas tiene. Guárdese, porque su autor es amigo mío, y por respeto de otras más heroicas y levantadas obras que ha escrito.

—Éste es —siguió el barbero— *El Cancionero de López Maldonado*.[31]

—También el autor de ese libro —replicó el cura— es grande amigo mío, y sus versos en su boca admiran a quien los oye; y tal es la suavidad de la voz con que los canta, que encanta. Algo largo es en las églogas, pero nunca lo bueno fue mucho: guárdese con los escogidos. Pero ¿qué libro es ese que está junto a él?

—*La Galatea*, de Miguel de Cervantes —dijo el barbero.

—Muchos años ha que es grande amigo mío ese Cervantes, y sé que es más versado en desdichas que en versos. Su libro tiene algo de buena invención; propone algo, y no concluye nada: es menester esperar la segunda parte que promete; quizá con la enmienda alcanzará del todo la misericordia que ahora se le niega; y entre tanto que esto se ve, tenedle recluso en vuestra posada, señor compadre.[32]

—Que me place —respondió el barbero—. Y aquí vienen tres, todos juntos: *La Araucana*, de don Alonso de Ercilla, *La Austríada*, de Juan Rufo, jurado de Córdoba, y *El Monserrate*, de Cristóbal de Virués, poeta valenciano.[33]

—Todos esos tres libros —dijo el cura— son los mejores que, en verso heroico, en lengua castellana están escritos, y pue-

---

[29] Madrid, 1582. Es de Luis Gálvez de Montalvo.

[30] Madrid, 1580. Es de Pedro de Padilla.

[31] De Gabriel López Maldonado, este *Cancionero*, publicado en Madrid, en 1586, trae unos elogios en verso de Cervantes.

[32] Cervantes seguía prometiendo una segunda parte de la *Galatea* (Alcalá, 1585) hasta en la dedicatoria del *Persiles*, cuatro días antes de morir.

[33] *La Araucana* (Madrid, 1569-89). *La Austríada* (Madrid, 1584). *El Montserrate* (Madrid, 1587).

den competir con los más famosos de Italia: guárdense como las más ricas prendas de poesía que tiene España.

Cansóse el cura de ver más libros, y así, a carga cerrada, quiso que todos los demás se quemasen; pero ya tenía abierto uno el barbero, que se llamaba *Las lágrimas de Angélica*.[34]

—Lloráralas yo —dijo el cura en oyendo el nombre— si tal libro hubiera mandado quemar; porque su autor fue uno de los famosos poetas del mundo, no sólo de España, y fue felicísimo en la traducción de algunas fábulas de Ovidio.

---

[34] *Primera parte de la Angélica* (Granada, 1586), de Luis Barahona de Soto.

Capítulo VII

De la segunda salida de nuestro buen caballero don Quijote de la Mancha

Estando en esto, comenzó a dar voces don Quijote, diciendo:

—Aquí, aquí, valerosos caballeros; aquí es menester mostrar la fuerza de vuestros valerosos brazos; que los cortesanos llevan lo mejor del torneo.

Por acudir a este ruido y estruendo, no se pasó adelante con el escrutinio de los demás libros que quedaban; y así, se cree que fueron al fuego, sin ser vistos ni oídos, *La Carolea* y *León de España*, con *Los hechos del Emperador*, compuestos por don Luis de Ávila, [1] que, sin duda, debían de estar entre los que quedaban, y quizá, si el cura los viera, no pasaran por tan rigurosa sentencia.

Cuando llegaron a don Quijote, ya él estaba levantado de la cama, y proseguía en sus voces y en sus desatinos, dando cuchilladas y reveses a todas partes, estando tan despierto como si nunca hubiera dormido. Abrazáronse con él y por fuerza le volvieron al lecho; y después que hubo sosegado un poco, volviéndose a hablar con el cura, le dijo:

---

[1] *La Carolea*, es probablemente la *Primera parte de la Carolea, que trata las victorias del Emperador Carlos V...*, y su *Segunda Parte* (Valencia, 1560), de Jerónimo Sempere. *La Primera y Segunda Parte de El León de España* (Salamanca, 1586) es de Pedro de la Vecilla. El común acuerdo de la crítica es que *los hechos del Emperador* designa al *Carlo Famoso* (Valencia, 1566), de Luis Zapata, y no de Luis de Ávila. Las tres son obras en verso.

—Por cierto, señor arzobispo Turpín, que es gran mengua de los que nos llamamos doce Pares dejar tan sin más ni más llevar la victoria deste torneo a los caballeros cortesanos, habiendo nosotros los aventureros ganado el prez en los tres días antecedentes.

—Calle vuestra merced, señor compadre —dijo el cura—; que Dios será servido que la suerte se mude y que lo que hoy se pierde se gane mañana, y atienda vuestra merced a su salud por agora, que me parece que debe de estar demasiadamente cansado, si ya no es que está malferido.

—Ferido no —dijo don Quijote—; pero molido y quebrantado, no hay duda en ello; porque aquel bastardo de don Roldán me ha molido a palos con el tronco de una encina, y todo de envidia, porque ve que yo solo soy el opuesto de sus valentías. Mas no me llamaría yo Reinaldos de Montalbán si, en levantándome deste lecho, no me lo pagare, a pesar de todos sus encantamentos; y, por agora, tráiganme de yantar, que sé que es lo que más me hará al caso, y quédese lo del vengarme a mi cargo.

Hiciéronlo así: diéronle de comer, y quedóse otra vez dormido, y ellos, admirados de su locura.

Aquella noche quemó y abrasó el ama cuantos libros había en el corral y en toda la casa, y tales debieron de arder que merecían guardarse en perpetuos archivos; mas no lo permitió su suerte y la pereza del escrutiñador, y así, se cumplió el refrán en ellos de que pagan a las veces justos por pecadores.

Uno de los remedios que el cura y el barbero dieron, por entonces, para el mal de su amigo fue que le murasen y tapiasen el aposento de los libros, porque cuando se levantase no los hallase —quizá quitando la causa, cesaría el efecto—, y que dijesen que un encantador se los había llevado, y el aposento y todo; y así fue hecho con mucha presteza.[2] De allí a dos días se levantó don Quijote, y lo primero que hizo fue [ir] a ver sus libros; y como no hallaba el aposento donde le había dejado, andaba de una en otra parte buscándole. Llegaba adonde solía tener la puerta, y tentábala con las manos, y volvía y revolvía los ojos por todo, sin decir palabra; pero al cabo de una buena pieza, preguntó a su ama que hacia qué parte estaba el aposento

    [2] El comentario de Stagg (1964) sobre este pasaje, al conjeturar sobre las posibles revisiones de Cervantes en estos primeros capítulos, es interesante: «Hacen murar la biblioteca para que su amigo no encuentre allí los libros que no están allí. (El ama los ha quemado todos.)» (Pág. 467.)

de sus libros. El ama, que ya estaba bien advertida de lo que había de responder, le dijo:

—¿Qué aposento, o qué nada, busca vuestra merced? Ya no hay aposento ni libros en esta casa, porque todo se lo llevó el mesmo diablo.

—No era diablo —replicó la sobrina—, sino un encantador que vino sobre una nube una noche, después del día que vuestra merced de aquí se partió, y apeándose de una sierpe en que venía caballero, entró en el aposento, y no sé lo que se hizo dentro, que a cabo de poca pieza salió volando por el tejado, y dejó la casa llena de humo; y cuando acordamos a mirar lo que dejaba hecho, no vimos libro ni aposento alguno; sólo se nos acuerda muy bien a mí y al ama que, al tiempo del partirse aquel mal viejo, dijo en altas voces que por enemistad secreta que tenía al dueño de aquellos libros y aposento, dejaba hecho el daño en aquella casa que después se vería. Dijo también que se llamaba el sabio Muñatón.

—Frestón[3] diría —dijo don Quijote.

—No sé —respondió el ama— si se llamaba Frestón o Fritón; sólo sé que acabó en *tón* su nombre.

—Así es —dijo don Quijote—; que ése es un sabio encantador, grande enemigo mío, que me tiene ojeriza, porque sabe por sus artes y letras que tengo de venir, andando los tiempos, a pelear en singular batalla con un caballero a quien él favorece, y le tengo de vencer, sin que él lo pueda estorbar, y por esto procura hacerme todos los sinsabores que puede; y mándole yo que mal podrá él contradecir ni evitar lo que por el cielo está ordenado.

—¿Quién duda de eso? —dijo la sobrina—. Pero ¿quién le mete a vuestra merced, señor tío, en esas pendencias? ¿No será mejor estarse pacífico en su casa y no irse por el mundo a buscar pan de trastrigo,[4] sin considerar que muchos van por lana y vuelven tresquilados?

—¡Oh sobrina mía —respondió don Quijote—, y cuán mal que estás en la cuenta! Primero que a mí me tresquilen tendré peladas y quitadas las barbas a cuantos imaginaren tocarme en la punta de un solo cabello.

No quisieron las dos replicarle más, porque vieron que se le encendía la cólera.

---

[3] *Frestón*, Fristón, el sabio encantador, personaje y supuesto autor de *Don Belianís de Grecia*.

[4] *pan de trastrigo*, algo imposible (mejor pan que el de trigo).

Es, pues, el caso que él estuvo quince días en casa muy sosegado, sin dar muestras de querer segundar sus primeros devaneos; en los cuales días pasó graciosísimos cuentos con sus dos compadres el cura y el barbero, sobre que él decía que la cosa de que más necesidad tenía el mundo era de caballeros andantes y de que en él se resucitase la caballería andantesca. El cura algunas veces le contradecía, y otras concedía, porque si no guardaba este artificio no había poder averiguarse con él.

En este tiempo solicitó don Quijote a un labrador vecino suyo, hombre de bien (si es que este título se puede dar al que es pobre), pero de muy poca sal en la mollera. En resolución, tanto le dijo, tanto le persuadió y prometió, que el pobre villano se determinó de salirse con él y servirle de escudero. Decíale, entre otras cosas, don Quijote que se dispusiese a ir con él de buena gana, porque tal vez[5] le podía suceder aventura que ganase, en quítame allá esas pajas, alguna ínsula, y le dejase a él por gobernador della. Con estas promesas y otras tales, Sancho Panza, que así se llamaba el labrador, dejó su mujer e hijos y asentó por escudero de su vecino.

Dio luego don Quijote orden en buscar dineros, y, vendiendo una cosa, y empeñando otra, y malbaratándolas todas, llegó una razonable cantidad. Acomodóse asimesmo de una rodela, que pidió prestada a un su amigo, y, pertrechando su rota celada lo mejor que pudo, avisó a su escudero Sancho del día y la hora que pensaba ponerse en camino, para que él se acomodase de lo que viese que más le era menester. Sobre todo le encargó que llevase alforjas; e dijo que sí llevaría, y que asimesmo pensaba llevar un asno que tenía muy bueno, porque él no estaba duecho[6] a andar mucho a pie. En lo del asno reparó un poco don Quijote, imaginando si se le acordaba si algún caballero andante había traído escudero caballero asnalmente; pero nunca le vino alguno a la memoria; mas con todo esto determinó que le llevase, con presupuesto de acomodarle de más honrada caballería en habiendo ocasión para ello, quitándole el caballo al primer descortés caballero que topase. Proveyóse de camisas y de las demás cosas que él pudo, conforme al consejo que el ventero le había dado; todo lo cual hecho y cumplido, sin despedirse Panza de sus hijos y mujer, ni don Quijote de su ama y sobrina, una noche se salieron del lugar sin que persona los viese; en la

---

[5] *tal vez*, alguna vez, como casi siempre en el *Quijote*.
[6] *duecho*, ducho.

cual caminaron tanto, que al amanecer se tuvieron por seguros de que no los hallarían aunque los buscasen.

Iba Sancho Panza sobre su jumento como un patriarca, con sus alforjas y su bota, y con mucho deseo de verse ya gobernador de la ínsula que su amo le había prometido. Acertó don Quijote a tomar la misma derrota y camino que el que él había tomado en su primer viaje, que fue por el campo de Montiel, por el cual caminaba con menos pesadumbre que la vez pasada, porque, por ser la hora de la mañana y herirles a soslayo los rayos del sol, no les fatigaban. Dijo en esto Sancho Panza a su amo:

—Mire vuestra merced, señor caballero andante, que no se le olvide lo que de la ínsula me tiene prometido; que yo la sabré gobernar, por grande que sea.

A lo cual le respondió don Quijote:

—Has de saber, amigo Sancho Panza, que fue costumbre muy usada de los caballeros andantes antiguos hacer gobernadores a sus escuderos de las ínsulas o reinos que ganaban, y yo tengo determinado de que por mí no falte tan agradecida usanza; antes pienso aventajarme en ella: porque ellos algunas veces, y quizá las más, esperaban a que sus escuderos fuesen viejos, y ya después de hartos de servir y de llevar malos días y peores noches, les daban algún título de conde, o, por lo mucho, de marqués, de algún valle o provincia de poco más a menos; pero si tú vives y yo vivo, bien podría ser que antes de seis días ganase yo tal reino, que tuviese otros a él adherentes, que viniesen de molde para coronarte por rey de uno dellos. Y no lo tengas a mucho; que cosas y casos acontecen a los tales caballeros por modos tan nunca vistos ni pensados, que con facilidad te podría dar aún más de lo que te prometo.

—De esa manera —respondió Sancho Panza—, si yo fuese rey por algún milagro de los que vuestra merced dice, por lo menos, Juana Gutiérrez, mi oíslo,[7] vendría a ser reina, y mis hijos infantes.

—Pues ¿quién lo duda? —respondió don Quijote.

—Yo lo dudo —replicó Sancho Panza—; porque tengo para mí que, aunque lloviese Dios reinos sobre la tierra, ninguno asentaría bien sobre la cabeza de Mari Gutiérrez. Sepa, señor, que no vale dos maravedís para reina; condesa le caerá mejor, y aún Dios y ayuda.

---

[7] *oíslo*, esposa.

—Encomiéndalo tú a Dios, Sancho —respondió don Quijote—, que Él dará lo que más le convenga; pero no apoques tu ánimo tanto que te vengas a contentar con menos que con ser adelantado.[8]

—No haré, señor mío —respondió Sancho—, y más teniendo tan principal amo en vuestra merced, que me sabrá dar todo aquello que me esté bien y yo pueda llevar.

---

[8] *adelantado*, gobernador de una provincia.

Capítulo VIII

Del buen suceso que el valeroso don Quijote tuvo en la espantable y jamás imaginada aventura de los molinos de viento, con otros sucesos dignos de felice recordación

En esto, descubrieron treinta o cuarenta molinos de viento que hay en aquel campo, y así como don Quijote los vio, dijo a su escudero:

—La ventura va guiando nuestras cosas mejor de lo que acertáramos a desear; porque ves allí, amigo Sancho Panza, donde se descubren treinta, o pocos más, desaforados gigantes, con quien pienso hacer batalla y quitarles a todos las vidas, con cuyos despojos comenzaremos a enriquecer; que ésta es buena guerra, y es gran servicio de Dios quitar tan mala simiente de sobre la faz de la tierra.

—¿Qué gigantes? —dijo Sancho Panza.

—Aquellos que allí ves —respondió su amo— de los brazos largos, que los suelen tener algunos de casi dos leguas.

—Mire vuestra merced —respondió Sancho— que aquellos que allí se parecen no son gigantes, sino molinos de viento, y lo que en ellos parecen brazos son las aspas, que, volteadas del viento, hacen andar la piedra del molino.

—Bien parece —respondió don Quijote— que no estás cursado en esto de las aventuras: ellos son gigantes; y si tienes miedo, quítate de ahí, y ponte en oración en el espacio que yo voy a entrar con ellos en fiera y desigual batalla.

Y diciendo esto, dio de espuelas a su caballo Rocinante, sin atender a las voces que su escudero Sancho le daba, advirtiéndole que, sin duda alguna, eran molinos de viento, y no gigantes, aquellos que iba a acometer. Pero él iba tan puesto en que eran gigantes, que ni oía las voces de su escudero Sancho, ni echaba de ver, aunque estaba ya bien cerca, lo que eran; antes iba diciendo en voces altas:

—Non fuyades, cobardes y viles criaturas, que un solo caballero es el que os acomete.

Levantóse en esto un poco de viento, y las grandes aspas comenzaron a moverse, lo cual visto por don Quijote, dijo:

—Pues aunque mováis más brazos que los del gigante Briareo,[1] me lo habéis de pagar.

Y en diciendo esto, y encomendándose de todo corazón a su señora Dulcinea, pidiéndole que en tal trance le socorriese, bien cubierto de su rodela, con la lanza en el ristre, arremetió a todo el galope de Rocinante y embistió con el primero molino que estaba delante; y dándole una lanzada en el aspa, la volvió el viento con tanta furia, que hizo la lanza pedazos, llevándose tras sí al caballo y al caballero, que fue rodando muy maltrecho por el campo. Acudió Sancho Panza a socorrerle, a todo el correr de su asno, y cuando llegó halló que no se podía menear: tal fue el golpe que dio con él Rocinante.

—¡Válame Dios! —dijo Sancho—. ¿No le dije yo a vuestra merced que mirase bien lo que hacía, que no eran sino molinos de viento, y no lo podía ignorar sino quien llevase otros tales en la cabeza?

—Calla, amigo Sancho —respondió don Quijote—; que las cosas de la guerra, más que otras, están sujetas a continua mudanza; cuanto más, que yo pienso, y es así verdad, que aquel sabio Frestón que me robó el aposento y los libros ha vuelto estos gigantes en molinos, por quitarme la gloria de su vencimiento: tal es la enemistad que me tiene; mas al cabo al cabo, han de poder poco sus malas artes contra la bondad de mi espada.

—Dios lo haga como puede —respondió Sancho Panza.

Y, ayudándole a levantar, tornó a subir sobre Rocinante, que medio despaldado estaba. Y, hablando en la pasada aventura, siguieron el camino del Puerto Lápice, porque allí decía don Quijote que no era posible dejar de hallarse muchas y diversas aventuras, por ser lugar muy pasajero; sino que iba muy pesaroso, por haberle faltado la lanza; y, diciéndoselo a su escudero, le dijo:

---

[1] Uno de los titanes, *Briareo* tenía cien brazos.

—Yo me acuerdo haber leído que un caballero español llamado Diego Pérez de Vargas, habiéndosele en una batalla roto la espada, desgajó de una encina un pesado ramo o tronco, y con él hizo tales cosas aquel día y machacó tantos moros, que le quedó por sobrenombre Machuca, y así él como sus descendientes se llamaron desde aquel día en adelante Vargas y Machuca.[2] Hete dicho esto porque de la primera encina o roble que se me depare pienso desgajar otro tronco tal y tan bueno como aquel que me imagino, y pienso hacer con él tales hazañas, que tú te tengas por bien afortunado de haber merecido venir a vellas y a ser testigo de cosas que apenas podrán ser creídas.

—A la mano de Dios —dijo Sancho—; yo lo creo todo así como vuestra merced lo dice; pero enderécese un poco, que parece que va de medio lado, y debe ser del molimiento de la caída.

—Así es la verdad —respondió don Quijote—; y si no me quejo del dolor es porque no es dado a los caballeros andantes quejarse de herida alguna, aunque se le salgan las tripas por ella.

—Si eso es así, no tengo yo que replicar —respondió Sancho—; pero sabe Dios si yo me holgara que vuestra merced se quejara cuando alguna cosa le doliera. De mí sé decir que me he de quejar del más pequeño dolor que tenga, si ya no se entiende también con los escuderos de los caballeros andantes eso del no quejarse.

No se dejó de reír don Quijote de la simplicidad de su escudero; y así, le declaró que podía muy bien quejarse como y cuando quisiese, sin gana o con ella; que hasta entonces no había leído cosa en contrario en la orden de caballería. Díjole Sancho que mirase que era hora de comer. Respondióle su amo que por entonces no le hacía menester; que comiese él cuando se le antojase. Con esta licencia se acomodó Sancho lo mejor que pudo sobre su jumento, y, sacando de las alforjas lo que en ellas había puesto, iba caminando y comiendo detrás de su amo muy de su espacio, y de cuando en cuando empinaba la bota, con tanto gusto que le pudiera envidiar el más regalado bodegonero de Málaga. Y en tanto que él iba de aquella manera menudeando tragos, no se le acordaba de ninguna promesa que su amo le hubiese hecho, ni tenía por ningún trabajo, sino por mucho descanso, andar buscando las aventuras, por peligrosas que fuesen.

---

[2] La batalla fue la de Jerez (1233), en el reinado de Fernando III el Santo.

En resolución, aquella noche la pasaron entre unos árboles, y del uno dellos desgajó don Quijote un ramo seco que casi le podía servir de lanza, y puso en él el hierro que quitó de la que se le había quebrado. Toda aquella noche no durmió don Quijote, pensando en su señora Dulcinea, por acomodarse a lo que había leído en sus libros, cuando los caballeros pasaban sin dormir muchas noches en las florestas y despoblados, entretenidos con las memorias de sus señoras. No la pasó así Sancho Panza; que, como tenía el estómago lleno, y no de agua de chicoria, de un sueño se la llevó toda, y no fueran parte para despertarle (si su amo no lo llamara) los rayos del sol, que le daban en el rostro, ni el canto de las aves, que, muchas y muy regocijadamente, la venida del nuevo día saludaban. Al levantarse dio un tiento a la bota, y hallóla algo más flaca que la noche antes, y afligiósele el corazón, por parecerle que no llevaban camino de remediar tan presto su falta. No quiso desayunarse don Quijote, porque, como está dicho, dio en sustentarse de sabrosas memorias. Tornaron a su comenzado camino del Puerto Lápice, y a obra de las tres del día le descubrieron.

—Aquí —dijo en viéndole don Quijote— podemos, hermano Sancho Panza, meter las manos hasta los codos en esto que llaman aventuras. Mas advierte que, aunque me veas en los mayores peligros del mundo, no has de poner mano a tu espada para defenderme, si ya no vieres que los que me ofenden es canalla y gente baja, que en tal caso bien puedes ayudarme; pero si fueren caballeros, en ninguna manera te es lícito ni concedido por las leyes de caballería que me ayudes, hasta que seas armado caballero.

—Por cierto, señor —respondió Sancho—, que vuestra merced sea muy bien obedecido en esto; y más, que yo de mío me soy pacífico y enemigo de meterme en ruidos ni pendencias. Bien es verdad que en lo que tocare a defender mi persona no tendré mucha cuenta con esas leyes, pues las divinas y humanas permiten que cada uno se defienda de quien quisiere agraviarle.

—No digo yo menos —respondió don Quijote—; pero en esto de ayudarme contra caballeros has de tener a raya tus naturales ímpetus.

—Digo que así lo haré —respondió Sancho—, y que guardaré ese precepto tan bien como el día del domingo.

Estando en estas razones, asomaron por el camino dos frailes de la orden de San Benito, caballeros sobre dos dromedarios: que no eran más pequeñas dos mulas en que venían. Traían sus antojos de camino[3] y sus quitasoles. Detrás dellos venía un coche, con cuatro o cinco de a caballo que le acompañaban y dos mozos de mulas a pie. Venía en el coche, como después se supo, una señora vizcaína, que iba a Sevilla, donde estaba su marido, que pasaba a las Indias con un muy honroso cargo. No venían los frailes con ella, aunque iban el mesmo camino; mas apenas los divisó don Quijote, cuando dijo a su escudero:

—O yo me engaño, o ésta ha de ser la más famosa aventura que se haya visto; porque aquellos bultos negros que allí parecen deben de ser, y son, sin duda, algunos encantadores que llevan hurtada alguna princesa en aquel coche, y es menester deshacer este tuerto a todo mi poderío.

—Peor será esto que los molinos de viento —dijo Sancho—. Mire, señor, que aquéllos son frailes de San Benito, y el coche debe de ser de alguna gente pasajera. Mire que digo que mire bien lo que hace, no sea el diablo que le engañe.

—Ya te he dicho, Sancho —respondió don Quijote—, que sabes poco de achaque de aventuras; lo que yo digo es verdad, y ahora lo verás.

Y diciendo esto, se adelantó y se puso en la mitad del camino por donde los frailes venían, y, en llegando tan cerca que a él le pareció que le podrían oír lo que dijese, en alta voz dijo:

—Gente endiablada y descomunal, dejad luego al punto las altas princesas que en ese coche lleváis forzadas; si no, aparejaos a recibir presta muerte, por justo castigo de vuestras malas obras.

Detuvieron los frailes las riendas, y quedaron admirados, así de la figura de don Quijote como de sus razones, a las cuales respondieron:

—Señor caballero, nosotros no somos endiablados ni descomunales, sino dos religiosos de San Benito que vamos nuestro camino, y no sabemos si en este coche vienen, o no, ningunas forzadas princesas.

—Para conmigo no hay palabras blandas; que ya yo os conozco, fementida canalla —dijo don Quijote.

Y sin esperar más respuesta, picó a Rocinante y, la lanza baja, arremetió contra el primero fraile, con tanta furia y denuedo, que si el fraile no se dejara caer de la mula, él le hiciera venir al suelo mal de su grado, y aun mal ferido, si no cayera muerto. El segundo religioso, que vio del modo que trataban a su compañero, puso piernas al castillo[4] de su buena mula,

---

[3] *antojos de camino*, antifaces con cristales.
[4] *castillo*, por encarecer el tamaño de la mula.

y comenzó a correr por aquella campaña, más ligero que el mesmo viento.

Sancho Panza, que vio en el suelo al fraile, apeándose ligeramente de su asno, arremetió a él y le comenzó a quitar los hábitos. Llegaron en esto dos mozos de los frailes y preguntáronle que por qué le desnudaba. Respondióles Sancho que aquello le tocaba a él legítimamente, como despojos de la batalla que su señor don Quijote había ganado. Los mozos, que no sabían de burlas, ni entendían aquello de despojos ni batallas, viendo que ya don Quijote estaba desviado de allí, hablando con las que en el coche venían, arremetieron con Sancho y dieron con él en el suelo, y, sin dejarle pelo en las barbas, le molieron a coces y le dejaron tendido en el suelo, sin aliento ni sentido. Y, sin detenerse un punto, tornó a subir el fraile, todo temeroso y acobardado y sin color en el rostro; y cuando se vio a caballo, picó tras su compañero, que un buen espacio de allí le estaba aguardando, y esperando en qué paraba aquel sobresalto, y, sin querer aguardar el fin de todo aquel comenzado suceso, siguieron su camino, haciéndose más cruces que si llevaran al diablo a las espaldas.

Don Quijote estaba, como se ha dicho, hablando con la señora del coche, diciéndole:

—La vuestra fermosura, señora mía, puede facer de su persona lo que más le viniere en talante, porque ya la soberbia de vuestros robadores yace por el suelo, derribada por este mi fuerte brazo; y porque no penéis por saber el nombre de vuestro libertador, sabed que yo me llamo don Quijote de la Mancha, caballero andante y aventurero, y cautivo de la sin par y hermosa doña Dulcinea del Toboso; y en pago del beneficio que de mí habéis recibido, no quiero otra cosa sino que volváis al Toboso, y que de mi parte os presentéis ante esta señora y le digáis lo que por vuestra libertad he fecho.

Todo esto que don Quijote decía escuchaba un escudero de los que el coche acompañaban, que era vizcaíno; el cual, viendo que no quería dejar pasar el coche adelante, sino que decía que luego había de dar la vuelta al Toboso, se fue para don Quijote y, asiéndole de la lanza, le dijo, en mala lengua castellana y peor vizcaína, desta manera:

—Anda, caballero que mal andes; por el Dios que crióme que, si no dejas coche, así te matas como estás ahí vizcaíno.

Entendióle muy bien don Quijote, y con mucho sosiego le respondió:

—Si fueras caballero, como no lo eres, ya yo hubiera castigado tu sandez y atrevimiento, cautiva criatura.

A lo cual replicó el vizcaíno:

—¿Yo no caballero? Juro a Dios tan mientes como cristiano. Si lanza arrojas y espada sacas, ¡el agua cuán presto verás que al gato llevas! Vizcaíno por tierra, hidalgo por mar, hidalgo por el diablo, y mientes que mira si otra dices cosa.

—Ahora lo veredes, dijo Agrajes[5] —respondió don Quijote.

Y arrojando la lanza en el suelo, sacó su espada y embrazó su rodela, y arremetió al vizcaíno, con determinación de quitarle la vida. El vizcaíno, que así le vio venir, aunque quisiera apearse de la mula, que, por ser de las malas de alquiler, no había que fiar en ella, no pudo hacer otra cosa sino sacar su espada; pero avínole bien que se halló junto al coche, de donde pudo tomar una almohada que le sirvió de escudo, y luego se fueron el uno para el otro, como si fueran dos mortales enemigos. La demás gente quisiera ponerlos en paz; mas no pudo, porque decía el vizcaíno en sus mal trabadas razones que si no le dejaban acabar su batalla, que él mismo había de matar a su ama y a toda la gente que se lo estorbase. La señora del coche, admirada y temerosa de lo que veía, hizo al cochero que se desviase de allí algún poco, y desde lejos se puso a mirar la rigurosa contienda, en el discurso de la cual dio el vizcaíno una gran cuchillada a don Quijote encima de un hombro, por encima de la rodela, que, a dársela sin defensa, le abriera hasta la cintura. Don Quijote, que sintió la pesadumbre de aquel desaforado golpe, dio una gran voz, diciendo:

—¡Oh señora de mi alma, Dulcinea, flor de la fermosura, socorred a este vuestro caballero, que por satisfacer a la vuestra mucha bondad, en este riguroso trance se halla!

El decir esto, y el apretar la espada, y el cubrirse bien de su rodela, y el arremeter al vizcaíno, todo fue en un tiempo, llevando determinación de aventurarlo todo a la de un golpe solo.

El vizcaíno, que así le vio venir contra él, bien entendió por su denuedo su coraje, y determinó de hacer lo mesmo que don Quijote; y así, le aguardó bien cubierto de su almohada, sin poder rodear la mula a una ni a otra parte; que ya, de puro cansada y no hecha a semejantes niñerías, no podía dar un paso.

Venía, pues, como se ha dicho, don Quijote contra el cauto vizcaíno, con la espada en alto, con determinación de abrirle por

---

[5] *Ahora lo veredes, dijo Agrajes*, frase proverbial de amenaza. Agrajes es personaje de *Amadís de Gaula.*

152

medio, y el vizcaíno le aguardaba asimesmo levantada la espada y aforrado con su almohada, y todos los circunstantes estaban temerosos y colgados de lo que había de suceder de aquellos tamaños golpes con que se amenazaban; y la señora del coche y las demás criadas suyas estaban haciendo mil votos y ofrecimientos a todas las imágenes y casas de devoción de España, porque Dios librase a su escudero y a ellas de aquel tan grande peligro en que se hallaban.

Pero está el daño de todo esto que en este punto y término deja pendiente el autor desta historia esta batalla, disculpándose que no halló más escrito destas hazañas de don Quijote de las que deja referidas. Bien es verdad que el segundo autor[6] desta obra no quiso creer que tan curiosa historia estuviese entregada a las leyes del olvido, ni que hubiesen sido tan poco curiosos los ingenios de la Mancha, que no tuviesen en sus archivos o en sus escritorios algunos papeles que deste famoso caballero tratasen; y así, con esta imaginación, no se desesperó de hallar el fin desta apacible historia, el cual, siéndole el cielo favorable, le halló del modo que se contará en la segunda parte.

---

[6] Al *segundo autor* se le suele identificar con Cervantes, puesto que introduce, en el capítulo que sigue, a Cide Hamete Benengeli como primero, pero ha habido otras interpretaciones (véase Haley, pág. 48).

SEGUNDA PARTE[1] DEL INGENIOSO HIDALGO DON QUIJOTE DE LA MANCHA

CAPÍTULO IX

Donde se concluye y da fin a la estupenda batalla que el gallardo vizcaíno y el valiente manchego tuvieron

Dejamos en la primera parte desta historia al valeroso vizcaíno y al famoso don Quijote con las espadas altas y desnudas, en guisa de descargar dos furibundos fendientes,[2] tales, que si en lleno se acertaban, por lo menos se dividirían y fenderían de arriba abajo y abrirían como una granada,[3] y que en aquel punto tan dudoso paró y quedó destroncada tan sabrosa historia, sin que nos diese noticia su autor dónde se podría hallar lo que della faltaba.

---

[1] Aquí comienza la segunda de las cuatro partes en que se dividió el *Quijote* de 1605. Cervantes, sin embargo, sacó el *Quijote* de 1615 con el título de *Segunda Parte*.

[2] *fendiente*, en la esgrima, el golpe dado de arriba abajo.

[3] Clemencín trae a comparación un pasaje del *Espejo de príncipes y caballeros:* «Dejó el gran sabio Lirgandeo en el último capítulo de su historia a los dos raros en valor y fortaleza, el gran Siciliano Bravorante y el famoso africano Brufaldoro, dando en el aire la vuelta con sus furiosos caballos, las espadas en alto con tan fiero denuedo que exagera el sabio que al verlos se encogieran de temor los más animosos griegos.» (Parte V, Libro I, Capítulo 1.)

Causóme esto mucha pesadumbre, porque el gusto de haber leído tan poco se volvía en disgusto, de pensar el mal camino que se ofrecía para hallar lo mucho que, a mi parecer, faltaba de tan sabroso cuento. Parecióme cosa imposible y fuera de toda buena costumbre que a tan buen caballero le hubiese faltado algún sabio que tomara a cargo el escribir sus nunca vistas hazañas, cosa que no faltó a ninguno de los caballeros andantes.

de los que dicen las gentes
que van a sus aventuras,[4]

porque cada uno dellos tenía uno o dos sabios, como de molde, que no solamente escribían sus hechos, sino que pintaban sus más mínimos pensamientos y niñerías, por más escondidas que fuesen; y no había de ser tan desdichado tan buen caballero, que le faltase a él lo que sobró a Platir[5] y a otros semejantes. Y así, no podía inclinarme a creer que tan gallarda historia hubiese quedado manca y estropeada, y echaba la culpa a la malignidad del tiempo, devorador y consumidor de todas las cosas, el cual, o la tenía oculta o consumida.

Por otra parte, me parecía que, pues entre sus libros se habían hallado tan modernos como *Desengaño de celos* y *Ninfas y pastores de Henares*,[6] que también su historia debía de ser moderna, y que, ya que no estuviese escrita, estaría en la memoria de la gente de su aldea y de las a ella circunvecinas. Esta imaginación me traía confuso y deseoso de saber real y verdaderamente toda la vida y milagros de nuestro famoso español don Quijote de la Mancha, luz y espejo de la caballería manchega, y el primero que en nuestra edad y en estos tan calamitosos tiempos se puso al trabajo y ejercicio de las andantes armas, y al desfacer agravios, socorrer viudas, amparar doncellas, de aquellas que andaban con sus azotes y palafrenes, y con toda su virginidad a cuestas, de monte en monte y de valle en valle; que si no era que algún follón, o algún villano de hacha y capellina,[7]

---

[4] Estos versos, que se repiten en el Capítulo 49, y otra vez en el Capítulo 16 de la Segunda Parte, se encuentran en una traducción libre de los *Trionfi* de Petrarca por Alvar Gómez de Ciudad Real.

[5] Galtenor fue el «sabio» que recopiló la historia del caballero Platir.

[6] 1586 y 1587, respectivamente. El más reciente de los libros de la biblioteca de don Quijote es *El pastor de Iberia* (1591). Si al narrador le interesaba lo reciente de los libros de don *Quijote*, lo que más le extraña al lector es que, siendo el escrutinio un pretexto para la crítica literaria, y no sólo de los libros de caballerías, no haya ninguna obra de los años 1592-1604.

[7] *hacha y capellina* (arma defensiva que cubría la cabeza) eran armas de gente rústica.

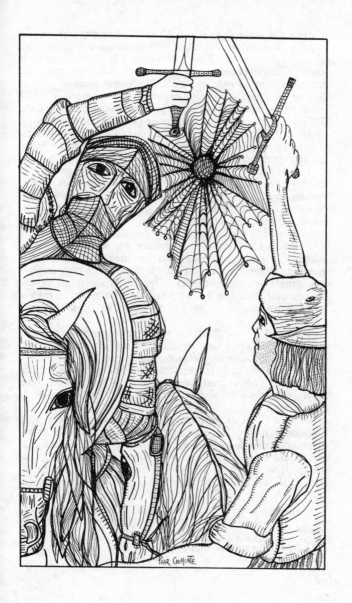

PILAR CLEMENTE.

o algún descomunal gigante las forzaba, doncella hubo en los pasados tiempos que, al cabo de ochenta años, que en todos ellos no durmió un día debajo de tejado, y se fue tan entera a la sepultura como la madre que la había parido. Digo, pues, que por estos y otros muchos respetos es digno nuestro gallardo Quijote de continuas y memorables alabanzas, y aun a mí no se me deben negar, por el trabajo y diligencia que puse en buscar el fin desta agradable historia; aunque bien sé que si el cielo, el caso y la fortuna no me ayudan, el mundo quedara falto y sin el pasatiempo y gusto que bien casi dos horas[8] podrá tener el que con atención la leyere. Pasó, pues, el hallarla en esta manera:

Estando yo un día en el Alcaná[9] de Toledo, llegó un muchacho a vender unos cartapacios y papeles viejos a un sedero; y como yo soy aficionado a leer, aunque sean los papeles rotos de las calles, llevado desta mi natural inclinación, tomé un cartapacio de los que el muchacho vendía, y vile con carácteres que conocí ser arábigos. Y puesto que aunque los conocía no los sabía leer, anduve mirando si parecía por allí algún morisco aljamiado[10] que los leyese, y no fue muy dificultoso hallar intérprete semejante, pues aunque le buscara de otra mejor y más antigua lengua, le hallara.[11] En fin, la suerte me deparó uno, que, diciéndole mi deseo y poniéndole el libro en las manos, le abrió por medio, y leyendo un poco en él, se comenzó a reír.

Preguntéle yo que de qué se reía, y respondióme que de una cosa que tenía aquel libro escrita en el margen por anotación. Díjele que me la dijese, y él, sin dejar la risa, dijo:

—Está, como he dicho, aquí en el margen escrito esto: "Esta Dulcinea del Toboso, tantas veces en esta historia referida, dicen que tuvo la mejor mano para salar puercos que otra mujer de toda la Mancha."

Cuando yo oí decir "Dulcinea del Toboso," quedé atónito y suspenso, porque luego se me representó que aquellos cartapacios contenían la historia de don Quijote. Con esta imaginación, le di priesa que leyese el principio, y, haciéndolo así, volviendo de improviso el arábigo en castellano, dijo que decía: *Historia de don Quijote de la Mancha, escrita por Cide Hamete*

---

[8] Deprecación irónica de Cervantes. La grabación del texto de 1605 que se hizo para la preparación de esta edición ocupa unas veintitrés horas de cinta magnetofónica.

[9] *el Alcaná,* lugar de tiendas.

[10] *aljamiado,* que hablara castellano.

[11] Alude al hebreo.

Benengeli,[12] *historiador arábigo.* Mucha discreción fue menester para disimular el contento que recibí cuando llegó a mis oídos el título del libro; y, salteándosele al sedero, compré al muchacho todos los papeles y cartapacios por medio real; que si él tuviera discreción y supiera lo que yo los deseaba, bien se pudiera prometer y llevar más de seis reales de la compra. Apartéme luego con el morisco por el claustro de la iglesia mayor, y roguéle me volviese aquellos cartapacios, todos los que trataban de don Quijote, en lengua castellana, sin quitarles ni añadirles nada, ofreciéndole la paga que él quisiese. Contentóse con dos arrobas de pasas[13] y dos fanegas de trigo, y prometió de traducirlos bien y fielmente y con mucha brevedad. Pero yo, por facilitar más el negocio y por no dejar de la mano tan buen hallazgo, le truje a mi casa, donde en poco más de mes y medio la tradujo toda, del mesmo modo que aquí se refiere.

Estaba en el primero cartapacio pintada muy al natural la batalla de don Quijote con el vizcaíno, puestos en la mesma postura que la historia cuenta, levantadas las espadas, el uno cubierto de su rodela, el otro de la almohada, y la mula del vizcaíno tan al vivo, que estaba mostrando ser de alquiler a tiro de ballesta. Tenía a los pies escrito el vizcaíno un título que decía: *Don Sancho de Azpetia*, que, sin duda, debía de ser su nombre, y a los pies de Rocinante estaba otro que decía: *Don Quijote*. Estaba Rocinante maravillosamente pintado, tan largo y tendido, tan atenuado y flaco, con tanto espinazo, tan hético confirmado, que mostraba bien al descubierto con cuánta advertencia y propiedad se le había puesto el nombre de Rocinante. Junto a él estaba Sancho Panza, que tenía del cabestro a su asno, a los pies del cual estaba otro rétulo que decía: *Sancho Zancas*, y debía de ser que tenía, a lo que mostraba la pintura, la barriga grande, el talle corto y las zancas largas, y por esto se le debió de poner nombre de Panza y de Zancas; que con estos dos sobrenombres le llama algunas veces la historia. Otras algunas menudencias había que advertir, pero todas son de poca importancia y que no hacen al caso a la verdadera relación de la historia, que ninguna es mala como sea verdadera.

---

[12] *Cide*, señor, *Hamete*, Hamid, *Benengeli*, aberenjenado, en árabe. Para la invención de Cide Hamete y su función en la novela, véase Allen (1976); Bencheneb y Marcilly; Castro (1967), 409-19; El Saffar (1968); Forcione (1970a), 155-66; Gerhardt, 9-18; Locke; Márquez Villanueva (1973), 244-57; Percas (1975) I, 84-104 y 115-23; Riley (1962), 205-12 y (1973), 808-10; Rubens (1972); Socrate, 33-41; Soons; Stagg (1956).

[13] Comida predilecta de moriscos.

Si a ésta se le puede poner alguna objeción cerca de su verdad, no podrá ser otra sino haber sido su autor arábigo, siendo muy propio de los de aquella nación ser mentirosos; aunque, por ser tan nuestros enemigos, antes se puede entender haber quedado falto en ella que demasiado. Y así me parece a mí, pues cuando pudiera y debiera estender la pluma en las alabanzas de tan buen caballero, parece que de industria las pasa en silencio: cosa mal hecha y peor pensada, habiendo y debiendo ser los historiadores puntuales, verdaderos y no nada apasionados, y que ni el interés ni el miedo, el rancor ni la afición, no les hagan torcer del camino de la verdad, cuya madre es la historia, émula del tiempo, depósito de las acciones, testigo de lo pasado, ejemplo y aviso de lo presente, advertencia de lo por venir. En ésta sé que se hallará todo lo que se acertare a desear en la más apacible; y si algo bueno en ella faltare, para mí tengo que fue por culpa del galgo de su autor, antes que por falta del sujeto. En fin, su segunda parte, siguiendo la traducción, comenzaba desta manera:

Puestas y levantadas en alto las cortadoras espadas de los dos valerosos y enojados combatientes, no parecía sino que estaban amenazando al cielo, a la tierra y al abismo: tal era el denuedo y continente que tenían. Y el primero que fue a descargar el golpe fue el colérico vizcaíno; el cual fue dado con tanta fuerza y tanta furia, que, a no volvérsele la espada en el camino, aquel solo golpe fuera bastante para dar fin a su rigurosa contienda y a todas las aventuras de nuestro caballero; mas la buena suerte, que para mayores cosas le tenía guardado, torció la espada de su contrario, de modo que, aunque le acertó en el hombro izquierdo, no le hizo otro daño que desarmarle todo aquel lado, llevándole, de camino, gran parte de la celada, con la mitad de la oreja; que todo ello con espantosa ruina vino al suelo, dejándole muy maltrecho.

¡Válame Dios, y quién será aquel que buenamente pueda contar ahora la rabia que entró en el corazón de nuestro manchego, viéndose parar de aquella manera! No se diga más sino que fue de manera, que se alzó de nuevo en los estribos, y, apretando más la espada en las dos manos, con tal furia descargó sobre el vizcaíno, acertándole de lleno sobre la almohada y sobre la cabeza, que, sin ser parte tan buena defensa, como si cayera sobre él una montaña, comenzó a echar sangre por las narices, y por la boca, y por los oídos, y a dar muestras de caer de la mula abajo, de donde cayera, sin duda, si no se abrazara con el cuello; pero con todo eso, sacó los pies de los estribos y luego soltó los brazos, y la mula, espantada del terrible golpe, dio a correr por el campo, y a pocos corcovos dio con su dueño en tierra.

Estábaselo con mucho sosiego mirando don Quijote, y como lo vio caer, saltó de su caballo y con mucha ligereza se llegó a él, y poniéndole la punta de la espada en los ojos, le dijo que se rindiese; si no, que le cortaría la cabeza. Estaba el vizcaíno tan turbado que no podía responder palabra; y él lo pasara mal, según estaba ciego don Quijote, si las señoras del coche, que hasta entonces con gran desmayo habían mirado la pendencia, no fueran adonde estaba y le pidieran con mucho encarecimiento les hiciese tan gran merced y favor de perdonar la vida a aquel su escudero. A lo cual don Quijote respondió con mucho entono y gravedad:

—Por cierto, fermosas señoras, yo soy muy contento de hacer lo que me pedís; mas ha de ser con una condición y concierto, y es que este caballero me ha de prometer de ir al lugar del Toboso y presentarse de mi parte ante la sin par doña Dulcinea, para que ella haga dél lo que más fuere de su voluntad.

Las temerosas y desconsoladas señoras, sin entrar en cuenta de lo que don Quijote pedía, y sin preguntar quién Dulcinea fuese, le prometieron que el escudero haría todo aquello que de su parte le fuese mandado.

—Pues en fe de esa palabra, yo no le haré más daño, puesto que me lo tenía bien merecido.

PILAR COYNONTE.

Capítulo X

De lo que más le avino a don Quijote con el vizcaíno, y del peligro en que se vio con una turba de yangüeses[1]

Ya en este tiempo se había levantado Sancho Panza, algo maltratado de los mozos de los frailes, y había estado atento a la batalla de su señor don Quijote, y rogaba a Dios en su corazón fuese servido de darle victoria y que en ella ganase alguna ínsula de donde le hiciese gobernador, como se lo había prometido. Viendo, pues, ya acabada la pendencia, y que su amo volvía a subir sobre Rocinante, llegó a tenerle el estribo, y antes que subiese se hincó de rodillas delante dél, y asiéndole de la mano, se la besó y le dijo:

—Sea vuestra merced servido, señor don Quijote mío, de darme el gobierno de la ínsula que en esta rigurosa pendencia se ha ganado; que, por grande que sea, yo me siento con fuerzas de saberla gobernar tal y tan bien como otro que haya gobernado ínsulas en el mundo.

A lo cual respondió don Quijote:

—Advertid, hermano Sancho, que esta aventura y las a ésta semejantes no son aventuras de ínsulas, sino de encrucijadas, en las cuales no se gana otra cosa que sacar rota la cabeza o una oreja menos. Tened paciencia, que aventuras se

---

[1] El epígrafe se refiere a la aventura del vizcaíno, terminada ya, y a la de los yangüeses, que corresponde al Capítulo 15. Este despropósito y otros detalles del texto apoyan la tesis de Stagg (1959) de que los Capítulos 11-14 constituyen una interpolación de Cervantes de un episodio redactado después de lo narrado en los Capítulos 10 y 15 ss. Véase también Ullman (1971).

ofrecerán donde no solamente os pueda hacer gobernador, sino más adelante.

Agradecióselo mucho Sancho, y, besándole otra vez la mano y la falda de la loriga, le ayudó a subir sobre Rocinante, y él subió sobre su asno y comenzó a seguir a su señor, que, a paso tirado, sin despedirse ni hablar más con las del coche, se entró por un bosque que allí junto estaba. Seguíale Sancho a todo el trote de su jumento, pero caminaba tanto Rocinante, que, viéndose quedar atrás, le fue forzoso dar voces a su amo que se aguardase. Hízolo así don Quijote, teniendo las riendas a Rocinante hasta que llegase su cansado escudero, el cual, en llegando, le dijo:

—Paréceme, señor, que sería acertado irnos a retraer a alguna iglesia; que, según quedó maltrecho aquel con quien os combatistes, no será mucho que den noticia del caso a la Santa Hermandad[2] y nos prendan; y a fe que si lo hacen, que primero que salgamos de la cárcel, que nos ha de sudar el hopo.[3]

—Calla —dijo don Quijote—. Y ¿dónde has visto tú, o leído jamás, que caballero andante haya sido puesto ante la justicia, por más homicidios que hubiese cometido?

—Yo no sé nada de omecillos[4] —respondió Sancho—, ni en mi vida le caté a ninguno, sólo sé que la Santa Hermandad tiene que ver con los que pelean en el campo, y en esotro no me entremeto.

—Pues no tengas pena, amigo —respondió don Quijote—; que yo te sacaré de las manos de los caldeos,[5] cuanto más de las de la Hermandad. Pero dime por tu vida: ¿has visto más valeroso caballero que yo en todo lo descubierto de la tierra? ¿Has leído en historias otro que tenga ni haya tenido más brío en acometer, más aliento en el perseverar, más destreza en el herir, ni más maña en el derribar?

—La verdad sea —respondió Sancho— que yo no he leído ninguna historia jamás, porque ni sé leer ni escribir; mas lo que osaré apostar es que más atrevido amo que vuestra merced yo no le he servido en todos los días de mi vida, y quiera Dios que estos atrevimientos no se paguen donde tengo dicho. Lo que le ruego a vuestra merced es que se cure; que le va mucha

---

[2] *la Santa Hermandad*, tribunal establecido para mantener el orden público fuera de poblado.
[3] *sudar el hopo*, costar mucho trabajo una cosa.
[4] *omecillos*. Sancho no entiende *homicidios*, y los asocia con *omecillo* (odio, rencor).
[5] *caldeos*, pueblo del Viejo Testamento que amenazaba a los israelitas.

sangre de esa oreja; que aquí traigo hilas y un poco de ungüento blanco en las alforjas.

—Todo eso fuera bien escusado —respondió don Quijote—
si a mí se me acordara de hacer una redoma del bálsamo de
Fierabrás;[6] que con sola una gota se ahorraran tiempo y me-
dicinas.

—¿Qué redoma y qué bálsamo es ése? —dijo Sancho Panza.

—Es un bálsamo —respondió don Quijote— de quien
tengo la receta en la memoria, con el cual no hay que tener
temor a la muerte, ni hay pensar en morir de herida alguna.
Y así, cuando yo le haga y te le dé, no tienes más que hacer sino
que, cuando vieres que en alguna batalla me han partido por
medio del cuerpo (como muchas veces suele acontecer), bonitamente la parte del cuerpo que hubiere caído en el suelo, y con
mucha sutileza, antes que la sangre se yele, la pondrás sobre
la otra mitad que quedare en la silla, advirtiendo de encajallo
igualmente y al justo. Luego me darás a beber solos dos tragos
del bálsamo que he dicho, y verásme quedar más sano que una
manzana.

—Si eso hay —dijo Panza—, yo renuncio desde aquí el
gobierno de la prometida ínsula, y no quiero otra cosa en pago
de mis muchos y buenos servicios sino que vuestra merced
me dé la receta de ese estremado licor; que para mí tengo que
valdrá la onza adondequiera más de a dos reales, y no he menester yo más para pasar esta vida honrada y descansadamente.
Pero es de saber agora si tiene mucha costa el hacelle.

—Con menos de tres reales se pueden hacer tres azum-
bres —respondió don Quijote.

—¡Pecador de mí! —replicó Sancho—. Pues, ¿a qué aguarda
vuestra merced a hacelle y a enseñármele?

—Calla, amigo —respondió don Quijote—; que mayores
secretos pienso enseñarte, y mayores mercedes hacerte; y, por
agora, curémonos, que la oreja me duele más de lo que yo
quisiera.

Sacó Sancho de las alforjas hilas y ungüento. Mas cuando
don Quijote llegó a ver rota su celada, pensó perder el juicio,
y, puesta la mano en la espada y alzando los ojos al cielo, dijo:

—Yo hago juramento al Criador de todas las cosas y a los
santos cuatro Evangelios, donde más largamente están escritos,[7]
de hacer la vida que hizo el grande marqués de Mantua cuando

---

[6] *el bálsamo de Fierabrás*, en que fue embalsamado Cristo, según la leyenda,
lo aprovecha Fierabrás en la *Historia del Emperador Carlomagno* (Sevilla, 1525).

[7] Fórmula de juramento.

juró de vengar la muerte de su sobrino Valdovinos, que fue de no comer pan a manteles, ni con su mujer folgar,[8] y otras cosas que, aunque dellas no me acuerdo, las doy aquí por expresadas, hasta tomar entera venganza del que tal desaguisado me fizo.

Oyendo esto Sancho, le dijo:

—Advierta vuestra merced, señor don Quijote, que si el caballero cumplió lo que se le dejó ordenado de irse a presentar ante mi señora Dulcinea del Toboso, ya habrá cumplido con lo que debía, y no merece otra pena si no comete nuevo delito.

—Has hablado y apuntado muy bien —respondió don Quijote—; y así, anulo el juramento en cuanto lo que toca a tomar dél nueva venganza; pero hágole y confírmole de nuevo de hacer la vida que he dicho, hasta tanto que quite por fuerza otra celada tal y tan buena como ésta a algún caballero. Y no pienses, Sancho, que así a humo de pajas hago esto, que bien tengo a quien imitar en ello: que esto mesmo pasó, al pie de la letra, sobre el yelmo de Mambrino, que tan caro le costó a Sacripante.[9]

—Que dé al diablo vuestra merced tales juramentos, señor mío —replicó Sancho—; que son muy en daño de la salud y muy en perjuicio de la conciencia. Si no, dígame ahora: si acaso en muchos días no topamos hombre armado con celada, ¿qué hemos de hacer? ¿Hase de cumplir el juramento, a despecho de tantos inconvenientes e incomodidades, como será el dormir vestido, y el no dormir en poblado, y otras mil penitencias que contenía el juramento de aquel loco viejo del marqués de Mantua, que vuestra merced quiere revalidar ahora? Mire vuestra merced bien, que por todos estos caminos no andan hombres armados, sino harrieros y carreteros, que no sólo no traen celadas, pero quizá no las han oído nombrar en todos los días de su vida.

—Engáñaste en eso —dijo don Quijote—; porque no habremos estado dos horas por estas encrucijadas, cuando veamos más armados que los que vinieron sobre Albraca, a la conquista de Angélica la Bella.[10]

---

[8] Don Quijote recuerda el romance del marqués de Mantua, pero lo de la mujer viene de uno del Cid.

[9] En el *Orlando innamorato* de Boiardo (I, 4, estrofa 82), Mambrino es un rey moro, cuyo yelmo encantado ganó Reinaldos de Montalbán. Según Ariosto *(Orlando furioso* (Canto 18) fue Dardinel, y no Sacripante, a quien mató Reinaldos, protegido por el yelmo.

[10] Otra alusión al *Orlando* de Boiardo. *Albraca*, castillo fortísimo en las partes remotas del Asia donde estaba recogida Angélica.

—Alto, pues; sea así —dijo Sancho—, y a Dios prazga[11] que nos suceda bien, y que se llegue ya el tiempo de ganar esta ínsula que tan cara me cuesta, y muérame yo luego.

—Ya te he dicho, Sancho, que no te dé eso cuidado alguno; que cuando faltare ínsula, ahí está el reino de Dinamarca o el de Soliadisa,[12] que te vendrán como anillo al dedo, y más que, por ser en tierra firme, te debes más alegrar. Pero dejemos esto para su tiempo, y mira si traes algo en esas alforjas que comamos, porque vamos luego en busca de algún castillo donde alojemos esta noche y hagamos el bálsamo que te he dicho; porque yo te voto a Dios que me va doliendo mucho la oreja.

—Aquí trayo una cebolla, y un poco de queso, y no sé cuántos mendrugos de pan —dijo Sancho—; pero no son manjares que pertenecen a tan valiente caballero como vuestra merced.

—¡Qué mal lo entiendes! —respondió don Quijote—; hágote saber, Sancho, que es honra de los caballeros andantes no comer en un mes, y, ya que coman, sea de aquello que hallaren más a mano; y esto se te hiciera cierto si hubieras leído tantas historias como yo; que aunque han sido muchas, en todas ellas no he hallado hecha relación de que los caballeros andantes comiesen, si no era acaso y en algunos suntuosos banquetes que les hacían, y los demás días se los pasaban en flores.[13] Y aunque se deja entender que no podían pasar sin comer y sin hacer todos los otros menesteres naturales, porque, en efecto, eran hombres como nosotros, hase de entender también que andando lo más del tiempo de su vida por las florestas y despoblados, y sin cocinero, que su más ordinaria comida sería de viandas rústicas, tales como las que tú ahora me ofreces. Así que, Sancho amigo, no te congoje lo que a mí me da gusto; ni querrás tú hacer mundo nuevo, ni sacar la caballería andante de sus quicios.

—Perdóneme vuestra merced —dijo Sancho—; que como yo no sé leer ni escribir, como otra vez he dicho, no sé ni he caído en las reglas de la profesión caballeresca; y de aquí adelante yo proveeré las alforjas de todo género de fruta seca para vuestra merced, que es caballero, y para mí las proveeré, pues no lo soy, de otras cosas volátiles y de más sustancia.

---

[11] *prazga*, plazca.

[12] *Soliadisa* se enmienda con frecuencia en *Sobradisa*, reino mencionado varias veces en el *Amadís*, pero en la historia de *Clamades y Clarmonda* hay una infanta Soliadisa.

[13] *pasarse en flores*, mantenerse con cosas de poca sustancia.

—No digo yo, Sancho —replicó don Quijote—, que sea forzoso a los caballeros andantes no comer otra cosa sino esas frutas que dices, sino que su más ordinario sustento debía de ser dellas, y de algunas yerbas que hallaban por los campos, que ellos conocían y yo también conozco.

—Virtud es —respondió Sancho— conocer esas yerbas; que, según yo me voy imaginando, algún día será menester usar de ese conocimiento.

Y sacando, en esto, lo que dijo que traía, comieron los dos en buena paz y compaña. Pero, deseosos de buscar donde alojar aquella noche, acabaron con mucha brevedad su pobre y seca comida. Subieron luego a caballo, y diéronse priesa por llegar a poblado antes que anocheciese; pero faltóles el sol, y la esperanza de alcanzar lo que deseaban, junto a unas chozas de unos cabreros, y así, determinaron de pasarla allí; que cuanto fue de pesadumbre para Sancho no llegar a poblado, fue de contento para su amo dormirla al cielo descubierto, por parecerle que cada vez que esto le sucedía era hacer un acto posesivo[14] que facilitaba la prueba de su caballería.

---

[14] *acto posesivo*, o positivo, hecho que califica la virtud o nobleza de alguna persona.

CAPÍTULO XI

De lo que le sucedió a don Quijote con unos cabreros

Fue recogido de los cabreros con buen ánimo, y habiendo Sancho, lo mejor que pudo, acomodado a Rocinante y a su jumento, se fue tras el olor que despedían de sí ciertos tasajos de cabra que hirviendo al fuego en un caldero estaban; y aunque él quisiera en aquel mesmo punto ver si estaban en sazón de trasladarlos del caldero al estómago, lo dejó de hacer, porque los cabreros los quitaron del fuego, y, tendiendo por el suelo unas pieles de ovejas, aderezaron con mucha priesa su rústica mesa y convidaron a los dos, con muestras de muy buena voluntad, con lo que tenían. Sentáronse a la redonda de las pieles seis dellos, que eran los que en la majada había, habiendo primero con groseras ceremonias rogado a don Quijote que se sentase sobre un dornajo que vuelto del revés le pusieron. Sentóse don Quijote, y quedábase Sancho en pie para servirle la copa, que era hecha de cuerno. Viéndole en pie su amo, le dijo:

—Porque veas, Sancho, el bien que en sí encierra la andante caballería, y cuán a pique están los que en cualquiera ministerio della se ejercitan de venir brevemente a ser honrados y estimados del mundo, quiero que aquí a mi lado y en compañía desta buena gente te sientes, y que seas una mesma cosa conmigo, que soy tu amo y natural señor; que comas en mi plato y bebas por donde yo bebiere: porque de la caballería andante se puede decir lo mesmo que del [amor se dice]: que todas las cosas iguala.

—¡Gran merced! —dijo Sancho—; pero sé decir a vuestra merced que como yo tuviese bien de comer, tan bien y mejor me lo comería en pie y a mis solas como sentado a par de un emperador. Y aún, si va a decir verdad, mucho mejor me sabe lo que como en mi rincón sin melindres ni respetos, aunque sea pan y cebolla, que los gallipavos de otras mesas donde me sea forzoso mascar despacio, beber poco, limpiarme a menudo, no estornudar ni toser si me viene gana, ni hacer otras cosas que la soledad y la libertad traen consigo. Así que, señor mío, estas honras que vuestra merced quiere darme por ser ministro y adherente de la caballería andante, como lo soy siendo escudero de vuestra merced, conviértalas en otras cosas que me sean de más cómodo y provecho; que éstas (aunque las doy por bien recibidas), las renuncio para desde aquí al fin del mundo.

—Con todo eso, te has de sentar; porque a quien se humilla, Dios le ensalza.

Y asiéndole por el brazo, le forzó a que junto dél se sentase.

No entendían los cabreros aquella jerigonza de escuderos y de caballeros andantes, y no hacían otra cosa que comer y callar, y mirar a sus huéspedes, que, con mucho donaire y gana, embaulaban tasajo como el puño. Acabado el servicio de carne, tendieron sobre las zaleas gran cantidad de bellotas avellanadas, y juntamente pusieron un medio queso, más duro que si fuera hecho de argamasa. No estaba, en esto, ocioso el cuerno, porque andaba a la redonda tan a menudo (ya lleno, ya vacío, como arcaduz de noria), que con facilidad vació un zaque de dos que estaban de manifiesto. Después que don Quijote hubo bien satisfecho su estómago, tomó un puño de bellotas en la mano, y, mirándolas atentamente, soltó la voz a semejantes razones:

—Dichosa edad y siglos dichosos aquellos a quien los antiguos pusieron nombre de dorados, y no porque en ellos el oro (que en esta nuestra edad de hierro tanto se estima) se alcanzase en aquella venturosa sin fatiga alguna, sino porque entonces los que en ella vivían ignoraban estas dos palabras de *tuyo* y *mío*. Eran en aquella santa edad todas las cosas comunes; a nadie le era necesario para alcanzar su ordinario sustento tomar otro trabajo que alzar la mano y alcanzarle de las robustas encinas, que liberalmente les estaban convidando con su dulce y sazonado fruto. Las claras fuentes y corrientes ríos, en magnífica abundancia, sabrosas y transparentes aguas les ofrecían. En las quiebras de las peñas y en lo hueco de los árboles formaban su república las solícitas y discretas abejas, ofreciendo a cualquiera mano, sin interés alguno, la fértil cosecha de su dulcísimo trabajo. Los valientes alcornoques despedían de sí, sin otro artificio que el de su cortesía, sus anchas y livianas cortezas, con que se comenzaron a cubrir las casas, sobre rústicas estacas sustentadas, no más que para defensa de las inclemencias del cielo. Todo era paz entonces, todo amistad, todo concordia; aún no se había atrevido la pesada reja del corvo arado a abrir ni visitar las entrañas piadosas de nuestra primera madre; que ella, sin ser forzada, ofrecía, por todas las partes de su fértil y espacioso seno, lo que pudiese hartar, sustentar y deleitar a los hijos que entonces la poseían.

Entonces sí que andaban las simples y hermosas zagalejas de valle en valle y de otero en otero en trenza y en cabello, sin más vestidos de aquellos que eran menester para cubrir honestamente lo que la honestidad quiere y ha querido siempre que se cubra, y no eran sus adornos de los que ahora se usan, a quien la púrpura de Tiro y la por tantos modos martirizada seda encarecen, sino de algunas hojas verdes de lampazos y yedra entretejidas, con lo que quizá iban tan pomposas y compuestas como van agora nuestras cortesanas con las raras y peregrinas invenciones que la curiosidad ociosa les ha mostrado. Entonces se decoraban los conceptos amorosos del alma simple y sencillamente del mesmo modo y manera que ella los concebía, sin buscar artificioso rodeo de palabras para encarecerlos. No había la fraude, el engaño ni la malicia mezcládose con la verdad y llaneza. La justicia se estaba en sus propios términos, sin que la osasen turbar ni ofender los del favor y los del interese, que tanto ahora la menoscaban, turban y persiguen. La ley del encaje[1] aún no se había sentado en el entendimiento del juez, porque entonces no había que juzgar, ni quien fuese juzgado. Las doncellas y la honestidad andaban, como tengo dicho, por dondequiera, sola y señora,[2] sin temor que la ajena desenvoltura y lascivo intento le menoscabasen, y su perdición nacía de su gusto y propia voluntad. Y agora, en estos nuestros detestables siglos, no está segura ninguna, aunque la oculte y cierre otro nuevo laberinto como el de Creta; porque allí, por los resquicios o por el aire, con el celo de la maldita solicitud se les entra la amorosa pestilencia y les hace dar con todo su recogimiento al traste. Para cuya seguridad, andando más los

---

[1] *ley del encaje*, resolución arbitraria de un juez.
[2] Muchos editores modernos: *sola(s) y señera(s)*.

tiempos y creciendo más la malicia, se instituyó la orden de los caballeros andantes, para defender las doncellas, amparar las viudas y socorrer a los huérfanos y a los menesterosos.

Desta orden soy yo, hermanos cabreros, a quien agradezco el gasaje[3] y buen acogimiento que hacéis a mí y a mi escudero. Que, aunque por ley natural están todos los que viven obligados a favorecer a los caballeros andantes, todavía, por saber que sin saber vosotros esta obligación me acogistes y regalastes, es razón que, con la voluntad a mí posible, os agradezca la vuestra.

Toda esta larga arenga (que se pudiera muy bien escusar) dijo nuestro caballero, porque las bellotas que le dieron le trujeron a la memoria la edad dorada, y antojósele hacer aquel inútil razonamiento a los cabreros, que, sin repondelle palabra, embobados y suspensos, le estuvieron escuchando.[4] Sancho asimesmo callaba y comía bellotas, y visitaba muy a menudo el segundo zaque que, porque se enfriase el vino, le tenían colgado de un alcornoque.

Más tardó en hablar don Quijote que en acabarse la cena; al fin de la cual uno de los cabreros dijo:

—Para que con más veras pueda vuestra merced decir, señor caballero andante, que le agasajamos con pronta y buena voluntad, queremos darle solaz y contento con hacer que cante un compañero nuestro que no tardará mucho en estar aquí; el cual es un zagal muy entendido y muy enamorado, y que, sobre todo, sabe leer y escribir y es músico de un rabel,[5] que no hay más que desear.

Apenas había el cabrero acabado de decir esto cuando llegó a sus oídos el son del rabel, y de allí a poco llegó el que le tañía, que era un mozo de hasta veinte y dos años, de muy buena gracia. Preguntáronle sus compañeros si había cenado, y respondiendo que sí, el que había hecho los ofrecimientos le dijo:

—De esa manera, Antonio, bien podrás hacernos placer de cantar un poco, porque vea este señor huésped que tenemos quién; también por los montes y selvas hay quien sepa de música.[6] Hémosle dicho tus buenas habilidades y deseamos que las muestres y nos saques verdaderos; y así, te ruego por tu vida

---

[3] *gasaje*, agasajo.
[4] El discurso de don Quijote sobre la Edad de Oro, que prepara el episodio pastoril de Marcela y Grisóstomo, es una versión convencionalizada de un tópico del Renacimiento, con sus raíces en Ovidio (*Metamorfosis*, I) y Virgilio (*Geórgicas*, I).
[5] *rabel*, instrumento de cuerdas que se tocaba con arquillo.
[6] Así en la *princeps*. Riquer la enmienda así: «Porque vea este señor huésped qué tenemos; que también por los montes y selvas hay quien sepa de música.»

que te sientes y cantes el romance de tus amores que te compuso el beneficiado tu tío, que en el pueblo ha parecido muy bien.

—Que me place —respondió el mozo.

Y sin hacerse más de rogar, se sentó en el tronco de una desmochada encina, y, templando su rabel, de allí a poco, con muy buena gracia, comenzó a cantar, diciendo desta manera:

ANTONIO

—Yo sé, Olalla, que me adoras,
puesto que no me lo has dicho
ni aun con los ojos siquiera,
mudas lenguas de amoríos.

Porque sé que eres sabida,
en que me quieres me afirmo;
que nunca fue desdichado
amor que fue conocido.

Bien es verdad que tal vez,
Olalla, me has dado indicio
que tienes de bronce el alma
y el blanco pecho de risco.

Mas, allá entre tus reproches
y honestísimos desvíos,
tal vez la esperanza muestra
la orilla de su vestido.

Abalánzase al señuelo
mi fe, que nunca ha podido,
ni menguar por no llamado,
ni crecer por escogido.

Si el amor es cortesía,
de la que tienes colijo
que el fin de mis esperanzas
ha de ser cual imagino.

Y si son servicios parte
de hacer un pecho benigno,
algunos de los que he hecho
fortalecen mi partido.

Porque si has mirado en ello,
más de una vez habrás visto
que me he vestido en los lunes
lo que me honraba el domingo:

Como el amor y la gala
andan un mesmo camino,

en todo tiempo a tus ojos
quise mostrarme polido.

Dejo el bailar por tu causa,
ni las músicas te pinto
que has escuchado a deshoras,
y al canto del gallo primo.

No cuento las alabanzas
que de tu belleza he dicho;
que, aunque verdaderas, hacen
ser yo de algunas malquisto.

Teresa del Berrocal,
yo alabándote, me dijo:
"—Tal piensa que adora a un ángel,
y viene a adorar a un jimio, [7]

merced a los muchos dijes
y a los cabellos postizos,
y a hipócritas hermosuras,
que engañan al Amor mismo."

Desmentíla, y enojóse;
volvió por ella su primo:
desafióme, y ya sabes
lo que yo hice y él hizo.

No te quiero yo a montón,
ni te pretendo y te sirvo
por lo de barraganía;
que más bueno es mi designio.

Coyundas tiene la Iglesia
que son lazadas de sirgo; [8]
pon tú el cuello en la gamella; [9]
verás como pongo el mío.

Donde no, desde aquí juro
por el santo más bendito
de no salir destas sierras
sino para capuchino.

Con esto dio el cabrero fin a su canto; y aunque don Quijote le rogó que algo más cantase, no lo consintió Sancho Panza, porque estaba más para dormir que para oír canciones. Y así, dijo a su amo:

---

[7] *jimio*, simio, mono.
[8] *sirgo*, cordón de seda.
[9] *gamella*, cada uno de los arcos del yugo.

—Bien puede vuestra merced acomodarse desde luego adonde ha de posar esta noche; que el trabajo que estos buenos hombres tienen todo el día no permite que pasen las noches cantando.

—Ya te entiendo, Sancho —le respondió don Quijote—; que bien se me trasluce que las visitas del zaque piden más recompensa de sueño que de música.

—A todos nos sabe bien, bendito sea Dios —respondió Sancho.

—No lo niego —replicó don Quijote—; pero acomódate tú donde quisieres, que los de mi profesión mejor parecen velando que durmiendo. Pero, con todo esto, sería bien, Sancho, que me vuelvas a curar esta oreja, que me va doliendo más de lo que es menester.

Hizo Sancho lo que se le mandaba, y, viendo uno de los cabreros la herida, le dijo que no tuviese pena, que él pondría remedio con que fácilmente se sanase. Y tomando algunas hojas de romero, de mucho que por allí había, las mascó y las mezcló con un poco de sal, y aplicándoselas a la oreja, se la vendó muy bien, asegurándole que no había menester otra medicina, y así fue la verdad.

Capítulo XII

De lo que contó un cabrero a los que estaban con don Quijote

Estando en esto, llegó otro mozo de los que les traían del aldea el bastimento,[1] y dijo:

—¿Sabéis lo que pasa en el lugar, compañeros?

—¿Cómo lo podemos saber? —respondió uno dellos.

—Pues sabed —prosiguió el mozo— que murió esta mañana aquel famoso pastor estudiante llamado Grisóstomo, y se murmura que ha muerto de amores de aquella endiablada moza de Marcela, la hija de Guillermo el rico, aquella que se anda en hábito de pastora por esos andurriales.

—¿Por Marcela dirás? —dijo uno.

—Por ésa digo —respondió el cabrero—. Y es lo bueno que mandó en su testamento que le enterrasen en el campo, como si fuera moro, y que sea al pie de la peña donde está la fuente del alcornoque, porque, según es fama, y él dicen que lo dijo, aquel lugar es adonde él la vio la vez primera. Y también mandó otras cosas, tales, que los abades del pueblo dicen que no se han de cumplir, ni es bien que se cumplan, porque parecen de gentiles. A todo lo cual responde aquel gran su amigo Ambrosio, el estudiante, que también se vistió de pastor con él, que se ha de cumplir todo, sin faltar nada, como lo dejó mandado Grisóstomo, y sobre esto anda el pueblo alborotado; mas, a lo que se dice, en fin se hará lo que Ambrosio y todos los pastores sus amigos quieren; y mañana le vienen a enterrar

---

[1] *bastimento*, comestibles.

con gran pompa adonde tengo dicho. Y tengo para mí que ha de ser cosa muy de ver; a lo menos, yo no dejaré de ir a verla, si supiese no volver mañana al lugar.

—Todos haremos lo mesmo —respondieron los cabreros—; y echaremos suertes a quién ha de quedar a guardar las cabras de todos.

—Bien dices, Pedro —dijo [uno]—; aunque no será menester usar de esa diligencia, que yo me quedaré por todos. Y no lo atribuyas a virtud y a poca curiosidad mía, sino a que no me deja andar el garrancho[2] que el otro día me pasó este pie.

—Con todo eso, te lo agradecemos —respondió Pedro.

Y don Quijote rogó a Pedro le dijese qué muerto era aquél y qué pastora aquélla; a lo cual Pedro respondió que lo que sabía era que el muerto era un hijodalgo rico, vecino de un lugar que estaba en aquellas sierras, el cual había sido estudiante muchos años en Salamanca, al cabo de los cuales había vuelto a su lugar, con opinión de muy sabio y muy leído.

—Principalmente, decían que sabía la ciencia de las estrellas, y de lo que pasan, allá en el cielo, el sol y la luna, porque puntualmente nos decía el cris del sol y de la luna.

—*Eclipse* se llama, amigo, que no *cris*, el escurecerse esos dos luminares mayores —dijo don Quijote.

Mas Pedro, no reparando en niñerías, prosiguió su cuento, diciendo:

—Asimesmo adivinaba cuándo había de ser el año abundante o estil.

—*Estéril* queréis decir, amigo —dijo don Quijote.

—*Estéril* o *estil* —respondió Pedro—, todo se sale allá. Y digo que con esto que decía se hicieron su padre y sus amigos, que le daban crédito, muy ricos, porque hacían lo que él les aconsejaba, diciéndoles: "—Sembrad este año cebada, no trigo; en éste podéis sembrar garbanzos y no cebada; el que viene será de guilla[3] de aceite; los tres siguientes no se cogerá gota."

—Esta ciencia se llama astrología —dijo don Quijote.

—No sé yo cómo se llama —replicó Pedro—; mas sé que todo esto sabía, y aún más. Finalmente, no pasaron muchos meses, después que vino de Salamanca, cuando un día remaneció vestido de pastor, con su cayado y pellico, habiéndose quitado los hábitos largos que como escolar traía; y juntamente

---

[2] *garrancho*, parte dura, aguda y saliente del tronco o rama.
[3] *guilla*, cosecha abundante.

se vistió con él de pastor otro su grande amigo, llamado Ambrosio, que había sido su compañero en los estudios. Olvidábaseme de decir como Grisóstomo, el difunto, fue grande hombre de componer coplas; tanto, que él hacía los villancicos para la noche del Nacimiento del Señor, y los autos para el día de Dios,[4] que los representaban los mozos de nuestro pueblo, y todos decían que eran por el cabo.[5] Cuando los del lugar vieron tan de improviso vestidos de pastores a los dos escolares, quedaron admirados, y no podían adivinar la causa que les había movido a hacer aquella tan estraña mudanza. Ya en este tiempo era muerto el padre de nuestro Grisóstomo, y él quedó heredado en mucha cantidad de hacienda, así en muebles como en raíces, y en no pequeña cantidad de ganado, mayor y menor, y en gran cantidad de dineros; de todo lo cual quedó el mozo señor desoluto,[6] y en verdad que todo lo merecía, que era muy buen compañero y caritativo, y amigo de los buenos, y tenía una cara como una bendición. Después se vino a entender que el haberse mudado de traje no había sido por otra cosa que por andarse por estos despoblados en pos de aquella pastora Marcela que nuestro zagal nombró denantes, de la cual se había enamorado el pobre difunto de Grisóstomo. Y quiéroos decir agora, porque es bien que lo sepáis, quién es esta rapaza; quizá, y aun sin quizá, no habréis oído semejante cosa en todos los días de vuestra vida, aunque viváis más años que sarna.

—Decid Sarra[7] —replicó don Quijote, no pudiendo sufrir el trocar de los vocablos del cabrero.

—Harto vive la sarna —respondió Pedro—; y si es, señor, que me habéis de andar zahiriendo a cada paso los vocablos, no acabaremos en un año.

—Perdonad, amigo —dijo don Quijote—; que por haber tanta diferencia de sarna a Sarra os lo dije; pero vos respondistes muy bien, porque vive más sarna que Sarra; y proseguid vuestra historia, que no os replicaré más en nada.

—Digo, pues, señor mío de mi alma —dijo el cabrero—, que en nuestra aldea hubo un labrador aún más rico que el padre de Grisóstomo, el cual se llamaba Guillermo, y al cual dio Dios, amén de las muchas y grandes riquezas, una hija de

---

[4] día de Dios, Corpus Christi, cuando se representaban autos sacramentales.
[5] por el cabo, extremados, bien acabados.
[6] cris, estil, desoluto [absoluto], y más abajo, denantes; vulgarismos rústicos del cabrero Pedro.
[7] Sarra, Sara, en los tiempos de Cervantes.

cuyo parto murió su madre, que fue la más honrada mujer que hubo en todos estos contornos. No parece sino que ahora la veo, con aquella cara que del un cabo tenía el sol y del otro la luna; y, sobre todo, hacendosa y amiga de los pobres, por lo que creo que debe de estar su ánima a la hora de ahora gozando de Dios en el otro mundo. De pesar de la muerte de tan buena mujer murió su marido Guillermo, dejando a su hija Marcela, muchacha y rica, en poder de un tío suyo sacerdote y beneficiado en nuestro lugar. Creció la niña con tanta belleza, que nos hacía acordar de la de su madre, que la tuvo muy grande; y, con todo esto, se juzgaba que le había de pasar la de la hija.

Y así fue, que cuando llegó a edad de catorce a quince años, nadie la miraba que no bendecía a Dios, que tan hermosa la había criado, y los más quedaban enamorados y perdidos por ella. Guardábala su tío con mucho recato y con mucho encerramiento; pero, con todo esto, la fama de su mucha hermosura se estendió de manera que así por ella como por sus muchas riquezas, no solamente de los de nuestro pueblo, sino de los de muchas leguas a la redonda, y de los mejores dellos, era rogado, solicitado e importunado su tío se la diese por mujer. Mas él, que a las derechas es buen cristiano, aunque quisiera casarla luego, así como la vía de edad, no quiso hacerlo sin su consentimiento, sin tener ojo a la ganancia y granjería que le ofrecía el tener la hacienda de la moza dilatando su casamiento. Y a fe que se dijo esto en más de un corrillo en el pueblo, en alabanza del buen sacerdote. Que quiero que sepa, señor andante, que en estos lugares cortos de todo se trata y de todo se murmura; y tened para vos, como yo tengo para mí, que debía de ser demasiadamente bueno el clérigo que obliga a sus feligreses a que digan bien dél, especialmente en las aldeas.

—Así es la verdad —dijo don Quijote—, y proseguid adelante; que el cuento es muy bueno, y vos, buen Pedro, le contáis con muy buena gracia.

—La del Señor no me falte, que es la que hace al caso. Y en lo demás sabréis que, aunque el tío proponía a la sobrina y le decía las calidades de cada uno, en particular, de los muchos que por mujer la pedían, rogándole que se casase y escogiese a su gusto, jamás ella respondió otra cosa sino que por entonces no quería casarse, y que, por ser tan muchacha, no se sentía hábil para poder llevar la carga del matrimonio. Con estas que daba, al parecer, justas escusas, dejaba el tío de importunarla, y esperaba a que entrase algo más en edad y ella supiese escoger compañía a su gusto. Porque decía él, y decía muy bien, que no habían de dar los padres a sus hijos estado contra su voluntad. Pero hételo aquí, cuando no me cato, que remanece un día la melindrosa Marcela hecha pastora; y, sin ser parte su tío ni todos los del pueblo, que se lo desaconsejaban, dio en irse al campo con las demás zagalas del lugar, y dio en guardar su mesmo ganado. Y así como ella salió en público y su hermosura se vio al descubierto, no os sabré buenamente decir cuántos ricos mancebos, hidalgos y labradores han tomado el traje de Grisóstomo y la andan requebrando por esos campos. Uno de los cuales, como ya está dicho, fue nuestro difunto, del cual decían que la dejaba de querer, y la adoraba.

Y no se piense que porque Marcela se puso en aquella libertad y vida tan suelta y de tan poco o de ningún recogimiento, que por eso ha dado indicio, ni por semejas, que venga en menoscabo de su honestidad y recato; antes es tanta y tal la vigilancia con que mira por su honra, que de cuantos la sirven y solicitan ninguno se ha alabado, ni con verdad se podrá alabar, que le haya dado alguna pequeña esperanza de alcanzar su deseo. Que, puesto que no huye ni se esquiva de la compañía y conversación de los pastores, y los trata cortés y amigablemente, en llegando a descubrirle su intención cualquiera dellos, aunque sea tan justa y santa como la del matrimonio, los arroja de sí como con un trabuco. Y con esta manera de condición hace más daño en esta tierra que si por ella entrara la pestilencia; porque su afabilidad y hermosura atrae los corazones de los que la tratan a servirla y a amarla; pero su desdén y desengaño los conduce a términos de desesperarse, y así, no saben qué decirle, sino llamarla a voces cruel y desagradecida, con otros títulos a éste semejantes, que bien la calidad de su condición manifiestan. Y si aquí estuviésedes, señor, algún día, veríades resonar estas sierras y estos valles con los lamentos de los desengañados que la siguen.

No está muy lejos de aquí un sitio donde hay casi dos docenas de altas hayas, y no hay ninguna que en su lisa corteza no tenga grabado y escrito el nombre de Marcela, y encima de alguna, una corona grabada en el mesmo árbol, como si más claramente dijera su amante que Marcela la lleva y la merece de toda la hermosura humana. Aquí suspira un pastor, allí se queja otro; acullá se oyen amorosas canciones, acá desesperadas endechas. Cuál hay que pasa todas las horas de la noche sentado al pie de alguna encina o peñasco, y allí, sin plegar los llorosos ojos, embebecido y transportado en sus pensamientos, le halló el sol a la mañana, y cuál hay que, sin dar vado ni tregua a sus suspiros, en mitad del ardor de la más enfadosa siesta del verano, tendido sobre la ardiente arena, envía sus quejas al piadoso cielo.[8] Y déste y de aquél, y de aquéllos y de éstos, libre y desenfadadamente triunfa la hermosa Marcela, y todos los que la conocemos estamos esperando en qué ha de parar su altivez y quién ha de ser el dichoso que ha de venir a domeñar condición tan terrible y gozar de hermosura tan estremada. Por ser todo lo que he contado tan averiguada verdad, me doy a entender que también lo es la que nuestro zagal dijo que se decía de la causa de la muerte de Grisóstomo. Y así os aconsejo, señor, que no dejéis de hallaros mañana a su entierro, que será muy de ver, porque Grisóstomo tiene muchos amigos, y no está de este lugar a aquel donde manda enterrarse media legua.

—En cuidado me lo tengo —dijo don Quijote—, y agradézcoos el gusto que me habéis dado con la narración de tan sabroso cuento.

—¡Oh! —replicó el cabrero—, aún no sé yo la mitad de los casos sucedidos a los amantes de Marcela; mas podría ser que mañana topásemos en el camino algún pastor que nos los dijese. Y por ahora, bien será que os vais a dormir debajo de techado, porque el sereno os podría dañar la herida, puesto que es tal la medicina que se os ha puesto, que no hay que temer de contrario accidente.

Sancho Panza, que ya daba al diablo el tanto hablar del cabrero, solicitó, por su parte, que su amo se entrase a dormir en la choza de Pedro. Hízolo así, y todo lo más de la noche se le pasó en memorias de su señora Dulcinea, a imitación de los amantes de Marcela. Sancho Panza se acomodó entre Rocinante y su jumento, y durmió, no como enamorado desfavorecido, sino como hombre molido a coces.

---

[8] La modulación estilística en el cuento de Pedro, de los vulgarismos rústicos y equivocaciones del comienzo, propios del cabrero, a los epítetos, cultismos y paralelismos del final que nos introducen en el mundo pastoril renacentista de Marcela y Grisóstomo, es una especie de *tour de force*, tan magistralmente ejecutada que a veces pasa desapercibida.

Capítulo XIII

Donde se da fin al cuento de la pastora Marcela, con otros sucesos

Mas apenas comenzó a descubrirse el día por los balcones del oriente, cuando los cinco de los seis cabreros se levantaron y fueron a despertar a don Quijote, y a decille si estaba todavía con propósito de ir a ver el famoso entierro de Grisóstomo, y que ellos le harían compañía. Don Quijote, que otra cosa no deseaba, se levantó y mandó a Sancho que ensillase y enalbardase al momento, lo cual él hizo con mucha diligencia, y con la mesma se pusieron luego todos en camino. Y no hubieron andado un cuarto de legua, cuando, al cruzar de una senda, vieron venir hacia ellos hasta seis pastores, vestidos con pellicos negros y coronadas las cabezas con guirnaldas de ciprés y de amarga adelfa. Traía cada uno un grueso bastón de acebo en la mano. Venían con ellos, asimesmo, dos gentiles hombres de a caballo, muy bien aderezados de camino, con otros tres mozos de a pie que los acompañaban. En llegándose a juntar se saludaron cortésmente, y, preguntándose los unos a los otros dónde iban, supieron que todos se encaminaban al lugar del entierro, y así, comenzaron a caminar todos juntos.

Uno de los de a caballo, hablando con su compañero, le dijo:

—Paréceme, señor Vivaldo, que habemos de dar por bien empleada la tardanza que hiciéremos en ver este famoso entierro, que no podrá dejar de ser famoso, según estos pastores nos han contado estrañezas, así del muerto pastor como de la pastora homicida.

—Así me lo parece a mí —respondió Vivaldo—; y no digo yo hacer tardanza de un día, pero de cuatro la hiciera, a trueco de verle.

Preguntóles don Quijote qué era lo que habían oído de Marcela y de Grisóstomo. El caminante dijo que aquella madrugada habían en[con]trado con aquellos pastores, y que, por haberles visto en aquel tan triste traje, les habían preguntado la ocasión por que iban de aquella manera; que uno de ellos se lo contó, contando la estrañeza y hermosura de una pastora llamada Marcela, y los amores de muchos que la recuestaban, con la muerte de aquel Grisóstomo a cuyo entierro iban. Finalmente, él contó todo lo que Pedro a don Quijote había contado.

Cesó esta plática, y comenzóse otra, preguntando el que se llamaba Vivaldo a don Quijote qué era la ocasión que le movía a andar armado de aquella manera por tierra tan pacífica. A lo cual respondió don Quijote:

—La profesión de mi ejercicio no consiente ni permite que yo ande de otra manera. El buen paso,[1] el regalo y el reposo, allá se inventó para los blandos cortesanos; mas el trabajo, la inquietud y las armas sólo se inventaron e hicieron para aquellos que el mundo llama caballeros andantes, de los cuales yo, aunque indigno, soy el menor de todos.

Apenas le oyeron esto, cuando todos le tuvieron por loco; y por averiguarlo más y ver qué género de locura era el suyo, le tornó a preguntar Vivaldo que qué quería decir caballeros andantes.

—¿No han vuestras mercedes leído —respondió don Quijote— los anales e historias de Ingalaterra, donde se tratan las famosas fazañas del rey Arturo, que continuamente en nuestro romance castellano llamamos el rey Artús, de quien es tradición antigua y común en todo aquel reino de la Gran Bretaña que este rey no murió, sino que, por arte de encantamento, se convirtió en cuervo, y que, andando los tiempos, ha de volver a reinar y a cobrar su reino y cetro; a cuya causa no se probará que desde aquel tiempo a éste haya ningún inglés muerto cuervo alguno? Pues en tiempo de este buen rey fue instituida aquella famosa orden de caballería de los caballeros de la Tabla Redonda, y pasaron, sin faltar un punto, los amores que allí se cuentan de don Lanzarote del Lago con la reina Ginebra, siendo medianera dellos y sabidora aquella tan honrada dueña Quintañona, de

---

[1] *buen paso*, buena vida.

donde nació aquel tan sabido romance, y tan decantado en nuestra España, de

> Nunca fuera caballero
> de damas tan bien servido
> como fuera Lanzarote
> cuando de Bretaña vino,

con aquel progreso tan dulce y tan suave de sus amorosos y fuertes fechos. Pues desde entonces, de mano en mano, fue aquella orden de caballería estendiéndose y dilatándose por muchas y diversas partes del mundo, y en ella fueron famosos y conocidos por sus fechos el valiente Amadís de Gaula, con todos sus hijos y nietos, hasta la quinta generación, y el valeroso Felixmarte de Hircania, y el nunca como se debe alabado Tirante el Blanco, y casi que en nuestros días vimos y comunicamos y oímos al invencible y valeroso caballero don Belianís de Grecia. Esto, pues, señores, es ser caballero andante, y la que he dicho es la orden de su caballería; en la cual, como otra vez he dicho, yo, aunque pecador, he hecho profesión, y lo mesmo que profesaron los caballeros referidos profeso yo. Y así, me voy por estas soledades y despoblados buscando las aventuras, con ánimo deliberado de ofrecer mi brazo y mi persona a la más peligrosa que la suerte me deparare, en ayuda de los flacos y menesterosos.

Por estas razones que dijo acabaron de enterarse los caminantes que era don Quijote falto de juicio, y del género de locura que lo señoreaba, de lo cual recibieron la mesma admiración que recibían todos aquellos que de nuevo venían en conocimiento della. Y Vivaldo, que era persona muy discreta y de alegre condición, por pasar sin pesadumbre el poco camino que decían que les faltaba, al llegar a la sierra del entierro, quiso darle ocasión a que pasase más adelante con sus disparates. Y así le dijo:

—Paréceme, señor caballero andante, que vuestra merced ha profesado una de las más estrechas profesiones que hay en la tierra, y tengo para mí que aun la de los frailes cartujos no es tan estrecha.

—Tan estrecha bien podía ser —respondió nuestro don Quijote—; pero tan necesaria en el mundo no estoy en dos dedos de ponello en duda. Porque, si va a decir verdad, no hace menos el soldado que pone en ejecución lo que su capitán le manda que el mesmo capitán que se lo ordena. Quiero decir que los religiosos, con toda paz y sosiego, piden al cielo el bien de la tierra;

pero los soldados y caballeros ponemos en ejecución lo que ellos piden, defendiéndola con el valor de nuestros brazos y filos de nuestras espadas, no debajo de cubierta, sino al cielo abierto, puestos por blanco de los insufribles rayos del sol en el verano y de los erizados yelos del invierno. Así, que somos ministros de Dios en la tierra, y brazos por quien se ejecuta en ella su justicia. Y como las cosas de la guerra y las a ella tocantes y concernientes no se pueden poner en ejecución sino sudando, afanando y trabajando, síguese que aquellos que la profesan tienen, sin duda, mayor trabajo que aquellos que en sosegada paz y reposo están rogando a Dios favorezca a los que poco pueden. No quiero yo decir, ni me pasa por pensamiento, que es tan buen estado el de caballero andante como el del encerrado religioso; sólo quiero inferir, por lo que yo padezco, que, sin duda, es más trabajoso y más aporreado, y más hambriento y sediento, miserable, roto y piojoso; porque no hay duda sino que los caballeros andantes pasados pasaron mucha malaventura en el discurso de su vida. Y si algunos subieron a ser emperadores por el valor de su brazo, a fe que les costó buen porqué[2] de su sangre y de su sudor, y que si a los que a tal grado subieron les faltaran encantadores y sabios que los ayudaran, que ellos quedaran bien defraudados de sus deseos y bien engañados de sus esperanzas.

—De ese parecer estoy yo —replicó el caminante—; pero una cosa, entre otras muchas, me parece muy mal de los caballeros andantes, y es que, cuando se ven en ocasión de acometer una grande y peligrosa aventura, en que se vee manifiesto peligro de perder la vida, nunca en aquel instante de acometella se acuerdan de encomendarse a Dios, como cada cristiano está obligado a hacer en peligros semejantes; antes se encomiendan a sus damas, con tanta gana y devoción como si ellas fueran su Dios: cosa que me parece que huele algo a gentilidad.

—Señor —respondió don Quijote—, eso no puede ser menos en ninguna manera, y caería en mal caso el caballero andante que otra cosa hiciese; que ya está en uso y costumbre en la caballería andantesca que el caballero andante que al acometer algún gran fecho de armas tuviese su señora delante vuelva a ella los ojos blanda y amorosamente, como que le pide con ellos le favorezca y ampare en el dudoso trance que acomete; y aun si nadie le oye, está obligado a decir algunas palabras entre dientes, en que de todo corazón se le encomiende; y desto tenemos innume-

_____
[2] *buen porqué*, bastante.

rables ejemplos en las historias. Y no se ha de entender por esto que han de dejar de encomendarse a Dios; que tiempo y lugar les queda para hacerlo en el discurso de la obra.

—Con todo eso —replicó el caminante—, me queda un escrúpulo, y es que muchas veces he leído que se traban palabras entre dos andantes caballeros, y, de una en otra, se les viene a encender la cólera, y a volver los caballos y tomar una buena pieza del campo, y luego, sin más ni más, a todo el correr dellos, se vuelven a encontrar, y en mitad de la corrida se encomiendan a sus damas; y lo que suele suceder del encuentro es que el uno cae por las ancas del caballo, pasado con la lanza del contrario de parte a parte, y al otro le viene también, que, a no tenerse a las crines del suyo, no pudiera dejar de venir al suelo. Y no sé yo cómo el muerto tuvo lugar para encomendarse a Dios en el discurso de esta tan acelerada obra. Mejor fuera que las palabras que en la carrera gastó encomendándose a su dama las gastara en lo que debía y estaba obligado como cristiano. Cuanto más, que yo tengo para mí que no todos los caballeros andantes tienen damas a quien encomendarse, porque no todos son enamorados.

—Eso no puede ser —respondió don Quijote—: digo que no puede ser que haya caballero andante sin dama, porque tan propio y tan natural les es a los tales ser enamorados como al cielo tener estrellas, y a buen seguro que no se haya visto historia donde se halle caballero andante sin amores, y por el mesmo caso que estuviese sin ellos, no sería tenido por legítimo caballero, sino por bastardo, y que entró en la fortaleza de la caballería dicha, no por la puerta, sino por las bardas, como salteador y ladrón.

—Con todo esto —dijo el caminante—, me parece, si mal no me acuerdo, haber leído que don Galaor, hermano del valeroso Amadís de Gaula, nunca tuvo dama señalada a quien pudiese encomendarse; y, con todo esto, no fue tenido en menos, y fue un muy valiente y famoso caballero.

A lo cual respondió nuestro don Quijote:

—Señor, una golondrina sola no hace verano. Cuanto más, que yo sé que de secreto estaba ese caballero muy bien enamorado; fuera que aquello de querer a todas bien cuantas bien le parecían, era condición natural, a quien no podía ir a la mano. Pero, en resolución, averiguado está muy bien que él tenía una sola a quien él había hecho señora de su voluntad, a la cual se encomendaba muy a menudo y muy secretamente, porque se preció de secreto caballero.

—Luego si es de esencia que todo caballero andante haya de ser enamorado —dijo el caminante—, bien se puede creer que vuestra merced lo es, pues es de la profesión. Y si es que vuestra merced no se precia de ser tan secreto como don Galaor, con las veras que puedo le suplico, en nombre de toda esta compañía y en el mío, nos diga el nombre, patria, calidad y hermosura de su dama; que ella se tendría por dichosa de que todo el mundo sepa que es querida y servida de un tal caballero como vuestra merced parece.

Aquí dio un gran suspiro don Quijote, y dijo:

—Yo no podré afirmar si la dulce mi enemiga gusta o no de que el mundo sepa que yo la sirvo; sólo sé decir, respondiendo a lo que con tanto comedimiento se me pide, que su nombre es Dulcinea; su patria, el Toboso, un lugar de la Mancha; su calidad, por lo menos, ha de ser de princesa, pues es reina y señora mía; su hermosura, sobrehumana, pues en ella se vienen a hacer verdaderos todos los imposibles y quiméricos atributos de belleza que los poetas dan a sus damas: que sus cabellos son oro, su frente campos elíseos, sus cejas arcos del cielo, sus ojos soles, sus mejillas rosas, sus labios corales, perlas sus dientes, alabastro su cuello, mármol su pecho, marfil sus manos, su blancura nieve, y las partes que a la vista humana encubrió la honestidad son tales, según yo pienso y entiendo, que sólo la discreta consideración puede encarecerlas, y no compararlas.

—El linaje, prosapia y alcurnia querríamos saber —replicó Vivaldo.

A lo cual respondió don Quijote:

—No es de los antiguos Curcios, Gayos y Cipiones romanos, ni de los modernos Colonas y Ursinos, ni de los Moncadas y Requesenes de Cataluña, ni menos de los Rebellas y Villanovas de Valencia, Palafoxes, Nuzas, Rocabertis, Corellas, Lunas, Alagones, Urreas, Foces y Gurreas de Aragón, Cerdas, Manriques, Mendozas y Guzmanes de Castilla, Alencastros, Pallas y Meneses de Portugal; pero es de los del Toboso de la Mancha, linaje, aunque moderno, tal, que puede dar generoso principio a las más ilustres familias de los venideros siglos. Y no se me replique en esto, si no fuere con las condiciones que puso Cervino al pie del trofeo de las armas de Orlando, que decía:

Nadie las mueva
que estar no pueda con Roldán a prueba. [3]

---

[3] Traducción de unos versos del *Orlando furioso*, de Ariosto (Canto XXIV), citados también en II, 66.

—Aunque el mío es de los Cachopines de Laredo[4] —respondió el caminante—, no le osaré yo poner con el del Toboso de la Mancha, puesto que, para decir verdad, semejante apellido hasta ahora no ha llegado a mis oídos.

—¡Cómo eso no habrá llegado![5] —replicó don Quijote.

Con gran atención iban escuchando todos los demás la plática de los dos, y aun hasta los mesmos cabreros y pastores conocieron la demasiada falta de juicio de nuestro don Quijote. Sólo Sancho Panza pensaba que cuanto su amo decía era verdad, sabiendo él quién era y habiéndole conocido desde su nacimiento; y en lo que dudaba algo era en creer aquello de la linda Dulcinea del Toboso, porque nunca tal nombre ni tal princesa había llegado jamás a su noticia, aunque vivía tan cerca del Toboso.

En estas pláticas iban, cuando vieron que, por la quiebra que dos altas montañas hacían, bajaban hasta veinte pastores, todos con pellicos de negra lana vestidos y coronados con guirnaldas, que, a lo que después pareció, eran cuál de tejo y cuál de ciprés. Entre seis dellos traían unas andas, cubiertas de mucha diversidad de flores y de ramos. Lo cual visto por uno de los cabreros, dijo:

—Aquellos que allí vienen son los que traen el cuerpo de Grisóstomo, y el pie de aquella montaña es el lugar donde él mandó que le enterrasen.

Por esto se dieron priesa a llegar, y fue a tiempo que ya los que venían habían puesto las andas en el suelo, y cuatro dellos con agudos picos estaban cavando la sepultura a un lado de una dura peña.

Recibiéronse los unos y los otros cortésmente, y luego don Quijote y los que con él venían se pusieron a mirar las andas, y en ellas vieron cubierto de flores un cuerpo muerto, vestido como pastor, de edad, al parecer, de treinta años; y, aunque muerto, mostraba que vivo había sido de rostro hermoso y de disposición gallarda. Alrededor dél tenía en las mesmas andas algunos libros y muchos papeles, abiertos y cerrados. Y así los que esto miraban, como los que abrían la sepultura, y todos los demás que allí había, guardaban un maravilloso silencio, hasta que uno de los que al muerto trujeron dijo a otro:

---

[4] Aunque después vino a ser, según Clemencín, una «especie de apellido proverbial.» con que se tildaba a los nuevos ricos, Riquer opina que en tiempo de Cervantes no podía sugerir este matiz ridículo.

[5] La exclamación significa: «no puedo creer que no haya llegado.»

—Mirá bien, Ambrosio, si es éste el lugar que Grisóstomo dijo, ya [que] queréis que tan puntualmente se cumpla lo que dejó mandado en su testamento.

—Éste es —respondió Ambrosio—; que muchas veces en él me contó mi desdichado amigo la historia de su desventura. Allí me dijo él que vio la vez primera a aquella enemiga mortal del linaje humano, y allí fue también donde la primera vez le declaró su pensamiento, tan honesto como enamorado, y allí fue, la última vez, donde Marcela le acabó de desengañar y desdeñar, de suerte que puso fin a la tragedia de su miserable vida. Y aquí, en memoria de tantas desdichas, quiso él que le despositasen en las entrañas del eterno olvido.

Y volviéndose a don Quijote y a los caminantes, prosiguió diciendo:

—Ese cuerpo, señores, que con piadosos ojos estáis mirando, fue depositario de un alma en quien el cielo puso infinita parte de sus riquezas. Ése es el cuerpo de Grisóstomo, que fue único en el ingenio, solo en la cortesía, estremo en la gentileza, fénix en la amistad, magnífico sin tasa, grave sin presunción, alegre sin bajeza, y, finalmente, primero en todo lo que es ser bueno, y sin segundo en todo lo que fue ser desdichado. Quiso bien, fue aborrecido; adoró, fue desdeñado; rogó a una fiera, importunó a un mármol, corrió tras el viento, dio voces a la soledad, sirvió a la ingratitud, de quien alcanzó por premio ser despojos de la muerte en la mitad de la carrera de su vida, a la cual dio fin una pastora a quien él procuraba eternizar para que viviera en la memoria de las gentes, cual lo pudieran mostrar bien esos papeles que estáis mirando, si él no me hubiera mandado que los entregara al fuego en habiendo entregado su cuerpo a la tierra.

—De mayor rigor y crueldad usaréis vos con ellos —dijo Vivaldo —que su mesmo dueño, pues no es justo ni acertado que se cumpla la voluntad de quien lo que ordena va fuera de todo razonable discurso. Y no le tuviera bueno Augusto César si consintiera que se pusiera en ejecución lo que el divino Mantuano [6] dejó en su testamento mandado. Así que, señor Ambrosio, ya que deis el cuerpo de vuestro amigo a la tierra, no queráis dar sus escritos al olvido; que si él ordenó como agraviado, no es bien que vos cumpláis como indiscreto. Antes haced, dando la vida a estos papeles, que la tenga siempre la crueldad de Marcela, para que sirva de ejemplo, en los tiempos que están por

---

[6] Virgilio.

venir, a los vivientes, para que se aparten y huyan de caer en semejantes despeñaderos; que ya sé yo, y los que aquí venimos, la historia deste vuestro enamorado y desesperado amigo, y sabemos la amistad vuestra, y la ocasión de su muerte, y lo que dejó mandado al acabar de la vida; de la cual lamentable historia se puede sacar cuánto haya sido la crueldad de Marcela, el amor de Grisóstomo, la fe de la amistad vuestra, con el paradero que tienen los que a rienda suelta corren por la senda que el desvariado amor delante de los ojos les pone. Anoche supimos la muerte de Grisóstomo, y que en este lugar había de ser enterrado, y así, de curiosidad y de lástima, dejamos nuestro derecho viaje, y acordamos de venir a ver con los ojos lo que tanto nos había lastimado en oíllo. Y en pago desta lástima, y del deseo que en nosotros nació de remedialla si pudiéramos, te rogamos, ¡oh discreto Ambrosio!, a lo menos, yo te lo suplico de mi parte, que, dejando de abrasar estos papeles, me dejes llevar algunos dellos.

Y sin aguardar que el pastor respondiese, alargó la mano y tomó algunos de los que más cerca estaban; viendo lo cual Ambrosio, dijo:

—Por cortesía consentiré que os quedéis, señor, con los que ya habéis tomado; pero pensar que dejaré de [abrasar] los que quedan es pensamiento vano.

Vivaldo, que deseaba ver lo que los papeles decían, abrió luego el uno dellos y vio que tenía por título *Canción desesperada*. Oyólo Ambrosio, y dijo:

—Ése es el último papel que escribió el desdichado; y porque veáis, señor, en el término que le tenían sus desventuras, leelde de modo que seáis oído; que bien os dará lugar a ello el que se tardare en abrir la sepultura.

—Eso haré yo de muy buena gana —dijo Vivaldo.

Y como todos los circunstantes tenían el mesmo deseo, se le pusieron a la redonda, y él, leyendo en voz clara, vio que así decía:

Capítulo XIV

Donde se ponen los versos desesperados del difunto pastor, con otros no esperados sucesos

CANCIÓN DE GRISÓSTOMO [1]

Ya que quieres, crüel, que se publique
de lengua en lengua y de una en otra gente
del áspero rigor tuyo la fuerza,
haré que el mesmo infierno comunique
al triste pecho mío un son doliente,
con que el uso común de mi voz tuerza.
Y al par de mi deseo, que se esfuerza
a decir mi dolor y tus hazañas,
de la espantable voz irá el acento,
y en él mezcladas [2] por mayor tormento,
pedazos de las míseras entrañas.
Escucha, pues, y presta atento oído,
no al concertado son, sino al ruido
que de lo hondo de mi amargo pecho,
llevado de un forzoso desvarío,
por gusto mío sale y tu despecho.

---

[1] Hay una copia de esta canción, con ciertas variantes, en un códice de la Biblioteca Colombina, con el título de «Canción desesperada.» El haber compuesto Cervantes el poema antes que el *Quijote* ayudaría a explicar los comentarios que hacen el narrador y Ambrosio a continuación. El penúltimo verso de cada estrofa rima con el primer hemistiquio del último.

[2] *mezcladas* concuerda con *entrañas*, en vez de con *pedazos*, como era de esperar.

El [rugir] del león, del lobo fiero
el temeroso aullido, el silbo horrendo
de escamosa serpiente, el espantable
baladro de algún monstruo, el agorero
graznar de la corneja, y el estruendo
del viento contrastado en mar instable;
del ya vencido toro el implacable
bramido, y de la viuda tortolilla
el sentible arrullar; el triste canto
del envidiado búho,[3] con el llanto
de toda la infernal negra cuadrilla,
salgan con la doliente ánima fuera,[4]
mezclados en un son, de tal manera,
que se confundan los sentidos todos,
pues la pena crüel que en mí se halla
para contalla pide nuevos modos.
    De tanta confusión no las arenas
del padre Tajo oirán los tristes ecos,
ni del famoso Betis las olivas:
que allí se esparcirán mis duras penas
en altos riscos y en profundos huecos,
con muerta lengua y con palabras vivas,
o ya en escuros valles, o en esquivas
playas, desnudas de contrato humano,
o adonde el sol jamás mostró su lumbre,
o entre la venenosa muchedumbre
de fieras que alimenta el libio llano;
que, puesto que en los páramos desiertos
los ecos roncos de mi mal, inciertos,
suenen con tu rigor tan sin segundo,
por privilegio de mis cortos hados,
serán llevados por el ancho mundo.
    Mata un desdén, atierra la paciencia,
o verdadera o falsa, una sospecha;
matan los celos con rigor más fuerte;
desconcierta la vida larga ausencia;
contra un temor de olvido no aprovecha
firme esperanza de dichosa suerte.
En todo hay [cierta], inevitable muerte;
mas yo, ¡milagro nunca visto!, vivo

---

[3] Envidiado por las otras aves, según la creencia popular, por la belleza de sus ojos.
[4] De un verso de la segunda égloga de Garcilaso —«echa con la doliente ánima fuera»— hizo Cervantes el suyo, y lo usó otras dos veces en la *Galatea* y en el *Persiles*.

celoso, ausente, desdeñado y cierto
de las sospechas que me tienen muerto,
y en el olvido en quien mi fuego avivo,
y, entre tantos tormentos, nunca alcanza
mi vista a ver en sombra a la esperanza,
ni yo, desesperado, la procuro;
antes, por estremarme en mi querella,
estar sin ella eternamente juro.

¿Puédese, por ventura, en un instante
esperar y temer, o es bien hacello,
siendo las causas del temor más ciertas?
¿Tengo, si el duro celo está delante,
de cerrar estos ojos, si he de vello
por mil heridas en el alma abiertas?
¿Quién no abrirá de par en par las puertas
a la desconfïanza, cuando mira
descubierto el desdén, y las sospechas,
¡oh amarga conversión!, verdades hechas,
y la limpia verdad vuelta en mentira?
¡Oh, en el reino de amor fieros tiranos
celos!, ponedme un hierro en estas manos.
Dame, desdén, una torcida soga.
Mas ¡ay de mí!, que, con crüel victoria,
vuestra memoria el sufrimiento ahoga.

Yo muero, en fin; y porque nunca espere
buen suceso en la muerte ni en la vida,
pertinaz estaré en mi fantasía.
Diré que va acertado el que bien quiere,
y que es más libre el alma más rendida
a la de Amor antigua tiranía.
Diré que la enemiga siempre mía
hermosa el alma como el cuerpo tiene,
y que su olvido de mi culpa nace,
y que en fe de los males que nos hace,
Amor su imperio en justa paz mantiene.
Y con esta opinión y un duro lazo,
acelerando el miserable plazo
a que me han conducido sus desdenes,
ofreceré a los vientos cuerpo y alma,
sin lauro o palma de futuros bienes.

Tú, que con tantas sinrazones muestras
la razón que me fuerza a que la haga
a la cansada vida que aborrezco,

pues ya ves que te da notorias muestras
esta del corazón profunda llaga,
de como alegre a tu rigor me ofrezco,
si, por dicha, conoces que merezco
que el cielo claro de tus bellos ojos
en mi muerte se turbe, no lo hagas;
que no quiero que en nada satisfagas,
al darte de mi alma los despojos.
Antes, con risa en la ocasión funesta
descubre que el fin mío fue tu fiesta;
mas gran simpleza es avisarte desto,
pues sé que está tu gloria conocida
en que mi vida llegue al fin tan presto.

Venga, que es tiempo ya, del hondo abismo
Tántalo con su sed; Sísifo venga
con el peso terrible de su canto;
Ticio traya su buitre, y asimismo
con su rueda Egión no se detenga,
ni las hermanas que trabajan tanto,[5]
y todos juntos su mortal quebranto
trasladen en mi pecho, y en voz baja
(si ya a un desesperado son debidas)
canten obsequias[6] tristes, doloridas,
al cuerpo, a quien se niegue aun la mortaja.
Y el portero infernal de los tres rostros,[7]
con otras mil quimeras y mil monstros,
lleven el doloroso contrapunto;
que otra pompa mejor no me parece
que la merece un amador difunto.

Canción desesperada, no te quejes
cuando mi triste compañía dejes;
antes, pues que la causa do naciste
con mi desdicha aumenta su ventura,
aun en la sepultura no estés triste.

Bien les pareció, a los que escuchado habían, la canción
de Grisóstomo, puesto que el que la leyó dijo que no le parecía
que conformaba con la relación que él había oído del recato
y bondad de Marcela, porque en ella se quejaba Grisóstomo de

---

[5] *Tántalo, Sísifo, Ticio, Egión* y las danaides *(las hermanas que trabajan tanto)*
son figuras mitológicas que sufren tormentos especiales en el infierno.

[6] *obsequias*, exequias.

[7] *Cerbero*, el perro de tres cabezas.

celos, sospechas y de ausencia, todo en perjuicio del buen crédito y buena fama de Marcela. A lo cual respondió Ambrosio,
como aquel que sabía bien los más escondidos pensamientos de
su amigo:

—Para que, señor, os satisfagáis desa duda, es bien que sepáis que cuando este desdichado escribió esta canción estaba
ausente de Marcela, de quien él se había ausentado por su voluntad, por ver si usaba con él la ausencia de sus ordinarios
fueros; y como al enamorado ausente no hay cosa que no le
fatigue ni temor que no le dé alcance, así le fatigaban a Grisóstomo los celos imaginados y las sospechas temidas como si fueran
verdaderas. Y con esto queda en su punto la verdad que la fama
pregona de la bondad de Marcela; la cual,[8] fuera de ser cruel,
y un poco arrogante, y un mucho desdeñosa, la mesma envidia
ni debe ni puede ponerle falta alguna.

—Así es la verdad —respondió Vivaldo.

Y queriendo leer otro papel de los que había reservado del
fuego, lo estorbó una maravillosa visión (que tal parecía ella)
que improvisamente se les ofreció a los ojos; y fue que por cima
de la peña donde se cavaba la sepultura pareció la pastora
Marcela, tan hermosa, que pasaba a su fama su hermosura. Los
que hasta entonces no la habían visto la miraban con admiración
y silencio; y los que ya estaban acostumbrados a verla no quedaron menos suspensos que los que nunca la habían visto. Mas
apenas la hubo visto Ambrosio, cuando con muestras de ánimo
indignado le dijo:

—¿Vienes a ver, por ventura, ¡oh fiero basilisco destas montañas!, si con tu presencia vierten sangre las heridas deste miserable a quien tu crueldad quitó la vida?[9] ¿O vienes a ufanarte
en las crueles hazañas de tu condición, o a ver desde esa altura,
como otro despiadado Nero, el incendio de su abrasada Roma,
o a pisar arrogante este desdichado cadáver, como la ingrata
hija al de su padre Tarquino?[10] Dinos presto a lo que vienes,
o qué es aquello de que más gustas; que por saber yo que los
pensamientos de Grisóstomo jamás dejaron de obedecerte en
vida, haré que, aun él muerto, te obedezcan los de todos aquellos
que se llamaron sus amigos.

—No vengo, ¡oh Ambrosio!, a ninguna cosa de las que has

---

[8] *la cual*, a la cual.
[9] Se refiere a la creencia de que las heridas del muerto vuelven a sangrar en presencia del matador.
[10] Tulia fue esposa, no hija, de Tarquino, rey de Roma, y fue el cadáver de su padre,
Servio Tulio, el que fue arrollado por el coche de la hija.

dicho —respondió Marcela—, sino a volver por mí misma, y a dar a entender cuán fuera de razón van todos aquellos que de sus penas y de la muerte de Grisóstomo me culpan; y así, ruego a todos los que aquí estáis me estéis atentos, que no será menester mucho tiempo ni gastar muchas palabras para persuadir una verdad a los discretos.

Hízome el cielo, según vosotros decís, hermosa, y de tal manera, que, sin ser poderosos a otra cosa, a que me améis os mueve mi hermosura, y por el amor que me mostráis, decís, y aun queréis, que esté yo obligada a amaros. Yo conozco, con el natural entendimiento que Dios me ha dado, que todo lo hermoso es amable; mas no alcanzo que, por razón de ser amado, esté obligado lo que es amado por hermoso a amar a quien le ama. Y más, que podría acontecer que el amador de lo hermoso fuese feo, y siendo lo feo digno de ser aborrecido, cae muy mal el decir: "Quiérote por hermosa; hasme de amar aunque sea feo." Pero, puesto caso que corran igualmente las hermosuras, no por eso han de correr iguales los deseos, que no todas hermosuras enamoran; que algunas alegran la vista y no rinden la voluntad; que si todas las bellezas enamorasen y rindiesen, sería un andar las voluntades confusas y descaminadas, sin saber en cuál habían de parar; porque, siendo infinitos los sujetos hermosos, infinitos habían de ser los deseos. Y, según yo he oído decir, el verdadero amor no se divide, y ha de ser voluntario, y no forzoso. Siendo esto así, como yo creo que lo es, ¿por qué queréis que rinda mi voluntad por fuerza, obligada no más de que decís que me queréis bien? Si no, decidme: si como el cielo me hizo hermosa me hiciera fea, ¿fuera justo que me quejara de vosotros porque no me amábades? Cuanto más, que habéis de considerar que yo no escogí la hermosura que tengo, que, tal cual es, el cielo me la dio de gracia, sin yo pedilla ni escogella. Y así como la víbora no merece ser culpada por la ponzoña que tiene, puesto que con ella mata, por habérsela dado naturaleza, tampoco yo merezco ser reprehendida por ser hermosa; que la hermosura en la mujer honesta es como el fuego apartado o como la espada aguda: que ni él quema ni ella corta a quien a ellos no se acerca. La honra y las virtudes son adornos del alma, sin las cuales el cuerpo, aunque lo sea, no debe de parecer hermoso. Pues si la honestidad es una de las virtudes que al cuerpo y alma más adornan y hermosean, ¿por qué la ha de perder la que es amada por hermosa, por corresponder a la intención de aquel que, por sólo su gusto, con todas sus fuerzas e industrias procura que la pierda?

Yo nací libre, y para poder vivir libre escogí la soledad de los campos. Los árboles destas montañas son mi compañía, las claras aguas destos arroyos mis espejos; con los árboles y con las aguas comunico mis pensamientos y hermosura. Fuego soy apartado y espada puesta lejos. A los que he enamorado con la vista he desengañado con las palabras. Y si los deseos se sustentan con esperanzas, no habiendo yo dado alguna a Grisóstomo ni a otro alguno, en fin, de ninguno dellos, bien se puede decir que antes le mató su porfía que mi crueldad. Y si se me hace cargo que eran honestos sus pensamientos, y que por esto estaba obligada a corresponder a ellos, digo que cuando en ese mismo lugar donde ahora se cava su sepultura me descubrió la bondad de su intención, le dije yo que la mía era vivir en perpetua soledad, y de que sola la tierra gozase el fruto de mi recogimiento y los despojos de mi hermosura; y si él, con todo este desengaño, quiso porfiar contra la esperanza y navegar contra el viento, ¿qué mucho que se anegase en la mitad del golfo de su desatino? Si yo le entretuviera, fuera falsa; si le contentara, hiciera contra mi mejor intención y prosupuesto. Porfió desengañado, desesperó sin ser aborrecido: ¡mirad ahora si será razón que de su pena se me dé a mí la culpa! Quéjese el engañado, desespérese aquel a quién le faltaron las prometidas esperanzas, confíese el que yo llamare, ufánese el que yo admitiere; pero no me llame cruel ni homicida aquel a quien yo no prometo, engaño, llamo ni admito.

El cielo aún hasta ahora no ha querido que yo ame por destino, y el pensar que tengo de amar por elección es escusado. Este general desengaño sirva a cada uno de los que me solicitan de su particular provecho; y entiéndase de aquí adelante que si alguno por mí muriere, no muere de celoso ni desdichado, porque quien a nadie quiere, a ninguno debe dar celos; que los desengaños no se han de tomar en cuenta de desdenes. El que me llama fiera y basilisco, déjeme como cosa perjudicial y mala; el que me llama ingrata, no me sirva; el que desconocida, no me conozca; quien cruel, no me siga; que esta fiera, este basilisco, esta ingrata, esta cruel y esta desconocida, ni los buscará, servirá, conocerá ni seguirá en ninguna manera. Que si a Grisóstomo mató su impaciencia y arrojado deseo, ¿por qué se ha de culpar mi honesto proceder y recato? Si yo conservo mi limpieza con la compañía de los árboles, ¿por qué ha de querer que la pierda el que quiere que la tenga con los hombres? Yo, como sabéis, tengo riquezas propias y no codicio las ajenas; tengo libre condición y no gusto de sujetarme; ni quiero ni aborrezco a nadie.

No engaño a éste, ni solicito aquél; ni burlo con uno, ni me entretengo con el otro. La conversación honesta de las zagalas destas aldeas y el cuidado de mis cabras me entretiene. Tienen mis deseos por término estas montañas, y si de aquí salen, es a contemplar la hermosura del cielo, pasos con que camina el alma a su morada primera.

Y en diciendo esto, sin querer oír respuesta alguna, volvió las espaldas y se entró por lo más cerrado de un monte que allí cerca estaba, dejando admirados, tanto de su discreción como de su hermosura, a todos los que allí estaban. Y algunos dieron muestras (de aquellos que de la poderosa flecha de los rayos de sus bellos ojos estaban heridos) de quererla seguir, sin aprovecharse del manifiesto desengaño que habían oído. Lo cual visto por don Quijote, pareciéndole que allí venía bien usar de su caballería, socorriendo a las doncellas menesterosas, puesta la mano en el puño de su espada, en altas e inteligibles voces, dijo:

—Ninguna persona, de cualquier estado y condición que sea, se atreva a seguir a la hermosa Marcela, so pena de caer en la furiosa indignación mía. Ella ha mostrado con claras y suficientes razones la poca o ninguna culpa que ha tenido en la muerte de Grisóstomo, y cuán ajena vive de condescender con los deseos de ninguno de sus amantes; a cuya causa es justo que, en lugar de ser seguida y perseguida, sea honrada y estimada de todos los buenos del mundo, pues muestra que en él ella es sola la que con tan honesta intención vive.

O ya que fuese por las amenazas de don Quijote, o porque Ambrosio les dijo que concluyesen con lo que a su buen amigo debían, ninguno de los pastores se movió ni apartó de allí hasta que, acabada la sepultura y abrasados los papeles de Grisóstomo, pusieron su cuerpo en ella, no sin muchas lágrimas de los circunstantes. Cerraron la sepultura con una gruesa peña, en tanto que se acababa una losa que, según Ambrosio dijo, pensaba mandar hacer, con un epitafio que había de decir desta manera:

> Yace aquí de un amador
> el mísero cuerpo helado,
> que fue pastor de ganado,
> perdido por desamor.
> Murió a manos del rigor
> de una esquiva hermosa ingrata,
> con quien su imperio dilata
> la tiranía de amor.

Luego esparcieron por cima de la sepultura muchas flores y ramos, y, dando todos el pésame a su amigo Ambrosio, se despidieron dél. Lo mesmo hicieron Vivaldo y su compañero, y don Quijote se despidió de sus huéspedes y de los caminantes, los cuales le rogaron se viniese con ellos a Sevilla, por ser lugar tan acomodado a hallar aventuras, que en cada calle y tras cada esquina se ofrecen más que en otro alguno. Don Quijote les agradeció el aviso y el ánimo que mostraban de hacerle merced, y dijo que poɪ entonces no quería ni debía ir a Sevilla, hasta que hubiese despojado todas aquellas sierras de ladrones malandrines, de quien era fama que todas estaban llenas. Viendo su buena determinación, no quisieron los caminantes importunarle más, sino, tornándose a despedir de nuevo, le dejaron y prosiguieron su camino, en el cual no les faltó de qué tratar, así de la historia de Marcela y Grisóstomo como de las locuras de don Quijote. El cual determinó de ir a buscar a la pastora Marcela y ofrecerle todo lo que él podía en su servicio. Mas no le avino como él pensaba, según se cuenta en el discurso desta verdadera historia, dando aquí fin la segunda parte.

TERCERA PARTE DEL INGENIOSO HIDALGO
DON QUIJOTE DE LA MANCHA

CAPÍTULO XV

Donde se cuenta la desgraciada aventura que se topó
don Quijote en topar con unos desalmados yangüeses

Cuenta el sabio Cide Hamete Benengeli que, así como don
Quijote se despidió de sus huéspedes y de todos los que se hallaron al entierro del pastor Grisóstomo, él y su escudero se entraron por el mesmo bosque donde vieron que se había entrado
la pastora Marcela; y, habiendo andado más de dos horas por
él, buscándola por todas partes sin poder hallarla, vinieron a
parar a un prado lleno de fresca yerba, junto del cual corría un
arroyo apacible y fresco; tanto, que convidó y forzó a pasar allí
las horas de la siesta, que rigurosamente comenzaba ya a entrar.

Apeáronse don Quijote y Sancho y, dejando al jumento y
a Rocinante a sus anchuras pacer de la mucha yerba que allí
había, dieron saco a las alforjas, y, sin ceremonia alguna, en
buena paz y compañía, amo y mozo comieron lo que en ellas
hallaron.

No se había curado Sancho de echar sueltas[1] a Rocinante,
seguro de que le conocía por tan manso y tan poco rijoso, que

---

[1] *sueltas*, trabas o maniotas atadas a las manos de las caballerías.

todas las yeguas de la dehesa de Córdoba no le hicieran tomar mal siniestro. Ordenó, pues, la suerte, y el diablo, que no todas veces duerme, que andaban por aquel valle paciendo una manada de hacas galicianas[2] de unos harrieros gallegos, de los cuales es costumbre sestear con su recua en lugares y sitios de yerba y agua. Y aquel donde acertó a hallarse don Quijote era muy a propósito de los gallegos.

Sucedió, pues, que a Rocinante le vino en deseo de refocilarse con las señoras facas, y saliendo, así como las olió, de su natural paso y costumbre, sin pedir licencia [a] su dueño, tomó un trotico algo picadillo y se fue a comunicar su necesidad con ellas. Mas ellas, que, a lo que pareció, debían de tener más gana de pacer que de ál, recibiéronle con las herraduras y con los dientes, de tal manera, que a poco espacio se le rompieron las cinchas, y quedó sin silla, en pelota. Pero lo que él debió más de sentir fue que, viendo los harrieros la fuerza que a sus yeguas se les hacía, acudieron con estacas, y tantos palos le dieron, que le derribaron malparado en el suelo.

Ya en esto, don Quijote y Sancho (que la paliza de Rocinante habían visto) llegaban ijadeando, y dijo don Quijote a Sancho:

—A lo que yo veo, amigo Sancho, éstos no son caballeros, sino gente soez y de baja ralea. Dígolo, porque bien me puedes ayudar a tomar la debida venganza del agravio que delante de nuestros ojos se le ha hecho a Rocinante.

—¿Qué diablos de venganza hemos de tomar —respondió Sancho—, si éstos son más de veinte, y nosotros no más de dos, y aun quizá nosotros sino uno y medio?

—Yo valgo por ciento —replicó don Quijote.

Y sin hacer más discursos, echó mano a su espada y arremetió a los gallegos, y lo mesmo hizo Sancho Panza, incitado y movido del ejemplo de su amo. Y, a las primeras dio don Quijote una cuchillada a uno, que le abrió un sayo de cuero de que venía vestido, con gran parte de la espalda.

Los gallegos, que se vieron maltratar de aquellos dos hombres solos, siendo ellos tantos, acudieron a sus estacas, y, cogiendo a los dos en medio, comenzaron a menudear sobre ellos con grande ahínco y vehemencia. Verdad es que al segundo toque dieron con Sancho en el suelo, y lo mesmo le avino a don Quijote, sin que le valiese su destreza y buen ánimo. Y quiso su ventura que viniese a caer a los pies de Rocinante, que aún no se había

---

[2] *hacas galicianas*, jacas gallegas.

levantado; donde se echa de ver la furia con que machacan estacas puestas en manos rústicas y enojadas.

Viendo, pues, los gallegos el mal recado que habían hecho, con la mayor presteza que pudieron cargaron su recua y siguieron su camino, dejando a los dos aventureros de mala traza y de peor talante.

El primero que se resintió fue Sancho Panza; y hallándose junto a su señor, con voz enferma y lastimada, dijo:

—¡Señor don Quijote! ¡Ah, señor don Quijote!

—¿Qué quieres, Sancho hermano? —respondió don Quijote con el mesmo tono afeminado y doliente que Sancho.

—Querría, si fuese posible —respondió Sancho Panza—, que vuestra merced me diese dos tragos de aquella bebida del feo Blas,[3] si es que la tiene vuestra merced ahí a mano. Quizá será de provecho para los quebrantamientos de huesos como lo es para las feridas.

—Pues, a tenerla yo aquí, desgraciado yo, ¿qué nos faltaba? —respondió don Quijote—. Mas yo te juro, Sancho Panza, a fe de caballero andante, que antes que pasen dos días (si la fortuna no ordena otra cosa) la tengo de tener en mi poder, o mal me han de andar las manos.

—Pues ¿en cuántos le parece a vuestra merced que podremos mover los pies? —replicó Sancho Panza.

—De mí sé decir —dijo el molido caballero don Quijote— que no sabré poner término a esos días. Mas yo me tengo la culpa de todo; que no había de poner mano a la espada contra hombres que no fuesen armados caballeros como yo; y así, creo que en pena de haber pasado las leyes de la caballería, ha permitido el dios de las batallas que se me diese este castigo. Por lo cual, Sancho Panza, conviene que estés advertido en esto que ahora te diré, porque importa mucho a la salud de entrambos; y es que, cuando veas que semejante canalla nos hace algún agravio, no aguardes a que yo ponga mano al espada para ellos, porque no lo haré en ninguna manera, sino pon tú mano a tu espada y castígalos muy a tu sabor; que si en su ayuda y defensa acudieren caballeros, yo te sabré defender y ofendellos con todo mi poder, que ya habrás visto por mil señales y experiencias hasta adónde se estiende el valor de este mi fuerte brazo.

Tal quedó de arrogante el pobre señor con el vencimiento del valiente vizcaíno. Mas no le pareció tan bien a Sancho Panza el aviso de su amo, que dejase de responder, diciendo:

---

[3] El bálsamo de Fierabrás (I, 10).

—Señor, yo soy hombre pacífico, manso, sosegado, y sé disimular cualquiera injuria, porque tengo mujer e hijos que sustentar y criar. Así, que séale a vuestra merced también aviso (pues no puede ser mandato) que en ninguna manera pondré mano a la espada, ni contra villano ni contra caballero; y que, desde aquí para delante de Dios, perdono cuantos agravios me han hecho y han de hacer, ora me los haya hecho, o haga, o haya de hacer, persona alta o baja, rico o pobre, hidalgo o pechero, sin exceptar estado ni condición alguna.

Lo cual oído por su amo, le respondió:

—Quisiera tener aliento para poder hablar un poco descansado, y que el dolor que tengo en esta costilla se aplacara tanto cuanto,[4] para darte a entender, Panza, en el error en que estás. Ven acá, pecador: si el viento de la fortuna, hasta ahora tan contrario, en nuestro favor se vuelve, llevándonos las velas del deseo para que seguramente y sin contraste alguno tomemos puerto en alguna de las ínsulas que te tengo prometida, ¿qué sería de ti, si, ganándola yo, te hiciese señor della? Pues, lo vendrás a imposibilitar por no ser caballero, ni quererlo ser, ni tener valor ni intención de vengar tus injurias y defender tu señorío. Porque has de saber que en los reinos y provincias nuevamente conquistados nunca están tan quietos los ánimos de sus naturales, ni tan de parte del nuevo señor, que no se tengan temor de que han de hacer alguna novedad para alterar de nuevo las cosas, y volver, como dicen, a probar ventura; y así, es menester que el nuevo posesor tenga entendimiento para saberse gobernar y valor para ofender y defenderse en cualquiera acontecimiento.

—En este que ahora nos ha acontecido —respondió Sancho—, quisiera yo tener ese entendimiento y ese valor que vuestra merced dice; mas yo le juro, a fe de pobre hombre, que más estoy para bizmas[5] que para pláticas. Mire vuestra merced si se puede levantar, y ayudaremos a Rocinante, aunque no lo merece, porque él fue la causa principal de todo este molimiento. Jamás tal creí de Rocinante, que le tenía por persona casta y tan pacífica como yo. En fin, bien dicen que es menester mucho tiempo para venir a conocer las personas, y que no hay cosa segura en esta vida. ¿Quién dijera que tras de aquellas tan grandes cuchilladas como vuestra merced dio a aquel desdichado caballero andante, había de venir por la posta y en seguimiento

---

[4] *tanto cuanto*, algún tanto.
[5] *bizmas*, emplastos.

suyo esta tan grande tempestad de palos que ha descargado sobre nuestras espaldas?

—Aun las tuyas, Sancho —replicó don Quijote—, deben de estar hechas a semejantes nublados; pero las mías, criadas entre sinabafas[6] y holandas, claro está que sentirán más el dolor desta desgracia. Y si no fuese porque imagino..., ¿qué digo imagino?, sé muy cierto, que todas estas incomodidades son muy anejas al ejercicio de las armas, aquí me dejaría morir de puro enojo.

A esto replicó el escudero:

—Señor, ya que estas desgracias son de la cosecha de la caballería, dígame vuestra merced si suceden muy a menudo, o si tienen sus tiempos limitados en que acaecen; porque me parece a mí que a dos cosechas quedaremos inútiles para la tercera, si Dios, por su infinita misericordia, no nos socorre.

—Sábete, amigo Sancho —respondió don Quijote—, que la vida de los caballeros andantes está sujeta a mil peligros y desventuras, y ni más ni menos está en potencia propincua de ser los caballeros andantes reyes y emperadores, como lo ha mostrado la experiencia en muchos y diversos caballeros, de cuyas historias yo tengo entera noticia. Y pudiérate contar agora, si el dolor me diera lugar, de algunos que sólo por el valor de su brazo han subido a los altos grados que he contado, y estos mesmos se vieron antes y después en diversas calamidades y miserias. Porque el valeroso Amadís de Gaula se vio en poder de su mortal enemigo Arcalaus el encantador, de quien se tiene por averiguado que le dio, teniéndole preso, más de doscientos azotes con las riendas de su caballo, atado a una coluna de un patio. Y aun hay un autor secreto, y de no poco crédito, que dice que, habiendo cogido al Caballero del Febo con una cierta trampa, que se le hundió debajo de los pies, en un cierto castillo, y al caer, se halló en una honda sima debajo de tierra, atado de pies y manos, y allí le echaron una destas que llaman melecinas,[7] de agua de nieve y arena, de lo que llegó muy al cabo; y si no fuera socorrido en aquella gran cuita de un sabio grande amigo suyo, lo pasara muy mal el pobre caballero. Así, que bien puedo yo pasar entre tanta buena gente; que mayores afrentas son las que éstos pasaron que no las que ahora nosotros pasamos. Porque quiero hacerte sabidor, Sancho, que no afrentan las heridas que se dan con los instrumentos que acaso se hallan en las manos. Y esto está en la ley

---

[6] La *sinabafa* era una tela delgada, parecida a la holanda.

[7] *melecinas*, lavativas.

del duelo, escrito por palabras expresas: que si el zapatero da a otro con la horma que tiene en la mano, puesto que verdaderamente es de palo, no por eso se dirá que queda apaleado aquel a quien dio con ella. Digo esto porque no pienses que, puesto que quedamos desta pendencia molidos, quedamos afrentados, porque las armas que aquellos hombres traían, con que nos machacaron, no eran otras que sus estacas, y ninguno dellos, a lo que se me acuerda, tenía estoque, espada ni puñal.

—No me dieron a mí lugar —respondió Sancho— a que mirase en tanto; porque apenas puse mano a mi tizona,[8] cuando me santiguaron los hombros con sus pinos, de manera que me quitaron la vista de los ojos y la fuerza de los pies, dando conmigo adonde ahora yago, y adonde no me da pena alguna el pensar si fue afrenta o no lo de los estacazos, como me la da el dolor de los golpes, que me han de quedar tan impresos en la memoria como en las espaldas.

—Con todo eso, te hago saber, hermano Panza —replicó don Quijote—, que no hay memoria a quien el tiempo no acabe, ni dolor que muerte no le consuma.

—Pues ¿qué mayor desdicha puede ser —replicó Panza— de aquella que aguarda al tiempo que la consuma y a la muerte que la acabe? Si esta nuestra desgracia fuera de aquellas que con un par de bizmas se curan, aún no tan malo; pero voy viendo que no han de bastar todos los emplastos de un hospital para ponerlas en buen término siquiera.

—Déjate deso y saca fuerzas de flaqueza, Sancho —respondió don Quijote—, que así haré yo, y veamos cómo está Rocinante; que, a lo que me parece, no le ha cabido al pobre la menor parte desta desgracia.

—No hay de qué maravillarse deso —respondió Sancho—, siendo él tan buen caballero andante; de lo que yo me maravillo es de que mi jumento haya quedado libre y sin costas donde nosotros salimos sin costillas.

—Siempre deja la ventura una puerta abierta en las desdichas, para dar remedio a ellas —dijo don Quijote—. Dígolo porque esa bestezuela podrá suplir ahora la falta de Rocinante, llevándome a mí desde aquí a algún castillo donde sea curado de mis feridas. Y más, que no tendré a deshonra la tal caballería, porque me acuerdo haber leído que aquel buen viejo Sileno, ayo y pedagogo del alegre dios de la risa, cuando entró

---

[8] *tizona*, espada, que Tizona era el nombre de una de las del Cid.

en la ciudad de las cien puertas[9] iba, muy a su placer, caballero sobre un muy hermoso asno.

—Verdad será que él debía de ir caballero, como vuestra merced dice —respondió Sancho—; pero hay grande diferencia del ir caballero al ir atravesado como costal de basura.

A lo cual respondió don Quijote:

—Las feridas que se reciben en las batallas antes dan honra que la quitan; así que, Panza amigo, no me repliques más, sino, como ya te he dicho, levántate lo mejor que pudieres, y ponme de la manera que más te agradare encima de tu jumento, y vamos de aquí antes que la noche venga y nos saltee en este despoblado.

—Pues yo he oído decir a vuestra merced —dijo Panza— que es muy de caballeros andantes el dormir en los páramos y desiertos lo más del año, y que lo tienen a mucha ventura.

—Eso es —dijo don Quijote— cuando no pueden más o cuando están enamorados; y es tan verdad esto, que ha habido caballero que se ha estado sobre una peña, al sol y a la sombra, y a las inclemencias del cielo, dos años, sin que lo supiese su señora. Y uno déstos fue Amadís, cuando, llamándose Beltenebros,[10] se alojó en la Peña Pobre, ni sé si ocho años o ocho meses, que no estoy muy bien en la cuenta: basta que él estuvo allí haciendo penitencia, por no sé qué sinsabor que le hizo la señora Oriana. Pero dejemos ya esto, Sancho, y acaba, antes que suceda otra desgracia al jumento, como a Rocinante.

—Aun ahí sería el diablo —dijo Sancho.

Y despidiendo treinta ayes, y sesenta suspiros, y ciento y veinte pésetes y reniegos de quien allí le había traído, se levantó, quedándose agobiado en la mitad del camino, como arco turquesco, sin poder acabar de enderezarse; y con todo este trabajo aparejó su asno, que también había andado algo destraído con la demasiada libertad de aquel día. Levantó luego a Rocinante, el cual, si tuviera lengua con que quejarse, a buen seguro que Sancho ni su amo no le fueran en zaga.

En resolución, Sancho acomodó a don Quijote sobre el asno y puso de reata a Rocinante, y llevando al asno de cabestro, se encaminó, poco más a menos, hacia donde le pareció

---

[9] *Sileno*, ayo de Baco, no entró en Tebas de Egipto *(la ciudad de las cien puertas)* sino en Tebas de Beocio.

[10] *Beltenebros*, nombre puesto a Amadís por el ermitaño que le llevó a su ermita en la Peña Pobre.

que podía estar el camino real. Y la suerte, que sus cosas de bien en mejor iba guiando, aún no hubo andado una pequeña legua, cuando le deparó el camino, en el cual descubrió una venta que, a pesar suyo y gusto de don Quijote, había de ser castillo. Porfiaba Sancho que era venta, y su amo que no, sino castillo; y tanto duró la porfía, que tuvieron lugar, sin acabarla, de llegar a ella, en la cual Sancho se entró, sin más averiguación, con toda su recua.

Capítulo XVI

De lo que le sucedió al ingenioso hidalgo en la venta que él imaginaba ser castillo

El ventero, que vio a don Quijote atravesado en el asno, preguntó a Sancho qué mal traía. Sancho le respondió que no era nada, sino que había dado una caída de una peña abajo, y que venía algo brumadas las costillas. Tenía el ventero por mujer a una, no de la condición que suelen tener las de semejante trato, porque naturalmente era caritativa y se dolía de las calamidades de sus prójimos; y así, acudió luego a curar a don Quijote e hizo que una hija suya, doncella, muchacha y de muy buen parecer, la ayudase a curar a su huésped. Servía en la venta, asimesmo, una moza asturiana, ancha de cara, llana de cogote, de nariz roma, del un ojo tuerta y del otro no muy sana. Verdad es que la gallardía del cuerpo suplía las demás faltas: no tenía siete palmos de los pies a la cabeza, y las espaldas, que algún tanto le cargaban, la hacían mirar al suelo más de lo que ella quisiera. Esta gentil moza, pues, ayudó a la doncella, y las dos hicieron una muy mala cama a don Quijote, en un camaranchón que, en otros tiempos, daba manifiestos indicios que había servido de pajar muchos años. En la cual[1] también alojaba un harriero, que tenía su cama hecha un poco más allá de la de nuestro don Quijote. Y aunque era de las enjalmas y mantas de sus machos, hacía mucha ventaja a la de don Quijote, que sólo contenía cuatro mal lisas

_____
[1] *en la cual* se refiere a la venta.

tablas, sobre dos no muy iguales bancos, y un colchón que en lo sutil parecía colcha, lleno de bodoques,[2] que, a no mostrar que eran de lana por algunas roturas, al tiento, en la dureza, semejaban de guijarro, y dos sábanas hechas de cuero de adarga, y una frazada, cuyos hilos, si se quisieran contar, no se perdiera uno solo de la cuenta.

En esta maldita cama se acostó don Quijote, y luego la ventera y su hija le emplastaron de arriba abajo, alumbrándoles Maritornes, que así se llamaba la asturiana; y como al bizmalle viese la ventera tan acardenalado a partes a don Quijote, dijo que aquello más parecían golpes que caída.

—No fueron golpes —dijo Sancho—; sino que la peña tenía muchos picos y tropezones. Y que cada uno había hecho su cardenal.

Y también le dijo:

—Haga vuestra merced, señora, de manera que queden algunas estopas, que no faltará quien las haya menester; que también me duelen a mí un poco los lomos.

—Desa manera —respondió la ventera—, también debistes vos de caer.

—No caí —dijo Sancho Panza—; sino que del sobresalto que tomé de ver caer a mi amo, de tal manera me duele a mí el cuerpo, que me parece que me han dado mil palos.

—Bien podrá ser eso —dijo la doncella—; que a mí me ha acontecido muchas veces soñar que caía de una torre abajo, y que nunca acababa de llegar al suelo, y cuando despertaba del sueño, hallarme tan molida y quebrantada como si verdaderamente hubiera caído.

—Ahí está el toque, señora —respondió Sancho Panza—: que yo, sin soñar nada, sino estando más despierto que ahora estoy, me hallo con pocos menos cardenales que mi señor don Quijote.

—¿Cómo se llama este caballero? —preguntó la asturiana Maritornes.

—Don Quijote de la Mancha —respondió Sancho Panza—; y es caballero aventurero, y de los mejores y más fuertes que de luengos tiempos acá se han visto en el mundo.

—¿Qué es caballero aventurero? —replicó la moza.

—¿Tan nueva sois en el mundo que no lo sabéis vos? —respondió Sancho Panza—. Pues sabed, hermana mía, que caballero aventurero es una cosa que en dos palabras se ve apaleado

---

[2] *bodoques*, pelotas.

y emperador. Hoy está la más desdichada criatura del mundo y la más menesterosa, y mañana tendría dos o tres coronas de reinos que dar a su escudero.

—Pues ¿cómo vos, siéndolo deste tan buen señor —dijo la ventera—, no tenéis, a lo que parece, siquiera algún condado?

—Aún es temprano —respondió Sancho—, porque no ha sino un mes que andamos buscando las aventuras,[3] y hasta ahora no hemos topado con ninguna que lo sea. Y tal vez hay que se busca una cosa y se halla otra. Verdad es que, si mi señor don Quijote sana desta herida o caída y yo no quedo contrecho della, no trocaría mis esperanzas con el mejor título de España.

Todas estas pláticas estaba escuchando muy atento don Quijote, y sentándose en el lecho como pudo, tomando de la mano a la ventera, le dijo:

—Creedme, fermosa señora, que os podéis llamar venturosa por haber alojado en este vuestro castillo a mi persona, que es tal, que si yo no la alabo es por lo que suele decirse que la alabanza propia envilece; pero mi escudero os dirá quién soy. Sólo os digo que tendré eternamente escrito en mi memoria el servicio que me habedes fecho, para agradecéroslo mientras la vida me durare; y pluguiera a los altos cielos que el amor no me tuviera tan rendido y tan sujeto a sus leyes, y los ojos de aquella hermosa ingrata que digo entre mis dientes; que los desta fermosa doncella fueran señores de mi libertad.

Confusas estaban la ventera y su hija y la buena de Maritornes oyendo las razones del andante caballero, que así las entendían como si hablara en griego, aunque bien alcanzaron que todas se encaminaban a ofrecimiento y requiebros; y, como no usadas a semejante lenguaje, mirábanle y admirábanse y parecíales otro hombre de los que se usaban; y, agradeciéndole con venteriles razones sus ofrecimientos, le dejaron, y la asturiana Maritornes curó a Sancho, que no menos lo había menester que su amo.

Había el harriero concertado con ella que aquella noche se refocilarían juntos, y ella le había dado su palabra de que, en estando sosegados los huéspedes y durmiendo sus amos, le iría a buscar y satisfacerle el gusto en cuanto le mandase. Y cuéntase desta buena moza que jamás dio semejantes palabras que no las cumpliese, aunque las diese en un monte y sin testigo alguno, porque presumía muy de hidalga, y no tenía por

---

[3] Hace sólo tres días que salieron.

afrenta estar en aquel ejercicio de servir en la venta, porque decía ella que desgracias y malos sucesos la habían traído a aquel estado.

El duro, estrecho, apocado y fementido lecho de don Quijote estaba primero en mitad de aquel estrellado[4] establo, y luego, junto a él, hizo el suyo Sancho, que sólo contenía una estera de enea y una manta, que antes mostraba ser de anjeo tundido[5] que de lana. Sucedía a estos dos lechos el del harriero, fabricado, como se ha dicho, de las enjalmas y de todo el adorno de los dos mejores mulos que traía, aunque eran doce, lucios, gordos y famosos, porque era uno de los ricos harrieros de Arévalo, según lo dice el autor desta historia, que deste harriero hace particular mención, porque le conocía muy bien, y aun quieren decir que era algo pariente suyo.[6] Fuera de que Cide Hamete Benengeli fue historiador muy curioso y muy puntual en todas las cosas, y échase bien de ver, pues las que quedan referidas, con ser tan mínimas y tan rateras,[7] no las quiso pasar en silencio; de donde podrán tomar ejemplo los historiadores graves, que nos cuentan las acciones tan corta y sucintamente, que apenas nos llegan a los labios, dejándose en el tintero, ya por descuido, ya por malicia o ignorancia, lo más sustancial de la obra. ¡Bien haya mil veces el autor de *Tablante de Ricamonte*,[8] y aquel del otro libro donde se cuenta los hechos del conde Tomillas,[9] y con qué puntualidad lo describen todo!

Digo, pues, que después de haber visitado el harriero a su recua y dádole el segundo pienso, se tendió en sus enjalmas y se dio a esperar a su puntualísima Maritornes. Ya estaba Sancho bizmado y acostado, y, aunque procuraba dormir, no lo consentía el dolor de sus costillas; y don Quijote, con el dolor de las suyas, tenía los ojos abiertos como liebre. Toda la venta estaba en silencio, y en toda ella no había otra luz que la que daba una lámpara, que colgada en medio del portal ardía.

Esta maravillosa quietud, y los pensamientos que siempre nuestro caballero traía de los sucesos que a cada paso se cuentan en los libros autores de su desgracia, le trujo a la imagi-

---

[4] *estrellado*, por la luz que entraba por los agujeros del techo.
[5] *anjeo tundido*, tela basta pelada.
[6] Alusión a lo común de la profesión de arriero entre moriscos.
[7] *rateras*, ruines.
[8] *La corónica de los nobles caballeros Tablante de Ricamonte...* (Toledo, 1513), traducción de una obra francesa.
[9] *el conde de Tomillas* es un personaje secundario de la *Historia de Enrique fi de doña Oliva, rey de Jerusalén y Emperador de Constantinopla* (Sevilla, 1498).

nación una de las estrañas locuras que buenamente imaginarse pueden; y fue que él se imaginó haber llegado a un famoso castillo (que, como se ha dicho, castillos eran a su parecer todas las ventas donde alojaba), y que la hija del ventero lo era del señor del castillo, la cual, vencida de su gentileza, se había enamorado dél y prometido que aquella noche, a furto de sus padres, vendría a yacer con él una buena pieza; y teniendo toda esta quimera (que él se había fabricado) por firme y valedera, se comenzó a acuitar y a pensar en el peligroso trance en que su honestidad se había de ver, y propuso en su corazón de no cometer alevosía a su señora Dulcinea del Toboso, aunque la mesma reina Ginebra con su dama Quintañona se le pusiesen delante.

Pensando, pues, en estos disparates, se llegó el tiempo y la hora (que para él fue menguada) de la venida de la asturiana, la cual, en camisa y descalza, cogidos los cabellos en una albanega de fustán,[10] con tácitos y atentados pasos, entró en el aposento donde los tres alojaban, en busca del harriero. Pero apenas llegó a la puerta, cuando don Quijote la sintió, y, sentándose en la cama, a pesar de sus bizmas y con dolor de sus costillas, tendió los brazos para recibir a su fermosa doncella. La asturiana, que, toda recogida y callando, iba con las manos delante buscando a su querido, topó con los brazos de don Quijote, el cual la asió fuertemente de una muñeca, y tirándola hacia sí, sin que ella osase hablar palabra, la hizo sentar sobre la cama. Tentóle luego la camisa, y, aunque ella era de harpillera, a él le pareció ser de finísimo y delgado cendal. Traía en las muñecas unas cuentas de vidro; pero a él le dieron vislumbres de preciosas perlas orientales. Los cabellos, que en alguna manera tiraban a crines, él los marcó por hebras de lucidísimo oro de Arabia, cuyo resplandor al del mesmo sol escurecía. Y el aliento, que, sin duda alguna, olía a ensalada fiambre y trasnochada, a él le pareció que arrojaba de su boca un olor suave y aromático; y, finalmente, él la pintó en su imaginación de la misma traza y modo que lo había leído en sus libros de la otra princesa que vino a ver el mal ferido caballero, vencida de sus amores, con todos los adornos que aquí van puestos. Y era tanta la ceguedad del pobre hidalgo, que el tacto, ni el aliento, ni otras cosas que traía en sí la buena doncella, no le desengañaban, las cuales pudieran hacer vomitar a otro que no fuera harriero; antes le parecía que tenía entre sus brazos a la

---

[10] *albanega de fustán*, redecilla de tela para el pelo.

diosa de la hermosura. Y teniéndola bien asida, con voz amorosa y baja le comenzó a decir:

—Quisiera hallarme en términos, fermosa y alta señora, de poder pagar tamaña merced como la que con la vista de vuestra gran fermosura me habedes fecho; pero ha querido la fortuna, que no se cansa de perseguir a los buenos, ponerme en este lecho, donde yago tan molido y quebrantado, que, aunque de mi voluntad quisiera satisfacer a la vuestra, fuera imposible. Y más, que se añade a esta imposibilidad otra mayor, que es la prometida fe que tengo dada a la sin par Dulcinea del Toboso, única señora de mis más escondidos pensamientos; que si esto no hubiera de por medio, no fuera yo tan sandio caballero que dejara pasar en blanco la venturosa ocasión en que vuestra gran bondad me ha puesto.

Maritornes estaba congojadísima y trasudando de verse tan asida de don Quijote, y, sin entender ni estar atenta a las razones que le decía, procuraba, sin hablar palabra, desasirse. El bueno del harriero, a quien tenían despierto sus malos deseos, desde el punto que entró su coima[11] por la puerta, la sintió, estuvo atentamente escuchando todo lo que don Quijote decía, y, celoso de que la asturiana le hubiese faltado la palabra por otro, se fue llegando más al lecho de don Quijote, y estúvose quedo, hasta ver en qué paraban aquellas razones, que él no podía entender. Pero como vio que la moza forcejaba por desasirse y don Quijote trabajaba por tenella, pareciéndole mal la burla, enarboló el brazo en alto y descargó tan terrible puñada sobre las estrechas quijadas del enamorado caballero, que le bañó toda la boca en sangre; y, no contento con esto, se le subió encima de las costillas, y con los pies más que de trote, se las paseó todas de cabo a cabo.

El lecho, que era un poco endeble y de no firmes fundamentos, no pudiendo sufrir la añadidura del harriero, dio consigo en el suelo, a cuyo gran ruido despertó el ventero, y luego imaginó que debían de ser pendencias de Maritornes, porque, habiéndola llamado a voces, no respondía. Con esta sospecha se levantó, y, encendiendo un candil, se fue hacia donde había sentido la pelaza.[12] La moza, viendo que su amo venía, y que era de condición terrible, toda medrosica y alborotada, se acogió a la cama de Sancho Panza, que aún dormía, y allí se acurrucó y se hizo un ovillo. El ventero entró, diciendo:

---

[11] *coima*, palabra de germanía, significa concubina.
[12] *pelaza*, riña, pelea.

—¿Adónde estás, puta? A buen seguro que son [tus] cosas éstas.

En esto despertó Sancho, y, sintiendo aquel bulto casi encima de sí, pensó que tenía la pesadilla, y comenzó a dar puñadas a una y otra parte, y, entre otras, alcanzó con no sé cuántas a Maritornes, la cual, sentida del dolor, echando a rodar la honestidad, dio el retorno a Sancho con tantas, que, a su despecho, le quitó el sueño; el cual, viéndose tratar de aquella manera, y sin saber de quién, alzándose como pudo, se abrazó con Maritornes, y comenzaron entre los dos la más reñida y graciosa escaramuza del mundo.

Viendo, pues, el harriero, a la lumbre del candil del ventero, cuál andaba su dama, dejando a don Quijote, acudió a dalle el socorro necesario. Lo mismo hizo el ventero, pero con intención diferente, porque fue a castigar a la moza, creyendo, sin duda, que ella sola era la ocasión de toda aquella armonía. Y así como suele decirse: el gato al rato, el rato a la cuerda, la cuerda al palo,[13] daba el harriero a Sancho, Sancho a la moza, la moza a él, el ventero a la moza, y todos menudeaban con tanta priesa, que no se daban punto de reposo; y fue lo bueno que al ventero se le apagó el candil, y, como quedaron ascuras, dábanse tan sin compasión todos a bulto, que a doquiera que ponían la mano no dejaban cosa sana.

Alojaba acaso aquella noche en la venta un cuadrillero de los que llaman de la Santa Hermandad vieja de Toledo, el cual, oyendo asimesmo el estraño estruendo de la pelea, asió de su media vara[14] y de la caja de lata[15] de sus títulos, y entró ascuras en el aposento, diciendo:

—¡Ténganse a la justicia! ¡Ténganse a la Santa Hermandad!

Y el primero con quien topó fue con el apuñeado de don Quijote, que estaba en su derribado lecho, tendido boca arriba, sin sentido alguno; y, echándole a tiento mano a las barbas, no cesaba de decir:

—¡Favor a la justicia!

Pero viendo que el que tenía asido no se bullía ni meneaba, se dio a entender que estaba muerto, y que los que allí dentro estaban eran sus matadores, y con esta sospecha reforzó la voz, diciendo:

—¡Ciérrese la puerta de la venta! ¡Miren no se vaya nadie, que han muerto aquí a un hombre!

---

[13] Alusión a un cuento infantil conocido en el folklore mundial.

[14] *media vara*, la señal de su autoridad.

[15] *caja de lata*, usadas para proteger los documentos y papeles del que viaja.

Esta voz sobresaltó a todos, y cada cual dejó la pendencia en el grado que le tomó la voz. Retiróse el ventero a su aposento, el harriero a sus enjalmas, la moza a su rancho; solos los desventurados don Quijote y Sancho no se pudieron mover de donde estaban. Soltó en esto el cuadrillero la barba de don Quijote, y salió a buscar luz para buscar y prender los delincuentes; mas no la halló, porque el ventero, de industria, había muerto la lámpara cuando se retiró a su estancia, y fuele forzoso acudir a la chimenea, donde, con mucho trabajo y tiempo, encendió el cuadrillero otro candil.

Capítulo XVII

Donde se prosiguen los innumerables trabajos que el bravo don Quijote y su buen escudero Sancho Panza pasaron en la venta que, por su mal, pensó que era castillo

Había ya vuelto en este tiempo de su parasismo don Quijote, y, con el mesmo tono de voz con que el día antes había llamado a su escudero, cuando estaba tendido en el val de las estacas,[1] le comenzó a llamar, diciendo:

—Sancho amigo, ¿duermes? ¿Duermes, amigo Sancho?

—¿Qué tengo de dormir, pesia a mí[2] —respondió Sancho, lleno de pesadumbre y de despecho—, que no parece sino que todos los diablos han andado conmigo esta noche?

—Puédeslo creer así, sin duda —respondió don Quijote—; porque, o yo sé poco, o este castillo es encantado. Porque has de saber...; mas esto que ahora quiero decirte hasme de jurar que lo tendrás secreto hasta después de mi muerte.

—Sí juro —respondió Sancho.

—Dígolo —replicó don Quijote—, porque soy enemigo de que se quite la honra a nadie.

—Digo que sí juro —tornó a decir Sancho— que lo callaré hasta después de los días de vuestra merced, y plega a Dios que lo pueda descubrir mañana.

---

[1] Alusión a un romance viejo:

> Por el val de las estacas
> el buen Cid pasado había.

[2] *pesia a mí*, pese a mí.

—¿Tan malas obras te hago, Sancho —respondió don Quijote—, que me querrías ver muerto con tanta brevedad?

—No es por eso —respondió Sancho—, sino porque soy enemigo de guardar mucho las cosas, y no querría que se me pudriesen de guardadas.

—Sea por lo que fuere —dijo don Quijote—; que más fío de tu amor y de tu cortesía; y así, has de saber que esta noche me ha sucedido una de las más estrañas aventuras que yo sabré encarecer; y, por contártela en breve, sabrás que poco ha que a mí vino la hija del señor deste castillo, que es la más apuesta y fermosa doncella que en gran parte de la tierra se puede hallar. ¿Qué te podría decir del adorno de su persona? ¿Qué de su gallardo entendimiento? ¿Qué de otras cosas ocultas, que, por guardar la fe que debo a mi señora Dulcinea del Toboso, dejaré pasar intactas y en silencio? Sólo te quiero decir que, envidioso el cielo de tanto bien como la ventura me había puesto en las manos, o quizá (y esto es lo más cierto) que, como tengo dicho, es encantado este castillo, al tiempo que yo estaba con ella en dulcísimos y amorosísimos coloquios, sin que yo la viese ni supiese por dónde venía, vino una mano pegada a algún brazo de algún descomunal gigante y asentóme una puñada en las quijadas, tal, que las tengo todas bañadas en sangre; y después me molió de tal suerte que estoy peor que ayer cuando los gallegos, que, por demasías de Rocinante, nos hicieron el agravio que sabes. Por donde conjeturo que el tesoro de la fermosura desta doncella le debe de guardar algún encantado moro, y no debe de ser para mí.

—Ni para mí tampoco —respondió Sancho—, porque más de cuatrocientos moros me han aporreado a mí, de manera que el molimiento de las estacas fue tortas y pan pintado. Pero dígame, señor, ¿cómo llama a ésta buena y rara aventura, habiendo quedado della cual quedamos? Aun vuestra merced menos mal, pues tuvo en sus manos aquella incomparable fermosura que ha dicho; pero yo, ¿qué tuve sino los mayores porrazos que pienso recibir en toda mi vida? ¡Desdichado de mí y de la madre que me parió, que ni soy caballero andante, ni lo pienso ser jamás, y de todas las malandanzas me cabe la mayor parte!

—Luego ¿también estás tú aporreado? —respondió don Quijote.

—¿No le he dicho que sí, pesia a mi linaje? —dijo Sancho.

—No tengas pena, amigo —dijo don Quijote—; que yo haré agora el bálsamo precioso con que sanaremos en un abrir y cerrar de ojos.

Acabó en esto de encender el candil el cuadrillero, y entró a ver el que pensaba que era muerto; y así como le vio entrar Sancho, viéndole venir en camisa y con su paño de cabeza y candil en la mano y con una muy mala cara, preguntó a su amo:

—Señor, ¿si será éste, a dicha, el moro encantado, que nos vuelve a castigar, si se dejó algo en el tintero?

—No puede ser el moro —respondió don Quijote—, porque los encantados no se dejan ver de nadie.

—Si no se dejan ver, déjanse sentir —dijo Sancho—; si no, díganlo mis espaldas.

—También lo podrían decir las mías —respondió don Quijote—; pero no es bastante indicio ése para creer que este que se vee sea el encantado moro.

Llegó el cuadrillero y, como los halló hablando en tan sosegada conversación, quedó suspenso. Bien es verdad que aún don Quijote se estaba boca arriba, sin poderse menear, de puro molido y emplastado. Llegóse a él el cuadrillero y díjole:

—Pues ¿cómo va, buen hombre?

—Hablara yo más bien criado —respondió don Quijote—, si fuera que vos.[3] ¿Úsase en esta tierra hablar desa suerte a los caballeros andantes, majadero?

El cuadrillero, que se vio tratar tan mal de un hombre de tan mal parecer, no lo pudo sufrir, y, alzando el candil con todo su aceite, dio a don Quijote con él en la cabeza, de suerte que le dejó muy bien descalabrado; y como todo quedó ascuras, salióse luego, y Sancho Panza dijo:

—Sin duda, señor, que éste es el moro encantado, y debe de guardar el tesoro para otros, y para nosotros sólo guarda las puñadas y los candilazos.

—Así es —respondió don Quijote—, y no hay que hacer caso destas cosas de encantamentos, ni hay para qué tomar cólera ni enojo con ellas; que, como son invisibles y fantásticas, no hallaremos de quién vengarnos, aunque más lo procuremos. Levántate, Sancho, si puedes, y llama al alcaide desta fortaleza, y procura que se me dé un poco de aceite, vino, sal y romero para hacer el salutífero bálsamo; que en verdad que creo que lo he bien menester ahora, porque se me va mucha sangre de la herida que esta fantasma me ha dado.

Levantóse Sancho con harto dolor de sus huesos, y fue ascuras donde estaba el ventero; y encontrándose con el cuadrille-

---

[3] Se ofende don Quijote por el *buen hombre* del cuadrillero, por ser tratamiento despectivo.

ro, que estaba escuchando en qué paraba su enemigo, le dijo:

—Señor, quien quiera que seáis, hacednos merced y beneficio de darnos un poco de romero, aceite, sal y vino, que es menester para curar uno de los mejores caballeros andantes que hay en la tierra, el cual yace en aquella cama malferido por las manos del encantado moro que está en esta venta.

Cuando el cuadrillero tal oyó, túvole por hombre falto de seso; y porque ya comenzaba a amanecer, abrió la puerta de la venta, y, llamando al ventero, le dijo lo que aquel buen hombre quería. El ventero le proveyó de cuanto quiso, y Sancho se lo llevó a don Quijote, que estaba con las manos en la cabeza, quejándose del dolor del candilazo, que no le había hecho más mal que levantarle dos chichones algo crecidos, y lo que él pensaba que era sangre no era sino sudor que sudaba con la congoja de la pasada tormenta.

En resolución, él tomó sus simples, de los cuales hizo un compuesto, mezclándolos todos y cociéndolos un buen espacio, hasta que le pareció que estaban en su punto. Pidió luego alguna redoma para echallo, y como no la hubo en la venta, se resolvió de ponello en una alcuza o aceitera de hoja de lata, de quien el ventero le hizo grata donación. Y luego dijo sobre la alcuza más de ochenta paternostres y otras tantas avemarías, salves y credos, y a cada palabra acompañaba una cruz, a modo de bendición; a todo lo cual se hallaron presentes Sancho, el ventero y cuadrillero; que ya el harriero sosegadamente andaba entendiendo en el beneficio de sus machos.

Hecho esto, quiso él mesmo hacer luego la experiencia de la virtud de aquel precioso bálsamo que él se imaginaba, y así, se bebió, de lo que no pudo caber en la alcuza y quedaba en la olla donde se había cocido, casi media azumbre; y apenas lo acabó de beber, cuando comenzó a vomitar, de manera que no le quedó cosa en el estómago; y con las ansias y agitación del vómito le dio un sudor copiosísimo, por lo cual mandó que le arropasen y le dejasen solo. Hiciéronlo así, y quedóse dormido más de tres horas, al cabo de las cuales despertó, y se sintió aliviadísimo del cuerpo, y en tal manera mejor de su quebrantamiento, que se tuvo por sano. Y verdaderamente creyó que había acertado con el bálsamo de Fierabrás, y que con aquel remedio podía acometer desde allí adelante, sin temor alguno, cualesquiera ruinas, batallas y pendencias, por peligrosas que fuesen.

Sancho Panza, que también tuvo a milagro la mejoría de su amo, le rogó que le diese a él lo que quedaba en la olla, que no era poca cantidad. Concedióselo don Quijote, y él, tomándola a dos manos, con buena fe y mejor talante, se la echó a pechos, y envasó bien poco menos que su amo. Es, pues, el caso que el estómago del pobre Sancho no debía de ser tan delicado como el de su amo, y así, primero que vomitase, le dieron tantas ansias y bascas, con tantos trasudores y desmayos, que él pensó bien y verdaderamente que era llegada su última hora; y viéndose tan afligido y congojado, maldecía el bálsamo y al ladrón que se lo había dado. Viéndole así don Quijote, le dijo:

—Yo creo, Sancho, que todo este mal te viene de no ser armado caballero, porque tengo para mí que este licor no debe de aprovechar a los que no lo son.

—Si eso sabía vuestra merced —replicó Sancho—, ¡mal haya yo y toda mi parentela!, ¿para qué consintió que lo gustase?

En esto hizo su operación el brebaje, y comenzó el pobre escudero a desaguarse por entrambas canales, con tanta priesa, que la estera de enea, sobre quien se había vuelto a echar, ni la manta de anjeo con que se cubría, fueron más de provecho. Sudaba y trasudaba con tales parasismos y accidentes, que no solamente él, sino todos pensaron que se le acababa la vida. Duróle esta borrasca y mala andanza casi dos horas, al cabo de las cuales no quedó como su amo, sino tan molido y quebrantado, que no se podía tener.

Pero don Quijote, que, como se ha dicho, se sintió aliviado y sano, quiso partirse luego a buscar aventuras, pareciéndole que todo el tiempo que allí se tardaba era quitársele al mundo y a los en él menesterosos de su favor y amparo, y más, con la seguridad y confianza que llevaba en su bálsamo. Y así, forzado deste deseo, él mismo ensilló a Rocinante y enalbardó al jumento de su escudero, a quien también ayudó a vestir y a subir en el asno. Púsose luego a caballo, y, llegándose a un rincón de la venta, asió de un lanzón[4] que allí estaba, para que le sirviese de lanza.

Estábanle mirando todos cuantos había en la venta, que pasaban de más de veinte personas; mirábale también la hija del ventero, y él también no quitaba los ojos della, y de cuando en cuando arrojaba un suspiro que parecía que le arrancaba de lo profundo de sus entrañas, y todos pensaban que debía de ser del dolor que sentía en las costillas; a lo menos, pensábanlo aquellos que la noche antes le habían visto bizmar.

Ya que estuvieron los dos a caballo, puesto a la puerta de la venta, llamó al ventero, y con voz muy reposada y grave le dijo:

---

[4] *lanzón*, lanza corta.

—Muchas y muy grandes son las mercedes, señor alcaide, que en este vuestro castillo he recibido, y quedo obligadísimo a agradecéroslas todos los días de mi vida. Si os las puedo pagar en haceros vengado de algún soberbio que os haya fecho algún agravio, sabed que mi oficio no es otro sino valer a los que poco pueden y vengar a los que reciben tuertos, y castigar alevosías. Recorred vuestra memoria, y si halláis alguna cosa deste jaez que encomendarme, no hay sino decilla; que yo os prometo, por la orden de caballero que recibí, de faceros satisfecho y pagado a toda vuestra voluntad.

El ventero le respondió con el mesmo sosiego:

—Señor caballero, yo no tengo necesidad de que vuestra merced me vengue ningún agravio, porque yo sé tomar la venganza que me parece cuando se me hacen. Sólo he menester que vuestra merced me pague el gasto que esta noche ha hecho en la venta, así de la paja y cebada de sus dos bestias, como de la cena y camas.

—Luego, ¿venta es ésta? —replicó don Quijote.

—Y muy honrada —respondió el ventero.

—Engañado he vivido hasta aquí —respondió don Quijote—; que en verdad que pensé que era castillo, y no malo; pero, pues es así que no es castillo, sino venta, lo que se podrá hacer por agora es que perdonéis por la paga; que yo no puedo contravenir a la orden de los caballeros andantes, de los cuales sé cierto (sin que hasta ahora haya leído cosa en contrario) que jamás pagaron posada ni otra cosa en venta donde estuviesen, porque se les debe de fuero y de derecho cualquier buen acogimiento que se les hiciere, en pago del insufrible trabajo que padecen buscando las aventuras de noche y de día, en invierno y en verano, a pie y a caballo, con sed y con hambre, con calor y con frío, sujetos a todas las inclemencias del cielo y a todos los incómodos de la tierra.

—Poco tengo yo que ver en eso —respondió el ventero—; págueseme lo que se me debe, y dejémonos de cuentos ni de caballerías; que yo no tengo cuenta con otra cosa que con cobrar mi hacienda.

—Vos sois un sandio y mal hostalero —respondió don Quijote.

Y poniendo piernas al Rocinante, y terciando su lanzón, se salió de la venta, sin que nadie le detuviese, y él, sin mirar si le seguía su escudero, se alongó un buen trecho.

El ventero, que le vio ir y que no le pagaba, acudió a cobrar de Sancho Panza, el cual dijo que, pues su señor no había querido pagar, que tampoco él pagaría; porque, siendo él escudero

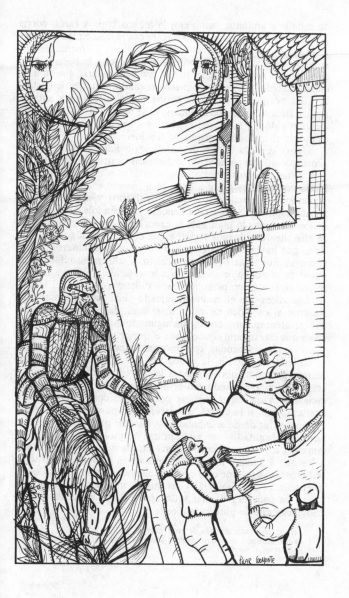

PILAR GOMONTE

de caballero andante, como era, la mesma regla y razón corría por él como por su amo en no pagar cosa alguna en los mesones y ventas. Amohinóse mucho desto el ventero, y amenazóle que si no le pagaba, que lo cobraría de modo que le pesase. A lo cual Sancho respondió que, por la ley de caballería que su amo había recibido, no pagaría un solo cornado, [5] aunque le costase la vida; porque no había de perder por él la buena y antigua usanza de los caballeros andantes, ni se habían de quejar dél los escuderos de los tales que estaban por venir al mundo, reprochándole el quebrantamiento de tan justo fuero.

Quiso la mala suerte del desdichado Sancho que entre la gente que estaba en la venta se hallasen cuatro peraires [6] de Segovia, tres agujeros del Potro de Córdoba y dos vecinos de la Heria [7] de Sevilla, gente alegre, bien intencionada, maleante y juguetona; los cuales, casi como instigados y movidos de un mesmo espíritu, se llegaron a Sancho, y, apeándole del asno, uno dellos entró por la manta de la cama del huésped, y, echándole en ella, alzaron los ojos y vieron que el techo era algo más bajo de lo que habían menester para su obra, y determinaron salirse al corral, que tenía por límite el cielo. Y allí, puesto Sancho en mitad de la manta, comenzaron a levantarle en alto y a holgarse con él, como con perro por carnestolendas.

Las voces que el mísero manteado daba fueron tantas, que llegaron a los oídos de su amo; el cual, determinándose a escuchar atentamente, creyó que alguna nueva aventura le venía, hasta que claramente conoció que el que gritaba era su escudero; y, volviendo las riendas, con un penado galope llegó a la venta, y, hallándola cerrada, la rodeó por ver si hallaba por donde entrar; pero no hubo llegado a las paredes del corral, que no eran muy altas, cuando vio el mal juego que se le hacía a su escudero. Viole bajar y subir por el aire, con tanta gracia y presteza, que, si la cólera le dejara, tengo para mí que se riera. Probó a subir desde el caballo a las bardas; pero estaba tan molido y quebrantado, que aun apearse no pudo; y así, desde encima del caballo, comenzó a decir tantos denuestos y baldones a los que a Sancho manteaban, que no es posible acertar a escribillos; más no por esto cesaban ellos de su risa y de su obra, ni el volador Sancho dejaba sus quejas, mezcladas ya con amenazas, ya con ruegos; mas todo aprovechaba poco, ni aprovechó, hasta que de puro cansados le dejaron.

---

[5] *cornado*, coronado, moneda de poco valor.
[6] *peraile*, metátesis de *pelaire*, significa cardador de paño.
[7] *Heria* (Feria), barrio de Sevilla.

Trujéronle allí su asno, y, subiéndole encima, le arroparon con su gabán. Y la compasiva de Maritornes, viéndole tan fatigado, le pareció ser bien socorrelle con un jarro de agua, y así, se le trujo del pozo, por ser más frío. Tomóle Sancho, y llevándole a la boca, se paró a las voces que su amo le daba, diciendo:

—¡Hijo Sancho, no bebas agua! ¡Hijo, no la bebas, que te matará! ¿Ves? Aquí tengo el santísimo bálsamo —y enseñábale la alcuza del brebaje—, que con dos gotas que dél bebas sanarás sin duda.

A estas voces volvió Sancho los ojos, como de través, y dijo con otras mayores:

—Por dicha, ¿hásele olvidado a vuestra merced como yo no soy caballero, o quiere que acabe de vomitar las entrañas que me quedaron de anoche? Guárdese su licor con todos los diablos, y déjeme a mí.

Y el acabar de decir esto y el comenzar a beber todo fue uno; mas como al primer trago vio que era agua, no quiso pasar adelante, y rogó a Maritornes que se le trujese de vino, y así lo hizo ella de muy buena voluntad, y lo pagó de su mesmo dinero; porque, en efecto, se dice della que, aunque estaba en aquel trato, tenía unas sombras y lejos[8] de cristiana.

Así como bebió Sancho, dio de los carcaños a su asno, y, abriéndole la puerta de la venta de par en par, se salió della, muy contento de no haber pagado nada y de haber salido con su intención, aunque había sido a costa de sus acostumbrados fiadores, que eran sus espaldas. Verdad es que el ventero se quedó con sus alforjas en pago de lo que se le debía; mas Sancho no las echó menos, según salió turbado. Quiso el ventero atrancar bien la puerta así como le vio fuera; mas no lo consintieron los manteadores, que era gente que, aunque don Quijote fuera verdaderamente de los caballeros andantes de la Tabla Redonda, no le estimaran en dos ardites.[9]

---

[8] *lejos*, en la pintura, es el fondo, lo que representa a la vista estar apartado de la figura principal.

[9] *ardite*, moneda antigua de poco valor.

Capítulo XVIII

Donde se cuentan las razones que pasó Sancho Panza con su señor don Quijote, con otras aventuras dignas de ser contadas

Llegó Sancho a su amo marchito y desmayado, tanto, que no podía harrear a su jumento. Cuando así le vio don Quijote, le dijo:

—Ahora acabo de creer, Sancho bueno, que aquel castillo o venta es encantado, sin duda; porque aquellos que tan atrozmente tomaron pasatiempo contigo, ¿qué podían ser sino fantasmas y gente del otro mundo? Y confirmo esto por haber visto que, cuando estaba por las bardas del corral mirando los actos de tu triste tragedia, no me fue posible subir por ellas, ni menos pude apearme de Rocinante, porque me debían de tener encantado; que te juro por la fe de quien soy, que si pudiera subir o apearme, que yo te hiciera vengado de manera que aquellos [follones] y malandrines se acordaran de la burla para siempre, aunque en ello supiera contravenir a las leyes de la caballería, que, como ya muchas veces te he dicho, no consienten que caballero ponga mano contra quien no lo sea, si no fuere en defensa de su propia vida y persona, en caso de urgente y gran necesidad.

—También me vengara yo si pudiera, fuera o no fuera armado caballero, pero no pude; aunque tengo para mí que aquellos que se holgaron conmigo no eran fantasmas ni hombres encantados, como vuestra merced dice, sino hombres de carne y de hueso como nosotros; y todos, según los oí nombrar cuando me volteaban, tenían sus nombres, que el uno se llamaba Pedro Martínez, y el otro Tenorio Hernández, y el ventero oí que se llamaba Juan Palomeque el Zurdo. Así que, señor, el no poder saltar las bardas del corral, ni apearse del caballo, en ál estuvo que en encantamentos. Y lo que yo saco en limpio de todo esto es que estas aventuras que andamos buscando, al cabo al cabo nos han de traer a tantas desventuras, que no sepamos cuál es nuestro pie derecho. Y lo que sería mejor y más acertado, según mi poco entendimiento, fuera el volvernos a nuestro lugar, ahora que es tiempo de la siega y de entender en la hacienda, deján-donos de andar de Ceca en Meca y de zoca en colodra,[1] como dicen.

—¡Qué poco sabes, Sancho —respondió don Quijote—, de achaque de caballería! Calla y ten paciencia; que [día] vendrá donde veas por vista de ojos cuán honrosa cosa es andar en este ejercicio. Si no, dime: ¿qué mayor contento puede haber en el mundo, o qué gusto puede igualarse al de vencer una batalla y al de triunfar de su enemigo? Ninguno, sin duda alguna.

—Así debe de ser —respondió Sancho—, puesto que yo no lo sé; sólo sé que, después que somos caballeros andantes, o vuestra merced lo es (que yo no hay para qué me cuente en tan honroso número), jamás hemos vencido batalla alguna, si no fue la del vizcaíno, y aun de aquélla salió vuestra merced con media oreja y media celada menos; que después acá todo ha sido palos y más palos, puñadas y mas puñadas, llevando yo de ventaja el manteamiento, y haberme sucedido por personas encantadas, de quien no puedo vengarme, para saber hasta dónde llega el gusto del vencimiento del enemigo, como vuestra merced dice.

—Ésta es la pena que yo tengo y la que tu debes tener, San-cho —respondió don Quijote—; pero de aquí adelante yo pro-curaré haber a las manos alguna espada hecha por tal maestría, que al que la trujere consigo no le puedan hacer ningún género de encantamentos; y aún podría ser que me deparase la ventura aquella de Amadís,[2] cuando se llamaba *el Caballero de la Ardiente Espada*, que fue una de las mejores espadas que tuvo ca-ballero en el mundo, porque, fuera que tenía la virtud dicha, cor-taba como una navaja, y no había armadura, por fuerte y encan-tada que fuese, que se le parase delante.

—Yo soy tan venturoso —dijo Sancho—, que cuando eso

---

[1] *Ceca* era, para los moros, la mezquita de Córdoba, así que *andar de Ceca en Meca* equivale a andar de una parte a otra. *De zoca en colodra*, de plaza en taberna.
[2] Amadís de Grecia.

fuese y vuestra merced viniese a hallar espada semejante, sólo vendría a servir y aprovechar a los armados caballeros, como el bálsamo; y a los escuderos, que se los papen duelos.[3]

—No temas eso, Sancho —dijo don Quijote—; que mejor lo hará el cielo contigo.

En estos coloquios iban don Quijote y su escudero, cuando vio don Quijote que por el camino que iban venía hacia ellos una grande y espesa polvareda; y, en viéndola, se volvió a Sancho y le dijo:

—Éste es el día, ¡oh Sancho!, en el cual se ha de ver el bien que me tiene guardado mi suerte; éste es el día, digo, en que se ha de mostrar, tanto como en otro alguno, el valor de mi brazo, y en el que tengo de hacer obras que queden escritas en el libro de la Fama por todos los venideros siglos. ¿Ves aquella polvareda que allí se levanta, Sancho? Pues toda es cuajada de un copiosísimo ejército que de diversas e innumerables gentes por allí viene marchando.

—A esa cuenta, dos deben de ser —dijo Sancho—; porque desta parte contraria se levanta asimesmo otra semejante polvareda.

Volvió a mirarlo don Quijote, y vio que así era la verdad; y alegrándose sobremanera, pensó sin duda alguna que eran dos ejércitos, que venían a embestirse y a encontrarse en mitad de aquella espaciosa llanura. Porque tenía a todas horas y momentos llena la fantasía de aquellas batallas, encantamientos, sucesos, desatinos, amores, desafíos, que en los libros de caballerías se cuentan, y todo cuanto hablaba, pensaba o hacía era encaminado a cosas semejantes. Y la polvareda que había visto la levantaban dos grandes manadas de ovejas y carneros que, por aquel mesmo camino, de dos diferentes partes venían, las cuales, con el polvo, no se echaron de ver hasta que llegaron cerca. Y con tanto ahínco afirmaba don Quijote que eran ejércitos, que Sancho lo vino a creer, y a decirle:

—Señor, pues, ¿qué hemos de hacer nosotros?

—¿Qué? —dijo don Quijote—. Favorecer y ayudar a los menesterosos y desvalidos. Y has de saber, Sancho, que este que viene por nuestra frente le conduce y guía el gran emperador Alifanfarón, señor de la grande isla Trapobana;[4] este otro que a mis espaldas marcha, es el de su enemigo, el rey de los garamantas,[5] Pentapolín del Arremangado Brazo, porque siempre entra en las batallas con el brazo derecho desnudo.

---

[3] *que se los papen duelos*, que se vayan al diablo.
[4] Taprobana se llamaba antiguamente Sri Lanka (Ceilán).
[5] *garamantas*, pueblo del interior de África.

—Pues ¿por qué se quieren tan mal estos dos señores? —preguntó Sancho.

—Quiérense mal —respondió don Quijote— porque este Alifanfarón es un furibundo pagano, y está enamorado de la hija de Pentapolín, que es una muy fermosa y además agraciada señora, y es cristiana, y su padre no se la quiere entregar al rey pagano si no deja primero la ley de su falso profeta Mahoma y se vuelve a la suya.

—¡Para mis barbas —dijo Sancho—, si no hace muy bien Pentapolín, y que le tengo de ayudar en cuanto pudiere!

—En eso harás lo que debes, Sancho —dijo don Quijote—; porque para entrar en batallas semejantes no se requiere ser armado caballero.

—Bien se me alcanza eso —respondió Sancho—; pero ¿dónde pondremos a este asno que estemos ciertos de hallarle después de pasada la refriega? Porque el entrar en ella en semejante caballería no creo que está en uso hasta agora.

—Así es verdad —dijo don Quijote—. Lo que puedes hacer dél es dejarle a sus aventuras, ora se pierda o no, porque serán tantos los caballos que tendremos después que salgamos vencedores, que aun corre peligro Rocinante no le trueque por otro. Pero estáme atento y mira, que te quiero dar cuenta de los caballeros más principales que en estos dos ejércitos vienen. Y para que mejor los veas y notes, retirémonos a aquel altillo que allí se hace, de donde se deben de descubrir los dos ejércitos.

Hiciéronlo así, y pusiéronse sobre una loma, desde la cual se vieran bien las dos manadas que a don Quijote se le hicieron ejércitos, si las nubes del polvo que levantaban no les turbara y cegara la vista; pero, con todo esto, viendo en su imaginación lo que no veía ni había, con voz levantada comenzó a decir:

—Aquel caballero que allí ves de las armas jaldes, que trae en el escudo un león coronado, rendido á los pies de una doncella, es el valeroso Laurcalco, señor de la Puente de Plata; el otro de las armas de las flores de oro, que trae en el escudo tres coronas de plata en campo azul, es el temido Micocolembo, gran duque de Quirocia; el otro de los miembros giganteos, que está a su derecha mano, es el nunca medroso Brandabarbarán de Boliche, señor de las tres Arabias, que viene armado de aquel cuero de serpiente, y tiene por escudo una puerta, que, según es fama, es una de las del templo que derribó Sansón, cuando con su muerte se vengó de sus enemigos. Pero vuelve los ojos a estotra parte, y verás delante y en la frente destotro ejército al siempre vencedor y jamás vencido Timonel de Carcajona, príncipe de la Nueva Vizcaya, que viene armado con las armas partidas a cuarteles, azules, verdes, blancas y amarillas, y trae en el escudo un gato de oro en campo leonado, con una letra que dice: *Miau*, que es el principio del nombre de su dama, que, según se dice, es la sin par Miulina, hija del duque Alfeñiquén del Algarbe; el otro, que carga y oprime los lomos de aquella poderosa alfana, [6] que trae las armas como nieve blancas y el escudo blanco y sin empresa alguna, es un caballero novel, de nación francés, llamado Pierres Papín, [7] señor de las baronías de Utrique; el otro, que bate las ijadas con los herrados carcaños a aquella pintada y ligera cebra y trae las armas de los veros azules, [8] es el poderoso duque de Nerbia, Espartafilardo del Bosque, que trae por empresa en el escudo una esparraguera, con una letra en castellano que dice así: *Rastrea mi suerte*.

Y desta manera fue nombrando muchos caballeros del uno y del otro escuadrón, que él se imaginaba, y a todos les dio sus armas, colores, empresas y motes, de improviso, llevado de la imaginación de su nunca vista locura, y, sin parar, prosiguió diciendo:

—A este escuadrón frontero forman y hacen gentes de diversas naciones: aquí están los que bebían las dulces aguas del famoso Xanto; [9] los montuosos que pisan los masílicos campos; [10] los que [criban][11] el finísimo y menudo oro en la felice Arabia; los que gozan las famosas y frescas riberas del claro Termodonte; [12] los que sangran por muchas y diversas vías al dorado Pactolo; [13] y los númidas, dudosos en sus promesas; los persas, arcos y flechas famosos; [los] partos, los medos, que pelean huyendo; los árabes, de mudables casas; los citas, tan crueles como blancos; los etiopes, de horadados labios, y otras infinitas naciones, cuyos rostros conozco y veo, aunque de los nombres no me acuerdo. En estotro escuadrón vienen los que beben las corrien-

---

[6] *alfana*, yegua grande y fuerte.

[7] *Pierres Papín*, mercader francés, dueño de una tienda de naipes, que vivía en Sevilla alrededor de 1572.

[8] *veros*, en la heráldica, copas o vasos en azul y plata.

[9] *Xanto*, río de Troya.

[10] *masílicos*, de los Másilos, pueblo de África.

[11] La *princeps: cubren*. Schevill enmienda [des]*cubren*. Riquer aduce otros ejemplos que indican que la *cu-* y la *cri-* del manuscrito de Cervantes se confundían fácilmente, lo que le lleva a las siguientes enmiendas, todas aceptadas en nuestra edición: *pintándolo ni describiéndolo*, por *pintándolo ni descubriéndolo* (I, 25); *las describió Tolomeo*, por *las descubrió Tolomeo* (I, 47); *describiendo naufragios*, por *descubriendo naufragios* (I, 47); *pintar y describir*, por *pintar y descubrir* (II, 1).

[12] *Termodonte*, río de Capadocia.

[13] *Pactolo*, río de Lidia.

tes cristalinas del olivífero Betis; los que tersan y pulen sus rostros con el licor del siempre rico y dorado Tajo; los que gozan las provechosas aguas del divino Genil; los que pisan los tartesios campos, de pastos abundantes; los que se alegran en los elíseos jerezanos prados; los manchegos, ricos y coronados de rubias espigas; los de hierro vestidos, reliquias antiguas de la sangre goda; los que en Pisuerga se bañan, famoso por la mansedumbre de su corriente; los que su ganado apacientan en las estendidas dehesas del tortuoso Guadiana, celebrado por su escondido curso; los que tiemblan con el frío del silvoso Pirineo y con los blancos copos del levantado Apenino; finalmente, cuantos toda la Europa en sí contiene y encierra.

¡Válame Dios, y cuántas provincias dijo, cuántas naciones nombró, dándole a cada una, con maravillosa presteza, los atributos que le pertenecían, todo absorto y empapado en lo que había leído en sus libros mentirosos!

Estaba Sancho Panza colgado de sus palabras, sin hablar ninguna, y de cuando en cuando volvía la cabeza a ver si veía los caballeros y gigantes que su amo nombraba; y como no descubría a ninguno, le dijo:

—Señor, encomiendo al diablo hombre, ni gigante, ni caballero de cuantos vuestra merced dice parece por todo esto; a lo menos, yo no los veo; quizá todo debe ser encantamento, como las fantasmas de anoche.

—¿Cómo dices eso? —respondió don Quijote—. ¿No oyes el relinchar de los caballos, el tocar de los clarines, el ruido de los atambores?

—No oigo otra cosa —respondió Sancho— sino muchos balidos de ovejas y carneros.

Y así era la verdad, porque ya llegaban cerca los dos rebaños.

—El miedo que tienes —dijo don Quijote— te hace, Sancho, que ni veas ni oyas a derechas; porque uno de los efectos del miedo es turbar los sentidos y hacer que las cosas no parezcan lo que son; y si es que tanto temes, retírate a una parte y déjame solo; que solo basto a dar la victoria a la parte a quien yo diere mi ayuda.

Y diciendo esto, puso las espuelas a Rocinante, y, puesta la lanza en el ristre, bajó de la costezuela como un rayo. Diole voces Sancho, diciéndole:

—¡Vuélvase vuestra merced, señor don Quijote, que voto a Dios que son carneros y ovejas las que va a embestir! ¡Vuélvase, desdichado del padre que me engendró! ¿Qué locura es ésta? Mire que no hay gigante ni caballero alguno, ni gatos, ni armas, ni escudos partidos ni enteros, ni veros azules ni endiablados. ¿Qué es lo que hace? ¡Pecador soy yo a Dios!

Ni por ésas volvió don Quijote; antes, en altas voces, iba diciendo:

—¡Ea, caballeros, los que seguís y militáis debajo de las banderas del valeroso emperador Pentapolín del Arremangado Brazo, seguidme todos; veréis cuán fácilmente le doy venganza de su enemigo Alifanfarón de la Trapobana!

Esto diciendo, se entró por medio del escuadrón de las ovejas, y comenzó de alanceallas con tanto coraje y denuedo como si de veras alanceara a sus mortales enemigos. Los pastores y ganaderos que con la manada venían dábanle voces que no hiciese aquello; pero, viendo que no aprovechaban, desciñéronse las hondas y comenzaron a saludalle los oídos con piedras como el puño. Don Quijote no se curaba de las piedras; antes, discurriendo a todas partes, [decía]:

—¿Adónde estás, soberbio Alifanfarón? Vente a mí; que un caballero solo soy, que desea, de solo a solo, probar tus fuerzas y quitarte la vida, en pena de la que das al valeroso Pentapolín Garamanta.

Llegó en esto una peladilla de arroyo, y, dándole en un lado, le sepultó dos costillas en el cuerpo. Viéndose tan maltrecho, creyó, sin duda, que estaba muerto o malferido y, acordándose de su licor, sacó su alcuza, y púsosela a la boca, y comenzó a echar licor en el estómago; mas, antes que acabase de envasar lo que a él le parecía que era bastante, llegó otra almendra y diole en la mano y en el alcuza, tan de lleno que se la hizo pedazos, llevándole de camino tres o cuatro dientes y muelas de la boca, y machucándole malamente dos dedos de la mano.

Tal fue el golpe primero, y tal el segundo, que le fue forzoso al pobre caballero dar consigo del caballo abajo. Llegáronse a él los pastores, y creyeron que le habían muerto; y así, con mucha priesa, recogieron su ganado, y cargaron de las reses muertas, que pasaban de siete, y sin averiguar otra cosa, se fueron.

Estábase todo este tiempo Sancho sobre la cuesta, mirando las locuras que su amo hacía, y arrancábase las barbas, maldiciendo la hora y el punto en que la fortuna se le había dado a conocer. Viéndole, pues, caído en el suelo, y que ya los pastores se habían ido, bajó de la cuesta y llegóse a él, y hallóle de muy mal arte, aunque no había perdido el sentido, y díjole:

—¿No le decía yo, señor don Quijote, que se volviese, que los que iba a acometer no eran ejércitos, sino manadas de carneros?

—Como eso puede desparecer y contrahacer aquel ladrón del sabio mi enemigo. Sábete, Sancho, que es muy fácil cosa a los tales hacernos parecer lo que quieren, y este maligno que me persigue, envidioso de la gloria que vio que yo había de alcanzar desta batalla, ha vuelto los escuadrones de enemigos en manadas de ovejas. Si no, haz una cosa, Sancho, por mi vida, porque te desengañes y veas ser verdad lo que te digo: sube en tu asno y síguelos bonitamente, y verás cómo, en alejándose de aquí algún poco, se vuelven en su ser primero, y, dejando de ser carneros, son hombres hechos y derechos, como yo te los pinté primero. Pero no vayas agora, que he menester tu favor y ayuda; llégate a mí y mira cuantas muelas y dientes me faltan, que me parece que no me ha quedado ninguno en la boca.

Llegóse Sancho tan cerca, que casi le metía los ojos en la boca; y fue a tiempo que ya había obrado el bálsamo en el estómago de don Quijote, y al tiempo que Sancho llegó a mirarle la boca, arrojo de sí, más recio que una escopeta, cuanto dentro tenía, y dio con todo ello en las barbas del compasivo escudero.

—¡Santa María! —dijo Sancho—, y ¿qué es esto que me ha sucedido? Sin duda, este pecador está herido de muerte, pues vomita sangre por la boca.

Pero reparando un poco más en ello, echó de ver en la color, sabor y olor, que no era sangre, sino el bálsamo de la alcuza que él le había visto beber; y fue tanto el asco que tomó, que, revolviéndosele el estómago, vomitó las tripas sobre su mismo señor, y quedaron entrambos como de perlas. Acudió Sancho a su asno para sacar de las alforjas con qué limpiarse y con qué curar a su amo, y como no las halló, estuvo a punto de perder el juicio. Maldíjose de nuevo, y propuso en su corazón de dejar a su amo y volverse a su tierra, aunque perdiese el salario de lo servido y las esperanzas del gobierno de la prometida ínsula.

Levantóse en esto don Quijote, y, puesta la mano izquierda en la boca, porque no se le acabasen de salir los dientes, asió con la otra las riendas de Rocinante, que nunca se había movido de junto a su amo (tal era de leal y bien acondicionado), y fuese adonde su escudero estaba, de pechos sobre su asno, con la mano en la mejilla, en guisa de hombre pensativo además.[14] Y viéndole don Quijote de aquella manera, con muestras de tanta tristeza, le dijo:

—Sábete, Sancho, que no es un hombre más que otro si no hace más que otro. Todas estas borrascas que nos suceden son

---

[14] además, usada a veces en el texto con el significado antiguo de «en demasía.»

señales de que presto ha de serenar el tiempo y han de sucedernos bien las cosas; porque no es posible que el mal ni el bien sean durables, y de aquí se sigue que, habiendo durado mucho el mal, el bien está ya cerca. Así, que no debes congojarte por las desgracias que a mí me suceden, pues a ti no te cabe parte dellas.

—¿Cómo no? —respondió Sancho—. Por ventura, el que ayer mantearon, ¿era otro que el hijo de mi padre? Y las alforjas que hoy me faltan, con todas mis alhajas, ¿son de otro que del mismo?

—¿Que te faltan las alforjas, Sancho? —dijo don Quijote.

—Sí que me faltan —respondió Sancho.

—Dese modo, no tenemos qué comer hoy —replicó don Quijote.

—Eso fuera —respondió Sancho— cuando faltaran por estos prados las yerbas que vuestra merced dice que conoce, con que suelen suplir semejantes faltas los tan malaventurados andantes caballeros como vuestra merced es.

—Con todo eso —respondió don Quijote—, tomara yo ahora más aína[15] un cuartal[16] de pan, o una hogaza y dos cabezas de sardinas arenques, que cuantas yerbas describe Dioscórides, aunque fuera el ilustrado por el doctor Laguna.[17] Mas, con todo esto, sube en tu jumento, Sancho el bueno, y vente tras mí; que Dios, que es proveedor de todas las cosas, no nos ha de faltar, y más andando tan en su servicio como andamos, pues no falta a los mosquitos del aire, ni a los gusanillos de la tierra, ni a los renacuajos del agua. Y es tan piadoso, que hace salir su sol sobre los buenos y los malos, y llueve sobre los injustos y justos.

—Más bueno era vuestra merced —dijo Sancho— para predicador que para caballero andante.

—De todo sabían y han de saber los caballeros andantes, Sancho —dijo don Quijote—; porque caballero andante hubo en los pasados siglos que así se paraba a hacer un sermón o plática en mitad de un campo real como si fuera graduado por la Universidad de París; de donde se infiere que nunca la lanza embotó la pluma, ni la pluma la lanza.

—Ahora bien, sea así como vuestra merced dice —respondió Sancho—; vamos ahora de aquí, y procuremos donde alojar esta noche, y quiera Dios que sea en parte donde no haya

---

[15] *más aína*, más rápidamente.

[16] *cuartal*, la cuarta parte de una hogaza, tal vez dos libras.

[17] Andrés Laguna publicó su traducción anotada del libro del botánico griego en Amberes, 1555.

mantas, ni manteadores, ni fantasmas, ni moros encantados; que si los hay, daré al diablo el hato y el garabato.[18]

—Pídeselo tú a Dios, hijo —dijo don Quijote—, y guía tú por donde quisieres; que esta vez quiero dejar a tu elección el alojarnos. Pero dame acá la mano, y atiéntame con el dedo, y mira bien cuántos dientes y muelas me faltan deste lado derecho, de la quijada alta; que allí siento el dolor.

Metió Sancho los dedos, y estándole tentando, le dijo:

—¿Cuántas muelas solía vuestra merced tener en esta parte?

—Cuatro —respondió don Quijote—, fuera de la cordal, todas enteras y muy sanas.

—Mire vuestra merced bien lo que dice, señor —respondió Sancho.

—Digo cuatro, si no eran cinco —respondió don Quijote; porque en toda mi vida me han sacado diente ni muela de la boca, ni se me ha caído, ni comido de neguijón ni de reuma alguna.

—Pues en esta parte de abajo —dijo Sancho— no tiene vuestra merced más de dos muelas y media; y en la de arriba, ni media, ni ninguna; que toda está rasa como la palma de la mano.

—¡Sin ventura yo! —dijo don Quijote, oyendo las tristes nuevas que su escudero le daba—; que más quisiera que me hubieran derribado un brazo, como no fuera el de la espada. Porque te hago saber, Sancho, que la boca sin muelas es como molino sin piedra, y en mucho más se ha de estimar un diente que un diamante. Mas a todo esto estamos sujetos los que profesamos la estrecha orden de la caballería. Sube, amigo, y guía, que yo te seguiré al paso que quisieres.

Hízolo así Sancho, y encaminóse hacia donde le pareció que podía hallar acogimiento, sin salir del camino real, que por allí iba muy seguido.[19]

Yéndose, pues, poco a poco, porque el dolor de las quijadas de don Quijote no le dejaba sosegar ni atender a darse priesa, quiso Sancho entretenelle y divertille diciéndole alguna cosa, y entre otras que le dijo, fue lo que se dirá en el siguiente capítulo.

[18] *daré al diablo el hato y el garabato*, daré todo al diablo. Alusión al pastor que deja hato y cayado *(garabato)*.
[19] *seguido*, recto.

Capítulo XIX

De las discretas razones que Sancho pasaba con su amo, y de la aventura que le sucedió con un cuerpo muerto, con otros acontecimientos famosos

—Paréceme, señor mío, que todas estas desventuras que estos días nos han sucedido, sin duda alguna han sido pena del pecado cometido por vuestra merced contra la orden de su caballería, no habiendo cumplido el juramento que hizo de no comer pan a manteles ni con la reina folgar, con todo aquello que a esto se sigue y vuestra merced juró de cumplir, hasta quitar aquel almete de Malandrino, o como se llama el moro, que no me acuerdo bien.

—Tienes mucha razón, Sancho —dijo don Quijote—; mas, para decirte verdad, ello se me había pasado de la memoria; y también puedes tener por cierto que por la culpa de no habérmelo tú acordado en tiempo te sucedió aquello de la manta; pero yo haré la enmienda; que modos hay de composición[1] en la orden de la caballería para todo.

—Pues ¿juré yo algo, por dicha? —respondió Sancho.

—No importa que no hayas jurado —dijo don Quijote—: basta que yo entiendo que de participantes no estás muy seguro, y, por sí o por no, no será malo proveernos de remedio.

—Pues si ello es así —dijo Sancho—, mire vuestra merced no se le torne a olvidar esto, como lo del juramento; quizá les

---

[1] *modos de composición*, y, más abajo, *participantes*, aluden, respectivamente, a la restitución de bienes ajenos y a la comunicación con los excomulgados.

volverá la gana a las fantasmas de solazarse otra vez conmigo, y aun con vuestra merced, si le ven tan pertinaz.

En estas y otras pláticas les tomó la noche en mitad del camino, sin tener ni descubrir donde aquella noche se recogiesen; y lo que no había de bueno en ello era que perecían de hambre; que con la falta de las alforjas les faltó toda la despensa y matalotaje. Y para acabar de confirmar esta desgracia, les sucedió una aventura que, sin artificio alguno, verdaderamente lo parecía. Y fue que la noche cerró con alguna escuridad; pero, con todo esto, caminaban, creyendo Sancho que, pues aquel camino era real, a una o dos leguas, de buena razón hallaría en él alguna venta.

Yendo, pues, desta manera, la noche escura, el escudero hambriento y el amo con gana de comer, vieron que por el mesmo camino que iban venían hacia ellos gran multitud de lumbres, que no parecían sino estrellas que se movían. Pasmóse Sancho en viéndolas, y don Quijote no las tuvo todas consigo; tiró el uno del cabestro a su asno, y el otro de las riendas a su rocino, y estuvieron quedos, mirando atentamente lo que podía ser aquello, y vieron que las lumbres se iban acercando a ellos, y mientras más se llegaban, mayores parecían; a cuya vista Sancho comenzó a temblar como un azogado, y los cabellos de la cabeza se le erizaron a don Quijote, el cual, animándose un poco, dijo:

—Ésta, sin duda, Sancho, debe de ser grandísima y peligrosísima aventura, donde será necesario que yo muestre todo mi valor y esfuerzo.

—¡Desdichado de mí! —respondió Sancho—. Si acaso esta aventura fuese de fantasmas, como me lo va pareciendo, ¿adónde habrá costillas que la sufran?

—Por más fantasmas que sean —dijo don Quijote—, no consentiré yo que te toque² en el pelo de la ropa; que si la otra vez se burlaron contigo, fue porque no pude yo saltar las paredes del corral; pero ahora estamos en campo raso, donde podré yo como quisiere esgrimir mi espada.

—Y si le encantan y entomecen, como la otra vez lo hicieron —dijo Sancho—, ¿qué aprovechará estar en campo abierto o no?

—Con todo eso —replicó don Quijote—, te ruego, Sancho, que tengas buen ánimo, que la experiencia te dará a entender el que yo tengo.

—Sí tendré, si a Dios place —respondió Sancho.

---

² *que te toque* [ningún fantasma].

Y, apartándose los dos a un lado del camino, tornaron a mirar atentamente lo que aquello de aquellas lumbres que caminaban podía ser, y de allí a muy poco descubrieron muchos encamisados,[3] cuya temerosa visión de todo punto remató el ánimo de Sancho Panza, el cual comenzó a dar diente con diente, como quien tiene frío de cuartana; y creció más el batir y dentellear cuando distintamente vieron lo que era, porque descubrieron hasta veinte encamisados, todos a caballo, con sus hachas encendidas en las manos, detrás de los cuales venía una litera cubierta de luto, a la cual seguían otros seis de a caballo, enlutados hasta los pies de las mulas; que bien vieron que no eran caballos en el sosiego con que caminaban. Iban los encamisados murmurando entre sí, con una voz baja y compasiva. Esta estraña visión, a tales horas y en tal despoblado, bien bastaba para poner miedo en el corazón de Sancho, y aun en el de su amo; y así fuera en cuanto a don Quijote, que ya Sancho había dado al través con todo su esfuerzo. Lo contrario le avino a su amo, al cual en aquel punto se le representó en su imaginación al vivo que aquella era una de las aventuras de sus libros.

Figurósele que la litera eran andas donde debía de ir algún mal ferido o muerto caballero, cuya venganza a él solo estaba reservada, y, sin hacer otro discurso, enristró su lanzón, púsose bien en la silla, y con gentil brío y continente se puso en la mitad del camino por donde los encamisados forzosamente habían de pasar, y cuando los vio cerca alzó la voz y dijo:

—Deteneos, caballeros, o quienquiera que seáis, y dadme cuenta de quién sois, de dónde venís, adónde vais, qué es lo que en aquellas andas lleváis; que, según las muestras, o vosotros habéis fecho, o vos han fecho, algún desaguisado, y conviene y es menester que yo lo sepa, o bien para castigaros del mal que fecistes, o bien para vengaros del tuerto que vos ficieron.

—Vamos de priesa —respondió uno de los encamisados—, y está la venta lejos, y no nos podemos detener a dar tanta cuenta como pedís.

Y picando la mula, pasó adelante. Sintióse desta respuesta grandemente don Quijote, y trabando del freno, dijo:

—Deteneos, y sed más bien criado, y dadme cuenta de lo que os he preguntado; si no, conmigo sois todos en batalla.

---

[3] *encamisados*, propiamente significaba gente armada que usaba camisa encima de la ropa para reconocerse en las sorpresas nocturnas. Éstos se designan con este término por el parecido con los militares así vestidos.

Era la mula asombradiza, y al tomarla del freno se espantó de manera que, alzándose en los pies, dio con su dueño por las ancas en el suelo. Un mozo que iba a pie, viendo caer al encamisado, comenzó a denostar a don Quijote, el cual, ya encolerizado, sin esperar más, enristrando su lanzón, arremetió a uno de los enlutados, y, mal ferido dio con él en tierra; y revolviéndose por los demás, era cosa de ver con la presteza que los acometía y desbarataba, que no parecía sino que en aquel instante le habían nacido alas a Rocinante, según andaba de ligero y orgulloso.

Todos los encamisados eran gente medrosa y sin armas, y así, con facilidad, en un momento dejaron la refriega y comenzaron a correr por aquel campo, con las hachas encendidas, que no parecían sino a los de las máscaras que en noche de regocijo y fiesta corren. Los enlutados asimesmo, revueltos y envueltos en sus faldamentos y lobas, no se podían mover; así que, muy a su salvo, don Quijote los apaleó a todos y les hizo dejar el sitio, mal de su grado, porque todos pensaron que aquél no era hombre, sino diablo del infierno que les salía a quitar el cuerpo muerto que en la litera llevaban.

Todo lo miraba Sancho, admirado del ardimiento de su señor, y decía entre sí:

—Sin duda este mi amo es tan valiente y esforzado como él dice.

Estaba una hacha ardiendo en el suelo, junto al primero que derribó la mula, a cuya luz le pudo ver don Quijote; y, llegándose a él, le puso la punta del lanzón en el rostro, diciéndole que se rindiese; si no, que le mataría. A lo cual respondió el caído:

—Harto rendido estoy, pues no me puedo mover, que tengo una pierna quebrada; suplico a vuestra merced, si es caballero cristiano, que no me mate; que cometerá un gran sacrilegio, que soy licenciado y tengo las primeras órdenes.

—Pues ¿quién diablos os ha traído aquí —dijo don Quijote—, siendo hombre de Iglesia?

—¿Quién, señor? —replicó el caído—. Mi desventura.

—Pues otra mayor os amenaza —dijo don Quijote—, si no me satisfacéis a todo cuanto primero os pregunté.

—Con facilidad será vuestra merced satisfecho —respondió el licenciado—; y así, sabrá vuestra merced que, aunque denantes dije que yo era licenciado, no soy sino bachiller, y llámome Alonso López; soy natural de Alcobendas; vengo de la ciudad de Baeza, con otros once sacerdotes, que son los que huyeron con las hachas; vamos a la ciudad de Segovia acompañando un cuerpo muerto, que va en aquella litera, que es de un caballero que murió en Baeza, donde fue depositado, y ahora, como digo, llevábamos sus huesos a su sepultura, que está en Segovia, de donde es natural.

—¿Y quién le mató? —preguntó don Quijote.

—Dios, por medio de unas calenturas pestilentes que le dieron —respondió el bachiller.

—Desa suerte —dijo don Quijote—, quitado me ha Nuestro Señor del trabajo que había de tomar en vengar su muerte, si otro alguno le hubiera muerto; pero habiéndole muerto quien le mató, no hay sino callar y encoger los hombros, porque lo mesmo hiciera si a mí mismo me matara. Y quiero que sepa vuestra reverencia que yo soy un caballero de la Mancha, llamado don Quijote, y es mi oficio y ejercicio andar por el mundo enderezando tuertos y desfaciendo agravios.

—No sé cómo pueda ser eso de enderezar tuertos —dijo el bachiller—, pues a mí de derecho me habéis vuelto tuerto, dejándome una pierna quebrada, la cual no se verá derecha en todos los días de su vida; y el agravio que en mí habéis deshecho ha sido dejarme agraviado de manera que me quedaré agraviado para siempre; y harta desventura ha sido topar con vos, que vais buscando aventuras.

—No todas las cosas —respondió don Quijote— suceden de un mismo modo. El daño estuvo, señor bachiller Alonso López, en venir, como veníades, de noche, vestidos con aquellas sobrepellices, con las hachas encendidas, rezando, cubiertos de luto, que propiamente semejábades cosa mala y del otro mundo; y así, yo no pude dejar de cumplir con mi obligación acometiéndoos, y os acometiera aunque verdaderamente supiera que érades los mesmos satanases del infierno, que por tales os juzgué y tuve siempre.

—Ya que así lo ha querido mi suerte —dijo el bachiller—, suplico a vuestra merced, señor caballero andante (que tan mala andanza me ha dado), me ayude a salir de debajo desta mula, que me tiene tomada una pierna entre el estribo y la silla.

—¡Hablara yo para mañana! —dijo don Quijote—. Y ¿hasta cuándo aguardábades a decirme vuestro afán?

Dio luego voces a Sancho Panza que viniese; pero él no se curó de venir, porque andaba ocupado desvalijando una acémila de repuesto que traían aquellos buenos señores, bien bastecida de cosas de comer. Hizo Sancho costal de su gabán, y recogiendo todo lo que pudo y cupo en el talego, cargó su jumento, y luego acudió a las voces de su amo, y ayudó a sacar al señor bachiller de la opresión de la mula, y, poniéndole encima della, le dio la hacha; y don Quijote le dijo que siguiese la derrota de sus compañeros, a quien de su parte pidiese perdón del agravio, que no había sido en su mano dejar de haberle hecho. Díjole también Sancho:

—Si acaso quisieren saber esos señores quién ha sido el valeroso que tales los puso, diráles vuestra merced que es el famoso don Quijote de la Mancha, que por otro nombre se llama *el Caballero de la Triste Figura.*[4]

Con esto se fue el bachiller, y don Quijote preguntó a Sancho que qué le había movido a llamarle *el Caballero de la Triste Figura,* más entonces que nunca.

—Yo se lo diré —respondió Sancho—; porque le he estado mirando un rato a la luz de aquella hacha que lleva aquel malandante, y verdaderamente tiene vuestra merced la más mala figura, de poco acá, que jamás he visto; y débelo de haber causado, o ya el cansancio deste combate, o ya la falta de las muelas y dientes.

—No es eso —respondió don Quijote—; sino que el sabio a cuyo cargo debe de estar el escribir la historia de mis hazañas le habrá parecido que será bien que yo tome algún nombre apelativo, como lo tomaban todos los caballeros pasados: cuál se llamaba *el de la Ardiente Espada,* cuál, *el del Unicornio;* aquél, *de las Doncellas;* aquéste, *el del Ave Fénix;* el otro, *el Caballero del Grifo;* estotro, *el de la Muerte,*[5] y por estos nombres e insignias eran conocidos por toda la redondez de la tierra. Y así, digo que el sabio ya dicho te habrá puesto en la lengua y en el pensamiento ahora que me llamases *el Caballero de la Triste Figura,* como pienso llamarme desde hoy en adelante; y para que mejor me cuadre tal nombre, determino de hacer pintar, cuando haya lugar, en mi escudo una muy triste figura.

—No hay para qué gastar tiempo y dineros en hacer esa figura —dijo Sancho—; sino lo que se ha de hacer es que vuestra merced descubra la suya y dé rostro a los que le miraren; que, sin más ni más, y sin otra imagen ni escudo, le llamarán *el de*

---

[4] Sobrenombre de doble filo. Sancho lo inventa en su sentido de «mala o desgarbada figura de un sujeto», pero en *La historia del muy esforzado e animoso caballero don Clarián de Landanís...,* cuya Primera Parte se publicó en Toledo en 1518, el príncipe Deocliano se llama así.

[5] *el de la Ardiente Espada,* Amadís de Grecia; *el del Unicornio,* Belianís; *el de las Doncellas,* un personaje del *Lepolemo, o Caballero de la Cruz; el del Ave Fénix,* don Florarlán de Tracia; *el del Grifo,* el conde de Aremberg que tomó este nombre en unas fiestas de Felipe II; *el de la Muerte,* Amadís de Grecia.

la Triste Figura; y créame, que le digo verdad, porque le prometo a vuestra merced, señor (y esto sea dicho en burlas), que le hace tan mala cara la hambre y la falta de las muelas, que, como ya tengo dicho, se podrá muy bien escusar la triste pintura.

Rióse don Quijote del donaire de Sancho; pero con todo, propuso de llamarse de aquel nombre en pudiendo pintar su escudo o rodela, como había imaginado.

[En esto volvió el bachiller y le dijo a don Quijote]:[6]

—Olvidábaseme de decir que advierta vuestra merced que queda descomulgado, por haber puesto las manos violentamente en cosa sagrada, *juxta illud: Si quis suadente diabolo,* etc.[7]

—No entiendo ese latín —respondió don Quijote—, mas yo sé bien que no puse las manos, sino este lanzón; cuanto más, que yo no pensé que ofendía a sacerdotes ni a cosas de la Iglesia, a quien respeto y adoro como católico y fiel cristiano que soy, sino a fantasmas y a vestiglos del otro mundo. Y cuando eso así fuese, en la memoria tengo lo que le pasó al Cid Ruy Díaz, cuando quebró la silla del embajador de aquel rey delante de Su Santidad del Papa, por lo cual lo descomulgó, y anduvo aquel día el buen Rodrigo de Vivar como muy honrado y valiente caballero.[8]

En oyendo esto el bachiller, se fue, como queda dicho, sin replicarle palabra. Quisiera don Quijote mirar si el cuerpo que venía en la litera eran huesos o no; pero no lo consintió Sancho, diciéndole:

—Señor, vuestra merced ha acabado esta peligrosa aventura lo más a su salvo de todas las que yo he visto; esta gente, aunque vencida y desbaratada, podría ser que cayese en la cuenta de que los venció sola una persona, y, corridos y avergonzados desto, volviesen a rehacerse y a buscarnos, y nos diesen en qué entender. El jumento está como conviene, la montaña cerca, la hambre carga, no hay que hacer sino retirarnos con gentil compás de pies, y, como dicen, váyase el muerto a la sepultura y el vivo a la hogaza.[9]

---

[6] Schevill es el que sugiere esta oración para resolver un problema obvio en la *princeps.* La interpolación que propone resuelve dos problemas: 1) al dejar el texto como estaba, habría que atribuirle a Sancho lo que sigue, cosa totalmente impropia, y 2) el bachiller, que ya se había ido, se va de nuevo después de la réplica de Don Quijote.
[7] Palabras del canon del Concilio de Trento que decreta la excomulgación del que golpeara a un clérigo.
[8] Alude a un lance apócrifo de uno de los romances del Cid.
[9] Como notó Clemencín, éste es el primero de los refranes que llegan después a caracterizar el habla de Sancho. Para un estudio del refranero y el habla de Sancho, véase Rosenblat (1971), págs. 35-43.

Y antecogiendo su asno, rogó a su señor que le siguiese; el cual, pareciéndole que Sancho tenía razón, sin volverle a replicar le siguió. Y a poco trecho que caminaban por entre dos montañuelas, se hallaron en un espacioso y escondido valle, donde se apearon, y Sancho alivió el jumento, y tendidos sobre la verde yerba, con la salsa de su hambre, almorzaron, comieron, merendaron y cenaron a un mesmo punto, satisfaciendo sus estómagos con más de una fiambrera que los señores clérigos del difunto (que pocas veces se dejan mal pasar) en la acémila de su repuesto traían.

Mas sucedióles otra desgracia, que Sancho la tuvo por la peor de todas, y fue que no tenían vino que beber, ni aun agua que llegar a la boca; y, acosados de la sed, dijo Sancho, viendo que el prado donde estaban estaba colmado de verde y menuda yerba, lo que se dirá en el siguiente capítulo.

Capítulo XX

**De la jamás vista ni oída aventura que con más poco peligro
fue acabada de famoso caballero en el mundo, como
la que acabó el valeroso don Quijote de la Mancha**

No es posible, señor mío, sino que estas yerbas dan testimonio de que por aquí cerca debe de estar alguna fuente o arroyo que estas yerbas humedece, y así, será bien que vamos un poco más adelante; que ya toparemos donde podamos mitigar esta terrible sed que nos fatiga, que, sin duda, causa mayor pena que la hambre.

Parecióle bien el consejo a don Quijote, y tomando de la rienda a Rocinante, y Sancho del cabestro a su asno, después de haber puesto sobre él los relieves que de la cena quedaron, comenzaron a caminar por el prado arriba a tiento, porque la escuridad de la noche no les dejaba ver cosa alguna; mas no hubieron andado doscientos pasos cuando llegó a sus oídos un grande ruido de agua, como que de algunos grandes y levantados riscos se despeñaba. Alegróles el ruido en gran manera; y parándose a escuchar hacia qué parte sonaba, oyeron a deshora otro estruendo que les aguó el contento del agua, especialmente a Sancho, que naturalmente era medroso y de poco ánimo. Digo que oyeron que daban unos golpes a compás, con un cierto crujir de hierros y cadenas, que, acompañados del furioso estruendo del agua, pusieran pavor a cualquier otro corazón que no fuera el de don Quijote.

Era la noche, como se ha dicho, escura, y ellos acertaron a entrar entre unos árboles altos, cuyas hojas, movidas del blando viento, hacían un temeroso y manso ruido; de manera que la soledad, el sitio, la escuridad, el ruido del agua con el susurro de las hojas, todo causaba horror y espanto, y más cuando vieron que ni los golpes cesaban, ni el viento dormía, ni la mañana llegaba; añadiéndose a todo esto el ignorar el lugar donde se hallaban. Pero don Quijote, acompañado de su intrépido corazón, saltó sobre Rocinante, y, embrazando su rodela, terció su lanzón y dijo:

—Sancho amigo, has de saber que yo nací, por querer del cielo, en esta nuestra edad de hierro, para resucitar en ella la de oro, o la dorada, como suele llamarse. Yo soy aquel para quien están guardados los peligros, las grandes hazañas, los valerosos hechos. Yo soy, digo otra vez, quien ha de resucitar los de la Tabla Redonda, los Doce de Francia y los Nueve de la Fama, y el que ha de poner en olvido los Platires, los Tablantes, Olivantes y Tirantes, los Febos y Belianises, con toda la caterva de los famosos caballeros andantes del pasado tiempo, haciendo en este en que me hallo tales grandezas, estrañezas y fechos de armas, que escurezcan las más claras que ellos ficieron. Bien notas, escudero fiel y legal, las tinieblas desta noche, su estraño silencio, el sordo y confuso estruendo destos árboles, el temeroso ruido de aquella agua en cuya busca venimos, que parece que se despeña y derrumba desde los altos montes de la Luna,[1] y aquel incesable golpear que nos hiere y lastima los oídos; las cuales cosas, todas juntas y cada una por sí, son bastantes a infundir miedo, temor y espanto en el pecho del mesmo Marte, cuanto más en aquel que no está acostumbrado a semejantes acontecimientos y aventuras. Pues todo esto que yo te pinto son incentivos y despertadores de mi ánimo, que ya hace que el corazón me reviente en el pecho, con el deseo que tiene de acometer esta aventura, por más dificultosa que se muestra. Así que, aprieta un poco las cinchas a Rocinante, y quédate a Dios, y espérame aquí hasta tres días no más, en los cuales, si no volviere, puedes tú volverte a nuestra aldea, y desde allí, por hacerme merced y buena obra, irás al Toboso, donde dirás a la incomparable señora mía Dulcinea que su cautivo caballero murió por acometer cosas que le hiciesen digno de poder llamarse suyo.

Cuando Sancho oyó las palabras de su amo, comenzó a llorar con la mayor ternura del mundo, y a decille:

---

[1] Alusión al Nilo que, según se creía antiguamente, nacía en el Monte de la Luna, en Etiopía.

—Señor, yo no sé por qué quiere vuestra merced acometer esta tan temerosa aventura; ahora es de noche, aquí no nos vee nadie; bien podemos torcer el camino y desviarnos del peligro, aunque no bebamos en tres días; y pues no hay quien nos vea, menos habrá quien nos note de cobardes; cuanto más que yo he oído predicar al cura de nuestro lugar, que vuestra merced bien conoce, que quien busca el peligro perece en él;[2] así, que no es bien tentar a Dios acometiendo tan desaforado hecho, donde no se puede escapar sino por milagro, y basta los que ha hecho el cielo con vuestra merced en librarle de ser manteado, como yo lo fui, y en sacarle vencedor, libre y salvo de entre tantos enemigos como acompañaban al difunto. Y cuando todo esto no mueva ni ablande ese duro corazón, muévale el pensar y creer que apenas se habrá vuestra merced apartado de aquí, cuando yo, de miedo, dé mi ánima a quien quisiere llevarla. Yo salí de mi tierra y dejé hijos y mujer por venir a servir a vuestra merced, creyendo valer más y no menos; pero como la codicia rompe el saco, a mí me ha rasgado mis esperanzas, pues cuando más vivas las tenía de alcanzar aquella negra y malhadada ínsula que tantas veces vuestra merced me ha prometido, veo que, en pago y trueco della, me quiere ahora dejar en un lugar tan apartado del trato humano. Por un solo Dios, señor mío, que non se me faga tal desaguisado;[3] y ya que del todo no quiera vuestra merced desistir de acometer este fecho, dilátelo, a lo menos, hasta la mañana; que, a lo que a mí me muestra la ciencia que aprendí cuando era pastor, no debe de haber desde aquí al alba tres horas, porque la boca de la bocina está encima de la cabeza, y hace la media noche en la línea del brazo izquierdo.[4]

—¿Cómo puedes tú, Sancho —dijo don Quijote—, ver dónde hace esa línea, ni dónde está esa boca o ese colodrillo que dices, si hace la noche tan escura que no parece en todo el cielo estrella alguna?

—Así es —dijo Sancho—; pero tiene el miedo muchos ojos, y vee las cosas debajo de tierra, cuanto más encima en el cielo; puesto que, por buen discurso, bien se puede entender que hay poco de aquí al día.

—Falte lo que faltare —respondió don Quijote—; que no se ha de decir por mí, ahora ni en ningún tiempo, que lágrimas

---

[2] Máxima bíblica (Eclesiástico, III, 27).

[3] Su empeño en convencer a don Quijote para que no lo abandone lleva a Sancho a hablar en el estilo arcaico caballeresco.

[4] Se refiere a una manera de calcular la hora los pastores, basada en la posición de la constelación de la Osa Mayor *(bozina)*.

y ruegos me apartaron de hacer lo que debía a estilo de caballero; y así, te ruego, Sancho, que calles; que Dios, que me ha puesto en corazón de acometer ahora esta tan no vista y tan temerosa aventura, tendrá cuidado de mirar por mi salud y de consolar tu tristeza. Lo que has de hacer es apretar bien las cinchas a Rocinante, y quedarte aquí; que yo daré la vuelta presto, o vivo o muerto.

Viendo, pues, Sancho la última resolución de su amo, y cuán poco valían con él sus lágrimas, consejos y ruegos, determinó de aprovecharse de su industria, y hacerle esperar hasta el día, si pudiese; y así, cuando apretaba las cinchas al caballo, bonitamente y sin ser sentido, ató con el cabestro de su asno ambos pies a Rocinante, de manera que cuando don Quijote se quiso partir, no pudo, porque el caballo no se podía mover sino a saltos. Viendo Sancho Panza el buen suceso de su embuste, dijo:

—Ea, señor, que el cielo, conmovido de mis lágrimas y plegarias, ha ordenado que no se pueda mover Rocinante; y si vos queréis porfiar, y espolear, y dalle, será enojar a la Fortuna, y dar coces, como dicen, contra el aguijón.

Desesperábase con esto don Quijote, y, por más que ponía las piernas al caballo, menos le podía mover; y, sin caer en la cuenta de la ligadura, tuvo por bien de sosegarse y esperar, o a que amaneciese, o a que Rocinante se menease, creyendo, sin duda, que aquello venía de otra parte que de la industria de Sancho; y así, le dijo:

—Pues así es, Sancho, que Rocinante no puede moverse, yo soy contento de esperar a que ría el alba, aunque yo llore lo que ella tardare en venir.

—No hay que llorar —respondió Sancho—, que yo entretendré a vuestra merced contando cuentos desde aquí al día, si ya no es que se quiere apear y echarse a dormir un poco sobre la verde yerba, a uso de caballeros andantes, para hallarse más descansado cuando llegue el día y punto de acometer esta tan desemejable aventura que le espera.

—¿A qué llamas apear, o a qué dormir? —dijo don Quijote—. ¿Soy yo, por ventura, de aquellos caballeros que toman reposo en los peligros? Duerme tú, que naciste para dormir, o haz lo que quisieres, que yo haré lo que viere que más viene con mi pretensión.

—No se enoje vuestra merced, señor mío —respondió Sancho—, que no lo dije por tanto.

Y llegándose a él, puso la una mano en el arzón delantero y la otra en el otro, de modo que quedó abrazado con el muslo izquierdo de su amo, sin osarse apartar dél un dedo: tal era el miedo que tenía a los golpes, que todavía alternativamente sonaban. Díjole don Quijote que contase algún cuento para entretenerle, como se lo había prometido, a lo que Sancho dijo que sí hiciera, si le dejara el temor de lo que oía.

—Pero, con todo eso, yo me esforzaré a decir una historia, que, si la acierto a contar y no me van a la mano, es la mejor de las historias; y estéme vuestra merced atento, que ya comienzo. "Érase que se era, el bien que viniere para todos sea, y el mal, para quien lo fuere a buscar..."[5] Y advierta vuestra merced, señor mío, que el principio que los antiguos dieron a sus consejas no fue así como quiera, que fue una sentencia de Catón Zonzorino,[6] romano, que dice: "Y el mal, para quien le fuere a buscar," que viene aquí como anillo al dedo, para que vuestra merced se esté quedo, y no vaya a buscar el mal a ninguna parte, sino que nos volvamos por otro camino, pues nadie nos fuerza a que sigamos éste, donde tantos miedos nos sobresaltan.

—Sigue tu cuento, Sancho —dijo don Quijote—, y del camino que hemos de seguir déjame a mí el cuidado.

—Digo, pues —prosiguió Sancho—, que en un lugar de Estremadura había un pastor cabrerizo, quiero decir que guardaba cabras, el cual pastor o cabrerizo, como digo, de mi cuento, se llamaba Lope Ruiz, y este Lope Ruiz andaba enamorado de una pastora que se llamaba Torralba, la cual pastora llamada Torralba era hija de un ganadero rico, y este ganadero rico..."

—Si desa manera cuentas tu cuento, Sancho —dijo don Quijote—, repitiendo dos veces lo que vas diciendo, no acabarás en dos días; dilo seguidamente, y cuéntalo como hombre de entendimiento, y si no, no digas nada.

—De la misma manera que yo lo cuento —respondió Sancho— se cuentan en mi tierra todas las consejas, y yo no sé contarlo de otra, ni es bien que vuestra merced me pida que haga usos nuevos.

—Di como quisieres —respondió don Quijote—; que pues la suerte quiere que no pueda dejar de escucharte, prosigue.

—Así que, señor mío de mi ánima —prosiguió Sancho—, que, como ya tengo dicho, este pastor andaba enamorado de Torralba la pastora, que era una moza rolliza, zahareña y tiraba algo a hombruna, porque tenía unos pocos de bigotes, que parece que ahora la veo.

---

[5] Fórmula tradicional para comenzar un cuento.

[6] Catón el Censor, a quien se le atribuían sentencias y máximas.

—Luego ¿conocístela tú? —dijo don Quijote.

—No la conocí yo —respondió Sancho—; pero quien me contó este cuento me dijo que era tan cierto y verdadero, que podía bien, cuando lo contase a otro, afirmar y jurar que lo había visto todo. Así que, yendo días y viniendo días, el diablo, que no duerme y que todo lo añasca, hizo de manera que el amor que el pastor tenía a la pastora se volviese en omecillo[7] y mala voluntad; y la causa fue, según malas lenguas, una cierta cantidad de celillos que ella le dio, tales, que pasaban de la raya y llegaban a lo vedado; y fue tanto lo que el pastor la aborreció de allí adelante, que, por no verla, se quiso ausentar de aquella tierra e irse donde sus ojos no la viesen jamás. La Torralba, que se vio desdeñada del Lope, luego le quiso bien, más que nunca le había querido.

—Ésa es natural condición de mujeres —dijo don Quijote—: desdeñar a quien las quiere y amar a quien las aborrece. Pasa adelante, Sancho.

—Sucedió —dijo Sancho— que el pastor puso por obra su determinación, y, antecogiendo sus cabras, se encaminó por los campos de Estremadura, para pasarse a los reinos de Portugal. La Torralba, que lo supo, se fue tras él, y seguíale a pie y descalza desde lejos, con un bordón en la mano y con unas alforjas al cuello, donde llevaba, según es fama, un pedazo de espejo y otro de un peine, y no sé qué botecillo de mudas[8] para la cara; mas, llevase lo que llevase, que yo no me quiero meter ahora en averiguallo, sólo diré que dicen que el pastor llegó con su ganado a pasar el río Guadiana, y en aquella sazón iba crecido y casi fuera de madre, y por la parte que llegó no había barca ni barco, ni quien le pasase a él ni a su ganado de la otra parte, de lo que se congojó mucho, porque veía que la Torralba venía ya muy cerca, y le había de dar mucha pesadumbre con sus ruegos y lágrimas; mas, tanto anduvo mirando, que vio un pescador, que tenía junto a sí un barco, tan pequeño, que solamente podían caber en él una persona y una cabra; y, con todo esto, le habló, y concertó con él que le pasase a él y a trecientas cabras que llevaba. Entró el pescador en el barco, y pasó una cabra; volvió, y pasó otra; tornó a volver, y tornó a pasar otra. Tenga vuestra merced cuenta en las cabras que el pescador va pasando, porque si se pierde una de la memoria, se acabará el cuento, y no será posible contar más palabra dél. Sigo, pues, y digo que el

---

[7] *omecillo*, usado aquí en la acepción de odio o rencor.

[8] *mudas*, afeites para la cara.

desembarcadero de la otra parte estaba lleno de cieno y resbaloso, y tardaba el pescador mucho tiempo en ir y volver. Con todo esto, volvió por otra cabra, y otra, y otra...

—Haz cuenta que las pasó todas —dijo don Quijote—; no andes yendo y viniendo desa manera, que no acabarás de pasarlas en un año.

—¿Cuántas han pasado hasta agora? —dijo Sancho.

—Yo ¿qué diablos sé? —respondió don Quijote.

—He ahí lo que yo dije: que tuviese buena cuenta. Pues por Dios que se ha acabado el cuento, que no hay pasar adelante.

—¿Cómo puede ser eso? —respondió don Quijote—. ¿Tan de esencia de la historia es saber las cabras que han pasado, por estenso, que si se yerra una del número no puedes seguir adelante con la historia?

—No, señor, en ninguna manera —respondió Sancho—; porque así como yo pregunté a vuestra merced que me dijese cuántas cabras habían pasado, y me respondió que no sabía, en aquel mesmo instante se me fue a mí de la memoria cuanto me quedaba por decir, y a fe que era de mucha virtud y contento.

—¿De modo —dijo don Quijote— que ya la historia es acabada?

—Tan acabada es como mi madre —dijo Sancho.

—Dígote de verdad —respondió don Quijote— que tú has contado una de las más nuevas consejas, cuento o historia, que nadie pudo pensar en el mundo,[9] y que tal modo de contarla ni dejarla, jamás se podrá ver ni habrá visto en toda la vida, aunque no esperaba yo otra cosa de tu buen discurso; más no me maravillo, pues quizá estos golpes, que no cesan, te deben de tener turbado el entendimiento.

—Todo puede ser —respondió Sancho—; mas yo sé que en lo de mi cuento no hay más que decir: que allí se acaba do comienza el yerro de la cuenta del pasaje de las cabras.

—Acabe norabuena donde quisiere —dijo don Quijote—, y veamos si se puede mover Rocinante.

Tornóle a poner las piernas, y él tornó a dar saltos y a estarse quedo: tanto estaba de bien atado.

En esto parece ser, o que el frío de la mañana, que ya venía, o que Sancho hubiese cenado algunas cosas lenitivas, o que fuese cosa natural (que es lo que más se debe creer), a él le vino en voluntad y deseo de hacer lo que otro no pudiera hacer por él;

---

[9] Ironía de Cervantes. El cuento era conocidísimo en la tradición oral, y recogido en varias colecciones. Véase Barrick, págs. 131-37.

mas era tanto el miedo que había entrado en su corazón, que no osaba apartarse un negro de uña de su amo. Pues pensar de no hacer lo que tenía gana, tampoco era posible; y así, lo que hizo, por bien de paz, fue soltar la mano derecha, que tenía asida al arzón trasero, con la cual, bonitamente y sin rumor alguno, se soltó la lazada corrediza con que los calzones se sostenían, sin ayuda de otra alguna, y, en quitándosela, dieron luego abajo, y se le quedaron como grillos. Tras esto, alzó la camisa lo mejor que pudo, y echó al aire entrambas posaderas, que no eran muy pequeñas. Hecho esto (que él pensó que era lo más que tenía que hacer para salir de aquel terrible aprieto y angustia), le sobrevino otra mayor, que fue que le pareció que no podía mudarse sin hacer estrépito y ruido, y comenzó a apretar los dientes y a encoger los hombros, recogiendo en sí el aliento todo cuanto podía; pero, con todas estas diligencias, fue tan desdichado, que, al cabo al cabo, vino a hacer un poco de ruido, bien diferente de aquel que a él le ponía tanto miedo. Oyólo don Quijote, y dijo:

—¿Qué rumor es ése, Sancho?

—No sé, señor —respondió él—. Alguna cosa nueva debe de ser; que las aventuras y desventuras nunca comienzan por poco.

Tornó otra vez a probar ventura, y sucedióle tan bien, que, sin más ruido ni alboroto que el pasado, se halló libre de la carga que tanta pesadumbre le había dado. Mas como don Quijote tenía el sentido del olfato tan vivo como el de los oídos, y Sancho estaba tan junto y cosido con él, que casi por línea recta subían los vapores hacia arriba, no se pudo escusar que algunos no llegasen a sus narices; y apenas hubieron llegado, cuando él fue al socorro, apretándolas entre los dos dedos, y, con tono algo gangoso, dijo:

—Paréceme, Sancho, que tienes mucho miedo.

—Sí tengo —respondió Sancho—; mas, ¿en qué lo echa de ver vuestra merced ahora más que nunca?

—En que ahora más que nunca hueles, y no a ámbar —respondió don Quijote.

—Bien podrá ser —dijo Sancho—, mas yo no tengo la culpa, sino vuestra merced, que me trae a deshoras y por estos no acostumbrados pasos.

—Retírate tres o cuatro allá, amigo —dijo don Quijote (todo esto sin quitarse los dedos de las narices), y desde aquí adelante ten más cuenta con tu persona y con lo que debes a la mía; que la mucha conversación que tengo contigo ha engendrado este menosprecio.

—Apostaré —replicó Sancho— que piensa vuestra merced que yo he hecho de mi persona alguna cosa que no deba.

—Peor es meneallo, amigo Sancho —respondió don Quijote. En estos coloquios y otros semejantes pasaron la noche amo y mozo. Mas viendo Sancho que a más andar se venía la mañana, con mucho tiento desligó a Rocinante y se ató los calzones. Como Rocinante se vio libre, aunque él de suyo no era nada brioso, parece que se resintió, y comenzó a dar manotadas; porque corvetas (con perdón suyo) no las sabía hacer. Viendo, pues, don Quijote que ya Rocinante se movía, lo tuvo a buena señal, y creyó que lo era de que acometiese aquella temerosa aventura.

Acabó en esto de descubrirse el alba, y de parecer distintamente las cosas, y vio don Quijote que estaba entre unos árboles altos, que ellos eran castaños, que hacen la sombra muy escura. Sintió también que el golpear no cesaba, pero no vio quién lo podía causar; y así, sin más detenerse, hizo sentir las espuelas a Rocinante, y, tornando a despedirse de Sancho, le mandó que allí le aguardase tres días, a lo más largo, como ya otra vez se lo había dicho, y que si al cabo dellos no hubiese vuelto, tuviese por cierto que Dios había sido servido de que en aquella peligrosa aventura se le acabasen sus días. Tórnole a referir el recado y embajada que había de llevar de su parte a su señora Dulcinea, y que en lo que tocaba a la paga de sus servicios no tuviese pena, porque él había dejado hecho su testamento antes que saliera de su lugar, donde se hallaría gratificado de todo lo tocante a su salario, rata por cantidad, del tiempo que hubiese servido; pero, que si Dios le sacaba de aquel peligro sano y salvo y sin cautela, se podía tener por muy más que cierta la prometida ínsula.

De nuevo tornó a llorar Sancho oyendo de nuevo las lastimeras razones de su buen señor, y determinó de no dejarle hasta el último tránsito y fin de aquel negocio.

Destas lágrimas y determinación tan honrada de Sancho Panza saca el autor desta historia que debía de ser bien nacido, y, por lo menos, cristiano viejo; cuyo sentimiento enterneció algo a su amo, pero no tanto que mostrase flaqueza alguna; antes, disimulando lo mejor que pudo, comenzó a caminar hacia la parte por dónde le pareció que el ruido del agua y del golpear venía.

Seguíale Sancho a pie, llevando, como tenía de costumbre, del cabestro a su jumento, perpetuo compañero de sus prósperas y adversas fortunas; y habiendo andado una buena pieza por entre aquellos castaños y árboles sombríos, dieron en un pradecillo que al pie de unas altas peñas se hacía, de las cuales se precipitaba un grandísimo golpe de agua. Al pie de las peñas estaban unas casas mal hechas, que más parecían ruinas de edificios que casas, de entre las cuales advirtieron que salía el ruido y estruendo de aquel golpear, que aún no cesaba.

Alborotóse Rocinante con el estruendo del agua y de los golpes, y sosegándole don Quijote, se fue llegando poco a poco a las casas, encomendándose de todo corazón a su señora, suplicándole que en aquella temerosa jornada y empresa le favoreciese, y de camino se encomendaba también a Dios, que no le olvidase. No se le quitaba Sancho del lado, el cual alargaba cuanto podía el cuello y la vista, por entre las piernas de Rocinante, por ver si vería ya lo que tan suspenso y medroso le tenía.

Otros cien pasos serían los que anduvieron, cuando, al doblar de una punta, pareció descubierta y patente la misma causa, sin que pudiese ser otra, de aquel horrísono y para ellos espantable ruido, que tan suspensos y medrosos toda la noche los había tenido. Y eran (si no lo has, ¡oh lector!, por pesadumbre y enojo) seis mazos de batán, que con sus alternativos golpes aquel estruendo formaban.[10]

Cuando don Quijote vio lo que era, enmudeció y pasmóse de arriba abajo. Miróle Sancho, y vio que tenía la cabeza inclinada sobre el pecho, con muestras de estar corrido. Miró también don Quijote a Sancho, y violé que tenía los carrillos hinchados, y la boca llena de risa, con evidentes señales de querer reventar con ella, y no pudo su melancolía tanto con él, que a la vista de Sancho pudiese dejar de reírse; y como vio Sancho que su amo había comenzado, soltó la presa de manera que tuvo necesidad de apretarse las ijadas con los puños, por no reventar riendo. Cuatro veces sosegó, y otras tantas volvió a su risa, con el mismo ímpetu que primero; de lo cual ya se daba al diablo don Quijote, y más cuando le oyó decir, como por modo de fisga:

—"Has de saber, ¡oh Sancho amigo!, que yo nací, por querer del cielo, en esta nuestra edad de hierro, para resucitar en ella la dorada, o de oro. Yo soy aquel para quien están guardados los peligros, las hazañas grandes, los valerosos fechos..."

Y por aquí fue repitiendo todas o las más razones que don Quijote dijo la vez primera que oyeron los temerosos golpes.

---

[10] El batán es una máquina compuesta de mazos de madera para desengrasar y enfurtir los paños.

Viendo, pues, don Quijote que Sancho hacía burla dél, se corrió y enojó en tanta manera, que alzó el lanzón y le asentó dos palos, tales, que si, como los recibió en las espaldas, los recibiera en la cabeza, quedara libre de pagarle el salario, si no fuera a sus herederos. Viendo Sancho que sacaba tan malas veras de sus burlas, con temor de que su amo no pasase adelante en ellas, con mucha humildad le dijo:

—Sosiéguese vuestra merced; que por Dios que me burlo.

—Pues, porque os burláis, no me burlo yo —respondió don Quijote—. Venid acá, señor alegre: ¿Paréceos a vos que, si como éstos fueron mazos de batán, fueran otra peligrosa aventura, no había yo mostrado el ánimo que convenía para emprendella y acaballa? ¿Estoy yo obligado, a dicha, siendo, como soy, caballero, a conocer y distinguir los sones, y saber cuáles son de batán o no? Y más, que podría ser, como es verdad, que no los he visto en mi vida, como vos los habréis visto, como villano ruin que sois, criado y nacido entre ellos. Si no, haced vos que estos seis mazos se vuelvan en seis jayanes, y echád-melos a las barbas uno a uno, o todos juntos, y cuando yo no diere con todos patas arriba, haced de mí la burla que qui-siéredes.

—No haya más, señor mío —replicó Sancho—; que yo confieso que he andado algo risueño en demasía. Pero dígame vuestra merced, ahora que estamos en paz, así Dios le saque de todas las aventuras que le sucedieren tan sano y salvo como le ha sacado désta, ¿no ha sido cosa de reír, y lo es de contar, el gran miedo que hemos tenido? A lo menos, el que yo tuve; que de vuestra merced ya yo sé que no le conoce, ni sabe qué es temor ni espanto.

—No niego yo —respondió don Quijote— que lo que nos ha sucedido no sea cosa digna de risa; pero no es digna de contarse, que no son todas las personas tan discretas que sepan poner en su punto las cosas.

—A lo menos —respondió Sancho—, supo vuestra merced poner en su punto el lanzón, apuntándome a la cabeza, y dándome en las espaldas, gracias a Dios y a la diligencia que puse en ladearme. Pero vaya, que todo saldrá en la colada; que yo he oído decir: "Ese te quiere bien, que te hace llorar;" y más, que suelen los principales señores, tras una mala palabra que dicen a un criado, darle luego unas calzas; aunque no sé lo que le suelen dar tras haberle dado de palos, si ya no es que los caballeros andantes dan tras palos ínsulas, o reinos en tierra firme.

—Tal podría correr el dado —dijo don Quijote—, que todo lo que dices viniese a ser verdad; y perdona lo pasado, pues eres discreto y sabes que los primeros movimientos no son en mano del hombre, y está advertido de aquí adelante en una cosa, para que te abstengas y reportes en el hablar demasiado conmigo; que en cuantos libros de caballerías he leído, que son infinitos, jamás he hallado que ningún escudero hablase tanto con su señor como tú con el tuyo. Y en verdad que lo tengo a gran falta, tuya y mía: tuya, en que me estimas en poco; mía, en que no me dejo estimar en más. Sí, que Gandalín, escudero de Amadís de Gaula, conde fue de la Insula Firme;. y se lee dél que siempre hablaba a su señor con la gorra en la mano, inclinada la cabeza y doblado el cuerpo, *more turquesco*.[11] Pues, ¿qué diremos de Gasabal, escudero de don Galaor, que fue tan callado que, para declararnos la excelencia de su maravilloso silencio, sola una vez se nombra su nombre en toda aquella tan grande como verdadera historia? De todo lo que he dicho has de inferir, Sancho, que es menester hacer diferencia de amo a mozo, de señor a criado y de caballero a escudero. Así que, desde hoy en adelante, nos hemos de tratar con más respeto, sin darnos cordelejo,[12] porque, de cualquiera manera que yo me enoje con vos, ha de ser mal para el cántaro.[13] Las mercedes y beneficios que yo os he prometido llegarán a su tiempo; y si no llegaren, el salario, a lo menos, no se ha de perder, como ya os he dicho.

—Está bien cuanto vuestra merced dice —dijo Sancho—; pero querría yo saber (por si acaso no llegase el tiempo de las mercedes, y fuese necesario acudir al de los salarios) cuánto ganaba un escudero de un caballero andante en aquellos tiempos, y si se concertaban por meses, o por días, como peones de albañir.

—No creo yo —respondió don Quijote— que jamás los tales escuderos estuvieron a salario, sino a merced. Y si yo ahora te le he señalado a ti en el testamento cerrado que dejé en mi casa, fue por lo que podía suceder; que aún no sé cómo prueba en estos tan calamitosos tiempos nuestros la caballería, y no querría que por pocas cosas penase mi ánima en el otro mundo. Porque quiero que sepas, Sancho, que en él no hay estado más peligroso que el de los aventureros.

---

[11] *more turquesco*, a la turquesca.
[12] *dar cordelejo* (a), burlarse (de).
[13] Alude al refrán: «Si la piedra da en el cántaro, mal para el cántaro, y si el cántaro da en la piedra, mal para el cántaro.»

—Así es verdad —dijo Sancho—, pues sólo el ruido de los mazos de un batán pudo alborotar y desasosegar el corazón de un tan valeroso andante aventurero como es vuestra merced. Mas bien puede estar seguro que de aquí adelante no despliegue mis labios para hacer donaire de las cosas de vuestra merced, si no fuere para honrarle, como a mi amo y señor natural.

—Desa manera —replicó don Quijote— vivirás sobre la haz de la tierra; porque, después de a los padres, a los amos se ha de respetar como si lo fuesen.

Capítulo XXI

Que trata de la alta aventura y rica ganancia del yelmo de Mambrino, con otras cosas sucedidas a nuestro invencible caballero

En esto comenzó a llover un poco, y quisiera Sancho que se entraran en el molino de los batanes. Mas habíales cobrado tal aborrecimiento don Quijote por la pesada burla, que en ninguna manera quiso entrar dentro; y así, torciendo el camino a la derecha mano, dieron en otro como el que habían llevado el día de antes.

De allí a poco, descubrió don Quijote un hombre a caballo, que traía en la cabeza una cosa que relumbraba como si fuera de oro, y aun él apenas le hubo visto, cuando se volvió a Sancho y le dijo:

—Paréceme, Sancho, que no hay refrán que no sea verdadero, porque todos son sentencias sacadas de la mesma experiencia, madre de las ciencias todas, especialmente aquel que dice: "Donde una puerta se cierra, otra se abre." Dígolo, porque si anoche nos cerró la ventura la puerta de la que buscábamos, engañándonos con los batanes, ahora nos abre de par en par otra, para otra mejor y más cierta aventura, que si yo no acertare a entrar por ella, mía será la culpa, sin que la pueda dar a la poca noticia de batanes, ni a la escuridad de la noche. Digo esto, porque, si no me engaño, hacia nosotros viene uno que trae en su cabeza puesto el yelmo de Mambrino, sobre que yo hice el juramento que sabes.

—Mire vuestra merced bien lo que dice, y mejor lo que hace —dijo Sancho—; que no querría que fuesen otros batanes que nos acabasen de abatanar y aporrear el sentido.

—¡Válate el diablo por hombre! —replicó don Quijote—. ¿Qué va de yelmo a batanes?

—No sé nada —respondió Sancho—; mas a fe que si yo pudiera hablar tanto como solía, que quizá diera tales razones, que vuestra merced viera que se engañaba en lo que dice.

—¿Cómo me puedo engañar en lo que digo, traidor escrupuloso? —dijo don Quijote—. Dime, ¿no ves aquel caballero que hacia nosotros viene, sobre un caballo rucio rodado, que trae puesto en la cabeza un yelmo de oro?

—Lo que yo veo y columbro —respondió Sancho— no es sino un hombre sobre un asno, pardo como el mío, que trae sobre la cabeza una cosa que relumbra.

—Pues ése es el yelmo de Mambrino —dijo don Quijote—. Apártate a una parte y déjame con él a solas; verás cuán sin hablar palabra, por ahorrar del tiempo, concluyo esta aventura, y queda por mío el yelmo que tanto he deseado.

—Yo me tengo en cuidado el apartarme —replicó Sancho—; mas quiera Dios, torno a decir, que orégano sea, y no batanes.[1]

—Ya os he dicho, hermano, que no me mentéis, ni por pienso, más eso de los batanes —dijo don Quijote—; que voto..., y no digo más, que os batanee el alma.

Calló Sancho, con temor que su amo no cumpliese el voto que le había echado, redondo como una bola.

Es, pues, el caso que el yelmo, y el caballo y caballero que don Quijote veía, era esto: que en aquel contorno había dos lugares, el uno tan pequeño, que ni tenía botica ni barbero, y el otro, que estaba junto a [él], sí; y así, el barbero del mayor servía al menor, en el cual tuvo necesidad un enfermo de sangrarse, y otro de hacerse la barba, para lo cual venía el barbero, y traía una bacía de azófar; y quiso la suerte que, al tiempo que venía, comenzó a llover, y porque no se le manchase el sombrero, que debía de ser nuevo, se puso la bacía sobre la cabeza; y, como estaba limpia, desde media legua relumbraba. Venía sobre un asno pardo, como Sancho dijo, y ésta fue la ocasión que a don Quijote le pareció caballo rucio rodado, y caballero, y yelmo de oro; que todas las cosas que veía con mucha facilidad las acomodaba a sus desvariadas caballerías y malandantes pensamientos. Y cuando él vio que el pobre caballero llegaba cerca, sin po-

---

[1] Alude Sancho al refrán: «Quiera Dios que orégano sea, y no alcarabea.»

nerse con él en razones, a todo correr de Rocinante le enristró con el lanzón bajo, llevando intención de pasarle de parte a parte; mas cuando a él llegaba, sin detener la furia de su carrera, le dijo:

—¡Defiéndete, cautiva criatura, o entriégame de tu voluntad lo que con tanta razón se me debe!

El barbero, que, tan sin pensarlo ni temerlo, vio venir aquella fantasma sobre sí, no tuvo otro remedio para poder guardarse del golpe de la lanza si no fue el dejarse caer del asno abajo; y no hubo tocado al suelo, cuando se levantó más ligero que un gamo, y comenzó a correr por aquel llano, que no le alcanzara el viento. Dejóse la bacía en el suelo, con la cual se contentó don Quijote, y dijo que el pagano había andado discreto, y que había imitado al castor, el cual, viéndose acosado de los cazadores, se taraza y [arpa] con los dientes aquello por lo que él, por distinto[2] natural, sabe que es perseguido. Mandó a Sancho que alzase el yelmo, el cual, tomándola[3] en las manos, dijo:

—Por Dios que la bacía es buena, y que vale un real de a ocho como un maravedí.

Y dándosela a su amo, se la puso luego en la cabeza, rodeándola a una parte y a otra, buscándole el encaje; y como no se le hallaba, dijo:

—Sin duda que el pagano a cuya medida se forjó primero esta famosa celada, debía de tener grandísima cabeza; y lo peor dello es que le falta la mitad.

Cuando Sancho oyó llamar a la bacía celada, no pudo tener la risa; mas vínosele a las mientes la cólera de su amo, y calló en la mitad della.

—¿De qué te ríes, Sancho? —dijo don Quijote.

—Ríome —respondió él— de considerar la gran cabeza que tenía el pagano dueño deste almete, que no semeja [sino] una bacía de barbero pintiparada.

—¿Sabes qué imagino, Sancho? Que esta famosa pieza deste encantado yelmo, por algún estraño accidente debió de venir a manos de quien no supo conocer ni estimar su valor, y, sin saber lo que hacía, viéndola de oro purísimo, debió de fundir la otra mitad para aprovecharse del precio, y de la otra mitad hizo ésta, que parece bacía de barbero, como tú dices. Pero, sea lo que fuere; que para mí que la conozco no hace al caso su trasmutación; que yo la aderezaré en el primer lugar donde haya herrero, y de suerte que no le haga ventaja, ni aun le llegue, la que hizo y forjó el dios de las herrerías para el dios de las bata-

---

[2] *distinto*, instinto.
[3] tomando la bacía.

llas,[4] y en este entretanto, la traeré como pudiere, que más vale algo que no nada; cuanto más que bien será bastante para defenderme de alguna pedrada.

—Eso será —dijo Sancho— si no se tira con honda, como se tiraron en la pelea de los dos ejércitos, cuando le santiguaron a vuestra merced las muelas y le rompieron el alcuza donde venía aquel benditísimo brebaje que me hizo vomitar las asaduras.

—No me da mucha pena el haberle perdido; que ya sabes tú, Sancho —dijo don Quijote—, que yo tengo la receta en la memoria.

—También la tengo yo —respondió Sancho—; pero si yo le hiciere ni le probare más en mi vida, aquí sea mi hora. Cuanto más, que no pienso ponerme en ocasión de haberle menester, porque pienso guardarme con todos mis cinco sentidos de ser ferido ni de ferir a nadie. De lo del ser otra vez manteado, no digo nada; que semejantes desgracias mal se pueden prevenir, y si vienen, no hay que hacer otra cosa sino encoger los hombros, detener el aliento, cerrar los ojos y dejarse ir por donde la suerte y la manta nos llevare.

—Mal cristiano eres, Sancho —dijo, oyendo esto, don Quijote—, porque nunca olvidas la injuria que una vez te han hecho; pues sábete que es de pechos nobles y generosos no hacer caso de niñerías. ¿Qué pie sacaste cojo, qué costilla quebrada, qué cabeza rota, para que no se te olvide aquella burla? Que, bien apurada la cosa, burla fue y pasatiempo; que, a no entenderlo yo así, ya yo hubiera vuelto allá, y hubiera hecho en tu venganza más daño que el que hicieron los griegos por la robada Elena. La cual, si fuera en este tiempo, o mi Dulcinea fuera en aquél, pudiera estar segura que no tuviera tanta fama de hermosa como tiene.

Y aquí dio un suspiro, y le puso en las nubes. Y dijo Sancho:

—[Pase] por burlas, pues la venganza no puede pasar en veras; pero yo sé de qué calidad fueron las veras y las burlas, y sé también que no se me caerán de la memoria, como nunca se quitarán de las espaldas. Pero, dejando esto aparte, dígame vuestra merced qué haremos deste caballo rucio rodado, que parece asno pardo, que dejó aquí desamparado aquel Martino que vuestra merced derribó; que, según él puso los pies en polvorosa y cogió las de Villadiego, no lleva pergenio[5] de volver por él jamás. Y ¡para mis barbas, si no es bueno el rucio!

---

[4] Se refiere a Vulcano y Marte.
[5] *pergenio*, traza.

—Nunca yo acostumbro —dijo don Quijote— despojar a los que venzo, ni es uso de caballería quitarles los caballos y dejarlos a pie, si ya no fuese que el vencedor hubiese perdido en la pendencia el suyo; que en tal caso lícito es tomar el del vencido, como ganado en guerra lícita. Así que, Sancho, deja ese caballo, o asno, o lo que tú quisieres que sea; que como su dueño nos vea alongados de aquí, volverá por él.

—Dios sabe si quisiera llevarle —replicó Sancho—, o, por lo menos, trocalle con este mío, que no me parece tan bueno. Verdaderamente que son estrechas las leyes de caballería, pues no se estienden a dejar trocar un asno por otro; y querría saber si podría trocar los aparejos siquiera.

—En eso no estoy muy cierto —respondió don Quijote—; y en caso de duda, hasta estar mejor informado, digo que los trueques, si es que tienes dellos necesidad estrema.

—Tan estrema es —respondió Sancho—, que si fueran para mi misma persona no los hubiera menester más.

Y luego, habilitado con aquella licencia, hizo *mutatio caparum*,[6] y puso su jumento a las mil lindezas, dejándole mejorado en tercio y quinto.

Hecho esto, almorzaron de las sobras del real[7] que del acémila despojaron, bebieron del agua del arroyo de los batanes, sin volver la cara a mirallos: tal era el aborrecimiento que les tenían, por el miedo en que les habían puesto.

Cortada, pues, la cólera,[8] y aun la malenconía, subieron a caballo, y sin tomar determinado camino, por ser muy de caballeros andantes el no tomar ninguno cierto, se pusieron a caminar por donde la voluntad de Rocinante quiso, que se llevaba tras sí la de su amo, y aun la del asno, que siempre le seguía por dondequiera que guiaba, en buen amor y compañía. Con todo esto, volvieron al camino real, y siguieron por él a la ventura, sin otro designio alguno.

Yendo, pues, así caminando, dijo Sancho a su amo:

—Señor, ¿quiere vuestra merced darme licencia que departa un poco con él? Que después que me puso aquel áspero mandamiento del silencio, se me han podrido más de cuatro cosas en el estómago, y una sola que ahora tengo en el pico de la lengua no querría que se mal lograse.

---

[6] *mutatio caparum*, el cambio de capas de los cardenales y prelados el día de la Resurrección.

[7] *real*, campamento.

[8] *cortar la cólera*, comer algo entre comidas.

—Dila —dijo don Quijote—, y sé breve en tus razonamientos; que ninguno hay gustoso si es largo.

—Digo, pues, señor —respondió Sancho—, que de algunos días a esta parte, he considerado cuán poco se gana y granjea de andar buscando estas aventuras que vuestra merced busca por estos desiertos y encrucijadas de caminos, donde, ya que se venzan y acaben las más peligrosas, no hay quien las vea ni sepa, y así, se han de quedar en perpetuo silencio, y en perjuicio de la intención de vuestra merced y de lo que ellas merecen. Y así, me parece que sería mejor (salvo el mejor parecer de vuestra merced) que nos fuésemos a servir a algún emperador, o a otro príncipe grande, que tenga alguna guerra, en cuyo servicio vuestra merced muestre el valor de su persona, sus grandes fuerzas y mayor entendimiento; que, visto esto del señor a quien sirviéremos, por fuerza nos ha de remunerar, a cada cual según sus méritos, y allí no faltará quien ponga en escrito las hazañas de vuestra merced, para perpetua memoria. De las mías no digo nada, pues, no han de salir de los límites escuderiles; aunque sé decir que si se usa en la caballería escribir hazañas de escuderos, que no pienso que se han de quedar las mías entre renglones.

—No dices mal, Sancho —respondió don Quijote—; mas antes que se llegue a ese término es menester andar por el mundo, como en aprobación, buscando las aventuras, para que, acabando algunas, se cobre nombre y fama tal, que cuando se fuere a la corte de algún gran monarca ya sea el caballero conocido por sus obras; y que apenas le hayan visto entrar los muchachos por la puerta de la ciudad, cuando todos le sigan y rodeen, dando voces, diciendo: "Éste es el caballero del Sol," o de la Sierpe, o de otra insignia alguna, debajo de la cual hubiere acabado grandes hazañas. "Éste es —dirán— el que venció en singular batalla al gigantazo Brocabruno de la Gran Fuerza; el que desencantó al Gran Mameluco de Persia del largo encantamento en que había estado casi novecientos años." Así que, de mano en mano, irán pregonando tus hechos, y luego, al alboroto de los muchachos y de la demás gente, se parará a las fenestras[9] de su real palacio el rey de aquel reino, y así como vea al caballero, conociéndole por las armas, o por la empresa del escudo, forzosamente ha de decir: "¡Ea, sus! ¡Salgan mis caballeros, cuantos en mi corte están, a recibir a la flor de la caballería, que allí viene!" A cuyo mandamiento saldrán todos, y él llegará hasta la mitad de la escalera, y le abrazará estrechísimamente, y le dará paz, besándole

---

[9] *fenestras*, ventanas, en el léxico arcaizante de don Quijote.

en el rostro, y luego le llevará por la mano al aposento de la señora reina, adonde el caballero la hallará con la infanta, su hija,
que ha de ser una de las más fermosas y acabadas doncellas que
en gran parte de lo descubierto de la tierra a duras penas se
pueda hallar.

Sucederá tras esto, luego en continente, que ella ponga los
ojos en el caballero, y él en los della, y cada uno parezca a otro
cosa más divina que humana, y, sin saber cómo ni cómo [no],
han de quedar presos y enlazados en la intricable red amorosa,
y con gran cuita en sus corazones, por no saber cómo se han de
fablar para descubrir sus ansias y sentimientos. Desde allí le lle-
varán, sin duda, a algún cuarto del palacio, ricamente aderezado,
donde, habiéndole quitado las armas, le traerán un rico manto
de escarlata, con que se cubra; y si bien pareció armado, tan
bien y mejor ha de parecer en farseto.[10]

Venida la noche, cenará con el rey, reina e infanta, donde
nunca quitará los ojos della, mirándola a furto de los circunstantes, y ella hará lo mesmo con la mesma sagacidad, porque,
como tengo dicho, es muy discreta doncella. Levantarse han las
tablas, y entrará a deshora por la puerta de la sala un feo y pequeño enano, con una fermosa dueña que, entre dos gigantes, detrás
del enano viene, con cierta aventura, hecha por un antiquísimo
sabio, que el que la acabare será tenido por el mejor caballero
del mundo. Mandará luego el rey que todos los que están presentes la prueben, y ninguno le dará fin y cima sino el caballero
huésped, en mucho pro de su fama, de lo cual quedará conten-
tísima la infanta, y se tendrá por contenta y pagada además, por
haber puesto y colocado sus pensamientos en tan alta parte.
Y lo bueno es que este rey, o príncipe, o lo que es, tiene una
muy reñida guerra con otro tan poderoso como él, y el caballero
huésped le pide (al cabo de algunos días que ha estado en su corte)
licencia para ir a servirle en aquella guerra dicha. Darásela el
rey de muy buen talante, y el caballero le besará cortésmente
las manos por la merced que le face.

Y aquella noche se despedirá de su señora la infanta por las
rejas de un jardín, que cae en el aposento donde ella duerme,
por las cuales ya otras muchas veces la había fablado, siendo
medianera y sabidora de todo una doncella de quien la infanta
mucho se fiaba. Suspirará él, desmayaráse ella, traerá agua la
doncella, acuitaráse mucho, porque viene la mañana, y no querría
que fuesen descubiertos, por la honra de su señora. Finalmente,

---

[10] *farseto*, jubón.

la infanta volverá en sí, y dará sus blancas manos por la reja al caballero, el cual se las besará mil y mil veces, y se las bañará en lágrimas. Quedará concertado entre los dos del modo que se han de hacer saber sus buenos o malos sucesos, y rogaréle la princesa que se detenga lo menos que pudiere; prometérselo ha él con muchos juramentos; tórnale a besar las manos, y despídese con tanto sentimiento, que estará poco por acabar la vida. Vase desde allí a su aposento, échase sobre su lecho, no puede dormir del dolor de la partida, madruga muy de mañana, vase a despedir del rey y de la reina y de la infanta; dícenle, habiéndose despedido de los dos, que la señora infanta está mal dispuesta y que no puede recibir visita; piensa el caballero que es de pena de su partida, traspásasele el corazón, y falta poco de no dar indicio manifiesto de su pena. Está la doncella medianera delante, halo de notar todo, váselo a decir a su señora, la cual la recibe con lágrimas, y le dice que una de las mayores penas que tiene es no saber quién sea su caballero, y si es de linaje de reyes o no; asegúrala la doncella que no puede caber tanta cortesía, gentileza y valentía como la de su caballero sino en sujeto real y grave; consuélase con esto la cuitada: procura consolarse, por no dar mal indicio de sí a sus padres, y a cabo de dos días sale en público.

Ya se es ido el caballero; pelea en la guerra, vence al enemigo del rey, gana muchas ciudades, triunfa de muchas batallas, vuelve a la corte, ve a su señora por donde suele, conciértase que la pida a su padre por mujer, en pago de sus servicios. No se la quiere dar el rey, porque no sabe quién es; pero, con todo esto, o robada, o de otra cualquier suerte que sea, la infanta viene a ser su esposa, y su padre lo viene a tener a gran ventura, porque se vino a averiguar que el tal caballero es hijo de un valeroso rey de no sé qué reino, porque creo que no debe de estar en el mapa. Muérese el padre, hereda la infanta, queda rey el caballero en dos palabras. Aquí entra luego el hacer mercedes a su escudero y a todos aquellos que le ayudaron a subir a tan alto estado: casa a su escudero con una doncella de la infanta, que será, sin duda, la que fue tercera en sus amores, que es hija de un duque muy principal.

—Eso pido, y barras derechas[11] —dijo Sancho—: a eso me atengo, porque todo, al pie de la letra, ha de suceder por vuestra merced llamándose *el Caballero de la Triste Figura*.

_____

[11] *barras derechas*, sin engaño.

—No lo dudes, Sancho —replicó don Quijote—; porque del mesmo [modo] y por los mesmos pasos que esto he contado suben y han subido los caballeros andantes a ser reyes y emperadores. Sólo falta agora mirar qué rey de los cristianos o de los paganos tenga guerra y tenga hija hermosa; pero tiempo habrá para pensar esto, pues, como te tengo dicho, primero se ha de cobrar fama por otras partes que se acuda a la corte. También me falta otra cosa: que, puesto caso que se halle rey con guerra y con hija hermosa, y que yo haya cobrado fama increíble por todo el universo, no sé yo cómo se podía hallar que yo sea de linaje de reyes, o, por lo menos, primo segundo de emperador; porque no me querrá el rey dar a su hija por mujer, si no está primero muy enterado en esto, aunque más lo merezcan mis famosos hechos; así que, por esta falta, temo perder lo que mi brazo tiene bien merecido. Bien es verdad que yo soy hijodalgo de solar conocido, de posesión y própiedad y [de] devengar quinientos sueldos,[12] y podría ser que el sabio que escribiese mi historia deslindase de tal manera mi parentela y decendencia, que me hallase quinto o sesto nieto de rey. Porque te hago saber, Sancho, que hay dos maneras de linajes en el mundo: unos que traen y derivan[13] su decendencia de príncipes y monarcas, a quien poco a poco el tiempo ha deshecho, y han acabado en punta, como pirámide puesta al revés; otros tuvieron principio de gente baja, y van subiendo de grado en grado, hasta llegar a ser grandes señores. De manera que está la diferencia en que unos fueron, que ya no son, y otros son, que ya no fueron; y podría ser yo déstos, que, después de averiguado, hubiese sido mi principio grande y famoso, con lo cual se debía de contentar el rey mi suegro, que hubiere de ser; y cuando no, la infanta me ha de querer de manera, que a pesar de su padre, aunque claramente sepa que soy hijo de un azacán, me ha de admitir por señor y por esposo; y si no, aquí entra el roballa y llevalla donde más gusto me diere; que el tiempo o la muerte ha de acabar el enojo de sus padres.

—Ahí entra bien también —dijo Sancho— lo que algunos desalmados dicen: "No pidas de grado lo que puedes tomar por fuerza;" aunque mejor cuadra decir: "Más vale salto de mata que ruego de hombres buenos." Dígolo porque si el señor rey, suegro de vuestra merced, no se quisiere domeñar a entregalle a mi señora la infanta, no hay sino, como vuestra merced dice,

---

[12] Hidalgo *de devengar quinientos sueldos* refiere a la pena que se les exigía a los que hiciesen perjuicio u ofensa grave a los tales.

[13] La *princeps: derriban*, lectura aceptada por Cortázar y Lerner.

roballa y trasponella. Pero está el daño que en tanto que se hagan las paces y se goce pacíficamente del reino, el pobre escudero se podrá estar a diente[14] en esto de las mercedes. Si ya no es que la doncella tercera, que ha de ser su mujer, se sale con la infanta, y él pasa con ella su mala ventura, hasta que el cielo ordene otra cosa; porque bien podrá, creo yo, desde luego dársela su señor por legítima esposa.

—Eso no hay quien la quite —dijo don Quijote.

—Pues como eso sea —respondió Sancho—, no hay sino encomendarnos a Dios, y dejar correr la suerte por donde mejor lo encaminare.

—Hágalo Dios —respondió don Quijote— como yo deseo y tú, Sancho, has menester, y ruin sea quien por ruin se tiene.

—Sea par Dios —dijo Sancho—; que yo cristiano viejo soy, y para ser conde esto me basta.

—Y aun te sobra —dijo don Quijote—, y cuando no lo fueras, no hacía nada al caso; porque, siendo yo el rey, bien te puedo dar nobleza, sin que la compres ni me sirvas con nada. Porque en haciéndote conde, cátate ahí caballero, y digan lo que dijeren; que a buena fe que te han de llamar señoría, mal que les pese.

—Y ¡montas[15] que no sabría yo autorizar el litado! —dijo Sancho.

—*Dictado* has de decir, que no litado —dijo su amo.

—Sea así —respondió Sancho Panza—. Digo que le sabría bien acomodar, porque por vida mía que un tiempo fui muñidor[16] de una cofradía, y que me asentaba tan bien la ropa de muñidor, que decían todos que tenía presencia para poder ser prioste de la mesma cofradía. Pues ¿qué será cuando me ponga un ropón ducal[17] a cuestas, o me vista de oro y de perlas, a uso de conde estranjero? Para mí tengo que me han de venir a ver de cien leguas.

—Bien parecerás —dijo don Quijote—, pero será menester que te rapes las barbas a menudo; que, según las tienes de espesas, aborrascadas y mal puestas, si no te las rapas a navaja cada dos días, por lo menos, a tiro de escopeta se echará de ver lo que eres.

---

[14] *estar a diente*, estar sin comer.

[15] *¡montas!*, ¡vaya!

[16] *muñidor*, oficial de la cofradía que avisa a los hermanos para que asistan a los actos; *prioste*, más abajo, hermano mayor.

[17] *ropón ducal*, manto forrado de armiño.

—¿Qué hay más —dijo Sancho—, sino tomar un barbero, y tenelle asalariado en casa? Y aun, si fuere menester, le haré que ande tras mí, como caballerizo de grande.

—Pues ¿cómo sabes tú —preguntó don Quijote— que los grandes llevan detrás de sí a sus caballerizos?

—Yo se lo diré —respondió Sancho—. Los años pasados estuve un mes en la corte, y allí vi que, paseándose un señor muy pequeño, que decían que era muy grande, un hombre le seguía a caballo a todas las vueltas que daba, que no parecía sino que era su rabo. Pregunté que cómo aquel hombre no se juntaba con el otro, sino que siempre andaba tras dél. Respondiéronme que era su caballerizo, y que era uso de grandes llevar tras sí a los tales. Desde entonces lo sé tan bien, que nunca se me ha olvidado.

—Digo que tienes razón —dijo don Quijote—, y que así puedes tú llevar a tu barbero; que los usos no vinieron todos juntos, ni se inventaron a una, y puedes ser tú el primero conde que lleve tras sí su barbero; y aun es de más confianza el hacer la barba que ensillar un caballo.

—Quédese eso del barbero a mi cargo —dijo Sancho—, y al de vuestra merced se quede el procurar venir a ser rey y el hacerme conde.

—Así será —respondió don Quijote.

Y alzando los ojos, vio lo que se dirá en el siguiente capítulo.

Capítulo XXII

De la libertad que dio don Quijote a muchos desdichados que, mal de su grado, los llevaban donde no quisieran ir

Cuenta Cide Hamete Benengeli, autor arábigo y manchego, en esta gravísima, altisonante, mínima, dulce e imaginada historia, que después que entre el famoso don Quijote de la Mancha y Sancho Panza, su escudero, pasaron aquellas razones que en el fin del capítulo veinte y uno quedan referidas, que don Quijote alzó los ojos y vio que por el camino que llevaba venían hasta doce hombres a pie, ensartados como cuentas en una gran cadena de hierro por los cuellos, y todos con esposas a las manos. Venían asimismo con ellos dos hombres de a caballo y dos de a pie; los de a caballo, con escopetas de rueda,[1] y los de a pie, con dardos y espadas; y que así como Sancho Panza los vido, dijo:

—Ésta es cadena de galeotes, gente forzada del rey, que va a las galeras.

—¿Cómo gente forzada? —preguntó don Quijote—. ¿Es posible que el rey haga fuerza a ninguna gente?

—No digo eso —respondió Sancho—, sino que es gente que por sus delitos va condenada a servir al rey en las galeras, de por fuerza.

—En resolución —replicó don Quijote—, como quiera que ello sea, esta gente, aunque los llevan, van de por fuerza, y no de su voluntad.

---

[1] *escopetas de rueda* son las que utilizan una rueda giratoria para producir la chispa en el pedernal.

—Así es —dijo Sancho.

—Pues desa manera —dijo su amo—, aquí encaja la ejecución de mi oficio: desfacer fuerzas y socorrer y acudir a los miserables.

—Advierta vuestra merced —dijo Sancho—, que la justicia, que es el mesmo rey, no hace fuerza ni agravio a semejante gente, sino que los castiga en pena de sus delitos.

Llegó, en esto, la cadena de los galeotes, y don Quijote, con muy corteses razones, pidió a los que iban en su guarda fuesen servidos de informalle y decille la causa o causas por que llevan aquella gente de aquella manera.

Una de las guardas[2] de a caballo respondió que eran galeotes, gente de su Majestad, que iba a galeras, y que no había más que decir, ni él tenía más que saber.

—Con todo eso —replicó don Quijote—, querría saber de cada uno dellos en particular la causa de su desgracia.

Añadió a éstas otras tales y tan comedidas razones para moverlos a que le dijesen lo que deseaba, que la otra guarda de a caballo le dijo:

—Aunque llevamos aquí el registro y la fe de las sentencias de cada uno destos malaventurados, no es tiempo éste de detenerles a sacarlas ni a leellas; vuestra merced llegue y se lo pregunte a ellos mesmos, que ellos lo dirán si quisieren, que sí querrán, porque es gente que recibe gusto de hacer y decir bellaquerías.

Con esta licencia, que don Quijote se tomara aunque no se la dieran, se llegó a la cadena, y al primero le preguntó que por qué pecados iba de tan mala guisa. Él le respondió que por enamorado iba de aquella manera.

—¿Por eso no más? —replicó don Quijote—. Pues si por enamorados echan a galeras, días ha que pudiera yo estar bogando en ellas.

—No son los amores como los que vuestra merced piensa —dijo el galeote—; que los míos fueron que quise tanto a una canasta de colar atestada de ropa blanca, que la abracé conmigo tan fuertemente, que a no quitármela la justicia por fuerza, aún hasta agora no la hubiera dejado de mi voluntad. Fue en fragante, no hubo lugar de tormento; concluyóse la causa, acomodáronme las espaldas con ciento,[3] y por añadidura tres precisos de gurapas,[4] y acabóse la obra.

---

[2] *guarda* era palabra femenina en tiempos de Cervantes. Cf. su entremés, *La guarda cuidadosa*.

[3] *ciento*, cien azotes.

[4] *tres precisos*, tres años.

—¿Qué son gurapas? —preguntó don Quijote.

—Gurapas son galeras —respondió el galeote.

El cual era un mozo de hasta edad de veinte y cuatro años, y dijo que era natural de Piedrahita. Lo mesmo preguntó don Quijote al segundo, el cual no respondió palabra, según iba de triste y malencónico; mas respondió por él el primero y dijo:

—Éste, señor, va por canario, digo, por músico y cantor.

—Pues ¿cómo? —repitió don Quijote—. ¿Por músicos y cantores van también a galeras?

—Sí, señor —respondió el galeote—; que no hay peor cosa que cantar en el ansia.

—Antes he yo oído decir —dijo don Quijote— que quien canta, sus males espanta.

—Acá es al revés —dijo el galeote—; que quien canta una vez, llora toda la vida.

—No lo entiendo —dijo don Quijote.

Mas una de las guardas le dijo:

—Señor caballero, cantar en el ansia se dice entre esta gente *non santa* confesar en el tormento. A este pecador le dieron tormento y confesó su delito, que era ser cuatrero, que es ser ladrón de bestias, y por haber confesado le condenaron por seis años a galeras, amén de doscientos azotes, que ya lleva en las espaldas; y va siempre pensativo y triste, porque los demás ladrones que allá quedan y aquí van le maltratan y aniquilan, y escarnecen, y tienen en poco, porque confesó y no tuvo ánimo de decir nones. Porque dicen ellos que tantas letras tiene un *no* como un *sí*, y que harta ventura tiene un delincuente, que está en su lengua su vida o su muerte, y no en la de los testigos y probanzas; y para mí tengo que no van muy fuera de camino.

—Y yo lo entiendo así —respondió don Quijote.

El cual, pasando al tercero, preguntó lo que a los otros; el cual, de presto y con mucho desenfado, respondió y dijo:

—Yo voy por cinco años a las [señoras]⁵ gurapas por faltarme diez ducados.

—Yo daré veinte de muy buena gana —dijo don Quijote— por libraros desa pesadumbre.

—Eso me parece —respondió el galeote— como quien tiene dineros en mitad del golfo y se está muriendo de hambre, sin tener adonde comprar lo que ha menester. Dígolo, porque si a su tiempo tuviera yo esos veinte ducados que vuestra merced ahora me ofrece, hubiera untado con ellos la péndola⁶ del es-

---

⁵ *señoras*, en la *princeps*: *sonoras*.

⁶ *péndola*, pluma.

cribano y avivado el ingenio del procurador, de manera que hoy me viera en mitad de la plaza de Zocodover, de Toledo, y no en este camino, atraillado como galgo; pero Dios es grande: paciencia, y basta.

Pasó don Quijote al cuarto, que era un hombre de venerable rostro, con una barba blanca que le pasaba del pecho; el cual, oyéndose preguntar la causa por que allí venía, comenzó a llorar y no respondió palabra; mas el quinto condenado le sirvió de lengua, y dijo:

—Este hombre honrado va por cuatro años a galeras, habiendo paseado las acostumbradas,[7] vestido, en pompa y a caballo.

—Eso es —dijo Sancho Panza—, a lo que a mí me parece, haber salido a la vergüenza.

—Así es —replicó el galeote—; y la culpa por que le dieron esta pena es por haber sido corredor de oreja,[8] y aun de todo el cuerpo. En efecto, quiero decir que este caballero va por alcahuete, y por tener asimesmo sus puntas y collar de hechicero.

—A no haberle añadido esas puntas y collar —dijo don Quijote—, por solamente el alcahuete limpio no merecía él ir a bogar en las galeras, sino a mandallas y a ser general dellas. Porque no es así como quiera el oficio de alcahuete; que es oficio de discretos y necesarísimo en la república bien ordenada, y que no le debía ejercer sino gente muy bien nacida; y aun había de haber veedor y examinador de los tales, como le hay de los demás oficios, con número diputado y conocido, como corredores de lonja, y desta manera se escusarían muchos males que se causan por andar este oficio y ejercicio entre gente idiota y de poco entendimiento, como son mujercillas de poco más a menos, pajecillos y truhanes de pocos años y de poca experiencia, que a la más necesaria ocasión, y cuando es menester dar una traza que importe, se les yelan las migas entre la boca y la mano, y no saben cuál es su mano derecha. Quisiera pasar adelante y dar las razones por que convenía hacer elección de los que en la república habían de tener tan necesario oficio; pero no es el lugar acomodado para ello: algún día lo diré a quien lo pueda proveer y remediar. Sólo digo ahora que la pena que me ha causado ver estas blancas canas y este rostro venerable en tanta fatiga por alcahuete, me la ha quitado el adjunto de [ser] hechicero. Aunque bien sé que no hay hechizos en el mundo que puedan mover

---

[7] *las acostumbradas*, las acostumbradas calles, por donde llevaban los presos pregonando sus delitos. Cf. II, 26.

[8] *corredor de oreja*, agente comercial.

y forzar la voluntad, como algunos simples piensan; qùe es libre nuestro albedrío, y no hay yerba ni encanto que le fuerce. Lo que suelen hacer algunas mujercillas simples y algunos embusteros bellacos es algunas misturas y venenos, con que vuelven locos a los hombres, dando a entender que tienen fuerza para hacer querer bien, siendo, como digo, cosa imposible forzar la voluntad.

—Así es —dijo el buen viejo—; y, en verdad, señor, que en lo de hechicero que no tuve culpa; en lo de alcahuete, no lo pude negar. Pero nunca pensé que hacía mal en ello; que toda mi intención era que todo el mundo se holgase y viviese en paz y quietud, sin pendencias ni penas; pero no me aprovechó nada este buen deseo para dejar de ir adonde no espero volver, según me cargan los años y un mal de orina que llevo, que no me deja reposar un rato.

Y aquí tornó a su llanto, como de primero; y túvole Sancho tanta compasión, que sacó un real de a cuatro del seno y se le dio de limosna.

Pasó adelante don Quijote, y preguntó a otro su delito, el cual respondió con no menos, sino con mucha más gallardía que el pasado:

—Yo voy aquí porque me burlé demasiadamente con dos primas hermanas mías, y con otras dos hermanas que no lo eran mías; finalmente, tanto me burlé con todas, que resultó de la burla crecer la parentela tan intricadamente, que no hay diablo que la declare. Probóseme todo, faltó favor, no tuve dineros, víame a pique de perder los tragaderos,[9] sentenciáronme a galeras por seis años, consentí: castigo es de mi culpa; mozo soy: dure la vida, que con ella todo se alcanza. Si vuestra merced, señor caballero, lleva alguna cosa con que socorrer a estos pobretes, Dios se lo pagará en el cielo, y nosotros tendremos en la tierra cuidado de rogar a Dios en nuestras oraciones por la vida y salud de vuestra merced, que sea tan larga y tan buena como su buena presencia merece.

Éste iba en hábito de estudiante, y dijo una de las guardas que era muy grande hablador y muy gentil latino.

Tras todos éstos, venía un hombre de muy buen parecer, de edad de treinta años, sino que al mirar metía el un ojo en el otro un poco. Venía diferentemente atado que los demás, porque traía una cadena al pie, tan grande, que se la liaba por todo el cuerpo, y dos argollas a la garganta, la una en la cadena, y la

---

[9] *perder los tragaderos*, ser ahorcado.

otra de las que llaman guardaamigo o pie de amigo, de la cual
decendían dos hierros que llegaban a la cintura, en los cuales
se asían dos esposas, donde llevaba las manos, cerradas con un
grueso candado, de manera que ni con las manos podía llegar
a la boca, ni podía bajar la cabeza a llegar a las manos. Preguntó
don Quijote que cómo iba aquel hombre con tantas prisiones
más que los otros. Respondióle la guarda porque tenía aquel
solo más delitos que todos los otros juntos, y que era tan atrevido y tan grande bellaco, que, aunque le llevaban de aquella
manera, no iban seguros dél, sino que temían que se les había
de huir.

—¿Qué delitos puede tener —dijo don Quijote—, si no han
merecido más pena que echalle a las galeras?

—Va por diez años —replicó la guarda—, que es como
muerte civil.[10] No se quiera saber más sino que este buen hombre es el famoso Ginés de Pasamonte, que por otro nombre
llaman Ginesillo de Parapilla.[11]

—Señor comisario —dijo entonces el galeote—, váyase poco
a poco, y no andemos ahora a deslindar nombres y sobrenombres. Ginés me llamo y no Ginesillo, y Pasamonte es mi alcurnia y no Parapilla, como voacé dice; y cada uno se dé una vuelta a la redonda, y no hará poco.

—Hable con menos tono —replicó el comisario—, señor
ladrón de más de la marca,[12] si no quiere que le haga callar,
mal que le pese.

—Bien parece —respondió el galeote— que va el hombre
como Dios es servido; pero algún día sabrá alguno si me llamo
Ginesillo de Parapilla o no.

—Pues ¿no te llaman así, embustero? —dijo la guarda.

—Sí llaman —respondió Ginés—; mas yo haré que no me
lo llamen, o me las pelaría[13] donde yo digo entre mis dientes.
Señor caballero, si tiene algo que darnos, dénoslo ya, y vaya
con Dios; que ya enfada con tanto querer saber vidas ajenas;
y si la mía quiere saber, sepa que yo soy Ginés de Pasamonte,
cuya vida está escrita por estos pulgares.

---

[10] *muerte civil*, mutación de estado por la cual se extinguía la capacidad jurídica
de la persona que la sufría.

[11] Se relaciona este personaje con un Jerónimo de Pasamonte, soldado que sirvió
en varias de las mismas campañas en que tomó parte Cervantes, y autor, como Ginés
(véase más abajo), de una autobiografía: *Vida y trabajos de Gerónimo de Passamonte*,
editada por R. Foulché-Delbosc, *RH* 55 (1922), págs. 315-446. Véase Achleitner.

[12] *marca* es la medida establecida para alguna cosa.

[13] *me las pelaría* [las barbas], en señal de despecho.

—Dice verdad —dijo el comisario—; que él mesmo ha escrito su historia, que no hay más, y deja empeñado el libro en la cárcel, en doscientos reales.

—Y le pienso quitar —dijo Ginés— si quedara en doscientos ducados.

—¿Tan bueno es? —dijo don Quijote.

—Es tan bueno —respondió Ginés—, que mal año para *Lazarillo de Tormes* y para todos cuantos de aquel género se han escrito o escribieren. Lo que le sé decir a voacé es que trata verdades, y que son verdades tan lindas y tan donosas, que no pueden haber mentiras que se le igualen.

—¿Y cómo se intitula el libro? —preguntó don Quijote.

—*La vida de Ginés de Pasamonte* —respondió el mismo.

—¿Y está acabado? —preguntó don Quijote.

—¿Cómo puede estar acabado —respondió él—, si aún no está acabada mi vida? Lo que está escrito es desde mi nacimiento hasta el punto que esta última vez me han echado en galeras.

—Luego ¿otra vez habéis estado en ellas? —dijo don Quijote.

—Para servir a Dios y al rey, otra vez he estado cuatro años, y ya sé a qué sabe el bizcocho y el corbacho [14] —respondió Ginés—; y no me pesa mucho de ir a ellas, porque allí tendré lugar de acabar mi libro, que me quedan muchas cosas que decir, y en las galeras de España hay más sosiego de aquel que sería menester, aunque no es menester mucho más para lo que yo tengo de escribir, porque me lo sé de coro.

—Hábil pareces —dijo don Quijote.

—Y desdichado —respondió Ginés—; porque siempre las desdichas persiguen al buen ingenio.

—Persiguen a los bellacos —dijo el comisario.

—Ya le he dicho, señor comisario —respondió Pasamonte—, que se vaya poco a poco; que aquellos señores no le dieron esa vara para que maltratase a los pobretes que aquí vamos, sino para que nos guiase y llevase adonde su Majestad manda. Si no, ¡por vida de..., basta!, que podría ser que saliesen algún día en la colada las manchas que se hicieron en la venta; y todo el mundo calle, y viva bien, y hable mejor, y caminemos; que ya es mucho regodeo éste.

Alzó la vara en alto el comisario para dar a Pasamonte, en respuesta de sus amenazas; mas don Quijote se puso en medio, y le rogó que no le maltratase, pues no era mucho que

---

[14] *bizcocho* (cocido dos veces), galleta; pan sin levadura que se cuece dos veces para que se conserve; *corbacho*, látigo, azote.

quien llevaba tan atadas las manos tuviese algún tanto suelta la lengua. Y volviéndose a todos los de la cadena, dijo:

—De todo cuanto me habéis dicho, hermanos carísimos, he sacado en limpio que, aunque os han castigado por vuestras culpas, las penas que vais a padecer no os dan mucho gusto, y que vais a ellas muy de mala gana y muy contra vuestra voluntad; y que podría ser que el poco ánimo que aquél tuvo en el tormento, la falta de dineros déste, el poco favor del otro y, finalmente, el torcido juicio del juez, hubiese sido causa de vuestra perdición, y de no haber salido con la justicia que de vuestra parte teníades. Todo lo cual se me representa a mí ahora en la memoria, de manera que me está diciendo, persuadiendo y aun forzando, que muestre con vosotros el efecto para que el cielo me arrojó al mundo, y me hizo profesar en él la orden de caballería que profeso, y el voto que en ella hice de favorecer a los menesterosos y opresos de los mayores. Pero, porque sé que una de las partes de la prudencia es que lo que se puede hacer por bien no se haga por mal, quiero rogar a estos señores guardianes y comisario sean servidos de desataros y dejaros ir en paz; que no faltarán otros que sirvan al rey en mejores ocasiones; porque me parece duro caso hacer esclavos a los que Dios y naturaleza hizo libres. Cuanto más, señores guardas —añadió don Quijote—, que estos pobres no han cometido nada contra vosotros. Allá se lo haya cada uno con su pecado; Dios hay en el cielo, que no se descuida de castigar al malo, ni de premiar al bueno, y no es bien que los hombres honrados sean verdugos de los otros hombres, no yéndoles nada en ello. Pido esto con esta mansedumbre y sosiego, porque tenga, si lo cumplís, algo que agradeceros; y cuando de grado no lo hagáis, esta lanza y esta espada, con el valor de mi brazo, harán que lo hagáis por fuerza.

—¡Donosa majadería! —respondió el comisario—. ¡Bueno está el donaire con que ha salido a cabo de rato! ¡Los forzados del rey quiere que le dejemos, como si tuviéramos autoridad para soltarlos, o él la tuviera para mandárnoslo! Váyase vuestra merced, señor, norabuena su camino adelante, y enderécese ese bacín que trae en la cabeza, y no ande buscando tres pies al gato.

—¡Vos sois el gato, y el rato, y el bellaco! —respondió don Quijote.

Y, diciendo y haciendo, arremetió con él tan presto, que, sin que tuviese lugar de ponerse en defensa, dio con él en el suelo, malherido de una lanzada; y avínole bien, que éste era el de la escopeta. Las demás guardas quedaron atónitas y suspensas del no esperado acontecimiento; pero, volviendo sobre sí, pusieron mano a sus espadas los de a caballo, y los de a pie a sus dardos, y arremetieron a don Quijote, que con mucho sosiego los aguardaba; y sin duda lo pasara mal, si los galeotes, viendo la ocasión que se les ofrecía de alcanzar libertad, no la procuraran, procurando romper la cadena donde venían ensartados. Fue la revuelta de manera, que las guardas, ya por acudir a los galeotes, que se desataban, ya por acometer a don Quijote, que los acometía, no hicieron cosa que fuese de provecho.

Ayudó Sancho, por su parte, a la soltura de Ginés de Pasamonte, que fue el primero que saltó en la campaña libre y desembarazado, y arremetiendo al comisario caído, le quitó la espada y la escopeta, con la cual, apuntando al uno y señalando al otro, sin disparalla jamás, no quedó guarda en todo el campo, porque se fueron huyendo, así de la escopeta de Pasamonte como de las muchas pedradas que los ya sueltos galeotes les tiraban.

Entristecióse mucho Sancho deste suceso, porque se le representó que los que iban huyendo habían de dar noticia del caso a la Santa Hermandad, la cual, a campana herida, saldría a buscar los delincuentes, y así se lo dijo a su amo, y le rogó que luego de allí se partiesen, y se emboscasen en la sierra, que estaba cerca.

—Bien está eso —dijo don Quijote—; pero yo sé lo que ahora conviene que se haga.

Y llamando a todos los galeotes, que andaban alborotados y habían despojado al comisario hasta dejarle en cueros, se le pusieron todos a la redonda para ver lo que les mandaba, y así les dijo:

—De gente bien nacida es agradecer los beneficios que reciben, y uno de los pecados que más a Dios ofende es la ingratitud. Dígolo porque ya habéis visto, señores, con manifiesta experiencia, el que de mí habéis recibido; en pago del cual querría, y es mi voluntad, que, cargados de esa cadena que quité de vuestros cuellos, luego os pongáis en camino y vais a la ciudad del Toboso, y allí os presentéis ante la señora Dulcinea del Toboso, y le digáis que su caballero, el de la Triste Figura, se le envía a encomendar, y le contéis, punto por punto, todos los que ha tenido esta famosa aventura hasta poneros en la deseada libertad; y, hecho esto, os podréis ir donde quisiéredes, a la buena ventura.

Respondió por todos Ginés de Pasamonte, y dijo:

—Lo que vuestra merced nos manda, señor y libertador nuestro, es imposible de toda imposibilidad cumplirlo, porque no podemos ir juntos por los caminos, sino solos y divididos, y cada uno por su parte, procurando meterse en las entrañas de la tierra, por no ser hallado de la Santa Hermandad, que, sin duda alguna, ha de salir en nuestra busca. Lo que vuestra merced puede hacer y es justo que haga, es mudar ese servicio y montazgo[15] de la señora Dulcinea del Toboso en alguna cantidad de avemarías y credos, que nosotros diremos por la intención de vuestra merced, y ésta es cosa que se podrá cumplir de noche y de día, huyendo o reposando, en paz o en guerra; pero pensar que hemos de volver ahora a las ollas de Egipto, digo, a tomar nuestra cadena, y a ponernos en camino del Toboso, es pensar que es ahora de noche, que aún no son las diez del día, y es pedir a nosotros eso como pedir peras al olmo.

—Pues ¡voto a tal! —dijo don Quijote, ya puesto en cólera—, don hijo de la puta, don Ginesillo de Paropillo, o como os llamáis, que habéis de ir vos solo, rabo entre piernas, con toda la cadena a cuestas.

Pasamonte, que no era nada bien sufrido, estando ya enterado que don Quijote no era muy cuerdo, pues tal disparate había acometido como el de querer darles libertad, viéndose tratar de aquella manera, hizo del ojo a los compañeros, y apartándose aparte, comenzaron a llover tantas piedras sobre don Quijote, que no se daba manos a cubrirse con la rodela; y el pobre de Rocinante no hacía más caso de la espuela que si fuera hecho de bronce. Sancho se puso tras su asno, y con él se defendía de la nube y pedrisco que sobre entrambos llovía. No se pudo escudar tan bien don Quijote, que no le acertasen no sé cuántos guijarros en el cuerpo, con tanta fuerza, que dieron con él en el suelo; y apenas hubo caído, cuando fue sobre él el estudiante y le quitó la bacía de la cabeza, y diole con ella tres o cuatro golpes en las espaldas y otros tantos en la tierra, con que la hizo pedazos. Quitáronle una ropilla que traía sobre las armas, y las medias calzas le querían quitar, si las grebas[16] no lo estorbaran. A Sancho le quitaron el gabán, y, dejándole en pelota,[17] repartiendo entre sí los demás despojos de la batalla, se fueron cada uno por su parte, con más cuidado de escaparse de la Hermandad, que temían, que de cargarse de la cadena e ir a presentarse ante la señora Dulcinea del Toboso.

Solos quedaron jumento y Rocinante, Sancho y don Quijote; el jumento, cabizbajo y pensativo, sacudiendo de cuando en

---

[15] *servicio y montazgo*, contribuciones que se pagaban en aquellos tiempos.

[16] *grebas*, armadura de las piernas.

[17] *en pelota*, en ropas interiores.

cuando las orejas, pensando que aún no había cesado la borrasca de las piedras, que le perseguían los oídos; Rocinante, tendido junto a su amo, que también vino al suelo de otra pedrada; Sancho, en pelota y temeroso de la Santa Hermandad; don Quijote, mohinísimo de verse tan malparado por los mismos a quien tanto bien había hecho.

Capítulo XXIII

**De lo que le aconteció al famoso don Quijote en Sierra Morena,
que fue una de las más raras aventuras que
en esta verdadera historia se cuentan**

Viéndose tan malparado don Quijote, dijo a su escudero:

—Siempre, Sancho, lo he oído decir, que el hacer bien a villanos es echar agua en la mar. Si yo hubiera creído lo que me dijiste, yo hubiera escusado esta pesadumbre; pero ya está hecho; paciencia, y escarmentar para desde aquí adelante.

—Así escarmentará vuestra merced —respondió Sancho— como yo soy turco; pero, pues dice que si me hubiera creído se hubiera escusado este daño, créame ahora y escusará otro mayor; porque le hago saber que con la Santa Hermandad no hay usar de caballerías; que no se le da a ella por cuantos caballeros andantes hay dos maravedís; y sepa que ya me parece que sus saetas me zumban por los oídos.

—Naturalmente eres cobarde, Sancho —dijo don Quijote—; pero porque no digas que soy contumaz y que jamás hago lo que me aconsejas, por esta vez quiero tomar tu consejo y apartarme de la furia que tanto temes; mas ha de ser con una condición: que jamás, en vida ni en muerte, has de decir a nadie que yo me retiré y aparté deste peligro de miedo, sino por complacer a tus ruegos; que si otra cosa dijeres, mentirás en ello, y desde ahora para entonces, y desde entonces para ahora, te desmiento, y digo que mientes y mentirás todas las veces que lo pensares o lo dijeres. Y no me repliques más; que en sólo pensar que me aparto y retiro de algún peligro, especialmente déste, que parece que lleva algún es no es de sombra de miedo, estoy ya para quedarme, y para aguardar aquí solo, no solamente a la Santa Hermandad que dices y temes, sino a los hermanos de los doce tribus de Israel, y a los siete Macabeos, y a Cástor y a Pólux, y aun a todos los hermanos y hermandades que hay en el mundo.

—Señor —respondió Sancho—, que el retirar no es huir, ni el esperar es cordura, cuando el peligro sobrepuja a la esperanza, y de sabios es guardarse hoy para mañana, y no aventurarse todo en un día. Y sepa que, aunque zafio y villano, todavía se me alcanza algo desto que llaman buen gobierno; así que no se arrepienta de haber tomado mi consejo, sino suba en Rocinante, si puede, o si no, yo le ayudaré; y sígame; que el caletre me dice que hemos menester ahora más los pies que las manos.

Subió don Quijote, sin replicarle más palabra, y, guiando Sancho sobre su asno, se entraron por una parte de Sierra Morena, que allí junto estaba, llevando Sancho intención de atravesarla toda e ir a salir al Viso, o a Almodóvar del Campo, y esconderse algunos días por aquellas asperezas, por no ser hallados si la Hermandad los buscase. Animóle a esto haber visto que de la refriega de los galeotes se había escapado libre la despensa que sobre su asno venía, cosa que la juzgó a milagro, según fue lo que llevaron y buscaron los galeotes.[1]

Así como don Quijote entró por aquellas montañas, se le alegró el corazón, pareciéndole aquellos lugares acomodados para las aventuras que buscaba. Reducíansele a la memoria los maravillosos acaecimientos que en semejantes soledades y asperezas habían sucedido a caballeros andantes. Iba pensando en estas cosas, tan embebecido y transportado en ellas, que de ninguna otra se acordaba. Ni Sancho llevaba otro cuidado (después que le pareció que caminaba por parte segura) sino de satisfacer su estómago con los relieves que del despojo clerical habían quedado; y así, iba tras su amo sentado a la mujeriega sobre su jumento, sacando de un costal y embaulando en su panza; y no se le diera por hallar otra ventura, entretanto que iba de aquella manera, un ardite.

---

[1] Las ediciones modernas suelen intercalar aquí el robo del rucio de Sancho, omitido en la *princeps*, siguiendo la segunda edición de 1605. Sin embargo, Sancho sigue acompañado de su rucio hasta el Capítulo 25 (véase la nota 12 a ese capítulo). Dada la comprobación de Flores (1975) de la falta de autoridad de la segunda edición Cuesta-Madrigal, hemos seguido la iniciativa de Hartzenbusch en su edición de 1863, al colocar el pasaje del robo en el Capítulo 25.

En esto, alzó los ojos y vio que su amo estaba parado, procurando con la punta del lanzón alzar no sé qué bulto que estaba caído en el suelo, por lo cual se dio priesa a llegar a ayudarle, si fuese menester; y cuando llegó fue a tiempo que alzaba con la punta del lanzón un cojín y una maleta asida a él, medio podridos, o podridos del todo, y deshechos; mas pesaba tanto, que fue necesario que Sancho se apease a tomarlos, y mandóle su amo que viese lo que en la maleta venía.

Hízolo con mucha presteza Sancho, y, aunque la maleta venía cerrada con una cadena y su candado, por lo roto y podrido della vio lo que en ella había, que eran cuatro camisas de delgada holanda y otras cosas de lienzo no menos curiosas que limpias, y en un pañizuelo halló un buen montoncillo de escudos de oro; y así como los vio, dijo:

—¡Bendito sea todo el cielo, que nos ha deparado una aventura que sea de provecho!

Y buscando más, halló un librillo de memoria, ricamente guarnecido. Éste le pidió don Quijote, y mandóle que guardase el dinero y lo tomase para él. Besóle las manos Sancho por la merced, y, desvalijando a la valija de su lencería, la puso en el costal de la despensa. Todo lo cual, visto por don Quijote, dijo:

—Paréceme, Sancho (y no es posible que sea otra cosa) que algún caminante descaminado debió de pasar por esta sierra, y, salteándole malandrines, le debieron de matar, y le trujeron a enterrar en esta tan escondida parte.

—No puede ser eso —respondió Sancho—, porque si fueran ladrones, no se dejaran aquí este dinero.

—Verdad dices —dijo don Quijote—, y así, no adivino ni doy en lo que esto pueda ser; mas espérate: veremos si en este librillo de memoria hay alguna cosa escrita por donde podamos rastrear y venir en conocimiento de lo que deseamos.

Abrióle, y lo primero que halló en él escrito, como en borrador, aunque de muy buena letra, fue un soneto, que leyéndole alto, porque Sancho también lo oyese, vio que decía desta manera:

> O le falta al Amor conocimiento,
> o le sobra crueldad, o no es mi pena
> igual a la ocasión que me condena
> al género más duro de tormento.
> Pero si Amor es dios, es argumento
> que nada ignora, y es razón muy buena
> que un dios no sea cruel. Pues ¿quién ordena

el terrible dolor que adoro y siento?
   Si digo que sois vos, Fili, no acierto;
que tanto mal en tanto bien no cabe,
ni me viene del cielo esta ruina.
   Presto habré de morir, que es lo más cierto;
que al mal de quien la causa no se sabe
milagro es acertar la medicina. [2]

—Por esa trova —dijo Sancho— no se puede saber nada,
si ya no es que por ese hilo que está ahí se saque el ovillo de todo.

—¿Qué hilo está aquí? —dijo don Quijote.

—Paréceme —dijo Sancho— que vuestra merced nombró
ahí *hilo*.

—No dije sino *Fili* —respondió don Quijote—, y éste, sin duda,
es el nombre de la dama de quien se queja el autor deste soneto;
y a fe que debe ser razonable poeta, o yo sé poco del arte.

—Luego ¿también —dijo Sancho— se le entiende a vuestra
merced de trovas?

—Y más de lo que tú piensas —respondió don Quijote—,
y veráslo cuando lleves una carta, escrita en verso de arriba
abajo, a mi señora Dulcinea del Toboso. Porque quiero que sepas, Sancho, que todos o los más caballeros andantes de la
edad pasada eran grandes trovadores y grandes músicos; que
estas dos habilidades o gracias, por mejor decir, son anexas
a los enamorados andantes. Verdad es que las coplas de los
pasados caballeros tienen más de espíritu que de primor.

—Lea más vuestra merced —dijo Sancho—; que ya hallará
algo que nos satisfaga.

Volvió la hoja don Quijote y dijo:

—Esto es prosa, y parece carta.

—¿Carta misiva, señor? —preguntó Sancho.

—En el principio no parece sino de amores —respondió
don Quijote.

—Pues lea vuestra merced alto —dijo Sancho—; que gusto
mucho destas cosas de amores.

—Que me place —dijo don Quijote.

Y leyéndola alto, como Sancho se lo había rogado, vio que
decía desta manera:

   Tu falsa promesa y mi cierta desventura me llevan a
   parte donde antes volverán a tus oídos las nuevas de mi
   muerte que las razones de mis quejas. Desechásteme, ¡oh

---

[2] El mismo soneto lo incluyó Cervantes en *La casa de los celos*, Jornada III.

ingrata!, por quien tiene más, no por quien vale más que yo; mas si la virtud fuera riqueza que se estimara, no envidiara yo dichas ajenas ni llorara desdichas propias. Lo que levantó tu hermosura han derribado tus obras: por ella entendí que eras ángel, y por ellas conozco que eres mujer. Quédate en paz, causadora de mi guerra, y haga el cielo que los engaños de tu esposo estén siempre encubiertos, porque tú no quedes arrepentida de lo que hiciste y yo no tome venganza de lo que no deseo.

Acabando de leer la carta, dijo don Quijote:

—Menos por ésta que por los versos se puede sacar más de que quien la escribió es algún desdeñado amante.

Y hojeando casi todo el librillo, halló otros versos y cartas, que algunos pudo leer y otros no; pero lo que todos contenían eran quejas, lamentos, desconfianzas, sabores y sinsabores, favores y desdenes, solenizados los unos y llorados los otros.

En tanto que don Quijote pasaba el libro, pasaba Sancho la maleta, sin dejar rincón en toda ella, ni en el cojín, que no buscase, escudriñase e inquiriese, ni costura que no deshiciese, ni vedija de lana que no escarmenase,[3] porque no se quedase nada por diligencia ni mal recado: tal golosina habían despertado en él los hallados escudos, que pasaban de ciento. Y aunque no halló más de lo hallado, dio por bien empleados los vuelos de la manta, el vomitar del brebaje, las bendiciones de las estacas, las puñadas del harriero, la falta de las alforjas, el robo del gabán y toda la hambre, sed y cansancio que había pasado en servicio de su buen señor, pareciéndole que estaba más que rebién pagado con la merced recibida de la entrega del hallazgo.

Con gran deseo quedó el Caballero de la Triste Figura de saber quién fuese el dueño de la maleta, conjeturando por el soneto y carta, por el dinero en oro y por las tan buenas camisas, que debía de ser de algún principal enamorado, a quien desdenes y malos tratamientos de su dama debían de haber conducido a algún desesperado término. Pero como por aquel lugar inhabitable y escabroso no parecía persona alguna de quien poder informarse, no se curó de más que de pasar adelante, sin llevar otro camino que aquel que Rocinante quería, que era por donde él podía caminar, siempre con imaginación que no podía faltar por aquellas malezas alguna estraña aventura.

---

[3] *escarmenar*, desenredar, desenmarañar.

Yendo, pues, con este pensamiento, vio que por cima de una montañuela que delante de los ojos se le ofrecía, iba saltando un hombre, de risco en risco y de mata en mata, con estraña ligereza. Figurósele que iba desnudo, la barba negra y espesa, los cabellos muchos y rabultados,[4] los pies descalzos y las piernas sin cosa alguna; los muslos cubrían unos calzones, al parecer, de terciopelo leonado, mas tan hechos pedazos, que por muchas partes se le descubrían las carnes. Traía la cabeza descubierta; y aunque pasó con la ligereza que se ha dicho, todas estas menudencias miró y notó el Caballero de la Triste Figura; y aunque lo procuró, no pudo seguille, porque no era dado a la debilidad de Rocinante andar por aquellas asperezas, y más siendo él de suyo pisacorto y flemático. Luego imaginó don Quijote que aquél era el dueño del cojín y de la maleta, y propuso en sí de buscalle, aunque supiese andar un año por aquellas montañas, hasta hallarle; y así, mandó a Sancho que se apease del asno y atajase por la una parte de la montaña; que él iría por la otra, y podría ser que topasen, con esta diligencia, con aquel hombre que con tanta priesa se les había quitado de delante.

—No podré hacer eso —respondió Sancho—; porque en apartándome de vuestra merced, luego es conmigo el miedo, que me asalta con mil géneros de sobresaltos y visiones. Y sírvale esto que digo de aviso, para que de aquí adelante no me aparte un dedo de su presencia.

—Así será —dijo el de la Triste Figura—, y yo estoy muy contento de que te quieras valer de mi ánimo, el cual no te ha de faltar, aunque te falte el ánima del cuerpo. Y vente ahora tras mí poco a poco, o como pudieres, y haz de los ojos lanternas; rodearemos esta serrezuela: quizá toparemos con aquel hombre que vimos, el cual, sin duda alguna, no es otro que el dueño de nuestro hallazgo.

A lo que Sancho respondió:

—Harto mejor sería no buscalle; porque si le hallamos y acaso fuese el dueño del dinero, claro está que lo tengo de restituir; y así, fuera mejor, sin hacer esta inútil diligencia, poseerlo yo con buena fe, hasta que, por otra vía menos curiosa y diligente, pareciera su verdadero señor; y quizá fuera a tiempo que lo hubiera gastado, y entonces el rey me hacía franco.

—Engáñaste en eso, Sancho —respondió don Quijote—; que ya que hemos caído en sospecha de quién es el dueño, cuasi de-

---

[4] *rabultados*, rebultados, revueltos.

lante, estamos obligados a buscarle y volvérselos; y cuando no le buscásemos, la vehemente sospecha que tenemos de que él lo sea nos pone ya en tanta culpa como si lo fuese. Así que, Sancho amigo, no te dé pena el buscalle, por la que a mí se me quitará si le hallo.

Y así, picó a Rocinante, y siguióle Sancho con su acostumbrado jumento; y, habiendo rodeado parte de la montaña, hallaron en un arroyo, caída, muerta y medio comida de perros y picada de grajos, una mula ensillada y enfrenada; todo lo cual confirmó en ellos más la sospecha de que aquel que huía era el dueño de la mula y del cojín.

Estándola mirando, oyeron un silbo como de pastor que guardaba ganado, y a deshora, a su siniestra mano, parecieron una buena cantidad de cabras, y tras ellas, por cima de la montaña, pareció el cabrero que las guardaba, que era un hombre anciano. Diole voces don Quijote, y rogóle que bajase donde estaban. Él respondió a gritos que quién les había traído por aquel lugar, pocas o ningunas veces pisado sino de pies de cabras o de lobos y otras fieras que por allí andaban. Respondióle Sancho que bajase, que de todo le darían buena cuenta. Bajó el cabrero, y en llegando adonde don Quijote estaba, dijo:

—Apostaré que está mirando la mula de alquiler que está muerta en esa hondonada. Pues a buena fe que ha ya seis meses que está en ese lugar. Díganme: ¿han topado por ahí a su dueño?

—No hemos topado a nadie —respondió don Quijote—, sino a un cojín y a una maletilla que no lejos deste lugar hallamos.

—También la hallé yo —respondió el cabrero—; mas nunca la quise alzar ni llegar a ella, temeroso de algún desmán y de que no me la pidiesen por de hurto; que es el diablo sutil; y debajo de los pies se le levanta allombre[5] cosa donde tropiece y caya, sin saber cómo ni cómo no.

—Eso mesmo es lo que yo digo —respondió Sancho— que también lo hallé yo, y no quise llegar a ella con un tiro de piedra: allí la dejé, y allí se queda como se estaba; que no quiero perro con cencerro.

—Decidme, buen hombre —dijo don Quijote—, ¿sabéis vos quién sea el dueño destas prendas?

—Lo que sabré yo decir —dijo el cabrero— es que habrá al pie de seis meses, poco más a menos, que llegó a una majada de pastores, que estará como tres leguas deste lugar, un mancebo de gentil talle y apostura, caballero sobre esa mesma mula

---

[5] *allombre*, al hombre, en el habla rústica.

que ahí está muerta, y con el mesmo cojín y maleta que decís que hallastes y no tocastes. Preguntónos que cuál parte desta sierra era la más áspera y escondida; dijímosle que era esta donde ahora estamos, y es así la verdad; porque si entráis media legua más adentro, quizá no acertaréis a salir; y estoy maravillado de cómo habéis podido llegar aquí, porque no hay camino ni senda que a este lugar encamine. Digo, pues, que, en oyendo nuestra respuesta el mancebo, volvió las riendas y encaminó hacia el lugar donde le señalamos, dejándonos a todos contentos de su buen talle, y admirados de su demanda y de la priesa con que le víamos caminar y volverse hacia la sierra; y desde entonces nunca más le vimos, hasta que desde allí a algunos días salió al camino a uno de nuestros pastores, y, sin decille nada, se llegó a él y le dio muchas puñadas y coces, y luego se fue a la borrica del hato, y le quitó cuanto pan y queso en ella traía; y con estraña ligereza, hecho esto, se volvió a emboscar en la sierra. Como esto supimos algunos cabreros, le anduvimos a buscar casi dos días por lo más cerrado desta sierra, al cabo de los cuales le hallamos metido en el hueco de un grueso y valiente alcornoque. Salió a nosotros con mucha mansedumbre, ya roto el vestido, y el rostro desfigurado y tostado del sol, de tal suerte, que apenas le conocíamos; sino que los vestidos, aunque rotos, con la noticia que dellos teníamos, nos dieron a entender que era el que buscábamos.

Saludónos cortésmente, y en pocas y muy buenas razones nos dijo que no nos maravillásemos de verle andar de aquella suerte, porque así le convenía para cumplir cierta penitencia que por sus muchos pecados le había sido impuesta. Rogámosle que nos dijese quién era; mas nunca lo pudimos acabar con él.[6] Pedímosle también que, cuando hubiese menester el sustento (sin el cual no podía pasar), nos dijese dónde le hallaríamos, porque con mucho amor y cuidado se lo llevaríamos; y que si esto tampoco fuese de su gusto, que, a lo menos, saliese a pedirlo, y no a quitarlo, a los pastores. Agradeció nuestro ofrecimiento, pidió perdón de los asaltos pasados, y ofreció de pedillo de allí adelante por amor de Dios, sin dar molestia alguna a nadie. En cuanto lo que tocaba a la estancia de su habitación, dijo que no tenía otra que aquella que la ocasión le ofrecía donde le tomaba la noche; y acabó su plática con un tan tierno llanto, que bien fuéramos de piedra los que escuchado le habíamos, si en él no le acompañáramos, considerándole cómo

---

[6] *acabar con él*, conseguir de él.

le habíamos visto la vez primera, y cuál le veíamos entonces. Porque, como tengo dicho, era un muy gentil y agraciado mancebo, y en sus corteses y concertadas razones mostraba ser bien nacido y muy cortesana persona; que, puesto que éramos rústicos los que le escuchábamos, su gentileza era tanta, que bastaba a darse a conocer a la mesma rusticidad.

Y estando en lo mejor de su plática, paró y enmudecióse; clavó los ojos en el suelo por un buen espacio, en el cual todos estuvimos quedos y suspensos, esperando en qué había de parar aquel embelesamiento, con no poca lástima de verlo; porque, por lo que hacía de abrir los ojos, estar fijo mirando al suelo sin mover pestaña gran rato, y otras veces cerrarlos, apretando los labios y enarcando las cejas, fácilmente conocimos que algún accidente de locura le había sobrevenido. Mas él nos dio a entender presto ser verdad lo que pensábamos; porque se levantó con gran furia del suelo, donde se había echado, y arremetió con el primero que halló junto a sí, con tal denuedo y rabia, que si no se le quitáramos, le matara a puñadas y a bocados; y todo esto hacía, diciendo: "—¡Ah, fementido Fernando! ¡Aquí, aquí me pagarás la sinrazón que me hiciste! Estas manos te sacarán el corazón, donde albergan y tienen manida todas las maldades juntas, principalmente la fraude y el engaño." Y a éstas añadía otras razones, que todas se encaminaban a decir mal de aquel Fernando, y a tacharle de traidor y fementido.

Quitámossele, pues, con no poca pesadumbre, y él, sin decir más palabra, se apartó de nosotros y se embozó corriendo por entre estos jarales y malezas, de modo que nos imposibilitó el seguille. Por esto conjeturamos que la locura le venía a tiempos, y que alguno que se llamaba Fernando le debía de haber hecho alguna mala obra, tan pesada cuanto lo mostraba el término a que le había conducido. Todo lo cual se ha confirmado después acá con las veces (que han sido muchas) que él ha salido al camino, unas a pedir a los pastores le den de lo que llevan para comer, y otras a quitárselo por fuerza; porque cuando está con el accidente de la locura, aunque los pastores se le ofrezcan de buen grado, no lo admite, sino que lo toma a puñadas; y cuando está en su seso, lo pide por amor de Dios, cortés y comedidamente, y rinde por ello muchas gracias, y no con falta de lágrimas. Y en verdad os digo, señores —prosiguió el cabrero—, que ayer determinamos yo y cuatro zagales, los dos criados y los dos amigos míos, de buscarle hasta tanto que le hallemos, y después de hallado, ya por fuerza, ya por grado, le hemos de llevar a la villa de Almodóvar, que está de aquí ocho leguas, y allí le curaremos, si es que su mal tiene cura, o sabremos quién es cuando esté en su seso, y si tiene parientes a quien dar noticia de su desgracia. Esto es, señores, lo que sabré deciros de lo que me habéis preguntado; y entended que el dueño de las prendas que hallastes es el mesmo que vistes pasar con tanta ligereza como desnudez —que ya le había dicho don Quijote cómo había visto pasar aquel hombre saltando por la sierra.

El cual quedó admirado de lo que al cabrero había oído, y quedó con más deseo de saber quién era el desdichado loco, y propuso en sí lo mesmo que ya tenía pensado: de buscalle por toda la montaña, sin dejar rincón ni cueva en ella que no mirase, hasta hallarle. Pero hízolo mejor la suerte de lo que él pensaba ni esperaba, porque en aquel mesmo instante pareció por entre una quebrada de una sierra, que salía donde ellos estaban, el mancebo que buscaba, el cual venía hablando entre sí cosas que no podían ser entendidas de cerca, cuanto más de lejos. Su traje era cual se ha pintado, sólo que llegando cerca, vio don Quijote que un coleto[7] hecho pedazos que sobre sí traía era de ámbar; por donde acabó de entender que persona que tales hábitos traía no debía de ser de ínfima calidad.

En llegando el mancebo a ellos, les saludó con una voz desentonada y bronca, pero con mucha cortesía. Don Quijote le volvió las saludes con no menos comedimiento, y, apeándose de Rocinante, con gentil continente y donaire, le fue a abrazar, y le tuvo un buen espacio estrechamente entre sus brazos, como si de luengos tiempos le hubiera conocido. El otro, a quien podemos llamar *el Roto de la Mala Figura* (como a don Quijote *el de la Triste*), después de haberse dejado abrazar, le apartó un poco de sí, y, puestas sus manos en los hombros de don Quijote, le estuvo mirando, como que quería ver si le conocía; no menos admirado quizá de ver la figura, talle y armas de don Quijote, que don Quijote lo estaba de verle a él. En resolución, el primero que habló después del abrazamiento fue el Roto, y dijo lo que se dirá adelante.

---

[7] *coleto*, traje interior de piel.

Capítulo XXIV

Donde se prosigue la aventura de la Sierra Morena

Dice la historia que era grandísima la atención con que don Quijote escuchaba al astroso caballero de la Sierra, el cual, prosiguiendo su plática, dijo:

—Por cierto, señor, quienquiera que seáis, que yo no os conozco, yo os agradezco las muestras y la cortesía que conmigo habéis usado, y quisiera yo hallarme en términos, que con más que la voluntad pudiera servir la que habéis mostrado tenerme en el buen acogimiento que me habéis hecho; mas no quiere mi suerte darme otra cosa con que corresponda a las buenas obras que me hacen, que buenos deseos de satisfacerlas.

—Los que yo tengo —respondió don Quijote— son de serviros; tanto, que tenía determinado de no salir destas sierras hasta hallaros y saber de vos si el dolor que en la estrañeza de vuestra vida mostráis tener se podía hallar algún género de remedio; y si fuera menester buscarle, buscarle con la diligencia posible. Y cuando vuestra desventura fuera de aquellas que tienen cerradas las puertas a todo género de consuelo, pensaba ayudaros a llorarla y plañirla como mejor pudiera; que todavía es consuelo en las desgracias hallar quien se duela dellas. Y si es que mi buen intento merece ser agradecido con algún género de cortesía, yo os suplico, señor, por la mucha que veo que en vos se encierra, y juntamente os conjuro por la cosa que en esta vida más habéis amado o amáis, que me digáis quién sois y la causa que os ha traído a vivir y a morir entre estas soledades como bruto animal, pues moráis entre ellos tan ajeno de vos mismo cual lo muestra vuestro traje y persona. Y juro —añadió don Quijote— por la orden de caballería que recibí, aunque indigno y pecador, y por la profesión de caballero andante, que si en esto, señor, me complacéis, de serviros con las veras a que me obliga el ser quien soy, ora remediando vuestra desgracia, si tiene remedio, ora ayudándoos a llorarla, como os lo he prometido.

El Caballero del Bosque que de tal manera oyó hablar al de la Triste Figura, no hacía sino mirarle, y remirarle, y tornarle a mirar de arriba abajo; y después que le hubo bien mirado, le dijo:

—Si tienen algo que darme a comer, por amor de Dios que me lo den; que, después de haber comido, yo haré todo lo que se me manda, en agradecimiento de tan buenos deseos como aquí se me han mostrado.

Luego sacaron, Sancho de su costal y el cabrero de su zurrón, con que satisfizo el Roto su hambre, comiendo lo que le dieron como persona atontada, tan apriesa, que no daba espacio de un bocado al otro, pues antes los engullía que tragaba; y en tanto que comía, ni él ni los que le miraban hablaban palabra. Como acabó de comer, les hizo de señas que le siguiesen, como lo hicieron, y él los llevo a un verde pradecillo que a la vuelta de una peña poco desviada de allí estaba. En llegando a él, se tendió en el suelo, encima de la yerba, y los demás hicieron lo mismo, y todo esto sin que ninguno hablase, hasta que el Roto, después de haberse acomodado en su asiento, dijo:

—Si gustáis, señores, que os diga en breves razones la inmensidad de mis desventuras, habéisme de prometer de que con ninguna pregunta, ni otra cosa, no interromperéis el hilo de mi triste historia; porque en el punto que lo hagáis, en ése se quedará lo que fuere contando.

Estas razones del Roto trujeron a la memoria a don Quijote el cuento que le había contado su escudero, cuando no acertó el número de las cabras que habían pasado el río, y se quedó la historia pendiente. Pero, volviendo al Roto, prosiguió diciendo:

—Esta prevención que hago es porque querría pasar brevemente por el cuento de mis desgracias; que el traerlas a la memoria no me sirve de otra cosa que añadir otras de nuevo, y mientras menos me preguntáredes, más presto acabaré yo de decillas, puesto que no dejaré por contar cosa alguna que sea de importancia para no satisfacer del todo a vuestro deseo.

Don Quijote se lo prometió, en nombre de los demás, y él, con este seguro, comenzó desta manera:

—Mi nombre es Cardenio; mi patria, una ciudad de las mejores desta Andalucía; mi linaje, noble; mis padres, ricos; mi desventura, tanta, que la deben de haber llorado mis padres y sentido mi linaje, sin poderla aliviar con su riqueza; que para remediar desdichas del cielo poco suelen valer los bienes de fortuna. Vivía en esta mesma tierra un cielo, donde puso el amor toda la gloria que yo acertara a desearme: tal es la hermosura de Luscinda, doncella tan noble y tan rica como yo, pero de más ventura y de menos firmeza de la que a mis honrados pensamientos se debía. A esta Luscinda amé, quise y adoré desde mis tiernos y primeros años, y ella me quiso a mí, con aquella sencillez y buen ánimo que su poca edad permitía. Sabían nuestros padres nuestros intentos, y no les pesaba dello, porque bien veían que, cuando pasaran adelante, no podían tener otro fin que el de casarnos, cosa que casi la concertaba la igualdad de nuestro linaje y riquezas. Creció la edad, y con ella el amor de entrambos, que al padre de Luscinda le pareció que por buenos respetos estaba obligado a negarme la entrada de su casa, casi imitando en esto a los padres de aquella Tisbe tan decantada de los poetas. Y fue esta negación añadir llama a llama y deseo a deseo; porque, aunque pusieron silencio a las lenguas, no le pudieron poner a las plumas, las cuales, con más libertad que las lenguas, suelen dar a entender a quien quieren lo que en el alma está encerrado; que muchas veces la presencia de la cosa amada turba y enmudece la intención más determinada y la lengua más atrevida. ¡Ay cielos, y cuántos billetes le escribí! ¡Cuán regaladas y honestas respuestas tuve! ¡Cuántas canciones compuse y cuántos enamorados versos, donde el alma declaraba y trasladaba sus sentimientos, pintaba sus encendidos deseos, entretenía sus memorias y recreaba su voluntad! En efecto, viéndome apurado, y que mi alma se consumía con el deseo de verla, determiné poner por obra y acabar en un punto lo que me pareció que más convenía para salir con mi deseado y merecido premio, y fue el pedírsela a su padre por legítima esposa, como lo hice; a lo que él me respondió que me agradecía la voluntad que mostraba de honralle, y de querer honrarme con prendas suyas, pero que, siendo mi padre vivo, a él tocaba de justo derecho hacer aquella demanda, porque si no fuese con mucha voluntad y gusto suyo, no era Luscinda mujer para tomarse ni darse a hurto.

Yo le agradecí su buen intento, pareciéndome que llevaba razón en lo que decía, y que mi padre vendría en ello como yo se lo dijese; y con este intento, luego en aquel mismo instante fui a decirle a mi padre lo que deseaba. Y al tiempo que entré en un aposento donde estaba, le hallé con una carta abierta en la mano, la cual, antes que yo le dijese palabra, me la dio y me dijo: "—Por esa carta verás, Cardenio, la voluntad que el duque Ricardo tiene de hacerte merced." Este duque Ricardo, como ya vosotros, señores, debéis de saber, es un grande de España, que tiene su estado en lo mejor desta Andalucía. Tomé y leí la carta, la cual venía tan encarecida, que a mí mesmo me pareció mal si mi padre dejaba de cumplir lo que en ella se le pedía, que era que me enviase luego donde él estaba; que quería que fuese compañero, no criado, de su hijo el mayor, y que él tomaba a cargo el ponerme en estado que correspondiese a la estimación en que me tenía. Leí la carta y enmudecí leyéndola, y más cuando oí que mi padre me decía: "—De aquí a dos días te partirás, Cardenio, a hacer la voluntad del duque, y da gracias a Dios que te va abriendo camino por donde alcances lo que yo sé que mereces." Añadió a éstas otras razones de padre consejero.

Llegóse el término de mi partida, hablé una noche a Luscinda, díjele todo lo que pasaba, y lo mesmo hice a su padre, suplicándole se entretuviese algunos días y dilatase el darle estado hasta que yo viese lo que Ricardo me quería; él me lo prometió, y ella me lo confirmó con mil juramentos y mil desmayos. Vine, en fin, donde el duque Ricardo estaba. Fui dél tan bien recibido y tratado, que desde luego comenzó la envidia a hacer su oficio, teniéndomela los criados antiguos, pareciéndoles que las muestras que el duque daba de hacerme merced habían de ser en perjuicio suyo. Pero el que más se holgó con mi ida fue un hijo segundo del duque, llamado Fernando, mozo gallardo, gentil hombre, liberal y enamorado, el cual, en poco tiempo, quiso que fuese tan su amigo, que daba que decir a todos; y aunque el mayor me quería bien y me hacía merced, no llegó al estremo con que don Fernando me quería y trataba.

Es, pues, el caso que, como entre los amigos no hay cosa secreta que no se comunique, y la privanza que yo tenía con don Fernando dejaba de serlo, por ser amistad, todos sus pensamientos me declaraba, especialmente uno enamorado, que le traía con un poco de desasosiego. Quería bien a una labradora, vasalla de su padre, y ella los tenía muy ricos, y era tan hermosa, recatada, discreta y honesta, que nadie que la conocía se determinaba en cuál destas cosas tuviese más excelencia ni más se aventajase. Estas tan buenas partes de la hermosa labradora redujeron a tal término los deseos de don Fernando, que se determinó, para poder alcanzarlo y conquistar la entereza de la labradora, darle palabra de ser su esposo; porque de otra manera era procurar lo imposible. Yo, obligado de su amistad, con las mejores razones que supe, y con los más vivos ejemplos que pude, procuré estorbarle y apartarle de tal propósito; pero viendo que no aprovechaba, determiné de decirle el caso al duque Ricardo, su padre; mas don Fernando, como astuto y discreto, se receló y temió desto, por parecerle que estaba yo obligado, en vez de[1] buen criado, no tener encubierta cosa que tan en perjuicio de la honra de mi señor el duque venía; y así, por divertirme y engañarme, me dijo que no hallaba otro mejor remedio para poder apartar de la memoria la hermosura que tan sujeto le tenía, que el ausentarse por algunos meses, y que quería que el ausencia fuese que los dos nos viniésemos en casa de mi padre, con ocasión que darían al duque que venía a ver y a feriar unos muy buenos caballos que en mi ciudad había, que es madre de los mejores del mundo.

Apenas le oí yo decir esto, cuando, movido de mi afición, aunque su determinación no fuera tan buena, la aprobara yo por una de las más acertadas que se podían imaginar, por ver cuán buena ocasión y coyuntura se me ofrecía de volver a ver a mi Luscinda. Con este pensamiento y deseo, aprobé su parecer y esforcé su propósito, diciéndole que lo pusiese por obra con la brevedad posible, porque, en efecto, la ausencia hacía su oficio, a pesar de los más firmes pensamientos. Ya, cuando él me vino a decir esto, según después se supo, había gozado a la labradora con título de esposo, y esperaba ocasión de descubrirse a su salvo, temeroso de lo que el duque su padre haría cuando supiese su disparate.

Sucedió, pues, que, como el amor en los mozos, por la mayor parte, no lo es, sino apetito, el cual, como tiene por último fin el deleite, en llegando a alcanzarle se acaba, y ha de volver atrás aquello que parecía amor, porque no puede pasar adelante del término que le puso naturaleza, el cual término no le puso a lo que es verdadero amor...; quiero decir que, así como don Fernando gozó a la labradora, se le aplacaron sus deseos y se resfriaron sus ahíncos; y si primero fingía quererse ausentar por remediarlos, ahora de veras procuraba irse por no ponerlos en ejecución. Diole el duque licencia, y mandóme que le acompañase. Venimos a mi ciudad, recibióle mi padre como quien era, vi yo luego a Luscinda, tornaron a vivir (aunque no habían estado muertos ni amortiguados) mis deseos, de los cuales di

---

[1] *en vez de*, haciendo las veces de.

cuenta, por mi mal, a don Fernando, por parecerme que, en la ley de la mucha amistad que mostraba, no le debía encubrir nada. Alabéle la hermosura, donaire y discreción de Luscinda, de tal manera que mis alabanzas movieron en él los deseos de querer ver doncella de tantas buenas partes adornada. Cumplíselos yo, por mi corta suerte, enseñándosela una noche, a la luz de una vela, por una ventana por donde los dos solíamos hablarnos. Vióla en sayo, tal, que todas las bellezas hasta entonces por él vistas las puso en olvido. Enmudeció, perdió el sentido, quedó absorto y, finalmente, tan enamorado, cual lo veréis en el discurso del cuento de mi desventura. Y para encenderle más el deseo (que a mí me celaba, y al cielo, a solas, descubría), quiso la fortuna que hallase un día un billete suyo, pidiéndome que la pidiese a su padre por esposa, tan discreto, tan honesto y tan enamorado, que, en leyéndolo, me dijo que en sola Luscinda se encerraban todas las gracias de hermosura y de entendimiento que en las demás mujeres del mundo estaban repartidas.

Bien es verdad que quiero confesar ahora que, puesto que yo veía con cuán justas causas don Fernando a Luscinda alababa, me pesaba de oír aquellas alabanzas de su boca, y comencé a temer y a recelarme dél, porque no se pasaba momento donde no quisiese que tratásemos de Luscinda, y él movía la plática, aunque la trujese por los cabellos; cosa que despertaba en mí un no sé qué de celos, no porque yo temiese revés alguno de la bondad y de la fe de Luscinda; pero, con todo eso, me hacía temer mi suerte lo mesmo que ella me aseguraba. Procuraba siempre don Fernando leer los papeles que yo a Luscinda enviaba, y los que ella me respondía, a título que de la discreción de los dos gustaba mucho. Acaeció, pues, que habiéndome pedido Luscinda un libro de caballerías en que leer, de quien era ella muy aficionada, que era el de *Amadís de Gaula*...

No hubo bien oído don Quijote nombrar libro de caballerías, cuando dijo:

—Con que me dijera vuestra merced, al principio de su historia, que su merced de la señora Luscinda era aficionada a libros de caballerías, no fuera menester otra exageración para darme a entender la alteza de su entendimiento; porque no le tuviera tan bueno como vos, señor, le habéis pintado, si careciera del gusto de tan sabrosa leyenda:[2] así que, para conmigo, no es menester gastar más palabras en declararme su hermosura,

² *leyenda*, lectura.

valor y entendimiento; que, con sólo haber entendido su afición, la confirmo por la más hermosa y más discreta mujer del mundo. Y quisiera yo, señor, que vuestra merced le hubiera enviado junto con *Amadís de Gaula* al bueno de *Don Rugel de Grecia*,[3] que yo sé que gustara la señora Luscinda mucho de Daraida y Geraya, y de las discreciones del pastor Darinel, y de aquellos admirables versos de sus bucólicas, cantadas y representadas por él con todo donaire, discreción y desenvoltura. Pero tiempo podrá venir en que se enmiende esa falta, y no dura más en hacerse la enmienda de cuanto quiera vuestra merced ser servido de venirse conmigo a mi aldea; que allí le podré dar más de trecientos libros, que son el regalo de mi alma y el entretenimiento de mi vida; aunque tengo para mí que ya no tengo ninguno, merced a la malicia de malos y envidiosos encantadores. Y perdóneme vuestra merced el haber contravenido a lo que prometimos de no interrumper su plática, pues, en oyendo cosas de caballerías y de caballeros andantes, así es en mi mano dejar de hablar en ellos como lo es en la de los rayos del sol dejar de calentar, ni humedecer en los de la luna. Así que, perdón, y proseguir, que es lo que ahora hace más al caso.

En tanto que don Quijote estaba diciendo lo que queda dicho, se le había caído a Cardenio la cabeza sobre el pecho, dando muestras de estar profundamente pensativo. Y, puesto que dos veces le dijo don Quijote que prosiguiese su historia, ni alzaba la cabeza ni respondía palabra; pero al cabo de un buen espacio la levantó y dijo:

—No se me puede quitar del pensamiento, ni habrá quien me lo quite en el mundo, ni quien me dé a entender otra cosa, y sería un majadero el que lo contrario entendiese o creyese, sino que aquel bellaconazo del maestro Elisabat estaba amancebado con la reina Madásima.[4]

—Eso no, ¡voto a tal! —respondió con mucha cólera don Quijote (y arrojóle, como tenía de costumbre)—; y ésa es una muy gran malicia, o bellaquería, por mejor decir: la reina Madásima fue muy principal señora, y no se ha de presumir que tan alta princesa se había de amancebar con un sacapotras;[5] y quien

   [3] Se refiere al onceno libro de la serie del *Amadís: Crónica del muy excelente Príncipe don Florisel de Niquea, en la cual trata de las grandes hazañas de los excelentísimos príncipes don Rogel de Grecia y el segundo Agesilao...* (Medina del Campo, 1535), de Feliciano de Silva.

   [4] Ninguna de las tres Madásimas del *Amadís* fue reina, y ninguna tuvo relaciones con el cirujano Elisabat. La confundieron aquí Cardenio, y, más adelante, don Quijote, con Grasinda (Clemencín).

   [5] *sacapotras*, nombre despectivo dado a los cirujanos.

lo contrario entendiere, miente como muy gran bellaco. Y yo se lo daré a entender, a pie o a caballo, armado o desarmado, de noche o de día, o como más gusto le diere.

Estábale mirando Cardenio muy atentamente, al cual ya había venido el accidente de su locura y no estaba para proseguir su historia; ni tampoco don Quijote se la oyera, según le había disgustado lo que de Madásima le había oído. ¡Estraño caso; que así volvió por ella como si verdaderamente fuera su verdadera y natural señora: tal le tenían sus descomulgados libros! Digo, pues, que como ya Cardenio estaba loco, y se oyó tratar de mentís y de bellaco, con otros denuestos semejantes, parecióle mal la burla, y alzó un guijarro que halló junto a sí, y dio con él en los pechos tal golpe a don Quijote, que le hizo caer de espaldas. Sancho Panza, que de tal modo vio parar a su señor, arremetió al loco con el puño cerrado, y el Roto le recibió de tal suerte, que con una puñada dio con él a sus pies, y luego se subió sobre él y le brumó las costillas muy a su sabor. El cabrero, que le quiso defender, corrió el mesmo peligro. Y después que los tuvo a todos rendidos y molidos, los dejó y se fue con gentil sosiego a emboscarse en la montaña.

Levantóse Sancho, y, con la rabia que tenía de verse aporreado tan sin merecerlo, acudió a tomar la venganza del cabrero, diciéndole que él tenía la culpa de no haberles avisado que a aquel hombre le tomaba a tiempos la locura; que si esto supieran, hubieran estado sobre aviso para poderse guardar. Respondió el cabrero que ya lo había dicho, y que si él no lo había oído, que no era suya la culpa. Replicó Sancho Panza, y tornó a replicar el cabrero, y fue el fin de las réplicas asirse de las barbas y darse tales puñadas, que si don Quijote no los pusiera en paz, se hicieran pedazos. Decía Sancho, asido con el cabrero:

—Déjeme vuestra merced, señor Caballero de la Triste Figura; que en éste que es villano como yo y no está armado caballero, bien puedo a mi salvo satisfacerme del agravio que me ha hecho, peleando con él mano a mano, como hombre honrado.

—Así es —dijo don Quijote—; pero yo sé que él no tiene ninguna culpa de lo sucedido.

Con esto los apaciguó, y don Quijote volvió a preguntar al cabrero si sería posible hallar a Cardenio, porque quedaba con grandísimo deseo de saber el fin de su historia. Díjole el cabrero lo que primero le había dicho, que era no saber de cierto su manida; pero que si anduviese mucho por aquellos contornos, no dejaría de hallarle, o cuerdo o loco.

CAPÍTULO XXV

**Que trata de las estrañas cosas que en Sierra Morena sucedieron
al valiente caballero de la Mancha, y de la imitación
que hizo a la penitencia de Beltenebros**

Despidióse del cabrero don Quijote, y, subiendo otra vez
sobre Rocinante, mandó a Sancho que le siguiese, el cual lo
hizo, con su jumento, de muy mala gana. Íbanse poco a poco
entrando en lo más áspero de la montaña, y Sancho iba muerto
por razonar con su amo, y deseaba que él comenzase la plática,
por no contravenir a lo que le tenía mandado; mas, no pudiendo
sufrir tanto silencio, le dijo:

—Señor don Quijote, vuestra merced me eche su bendición
y me dé licencia; que desde aquí me quiero volver a mi casa, y
a mi mujer y a mis hijos, con los cuales, por lo menos, hablaré
y departiré todo lo que quisiere; porque querer vuestra merced
que vaya con él por estas soledades de día y de noche, y que no
le hable cuando me diere gusto, es enterrarme en vida. Si ya
quisiera la suerte que los animales hablaran, como hablaban
en tiempo de Guisopete,[1] fuera menos mal, porque departiera
yo con mi jumento lo que me viniera en gana; y con esto pasare
mi mala ventura; que es recia cosa, y que no se puede llevar en
paciencia, andar buscando aventuras toda la vida, y no hallar
sino coces y manteamientos, ladrillazos y puñadas, y con todo
esto, nos hemos de coser la boca, sin osar decir lo que el hombre
tiene en su corazón, como si fuera mudo.

---

[1] *Guisopete*, forma vulgar de *Isopete*, forma corriente entonces de Esopo.

—Ya te entiendo, Sancho —respondió don Quijote—: tú mueres porque te alce el entredicho que te tengo puesto en la lengua. Dale por alzado y di lo que quisieres, con condición que no ha de durar este alzamiento más de en cuanto anduviéremos por estas sierras.

—Sea así —dijo Sancho—; hable yo ahora, que después Dios sabe lo que será; y comenzando a gozar de ese salvoconducto, digo que ¿qué le iba a vuestra merced en volver tanto por aquella reina Magimasa, o como se llama? O ¿qué hacía al caso que aquel abad[2] fuese su amigo o no? Que si vuestra merced pasara con ello, pues no era su juez, bien creo yo que el loco pasara adelante con su historia, y se hubieran ahorrado el golpe del guijarro, y las coces, y aun más de seis torniscones.

—A fe, Sancho —respondió don Quijote—, que si tú supieras, como yo lo sé, cuán honrada y cuán principal señora era la reina Madásima, yo sé que dijeras que tuve mucha paciencia, pues no quebré la boca por donde tales blasfemias salieron. Porque es muy gran blasfemia decir ni pensar que una reina esté amancebada con un cirujano. La verdad del cuento es que aquel maestro Elisabat, que el loco dijo, fue un hombre muy prudente y de muy sanos consejos, y sirvió de ayo y de médico a la reina; pero pensar que ella era su amiga es disparate digno de muy gran castigo. Y porque veas que Cardenio no supo lo que dijo, has de advertir que cuando lo dijo ya estaba sin juicio.

—Eso digo yo —dijo Sancho—: que no había para qué hacer cuenta de las palabras de un loco, porque si la buena suerte no ayudara a vuestra merced, y encaminara el guijarro a la cabeza como le encaminó al pecho, buenos quedáramos por haber vuelto por aquella mi señora, que Dios cohonda.[3] Pues ¡montas que no se librara Cardenio por loco!

—Contra cuerdos y contra locos, está obligado cualquier caballero andante a volver por la honra de las mujeres, cualesquiera que sean, cuanto más por las reinas de tan alta guisa y pro como fue la reina Madásima, a quien yo tengo particular afición, por sus buenas partes; porque, fuera de haber sido fermosa, además fue muy prudente y muy sufrida en sus calamidades, que las tuvo muchas; y los consejos y compañía del maestro Elisabat le fue y le fueron de mucho provecho y alivio para poder llevar sus trabajos con prudencia y paciencia. Y de aquí tomó ocasión el vulgo ignorante y mal intencionado de

---

[2] *abad*, por la terminación de *Elisabat*.
[3] *cohonda*, confunda.

decir y pensar que ella era su manceba; y mienten, digo otra vez, y mentirán otras doscientas, todos los que tal pensaren y dijeren.

—Ni yo lo digo ni lo pienso —respondió Sancho—; allá se lo hayan; con su pan se lo coman. Si fueron amancebados o no, a Dios habrán dado la cuenta. De mis viñas vengo, no sé nada; no soy amigo de saber vidas ajenas; que el que compra y miente, en su bolsa lo siente. Cuanto más, que desnudo nací, desnudo me hallo: ni pierdo ni gano; mas que lo fuesen, ¿qué me va a mí? Y muchos piensan que hay tocinos y no hay estacas. Mas ¿quién puede poner puertas al campo? Cuanto más, que de Dios dijeron.

—¡Válame Dios —dijo don Quijote—, y qué de necedades vas, Sancho ensartando! ¿Qué va de lo que tratamos a los refranes que enhilas? Por tu vida, Sancho, que calles, y de aquí adelante, entremétete en espolear a tu asno, y deja de hacello en lo que no te importa. Y entiende con todos tus cinco sentidos que todo cuanto yo he hecho, hago e hiciere, va muy puesto en razón y muy conforme a las reglas de caballería, que las sé mejor que cuantos caballeros las profesaron en el mundo.

—Señor —respondió Sancho—, y ¿es buena regla de caballería que andemos perdidos por estas montañas, sin senda ni camino, buscando a un [loco], el cual, después de hallado, quizá le vendrá en voluntad de acabar lo que dejó comenzado, no de su cuento, sino de la cabeza de vuestra merced y de mis costillas, acabándonoslas de romper de todo punto?

—Calla, te digo otra vez, Sancho —dijo don Quijote—; porque te hago saber que no sólo me trae por estas partes el deseo de hallar al loco, cuanto el que tengo de hacer en ellas una hazaña, con que he de ganar perpetuo nombre y fama en todo lo descubierto de la tierra; y será tal, que he de echar con ella el sello a todo aquello que puede hacer perfecto y famoso a un andante caballero.

—Y ¿es de muy gran peligro esa hazaña? —preguntó Sancho Panza.

—No —respondió el de la Triste Figura—; puesto que de tal manera podía correr el dado, que echásemos azar en lugar de encuentro,[4] pero todo ha de estar en tu diligencia.

—¿En mi diligencia? —dijo Sancho.

—Sí —dijo don Quijote—; porque si vuelves presto de adonde pienso enviarte, presto se acabará mi pena y presto comenzará

---

[4] *azar*, en el juego de los dados, es el lance que pierde, y *encuentro* el que gana.

mi gloria. Y porque no es bien que te tenga más suspenso, esperando en lo que han de parar mis razones, quiero, Sancho, que sepas que el famoso Amadís de Gaula fue uno de los más perfectos caballeros andantes. No he dicho bien *fue uno*: fue él solo, el primero, el único, el señor de todos cuantos hubo en su tiempo en el mundo. Mal año y mal mes para don Belianís y para todos aquellos que dijeren que se le igualó en algo, porque se engañan, juro cierto. Digo asimismo que cuando algún pintor quiere salir famoso en su arte, procura imitar los originales de los más únicos pintores que sabe. Y esta mesma regla corre por todos los más oficios o ejercicios de cuenta que sirven para adorno de las repúblicas, y así lo ha de hacer y hace el que quiere alcanzar nombre de prudente y sufrido, imitando a Ulises, en cuya persona y trabajos nos pinta Homero un retrato vivo de prudencia y de sufrimiento, como también nos mostró Virgilio, en persona de Eneas, el valor de un hijo piadoso y la sagacidad de un valiente y entendido capitán, no pintándolo ni [describiéndolo][5] como ellos fueron, sino como habían de ser, para quedar ejemplo a los venideros hombres de sus virtudes. Desta mesma suerte, Amadís fue el norte, el lucero, el sol de los valientes y enamorados caballeros, a quien debemos de imitar todos aquellos que debajo de la bandera de amor y de la caballería militamos. Siendo, pues, esto así, como lo es, hallo yo, Sancho amigo, que el caballero andante que más le imitare estará más cerca de alcanzar la perfección de la caballería. Y una de las cosas en que más este caballero mostró su prudencia, valor, valentía, sufrimiento, firmeza y amor fue cuando se retiró, desdeñado de la señora Oriana, a hacer penitencia en la Peña pobre, mudado su nombre en el de Beltenebros, nombre, por cierto, significativo y propio para la vida que él de su voluntad había escogido.[6] Así, que me es a mí más fácil imitarle en esto que no en hender gigantes, descabezar serpientes, matar endriagos, desbaratar ejércitos, fracasar armadas y deshacer encantamentos. Y pues estos lugares son tan acomodados para semejantes efectos, no hay para qué se deje pasar la ocasión, que ahora con tanta comodidad me ofrece sus guedejas.[7]

—En efecto —dijo Sancho—, ¿qué es lo que vuestra merced quiere hacer en este tan remoto lugar?

—¿Ya no te he dicho —respondió don Quijote— que quiero imitar a Amadís, haciendo aquí del desesperado, del sandio y

---

[5] Véase la nota 11 al Capítulo 18.

[6] *Amadís de Gaula*, Capítulo 48 y siguientes.

[7] Alude a la figura alegórica de la Ocasión, calva con un copete en la frente.

del furioso, por imitar juntamente al valiente don Roldán, cuando halló en una fuente las señales de que Angélica la Bella había cometido vileza con Medoro,[8] de cuya pesadumbre se volvió loco, y arrancó los árboles, enturbió las aguas de las claras fuentes, mató pastores, destruyó ganados, abrasó chozas, derribó casas, arrastró yeguas e hizo otras cien mil insolencias,[9] dignas de eterno nombre y escritura? Y, puesto que yo no pienso imitar a Roldán, o Orlando, o Rotolando (que todos estos tres nombres tenía), parte por parte en todas las locuras que hizo, dijo y pensó, haré el bosquejo, como mejor pudiere, en las que me pareciere ser más esenciales. Y podrá ser que viniese a contentarme con sola la imitación de Amadís, que sin hacer locuras de daño, sino de lloros y sentimientos, alcanzó tanta fama como el que más.

—Paréceme a mí —dijo Sancho—, que los caballeros que lo tal ficieron fueron provocados y tuvieron causa para hacer esas necedades y penitencias; pero vuestra merced, ¿qué causa tiene para volverse loco? ¿Qué dama le ha desdeñado, o qué señales ha hallado que le den a entender que la señora Dulcinea del Toboso ha hecho alguna niñería con moro o cristiano?

—Ahí está el punto —respondió don Quijote—, y ésa es la fineza de mi negocio; que volverse loco un caballero andante con causa, ni grado ni gracias:[10] el toque está desatinar sin ocasión y dar a entender a mi dama que, si en seco hago esto, ¿qué hiciera en mojado? Cuanto más, que harta ocasión tengo en la larga ausencia que he hecho de la siempre señora mía Dulcinea del Toboso; que, como ya oíste decir a aquel pastor de [marras], Ambrosio: quien está ausente, todos los males tiene y teme. Así que, Sancho amigo, no gastes tiempo en aconsejarme que deje tan rara, tan felice y tan no vista imitación. Loco soy, loco he de ser hasta tanto que tú vuelvas con la respuesta de una carta que contigo pienso enviar a mi señora Dulcinea; y si fuere tal cual a mi fe se le debe, acabarse ha mi sandez y mi penitencia; y si fuere al contrario, seré loco de veras, y, siéndolo, no sentiré nada. Así que, de cualquiera manera que responda, saldré del conflito y trabajo en que me dejares gozando el bien que me trujeres, por cuerdo, o no sintiendo el mal que me aportares, por loco. Pero dime, Sancho, ¿traes bien guardado el yelmo de Mambrino, que ya vi que le alzaste del suelo cuando aquel des-

---

[8] Alusión al *Orlando furioso*, Canto 23, estrofas 105 y siguientes.
[9] *insolencias*, hechos insólitos.
[10] *ni grado ni gracias*, no merece agradecimiento.

agradecido le quiso hacer pedazos? Pero no pudo; donde se puede echar de ver la fineza de su temple.

A lo cual respondió Sancho:

—Vive Dios, señor Caballero de la Triste Figura, que no puedo sufrir ni llevar en paciencia algunas cosas que vuestra merced dice, y que por ellas vengo a imaginar que todo cuanto me dice de caballerías, y de alcanzar reinos e imperios, de dar ínsulas y de hacer otras mercedes y grandezas, como es uso de caballeros andantes, que todo debe de ser cosa de viento y mentira, y todo pastraña, o patraña, o como lo llamáremos. Porque quien oyere decir a vuestra merced que una bacía de barbero es el yelmo de Mambrino, y que no salga deste error en más de cuatro días, ¿qué ha de pensar sino que quien tal dice y afirma debe de tener güero[11] el juicio? La bacía yo la llevo en el costal, toda abollada, y llévola para aderezarla en mi casa y hacerme la barba en ella, si Dios me diere tanta gracia, que algún día me vea con mi mujer e hijos.

—Mira, Sancho, por el mismo que denantes juraste, te juro —dijo don Quijote— que tienes el más corto entendimiento que tiene ni tuvo escudero en el mundo. ¿Que es posible que en cuanto ha que andas conmigo no has echado de ver que todas las cosas de los caballeros andantes parecen quimeras, necedades y desatinos, y que son todas hechas al revés? Y no porque sea ello así, sino porque andan entre nosotros siempre una caterva de encantadores que todas nuestras cosas mudan y truecan, y les vuelven según su gusto, y según tienen la gana de favorecernos o destruirnos; y así, eso que a ti te parece bacía de barbero, me parece a mí el yelmo de Mambrino, y a otro le parecerá otra cosa. Y fue rara providencia del sabio que es de mi parte hacer que parezca bacía a todos lo que real y verdaderamente es yelmo de Mambrino, a causa que, siendo él de tanta estima, todo el mundo me perseguirá por quitármele; pero como ven que no es más de un bacín de barbero, no se curan de procuralle, como se mostró bien en el que quiso rompelle y le dejó en el suelo sin llevarle; que a fe que si le conociera, que nunca él le dejara. Guárdale, amigo, que por ahora no le he menester; que antes me tengo de quitar todas estas armas, y quedar desnudo como cuando nací, si es que me da en voluntad de seguir en mi penitencia más a Roldán que a Amadís.[12]

---

[11] *güero*, huero.

[12] Aquí intercalamos el robo del rucio de Sancho, siguiendo a Hartzenbusch. Nadie duda de la autenticidad del pasaje, pero casi todos los editores modernos res-

[Aquella noche llegaron a la mitad de las entrañas de Sierra Morena, adonde le pareció a Sancho pasar aquella noche, y aun otros algunos días, a lo menos todos aquellos que durase el matalotaje que llevaba, y así hicieron noche entre dos peñas y entre muchos alcornoques. Pero la suerte fatal, que según opinión de los que no tienen lumbre de la verdadera fe, todo lo guía, guisa y compone a su modo, ordenó que Ginés de Pasamonte, el famoso embustero y ladrón que de la cadena por virtud y locura de don Quijote se había escapado, llevado del miedo de la Santa Hermandad (de quien con justa razón temía) acordó de esconderse en aquellas montañas, y llevóle su suerte y su miedo a la misma parte donde había llevado a don Quijote y a Sancho Panza, a hora y tiempo que los pudo conocer, y a punto que los dejó dormir. Y como siempre los malos son desagradecidos, y la necesidad sea ocasión de acudir a lo que no se debe, y el remedio presente venza a lo por venir, Ginés, que no era ni agradecido ni bien intencionado, acordó de hurtar el asno a Sancho Panza, no curándose de Rocinante por ser prenda tan mala para empeñada como para vendida. Dormía Sancho Panza, hurtóle su jumento, y antes que amaneciese se halló bien lejos de poder ser hallado. Salió el aurora alegrando la tierra y entristeciendo a Sancho Panza, porque halló menos su rucio; el cual, viéndose sin él, comenzó a hacer el más triste y doloroso llanto del mundo, y fue de manera que don Quijote despertó a las voces, y oyó que en ellas decía:

—¡Oh hijo de mis entrañas, nacido en mi mesma casa, brinco de mis hijos, regalo de mi mujer, envidia de mis vecinos, alivio de mis cargas, y, finalmente, sustentador de la mitad de mi persona, porque con veinte y seis maravedís que ganaba cada día, mediaba yo mi despensa!

Don Quijote, que vio el llanto y supo la causa, consoló a Sancho con las mejores razones que pudo, y le rogó que tuviese paciencia, prometiéndole de darle una cédula de cambio, para que le diesen tres en su casa, de cinco que había dejado en ella. Consolóse Sancho con esto, y limpió sus lágrimas, templó sus sollozos, y agradeció a don Quijote la merced que le hacía.]

Llegaron en estas pláticas al pie de una alta montaña, que casi como peñón tajado estaba sola entre otras muchas que la rodeaban. Corría por su falda un manso arroyuelo, y hacíase por toda su redondez un prado tan verde y vicioso, que daba

---

petan su colocación en el Capítulo 23 de la segunda edición. Aludió don Quijote al rucio antes de informarle a Sancho del proyecto de su penitencia, y Sancho se refiere a su pérdida ahora al volver a hablar.

contento a los ojos que le miraban. Había por allí muchos árboles silvestres y algunas plantas y flores, que hacían el lugar apacible. Este sitio escogió el Caballero de la Triste Figura para hacer su penitencia, y así, en viéndole, comenzó a decir en voz alta, como si estuviera sin juicio:

—Éste es el lugar, ¡oh cielos!, que diputo y escojo para llorar la desventura en que vosotros mesmos me habéis puesto. Éste es el sitio donde el humor de mis ojos acrecentará las aguas deste pequeño arroyo, y mis continos y profundos suspiros moverán a la contina las hojas destos montaraces árboles, en testimonio y señal de la pena que mi asendereado corazón padece. ¡Oh vosotros, quienquiera que seáis, rústicos dioses que en este inhabitable lugar tenéis vuestra morada, oíd las quejas deste desdichado amante, a quien una luenga ausencia y unos imaginados celos han traído a lamentarse entre estas asperezas, y a quejarse de la dura condición de aquella ingrata y bella, término y fin de toda humana hermosura! ¡Oh vosotras, napeas y dríadas,[13] que tenéis por costumbre de habitar en las espesuras de los montes, así los ligeros y lascivos sátiros, de quien sois, aunque en vano, amadas, no perturben jamás vuestro dulce sosiego, que me ayudéis a lamentar mi desventura, o, a lo menos, no os canséis de oílla! ¡Oh Dulcinea del Toboso, día de mi noche, gloria de mi pena, norte de mis caminos, estrella de mi ventura, así el cielo te la dé buena en cuanto acertares a pedirle, que consideres el lugar y el estado a que tu ausencia me ha conducido, y que con buen término correspondas al que a mi fe se le debe! ¡Oh solitarios árboles, que desde hoy en adelante habéis de hacer compañía a mi soledad, dad indicio, con el blando movimiento de vuestras ramas, que no os desagrade mi presencia! ¡Oh tú, escudero mío, agradable compañero en más prósperos y adversos sucesos, toma bien en la memoria lo que aquí me verás hacer, para que lo cuentes y recites a la causa total de todo ello!

Y diciendo esto, se apeó de Rocinante, y en un momento le quitó el freno y la silla; y dándole una palmada en las ancas, le dijo:

—Libertad te da el que sin ella queda, ¡oh caballo tan estremado por tus obras cuan desdichado por tu suerte! Vete por do quisieres; que en la frente llevas escrito que no te igualó en ligereza el Hipogrifo de Astolfo, ni el nombrado Frontino, que tan caro le costó a Bradamante.[14]

---

[13] *napeas y dríadas*, ninfas de los bosques.
[14] *Hipogrifo*, caballo alado del *Orlando furioso*. *Frontino* fue el caballo de Bradamante, en la misma obra.

Viendo esto Sancho, dijo:

—Bien haya quien nos quitó ahora del trabajo de desenalbardar al rucio; que a fe que no faltaran palmadicas que dalle, ni cosas que decille en su alabanza; pero si él aquí estuviera, no consintiera yo que nadie le desalbardara, pues no había para qué; que a él no le tocaban las generales[15] de enamorado ni de desesperado, pues no lo estaba su amo, que era yo, cuando Dios quería. Y en verdad, señor Caballero de la Triste Figura, que si es que mi partida y su locura de vuestra merced va de veras, que será bien tornar a ensillar a Rocinante, para que supla la falta del rucio, porque será ahorrar tiempo a mi ida y vuelta; que si la hago a pie, no sé cuándo llegaré, ni cuándo volveré, porque, en resolución, soy mal caminante.

—Digo, Sancho —respondió don Quijote—, que sea como tú quisieres, que no me parece mal tu designio; y digo que de aquí a tres días te partirás, porque quiero que en este tiempo veas lo que por ella hago y digo, para que se lo digas.

—Pues ¿qué más tengo de ver —dijo Sancho— que lo que he visto?

—¡Bien estás en el cuento! —respondió don Quijote—. Ahora me falta rasgar las vestiduras, esparcir las armas, y darme de calabazadas por estas peñas, con otras cosas deste jaez, que te han de admirar.

—Por amor de Dios —dijo Sancho—, que mire vuestra merced cómo se da esas calabazadas; que a tal peña podrá llegar, y en tal punto, que con la primera se acabase la máquina desta penitencia; y sería yo de parecer que, ya que a vuestra merced le parece que son aquí necesarias calabazadas y que no se puede hacer esta obra sin ellas, se contentase, pues todo esto es fingido y cosa contrahecha y de burla, se contentase, digo, con dárselas en el agua, o en alguna cosa blanda, como algodón, y déjeme a mí el cargo, que yo diré a mi señora que vuestra merced se las daba en una punta de peña, más dura que la de un diamante.

—Yo agradezco tu buena intención, amigo Sancho —respondió don Quijote—; mas quiérote hacer sabidor de que todas estas cosas que hago no son de burlas, sino muy de veras; porque de otra manera, sería contravenir a las órdenes de caballería, que nos mandan que no digamos mentira alguna, pena de relasos,[16] y el hacer una cosa por otra lo mesmo es que mentir.

---

[15] *generales* [de la ley], locución forense que se refiere a las tachas señaladas a los testigos.

[16] *pena de relasos*, bajo pena de relapsos o reincidentes.

Así que mis calabazadas han de ser verdaderas, firmes y valederas, sin que lleven nada del sofístico ni del fantástico. Y será necesario que me dejes algunas hilas para curarme, pues que la ventura quiso que nos faltase el bálsamo que perdimos.

—Más fue perder el asno —respondió Sancho—, pues se perdieron en él las hilas y todo. Y ruégole a vuestra merced que no se acuerde más de aquel maldito brebaje; que en sólo oírle mentar se me revuelve el alma, no que el estómago. Y más le ruego: que haga cuenta que son ya pasados los tres días que me ha dado de término para ver las locuras que hace, que ya las doy por vistas y por pasadas en cosa juzgada,[17] y diré maravillas a mi señora; y escriba la carta y despácheme luego, porque tengo gran deseo de volver a sacar a vuestra merced deste purgatorio donde le dejo.

—¿Purgatorio le llamas, Sancho? —dijo don Quijote—. Mejor hicieras de llamarle infierno, y aun peor, si hay otra cosa que lo sea.

—*Quien ha infierno* —respondió Sancho—, *nula es retencio*,[18] según he oído decir.

—No entiendo qué quiere decir *retencio* —dijo don Quijote.

—*Retencio* es —respondió Sancho— que quien está en el infierno nunca sale dél, ni puede. Lo cual será al revés en vuestra merced, o a mí me andarán mal los pies, si es que llevo espuelas para avivar a Rocinante; y póngame yo una por una[19] en el Toboso, y delante de mi señora Dulcinea; que yo le diré tales cosas de las necedades y locuras, que todo es uno, que vuestra merced ha hecho y queda haciendo, que la venga a poner más blanda que un guante, aunque la halle más dura que un alcornoque; con cuya respuesta dulce y melificada volveré por los aires, como brujo, y sacaré a vuestra merced deste purgatorio, que parece infierno y no lo es, pues hay esperanza de salir dél, la cual, como tengo dicho, no la tienen de salir los que están en el infierno, ni creo que vuestra merced dirá otra cosa.

—Así es la verdad —dijo el de la Triste Figura—; pero ¿qué haremos para escribir la carta?

—Y la libranza pollinesca también —añadió Sancho.

—Todo irá inserto —dijo don Quijote—; y sería bueno, ya que no hay papel, que la escribiésemos, como hacían los an-

---

[17] *pasadas en cosa juzgada*, «fallo o sentencia judicial que causa ejecutoria» (Clemencín). Sigue el juego de los términos forenses.

[18] Versión de Sancho de la frase en latín que habrá oído en la iglesia: *in inferno nulla est redemptio*.

[19] *una por una*, en efecto.

tiguos, en hojas de árboles, o en unas tablitas de cera; aunque tan dificultoso será hallarse eso ahora como el papel. Mas ya me ha venido a la memoria dónde será bien, y aun más que bien, escribilla; que es en el librillo de memoria que fue de Cardenio, y tú tendrás cuidado de hacerla trasladar en papel, de buena letra, en el primer lugar que hallares, donde haya maestro de escuela de muchachos, o si no, cualquiera sacristán te la trasladará; y no se la des a trasladar a ningún escribano, que hacen letra procesada,[20] que no la entenderá Satanás.

—Pues ¿qué se ha de hacer de la firma? —dijo Sancho.

—Nunca las cartas de Amadís se firman —respondió don Quijote.

—Está bien —respondió Sancho—; pero la libranza forzosamente se ha de firmar, y ésa si se traslada, dirán que la firma es falsa, y quedaréme sin pollinos.

—La libranza irá en el mesmo librillo firmada; que en viéndola mi sobrina, no pondrá dificultad en cumplilla. Y en lo que toca a la carta de amores, pondrás por firma: "Vuestro hasta la muerte, el Caballero de la Triste Figura." Y hará poco al caso que vaya de mano ajena, porque, a lo que yo me sé acordar, Dulcinea no sabe escribir ni leer, y en toda su vida ha visto letra mía ni carta mía, porque mis amores y los suyos han sido siempre platónicos, sin estenderse a más que a un honesto mirar. Y aun esto tan de cuando en cuando, que osaré jurar con verdad que en doce años que ha que la quiero más que a la lumbre destos ojos que han de comer la tierra, no la he visto cuatro veces; y aun podrá ser que destas cuatro veces no hubiese ella echado de ver la una que la miraba: tal es el recato y encerramiento con que su padre, Lorenzo Corchuelo, y su madre, Aldonza Nogales, la han criado.

—¡Ta, ta! —dijo Sancho—. ¿Que la hija de Lorenzo Corchuelo es la señora Dulcinea del Toboso, llamada por otro nombre Aldonza Lorenzo?

—Ésa es —dijo don Quijote—, y es la que merece ser señora de todo el Universo.

—Bien la conozco —dijo Sancho—, y sé decir que tira tan bien una barra como el más forzudo zagal de todo el pueblo. ¡Vive el Dador, que es moza de chapa, hecha y derecha y de pelo en pecho, y que puede sacar la barba del lodo a cualquier caballero andante o por andar que la tuviere por señora! ¡Oh hideputa, qué rejo que tiene, y qué voz! Sé decir que se puso un día

---

[20] *letra procesada*, corrupción de la llamada letra cortesana y muy difícil de leer.

encima del campanario del aldea a llamar unos zagales suyos que andaban en un barbecho de su padre, y aunque estaban de allí más de media legua, así la oyeron como si estuvieran al pie de la torre. Y lo mejor que tiene es que no es nada melindrosa, porque tiene mucho de cortesana:[21] con todos se burla y de todo hace mueca y donaire. Ahora digo, señor Caballero de la Triste Figura, que no solamente puede y debe vuestra merced hacer locuras por ella, sino que, con justo título, puede desesperarse y ahorcarse; que nadie habrá que lo sepa que no diga que hizo demasiado de bien, puesto que le lleve el diablo. Y querría ya verme en camino, sólo por vella, que ha muchos días que no la veo, y debe de estar ya trocada, porque gasta mucho la faz de las mujeres andar siempre al campo, al sol y al aire. Y con-fieso a vuestra merced una verdad, señor don Quijote: que hasta aquí he estado en una grande ignorancia; que pensaba bien y fielmente que la señora Dulcinea debía de ser alguna prin-cesa de quien vuestra merced estaba enamorado, o alguna per-sona tal, que mereciese los ricos presentes que vuestra merced le ha enviado, así el del vizcaíno como el de los galeotes, y otros muchos que deben ser, según deben de ser muchas las victorias que vuestra merced ha ganado y ganó en el tiempo que yo aún no era su escudero. Pero, bien considerado, ¿qué se le ha de dar a la señora Aldonza Lorenzo, digo, a la señora Dulcinea del Toboso, de que se le vayan a hincar de rodillas delante della los vencidos que vuestra merced le envía y ha de enviar? Porque podría ser que al tiempo que ellos llegasen estuviese ella rastri-llando lino, o trillando en las eras, y ellos se corriesen de verla, y ella se riese y enfadase del presente.

—Ya te tengo dicho antes de agora muchas veces, Sancho —dijo don Quijote—, que eres muy grande hablador y que, aunque de ingenio boto, muchas veces despuntas de agudo; mas, para que veas cuán necio eres tú y cuán discreto soy yo, quiero que me oyas un breve cuento. Has de saber que una viuda hermosa, moza, libre y rica, y sobre todo, desenfadada, se ena-moró de un mozo motilón,[22] rollizo y de buen tomo; alcanzólo a saber su [mayor],[23] y un día dijo a la buena viuda, por vía de fraternal reprehensión: "—Maravillado estoy, señora, y no sin mucha causa, de que una mujer tan principal, tan hermosa y

---

[21] *cortesana* envuelve doble sentido, por su aplicación a las que, como se decía entonces, más tenían de corteses que de sanas.

[22] *motilón*, fraile lego.

[23] *su mayor:* la *princeps: su muger.* Creo, con Pellicer y Rodríguez Marín, que se refiere al superior del fraile lego.

tan rica como vuestra merced, se haya enamorado de un hombre tan soez, tan bajo y tan idiota como fulano, habiendo en esta casa tantos maestros, tantos presentados y tantos teólogos, en quien vuestra merced pudiera escoger como entre peras, y decir: '—Éste quiero, aquéste no quiero.'" Mas ella le respondió con mucho donaire y desenvoltura: "—Vuestra merced, señor mío, está muy engañado, y piensa muy a lo antiguo si piensa que yo he escogido mal en fulano, por idiota que le parece, pues para lo que yo le quiero, tanta filosofía sabe, y más, que Aristóteles."[24] Así que, Sancho, por lo que yo quiero a Dulcinea del Toboso, tanto vale como la más alta princesa de la tierra. Sí, que no todos los poetas que [alaban] damas debajo de un nombre que ellos a su albedrío les ponen, es verdad que las tienen. ¿Piensas tú que las Amariles, las Filis, las Silvias, las Dianas, las Galateas, las Alidas y otras tales de que los libros, los romances, las tiendas de los barberos, los teatros de las comedias, están llenos, fueron verdaderamente damas de carne y hueso, y de aquellos que las celebran y celebraron? No, por cierto, sino que las más se las fingen, por dar sujeto a sus versos, y porque los tengan por enamorados y por hombres que tienen valor para serlo. Y así, bástame a mí pensar y creer que la buena de Aldonza Lorenzo es hermosa y honesta; y en lo del linaje importa poco, que no han de ir a hacer la información dél para darle algún hábito, y yo me hago cuenta que es la más alta princesa del mundo. Porque has de saber, Sancho, si no lo sabes, que dos cosas solas incitan a amar más que otras, que son la mucha hermosura y la buena fama, y estas dos cosas se hallan consumadamente en Dulcinea, porque en ser hermosa ninguna le iguala, y en la buena fama, pocas le llegan. Y para concluir con todo, yo imagino que todo lo que digo es así, sin que sobre ni falte nada, y píntola en mi imaginación como la deseo, así en la belleza como en la principalidad, y ni la llega Elena, ni la alcanza Lucrecia, ni otra alguna de las famosas mujeres de las edades pretéritas, griega, bárbara o latina. Y diga cada uno lo que quisiere; que si por esto fuere reprehendido de los ignorantes, no seré castigado de los rigurosos.

—Digo que en todo tiene vuestra merced razón —respondió Sancho—, y que yo soy un asno. Mas no sé yo para qué nombro asno en mi boca, pues no se ha de mentar la soga en casa del ahorcado. Pero venga la carta, y a Dios, que me mudo.[25]

---

[24] Variaciones de esta última frase, y con el mismo sentido, se encuentran en *La casa de los celos*, Jornada II, y *La cueva de Salamanca*.

[25] *a Dios, que me mudo*, expresión familiar del que se despide.

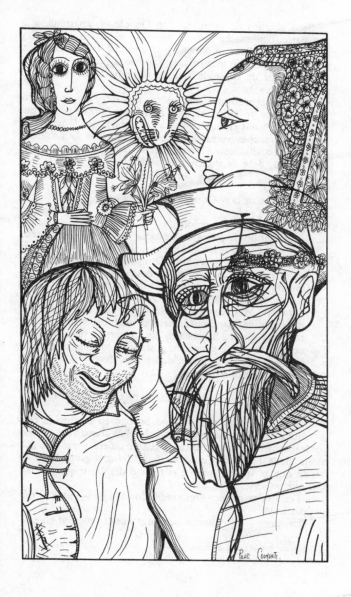

Pilar Coomonte.

Sacó el libro de memoria don Quijote, y, apartándose a una parte, con mucho sosiego comenzó a escribir la carta, y en acabándola, llamó a Sancho y le dijo que se la quería leer, porque la tomase de memoria, si acaso se le perdiese por el camino, porque de su desdicha todo se podía temer. A lo cual respondió Sancho:

—Escríbala vuestra merced dos o tres veces ahí en el libro, y démele, que yo le llevaré bien guardado; porque pensar que yo la he de tomar en la memoria es disparate; que la tengo tan mala, que muchas veces se me olvida cómo me llamo. Pero, con todo eso, dígamela vuestra merced, que me holgaré mucho de oílla, que debe de ir como de molde.

—Escucha, que así dice —dijo don Quijote:

CARTA DE DON QUIJOTE A DULCINEA DEL TOBOSO

Soberana y alta señora:

El ferido de punta de ausencia y el llagado de las telas del corazón, dulcísima Dulcinea del Toboso, te envía la salud que él no tiene. Si tu fermosura me desprecia, si tu valor no es en mi pro, si tus desdenes son en mi afincamiento,[26] maguer que yo sea asaz de sufrido, mal podré sostenerme en esta cuita, que, además de ser fuerte, es muy duradera. Mi buen escudero Sancho te dará entera relación, ¡oh bella ingrata, amada enemiga mía!, del modo que por tu causa 'quedo. Si gustares de acorrerme, tuyo soy, y si no, haz lo que te viniere en gusto, que con acabar mi vida habré satisfecho a tu crueldad y a mi deseo.

Tuyo hasta la muerte,

EL CABALLERO DE LA TRISTE FIGURA.

—Por vida de mi padre —dijo Sancho en oyendo la carta—, que es la más alta cosa que jamás he oído. ¡Pesia a mí, y cómo que le dice vuestra merced ahí todo cuanto quiere, y qué bien que encaja en la firma *El Caballero de la Triste Figura!* Digo de verdad que es vuestra merced el mesmo diablo, y que no hay cosa que no sepa.

—Todo es menester —respondió don Quijote— para el oficio que trayo.

—Ea, pues —dijo Sancho—, ponga vuestra merced en eso-

---

[26] *afincamiento* (arcaico), aflicción.

tra vuelta la cédula de los tres pollinos, y fírmela con mucha claridad, porque la conozcan en viéndola.

—Que me place —dijo don Quijote.

Y habiéndola escrito, se la leyó, que decía así:

> Mandará vuestra merced, por esta primera de pollinos, señora sobrina, dar a Sancho Panza, mi escudero, tres de los cinco que dejé en casa y están a cargo de vuestra merced. Los cuales tres pollinos se los mando librar y pagar por otros tantos aquí recibidos de contado, que consta, y con su carta de pago serán bien dados. Fecha en las entrañas de Sierra Morena a veinte y dos de agosto deste presente año.

—Buena está —dijo Sancho—: fírmela vuestra merced.

—No es menester firmarla —dijo don Quijote—, sino solamente poner mi rúbrica,[27] que es lo mesmo que firma, y para tres asnos, y aun para trecientos, fuera bastante.

—Yo me confío de vuestra merced —respondió Sancho—. Déjeme, iré a ensillar a Rocinante, y aparéjese vuestra merced a echarme su bendición; que luego pienso partirme, sin ver las sandeces que vuestra merced ha de hacer, que yo diré que le vi hacer tantas, que no quiera más.

—Por lo menos, quiero, Sancho, y porque es menester así, quiero, digo, que me veas en cueros, y hacer una o dos docenas de locuras, que las haré en menos de media hora, porque habiéndolas tú visto por tus ojos, puedas jurar a tu salvo en las demás que quisieres añadir; y asegúrote que no dirás tú tantas cuantas yo pienso hacer.

—¡Por amor de Dios, señor mío, que no vea yo en cueros a vuestra merced, que me dará mucha lástima y no podré dejar de llorar!; y tengo tal la cabeza, del llanto que anoche hice por el rucio, que no estoy para meterme en nuevos lloros; y si es que vuestra merced gusta dé que yo vea algunas locuras, hágalas vestido, breves y las que le vinieren más a cuento. Cuanto más, que para mí no era menester nada deso, y, como ya tengo dicho, fuera ahorrar el camino de mi vuelta, que ha de ser con las nuevas que vuestra merced desea y merece. Y si no, aparéjese la

---

[27] La observación de Torrente Ballester (1975) es muy aguda: de haber firmado don Quijote, en este momento de lucidez cuando acaba de distinguir entre literatura y vida, ¿cuál sería la firma, *Alonso Quijano*, o *Don Quijote de la Mancha*? Según Torrente don Quijote, consciente de su papel siempre, y sabiendo que al firmar como don Quijote quedaría inválida la libranza, consigue dar al César lo que es del César sin desenmascararse, poniendo su rúbrica.

señora Dulcinea; que si no responde como es razón, voto hago solene a quien puedo que le tengo de sacar la buena respuesta del estómago a coces y a bofetones. Porque, ¿dónde se ha de sufrir que un caballero andante, tan famoso como vuestra merced, se vuelva loco, sin qué ni para qué, por una...? No me lo haga decir la señora, porque por Dios que despotrique y lo eche todo a doce, aunque nunca se venda.[28] ¡Bonico soy yo para eso! ¡Mal me conoce! ¡Pues a fe que si me conociese, que me ayunase![29]

—Así, Sancho —dijo don Quijote—, que, a lo que parece, que no estás tú más cuerdo que yo.

—No estoy tan loco —respondió Sancho—; mas estoy más colérico. Pero, dejando esto aparte, ¿qué es lo que ha de comer vuestra merced en tanto que yo vuelvo? ¿Ha de salir al camino, como Cardenio, a quitárselo a los pastores?

—No te dé pena ese cuidado —respondió don Quijote—, porque, aunque tuviera, no comiera otra cosa que las yerbas y frutos que este prado y estos árboles me dieren; que la fineza de mi negocio está en no comer y en hacer otras asperezas equivalentes. A Dios, pues.

—Pero, ¿sabe vuestra merced qué temo? Que no tengo de acertar a volver a este lugar donde agora le dejo, según está de escondido.

—Toma bien las señas, que yo procuraré no apartarme destos contornos —dijo don Quijote—, y aun tendré cuidado de subirme por estos más altos riscos, por ver si te descubro cuando vuelvas. Cuanto más, que lo más acertado será, para que no me yerres y te pierdas, que cortes algunas retamas de las muchas que por aquí hay, y las vayas poniendo de trecho a trecho, hasta salir a lo raso, las cuales te servirán de mojones y señales para que me halles cuando vuelvas, a imitación del hilo del laberinto de Perseo.[30]

—Así lo haré —respondió Sancho Panza.

Y cortando algunos,[31] pidió la bendición a su señor, y, no sin muchas lágrimas de entrambos, se despidió dél. Y subiendo sobre Rocinante, a quien don Quijote encomendó mucho, y que mirase por él como por su propia persona, se puso en camino del llano, esparciendo de trecho a trecho los ramos de la retama, como su amo se lo había aconsejado. Y así se fue, aunque todavía le importunaba don Quijote que le viese siquiera hacer dos

---

[28] Frase proverbial: meter el pleito a voces, sin tener en cuenta las consecuencias.
[29] *me ayunase*, me temiese y respetase.
[30] *Perseo*, por Teseo, el del laberinto de Creta.
[31] *algunos* parece referirse a los «ramos de la retama» mencionados más abajo.

locuras. Mas no hubo andado cien pasos, cuando volvió y dijo:

—Digo, señor, que vuestra merced ha dicho muy bien: que para que pueda jurar sin cargo de conciencia que le he visto hacer locuras, será bien que vea siquiera una, aunque bien grande la he visto en la quedada de vuestra merced.

—¿No te lo decía yo? —dijo don Quijote—. Espérate, Sancho, que en un credo las haré.

Y desnudándose con toda priesa los calzones, quedó en carnes y en pañales, y luego, sin más ni más, dio dos zapatetas en el aire y dos tumbas la cabeza abajo y los pies en alto, descubriendo cosas que, por no verlas otra vez, volvió Sancho la rienda a Rocinante, y se dio por contento y satisfecho de que podía jurar que su amo quedaba loco. Y así, le dejaremos ir su camino, hasta la vuelta, que fue breve.

Capítulo XXVI

Donde se prosiguen las finezas que de enamorado hizo don Quijote en Sierra Morena

Y volviendo a contar lo que hizo el de la Triste Figura después que se vio solo, dice la historia que así como don Quijote acabó de dar las tumbas o vueltas de medio abajo desnudo y de medio arriba vestido, y que vio que Sancho se había ido, sin querer aguardar a ver más sandeces, se subió sobre una punta de una alta peña, y allí tornó a pensar lo que otras muchas veces había pensado, sin haberse jamás resuelto en ello, y era que cuál sería mejor y le estaría más a cuento: imitar a Roldán en las locuras desaforadas que hizo, o Amadís en las malencónicas; y hablando entre sí mesmo, decía:

—Si Roldán fue tan buen caballero y tan valiente como todos dicen, ¿qué maravilla, pues al fin era encantado, y no le podía matar nadie si no era metiéndole un alfiler de a blanca por la punta del pie, y él traía siempre los zapatos con siete suelas de hierro? Aunque no le valieron tretas contra Bernardo del Carpio, que se las entendió, y le ahogó entre los brazos, en Roncesvalles. Pero, dejando en él lo de la valentía a una parte, vengamos a lo de perder el juicio, que es cierto que le perdió, por las señales que halló en la [fontana]¹ y por las nuevas que le dio el pastor de que Angélica había dormido más de dos siestas con Medoro, un morillo de cabellos enrizados y paje de Agramante. Y si él

---

¹ *fontana* es enmienda de Hartzenbusch. Las primeras ediciones tienen *Fortuna*.

entendió que esto era verdad y que su dama le había cometido desaguisado, no hizo mucho en volverse loco. Pero yo, ¿cómo puedo imitalle en las locuras, si no le imito en la ocasión dellas? Porque mi Dulcinea del Toboso osaré yo jurar que no ha visto en todos los días de su vida moro alguno, así como él es, en su mismo traje, y que se está hoy como la madre que la parió;[2] y haríale agravio manifiesto si, imaginando otra cosa della, me volviese loco de aquel género de locura de Roldán el furioso. Por otra parte, veo que Amadís de Gaula, sin perder el juicio y sin hacer locuras, alcanzó tanta fama de enamorado como el que más; porque lo que hizo, según su historia, no fue más de que, por verse desdeñado de su señora Oriana, que le había mandado que no pareciese ante su presencia hasta que fuese su voluntad, de que se retiró a la Peña Pobre en compañía de un ermitaño, y allí se hartó de llorar y de encomendarse a Dios, hasta que el cielo le acorrió, en medio de su mayor cuita y necesidad. Y si esto es verdad, como lo es, ¿para qué quiero yo tomar trabajo agora de desnudarme del todo, ni dar pesadumbre a estos árboles, que no me han hecho mal alguno? Ni tengo para qué enturbiar el agua clara destos arroyos, los cuales me han de dar de beber cuando tenga gana. Viva la memoria de Amadís, y sea imitado de don Quijote de la Mancha en todo lo que pudiere; del cual se dirá lo que dél otro se dijo: que si no acabó grandes cosas, murió por acometellas; y si yo no soy desechado ni desdeñado de Dulcinea del Toboso, bástame, como ya he dicho, estar ausente della. Ea, pues, manos a la obra: venid a mi memoria cosas de Amadís, y enseñadme por dónde tengo de comenzar a imitaros. Mas ya sé que lo más que él hizo fue rezar y encomendarse a Dios; pero, ¿qué haré de rosario, que no le tengo?

En esto le vino al pensamiento cómo le haría, y fue que rasgó una gran tira de las faldas de la camisa, que andaban colgando, y diole once ñudos, el uno más gordo que los demás, y esto le sirvió de rosario el tiempo que allí estuvo, donde rezó un millón de avemarías. Y lo que le fatigaba mucho era no hallar por allí otro ermitaño que le confesase y con quien consolarse. Y así, se entretenía paseándose por el pradecillo, escribiendo y grabando por las cortezas de los árboles y por la menuda arena muchos versos, todos acomodados a su tristeza, y algunos en alabanza de Dulcinea. Mas los que se pudieron hallar enteros

---

[2] Cervantes pone adrede «como la madre que la parió» por «como su madre la parió.» Cf. I, 9.

y que se pudiesen leer después que a él allí le hallaron, no fueron
más que estos que aquí se siguen:

> Árboles, yerbas y plantas
> que en aqueste sitio estáis,
> tan altos, verdes y tantas,
> si de mi mal no os holgáis,
> escuchad mis quejas santas.
> Mi dolor no os alborote,
> aunque más terrible sea;
> pues, por pagaros escote,
> aquí lloró don Quijote
> ausencias de Dulcinea
> del Toboso.

> Es aquí el lugar adonde
> el amador más leal
> de su señora se esconde,
> y ha venido a tanto mal
> sin saber cómo o por dónde.
> Tráele amor al estricote,
> que es de muy mala ralea;
> y así, hasta henchir un pipote,
> aquí lloró don Quijote
> ausencias de Dulcinea
> del Toboso.

> Buscando las aventuras
> por entre las duras peñas,
> maldiciendo entrañas duras,
> que entre riscos y entre breñas
> halla el triste desventuras,
> hirióle amor con su azote,
> no con su blanda correa;
> y en tocándole el cogote,
> aquí lloró don Quijote
> ausencias de Dulcinea
> del Toboso.

No causó poca risa en los que hallaron los versos referidos
el añadidura *del Toboso* al nombre de Dulcinea, porque imaginaron que debió de imaginar don Quijote que si en nombrando
a Dulcinea no decía también *del Toboso*, no se podría entender

la copla; y así fue la verdad, como él después confesó. Otros muchos escribió, pero, como se ha dicho, no se pudieron sacar en limpio, ni enteros, más destas tres coplas. En esto, y en suspirar, y en llamar a los faunos y silvanos de aquellos bosques, a las ninfas de los ríos, a la dolorosa y húmeda Eco, que le respondiese, consolasen y escuchasen, se entretenía, y en buscar algunas yerbas con que sustentarse en tanto que Sancho volvía; que, si como tardó tres días, tardara tres semanas, el Caballero de la Triste Figura quedara tan desfigurado, que no le conociera la madre que lo parió.

Y será bien dejalle envuelto entre sus suspiros y versos, por contar lo que le avino a Sancho Panza en su mandadería. Y fue que, en saliendo al camino real, se puso en busca del del Toboso, y otro día llegó a la venta donde le había sucedido la desgracia de la manta; y no la hubo bien visto, cuando le pareció que otra vez andaba en los aires, y no quiso entrar dentro, aunque llegó a hora que lo pudiera y debiera hacer, por ser la del comer y llevar en deseo de gustar algo caliente, que había grandes días que todo era fiambre.

Esta necesidad le forzó a que llegase junto a la venta, todavía dudoso si entraría o no. Y estando en esto, salieron de la venta dos personas que luego le conocieron. Y dijo el uno al otro:

—Dígame, señor licenciado, aquel del caballo, ¿no es Sancho Panza, el que dijo el ama de nuestro aventurero que había salido con su señor por escudero?

—Sí es —dijo el licenciado—; y aquél es el caballo de nuestro don Quijote.

Y conociéronle tan bien, como aquellos que eran el cura y el barbero de su mismo lugar, y los que hicieron el escrutinio y acto general[3] de los libros. Los cuales, así como acabaron de conocer a Sancho Panza y a Rocinante, deseosos de saber de don Quijote, se fueron a él, y el cura le llamó por su nombre, diciéndole:

—Amigo Sancho Panza, ¿adónde queda vuestro amo?

Conociólos luego Sancho Panza, y determinó de encubrir el lugar y la suerte donde y como su amo quedaba; y así, les respondió que su amo quedaba ocupado en cierta parte y en cierta cosa que le era de mucha importancia, la cual él no podía descubrir, por los ojos que en la cara tenía.

—No, no —dijo el barbero—, Sancho Panza; si vos no nos decís dónde queda, imaginaremos, como ya imaginamos, que

---

[3] *acto general*, auto de fe.

vos le habéis muerto y robado, pues venís encima de su caballo. En verdad que nos habéis de dar el dueño del rocín, o sobre eso, morena.[4]

—No hay para qué conmigo amenazas, que yo no soy hombre que robo ni mato a nadie: a cada uno mate su ventura, o Dios, que le hizo. Mi amo queda haciendo penitencia en la mitad desta montaña, muy a su sabor.

Y luego, de corrida y sin parar, les contó de la suerte que quedaba, las aventuras que le habían sucedido, y cómo llevaba la carta a la señora Dulcinea del Toboso, que era la hija de Lorenzo Corchuelo, de quien estaba enamorado hasta los hígados.

Quedaron admirados los dos de lo que Sancho Panza les contaba, y aunque ya sabían la locura de don Quijote y el género della, siempre que la oían se admiraban de nuevo. Pidiéronle a Sancho Panza que les enseñase la carta que llevaba a la señora Dulcinea del Toboso. Él dijo que iba escrita en un libro de memoria, y que era orden de su señor que la hiciese trasladar en papel en el primer lugar que llegase; a lo cual dijo el cura que se la mostrase; que él la trasladaría de muy buena letra. Metió la mano en el seno Sancho Panza, buscando el librillo, pero no le halló, ni le podía hallar si le buscara hasta agora, porque se había quedado don Quijote con él, y no se le había dado, ni a él se le acordó de pedírsele.

Cuando Sancho vio que no hallaba el libro, fuésele parando mortal el rostro; y tornándose a tentar todo el cuerpo muy apriesa, tornó a echar de ver que no le hallaba, y, sin más ni más, se echó entrambos puños a las barbas, y se arrancó la mitad de ellas, y luego, apriesa y sin cesar, se dio media docena de puñadas en el rostro y en las narices, que se las bañó todas en sangre. Visto lo cual por el cura y el barbero, le dijeron que qué le había sucedido, que tan mal se paraba.

—¿Qué me ha de suceder —respondió Sancho—, sino el haber perdido de una mano a otra, en un estante,[5] tres pollinos, que cada uno era como un castillo?

—¿Cómo es eso? —replicó el barbero.

—He perdido el libro de memoria —respondió Sancho—, donde venía carta para Dulcinea, y una cédula firmada de su señor, por la cual mandaba que su sobrina me diese tres pollinos, de cuatro o cinco que estaban en casa:

---

[4] *sobre eso, morena*, amenaza en burla.

[5] *estante*, instante. Aunque, según las normas ortográficas de esta edición, se cambiaría a *instante*, la dejo como está por ser el único ejemplo de esta forma en la obra, y, por consiguiente, posible rasgo caracterizador de Sancho.

Y con esto, les contó la pérdida del rucio. Consolóle el cura, y díjole que en hallando a su señor él le haría revalidar la manda y que tornase a hacer la libranza en papel, como era uso y costumbre, porque las que se hacían en libros de memoria jamás se aceptaban ni cumplían.

Con esto se consoló Sancho, y dijo que como aquello fuese así, que no le daba mucha pena la pérdida de la carta de Dulcinea, porque él la sabía casi de memoria, de la cual se podría trasladar donde y cuando quisiesen.

—Decildo, Sancho, pues —dijo el barbero—; que después la trasladaremos.

Paróse Sancho Panza a rascar la cabeza para traer a la memoria la carta, y ya se ponía sobre un pie, y ya sobre otro; unas veces miraba al suelo, otras al cielo, y al cabo de haberse roído la mitad de la yema de un dedo, teniendo suspensos a los que esperaban que ya la dijese, dijo al cabo de grandísimo rato:

—Por Dios, señor licenciado, que los diablos lleven la cosa que de la carta se me acuerda; aunque en el principio decía: "Alta y sobajada señora."

—No diría —dijo el barbero— *sobajada*, sino sobrehumana o soberana señora.

—Así es —dijo Sancho—. Luego, si mal no me acuerdo, proseguía…, si mal no me acuerdo: "El llego[6] y falto de sueño, y el ferido besa a vuestra merced las manos, ingrata y muy desconocida hermosa," y no sé qué decía de salud y de enfermedad que le enviaba, y por aquí iba escurriendo,[7] hasta que acababa en "Vuestro hasta la muerte, el Caballero de la Triste Figura."

No poco gustaron los dos de ver la buena memoria de Sancho Panza, y alabáronsela mucho, y le pidieron que dijese la carta otras dos veces, para que ellos, asimesmo, la tomasen de memoria para trasladalla a su tiempo. Tornóla a decir Sancho otras tres veces, y otras tantas volvió a decir otros tres mil disparates. Tras esto, contó asimesmo las cosas de su amo, pero no habló palabra acerca del manteamiento que le había sucedido en aquella venta en la cual rehusaba entrar. Dijo también como su señor, en trayendo que le trujese buen despacho de la señora Dulcinea del Toboso, se había de poner en camino a procurar cómo ser emperador, o, por lo menos, monarca, que así lo tenían concertado entre los dos; y era cosa muy fácil venir a serlo, según era el valor de su persona y la fuerza de su brazo; y que en siéndolo,

---

[6] *El llego*, pronunciación rústica de *el lego*, según Rodríguez-Marín.
[7] *escurriendo*, discurriendo.

le había de casar a él, porque ya sería viudo, que no podía ser menos, y le había de dar por mujer a una doncella de la emperatriz, heredera de un rico y grande estado de tierra firme, sin ínsulos ni ínsulas, que ya no las quería.

Decía esto Sancho con tanto reposo, limpiándose de cuando en cuando las narices, y con tan poco juicio, que los dos se admiraron de nuevo, considerando cuán vehemente había sido la locura de don Quijote, pues había llevado tras sí el juicio de aquel pobre hombre. No quisieron cansarse en sacarle del error en que estaba, pareciéndoles que, pues no le dañaba nada la conciencia, mejor era dejarle en él, y a ellos les sería de más gusto oír sus necedades. Y así, le dijeron que rogase a Dios por la salud de su señor; que cosa contingente y muy agible[8] era venir, con el discurso del tiempo, a ser emperador, como él decía, o, por lo menos, arzobispo, u otra dignidad equivalente. A lo cual respondió Sancho:

—Señores, si la fortuna rodease las cosas de manera que a mi amo le viniese en voluntad de no ser emperador, sino de ser arzobispo, querría yo saber agora qué suelen dar los arzobispos andantes a sus escuderos.

—Suélenles dar —respondió el cura—, algún beneficio, simple o curado, o alguna sacristanía, que les vale mucho de renta rentada,[9] amén del pie de altar, que se suele estimar en otro tanto.

—Para eso será menester —replicó Sancho— que el escudero no sea casado, y que sepa ayudar a misa, por lo menos; y si esto es así, ¡desdichado de yo, que soy casado y no sé la primera letra del A B C! ¿Qué será de mí si a mi amo le da antojo de ser arzobispo, y no emperador, como es uso y costumbre de los caballeros andantes?

—No tengáis pena, Sancho amigo —dijo el barbero—; que aquí rogaremos a vuestro amo, y se lo aconsejaremos, y aun se lo pondremos en caso de conciencia, que sea emperador y no arzobispo, porque le será más fácil, a causa de que él es más valiente que estudiante.

—Así me ha parecido a mí —respondió Sancho—; aunque sé decir que para todo tiene habilidad. Lo que yo pienso hacer de mi parte es rogarle a Nuestro Señor que le eche a aquellas partes donde él más se sirva y adonde a mí más mercedes me haga.

—Vos lo decís como discreto —dijo el cura—, y lo haréis como buen cristiano. Mas lo que ahora se ha de hacer es dar

---

[8] *agible*, factible.
[9] *renta rentada*, renta fija, amén del *pie de altar*, que varía.

orden como sacar a vuestro amo de aquella inútil penitencia que decís que queda haciendo; y para pensar el modo que hemos de tener, y para comer, que ya es hora, será bien nos entremos en esta venta.

Sancho dijo que entrasen ellos, que él esperaría allí fuera, y que después les diría la causa por que no entraba ni le convenía entrar en ella; mas que les rogaba que le sacasen allí algo de comer que fuese cosa caliente, y, asimismo, cebada para Rocinante. Ellos se entraron y le dejaron, y de allí a poco el barbero le sacó de comer. Después, habiendo bien pensado entre los dos el modo que tendrían para conseguir lo que deseaban, vino el cura en un pensamiento muy acomodado al gusto de don Quijote, y para lo que ellos querían. Y fue que dijo al barbero que lo que había pensado era que él se vestiría en hábito de doncella andante, y que él procurase ponerse lo mejor que pudiese como escudero, y que así irían adonde don Quijote estaba, fingiendo ser ella una doncella afligida y menesterosa, y le pediría un don, el cual él no podría dejársele de otorgar, como valeroso caballero andante. Y que el don que le pensaba pedir era que se viniese con ella donde ella le llevase, a desfacelle un agravio que un mal caballero le tenía fecho, y que le suplicaba asimesmo que no la mandase quitar su antifaz, ni la demandase cosa de su facienda, fasta que la hubiese fecho derecho de aquel mal caballero, y que creyese, sin duda, que don Quijote vendría en todo cuanto le pidiese por este término, y que desta manera le sacarían de allí, y le llevarían a su lugar, donde procurarían ver si tenía algún remedio su estraña locura.

Capítulo XXVII

De cómo salieron con su intención el cura y el barbero, con otras cosas dignas de que se cuenten en esta grande historia

No le pareció mal al barbero la invención del cura, sino tan bien, que luego la pusieron por obra. Pidiéronle a la ventera una saya y unas tocas, dejándole en prendas una sotana nueva del cura. El barbero hizo una gran barba de una cola rucia o roja de buey, donde el ventero tenía colgado el peine. Preguntóles la ventera que para qué le pedían aquellas cosas. El cura le contó en breves razones la locura de don Quijote, y cómo convenía aquel disfraz para sacarle de la montaña, donde a la sazón estaba. Cayeron luego el ventero y la ventera en que el loco era su huésped, el del bálsamo, y el amo del manteado escudero, y contaron al cura todo lo que con él les había pasado, sin callar lo que tanto callaba Sancho. En resolución, la ventera vistió al cura de modo que no había más que ver: púsole una saya de paño, llena de fajas de terciopelo negro de un palmo en ancho, todas acuchilladas,[1] y unos corpiños de terciopelo verde, guarnecidos con unos ribetes de raso blanco, que se debieron de hacer, ellos y la saya, en tiempo del rey Wamba. No consintió el cura que le tocasen,[2] sino púsose en la cabeza un birretillo de lienzo colchado que llevaba para dormir de noche, y ciñóse por la frente una liga de tafetán negro, y con otra liga hizo un antifaz, con que se cubrió muy bien las barbas y el rostro. En-

---

[1] *acuchilladas*, abiertas a trechos.
[2] *tocar*, aderezar la cabeza con adornos.

casquetóse su sombrero, que era tan grande que le podía servir de quitasol, y cubriéndose su herreruelo,[3] subió en su mula a mujeriegas, y el barbero en la suya, con su barba que le llegaba a la cintura, entre roja y blanca, como aquella que, como se ha dicho, era hecha de la cola de un buey barroso.

Despidiéronse de todos, y de la buena de Maritornes, que prometió de rezar un rosario, aunque pecadora, porque Dios les diese buen suceso en tan arduo y tan cristiano negocio como era el que habían emprendido.

Mas, apenas hubo salido de la venta, cuando le vino al cura un pensamiento: que hacía mal en haberse puesto de aquella manera, por ser cosa indecente que un sacerdote se pusiese así, aunque le fuese mucho en ello; y diciéndoselo al barbero, le rogó que trocasen trajes, pues era más justo que él fuese la doncella menesterosa, y que él haría el escudero, y que así se profanaba menos su dignidad; y que si no lo quería hacer, determinaba de no pasar adelante, aunque a don Quijote se le llevase el diablo.

En esto llegó Sancho, y de ver a los dos en aquel traje no pudo tener la risa. En efecto, el barbero vino en todo aquello que el cura quiso, y, trocando la invención, el cura le fue informando el modo que había de tener, y las palabras que había de decir a don Quijote para moverle y forzarle a que con él se viniese, y dejase la querencia del lugar que había escogido para su vana penitencia. El barbero respondió que, sin que se le diese lección, él lo pondría bien en su punto. No quiso vestirse por entonces, hasta que estuviesen junto de donde don Quijote estaba, y así, dobló sus vestidos, y el cura acomodó su barba, y siguieron su camino, guiándolos Sancho Panza, el cual les fue contando lo que les aconteció con el loco que hallaron en la sierra, encubriendo, empero, el hallazgo de la maleta y de cuanto en ella venía; que maguer que tonto, era un poco codicioso el mancebo.

Otro día llegaron al lugar donde Sancho había dejado puestas las señales de las ramas para acertar el lugar donde había dejado a su señor; y, en reconociéndole, les dijo como aquélla era la entrada, y que bien se podían vestir, si era que aquello hacía al caso para la libertad de su señor. Porque ellos le habían dicho antes que el ir de aquella suerte y vestirse de aquel modo era toda la importancia para sacar a su amo de aquella mala vida que había escogido, y que le encargaban mucho que no dijese a su amo quién ellos eran, ni que los conocía; y que si le preguntase, como se lo había de preguntar, si dio la carta a

---

[3] *herreruelo*, capa corta.

Dulcinea, dijese que sí, y que, por no saber leer, le había respondido de palabra, diciéndole que le mandaba, so pena de la su desgracia, que luego. al momento se viniese a ver con ella, que era cosa que le importaba mucho, porque con esto y con lo que ellos pensaban decirle tenían por cosa cierta reducirle a mejor vida, y hacer con él que luego se pusiese en camino para ir a ser emperador o monarca, que en lo de ser arzobispo no había de qué temer.

Todo lo escuchó Sancho, y lo tomó muy bien en la memoria, y les agradeció mucho la intención que tenían de aconsejar a su señor fuese emperador y no arzobispo, porque él tenía para sí que, para hacer mercedes a sus escuderos, más podían los emperadores que los arzobispos andantes. También les dijo que sería bien que él fuese delante a buscarle y darle la respuesta de su señora; que ya sería ella bastante a sacarle de aquel lugar, sin que ellos se pusiesen en tanto trabajo. Parecióles bien lo que Sancho Panza decía, y así, determinaron de aguardarle, hasta que volviese con las nuevas del hallazgo de su amo.

Entróse Sancho por aquellas quebradas de la sierra, dejando a los dos en una, por donde corría un pequeño y manso arroyo, a quien hacían sombra agradable y fresca otras peñas y algunos árboles que por allí estaban. El calor, y el día que allí llegaron, era de los del mes de agosto, que por aquellas partes suele ser el ardor muy grande; la hora, las tres de la tarde: todo lo cual hacía al sitio más agradable, y que convidase a que en él esperasen la vuelta de Sancho, como lo hicieron.

Estando, pues, los dos allí sosegados y a la sombra, llegó a sus oídos una voz que, sin acompañarla son de algún otro instrumento, dulce y regaladamente sonaba, de que no poco se admiraron, por parecerles que aquél no era lugar donde pudiese haber quien tan bien cantase. Porque aunque suele decirse que por las selvas y campos se hallan pastores de voces estremadas, más son encarecimientos de poetas que verdades; y más cuando advirtieron que lo que oían cantar eran versos, no de rústicos ganaderos, sino de discretos cortesanos. Y confirmó esta verdad haber sido los versos que oyeron éstos:

> ¿Quién menoscaba mis bienes?
> Desdenes.
> Y ¿quién aumenta mis duelos?
> Los celos.
> Y ¿quién prueba mi paciencia?
> Ausencia.

De ese modo, en mi dolencia
ningún remedio se alcanza,
pues me matan la esperanza
desdenes, celos y ausencia.

¿Quién me causa este dolor?
    Amor.
Y ¿quién mi gloria repugna?
    Fortuna.
Y ¿quién consiente en mi duelo?
    El cielo.
De ese modo, yo recelo
morir deste mal estraño,
pues se aumentan en mi daño,
amor, fortuna y el cielo.

¿Quién mejorará mi suerte?
    La muerte.
Y el bien de amor, ¿quién le alcanza?
    Mudanza.
Y sus males, ¿quién los cura?
    Locura.
De ese modo, no es cordura
querer curar la pasión
cuando los remedios son
muerte, mudanza y locura.[4]

La hora, el tiempo, la soledad, la voz y la destreza del que
cantaba causó admiración y contento en los dos oyentes, los
cuales estuvieron quedos, esperando si otra alguna cosa oían;
pero viendo que duraba algún tanto el silencio, determinaron
de salir a buscar el músico que con tan buena voz cantaba. Y
queriéndolo poner en efecto, hizo la mesma voz que no se moviesen, la cual llegó de nuevo a sus oídos, cantando este soneto:

SONETO

Santa amistad, que con ligeras alas,
tu apariencia quedándose en el suelo,
entre benditas almas, en el cielo,
subiste alegre a las impíreas salas,

---

[4] Este poema es ejemplo de lo que se llamaba *ovillejo*.

desde allá, cuando quieres, nos señalas
la justa paz cubierta con un velo,
por quien a veces se trasluce el celo
de buenas obras que, a la fin, son malas.
   Deja el cielo, ¡oh amistad!, o no permitas
que el engaño se vista tu librea,
con que destruye a la intención sincera;
   que si tus apariencias no le quitas,
presto ha de verse el mundo en la pelea
de la discorde confusión primera.

El canto se acabó con un profundo suspiro, y los dos con
atención volvieron a esperar si más se cantaba; pero viendo que
la música se había vuelto en sollozos y en lastimeros ayes, acordaron de saber quién era el triste, tan estremado en la voz como
doloroso en los gemidos; y no anduvieron mucho, cuando, al
volver de una punta de una peña, vieron a un hombre del mismo
talle y figura que Sancho Panza les había pintado cuando les
contó el cuento de Cardenio; el cual hombre, cuando los vio,
sin sobresaltarse, estuvo quedo, con la cabeza inclinada sobre
el pecho a guisa de hombre pensativo, sin alzar los ojos a mirarlos
más de la vez primera, cuando de improviso llegaron.

El cura, que era hombre bien hablado, como el que ya tenía
noticia de su desgracia, pues por las señas le había conocido, se
llegó a él, y con breves aunque muy discretas razones le rogó
y persuadió que aquella tan miserable vida dejase, porque allí
no la perdiese, que era la desdicha mayor de las desdichas.
Estaba Cardenio entonces en su entero juicio, libre de aquel furioso accidente que tan a menudo le sacaba de sí mismo; y así,
viendo a los dos en traje tan no usado de los que por aquellas
soledades andaban, no dejó de admirarse algún tanto, y más cuando oyó que le habían hablado en su negocio, como en cosa sabida (porque las razones que el cura le dijo así lo dieron a entender); y así, respondió desta manera:

—Bien veo yo, señores, quienquiera que seáis, que el cielo,
que tiene cuidado de socorrer a los buenos, y aun a los malos
muchas veces, sin yo merecerlo, me envía, en estos tan remotos
y apartados lugares del trato común de las gentes, algunas personas que, poniéndome delante de los ojos con vivas y varias
razones cuán sin ella ando en hacer la vida que hago, han procurado sacarme désta a mejor parte; pero como no saben que
sé yo que en saliendo deste daño he de caer en otro mayor,
quizá me deben de tener por hombre de flacos discursos, y aun,

lo que peor sería, por de ningún juicio. Y no sería maravilla que así fuese, porque a mí se me trasluce que la fuerza de la imaginación de mis desgracias es tan intensa y puede tanto en mi perdición, que, sin que yo pueda ser parte a estorbarlo, vengo a quedar como piedra, falto de todo buen sentido y conocimiento; y vengo a caer en la cuenta desta verdad, cuando algunos me dicen y muestran señales de las cosas que he hecho en tanto que aquel terrible accidente me señorea, y no sé más que dolerme en vano y maldecir sin provecho mi ventura, y dar por disculpa de mis locuras el decir la causa dellas a cuantos oírla quieren; porque viendo los cuerdos cuál es la causa, no se maravillarán de los efectos, y si no me dieren remedio, a lo menos no me darán culpa, convirtiéndoseles el enojo de mi desenvoltura en lástima de mis desgracias. Y si es que vosotros, señores, venís con la mesma intención que otros han venido, antes que paséis adelante en vuestras discretas persuasiones, os ruego que escuchéis el cuento, que no le tiene, de mis desventuras, porque quizá, después de entendido, ahorraréis del trabajo que tomaréis en consolar un mal que de todo consuelo es incapaz.

Los dos, que no deseaban otra cosa que saber de su mesma boca la causa de su daño, le rogaron se la contase, ofreciéndole de no hacer otra cosa de la que él quisiese, en su remedio o consuelo; y con esto, el triste caballero comenzó su lastimera historia, casi por las mesmas palabras y pasos que la había contado a don Quijote y al cabrero pocos días atrás cuando, por ocasión del maestro Elisabat y puntualidad de don Quijote en guardar el decoro a la caballería, se quedó el cuento imperfecto, como la historia lo deja contado. Pero ahora quiso la buena suerte que se detuvo el accidente de la locura y le dio lugar de contarlo hasta el fin; y así, llegando al paso del billete que había hallado don Fernando entre el libro de *Amadís de Gaula*, dijo Cardenio que le tenía bien en la memoria, y que decía desta manera:

Luscinda a Cardenio

Cada día descubro en vos valores que me obligan y fuerzan a que en más os estime; y así, si quisiéredes sacarme desta deuda sin ejecutarme en la honra, lo podréis muy bien hacer. Padre tengo, que os conoce y que me quiere bien, el cual, sin forzar mi voluntad, cumplirá la que será justo que vos tengáis, si es que me estimáis, como decís y como yo creo.

—Por este billete me moví a pedir a Luscinda por esposa, como ya os he contado, y éste fue por quien quedó Luscinda en la opinión de don Fernando por una de las más discretas y avisadas mujeres de su tiempo; y este billete fue el que le puso en deseo de destruirme, antes que el mío se efetuase. Díjele yo a don Fernando en lo que reparaba el padre de Luscinda, que era en que mi padre se la pidiese, lo cual yo no le osaba decir, temeroso que no vendría en ello, no porque no tuviese bien conocida la calidad, bondad, virtud y hermosura de Luscinda, y que tenía partes bastantes para ennoblecer cualquier otro linaje de España, sino porque yo entendía dél que deseaba que no me casase tan presto, hasta ver lo que el duque Ricardo hacía conmigo. En resolución, le dije que no me aventuraba a decírselo a mi padre, así por aquel inconveniente como por otros muchos que me acobardaban, sin saber cuáles eran, sino que me parecía que lo que yo desease jamás había de tener efecto.

A todo esto me respondió don Fernando que él se encargaba de hablar a mi padre y hacer con él que hablase al de Luscinda. ¡Oh Mario ambicioso, oh Catilina cruel, oh [Sila] facinoroso, oh Galalón embustero, oh Vellido traidor, oh Julián vengativo, oh Judas codicioso![5] Traidor, cruel, vengativo y embustero, ¿qué deservicios te había hecho este triste, que con tanta llaneza te descubrió los secretos y contentos de su corazón? ¿Qué ofensa te hice? ¿Qué palabras te dije, o qué consejos te di, que no fuesen todos encaminados a acrecentar tu honra y tu provecho? Mas ¿de qué me quejo, ¡desventurado de mí!, pues es cosa cierta que cuando traen las desgracias la corriente de las estrellas, como vienen de alto a bajo, despeñándose con furor y con violencia, no hay fuerza en la tierra que las detenga, ni industria humana que prevenirlas pueda? ¿Quién pudiera imaginar que don Fernando, caballero ilustre, discreto, obligado de mis servicios, poderoso para alcanzar lo que el deseo amoroso le pidiese dondequiera que le ocupase, se había de enconar[6] (como suele

---

[5] *Mario:* Caius Marius, general y cónsul romano; *Catilina:* Lucius Sergius Catilina, conspirador romano; *Sila:* Lucius Cornelius Sulla, o Sylla, dictador romano; *Galalón:* uno de los Doce Pares, traidor en Roncesvalles según la tradición popular castellana; *Vellido:* Vellido Dolfos, el que mató al rey Sancho en el cerco de Zamora; *Julián:* el conde don Julián, gobernador de Ceuta, a quien se le atribuye la entrega de España a los moros.

[6] Aunque Rodríguez Marín (y, siguiéndolo, Riquer) entiende por *enconar* «apropiarse arteramente algo ajeno,» no veo por qué este *enconarse en tomarme* no se ajuste a la acepción de *Autoridades:* «metafóricamente vale irritar, exacerbar y dar nuevo y mayor fomento a las pasiones y afectos del ánimo, para que se arraiguen más, y tomen mayor calor y desabrimiento.» Véase también Cortázar y Lerner, pág. 217, n.16.

decirse) en tomarme a mí una sola oveja, que aún no poseía? Pero quédense estas consideraciones aparte, como inútiles y sin provecho, y añudemos el roto hilo de mi desdichada historia.

Digo, pues, que pareciéndole a don Fernando que mi presencia le era inconveniente para poner en ejecución su falso y mal pensamiento, determinó de enviarme a su hermano mayor con ocasión de pedirle unos dineros para pagar seis caballos, que de industria y sólo para este efecto de que me ausentase (para poder mejor salir con su dañado intento), el mèsmo día que se ofreció hablar a mi padre los compró, y quiso que yo viniese por el dinero. ¿Pude yo prevenir esta traición? ¿Pude, por ventura, caer en imaginarla? No, por cierto; antes con grandísimo gusto me ofrecí a partir luego, contento de la buena compra hecha. Aquella noche hablé con Luscinda, y le dije lo que con don Fernando quedaba concertado, y que tuviese firme esperanza de que tendrían efecto nuestros buenos y justos deseos. Ella me dijo, tan segura[7] como yo de la traición de don Fernando, que procurase volver presto, porque creía que no tardaría más la conclusión de nuestras voluntades que tardase mi padre de hablar al suyo. No sé qué se fue, que, en acabando de decirme esto, se le llenaron los ojos de lágrimas y un nudo se le atravesó en la garganta, que no le dejaba hablar palabra de otras muchas que me pareció que procuraba decirme.

Quedé admirado deste nuevo accidente, hasta allí jamás en ella visto, porque siempre nos hablábamos, las veces que la buena fortuna y mi diligencia lo concedía, con todo regocijo y contento, sin mezclar en nuestras pláticas lágrimas, suspiros, celos, sospechas o temores. Todo era engrandecer yo mi ventura, por habérmela dado el cielo por señora; exageraba su belleza, admirábame de su valor y entendimiento. Volvíame ella el recambio, alabando en mí lo que, como a enamorada, le parecía digno de alabanza. Con esto, nos contábamos cien mil niñerías y acaecimientos de nuestros vecinos y conocidos, y a lo que más se estendía mi desenvoltura era a tomarle, casi por fuerza, una de sus bellas y blancas manos, y llegarla a mi boca, según daba lugar la estrecheza de una baja reja que nos dividía. Pero la noche que precedió al triste día de mi partida, ella lloró, gimió y suspiró, y se fue, y me dejó lleno de confusión y sobresalto, espantado de haber visto tan nuevas y tan tristes muestras de dolor y sentimiento en Luscinda; pero, por no destruir mis esperanzas, todo lo atribuí a la fuerza del amor que me tenía

---

[7] *segura*, libre, descuidada.

y al dolor que suele causar la ausencia en los que bien se quieren.

En fin, yo me partí, triste y pensativo, llena el alma de imaginaciones y sospechas, sin saber lo que sospechaba ni imaginaba: claros indicios que me mostraban el triste suceso y desventura que me estaba guardada. Llegué al lugar donde era enviado; di las cartas al hermano de don Fernando; fui bien recibido, pero no bien despachado, porque me mandó aguardar (bien a mi disgusto) ocho días, y en parte donde el duque su padre no me viese, porque su hermano le escribía que le enviase cierto dinero sin su sabiduría; y todo fue invención del falso don Fernando, pues no le faltaban a su hermano dineros para despacharme luego. Orden y mandato fue éste que me puso en condición de no obedecerle, por parecerme imposible sustentar tantos días la vida en el ausencia de Luscinda, y más habiéndola dejado con la tristeza que os he contado; pero, con todo esto, obedecí como buen criado, aunque veía que había de ser a costa de mi salud.

Pero a los cuatro días que allí llegué, llegó un hombre en mi busca con una carta, que me dio, que en el sobrescrito conocí ser de Luscinda, porque la letra dél era suya. Abríla, temeroso y con sobresalto, creyendo que cosa grande debía de ser la que la había movido a escribirme estando ausente, pues presente pocas veces lo hacía. Pregúntele al hombre, antes de leerla, quién se la había dado y el tiempo que había tardado en el camino. Díjome que acaso pasando por una calle de la ciudad a la hora de medio día, una señora muy hermosa le llamó desde una ventana, los ojos llenos de lágrimas, y que con mucha priesa le dijo: "—Hermano, si sois cristiano, como parecéis, por amor de Dios os ruego que encaminéis luego esta carta al lugar y a la persona que dice el sobrescrito, que todo es bien conocido, y en ello haréis un gran servicio a Nuestro Señor; y para que no os falte comodidad de poderlo hacer, tomad lo que va en este pañuelo." Y diciendo esto, me arrojó por la ventana un pañuelo, donde venían atados cien reales y esta sortija de oro que aquí traigo, con esa carta que os he dado. Y luego, sin aguardar respuesta mía, se quitó de la ventana, aunque primero vio como yo tomé la carta y el pañuelo, y por señas le dije que haría lo que me mandaba. Y así, viéndome tan bien pagado del trabajo que podía tomar en traérosla, y conociendo por el sobrescrito que érades vos a quien se enviaba, porque yo, señor, os conozco muy bien, y obligado asimesmo de las lágrimas de aquella hermosa señora, determiné de no fiarme de otra persona, sino venir yo mesmo a dárosla, y en diez y seis [horas] que ha que se me dio, he hecho el camino, que sabéis que es de diez y ocho leguas.

En tanto que el agradecido y nuevo correo esto me decía, estaba yo colgado de sus palabras, temblándome las piernas, de manera que apenas podía sostenerme. En efecto, abrí la carta y vi que contenía estas razones:

La palabra que don Fernando os dio de hablar a vuestro padre para que hablase al mío, la ha cumplido más en su gusto que en vuestro provecho. Sabed, señor, que él me ha pedido por esposa, y mi padre, llevado de la ventaja que él piensa que don Fernando os hace, ha venido en lo que quiere, con tantas veras, que de aquí a dos días se ha de hacer el desposorio, tan secreto y tan a solas, que sólo han de ser testigos los cielos y alguna gente de casa. Cuál yo quedo, imaginaldo; si os cumple venir, veldo; y si os quiero bien o no, el suceso deste negocio os lo dará a entender. A Dios plega que ésta llegue a vuestras manos antes que la mía se vea en condición de juntarse con la de quien tan mal sabe guardar la fe que promete.

Éstas, en suma, fueron las razones que la carta contenía y las que me hicieron poner luego en camino, sin esperar otra respuesta ni otros dineros; que bien claro conocí entonces que no la compra de los caballos, sino la de su gusto, había movido a don Fernando a enviarme a su hermano. El enojo que contra don Fernando concebí, junto con el temor de perder la prenda que con tantos años de servicios y deseos tenía granjeada, me pusieron alas, pues, casi como en vuelo, otro día me puse en mi lugar al punto y hora que convenía para ir a hablar a Luscinda. Entré secreto, y dejé una mula en que venía en casa del buen hombre que me había llevado la carta, y quiso la suerte que entonces la tuviese tan buena, que hallé a Luscinda puesta a la reja, testigo de nuestros amores. Conocióme Luscinda luego, y conocíla yo, mas no como debía ella conocerme y yo conocerla. Pero, ¿quién hay en el mundo que se pueda alabar que ha penetrado y sabido el confuso pensamiento y condición mudable de una mujer? Ninguno, por cierto. Digo, pues, que, así como Luscinda me vio, me dijo: "—Cardenio, de boda estoy vestida; ya me están aguardando en la sala don Fernando el traidor y mi padre el codicioso, con otros testigos, que antes lo serán de mi muerte que de mi desposorio. No te turbes, amigo, sino procura hallarte presente a este sacrificio, el cual si no pudiere ser estorbado de mis razones, una daga llevo escondida que podrá estorbar más determinadas fuerzas, dando fin a mi vida y principio a que conozcas la voluntad que te he tenido y tengo."

Yo le respondí turbado y apriesa, temeroso no me faltase lugar para responderla: "—Hagan, señora, tus obras verdaderas tus palabras; que si tú llevas daga para acreditarte, aquí llevo yo espada para defenderte con ella o para matarme, si la suerte nos fuere contraria." No creo que pudo oír todas estas razones, porque sentí que la llamaban apriesa, porque el desposado aguardaba. Cerróse con esto la noche de mi tristeza, púsoseme el sol de mi alegría; quedé sin luz en los ojos y sin discurso en el entendimiento. No acertaba a entrar en su casa, ni podía moverme a parte alguna; pero considerando cuánto importaba mi presencia para lo que suceder pudiese en aquel caso, me animé lo más que pude y entré en su casa; y como ya sabía muy bien todas sus entradas y salidas, y más con el alboroto que de secreto en ella andaba, nadie me echó de ver; así que, sin ser visto, tuve lugar de ponerme en el hueco que hacía una ventana de la mesma sala, que con las puntas y remates de dos tapices se cubría, por entre las cuales podía yo ver, sin ser visto, todo cuanto en la sala se hacía.

¿Quién pudiera decir ahora los sobresaltos que me dio el corazón mientras allí estuve, los pensamientos que me ocurrieron, las consideraciones que hice, que fueron tantas y tales, que ni se pueden decir ni aun es bien que se digan? Basta que sepáis que el desposado entró en la sala sin otro adorno que los mesmos vestidos ordinarios que solía. Traía por padrino a un primo hermano de Luscinda, y en toda la sala no había persona de fuera, sino los criados de casa.

De allí a un poco, salió de una recámara Luscinda, acompañada de su madre y de dos doncellas suyas, tan bien aderezada y compuesta como su calidad y hermosura merecían, y como quien era la perfección de la gala y bizarría cortesana. No me dio lugar mi suspensión y arrobamiento para que mirase y notase en particular lo que traía vestido; sólo pude advertir a las colores, que eran encarnado y blanco, y en las vislumbres que las piedras y joyas del tocado y de todo el vestido hacían, a todo lo cual se aventajaba la belleza singular de sus hermosos y rubios cabellos, tales, que, en competencia de las preciosas piedras y de las luces de cuatro hachas que en la sala estaban, la suya con más resplandor a los ojos ofrecían. ¡Oh memoria, enemiga mortal de mi descanso! ¿De qué sirve representarme ahora la incomparable belleza de aquella adorada enemiga mía? ¿No será mejor, cruel memoria, que me acuerdes y representes lo que entonces hizo para que, movido de tan manifiesto agravio, procure, ya que no la venganza, a lo menos perder la vida?

No os canséis, señores, de oír estas digresiones que hago; que no es mi pena de aquellas que puedan ni deban contarse sucintamente y de paso, pues cada circunstancia suya me parece a mí que es digna de un largo discurso.

A esto le respondió el cura que no sólo no se cansaban en oírle, sino que les daba mucho gusto las menudencias que contaba, por ser tales, que merecían no pasarse en silencio, y la mesma atención que lo principal del cuento.

—Digo, pues —prosiguió Cardenio—, que, estando todos en la sala, entró el cura de la parroquia y, tomando a los dos por la mano para hacer lo que en tal acto se requiere, al decir: "—¿Queréis señora Luscinda, al señor don Fernando, que está presente, por vuestro legítimo esposo, como lo manda la Santa Madre Iglesia?," yo saqué toda la cabeza y cuello de entre los tapices, y con atentísimos oídos y alma turbada me puse a escuchar lo que Luscinda respondía, esperando de su respuesta la sentencia de mi muerte o la confirmación de mi vida. ¡Oh, quién se atreviera a salir entonces, diciendo a voces!: "—¡Ah Luscinda, Luscinda! ¡Mira lo que haces; considera lo que me debes; mira que eres mía, y que no puedes ser de otro! Advierte que el decir tú *sí* y el acabárseme la vida ha de ser todo a un punto. ¡Ah traidor don Fernando, robador de mi gloria, muerte de mi vida! ¿Qué quieres? ¿Qué pretendes? Considera que no puedes cristianamente llegar al fin de tus deseos, porque Luscinda es mi esposa, y yo soy su marido." ¡Ah, loco de mí! ¡Ahora que estoy ausente y lejos del peligro, digo que había de hacer lo que no hice! ¡Ahora que dejé robar mi cara prenda, maldigo al robador, de quien pudiera vengarme si tuviera corazón para ello, como le tengo para quejarme! En fin, pues fui entonces cobarde y necio, no es mucho que muera ahora corrido, arrepentido y loco.

Estaba esperando el cura la respuesta de Luscinda, que se detuvo un buen espacio en darla, y cuando yo pensé que sacaba la daga para acreditarse, o desataba la lengua para decir alguna verdad o desengaño que en mi provecho redundase, oigo que dijo con voz desmayada y flaca: "—Sí quiero," y lo mesmo dijo don Fernando, y, dándole el anillo, quedaron en [in]disoluble [8]

---

[8] Algunos editores prefieren mantener el *disoluble* de la *princeps*. Véase Cortázar y Lerner, pág. 221, n. 25.

nudo ligados. Llegó el desposado a abrazar a su esposa, y ella, poniéndose la mano sobre el corazón, cayó desmayada en los brazos de su madre. Resta ahora decir cuál quedé yo viendo, en el *sí* que había oído, burladas mis esperanzas, falsas las palabras y promesas de Luscinda, imposibilitado de cobrar en algún tiempo el bien que en aquel instante había perdido. Quedé falto de consejo, desamparado, a mi parecer, de todo el cielo, hecho enemigo de la tierra que me sustentaba, negándome el aire aliento para mis suspiros y el agua humor para mis ojos; sólo el fuego se acrecentó, de manera que todo ardía de rabia y de celos.

Alborotáronse todos con el desmayo de Luscinda, y, desabrochándole su madre el pecho para que le diese el aire, se descubrió en él un papel cerrado, que don Fernando tomó luego y se le puso a leer a la luz de una de las hachas; y, en acabando de leerle, se sentó en una silla y se puso la mano en la mejilla, con muestras de hombre muy pensativo, sin acudir a los remedios que a su esposa se hacían para que del desmayo volviese. Yo, viendo alborotada toda la gente de casa, me aventuré a salir, ora fuese visto o no, con determinación que si me viesen, de hacer un desatino tal, que todo el mundo viniera a entender la justa indignación de mi pecho en el castigo del falso don Fernando, y aun en el mudable de la desmayada traidora. Pero mi suerte, que para mayores males (si es posible que los haya) me debe tener guardado, ordenó que en aquel punto me sobrase el entendimiento que después acá me ha faltado; y así, sin querer tomar venganza de mis mayores enemigos (que, por estar tan sin pensamiento mío,[9] fuera fácil tomarla), quise tomarla de mi mano y ejecutar en mí la pena que ellos merecían, y aun quizá con más rigor del que con ellos se usara, si entonces les diera muerte, pues la que se recibe repentina, presto acaba la pena; mas la que se dilata con tormentos, siempre mata, sin acabar la vida.

En fin, yo salí de aquella casa y vine a la de aquel donde había dejado la mula; hice que me la ensillase, sin despedirme dél subí en ella, y salí de la ciudad, sin osar, como otro Lot, volver el rostro a miralla; y cuando me vi en el campo solo, y que la escuridad de la noche me encubría y su silencio convidaba a quejarme, sin respeto o miedo de ser escuchado ni conocido, solté la voz y desaté la lengua en tantas maldiciones de Luscinda y de don Fernando, como si con ellas satisficiera el agravio que me habían hecho. Dile títulos de cruel, de ingrata, de falsa y des-

---

[9] *tan sin pensamiento mío*, tan sin pensar en mí.

agradecida; pero, sobre todos, de codiciosa, pues la riqueza de mi enemigo la había cerrado los ojos de la voluntad, para quitármela a mí y entregarla a aquel con quien más liberal y franca la fortuna se había mostrado; y en mitad de la fuga destas maldiciones y vituperios, la disculpaba, diciendo que no era mucho que una doncella recogida en casa de sus padres, hecha y acostumbrada siempre a obedecerlos, hubiese querido condecender con su gusto, pues le daban por esposo a un caballero tan principal, tan rico y tan gentil hombre, que, a no querer recibirle, se podía pensar, o que no tenía juicio, o que en otra parte tenía la voluntad, cosa que redundaba tan en perjuicio de su buena opinión y fama.

Luego volvía diciendo que, puesto que ella dijera que yo era su esposo, vieran ellos que no había hecho en escogerme tan mala elección, que no la disculparan, pues antes de ofrecérseles don Fernando no pudieran ellos mesmos acertar a desear, si con razón midiesen su deseo, otro mejor que yo para esposo de su hija; y que bien pudiera ella, antes de ponerse en el trance forzoso y último de dar la mano, decir que ya yo le había dado la mía; que yo viniera y concediera con todo cuanto ella acertara a fingir en este caso.

En fin, me resolví en que poco amor, poco juicio, mucha ambición y deseos de grandezas hicieron que se olvidase de las palabras con que me había engañado, entretenido y sustentado en mis firmes esperanzas y honestos deseos. Con estas voces y con esta inquietud caminé lo que quedaba de aquella noche, y di al amanecer en una entrada destas sierras, por las cuales caminé otros tres días, sin senda ni camino alguno, hasta que vine a parar a unos prados, que no sé a qué mano destas montañas caen, y allí pregunté a unos ganaderos que hacia dónde era lo más áspero destas sierras. Dijéronme que hacia esta parte. Luego me encaminé a ella, con intención de acabar aquí la vida, y en entrando por estas asperezas, del cansancio y de la hambre se cayó mi mula muerta, o, lo que yo más creo, por desechar de sí tan inútil carga como en mí llevaba. Yo quedé a pie, rendido de la naturaleza, traspasado de hambre, sin tener, ni pensar buscar, quien me socorriese.

De aquella manera estuve no sé qué tiempo, tendido en el suelo, al cabo del cual me levanté sin hambre, y hallé junto a mí a unos cabreros, que, sin duda, debieron ser los que mi necesidad remediaron, porque ellos me dijeron de la manera que me habían hallado, y cómo estaba diciendo tantos disparates y desatinos, que daba indicios claros de haber perdido el juicio;

y yo he sentido en mí después acá que no todas veces le tengo cabal, sino tan desmedrado y flaco, que hago mil locuras, rasgándome los vestidos, dando voces por estas soledades, maldiciendo mi ventura y repitiendo en vano el nombre amado de mi enemiga, sin tener otro discurso ni intento entonces que procurar acabar la vida voceando; y cuando en mí vuelvo, me hallo tan cansado y molido, que apenas puedo moverme. Mi más común habitación es en el hueco de un alcornoque, capaz de cubrir este miserable cuerpo. Los vaqueros y cabreros que andan por estas montañas, movidos de caridad, me sustentan, poniéndome el manjar por los caminos y por las peñas por donde entienden que acaso podré pasar y hallarlo; y así, aunque entonces me falte el juicio, la necesidad natural me da a conocer el mantenimiento, y despierta en mí el deseo de apetecerlo y la voluntad de tomarlo. Otras veces me dicen ellos, cuando me encuentran con juicio, que yo salgo a los caminos y que se lo quito por fuerza, aunque me lo den de grado, a los pastores que vienen con ello del lugar a las majadas.

Desta manera paso mi miserable y estrema vida, hasta que el cielo sea servido de conducirle a su último fin, o de ponerle en mi memoria, para que no me acuerde de la hermosura y de la traición de Luscinda y del agravio de don Fernando; que si esto él hace sin quitarme la vida, yo volveré a mejor discurso mis pensamientos; donde no, no hay sino rogarle que absolutamente tenga misericordia de mi alma, que yo no siento en mí valor ni fuerzas para sacar el cuerpo desta estrecheza en que por mi gusto he querido ponerle.

Ésta es, ¡oh señores!, la amarga historia de mi desgracia: decidme si es tal, que pueda celebrarse con menos sentimientos que los que en mí habéis visto, y no os canséis en persuadirme ni aconsejarme lo que la razón os dijere que puede ser bueno para mi remedio, porque ha de aprovechar conmigo lo que aprovecha la medicina recetada de famoso médico al enfermo que recibir no la quiere. Yo no quiero salud sin Luscinda, y pues ella gustó de ser ajena, siendo, o debiendo ser, mía, guste yo de ser de la desventura, pudiendo haber sido de la buena dicha. Ella quiso, con su mudanza, hacer estable mi perdición; yo querré, con procurar perderme, hacer contenta su voluntad, y será ejemplo a los por venir de que a mí solo faltó lo que a todos los desdichados sobra, a los cuales suele ser consuelo la imposibilidad de tenerle, y en [mí es] causa de mayores sentimientos y males, porque aun pienso que no se han de acabar con la muerte.

Aquí dio fin Cardenio a su larga plática y tan desdichada como amorosa historia; y al tiempo que el cura se prevenía para decirle algunas razones de consuelo, le suspendió una voz que llegó a sus oídos, que en lastimados acentos oyeron que decía lo que se dirá en la cuarta parte desta narración, que en este punto dio fin a la tercera el sabio y atentado historiador Cide Hamete Benengeli.

CUARTA PARTE DEL INGENIOSO HIDALGO DON QUIJOTE DE LA MANCHA

Capítulo XXVIII

Que trata de la nueva y agradable aventura que al cura y barbero sucedió en la mesma Sierra

Felicísimos y venturosos fueron los tiempos donde se echó al mundo el audacísimo caballero don Quijote de la Mancha, pues por haber tenido tan honrosa determinación como fue el querer resucitar y volver al mundo la ya perdida y casi muerta orden de la andante caballería, gozamos ahora, en esta nuestra edad, necesitada de alegres entretenimientos, no sólo de la dulzura de su verdadera historia, sino de los cuentos y episodios della, que, en parte, no son menos agradables y artificiosos y verdaderos que la misma historia. La cual, prosiguiendo su rastrillado, torcido y aspado hilo, cuenta que, así como el cura comenzó a prevenirse para consolar a Cardenio, lo impidió una voz que llegó a sus oídos, que, con tristes acentos, decía desta manera:

—¡Ay Dios! ¡Si será posible que he ya hallado lugar que pueda servir de escondida sepultura a la carga pesada deste cuerpo, que tan contra mi voluntad sostengo! Sí será, si la soledad que prometen estas sierras no me miente. ¡Ay, desdichada, y cuán más agradable compañía harán estos riscos y malezas a mi intención, pues me darán lugar para que con quejas comunique mi desgracia al cielo, que no la de ningún hombre humano, pues no hay ninguno en la tierra de quien se pueda esperar consejo en las dudas, alivio en las quejas, ni remedio en los males!

Todas estas razones oyeron y percibieron el cura y los que con él estaban, y por parecerles, como ello era, que allí junto las decían, se levantaron a buscar el dueño, y no hubieron andado veinte pasos, cuando detrás de un peñasco vieron sentado al pie de un fresno a un mozo vestido como labrador, al cual, por tener inclinado el rostro, a causa de que se lavaba los pies en el arroyo que por allí corría, no se le pudieron ver por entonces; y ellos llegaron con tanto silencio, que dél no fueron sentidos, ni él estaba a otra cosa atento que a lavarse los pies, que eran tales, que no parecían sino dos pedazos de blanco cristal que entre las otras piedras del arroyo se habían nacido. Suspendióles la blancura y belleza de los pies, pareciéndoles que no estaban hechos a pisar terrones, ni a andar tras el arado y los bueyes, como mostraba el hábito de su dueño.

Y así, viendo que no habían sido sentidos, el cura, que iba delante, hizo señas a los otros dos que se agazapasen o escondiesen detrás de unos pedazos de peña que allí había, y así lo hicieron todos, mirando con atención lo que el mozo hacía, el cual traía puesto un capotillo pardo de dos haldas, muy ceñido al cuerpo con una toalla blanca. Traía asimesmo unos calzones y polainas de paño pardo, y en la cabeza una montera parda. Tenía las polainas levantadas hasta la mitad de la pierna, que, sin duda alguna, de blanco alabastro parecía. Acabóse de lavar los hermosos pies, y luego, con un paño de tocar, que sacó debajo de la montera, se los limpió; y al querer quitársele, alzó el rostro, y tuvieron lugar los que mirándole estaban de ver una hermosura incomparable, tal, que Cardenio dijo al cura, con voz baja:

—Ésta, ya que no es Luscinda, no es persona humana, sino divina.

El mozo se quitó la montera y, sacudiendo la cabeza a una y a otra parte, se comenzaron a descoger y desparcir unos cabellos, que pudieran los del sol tenerles envidia. Con esto conocieron que el que parecía labrador era mujer, y delicada, y aun la más hermosa que hasta entonces los ojos de los dos habían visto, y aun los de Cardenio, si no hubieran mirado y conocido a Luscinda; que después afirmó que sola la belleza de Luscinda podía contender con aquélla. Los luengos y rubios cabellos no sólo le cubrieron las espaldas, mas toda en torno la escondieron debajo de ellos, que si no eran los pies, ninguna otra cosa de su cuerpo se parecía; tales y tantos eran. En esto, les sirvió de peine unas manos, que si los pies en el agua habían parecido pedazos de cristal, las manos en los cabellos semejaban pedazos de apretada nieve; todo lo cual en más admiración y en más deseo de saber quién era ponía a los tres que la miraban.

Por esto determinaron de mostrarse, y, al movimiento que hicieron de ponerse en pie, la hermosa moza alzó la cabeza y, apartándose los cabellos de delante de los ojos con entrambas manos, miró los que el ruido hacían; y apenas los hubo visto, cuando se levantó en pie y, sin aguardar a calzarse, ni a recoger los cabellos, asió con mucha presteza un bulto, como de ropa, que junto a sí tenía, y quiso ponerse en huida, llena de turbación y sobresalto. Mas no hubo dado seis pasos cuando, no pudiendo sufrir los delicados pies la aspereza de las piedras, dio consigo en el suelo. Lo cual visto por los tres, salieron a ella, y el cura fue el primero que le dijo:

—Deteneos, señora, quienquiera que seáis; que los que aquí veis sólo tienen intención de serviros. No hay para qué os pongáis en tan impertinente huida, porque ni vuestros pies lo podrán sufrir ni nosotros consentir.

A todo esto ella no respondía palabra, atónita y confusa. Llegaron, pues, a ella, y asiéndola por la mano el cura, prosiguió diciendo:

—Lo que vuestro traje, señora, nos niega, vuestros cabellos nos descubren: señales claras que no deben de ser de poco momento las causas que han disfrazado vuestra belleza en hábito tan indigno, y traídola a tanta soledad como es ésta, en la cual ha sido ventura el hallaros, si no para dar remedio a vuestros males, a lo menos para darles consejo, pues ningún mal puede fatigar tanto, ni llegar tan al estremo de serlo, mientras no acaba la vida, que rehúya de no escuchar siquiera el consejo que con buena intención se le da al que lo padece. Así que, señora mía, o señor mío, o lo que vos quisierdes ser, perded el sobresalto que nuestra vista os ha causado y contadnos vuestra buena o mala suerte; que en nosotros juntos, o en cada uno, hallaréis quien os ayude a sentir vuestras desgracias.

En tanto que el cura decía estas razones, estaba la disfrazada moza como embelesada, mirándolos a todos, sin mover labio ni decir palabra alguna, bien así como rústico aldeano que de improviso se le muestran cosas raras y dél jamás vistas. Mas volviendo el cura a decirle otras razones al mesmo efecto encaminadas, dando ella un profundo suspiro, rompió el silencio y dijo:

—Pues que la soledad destas sierras no ha sido parte para encubrirme, ni la soltura de mis descompuestos cabellos no ha permitido que sea mentirosa mi lengua, en balde sería fingir yo de nuevo ahora lo que, si se me creyese, sería más por cortesía que por otra razón alguna. Presupuesto esto, digo, señores, que os agradezco el ofrecimiento que me habéis hecho, el cual me ha puesto en obligación de satisfaceros en todo lo que me habéis pedido, puesto que temo que la relación que os hiciere de mis desdichas os ha de causar, al par de la compasión, la pesadumbre, porque no habéis de hallar remedio para remediarlas ni consuelo para entretenerlas. Pero, con todo esto, porque no ande vacilando mi honra en vuestras intenciones, habiéndome ya conocido por mujer y viéndome moza, sola y en este traje, cosas, todas juntas, y cada una por sí, que pueden echar por tierra cualquier honesto crédito, os habré de decir lo que quisiera callar, si pudiera.

Todo esto dijo sin parar la que tan hermosa mujer parecía, con tan suelta lengua, con voz tan suave, que no menos les admiró su discreción que su hermosura. Y tornándole a hacer nuevos ofrecimientos y nuevos ruegos para que lo prometido cumpliese, ella, sin hacerse más de rogar, calzándose con toda honestidad y recogiendo sus cabellos, se acomodó en el asiento de una piedra, y, puestos los tres alrededor della, haciéndose fuerza por detener algunas lágrimas que a los ojos se le venían, con voz reposada y clara comenzó la historia de su vida desta manera:

—En esta Andalucía hay un lugar de quien toma título un duque,[1] que le hace uno de los que llaman grandes en España. Éste tiene dos hijos: el mayor, heredero de su estado y, al parecer, de sus buenas costumbres, y el menor, no sé yo de qué sea heredero, sino de las traiciones de Vellido y de los embustes de Galalón. Deste señor son vasallos mis padres, humildes en linaje, pero tan ricos, que si los bienes de su naturaleza igualaran a los de su fortuna, ni ellos tuvieran más que desear ni yo temiera verme en la desdicha en que me veo; porque quizá nace mi poca ventura de la que no tuvieron ellos en no haber nacido ilustres. Bien es verdad que no son tan bajos que puedan afrentarse de su estado, ni tan altos que a mí me quiten la imaginación que tengo de que de su humildad viene mi desgracia. Ellos, en fin, son labradores, gente llana, sin mezcla de alguna raza mal sonante, y, como suele decirse, cristianos viejos ranciosos, pero tan ricos, que su riqueza y magnífico trato les va poco a poco adquiriendo nombre de hidalgos, y aun de caballeros. Puesto que de la mayor riqueza y nobleza que ellos se preciaban era de tenerme a mí por hija; y así por no tener otra ni otro que los heredase como

---

[1] Rodríguez Marín relaciona este episodio con la casa de Osuna.

por ser padres, y aficionados, yo era una de las más regaladas hijas que padres jamás regalaron. Era el espejo en que se miraban, el báculo de su vejez, y el sujeto a quien encaminaban, midiéndolos con el cielo, todos sus deseos; de los cuales, por ser ellos tan buenos, los míos no salían un punto. Y del mismo modo que yo era señora de sus ánimos, así lo era de su hacienda. Por mí se recibían y despedían los criados; la razón y cuenta de lo que se sembraba y cogía pasaba por mi mano: los molinos de aceite, los lagares del vino, el número del ganado mayor y menor, el de las colmenas. Finalmente, de todo aquello que un tan rico labrador como mi padre puede tener y tiene, tenía yo la cuenta, y era la mayordoma y señora, con tanta solicitud mía y con tanto gusto suyo, que buenamente no acertaré a encarecerlo.

Los ratos que del día me quedaban, después de haber dado lo que convenía a los mayorales, a capataces y a otros jornaleros, los entretenía en ejercicios que son a las doncellas tan lícitos como necesarios, como son los que ofrece la aguja y la almohadilla, y la rueca muchas veces; y si alguna, por recrear el ánimo, estos ejercicios dejaba, me acogía al entretenimiento de leer algún libro devoto, o a tocar una arpa, porque la experiencia me mostraba que la música compone los ánimos descompuestos y alivia los trabajos que nacen del espíritu. Ésta, pues, era la vida que yo tenía en casa de mis padres, la cual, si tan particularmente he contado, no ha sido por ostentación ni por dar a entender que soy rica, sino porque se advierta cuán sin culpa me he venido de aquel buen estado que he dicho al infelice en que ahora me hallo.

Es, pues, el caso que, pasando mi vida en tantas ocupaciones y en un encerramiento tal, que al de un monesterio pudiera compararse, sin ser vista, a mi parecer, de otra persona alguna que de los criados de casa, porque los días que iba a misa era tan de mañana, y tan acompañada de mi madre y de otras criadas, y yo tan cubierta y recatada, que apenas vían mis ojos más tierra de aquella donde ponía los pies, y, con todo esto, los del amor, o los de la ociosidad, por mejor decir, a quien los de lince no pueden igualarse, me vieron, puestos en la solicitud de don Fernando, que éste es el nombre del hijo menor del duque que os he contado.

No hubo bien nombrado a don Fernando la que el cuento contaba, cuando a Cardenio se le mudó la color del rostro, y comenzó a trasudar, con tan grande alteración, que el cura y el barbero, que miraron en ello, temieron que le venía aquel accidente de locura que habían oído decir que de cuando en cuando le venía. Mas Cardenio no hizo otra cosa que trasudar y estarse quedo, mirando de hito a hito a la labradora, imaginando quién ella era; la cual, sin advertir en los movimientos de Cardenio, prosiguió su historia, diciendo:

—Y no me hubieron bien visto, cuando (según él dijo después) quedó tan preso de mis amores cuanto lo dieron bien a entender sus demostraciones. Mas por acabar presto con el cuento (que no le tiene) de mis desdichas, quiero pasar en silencio las diligencias que don Fernando hizo para declararme su voluntad. Sobornó toda la gente de mi casa, dio y ofreció dádivas y mercedes a mis parientes. Los días eran todos de fiesta y de regocijo en mi calle; las noches no dejaban dormir a nadie las músicas. Los billetes que, sin saber cómo, a mis manos venían, eran infinitos, llenos de enamoradas razones y ofrecimientos, con menos letras que promesas y juramentos. Todo lo cual no sólo no me ablandaba, pero me endurecía de manera como si fuera mi mortal enemigo, y que todas las obras que para reducirme a su voluntad hacía, las hiciera para el efecto contrario; no porque a mí me pareciese mal la gentileza de don Fernando, ni que tuviese a demasía sus solicitudes, porque me daba un no sé qué de contento verme tan querida y estimada de un tan principal caballero, y no me pesaba ver en sus papeles mis alabanzas; que en esto, por feas que seamos las mujeres, me parece a mí que siempre nos da gusto el oír que nos llaman hermosas.

Pero a todo esto se opone mi honestidad, y los consejos continuos que mis padres me daban, que ya muy al descubierto sabían la voluntad de don Fernando, porque ya a él no se le daba nada de que todo el mundo la supiese. Decíanme mis padres que en sola mi virtud y bondad dejaban y depositaban su honra y fama, y que considerase la desigualdad que había entre mí y don Fernando, y que por aquí echaría de ver que sus pensamientos, aunque él dijese otra cosa, más se encaminaban a su gusto que a mi provecho; y que si yo quisiese poner en alguna manera algún inconveniente para que él se dejase de su injusta pretensión, que ellos me casarían luego con quien yo más gustase, así de los más principales de nuestro lugar como de los circunvecinos, pues todo se podía esperar de su mucha hacienda y de mi buena fama. Con estos ciertos prometimientos, y con la verdad que ellos me decían, fortificaba yo mi entereza, y jamás quise responder a don Fernando palabra que le pudiese mostrar, aunque de muy lejos, esperanza de alcanzar su deseo.

Todos estos recatos míos, que él debía de tener por desdenes, debieron de ser causa de avivar más su lascivo apetito, que este nombre quiero dar a la voluntad que me mostraba; la cual, si ella fuera como debía, no la supiérades vosotros ahora, porque hubiera faltado la ocasión de decírosla. Finalmente, don Fernando supo que mis padres andaban por darme estado, por quitalle a él la esperanza de poseerme, o, a lo menos, porque yo tuviese más guardas para guardarme, y esta nueva o sospecha fue causa para que hiciese lo que ahora oiréis. Y fue que una noche, estando yo en mi aposento con sola la compañía de una doncella que me servía, teniendo bien cerradas las puertas, por temor que, por descuido, mi honestidad no se viese en peligro, sin saber ni imaginar cómo, en medio destos recatos y prevenciones, y en la soledad deste silencio y encierro, me le hallé delante, cuya vista me turbó de manera, que me quitó la de mis ojos y me enmudeció la lengua. Y así, no fui poderosa de dar voces, ni aun él creo que me las dejara dar, porque luego se llegó a mí, y tomándome entre sus brazos (porque yo, como digo, no tuve fuerzas para defenderme, según estaba turbada), comenzó a decirme tales razones, que no sé cómo es posible que tenga tanta habilidad la mentira, que las sepa componer de modo que parezcan tan verdaderas. Hacía el traidor que sus lágrimas acreditasen sus palabras y los suspiros su intención. Yo, pobrecilla, sola entre los míos, mal ejercitada en casos semejantes, comencé, no sé en qué modo, a tener por verdaderas tantas falsedades, pero no de suerte que me moviesen a compasión menos que buena sus lágrimas y suspiros.

Y así, pasándoseme aquel sobresalto primero, torné algún tanto a cobrar mis perdidos espíritus, y con más ánimo del que pensé que pudiera tener, le dije: "—Si como estoy, señor, en tus brazos, estuviera entre los de un león fiero, y el librarme dellos se me asegurara con que hiciera, o dijera, cosa que fuera en perjuicio de mi honestidad, así fuera posible hacella o decilla como es posible dejar de haber sido lo que fue. Así que, si tú tienes ceñido mi cuerpo con tus brazos, yo tengo atada mi alma con mis buenos deseos, que son tan diferentes de los tuyos como lo verás, si con hacerme fuerza quisieres pasar adelante en ellos. Tu vasalla soy, pero no tu esclava; ni tiene ni debe tener imperio la nobleza de tu sangre para deshonrar y tener en poco la humildad de la mía; y en tanto me estimo yo, villana y labradora, como tú, señor y caballero. Conmigo no han de ser de ningún efecto tus fuerzas, ni han de tener valor tus riquezas, ni tus palabras han de poder engañarme, ni tus suspiros y lágrimas enternecerme. Si alguna de todas estas cosas que he dicho viera yo en el que mis padres me dieran por esposo, a su voluntad se ajustara la mía, y mi voluntad de la suya no saliera; de modo que, como quedara con honra, aunque quedara sin gusto, de grado te entregara lo que tú, señor, ahora con tanta fuerza procuras. Todo esto he dicho, porque no es pensar que de mí alcance cosa alguna el que no fuere mi legítimo esposo." "—Si no reparas más que en eso, bellísima Dorotea" (que éste es el nombre desta desdichada) —dijo el desleal caballero—, "ves aquí te doy la mano de serlo tuyo, y sean testigos desta verdad los cielos, a quien ninguna cosa se asconde, y esta imagen de Nuestra Señora que aquí tienes."

Cuando Cardenio le oyó decir que se llamaba Dorotea, tornó de nuevo a sus sobresaltos y acabó de confirmar por verdadera su primera opinión; pero no quiso interrumpir el cuento, por ver en qué venía a parar lo que él ya casi sabía; sólo dijo:

—¿Que Dorotea es tu nombre, señora? Otra he oído yo decir del mesmo, que quizá corre parejas con tus desdichas. Pasa adelante, que tiempo vendrá en que te diga cosas que te espanten en el mesmo grado que te lastimen.

Reparó Dorotea en las razones de Cardenio y en su estraño y desastrado traje, y rogóle que si alguna cosa de su hacienda sabía, se la dijese luego; porque si algo le había dejado bueno la fortuna, era el ánimo que tenía para sufrir cualquier desastre que le sobreviniese, segura de que, a su parecer, ninguno podía llegar que el que tenía acrecentase un punto.

—No le perdiera yo, señora —respondió Cardenio—, en decirte lo que pienso, si fuera verdad lo que imagino, y hasta ahora no se pierde coyuntura, ni a ti te importa nada el saberlo.

—Sea lo que fuere —respondió Dorotea—, lo que en mi cuento pasa fue que tomando don Fernando una imagen que en aquel aposento estaba, la puso por testigo de nuestro desposorio. Con palabras eficacísimas y juramentos extraordinarios, me dio la palabra de ser mi marido, puesto que, antes que acabase de decirlas, le dije que mirase bien lo que hacía y que considerase el enojo que su padre había de recibir de verle casado con una villana, vasalla suya; que no le cegase mi hermosura, tal cual era, pues no era bastante para hallar en ella disculpa de su yerro, y que si algún bien me quería hacer, por el amor que me tenía, fuese dejar correr mi suerte a lo igual de lo que mi calidad pedía, porque nunca los tan desiguales casamientos se gozan ni duran mucho en aquel gusto con que se comienzan.

Todas estas razones que aquí he dicho le dije, y otras muchas de que no me acuerdo; pero no fueron parte para que él dejase de seguir su intento, bien así como el que no piensa pagar, que, al concertar de la barata,[2] no repara en inconvenientes. Yo, a esta sazón, hice un breve discurso conmigo, y me dije a mí mesma: "—Sí, que no seré yo la primera que por vía de matrimonio haya subido de humilde a grande estado, ni será don Fernando el primero a quien hermosura, o ciega afición (que es lo más cierto) haya hecho tomar compañía desigual a su grandeza. Pues si no hago ni mundo ni uso nuevo, bien es acudir a esta honra que la suerte me ofrece, puesto que en éste no dure más la voluntad que me muestra de cuanto dure el cumplimiento de su deseo, que, en fin, para con Dios seré su esposa. Y si quiero con desdenes despedille, en término le veo que, no usando el que debe, usará el de la fuerza, y vendré a quedar deshonrada y sin disculpa de la culpa que me podía dar el que no supiere cuán sin ella he venido a este punto. Porque ¿qué razones serán bastantes para persuadir a mis padres, y a otros; que este caballero entró en mi aposento sin consentimiento mío?"

Todas estas demandas y respuestas revolví yo[3] en un instante en la imaginación, y, sobre todo, me comenzaron a hacer fuerza y a inclinarme a lo que fue, sin yo pensarlo, mi [perdición] los juramentos de don Fernando, los testigos que ponía, las lágrimas que derramaba y, finalmente, su disposición y gentileza, que, acompañada con tantas muestras de verdadero amor, pudieran rendir a otro tan libre y recatado corazón como el mío. Llamé a mi criada, para que en la tierra acompañase a los testigos del cielo. Tornó don Fernando a reiterar v confirmar sus juramentos; añadió a los primeros nuevos santos por testigos; echóse mil futuras maldiciones, si no cumpliese lo que me prometía; volvió a humedecer sus ojos y a acrecentar sus suspiros; apretóme más entre sus brazos, de los cuales jamás me había dejado. Y con esto, y con volverse a salir del aposento mi doncella, yo dejé de serlo y él acabó de ser traidor y fementido.

El día que sucedió a la noche de mi desgracia, se venía aun no tan apriesa como yo pienso que don Fernando deseaba; porque, después de cumplido aquello que el apetito pide, el mayor gusto que puede venir es apartarse de donde le alcanzaron. Digo esto, porque don Fernando dio priesa por partirse de mí, y por industria de mi doncella, que era la misma que allí le había traído, antes que amaneciese se vio en la calle. Y al despedirse de mí (aunque no con tanto ahínco y vehemencia como cuando

---

[2] *barata*, trueque malicioso, engaño.
[3] *revolví yo*, la *princeps* dice *revolvió*. La enmienda es de Riquer.

vino), me dijo que estuviese segura de su fe, y de ser firmes y verdaderos sus juramentos; y, para más confirmación de su palabra, sacó un rico anillo del dedo y lo puso en el mío. En efecto, él se fue, y yo quedé ni sé si triste o alegre; esto sé bien decir: que quedé confusa y pensativa y casi fuera de mí con el nuevo acaecimiento, y no tuve ánimo, o no se me acordó, de reñir a mi doncella por la traición cometida de encerrar a don Fernando en mi mismo aposento, porque aún no me determinaba si era bien o mal el que me había sucedido. Díjele, al partir, a don Fernando que por el mesmo camino de aquélla podía verme otras noches, pues ya era suya, hasta que, cuando él quisiese, aquel hecho se publicase. Pero no vino otra alguna, si no fue la siguiente, ni yo pude verle en la calle ni en la iglesia en más de un mes, que en vano me cansé en solicitallo, puesto que supe que estaba en la villa y que los más días iba a caza, ejercicio de que él era muy aficionado.

Estos días y estas horas bien sé yo que para mí fueron aciagos y menguadas, y bien sé que comencé a dudar en ellos, y aun a descreer de la fe de don Fernando; y sé también que mi doncella oyó entonces las palabras que en reprehensión de su atrevimiento antes no había oído; y sé que me fue forzoso tener cuenta con mis lágrimas, y con la compostura de mi rostro, por no dar ocasión a que mis padres me preguntasen que de qué andaba descontenta y me obligasen a buscar mentiras que decilles. Pero todo esto se acabó en un punto, llegándose uno donde se atropellaron respetos y se acabaron los honrados discursos, y adonde se perdió la paciencia y salieron a plaza mis secretos pensamientos. Y esto fue porque de allí a pocos días se dijo en el lugar cómo en una ciudad allí cerca se había casado don Fernando con una doncella hermosísima en todo estremo, y de muy principales padres, aunque no tan rica, que por la dote pudiera aspirar a tan noble casamiento. Díjose que se llamaba Luscinda, con otras cosas que en sus desposorios sucedieron, dignas de admiración.

Oyó Cardenio el nombre de Luscinda, y no hizo otra cosa que encoger los hombros, morderse los labios, enarcar las cejas, y dejar de allí a poco caer por sus ojos dos fuentes de lágrimas. Mas no por esto dejó Dorotea de seguir su cuento, diciendo:

—Llegó esta triste nueva a mis oídos, y, en lugar de helárseme el corazón en oílla, fue tanta la cólera y rabia que se encendió en él, que faltó poco para no salirme por las calles dando voces, publicando la alevosía y traición que se me había hecho. Mas templóse esta furia por entonces con pensar de poner aquella mesma noche por obra lo que puse; que fue ponerme en este hábito, que me dio uno de los que llaman zagales en casa de los labradores, que era criado de mi padre, al cual descubrí toda mi desventura, y le rogué me acompañase hasta la ciudad donde entendí que mi enemigo estaba. Él, después que hubo reprehendido mi atrevimiento y afeado mi determinación, viéndome resuelta en mi parecer, se ofreció a tenerme compañía, como él dijo, hasta el cabo del mundo. Luego al momento encerré en una almohada de lienzo un vestido de mujer, y algunas joyas y dineros, por lo que podía suceder. Y en el silencio de aquella noche, sin dar cuenta a mi traidora doncella, salí de mi casa, acompañada de mi criado y de muchas imaginaciones, y me puse en camino de la ciudad a pie, llevada en vuelo del deseo de llegar, ya que no a estorbar lo que tenía por hecho, a lo menos, a decir a don Fernando me dijese con qué alma lo había hecho.

Llegué en dos días y medio donde quería, y en entrando por la ciudad pregunté por la casa de los padres de Luscinda, y al primero a quien hice la pregunta me respondió más de lo que yo quisiera oír. Díjome la casa y todo lo que había sucedido en el desposorio de su hija, cosa tan pública en la ciudad, que se hace en corrillos para contarla por toda ella. Díjome que la noche que don Fernando se desposó con Luscinda, después de haber ella dado el sí de ser su esposa, le había tomado un recio desmayo, y que llegando su esposo a desabrocharle el pecho para que le diese el aire, le halló un papel escrito de la misma letra de Luscinda, en que decía y declaraba que ella no podía ser esposa de don Fernando, porque lo era de Cardenio, que, a lo que el hombre me dijo, era un caballero muy principal, de la mesma ciudad; y que si había dado el sí a don Fernando, fue por no salir de la obediencia de sus padres. En resolución, tales razones dijo que contenía el papel, que daba a entender que ella había tenido intención de matarse en acabándose de desposar, y daba allí las razones por que se había quitado la vida; todo lo cual dicen que confirmó una daga que le hallaron no sé en qué parte de sus vestidos. Todo lo cual visto por don Fernando, pareciéndole que Luscinda le había burlado y escarnecido y tenido en poco, arremetió a ella antes que de su desmayo volviese, y con la misma daga que le hallaron la quiso dar de puñaladas, y lo hiciera, si sus padres y los que se hallaron presentes no se lo estorbaran. Dijeron más: que luego se ausentó don Fernando, y que Luscinda no había vuelto de su parasismo hasta otro día, que contó a sus padres cómo ella era verdadera esposa de aquel Cardenio que he dicho.

Supe más: que el Cardenio, según decían, se halló presente a los desposorios, y que en viéndola desposada, lo cual él jamás pensó, se salió de la ciudad desesperado, dejándole primero escrita una carta, donde daba a entender el agravio que Luscinda le había hecho, y de cómo él se iba adonde gentes no le viesen. Esto todo era público y notorio en toda la ciudad, y todos hablaban dello, y más hablaron cuando supieron que Luscinda había faltado de casa de sus padres y de la ciudad, pues no la hallaron en toda ella, de que perdían el juicio sus padres, y no sabían qué medio se tomar para hallarla. Esto que supe, puso en bando[4] mis esperanzas, y tuve por mejor no haber hallado a don Fernando, que no hallarle casado, pareciéndome que aún no estaba del todo cerrada la puerta a mi remedio, dándome yo a entender que podría ser que el cielo hubiese puesto aquel impedimento en el segundo matrimonio, por atraerle a conocer lo que al primero debía, y a caer en la cuenta de que era cristiano, y que estaba más obligado a su alma que a los respetos humanos. Todas estas cosas revolvía en mi fantasía, y me consolaba sin tener consuelo, fingiendo unas esperanzas largas y desmayadas, para entretener la vida que ya aborrezco.

Estando, pues, en la ciudad, sin saber qué hacerme, pues a don Fernando no hallaba, llegó a mis oídos un público pregón, donde se prometía grande hallazgo[5] a quien me hallase, dando las señas de la edad y del mesmo traje que traía. Y oí decir que se decía que me había sacado de casa de mis padres el mozo que conmigo vino, cosa que me llegó al alma, por ver cuán de caída andaba mi crédito, pues no bastaba perderle con mi venida, sino añadir el con quién, siendo sujeto tan bajo y tan indigno de mis buenos pensamientos. Al punto que oí el pregón, me salí de la ciudad con mi criado, que ya comenzaba a dar muestras de titubear en la fe que de fidelidad me tenía prometida, y aquella noche nos entramos por lo espeso desta montaña, con el miedo de no ser hallados.

Pero como suele decirse que un mal llama a otro, y que el fin de una desgracia suele ser principio de otra mayor, así me sucedió a mí, porque mi buen criado, hasta entonces fiel y seguro, así como me vio en esta soledad, incitado de su mesma bellaquería antes que de mi hermosura, quiso aprovecharse de la ocasión que, a su parecer, estos yermos le ofrecían, y, con poca vergüenza y menos temor de Dios ni respeto mío, me requirió

---

[4] *puso en bando*, reanimó.
[5] *hallazgo*, premio que se da al que presenta una alhaja perdida.

de amores; y viendo que yo con feas y justas palabras respondía a las desvergüenzas de sus propósitos, dejó aparte los ruegos, de quien primero pensó aprovecharse, y comenzó a usar de la fuerza. Pero el justo cielo, que pocas o ningunas veces deja de mirar y favorecer a las justas intenciones, favoreció las mías, de manera que con mis pocas fuerzas, y con poco trabajo, di con él por un derrumbadero, donde le dejé, ni sé si muerto o si vivo. Y luego, con más ligereza que mi sobresalto y cansancio pedían, me entré por estas montañas, sin llevar otro pensamiento ni otro designio que esconderme en ellas y huir de mi padre y de aquellos que de su parte me andaban buscando.

Con este deseo ha no sé cuántos meses que entré en ellas, donde hallé un ganadero que me llevó por su criado a un lugar que está en las entrañas desta sierra, al cual he servido de zagal todo este tiempo, procurando estar siempre en el campo por encubrir estos cabellos que ahora, tan sin pensarlo, me han descubierto. Pero toda mi industria y toda mi solicitud fue y ha sido de ningún provecho, pues mi amo vino en conocimiento de que yo no era varón, y nació en él el mesmo mal pensamiento que en mi criado; y como no siempre la fortuna con los trabajos da los remedios, no hallé derrumbadero ni barranco de donde despeñar y despenar al amo, como le hallé para el criado, y así, tuve por menor inconveniente dejalle y asconderme de nuevo entre estas asperezas que probar con él mis fuerzas o mis disculpas. Digo, pues, que me torné a emboscar y a buscar donde sin impedimento alguno pudiese con suspiros y lágrimas rogar al cielo se duela de mi desventura y me dé industria y favor para salir della, o para dejar la vida entre estas soledades, sin que quede memoria desta triste, que tan sin culpa suya habrá dado materia para que de ella se hable y murmure en la suya y en las ajenas tierras.

Capítulo XXIX

Que trata del gracioso artificio y orden que se tuvo en sacar a nuestro enamorado caballero de la asperísima penitencia en que se había puesto [1]

—Ésta es, señores, la verdadera historia de mi tragedia: mirad y juzgad ahora si los suspiros que escuchastes, las palabras que oístes y las lágrimas que de mis ojos salían, tenían ocasión bastante para mostrarse en mayor abundancia; y considerada la calidad de mi desgracia, veréis que será en vano el consuelo, pues es imposible el remedio della. Sólo os ruego (lo que con facilidad podréis y debéis hacer) que me aconsejéis dónde podré pasar la vida sin que me acabe el temor y sobresalto que tengo de ser hallada de los que me buscan; que aunque sé que el mucho amor que mis padres me tienen me asegura que seré dellos bien recibida, es tanta la vergüenza que me ocupa sólo al pensar que, no como ellos pensaban, tengo que parecer a su presencia, que tengo por mejor desterrarme para siempre de ser vista que no verles el rostro, con pensamiento que ellos miran el mío ajeno de la honestidad que de mí se debían de tener prometida.

Calló en diciendo esto, y el rostro se le cubrió de un color que mostró bien claro el sentimiento y vergüenza del alma. En las suyas sintieron los que escuchado la habían tanta lástima como admiración de su desgracia; y aunque luego quisiera el cura consolarla y aconsejarla, tomó primero la mano Cardenio, diciendo:

---

[1] En la *princeps* este epígrafe encabeza el Capítulo 30, y el que se encuentra allí en nuestra edición se estampó aquí.

—En fin, señora, ¿que tú eres la hermosa Dorotea, la hija única del rico Clenardo?

Admirada quedó Dorotea cuando oyó el nombre de su padre, y de ver cuán de poco era el que le nombraba, porque ya se ha dicho de la mala manera que Cardenio estaba vestido, y así, le dijo:

—Y ¿quién sois vos, hermano, que así sabéis el nombre de mi padre? Porque yo, hasta ahora, si mal no me acuerdo, en todo el discurso del cuento de mi desdicha no le he nombrado.

—Soy —respondió Cardenio— aquel sin ventura que, según vos, señora, habéis dicho, Luscinda dijo que era su esposa. Soy el desdichado Cardenio, a quien el mal término de aquel que a vos os ha puesto en el que estáis, me ha traído a que me veáis cual me veis, roto, desnudo, falto de todo humano consuelo y, lo que es peor de todo, falto de juicio, pues no le tengo sino cuando al cielo se le antoja dármele por algún breve espacio. Yo, [Dorotea], soy el que me hallé presente a las sinrazones de don Fernando, y el que aguardó a oír el sí que de ser su esposa pronunció Luscinda. Yo soy el que no tuvo ánimo para ver en qué paraba su desmayo, ni lo que resultaba del papel que le fue hallado en el pecho, porque no tuvo el alma sufrimiento para ver tantas desventuras juntas; y así, dejé la casa y la paciencia, y una carta que dejé a un huésped mío, a quien rogué que en manos de Luscinda la pusiese, y víneme a estas soledades, con intención de acabar en ellas la vida, que desde aquel punto aborrecí, como mortal enemiga mía. Mas no ha querido la suerte quitármela, contentándose con quitarme el juicio, quizá por guardarme para la buena ventura que he tenido en hallaros; pues siendo verdad, como creo que lo es, lo que aquí habéis contado, aún podría ser que a entrambos nos tuviese el cielo guardado mejor suceso en nuestros desastres que nosotros pensamos. Porque, presupuesto que Luscinda no puede casarse con don Fernando, por ser mía, ni don Fernando con ella, por ser vuestro, y haberlo ella tan manifiestamente declarado, bien podemos esperar que el cielo nos restituya lo que es nuestro, pues está todavía en ser, y no se ha enajenado ni deshecho. Y pues este consuelo tenemos, nacido no de muy remota esperanza, ni fundado en desvariadas imaginaciones, suplícoos, señora, que toméis otra resolución en vuestros honrados pensamientos, pues yo la pienso tomar en los míos, acomodándoos a esperar mejor fortuna; que yo os juro por la fe de caballero y de cristiano de no desampararos hasta veros en poder de don Fernando, y que cuando con razones no le pudiere atraer a que conozca lo que os debe, de usar entonces la libertad que me concede el ser caballero, y poder con justo título desafialle, en razón de la sinrazón que os hace, sin acordarme de mis agravios, cuya venganza dejaré al cielo, por acudir en la tierra a los vuestros.

Con lo que Cardenio dijo se acabó de admirar Dorotea, y, por no saber qué gracias volver a tan grandes ofrecimientos, quiso tomarle los pies para besárselos, mas no lo consintió Cardenio, y el licenciado respondió por entrambos, y aprobó el buen discurso de Cardenio, y, sobre todo, les rogó, aconsejó y persuadió que se fuesen con él a su aldea, donde se podrían reparar de las cosas que les faltaban, y que allí se daría orden como buscar a don Fernando, o como llevar a Dorotea a sus padres, o hacer lo que más les pareciese conveniente. Cardenio y Dorotea se lo agradecieron, y aceptaron la merced que se les ofrecía. El barbero, que a todo había estado suspenso y callado, hizo también su buena plática y se ofreció con no menos voluntad que el cura a todo aquello que fuese bueno para servirles.

Contó asimesmo con brevedad la causa que allí los había traído, con la estrañeza de la locura de don Quijote, y cómo aguardaban a su escudero, que había ido a buscalle. Vínosele a la memoria a Cardenio, como por sueños, la pendencia que con don Quijote había tenido, y contóla a los demás; mas no supo decir por qué causa fue su cuestión.

En esto, oyeron voces y conocieron que el que las daba era Sancho Panza, que, por no haberlos hallado en el lugar donde los dejó, los llamaba a voces. Saliéronle al encuentro y, preguntándole por don Quijote, les dijo como le había hallado desnudo en camisa, flaco, amarillo y muerto de hambre, y suspirando por su señora Dulcinea; y que puesto que le había dicho que ella le mandaba que saliese de aquel lugar y se fuese al del Toboso, donde le quedaba esperando, había respondido que estaba determinado de no parecer ante su fermosura fasta que hubiese fecho fazañas que le ficiesen digno de su gracia. Y que si aquello pasaba adelante, corría peligro de no venir a ser emperador, como estaba obligado, ni aun arzobispo, que era lo menos que podía ser. Por eso, que mirasen lo que se había de hacer para sacarle de allí.

El licenciado le respondió que no tuviese pena; que ellos le sacarían de allí, mal que le pesase. Contó luego a Cardenio y a Dorotea lo que tenían pensado para remedio de don Quijote, a lo menos para llevarle a su casa. A lo cual dijo Dorotea que ella haría la doncella menesterosa mejor que el barbero, y más, que tenía allí vestidos con que hacerlo al natural, y que la dejasen el cargo de saber representar todo aquello que fuese menester para llevar adelante su intento, porque ella había leído muchos libros de caballerías y sabía bien el estilo que tenían las doncellas cuitadas cuando pedían sus dones a los andantes caballeros.

—Pues no es menester más —dijo el cura— sino que luego se ponga por obra; que, sin duda, la buena suerte se muestra en favor mío, pues, tan sin pensarlo, a vosotros, señores, se os ha comenzado a abrir puerta para vuestro remedio, y a nosotros se nos ha facilitado la que habíamos menester.

Sacó luego Dorotea de su almohada una saya entera de cierta telilla rica y una mantellina de otra vistosa tela verde, y de una cajita un collar y otras joyas, con que en un instante se adornó de manera que una rica y gran señora parecía. Todo aquello, y más, dijo que había sacado de su casa para lo que se ofreciese, y que hasta entonces no se le había ofrecido ocasión de habello menester. A todos contentó en estremo su mucha gracia, donaire y hermosura, y confirmaron a don Fernando por de poco conocimiento, pues tanta belleza desechaba.

Pero el que más se admiró fue Sancho Panza, por parecerle (como era así verdad) que en todos los días de su vida había visto tan hermosa criatura; y así, preguntó al cura con grande ahínco le dijese quién era aquella tan fermosa señora, y qué era lo que buscaba por aquellos andurriales.

—Esta hermosa señora —respondió el cura—, Sancho hermano, es, como quien no dice nada, es la heredera por línea recta de varón del gran reino de Micomicón, la cual viene en busca de vuestro amo a pedirle un don, el cual es que le desfaga un tuerto o agravio que un mal gigante le tiene fecho; y a la fama que de buen caballero vuestro amo tiene por todo lo descubierto, de Guinea ha venido a buscarle esta princesa.

—Dichosa buscada y dichoso hallazgo —dijo a esta sazón Sancho Panza—, y más si mi amo es tan venturoso que desfaga ese agravio y enderece ese tuerto, matando a ese hideputa dese gigante que vuestra merced dice; que sí matará si él le encuentra, si ya no fuese fantasma; que contra las fantasmas no tiene mi señor poder alguno. Pero una cosa quiero suplicar a vuestra merced, entre otras, señor licenciado, y es que porque a mi amo no le tome gana de ser arzobispo, que es lo que yo temo, que vuestra merced le aconseje que se case luego con esta princesa, y así quedará imposibilitado de recibir órdenes arzobispales, y vendrá con facilidad a su imperio, y yo al fin de mis deseos; que yo he mirado bien en ello y hallo por mi cuenta que no me está bien que mi amo sea arzobispo, porque yo soy inútil para la Iglesia, pues soy casado, y andarme ahora a traer dispensaciones para poder tener renta por la Iglesia, teniendo, como tengo, mujer e hijos, sería nunca acabar. Así que, señor, todo el toque está en que mi amo se case luego con esta señora, que hasta ahora no sé su gracia, y así, no la llamo por su nombre.

—Llámase —respondió el cura— la princesa Micomicona, porque llamándose su reino Micomicón, claro está que ella se ha de llamar así.

—No hay duda en eso —respondió Sancho—; que yo he visto a muchos tomar el apellido y alcurnia del lugar donde nacieron, llamándose Pedro de Alcalá, Juan de Úbeda y Diego de Valladolid, y esto mesmo se debe de usar allá en Guinea: tomar las reinas los nombres de sus reinos.

—Así debe de ser —dijo el cura—; y en lo del casarse vuestro amo, yo haré en ello todos mis poderíos.

Con lo que quedó tan contento Sancho cuanto el cura admirado de su simplicidad, y de ver cuán encajados tenía en la fantasía los mesmos disparates que su amo, pues sin alguna duda se daba a entender que había de venir a ser emperador.

Ya en esto se había puesto Dorotea sobre la mula del cura y el barbero se había acomodado al rostro la barba de la cola de buey, y dijeron a Sancho que los guiase adonde don Quijote estaba, al cual advirtieron que no dijese que conocía al licenciado ni al barbero, porque en no conocerlos consistía todo el toque de venir a ser emperador su amo; puesto que ni el cura ni Cardenio quisieron ir con ellos, porque no se le acordase a don Quijote la pendencia que con Cardenio había tenido, y el cura porque no era menester por entonces su presencia. Y así, los dejaron ir delante, y ellos los fueron siguiendo a pie, poco a poco. No dejó de avisar el cura lo que había de hacer Dorotea, a lo que ella dijo que descuidasen, que todo se haría sin faltar punto, como lo pedían y pintaban los libros de caballerías.

Tres cuartos de legua habrían andado, cuando descubrieron a don Quijote entre unas intricadas peñas, ya vestido, aunque no armado, y así como Dorotea le vio y fue informada de Sancho, que aquél era don Quijote, dio del azote a su palafrén, siguiéndole el bien barbado barbero. Y en llegando junto a él, el escudero se arrojó de la mula y fue a tomar en los brazos a Dorotea, la cual, apeándose con grande desenvoltura, se fue a hincar de rodillas ante las de don Quijote; y aunque él pugnaba por levantarla, ella, sin levantarse, le fabló en esta guisa:

—De aquí no me levantaré, ¡oh valeroso y esforzado caballero!, fasta que la vuestra bondad y cortesía me otorgue un don, el cual redundará en honra y prez de vuestra persona y en pro de la más desconsolada y agraviada doncella que el sol ha visto. Y si es que el valor de vuestro fuerte brazo corresponde a la voz de vuestra inmortal fama, obligado estáis a favorecer a la sin ventura que de tan lueñes tierras viene, al olor de vuestro famoso nombre, buscándoos para remedio de sus desdichas.

—No os responderé palabra, fermosa señora —respondió don Quijote—, ni oiré más cosa de vuestra facienda, fasta que os levantéis de tierra.

—No me levantaré, señor —respondió la afligida doncella—, si primero por la vuestra cortesía no me es otorgado el don que pido.

—Yo vos le otorgo y concedo —respondió don Quijote—, como no se haya de cumplir en daño o mengua de mi rey, de mi patria y de aquella que de mi corazón y libertad tiene la llave.

—No será en daño ni en mengua de los que decís, mi buen señor —replicó la dolorosa doncella.

Y, estando en esto, se llegó Sancho Panza al oído de su señor y muy pasito le dijo:

—Bien puede vuestra merced, señor, concederle el don que pide, que no es cosa de nada: sólo es matar a un gigantazo, y esta que lo pide es la alta princesa Micomicona, reina del gran reino Micomicón de Etiopía.

—Sea quien fuere —respondió don Quijote—, que yo haré lo que soy obligado y lo que me dicta mi conciencia, conforme a lo que profesado tengo.

Y volviéndose a la doncella, dijo:

—La vuestra gran fermosura se levante, que yo le otorgo el don que pedirme quisiere.

—Pues el que pido es —dijo la doncella— que la vuestra magnánima persona se venga luego conmigo donde yo le llevare y me prometa que no se ha de entremeter en otra aventura ni demanda alguna hasta darme venganza de un traidor que, contra todo derecho divino y humano, me tiene usurpado mi reino.

—Digo que así lo otorgo —respondió don Quijote—, y así podéis, señora, desde hoy más, desechar la malenconía que os fatiga y hacer que cobre nuevos bríos y fuerzas vuestra desmayada esperanza; que, con el ayuda de Dios y la de mi brazo, vos os veréis presto restituida en vuestro reino y sentada en la silla de vuestro antiguo y grande estado, a pesar y a despecho de los follones que contradecirlo quisieren. Y manos a labor; que en la tardanza dicen que suele estar el peligro.

La menesterosa doncella pugnó con mucha porfía por besarle las manos; mas don Quijote, que en todo era comedido y cortés caballero, jamás lo consintió; antes la hizo levantar y la abrazó con mucha cortesía y comedimiento; y mandó a Sancho que requiriese las cinchas a Rocinante, y le armase luego al punto. Sancho descolgó las armas, que, como trofeo, de un árbol estaban pendientes, y, requiriendo las cinchas, en un punto armó a su señor, el cual, viéndose armado, dijo:

—Vamos de aquí, en el nombre de Dios, a favorecer esta gran señora.

Estábase el barbero aún de rodillas, teniendo gran cuenta de disimular la risa y de que no se le cayese la barba, con cuya caída quizá quedaran todos sin conseguir su buena intención; y viendo que ya el don estaba concedido, y con la diligencia que don Quijote se alistaba para ir a cumplirle, se levantó y tomó de la otra mano a su señora, y entre los dos la subieron en la mula. Luego subió don Quijote sobre Rocinante, y el barbero se acomodó en su cabalgadura, quedándose Sancho a pie, donde de nuevo se le renovó la pérdida del rucio, con la falta que entonces le hacía; mas todo lo llevaba con gusto, por parecerle que ya su señor estaba puesto en camino y muy a pique de ser emperador, porque sin duda alguna pensaba que se había de casar con aquella princesa, y ser, por lo menos, rey de Micomicón. Sólo le daba pesadumbre el pensar que aquel reino era en tierra de negros y que la gente que por sus vasallos le diesen habían de ser todos negros, a lo cual hizo luego en su imaginación un buen remedio, y díjose a sí mismo:

—¿Qué se me da a mí que mis vasallos sean negros? ¿Habrá más que cargar con ellos y traerlos a España, donde los podré vender, y adonde me los pagarán de contado, de cuyo dinero podré comprar algún título o algún oficio con que vivir descansado todos los días de mi vida? ¡No, sino dormíos, y no tengáis ingenio ni habilidad para disponer de las cosas y para vender treinta o diez mil vasallos en dácame esas pajas![2] ¡Par Dios que los he de volar, chico con grande, o como pudiere, y que, por negros que sean, los he de volver blancos o amarillos![3] ¡Llegaos, que me mamo el dedo![4]

---

[2] *en dácame esas pajas*, en un momento.
[3] *los he de volver blancos o amarillos*, los he de vender, convirtiéndolos en moneda de plata u oro.
[4] *¡Llegaos, que me mamo el dedo!* es expresión irónica. Sancho quiere decir que no es ningún tonto.

Con esto andaba tan solícito y tan contento, que se le olvidaba la pesadumbre de caminar a pie.

Todo esto miraban de entre unas breñas Cardenio y el cura, y no sabían qué hacerse para juntarse con ellos; pero el cura, que era gran tracista,[5] imaginó luego lo que harían para conseguir lo que deseaban, y fue que con unas tijeras que traía en un estuche quitó con mucha presteza la barba a Cardenio, y vistióle un capotillo pardo que él traía, y diole un herreruelo negro, y él se quedó en calzas y en jubón; y quedó tan otro de lo que antes parecía Cardenio, que él mesmo no se conociera, aunque a un espejo se mirara. Hecho esto, puesto ya que los otros habían pasado adelante en tanto que ellos se disfrazaron, con facilidad salieron al camino real antes que ellos, porque las malezas y malos pasos de aquellos lugares no concedían que anduviesen tanto los de a caballo como los de a pie. En efecto, ellos se pusieron en el llano, a la salida de la sierra, y así como salió della don Quijote y sus camaradas, el cura se le puso a mirar muy de espacio, dando señales de que le iba reconociendo, y al cabo de haberle una buena pieza estado mirando, se fue a él abiertos los brazos y diciendo a voces:

—Para bien sea hallado el espejo de la caballería, el mi buen compatriote don Quijote de la Mancha, la flor y la nata de la gentileza, el amparo y remedio de los menesterosos, la quinta esencia de los caballeros andantes.

Y diciendo esto, tenía abrazado por la rodilla de la pierna izquierda a don Quijote, el cual, espantado de lo que veía y oía decir y hacer a aquel hombre, se le puso a mirar con atención, y, al fin, le conoció, y quedó como espantado de verle, e hizo grande fuerza por apearse; mas el cura no lo consintió, por lo cual don Quijote decía:

—Déjeme vuestra merced, señor licenciado, que no es razón que yo esté a caballo, y una tan reverenda persona como vuestra merced esté a pie.

—Eso no consentiré yo en ningún modo —dijo el cura—: estése la vuestra grandeza a caballo, pues estando a caballo acaba las mayores fazañas y aventuras que en nuestra edad se han visto; que a mí, aunque indigno sacerdote, bastárame subir en las ancas de una destas mulas destos señores que con vuestra merced caminan, si no lo han por enojo. Y aun haré cuenta que voy caballero sobre el caballo Pegaso, o sobre la cebra o alfana en que cabalgaba aquel famoso moro Muzaraque, que

---

[5] *tracista*, inventor ingenioso.

aún hasta ahora yace encantado en la gran cuesta Zulema, que dista poco de la gran Compluto.[6]

—Aún no caía yo en tanto, mi señor licenciado —respondió don Quijote—; y yo sé que mi señora la princesa será servida, por mi amor, de mandar a su escudero dé a vuestra merced la silla de su mula, que él podrá acomodarse en las ancas, si es que ella las sufre.

—Sí sufre, a lo que yo creo —respondió la princesa—; y también sé que no será menester mandárselo al señor mi escudero, que él es tan cortés y tan cortesano, que no consentirá que una persona eclesiástica vaya a pie, pudiendo ir a caballo.

—Así es —respondió el barbero.

Y apeándose en un punto, convidó al cura con la silla, y él la tomó sin hacerse mucho de rogar. Y fue el mal que al subir a las ancas el barbero, la mula, que, en efecto, era de alquiler, que para decir que era mala esto basta, alzó un poco los cuartos traseros y dio dos coces en el aire, que, a darlas en el pecho de maese Nicolás, o en la cabeza, él diera al diablo la venida por don Quijote. Con todo eso, le sobresaltaron de manera, que cayó en el suelo, con tan poco cuidado de las barbas, que se le cayeron en el suelo; y como se vio sin ellas, no tuvo otro remedio sino acudir a cubrirse el rostro con ambas manos y a quejarse que le habían derribado las muelas. Don Quijote, como vio todo aquel mazo de barbas, sin quijadas y sin sangre, lejos del rostro del escudero caído, dijo:

—¡Vive Dios, que es gran milagro éste! ¡Las barbas le ha derribado y arrancado del rostro, como si las quitaran a posta!

El cura, que vio el peligro que corría su invención de ser descubierta, acudió luego a las barbas y fuese con ellas adonde yacía maese Nicolás, dando aún voces todavía, y de un golpe, llegándole la cabeza a su pecho, se las puso, murmurando sobre él unas palabras, que dijo que era cierto ensalmo apropiado para pegar barbas, como lo verían; y cuando se las tuvo puestas, se apartó, y quedó el escudero tan bien barbado y tan sano como de antes, de que se admiró don Quijote sobremanera, y rogó al cura que cuando tuviese lugar le enseñase aquel ensalmo; que él entendía que su virtud a más que pegar barbas se debía de estender, pues estaba claro que de donde las barbas se quitasen había de quedar la carne llagada y maltrecha, y que, pues todo lo sanaba, a más que barbas aprovechaba.

---

[6] *el moro Muzaraque*, figura todavía no identificada. La *cuesta Zulema* está cerca de Alcalá de Henares *(Compluto)*.

—Así es —dijo el cura, y prometió de enseñársele en la primera ocasión.

Concertáronse que por entonces subiese el cura, y a trechos se fuesen los tres mudando, hasta que llegasen a la venta, que estaría hasta dos leguas de allí. Puestos los tres a caballo, es a saber, don Quijote, la princesa y el cura, y los tres a pie, Cardenio, el barbero y Sancho Panza, don Quijote dijo a la doncella:

—Vuestra grandeza, señora mía, guíe por donde más gusto le diere.

Y antes que ella respondiese, dijo el licenciado:

—¿Hacia qué reino quiere guiar la vuestra señoría? ¿Es, por ventura, hacia el de Micomicón? Que sí debe de ser, o yo sé poco de reinos.

Ella, que estaba bien en todo, entendió que había de responder que sí, y así, dijo:

—Sí, señor: hacia ese reino es mi camino.

—Si así es —dijo el cura—, por la mitad de mi pueblo hemos de pasar y de allí tomará vuestra merced la derrota de Cartagena, donde se podrá embarcar con la buena ventura; y si hay viento próspero, mar tranquilo y sin borrasca, en poco menos de nueve años se podrá estar a vista de la gran laguna Meona, digo, Meótides,[7] que está poco más de cien jornadas más acá del reino de vuestra grandeza.

—Vuestra merced está engañado, señor mío —dijo ella—, porque no ha dos años que yo partí dél, y en verdad que nunca tuve buen tiempo; y, con todo eso, he llegado a ver lo que tanto deseaba, que es al señor don Quijote de la Mancha, cuyas nuevas llegaron a mis oídos así como puse los pies en España, y ellas me movieron a buscarle, para encomendarme en su cortesía y fiar mi justicia del valor de su invencible brazo.

—No más; cesen mis alabanzas —dijo a esta sazón don Quijote— porque soy enemigo de todo género de adulación; y aunque ésta no lo sea, todavía ofenden mis castas orejas semejantes pláticas. Lo que yo sé decir, señora mía, que ora tenga valor o no, el que tuviere o no tuviere se ha de emplear en vuestro servicio hasta perder la vida; y así, dejando esto para su tiempo, ruego al señor licenciado me diga qué es la causa que le ha traído por estas partes tan solo, y tan sin criados, y tan a la ligera, que me pone espanto.

—A eso yo responderé con brevedad —respondió el cura—, porque sabrá vuestra merced, señor don Quijote, que yo y maese

---

[7] *Meótides* (Meotis, Meótide), golfo del mar Negro, el Mar de Azov.

Nicolás, nuestro amigo y nuestro barbero, íbamos a Sevilla a cobrar cierto dinero que un pariente mío que ha muchos años que pasó a Indias me había enviado, y no tan pocos que no pasan de sesenta mil pesos ensayados, que es otro que tal;[8] y pasando ayer por estos lugares, nos salieron al encuentro cuatro salteadores y nos quitaron hasta las barbas; y de modo nos las quitaron, que le convino al barbero ponérselas postizas; y aun a este mancebo que aquí va —señalando a Cardenio— le pusieron como de nuevo. Y es lo bueno que es pública fama por todos estos contornos que los que nos saltearon son de unos galeotes que dicen que libertó, casi en este mesmo sitio, un hombre tan valiente que, a pesar del comisario y de las guardas, los soltó a todos; y, sin duda alguna, él debía de estar fuera de juicio, o debe de ser tan grande bellaco como ellos, o algún hombre sin alma y sin conciencia, pues quiso soltar al lobo entre las ovejas, a la raposa entre las gallinas, a la mosca entre la miel; quiso defraudar la justicia, ir contra su rey y señor natural, pues fue contra sus justos mandamientos. Quiso, digo, quitar a las galeras sus pies, poner en alboroto a la Santa Hermandad, que había muchos años que reposaba. Quiso, finalmente, hacer un hecho por donde se pierda su alma y no se gane su cuerpo.

Habíales contado Sancho al cura y al barbero la aventura de los galeotes, que acabó su amo con tanta gloria suya, y por esto cargaba la mano el cura refiriéndola, por ver lo que hacía o decía don Quijote, al cual se le mudaba la color a cada palabra, y no osaba decir que él había sido el libertador de aquella buena gente.

—Éstos, pues —dijo el cura—, fueron los que nos robaron. Que Dios, por su misericordia, se lo perdone al que no los dejó llevar al debido suplicio.

<hr>

[8] Según Riquer, estos pesos son los que se labraban en las Indias, y valían el doble de los corrientes (*otro que tal*).

Capítulo XXX

Que trata de la discreción de la hermosa Dorotea, con otras cosas de mucho gusto y pasatiempo [1]

No hubo bien acabado el cura, cuando Sancho dijo:

—Pues mía fe, señor licenciado, el que hizo esa fazaña fue mi amo, y no porque yo no le dije antes y le avisé que mirase lo que hacía, y que era pecado darles libertad, porque todos iban allí por grandísimos bellacos.

—Majadero —dijo a esta sazón don Quijote—, a los caballeros andantes no les toca ni atañe averiguar si los afligidos, encadenados y opresos que encuentran por los caminos van de aquella manera, o están en aquella angustia, por sus culpas, o por sus gracias; sólo le toca ayudarles como a menesterosos, poniendo los ojos en sus penas, y no en sus bellaquerías. Yo topé un rosario y sarta de gente mohína y desdichada, e hice con ellos lo que mi religión me pide, y lo demás allá se avenga; y a quien mal le ha parecido, salvo la santa dignidad del señor licenciado y su honrada persona, digo que sabe poco de achaque de caballería, y que miente como un hideputa y mal nacido, y esto le haré conocer con mi espada, donde más largamente se contiene. [2]

Y esto dijo afirmándose en los estribos y calándose el morrión, porque la bacía de barbero, que a su cuenta era el yelmo de Mam-

---

[1] Como ya se ha advertido, en la *princeps* se trocaron los epígrafes de los Capítulos 29 y 30, puestos aquí en el lugar apropiado.

[2] Cf. Capítulo 10, n. 7.

brino, llevaba colgado del arzón delantero, hasta adobarla del mal tratamiento que la hicieron los galeotes.

Dorotea, que era discreta y de gran donaire, como quien ya sabía el menguado humor de don Quijote y que todos hacían burla dél, sino Sancho Panza, no quiso ser para menos, y viéndole tan enojado, le dijo:

—Señor caballero, miémbresele a la vuestra merced el don que me tiene prometido, y que, conforme a él, no puede entremeterse en otra aventura, por urgente que sea; sosiegue vuestra merced el pecho; que si el señor licenciado supiera que por ese invicto brazo habían sido librados los galeotes, él se diera tres puntos en la boca, y aun se mordiera tres veces la lengua, antes que haber dicho palabra que en despecho³ de vuestra merced redundara.

—Eso juro yo bien —dijo el cura—, y aun me hubiera quitado un bigote.

—Yo callaré, señora mía —dijo don Quijote—, y reprimiré la justa cólera que ya en mi pecho se había levantado, e iré quieto y pacífico hasta tanto que os cumpla el don prometido; pero en pago deste buen deseo os suplico me digáis, si no se os hace de mal, cuál es la vuestra cuita y cuántas, quiénes y cuáles son las personas de quien os tengo de dar debida, satisfecha y entera venganza.

—Eso haré yo de gana —respondió Dorotea—, si es que no os enfadan oír lástimas y desgracias.

—No enfadará, señora mía —respondió don Quijote.

A lo que respondió Dorotea:

—Pues así es, esténme vuestras mercedes atentos.

No hubo ella dicho esto, cuando Cardenio y el barbero se le pusieron al lado, deseosos de ver cómo fingía su historia la discreta Dorotea, y lo mismo hizo Sancho, que tan engañado iba con ella como su amo. Y ella, después de haberse puesto bien en la silla y prevenídose con toser y hacer otros ademanes, con mucho donaire comenzó a decir desta manera:

—Primeramente, quiero que vuestras mercedes sepan, señores míos, que a mí me llaman...

Y detúvose aquí un poco, porque se le olvidó el nombre que el cura le había puesto; pero él acudió al remedio, porque entendió en lo que reparaba, y dijo:

—No es maravilla, señora mía, que la vuestra grandeza se turbe y empache contando sus desventuras; que ellas suelen

---

³ *despecho*, menosprecio.

ser tales, que muchas veces quitan la memoria a los que maltratan, de tal manera, que aun de sus mesmos nombres no se les acuerda, como han hecho con vuestra gran señoría, que se ha olvidado que se llama la princesa Micomicona, legítima heredera del gran reino Micomicón; y con este apuntamiento puede la vuestra grandeza reducir ahora fácilmente a su lastimada memoria todo aquello que contar quisiere.

—Así es la verdad —respondió la doncella—, y desde aquí adelante creo que no será menester apuntarme nada; que yo saldré a buen puerto con mi verdadera historia. La cual es que el rey mi padre, que se llamaba Tinacrio el Sabidor,[4] fue muy docto en esto que llaman el arte mágica, y alcanzó por su ciencia que mi madre, que se llamaba la reina Jaramilla, había de morir primero que él, y que de allí a poco tiempo él también había de pasar desta vida y yo había de quedar huérfana de padre y madre. Pero decía él que no le fatigaba tanto esto cuanto le ponía en confusión saber por cosa muy cierta que un descomunal gigante, señor de una grande ínsula, que casi alinda con nuestro reino, llamado Pandafilando de la Fosca Vista, porque es cosa averiguada que, aunque tiene los ojos en su lugar y derechos, siempre mira al revés, como si fuese bizco, y esto lo hace él de maligno y por poner miedo y espanto a los que mira, digo que supo que este gigante, en sabiendo mi orfandad, había de pasar con gran poderío sobre mi reino, y me lo había de quitar todo, sin dejarme una pequeña aldea donde me recogiese; pero que podía escusar toda esta ruina y desgracia si yo me quisiese casar con él; mas, a lo que él entendía, jamás pensaba que me vendría a mí en voluntad de hacer tan desigual casamiento; y dijo en esto la pura verdad, porque jamás me ha pasado por el pensamiento casarme con aquel gigante, pero ni con otro alguno, por grande y desaforado que fuese. Dijo también mi padre que después que él fuese muerto y viese yo que Pandafilando comenzaba a pasar sobre mi reino, que no aguardase a ponerme en defensa, porque sería destruirme, sino que libremente le dejase desembarazado el reino, si quería escusar la muerte y total destruición de mis buenos y leales vasallos, porque no había de ser posible defenderme de la endiablada fuerza del gigante; sino que luego, con algunos de los míos, me pusiese en camino de las Españas, donde hallaría el remedio de mis males hallando a un caballero andante, cuya fama en este tiempo se estendería

---

[4] *Tinacrio*, personaje nombrado en el *Espejo de príncipes y caballeros* (Versos preliminares, n. 30). *Sabidor* es encantador y mágico.

por todo este reino, el cual se había de llamar, si mal no me acuerdo, don Azote, o don Gigote.

—Don Quijote, diría, señora —dijo a esta sazón Sancho Panza—, o, por otro nombre, el Caballero de la Triste Figura.

—Así es la verdad —dijo Dorotea—. Dijo más: que había de ser alto de cuerpo, seco de rostro, y que en el lado derecho, debajo del hombro izquierdo, o por allí junto, había de tener un lunar pardo con ciertos cabellos a manera de cerdas.

En oyendo esto don Quijote, dijo a su escudero:

—Ten aquí, Sancho, hijo, ayúdame a desnudar; que quiero ver si soy el caballero que aquel sabio rey dejó profetizado.

—Pues ¿para qué quiere vuestra merced desnudarse? —dijo Dorotea.

—Para ver si tengo ese lunar que vuestro padre dijo —respondió don Quijote.

—No hay para qué desnudarse —dijo Sancho—, que yo sé que tiene vuestra merced un lunar desas señas en la mitad del espinazo, que es señal de ser hombre fuerte.

—Eso basta —dijo Dorotea—; porque con los amigos no se ha de mirar en pocas cosas, y que esté en el hombro o que esté en el espinazo, importa poco: basta que haya lunar, y esté donde estuviere, pues todo es una mesma carne; y, sin duda, acertó mi buen padre en todo, y yo he acertado en encomendarme al señor don Quijote, que él es por quien mi padre dijo, pues las señales del rostro vienen con las de la buena fama que este caballero tiene no sólo en España, pero en toda la Mancha, pues apenas me hube desembarcado en Osuna, cuando oí decir tantas hazañas suyas, que luego me dio el alma que era el mesmo que venía a buscar.

—Pues ¿cómo se desembarcó vuestra merced en Osuna, señora mía —preguntó don Quijote—, si no es puerto de mar?

Mas antes que Dorotea respondiese, tomó el cura la mano y dijo:

—Debe de querer decir la señora princesa que después que desembarcó en Málaga, la primera parte donde oyó nuevas de vuestra merced fue en Osuna.

—Eso quise decir —dijo Dorotea.

—Y esto lleva camino —dijo el cura—, y prosiga vuestra majestad adelante.

—No hay que proseguir —respondió Dorotea—, sino que, finalmente, mi suerte ha sido tan buena en hallar al señor don Quijote, que ya me cuento y tengo por reina y señora de todo mi reino, pues él, por su cortesía y magnificencia, me ha prometido el don de irse conmigo dondequiera que yo le llevare, que no será a otra parte que a ponerle delante de Pandafilando de la Fosca Vista, para que le mate y me restituya lo que tan contra razón me tiene usurpado; que todo esto ha de suceder a pedir de boca, pues así lo dejó profetizado Tinacrio el Sabidor, mi buen padre; el cual también dejó dicho y escrito en letras caldeas o griegas, que yo no las sé leer, que si este caballero de la profecía, después de haber degollado al gigante, quisiese casarse conmigo, que yo me otorgase luego sin réplica alguna por su legítima esposa, y le diese la posesión de mi reino, junto con la de mi persona.

—¿Qué te parece, Sancho amigo? —dijo a este punto don Quijote—. ¿No oyes lo que pasa? ¿No te lo dije yo? Mira si tenemos ya reino que mandar y reina con quien casar.

—¡Eso juro yo —dijo Sancho— para el puto que no se casare en abriendo el gaznatico al señor Pandahilado! Pues ¡monta que es mala la reina! ¡Así se me vuelvan las pulgas de la cama!

Y diciendo esto, dio dos zapatetas en el aire, con muestras de grandísimo contento, y luego fue a tomar las riendas de la mula de Dorotea, y haciéndola detener, se hincó de rodillas ante ella, suplicándole le diese las manos para besárselas, en señal que la recibía por su reina y señora. ¿Quién no había de reír de los circunstantes, viendo la locura del amo y la simplicidad del criado? En efecto, Dorotea se las dio, y le prometió de hacerle gran señor en su reino, cuando el cielo le hiciese tanto bien que se lo dejase cobrar y gozar. Agradecióselo Sancho con tales palabras que renovó la risa en todos.

—Ésta, señores —prosiguió Dorotea—, es mi historia; sólo resta por deciros que de cuanta gente de acompañamiento saqué de mi reino no me ha quedado sino sólo este buen barbado escudero, porque todos se anegaron en una gran borrasca que tuvimos a vista del puerto, y él y yo salimos en dos tablas a tierra, como por milagro; y así, es todo milagro y misterio el discurso de mi vida, como lo habréis notado. Y si en alguna cosa he andado demasiada, o no tan acertada como debiera, echad la culpa a lo que el señor licenciado dijo al principio de mi cuento: que los trabajos continuos y extraordinarios quitan la memoria al que los padece.

—Ésa no me quitarán a mí, ¡oh alta y valerosa señora! —dijo don Quijote—, cuantos yo pasare en serviros, por grandes y no vistos que sean; y así, de nuevo confirmo el don que os he prometido y juro de ir con vos al cabo del mundo, hasta verme con el fiero enemigo vuestro, a quien pienso, con el ayuda de

Dios y de mi brazo, tajar la cabeza soberbia con los filos desta...
no quiero decir buena espada, merced a Ginés de Pasamonte,
que me llevó la mía.[5]

Esto dijo entre dientes, y prosiguió diciendo:

—Y después de habérsela tajado y puéstoos en pacífica
posesión de vuestro estado, quedará a vuestra voluntad hacer
de vuestra persona lo que más en talante os viniere; porque
mientras que yo tuviere ocupada la memoria y cautiva la voluntad, perdido el entendimiento, a aquella..., y no digo más, no
es posible que yo arrostre, ni por pienso, el casarme, aunque fuese
con el ave fénix.

Parecióle tan mal a Sancho lo que últimamente su amo
dijo acerca de no querer casarse, que, con grande enojo, alzando la voz dijo:

—Voto a mí, y juro a mí, que no tiene vuestra merced, señor don Quijote, cabal juicio. Pues ¿cómo es posible que pone
vuestra merced en duda el casarse con tan alta princesa como
aquésta? ¿Piensa que le ha de ofrecer la fortuna tras cada cantillo semejante ventura como la que ahora se le ofrece? ¿Es, por
dicha, más hermosa mi señora Dulcinea? No, por cierto, ni
aun con la mitad, y aun estoy por decir que no llega a su zapato
de la que está delante. Así, noramala alcanzaré yo el condado
que espero, si vuestra merced se anda a pedir cotufas en el golfo. Cásese, cásese luego, encomiéndole yo a Satanás, y tome
ese reino que se le viene a las manos de vobis, vobis,[6] y en siendo
rey, hágame marqués o adelantado, y luego, siquiera se lo lleve
el diablo todo.

Don Quijote, que tales blasfemias oyó decir contra su señora Dulcinea, no lo pudo sufrir, y, alzando el lanzón, sin ha-
blalle palabra a Sancho, y sin decirle esta boca es mía, le dio
tales dos palos, que dio con él en tierra; y si no fuera porque
Dorotea le dio voces que no le diera más, sin duda le quitara
allí la vida.

—¿Pensáis —le dijo a cabo de rato—, villano ruin, que ha
de haber lugar siempre para ponerme la mano en la horcajadura[7] y que todo ha de ser errar vos y perdonaros yo? Pues no
lo penséis, bellaco descomulgado, que sin duda lo estás, pues
has puesto lengua en la sin par Dulcinea. Y ¿no sabéis vos,
gañán, faquín, belitre,[8] que si no fuese por el valor que ella in-

[5] Nada hemos sabido del robo de la espada de don Quijote.
[6] vobis, vobis, bóbilis, bóbilis; de balde.
[7] poner a uno la mano en la horcajadura es tenerle demasiada familiaridad.
[8] faquín, del francés, significa ganapán; belitre, del francés también, pícaro.

funde en mi brazo, que no le tendría yo para matar una pulga? Decid, socarrón de lengua viperina, y ¿quién pensáis que ha ganado este reino y cortado la cabeza a este gigante, y héchoos a vos marqués (que todo esto doy ya por hecho y por cosa pasada en cosa juzgada) si no es el valor de Dulcinea, tomando a mi brazo por instrumento de sus hazañas? Ella pelea en mí, y vence en mí, y yo vivo y respiro en ella, y tengo vida y ser. ¡Oh hideputa bellaco, y cómo sois desagradecido, que os veis levantado del polvo de la tierra a ser señor de título, y correspondéis a tan buena obra con decir mal de quien os la hizo!

No estaba tan maltrecho Sancho, que no oyese todo cuanto su amo le decía, y levantándose con un poco de presteza, se fue a poner detrás del palafrén de Dorotea, y desde allí dijo a su amo:

—Dígame, señor: si vuestra merced tiene determinado de no casarse con esta gran princesa, claro está que no será el reino suyo, y no siéndolo, ¿qué mercedes me puede hacer? Esto es de lo que yo me quejo; cásese vuestra merced una por una con esta reina, ahora que la tenemos aquí como llovida del cielo, y después puede volverse con mi señora Dulcinea; que reyes debe de haber habido en el mundo que hayan sido amancebados. En lo de la hermosura no me entremeto; que, en verdad, si va a decirla, que entrambas me parecen bien, puesto que yo nunca he visto a la señora Dulcinea.

—¿Cómo que no la has visto, traidor blasfemo? —dijo don Quijote—. Pues ¿no acabas de traerme ahora un recado de su parte?

—Digo que no la he visto tan despacio —dijo Sancho— que pueda haber notado particularmente su hermosura y sus buenas partes punto por punto; pero así a bulto, me parece bien.

—Ahora te disculpo —dijo don Quijote—, y perdóname el enojo que te he dado; que los primeros movimientos no son en manos de los hombres.

—Ya yo lo veo —respondió Sancho—, y así, en mí la gana de hablar siempre es primero movimiento, y no puedo dejar de decir, por una vez siquiera, lo que me viene a la lengua.

—Con todo eso —dijo don Quijote—, mira, Sancho, lo que hablas, porque tantas veces va el cantarillo a la fuente..., y no te digo más.

—Ahora bien —respondió Sancho—, Dios está en el cielo, que ve las trampas, y será juez de quién hace más mal: yo en no hablar bien, o vuestra merced en obrallo.

—No haya más —dijo Dorotea—: corred, Sancho, y besad la mano a vuestro señor, y pedilde perdón y de aquí adelante andad más atento en vuestras alabanzas y vituperios, y no digáis mal de aquesa señora Tobosa, a quien yo no conozco si no es para servilla, y tened confianza en Dios, que no os ha de faltar un estado donde viváis como un príncipe.

Fue Sancho cabizbajo y pidió la mano a su señor, y él se la dio con reposado continente; y después que se la hubo besado, le echó la bendición, y dijo a Sancho que se adelantasen un poco, que tenía que preguntalle y que departir con él cosas de mucha importancia. Hízolo así Sancho y apartáronse los dos algo adelante, y díjole don Quijote:

—Después que veniste, no he tenido lugar ni espacio para preguntarte muchas cosas de particularidad acerca de la embajada que llevaste y de la respuesta que trujiste; y ahora, pues la fortuna nos ha concedido tiempo y lugar, no me niegues tú la ventura que puedes darme con tan buenas nuevas.

—Pregunte vuestra merced lo que quisiere —respondió Sancho—; que a todo daré tan buena salida como tuve la entrada. Pero suplico a vuestra merced, señor mío, que no sea de aquí adelante tan vengativo.

—¿Por qué lo dices, Sancho? —dijo don Quijote.

—Dígolo —respondió— porque estos palos de agora más fueron por la pendencia que entre los dos trabó el diablo la otra noche que por lo que dije contra mi señora Dulcinea, a quien amo y reverencio como a una reliquia, aunque en ella no lo haya, sólo por ser cosa de vuestra merced.

—No tornes a esas pláticas, Sancho, por tu vida —dijo don Quijote—, que me dan pesadumbre; ya te perdoné entonces, y bien sabes tú que suele decirse: a pecado nuevo, penitencia nueva. [9]

[Mientras esto pasaba, vieron venir por el camino donde ellos iban a un hombre caballero sobre un jumento, y cuando llegó cerca les parecía que era gitano. Pero Sancho Panza, que doquiera que vía asnos se le iban los ojos y el alma, apenas hubo visto al hombre, cuando conoció que era Ginés de Pasamonte, y por el hilo del gitano sacó el ovillo de su asno, como era la verdad, pues era el rucio sobre que Pasamonte venía. El cual, por no ser conocido y por vender el asno, se había puesto en traje de gitano, cuya lengua, y otras muchas, sabía hablar, como si fueran natura-

---

[9] El pasaje que va desde aquí hasta «Sancho se lo agradeció,» o sea, el hallazgo del rucio, omitido en la *princeps*, se intercaló aquí en la segunda edición.

les suyas. Viole Sancho y conocióle; y apenas le hubo visto y conocido, cuando a grandes voces dijo:

—¡Ah, ladrón Ginesillo! ¡Deja mi prenda, suelta mi vida, no te empaches con mi descanso, deja mi asno, deja mi regalo! ¡Huye, puto; auséntate, ladrón, y desampara lo que no es tuyo!

No fueran menester tantas palabras ni baldones, porque a la primera saltó Ginés y, tomando un trote que parecía carrera, en un punto se ausentó y alejó de todos.

Sancho llegó a su rucio y, abrazándole, le dijo:

—¿Cómo has estado, bien mío, rucio de mis ojos, compañero mío?

Y con esto le besaba y acariciaba, como si fuera persona. El asno callaba y se dejaba besar y acariciar de Sancho, sin responderle palabra alguna. Llegaron todos y diéronle el parabién del hallazgo del rucio, especialmente don Quijote, el cual le dijo que no por eso anulaba la póliza de los tres pollinos. Sancho se lo agradeció.]

En tanto que los dos iban en estas pláticas, dijo el cura a Dorotea que había andado muy discreta, así en el cuento como en la brevedad dél y en la similitud que tuvo con los de los libros de caballerías. Ella dijo que muchos ratos se había entretenido en leellos; pero que no sabía ella dónde eran las provincias ni puertos de mar, y que así había dicho a tiento que se había desembarcado en Osuna.

—Yo lo entendí así —dijo el cura—, y por eso acudí luego a decir lo que dije, con que se acomodó todo. Pero ¿no es cosa estraña ver con cuánta facilidad cree este desventurado hidalgo todas estas invenciones y mentiras, sólo porque llevan el estilo y modo de las necedades de sus libros?

—Sí es —dijo Cardenio—, y tan rara y nunca vista, que yo no sé si queriendo inventarla y fabricarla mentirosamente, hubiera tan agudo ingenio que pudiera dar en ella.

—Pues otra cosa hay en ello —dijo el cura—: que fuera de las simplicidades que este buen hidalgo dice tocantes a su locura, si le tratan de otras cosas, discurre con bonísimas razones y muestra tener un entendimiento claro y apacible en todo; de manera que, como no le toquen en sus caballerías, no habrá nadie que le juzgue sino por de muy buen entendimiento.

En tanto que ellos iban en esta conversación, prosiguió don Quijote con la suya y dijo a Sancho:

---

¹⁰ *echar pelillos a la mar*, reconciliarse dos personas.

—Echemos, Panza amigo, pelillos a la mar[10] en esto de nuestras pendencias, y dime ahora, sin tener cuenta con enojo ni rencor alguno: ¿Dónde, cómo y cuándo hallaste a Dulcinea? ¿Qué hacía? ¿Qué le dijiste? ¿Qué te respondió? ¿Qué rostro hizo cuando leía mi carta? ¿Quién te la trasladó? Y todo aquello que vieres que en este caso es digno de saberse, de preguntarse y satisfacerse, sin que añadas o mientas por darme gusto, ni menos te acortes por no quitármele.

—Señor —respondió Sancho—, si va a decir la verdad, la carta no me la trasladó nadie, porque yo no llevé carta alguna.

—Así es como tú dices —dijo don Quijote—, porque el librillo de memoria donde yo la escribí le hallé en mi poder a cabo de dos días de tu partida, lo cual me causó grandísima pena, por no saber lo que habías tú de hacer cuando te vieses sin carta, y creí siempre que te volvieras desde el lugar donde la echaras menos.

—Así fuera —respondió Sancho—, si no la hubiera yo tomado en la memoria cuando vuestra merced me la leyó, de manera que se la dije a un sacristán, que me la trasladó del entendimiento tan punto por punto, que dijo que en todos los días de su vida, aunque había leído muchas cartas de descomunión, no había visto ni leído tan linda carta como aquélla.

—Y ¿tiénesla todavía en la memoria, Sancho? —dijo don Quijote.

—No, señor —respondió Sancho—, porque después que la di, como vi que no había de ser de más provecho, di en olvidalla. Y si algo se me acuerda, es aquello del *sobajada*, digo, del *soberana señora*, y lo último: "Vuestro hasta la muerte, el Caballero de la Triste Figura." Y en medio destas dos cosas le puse más de trecientas almas, y vidas, y ojos míos.

Capítulo XXXI

De los sabrosos razonamientos que pasaron entre don Quijote y Sancho Panza su escudero, con otros sucesos

—Todo eso no me descontenta; prosigue adelante —dijo don Quijote—. Llegaste, ¿y qué hacía aquella reina de la hermosura? A buen seguro que la hallaste ensartando perlas, o bordando alguna empresa con oro de cañutillo para este su cautivo caballero.

—No la hallé —respondió Sancho— sino ahechando dos hanegas de trigo en un corral de su casa.

—Pues haz cuenta —dijo don Quijote— que los granos de aquel trigo eran granos de perlas, tocados de sus manos. Y si miraste, amigo, el trigo ¿era candeal, o trechel?

—No era sino rubión —respondió Sancho.

—Pues yo te aseguro —dijo don Quijote— que, ahechado por sus manos, hizo pan candeal, sin duda alguna. Pero pasa adelante: cuando le diste mi carta, ¿besóla? ¿Púsosela sobre la cabeza? ¿Hizo alguna ceremonia digna de tal carta, o qué hizo?

—Cuando yo se la iba a dar —respondió Sancho, ella estaba en la fuga del meneo de una buena parte de trigo que tenía en la criba, y díjome: "—Poned, amigo, esa carta sobre aquel costal; que no la puedo leer hasta que acabe de acribar todo lo que aquí está."

—¡Discreta señora! —dijo don Quijote—. Eso debió de ser por leerla despacio y recrearse con ella. Adelante, Sancho. Y en tanto que estaba en su menester, ¿qué coloquios pasó contigo?

¿Qué te preguntó de mí? Y tú, ¿qué le respondiste? Acaba, cuéntamelo todo; no se te quede en el tintero una mínima.

—Ella no me preguntó nada —dijo Sancho—; mas yo le dije de la manera que vuestra merced, por su servicio, quedaba haciendo penitencia, desnudo de la cintura arriba, metido entre estas sierras como si fuera salvaje, durmiendo en el suelo, sin comer pan a manteles ni sin peinarse la barba, llorando y maldiciendo su fortuna.

—En decir que maldecía mi fortuna dijiste mal —dijo don Quijote—; porque antes la bendigo y bendeciré todos los días de mi vida, por haberme hecho digno de merecer amar tan alta señora como Dulcinea del Toboso.

—Tan alta es —respondió Sancho—, que a buena fe que me lleva a mí más de un coto.[1]

—Pues ¿cómo, Sancho? —dijo don Quijote—. ¿Haste medido tú con ella?

—Medíme en esta manera —respondió Sancho—: que llegándole a ayudar a poner un costal de trigo sobre un jumento, llegamos tan juntos, que eché de ver que me llevaba más de un gran palmo.

—Pues ¡es verdad —replicó don Quijote— que no acompaña esa grandeza y la adorna con mil millones [de] gracias del alma! Pero no me negarás, Sancho, una cosa: cuando llegaste junto a ella, ¿no sentiste un olor sabeo,[2] una fragancia aromática, y un no sé qué de bueno, que yo no acierto a dalle nombre? Digo, ¿un tuho o tufo como si estuvieras en la tienda de algún curioso guantero?

—Lo que sé decir —dijo Sancho— es que sentí un olorcillo algo hombruno, y debía de ser que ella, con el mucho ejercicio, estaba sudada y algo correosa.

—No sería eso —respondió don Quijote—, sino que tú debías de estar romadizado,[3] o te debiste de oler a ti mismo, porque yo sé bien a lo que huele aquella rosa entre espinas, aquel lirio del campo, aquél ámbar desleído.

—Todo puede ser —respondió Sancho—; que muchas veces sale de mí aquel olor que entonces me pareció que salía de su merced de la señora Dulcinea; pero no hay de qué maravillarse, que un diablo parece a otro.

---

[1] *coto*, medida que consta de los cuatro dedos de la mano cerrada y sobre ella el pulgar.

[2] *sabeo*, de Sabá, región de Arabia famosa por su incienso.

[3] *romadizado*, obstruido el conducto nasal.

—Y bien —prosiguió don Quijote—, he aquí que acabó de limpiar su trigo y de enviallo al molino. ¿Qué hizo cuando leyó la carta?

—La carta —dijo Sancho— no la leyó, porque dijo que no sabía leer ni escribir; antes la rasgó y la hizo menudas piezas, diciendo que no la quería dar a leer a nadie, porque no se supiesen en el lugar sus secretos, y que bastaba lo que yo le había dicho de palabra acerca del amor que vuestra merced le tenía y de la penitencia extraordinaria que por su causa quedaba haciendo. Y, finalmente, me dijo que dijese a vuestra merced que le besaba las manos, y que allí quedaba con más deseo de verle que de escribirle; y que, así, le suplicaba y mandaba que, vista la presente, saliese de aquellos matorrales y se dejase de hacer disparates, y se pusiese luego luego en camino del Toboso, si otra cosa de más importancia no le sucediese, porque tenía gran deseo de ver a vuestra merced. Riose mucho cuando le dije como se llamaba vuestra merced *el Caballero de la Triste Figura.* Preguntéle si había ido allá el vizcaíno de marras; díjome que sí, y que era un hombre muy de bien. También le pregunté por los galeotes, mas díjome que no había visto hasta entonces alguno.

—Todo va bien hasta agora —dijo don Quijote—. Pero dime: ¿qué joya fue la que te dio al despedirte, por las nuevas que de mí le llevaste? Porque es usada y antigua costumbre entre los caballeros y damas andantes dar a los escuderos, doncellas o enanos que les llevan nuevas, de sus damas a ellos, a ellas de sus andantes, alguna rica joya en albricias, en agradecimiento de su recado.

—Bien puede eso ser así, y yo la tengo por buena usanza. Pero eso debió de ser en los tiempos pasados; que ahora sólo se debe de acostumbrar a dar un pedazo de pan y queso, que esto fue lo que me dio mi señora Dulcinea, por las bardas de un corral, cuando della me despedí; y aun, por más señas, era el queso ovejuno.

—Es liberal en estremo —dijo don Quijote—, y si no te dio joya de oro, sin duda debió de ser porque no la tendría allí a la mano para dártela; pero buenas son mangas después de Pascua;[4] yo la veré, y se satisfará todo. ¿Sabes de qué estoy maravillado, Sancho? De que me parece que fuiste y veniste por los aires, pues poco más de tres días has tardado en ir y venir desde aquí al Toboso, habiendo de aquí allá más de treinta

---

[4] Refrán que significa que lo que desea uno se vendrá a cumplir después de lo que se había querido o esperado.

leguas. Por lo cual me doy a entender que aquel sabio nigromante que tiene cuenta con mis cosas y es mi amigo, porque por fuerza le hay, y le ha de haber, so pena que yo no sería buen caballero andante, digo que este tal te debió de ayudar a caminar, sin que tú lo sintieses; que hay sabio déstos que coge a un caballero andante durmiendo en su cama, y sin saber cómo o en qué manera, amanece otro día más de mil leguas de donde anocheció. Y si no fuese por esto, no se podrían socorrer en sus peligros los caballeros andantes unos a otros, como se socorren a cada paso. Que acaece estar uno peleando en las sierras de Armenia con algún endriago, o con algún fiero vestiglo, o con otro caballero, donde lleva lo peor de la batalla y está ya a punto de muerte, y cuando no os me cato, asoma por acullá, encima de una nube, o sobre un carro de fuego, otro caballero amigo suyo, que poco antes se hallaba en Ingalaterra, que le favorece y libra de la muerte, y a la noche se halla en su posada, cenando muy a su sabor; y suele haber de la una a la otra parte dos o tres mil leguas. Y todo esto se hace por industria y sabiduría destos sabios encantadores que tienen cuidado destos valerosos caballeros. Así que, amigo Sancho, no se me hace dificultoso creer que en tan breve tiempo hayas ido y venido desde este lugar al del Toboso, pues, como tengo dicho, algún sabio amigo te debió de llevar en volandillas, sin que tú lo sintieses.

—Así sería —dijo Sancho—, porque a buena fe que andaba Rocinante como si fuera asno de gitano con azogue en los oídos.[5]

—Y ¡cómo si llevaba azogue! —dijo don Quijote—, y aun una legión de demonios, que es gente que camina y hace caminar, sin cansarse, todo aquello que se les antoja. Pero, dejando esto aparte, ¿qué te parece a ti que debo yo de hacer ahora cerca de lo que mi señora me manda que la vaya a ver? Que, aunque yo veo que estoy obligado a cumplir su mandamiento, véome también imposibilitado del don que he prometido a la princesa que con nosotros viene, y fuérzame la ley de caballería a cumplir mi palabra antes que mi gusto. Por una parte, me acosa y fatiga el deseo de ver a mi señora; por otra, me incita y llama la prometida fe y la gloria que he de alcanzar en esta empresa. Pero lo que pienso hacer será caminar apriesa y llegar presto donde está este gigante, y en llegando, le cortaré la cabeza, y pondré a la princesa pacíficamente en su estado, y al punto daré la vuelta

---

[5] Era ardid de los gitanos echar azogue en los oídos de sus asnos para que corrieran más.

a ver a la luz que mis sentidos alumbra, a la cual daré tales disculpas, que ella venga a tener por buena mi tardanza, pues verá que todo redunda en aumento de su gloria y fama, pues cuanta yo he alcanzado, alcanzo y alcanzare por las armas en esta vida, toda me viene del favor que ella me da y de ser yo suyo.

—¡Ay —dijo Sancho—, y cómo está vuestra merced lastimado de esos cascos! Pues dígame, señor: ¿piensa vuestra merced caminar este camino en balde, y dejar pasar y perder un tan rico y tan principal casamiento como éste, donde le dan en dote un reino, que a buena verdad que he oído decir que tiene más de veinte mil leguas de contorno, y que es abundantísimo de todas las cosas que son necesarias para el sustento de la vida humana, y que es mayor que Portugal y que Castilla juntos? Calle, por amor de Dios, y tenga vergüenza de lo que ha dicho, y tome mi consejo, y perdóneme, y cásese luego en el primer lugar que haya cura, y si no, ahí está nuestro licenciado, que lo hará de perlas. Y advierta que ya tengo edad para dar consejos, y que este que le doy le viene de molde, y que más vale pájaro en mano que buitre volando, porque quien bien tiene y mal escoge, por bien que se enoja no se venga.[6]

—Mira, Sancho —respondió don Quijote—, si el consejo que me das de que me case es porque sea luego rey en matando al gigante, y tenga cómodo para hacerte mercedes y darte lo prometido, hágote saber que sin casarme podré cumplir tu deseo muy fácilmente, porque yo sacaré de adahala,[7] antes de entrar en la batalla, que, saliendo vencedor della, ya que no me case, me han de dar una parte del reino, para que la pueda dar a quien yo quisiere, y en dándomela, ¿a quién quieres tú que la dé sino a ti?

—Eso está claro —respondió Sancho—; pero mire vuestra merced que la escoja hacia la marina, porque, si no me contentare la vivienda, pueda embarcar mis negros vasallos y hacer dellos lo que ya he dicho. Y vuestra merced no se cure de ir por agora a ver a mi señora Dulcinea, sino váyase a matar al gigante, y concluyamos este negocio; que por Dios que se me asienta que ha de ser de mucha honra y de mucho provecho.

—Dígote, Sancho —dijo don Quijote—, que estás en lo cierto, y que habré de tomar tu consejo en cuanto el ir antes con la princesa que a ver a Dulcinea. Y avísote que no digas nada

---

[6] El refrán que Sancho estropea aquí es: «Quien bien tiene y mal escoge, por mal que le venga no se enoje.»
[7] *adahala*, adehala, propina.

a nadie, ni a los que con nosotros vienen, de lo que aquí hemos departido y tratado; que pues Dulcinea es tan recatada, que no quiere que se sepan sus pensamientos, no será bien que yo, ni otro por mí, los descubra.

—Pues si eso es así —dijo Sancho—, ¿cómo hace vuestra merced que todos los que vence por su brazo se vayan a presentar ante mi señora Dulcinea, siendo esto firma de su nombre que la quiere bien y que es su enamorado? Y siendo forzoso que los que fueren se han de ir a hincar de finojos ante su presencia, y decir que van de parte de vuestra merced a dalle la obediencia, ¿cómo se pueden encubrir los pensamientos de entrambos?

—¡Oh, qué necio y qué simple que eres! —dijo don Quijote—. ¿Tú no ves, Sancho, que eso todo redunda en su mayor ensalzamiento? Porque has de saber que en este nuestro estilo de caballería es gran honra tener una dama muchos caballeros andantes que la sirvan, sin que se estiendan más sus pensamientos que a servilla por sólo ser ella quien es, sin esperar otro premio de sus muchos y buenos deseos sino que ella se contente de aceptarlos por sus caballeros.

—Con esa manera de amor —dijo Sancho— he oído yo predicar que se ha de amar a Nuestro Señor, por sí solo, sin que nos mueva esperanza de gloria o temor de pena. Aunque yo le querría amar y servir por lo que pudiese.

—¡Válate el diablo por villano —dijo don Quijote—, y qué de discreciones dices a las veces! No parece sino que has estudiado.

—Pues a fe mía que no sé leer —respondió Sancho.

En esto les dio voces maese Nicolás que esperasen un poco; que querían detenerse a beber en una fontecilla que allí estaba. Detúvose don Quijote, con no poco gusto de Sancho, que ya estaba cansado de mentir tanto y temía no le cogiese su amo a palabras; porque, puesto que él sabía que Dulcinea era una labradora del Toboso, no la había visto en toda su vida.[8]

Habíase en este tiempo vestido Cardenio los vestidos que Dorotea traía cuando la hallaron, que aunque no eran muy buenos, hacían mucha ventaja a los que dejaba. Apeáronse junto a la fuente, y con lo que el cura se acomodó en la venta satisficieron, aunque poco, la mucha hambre que todos traían.

Estando en esto, acertó a pasar por allí un muchacho que iba de camino, el cual, poniéndose a mirar con mucha atención a los que en la fuente estaban, de allí a poco arremetió a don

---

[8] Sancho había dicho en el Capítulo 25 que la conocía bien.

Quijote y, abrazándole por las piernas, comenzó a llorar muy de propósito, diciendo:

—¡Ay, señor mío! ¿No me conoce vuestra merced? Pues míreme bien, que yo soy aquel mozo Andrés que quitó vuestra merced de la encina donde estaba atado.

Reconocióle don Quijote, y asiéndole por la mano se volvió a los que allí estaban, y dijo:

—Porque vean vuestras mercedes cuán de importancia es haber caballeros andantes en el mundo, que desfagan los tuertos y agravios que en él se hacen por los insolentes y malos hombres que en él viven, sepan vuestras mercedes que los días pasados, pasando yo por un bosque, oí unos gritos y unas voces muy lastimosas, como de persona afligida y menesterosa; acudí luego, llevado de mi obligación, hacia la parte donde me pareció que las lamentables voces sonaban, y hallé atado a una encina a este muchacho que ahora está delante, de lo que me huelgo en el alma, porque será testigo que no me dejará mentir en nada. Digo que estaba atado a la encina, desnudo del medio cuerpo arriba, y estábale abriendo a azotes con las riendas de una yegua un villano, que después supe que era amo suyo; y así como yo le vi le pregunté la causa de tan atroz vapulamiento; respondió el zafio que le azotaba porque era su criado, y que ciertos descuidos que tenía nacían más de ladrón que de simple. A lo cual este niño dijo: "—Señor, no me azota sino porque le pido mi salario." El amo replicó no sé qué arengas y disculpas, las cuales, aunque de mí fueron oídas, no fueron admitidas. En resolución, yo le hice desatar, y tomé juramento al villano de que le llevaría consigo y le pagaría un real sobre otro, y aun sahumados. ¿No es verdad todo esto, hijo Andrés? ¿No notaste con cuánto imperio se lo mandé, y con cuánta humildad prometió de hacer todo cuanto yo le impuse, y notifiqué y quise? Responde; no te turbes ni dudes en nada; di lo que pasó a estos señores, porque se vea y considere ser del provecho que digo haber caballeros andantes por los caminos.

—Todo lo que vuestra merced ha dicho es mucha verdad —respondió el muchacho—; pero el fin del negocio sucedió muy al revés de lo que vuestra merced se imagina.

—¿Cómo al revés? —replicó don Quijote—. Luego ¿no te pagó el villano?

—No sólo no me pagó —respondió el muchacho—, pero así como vuestra merced traspuso del bosque y quedamos solos, me volvió a atar a la mesma encina, y me dio de nuevo tantos azotes, que quedé hecho un San Bartolomé desollado. Y a cada azote que me daba, me decía un donaire y chufeta⁹ acerca de hacer burla de vuestra merced, que, a no sentir yo tanto dolor, me riera de lo que decía. En efecto, él me paró tal, que hasta ahora he estado curándome en un hospital del mal que el mal villano entonces me hizo. De todo lo cual tiene vuestra merced la culpa, porque si se fuera su camino adelante y no viniera donde no le llamaban, ni se entremetiera en negocios ajenos, mi amo se contentara con darme una o dos docenas de azotes, y luego me soltara y pagara cuanto me debía. Mas como vuestra merced le deshonró tan sin propósito, y le dijo tantas villanías, encendiósele la cólera, y como no la pudo vengar en vuestra merced, cuando se vio solo descargó sobre mí el nublado, de modo que me parece que no seré más hombre en toda mi vida.

—El daño estuvo —dijo don Quijote— en irme yo de allí, que no me había de ir hasta dejarte pagado; porque bien debía yo de saber, por luengas experiencias, que no hay villano que guarde palabra que tiene, si él vee que no le está bien guardalla. Pero ya te acuerdas, Andrés, que yo juré que si no te pagaba, que había de ir a buscarle, y que le había de hallar, aunque se escondiese en el vientre de la ballena.

—Así es la verdad —dijo Andrés—, pero no aprovechó nada.

—Ahora verás si aprovecha —dijo don Quijote.

Y diciendo esto, se levantó muy apriesa y mandó a Sancho que enfrenase a Rocinante, que estaba paciendo en tanto que ellos comían.

Preguntóle Dorotea qué era lo que hacer quería. Él le respondió que quería ir a buscar al villano y castigalle de tan mal término, y hacer pagado a Andrés hasta el último maravedí, a despecho y pesar de cuantos villanos hubiese en el mundo. A lo que ella respondió que advirtiese que no podía, conforme al don prometido, entremeterse en ninguna empresa hasta acabar la suya, y que pues esto sabía él mejor que otro alguno, que sosegase el pecho hasta la vuelta de su reino.

—Así es verdad —respondió don Quijote—, y es forzoso que Andrés tenga paciencia hasta la vuelta, como vos, señora, decís; que yo le torno a jurar y a prometer de nuevo de no parar hasta hacerle vengado y pagado.

—No me creo desos juramentos —dijo Andrés—; más quisiera tener agora con que llegar a Sevilla que todas las venganzas del mundo; déme, si tiene ahí, algo que coma y lleve, y quédese con Dios su merced y todos los caballeros andantes, que tan

---

⁹ *chufeta*, burla, pulla.

bien andantes sean ellos para castigo como lo han sido para conmigo.

Sacó de su repuesto Sancho un pedazo de pan y otro de queso, y dándoselo al mozo, le dijo:

—Tomá, hermano Andrés; que a todos nos alcanza parte de vuestra desgracia.

—Pues ¿qué parte os alcanza a vos? —preguntó Andrés.

—Esta parte de queso y pan que os doy —respondió Sancho—, que Dios sabe si me ha de hacer falta o no, porque os hago saber, amigo, que los escuderos de los caballeros andantes estamos sujetos a mucha hambre y a mala ventura, y aun a otras cosas que se sienten mejor que se dicen.

Andrés asió de su pan y queso y, viendo que nadie le daba otra cosa, abajó su cabeza y tomó el camino en las manos, como suele decirse. Bien es verdad que, al partirse, dijo a don Quijote:

—Por amor de Dios, señor caballero andante, que si otra vez me encontrare, aunque vea que me hacen pedazos, no me socorra ni ayude, sino déjeme con mi desgracia, que no será tanta, que no sea mayor la que me vendrá de su ayuda de vuestra merced, a quien Dios maldiga, y a todos cuantos caballeros andantes han nacido en el mundo.

Íbase a levantar don Quijote para castigalle, mas él se puso a correr de modo que ninguno se atrevió a seguille. Quedó corridísimo don Quijote del cuento de Andrés, y fue menester que los demás tuviesen mucha cuenta con no reírse, por no acaballe de correr del todo.

Capítulo XXXII

Que trata de lo que sucedió en la venta a toda la cuadrilla de don Quijote

Acabóse la buena comida, ensillaron luego y, sin que les sucediese cosa digna de contar, llegaron otro día a la venta, espanto y asombro de Sancho Panza; y aunque él quisiera no entrar en ella, no lo pudo huir. La ventera, ventero, su hija y Maritornes, que vieron venir a don Quijote y a Sancho, les salieron a recibir con muestras de mucha alegría, y él las recibió con grave continente y aplauso,[1] y díjoles que le aderezasen otro mejor lecho que la vez pasada; a lo cual le respondió la huéspeda que como la pagase mejor que la otra vez, que ella se la[2] daría de príncipes. Don Quijote dijo que sí haría, y así, le aderezaron uno razonable en el mismo caramanchón[3] de marrás, y él se acostó luego, porque venía muy quebrantado y falto de juicio.

No se hubo bien encerrado, cuando la huéspeda arremetió al barbero, y asiéndole de la barba, dijo:

—Para mi santiguada, que no se ha aún de aprovechar más de mi rabo para su barba, y que me ha de volver mi cola; que anda lo de mi marido por esos suelos, que es vergüenza; digo, el peine, que solía yo colgar de mi buena cola.[4]

---

[1] *aplauso*, tono solemne, grave.
[2] *la*, refiriéndose, tal vez, a cama, en vez de lecho.
[3] *caramanchón*, camaranchón, desván.
[4] Esto de *mi cola* y *lo de mi marido* encierra un equívoco sexual.

No se la quería dar el barbero, aunque ella más tiraba, hasta que el licenciado le dijo que se la diese; que ya no era menester más usar de aquella industria, sino que se descubriese y mostrase en su misma forma, y dijese a don Quijote que cuando le despojaron los ladrones galeotes se habían venido a aquella venta huyendo, y que si preguntase por el escudero de la princesa, le dirían que ella le había enviado adelante a dar aviso a los de su reino como ella iba y llevaba consigo el libertador de todos. Con esto dio de buena gana la cola a la ventera el barbero, y asimismo le volvieron todos los adherentes que había prestado para la libertad de don Quijote. Espantáronse todos los de la venta de la hermosura de Dorotea, y aun del buen talle del zagal Cardenio. Hizo el cura que les aderezasen de comer de lo que en la venta hubiese, y el huésped, con esperanza de mejor paga, con diligencia les aderezó una razonable comida; y a todo esto dormía don Quijote, y fueron de parecer de no despertalle, porque más provecho le haría por entonces el dormir que el comer.

Trataron sobre comida, estando delante el ventero, su mujer, su hija, Maritornes, todos los pasajeros, de la estraña locura de don Quijote y del modo que le habían hallado. La huéspeda les contó lo que con él y con el arriero les había acontecido, y mirando si acaso estaba allí Sancho, como no le viese, contó todo lo de su manteamiento, de que no poco gusto recibieron. Y como el cura dijese que los libros de caballerías que don Quijote había leído le habían vuelto el juicio, dijo el ventero:

—No sé yo cómo puede ser eso; que en verdad que, a lo que yo entiendo, no hay mejor letrado[5] en el mundo, y que tengo ahí dos o tres dellos, con otros papeles, que verdaderamente me han dado la vida, no sólo a mí, sino a otros muchos. Porque cuando es tiempo de la siega, se recogen aquí, las fiestas, muchos segadores, y siempre hay algunos que saben leer, el cual[6] coge uno destos libros en las manos, y rodeámonos dél más de treinta, y estámosle escuchando con tanto gusto, que nos quita mil canas; a lo menos, de mí sé decir que cuando oyo decir aquellos furibundos y terribles golpes que los caballeros pegan, que me toma gana de hacer otro tanto, y que querría estar oyéndoles noches y días.

—Y yo ni más ni menos —dijo la ventera—, porque nunca tengo buen rato en mi casa sino aquel que vos estáis escuchando

---

[5] *letrado*, lectura.
[6] *el cual*, uno de los cuales.

leer: que estáis tan embobado, que no os acordáis de reñir por entonces.

—Así es la verdad —dijo Maritornes—; y a buena fe que yo también gusto mucho de oír aquellas cosas, que son muy lindas, y más cuando cuentan que se está la otra señora debajo de unos naranjos abrazada con su caballero, y que les está una dueña haciéndoles la guarda, muerta de envidia y con mucho sobresalto. Digo que todo esto es cosa de mieles.

—Y a vos ¿qué os parece, señora doncella? —dijo el cura hablando con la hija del ventero.

—No sé, señor, en mi ánima —respondió ella—; también yo lo escucho, y en verdad que, aunque no lo entiendo, que recibo gusto en oíllo; pero no gusto yo de los golpes de que mi padre gusta, sino de las lamentaciones que los caballeros hacen cuando están ausentes de sus señoras; que en verdad que algunas veces me hacen llorar, de compasión que les tengo.

—Luego ¿bien las remediárades vos, señora doncella —dijo Dorotea—, si por vos lloraran?

—No sé lo que me hiciera —respondió la moza—; sólo sé que hay algunas señoras de aquéllas tan crueles, que las llaman sus caballeros tigres y leones y otras mil inmundicias. Y, ¡Jesús!, yo no sé qué gente es aquella tan desalmada y tan sin conciencia, que por no mirar a un hombre honrado, le dejan que se muera, o que se vuelva loco. Yo no sé para qué es tanto melindre; si lo hacen de honradas, cásense con ellos, que ellos no desean otra cosa.

—Calla, niña —dijo la ventera—, que parece que sabes mucho destas cosas, y no está bien a las doncellas saber ni hablar tanto.

—Como me lo pregunta este señor —respondió ella—, no pude dejar de respondelle.

—Ahora bien —dijo el cura—, traedme, señor huésped, aquesos libros, que los quiero ver.

—Que me place —respondió él.

Y entrando en su aposento, sacó dél una maletilla vieja, cerrada con una cadenilla, y, abriéndola, halló en ella tres libros grandes y unos papeles de muy buena letra, escritos de mano. El primer libro que abrió vio que era *Don Cirongilio de Tracia;*[7] y el otro, de *Felixmarte de Hircania;*[8] y el otro, la *Historia del Gran Capitán Gonzalo Hernández de Córdoba, con*

---

[7] *Los cuatro libros del valeroso caballero don Cirongilio de Tracia* (Sevilla, 1545), de Bernardo de Vargas.

[8] Véase el Capítulo 6, n. 7.

la vida de Diego García de Paredes.[9] Así como el cura leyó los dos títulos primeros, volvió el rostro al barbero y dijo:

—Falta nos hacen aquí ahora el ama de mi amigo y su sobrina.

—No hacen —respondió el barbero—; que también sé yo llevallos al corral o a la chimenea, que en verdad que hay muy buen fuego en ella.

—Luego ¿quiere vuestra merced quemar [mis][10] libros? —dijo el ventero.

—No más —dijo el cura— que estos dos: el de *Don Cirongilio* y el de *Felixmarte.*

—Pues, ¿por ventura —dijo el ventero— mis libros son herejes o flemáticos, que los quiere quemar?

—*Cismáticos* queréis decir, amigo —dijo el barbero—; que no *flemáticos.*

—Así es —replicó el ventero—. Mas si alguno quiere quemar, sea ese del Gran Capitán y dese Diego García; que antes dejaré quemar un hijo que dejar quemar ninguno desotros.

—Hermano mío —dijo el cura—, estos dos libros son mentirosos y están llenos de disparates y devaneos. Y este del Gran Capitán es historia verdadera, y tiene los hechos de Gonzalo Hernández de Córdoba, el cual, por sus muchas y grandes hazañas, mereció ser llamado de todo el mundo *Gran Capitán,* renombre famoso y claro, y dél sólo merecido; y este Diego García de Paredes fue un principal caballero, natural de la ciudad de Trujillo, en Estremadura, valentísimo soldado y de tantas fuerzas naturales, que detenía con un dedo una rueda de molino en la mitad de su furia; y, puesto con un montante[11] en la entrada de una puente, detuvo a todo un innumerable ejército, que no pasase por ella. E hizo otras tales cosas, que si como él las cuenta, y las escribe él asimismo, con la modestia de caballero y de coronista propio, las escribiera otro libre y desapasionado, pusieran en su olvido las de los Héctores, Aquiles y Roldanes.

—¡Tomaos con mi padre! —dijo el dicho ventero—. ¡Mirad de qué se espanta: de detener una rueda de molino! Por Dios, ahora había vuestra merced de leer lo que [hizo] Felixmarte de Hircania, que de un revés solo partió cinco gigantes por la cintura,

---

[9] Aunque se había publicado antes, la edición de esta obra cuyo título se acerca más al citado aquí es la *Crónica del Gran Capitán Gonzalo Hernández de Córdoba y Aguilar. Con la vida del caballero D. García de Paredes* (Sevilla, 1580).

[10] La *princeps: más.* No se suele enmendar, pero el ventero no sabe del escrutinio y quema de los libros de don Quijote.

[11] *montante,* espada grande y ancha.

como si fueran hechos de habas, como los frailecicos que hacen los niños. Y otra vez arremetió con un grandísimo y poderosísimo ejército, donde llevó más de un millón y seiscientos mil soldados, todos armados desde el pie hasta la cabeza, y los desbarató a todos, como si fueran manadas de ovejas. Pues ¿qué me dirán del bueno de don Cirongilio de Tracia, que fue tan valiente y animoso como se verá en el libro, donde cuenta que navegando por un río, le salió de la mitad del agua una serpiente de fuego, y él, así como la vio, se arrojó sobre ella, y se puso a horcajadas encima de sus escamosas espaldas, y le apretó con ambas manos la garganta con tanta fuerza, que, viendo la serpiente que la iba ahogando, no tuvo otro remedio sino dejarse ir a lo hondo del río, llevándose tras sí al caballero, que nunca la quiso soltar? Y cuando llegaron allá abajo, se halló en unos palacios y en unos jardines tan lindos, que era maravilla, y luego la sierpe se volvió en un viejo anciano, que le dijo tantas de cosas, que no hay más que oír. Calle, señor, que si oyese esto, se volvería loco de placer. ¡Dos higas para el Gran Capitán y para ese Diego García que dice![12]

Oyendo esto Dorotea, dijo callando a Cardenio:

—Poco le falta a nuestro huésped para hacer la segunda parte de don Quijote.

—Así me parece a mí —respondió Cardenio—, porque, según da indicio, él tiene por cierto que todo lo que estos libros cuentan pasó ni más ni menos que lo que escriben, y no le harán creer otra cosa frailes descalzos.

—Mirad, hermano —tornó a decir el cura—, que no hubo en el mundo Felixmarte de Hircania, ni don Cirongilio de Tracia, ni otros caballeros semejantes que los libros de caballerías cuentan, porque todo es compostura y ficción de ingenios ociosos, que los compusieron para el efecto que vos decís de entretener el tiempo, como lo entretienen leyéndolos vuestros segadores. Porque realmente os juro que nunca tales caballeros fueron en el mundo, ni tales hazañas ni disparates acontecieron en él.

—¡A otro perro con ese hueso! —respondió el ventero—. ¡Cómo si yo no supiese cuántas son cinco y adónde me aprieta el zapato! No piense vuestra merced darme papilla, porque por Dios que no soy nada blanco.[13] ¡Bueno es que quiera darme vuestra merced a entender que todo aquello que estos buenos libros dicen sea disparates y mentiras, estando impreso con li-

---

[12] Expresión de desprecio.
[13] *dar papilla* a uno, engañarle con cautela o astucia; *blanco*, ingenuo, bobo.

cencia de los señores del Consejo Real, como si ellos fueran gente que habían de dejar imprimir tanta mentira junta y tantas batallas y tantos encantamentos que quitan el juicio!

—Ya os he dicho, amigo —replicó el cura—, que esto se hace para entretener nuestros ociosos pensamientos; y así como se consiente en las repúblicas bien concertadas que haya juegos de ajedrez, de pelota y de trucos, para entretener a algunos que ni tienen, ni deben, ni pueden trabajar, así se consiente imprimir y que haya tales libros, creyendo, como es verdad, que no ha de haber alguno tan ignorante que tenga por historia verdadera ninguna destos libros. Y si me fuera lícito agora, y el auditorio lo requiriera, yo dijera cosas acerca de lo que han de tener los libros de caballerías para ser buenos, que quizá fueran de provecho y aun de gusto para algunos; pero yo espero que vendrá tiempo en que lo pueda comunicar con quien pueda remediallo, y en este entretanto creed, señor ventero, lo que os he dicho, y tomad vuestros libros, y allá os avenid con sus verdades o mentiras, y buen provecho os hagan, y quiera Dios que no cojeéis del pie que cojea vuestro huésped don Quijote.

—Eso no —respondió el ventero—; que no seré yo tan loco que me haga caballero andante; que bien veo que ahora no se usa lo que se usaba en aquel tiempo, cuando se dice que andaban por el mundo estos famosos caballeros.

A la mitad desta plática se halló Sancho presente, y quedó muy confuso y pensativo de lo que había oído decir que ahora no se usaban caballeros andantes, y que todos los libros de caballerías eran necedades y mentiras, y propuso en su corazón de esperar en lo que paraba aquel viaje de su amo, y que si no salía con la felicidad que él pensaba, determinaba de dejalle y volverse con su mujer y sus hijos a su acostumbrado trabajo.

Llevábase la maleta y los libros el ventero; mas el cura le dijo:

—Esperad, que quiero ver qué papeles son esos que de tan buena letra están escritos.

Sacólos el huésped, y dándoselos a leer, vio hasta obra de ocho pliegos escritos de mano, y al principio tenían un título grande que decía: *Novela del curioso impertinente.* Leyó el cura para sí tres o cuatro renglones, y dijo:

—Cierto que no me parece mal el título desta novela, y que me viene voluntad de leella toda.

A lo que respondió el ventero:

—Pues bien puede leella su reverencia, porque le hago saber que algunos huéspedes que aquí la han leído les ha contentado mucho, y me la han pedido con muchas veras; mas yo no se la he querido dar, pensando volvérsela a quien aquí dejó esta maleta olvidada con estos libros y esos papeles; que bien puede ser que vuelva su dueño por aquí algún tiempo, y aunque sé que me han de hacer falta los libros, a fe que se los he de volver; que, aunque ventero, todavía soy cristiano.

—Vos tenéis mucha razón, amigo —dijo el cura—; mas, con todo eso, si la novela me contenta, me la habéis de dejar trasladar.

—De muy buena gana —respondió el ventero.

Mientras los dos esto decían, había tomado Cardenio la novela y comenzado a leer en ella, y pareciéndole lo mismo que al cura, le rogó que la leyese de modo que todos la oyesen.

—Sí leyera —dijo el cura—, si no fuera mejor gastar este tiempo en dormir que en leer.

—Harto reposo será para mí —dijo Dorotea— entretener el tiempo oyendo algún cuento, pues aún no tengo el espíritu tan sosegado que me conceda dormir cuando fuera razón.

—Pues desa manera —dijo el cura—, quiero leerla, por curiosidad siquiera; quizá tendrá alguna[14] de gusto.

Acudió maese Nicolás a rogarle lo mesmo, y Sancho también; lo cual visto del cura, y entendiendo que a todos daría gusto y él le recibiría, dijo:

—Pues así es, esténme todos atentos; que la novela comienza desta manera:

---

[14] *alguna* [curiosidad].

Capítulo XXXIII

Donde se cuenta la novela del curioso impertinente

"En Florencia, ciudad rica y famosa de Italia, en la provincia que llaman Toscana, vivían Anselmo y Lotario, dos caballeros ricos y principales, y tan amigos que, por excelencia y antonomasia, de todos los que los conocían *los dos amigos* eran llamados. Eran solteros, mozos de una misma edad y de unas mismas costumbres; todo lo cual era bastante causa a que los dos con recíproca amistad se correspondiesen. Bien es verdad que el Anselmo era algo más inclinado a los pasatiempos amorosos que el Lotario, al cual llevaban tras sí los de la caza; pero cuando se ofrecía, dejaba Anselmo de acudir a sus gustos, por seguir los de Lotario, y Lotario dejaba los suyos, por acudir a los de Anselmo; y desta manera andaban tan a una sus voluntades, que no había concertado reloj que así lo anduviese.

Andaba Anselmo perdido de amores de una doncella principal y hermosa de la misma ciudad, hija de tan buenos padres y tan buena ella por sí, que se determinó (con el parecer de su amigo Lotario, sin el cual ninguna cosa hacía) de pedilla por esposa a sus padres, y así lo puso en ejecución; y el que llevó la embajada fue Lotario, y el que concluyó el negocio tan a gusto de su amigo, que en breve tiempo se vio puesto en la posesión que deseaba, y Camila tan contenta de haber alcanzado a Anselmo por esposo, que no cesaba de dar gracias al cielo, y a Lotario, por cuyo medio tanto bien le había venido.

Los primeros días, como todos los de boda suelen ser alegres, continuó Lotario como solía la casa de su amigo Anselmo, procurando honralle, festejalle y regocijalle con todo aquello que a él le fue posible. Pero acabadas las bodas y sosegada ya la frecuencia de las visitas y parabienes, comenzó Lotario a descuidarse con cuidado de las idas en casa de Anselmo, por parecerle a él (como es razón que parezca a todos los que fueren discretos) que no se han de visitar ni continuar las casas de los amigos casados de la misma manera que cuando eran solteros; porque aunque la buena y verdadera amistad no puede ni debe de ser sospechosa en nada, con todo esto, es tan delicada la honra del casado, que parece que se puede ofender aun de los mesmos hermanos, cuanto más de los amigos.

Notó Anselmo la remisión de Lotario, y formó dél quejas grandes, diciéndole que si él supiera que el casarse había de ser parte para no comunicalle como solía, que jamás lo hubiera hecho, y que si, por la buena correspondencia que los dos tenían mientras él fue soltero, habían alcanzado tan dulce nombre como el de ser llamados *los dos amigos*, que no permitiese, por querer hacer del circunspecto, sin otra ocasión alguna, que tan famoso y tan agradable nombre se perdiese; y que así, le suplicaba, si era lícito que tal término de hablar se usase entre ellos, que volviese a ser señor de su casa, y a entrar y salir en ella como de antes, asegurándole que su esposa Camila no tenía otro gusto ni otra voluntad que la que él quería que tuviese, y que por haber sabido ella con cuántas veras los dos se amaban, estaba confusa de ver en él tanta esquiveza.

A todas estas y otras muchas razones que Anselmo dijo a Lotario para persuadille volviese como solía a su casa, respondió Lotario con tanta prudencia, discreción y aviso, que Anselmo quedó satisfecho de la buena intención de su amigo, y quedaron de concierto que dos días en la semana y las fiestas fuese Lotario a comer con él; y aunque esto quedó así concertado entre los dos, propuso Lotario de no hacer más de aquello que viese que más convenía a la honra de su amigo, cuyo crédito [estimaba] en más que el suyo propio. Decía él, y decía bien, que el casado a quien el cielo había concedido mujer hermosa, tanto cuidado había de tener qué amigos llevaba a su casa como en mirar con qué amigas su mujer conversaba, porque lo que no se hace ni concierta en las plazas, ni en los templos, ni en las fiestas públicas, ni estaciones[1] (cosas que no todas veces las han de negar los maridos a sus mujeres), se concierta y facilita en casa de la amiga o la parienta de quien más satisfacción se tiene.

---

[1] *estaciones*, visitas que se hacen por devoción a las iglesias y altares.

También decía Lotario que tenían necesidad los casados de tener cada uno algún amigo que le advirtiese de los descuidos que en su proceder hiciese, porque suele acontecer que con el mucho amor que el marido a la mujer tiene, o no le advierte o no le dice, por no enojalla, que haga o deje de hacer algunas cosas, que el hacellas o no, le sería de honra o de vituperio; de lo cual, siendo del amigo advertido, fácilmente pondría remedio en todo. Pero ¿dónde se hallará amigo tan discreto y tan leal y verdadero como aquí Lotario le pide? No lo sé yo, por cierto; sólo Lotario era éste, que con toda solicitud y advertimiento miraba por la honra de su amigo, y procuraba dezmar, frisar[2] y acortar los días del concierto del ir a su casa, porque no pareciese [mal] al vulgo ocioso y a los ojos vagabundos y maliciosos la entrada de un mozo rico, gentilhombre y bien nacido, y de las buenas partes que él pensaba que tenía, en la casa de una mujer tan hermosa como Camila; que, puesto que su bondad y valor podía poner freno a toda maldiciente lengua, todavía no quería poner en duda su crédito ni el de su amigo, y por esto los más de los días del concierto los ocupaba y entretenía en otras cosas, que él daba a entender ser inexcusables. Así que en quejas del uno y disculpas del otro se pasaban muchos ratos y partes del día.

Sucedió, pues, que uno que los dos se andaban paseando por un prado fuera de la ciudad, Anselmo dijo a Lotario las semejantes razones:

—Pensabas, amigo Lotario, que a las mercedes que Dios me ha hecho en hacerme hijo de tales padres como fueron los míos y al darme, no con mano escasa, los bienes, así los que llaman de naturaleza como los de fortuna, no puedo yo corresponder con agradecimiento que llegue al bien recibido, y sobre al que me hizo en darme a ti por amigo y a Camila por mujer propia, dos prendas que las estimo, si no en el grado que debo, en el que puedo. Pues con todas estas partes, que suelen ser el todo con que los hombres suelen y pueden vivir contentos, vivo yo el más despechado y el más desabrido hombre de todo el universo mundo; porque no sé qué días a esta parte me fatiga y aprieta un deseo tan estraño y tan fuera del uso común de otros, que yo me maravillo de mí mismo, y me culpo y me riño a solas, y procuro callarlo y encubrirlo de mis propios pensamientos; y así me ha sido posible salir con este secreto como si de industria procurara decillo a todo el mundo. Y pues que, en efecto,

---

[2] *frisar*, disminuir rozando.

él ha de salir a plaza, quiero que sea en la del archivo de tu secreto, confiado que, con él y con la diligencia que pondrás, como mi amigo verdadero, en remediarme, yo me veré presto libre de la angustia que me causa, y llegará mi alegría por tu solicitud al grado que ha llegado mi descontento por mi locura.

Suspenso tenían a Lotario las razones de Anselmo, y no sabía en qué había de parar tan larga prevención o preámbulo, y aunque iba revolviendo en su imaginación qué deseo podría ser aquel que a su amigo tanto fatigaba, dio siempre muy lejos del blanco de la verdad; y por salir presto de la agonía que le causaba aquella suspensión, le dijo que hacía notorio agravio a su mucha amistad en andar buscando rodeos para decirle sus más encubiertos pensamientos, pues tenía cierto que se podía prometer dél, o ya consejos para [entretenellos], o ya remedio para cumplillos.

—Así es la verdad —respondió Anselmo—, y con esa confianza te hago saber, amigo Lotario, que el deseo que me fatiga es pensar si Camila, mi esposa, [es tan] buena y tan perfecta como yo pienso, y no puedo enterarme en esta verdad, si no es probándola de manera que la prueba manifieste los quilates de su bondad, como el fuego muestra los del oro. Porque yo tengo para mí, ¡oh amigo!, que no es una mujer más buena de cuanto es o no es solicitada, y que aquella sola es fuerte que no se dobla a las promesas, a las dádivas, a las lágrimas y a las continuas importunidades de los solícitos amantes. Porque ¿qué hay que agradecer —decía él— que una mujer sea buena, si nadie le dice que sea mala? ¿Qué mucho que esté recogida y temerosa la que no le dan ocasión para que se suelte, y la que sabe que tiene marido que, en cogiéndola en la primera desenvoltura, la ha de quitar la vida? Así que la que es buena por temor, o por falta de lugar, yo no la quiero tener en aquella estima en que tendré a la solicitada y perseguida, que salió con la corona del vencimiento. De modo que por estas razones, y por otras muchas que te pudiera decir para acreditar y fortalecer la opinión que tengo, deseo que Camila, mi esposa, pase por estas dificultades, y se acrisole y quilate en el fuego de verse requerida y solicitada, y de quien tenga valor para poner en ella sus deseos; y si ella sale, como creo que saldrá, con la palma desta batalla, tendré yo por sin igual mi ventura. Podré yo decir que está colmo el vacío de mis deseos; diré que me cupo en suerte la mujer fuerte, de quien el Sabio dice que ¿quién la hallará? Y cuando esto suceda al revés de lo que pienso, con el gusto de ver que acerté en mi opinión, llevaré sin pena la que de razón podrá causarme mi tan costosa experiencia. Y prosupuesto que ninguna cosa de cuantas me dijeres en contra de mi deseo ha de ser de algún provecho para dejar de ponerle por la obra, quiero, ¡oh amigo Lotario!, que te dispongas a ser el instrumento que labre aquesta obra de mi gusto; que yo te daré lugar para que lo hagas, sin faltarte todo aquello que yo viere ser necesario para solicitar a una mujer honesta, honrada, recogida y desinteresada.

Y muéveme, entre otras cosas, a fiar de ti esta tan ardua empresa, el ver que si de ti es vencida Camila, no ha de llegar el vencimiento a todo trance y rigor, sino a sólo a tener por hecho lo que se ha de hacer, por buen respeto, y así, no quedaré yo ofendido más de con el deseo, y mi injuria quedará escondida en la virtud de tu silencio, que bien sé que en lo que me tocare ha de ser eterno como el de la muerte. Así que, si quieres que yo tenga vida que pueda decir que lo es, desde luego has de entrar en esta amorosa batalla, no tibia ni perezosamente, sino con el ahínco y diligencia que mi deseo pide, y con la confianza que nuestra amistad me asegura.

Éstas fueron las razones que Anselmo dijo a Lotario, a todas las cuales estuvo tan atento, que si no fueron las que quedan escritas que le dijo, no desplegó sus labios hasta que hubo acabado; y viendo que no decía más, después que le estuvo mirando un buen espacio, como si mirara otra cosa que jamás hubiera visto, que le causara admiración y espanto, le dijo:

—No me puedo persuadir, ¡oh amigo Anselmo!, a que no sean burlas las cosas que me has dicho; que a pensar que de veras las decías, no consintiera que tan adelante pasaras, porque con no escucharte previniera tu larga arenga. Sin duda imagino, o que no me conoces, o que yo no te conozco. Pero no: que bien sé que eres Anselmo, y tú sabes que yo soy Lotario; el daño está en que yo pienso que no eres el Anselmo que solías, y tú debes de haber pensando que tampoco yo soy el Lotario que debía ser, porque las cosas que me has dicho, ni son de aquel Anselmo mi amigo, ni las que me pides se han de pedir a aquel Lotario que tú conoces. Porque los buenos amigos han de probar a sus amigos y valerse dellos, como dijo un poeta, *usque ad aras;* [3] que quiso decir que no se habían de valer de su amistad en cosas que fuesen contra Dios. Pues si esto sintió un gentil de la amistad, ¿cuánto mejor es que lo sienta el cristiano, que sabe que por ninguna humana ha de perder la amistad divina?

---

[3] *usque ad aras*, hasta el altar.

Y cuando el amigo tirase tanto la barra, que pusiese aparte los respetos del cielo por acudir a los de su amigo, no ha de ser por cosas ligeras y de poco momento, sino por aquellas en que vaya la honra y la vida de su amigo. Pues dime tú ahora, Anselmo: ¿cuál destas dos cosas tienes en peligro para que yo me aventure a complacerte y a hacer una cosa tan detestable como me pides? Ninguna, por cierto; antes me pides, según yo entiendo, que procure y solicite quitarte la honra y la vida, y quitármela a mí juntamente. Porque si yo he de procurar quitarte la honra, claro está que te quito la vida, pues el hombre sin honra peor es que un muerto; y siendo yo el instrumento, como tú quieres que lo sea, de tanto mal tuyo, ¿no vengo a quedar deshonrado, y, por el mesmo consiguiente, sin vida? Escucha, amigo Anselmo, y ten paciencia de no responderme hasta que acabe de decirte lo que se me ofreciere acerca de lo que te ha pedido tu deseo; que tiempo quedará para que tú me repliques y yo te escuche.

—Que me place —dijo Anselmo—; di lo que quisieres.

Y Lotario prosiguió diciendo:

—Paréceme, ¡oh Anselmo!, que tienes tú ahora el ingenio como el que siempre tienen los moros, a los cuales no se les puede dar a entender el error de su secta con las acotaciones de la Santa Escritura, ni con razones que consistan en especulación del entendimiento, ni que vayan fundadas en artículos de fe, sino que les han de traer ejemplos palpables, fáciles, inteligibles, demostrativos, indubitables, con demostraciones matemáticas que no se pueden negar, como cuando dicen: "Si de dos partes iguales quitamos partes iguales, las que quedan también son iguales"; y cuando esto no entiendan de palabra, como, en efecto, no lo entienden, háseles de mostrar con las manos, y ponérselo delante de los ojos, y, aun con todo esto, no basta nadie con ellos a persuadirles las verdades de mi sacra religión. Y este mesmo término y modo me convendrá usar contigo, porque el deseo que en ti ha nacido va tan descaminado y tan fuera de todo aquello que tenga sombra de razonable, que me parece que ha de ser tiempo gastado el que ocupare en darte a entender tu simplicidad, que por ahora no le quiero dar otro nombre, y aun estoy por dejarte en tu desatino, en pena de tu mal deseo; mas no me deja usar deste rigor la amistad que te tengo, la cual no consiente que te deje puesto en tan manifiesto peligro de perderte.

Y porque claro lo veas, dime, Anselmo: ¿tú no me has dicho que tengo de solicitar a una retirada, persuadir a una honesta, ofrecer a una desinteresada, servir a una prudente? Sí, que me lo has dicho. Pues si tú sabes que tienes mujer retirada, honesta, desinteresada y prudente, ¿qué buscas? Y si piensas que de todos mis asaltos ha de salir vencedora, como saldrá sin duda, ¿qué mejores títulos piensas darle después que los que ahora tiene, o qué será más después de lo que es ahora? O es que tú no la tienes por la que dices, o tú no sabes lo que pides. Si no la tienes por lo que dices, ¿para qué quieres probarla, sino, como a mala, hacer della lo que más te viniere en gusto? Mas si es tan buena como crees, impertinente cosa será hacer experiencia de la mesma verdad, pues, después de hecha, se ha de quedar con la estimación que primero tenía. Así que es razón concluyente que el intentar las cosas de las cuales antes nos puede suceder daño que provecho es de juicios sin discurso y temerarios, y más cuando quieren intentar aquellas a que no son forzados ni compelidos, y que de muy lejos traen descubierto que el intentarlas es manifiesta locura.

Las cosas dificultosas se intentan por Dios, o por el mundo, o por entrambos a dos: las que se acometen por Dios son las que acometieron los santos, acometiendo a vivir vida de ángeles en cuerpos humanos; las que se acometen por respeto del mundo son las de aquellos que pasan tanta infinidad de agua, tanta diversidad de climas, tanta estrañeza de gentes, por adquirir estos que llaman bienes de fortuna. Y las que se intentan por Dios y por el mundo juntamente son aquellas de los valerosos soldados, que apenas veen en el contrario muro abierto tanto espacio cuanto es el que pudo hacer una redonda bala de artillería, cuando, puesto aparte todo temor, sin hacer discurso ni advertir al manifiesto peligro que les amenaza, llevados en vuelo de las alas del deseo de volver por su fe, por su nación y por su rey, se arrojan intrépidamente por la mitad de mil contrapuestas muertes que los esperan. Estas cosas son las que suelen intentarse, y es honra, gloria y provecho intentarlas, aunque tan llenas de inconvenientes y peligros.

Pero la que tú dices que quieres intentar y poner por obra, ni te ha de alcanzar gloria de Dios, bienes de la fortuna, ni fama con los hombres; porque, puesto que salgas con ella como deseas, no has de quedar ni más ufano, ni más rico, ni más honrado que estás ahora; y si no sales, te has de ver en la mayor miseria que imaginarse pueda, porque no te ha de aprovechar pensar entonces que no sabe nadie la desgracia que te ha sucedido, porque bastará para afligirte y deshacerte que la sepas tú mesmo. Y para confirmación desta verdad, te quiero decir una estancia que hizo el famoso poeta Luis Tansilo, en el fin de su primera parte de *Las lágrimas de San Pedro*,[4] que dice así:

> Crece el dolor y crece la vergüenza
> en Pedro, cuando el día se ha mostrado,
> y aunque allí no ve a nadie, se avergüenza
> de sí mesmo, por ver que había pecado:
> que a un magnánimo pecho a haber vergüenza
> no sólo ha de moverle el ser mirado;
> que de sí se avergüenza cuando yerra,
> si bien otro no vee que cielo y tierra.

Así que no escusarás con el secreto tu dolor; antes tendrás que llorar contino, si no lágrimas de los ojos, lágrimas de sangre del corazón, como las lloraba aquel simple doctor que nuestro poeta nos cuenta que hizo la prueba del vaso,[5] que con mejor discurso, se escusó de hacerla el prudente Reinaldos; que puesto que aquello sea ficción poética, tiene en sí encerrados secretos morales dignos de ser advertidos y entendidos e imitados. Cuanto más que con lo que ahora pienso decirte acabarás de venir en conocimiento del grande error que quieres cometer.

Dime, Anselmo, si el cielo, o la suerte buena, te hubiera hecho señor y legítimo posesor de un finísimo diamante, de cuya bondad y quilates estuviesen satisfechos cuantos lapidarios le viesen, y que todos a una voz y de común parecer dijesen que llegaba en quilates, bondad y fineza a cuanto se podía estender la naturaleza de tal piedra, y tú mesmo lo creyeses así, sin saber otra cosa en contrario, ¿sería justo que te viniese en deseo de tomar aquel diamante, y ponerle entre un yunque y un martillo, y allí, a pura fuerza de golpes y brazos, probar si es tan duro y tan fino como dicen? Y más, si lo pusieses por obra; que, puesto caso que la piedra hiciese resistencia a tan necia prueba, no por eso se le añadiría más valor ni más fama, y si se rompiese, cosa que podría ser, ¿no se perdía todo? Sí, por cierto, dejando a su dueño en estimación de que todos le tengan por simple. Pues haz cuenta, Anselmo amigo, que Camila es finísimo diamante, así en tu estimación como en la ajena, y que no es razón ponerla en contingencia de que se quiebre, pues aunque se quede con su entereza, no puede subir a más valor del que ahora tiene, y si faltase y

[4] *Le lacrime di San Pietro*, de Luigi Tansillo (1510-1568), fue publicado en 1585, y traducido al castellano en 1587 por Luis Gálvez de Montalvo.
[5] *nuestro poeta* es Ariosto, y la alusión es a una prueba de la fidelidad de las mujeres del Canto 43 del *Orlando furioso*.

no resistiese, considera desde ahora cuál quedarías sin ella, y con cuánta razón te podrías quejar de ti mesmo, por haber sido causa de su perdición y la tuya.

Mira que no hay joya en el mundo que tanto valga como la mujer casta y honrada, y que todo el honor de las mujeres consiste en la opinión buena que dellas se tiene; y pues la de tu esposa es tal que llega al estremo de bondad que sabes, ¿para qué quieres poner esta verdad en duda? Mira, amigo, que la mujer es animal imperfecto, y que no se le han de poner embarazos donde tropiece y caiga, sino quitárselos y despejalle el camino de cualquier inconveniente, para que sin pesadumbre corra ligera a alcanzar la perfección que le falta, que consiste en el ser virtuosa.

Cuentan los naturales[6] que el arminio es un animalejo que tiene una piel blanquísima, y que cuando quieren cazarle, los cazadores usan deste artificio: que, sabiendo las partes por donde suele pasar y acudir, las atajan con lodo, y después, ojeándole,[7] le encaminan hacia aquel lugar, y así como el arminio llega al lodo, se está quedo y se deja prender y cautivar, a trueco de no pasar por el cieno y perder y ensuciar su blancura, que la estima en más que la libertad y la vida. La honesta y casta mujer es arminio, y es más que nieve blanca y limpia la virtud de la honestidad, y el que quisiere que no la pierda, antes la guarde y conserve, ha de usar de otro estilo diferente que con el arminio se tiene, porque no le han de poner delante el cieno de los regalos y servicios de los importunos amantes, porque quizá, y aun sin quizá, no tiene tanta virtud y fuerza natural que pueda por sí mesma atropellar y pasar por aquellos embarazos, y es necesario quitárselos y ponerle delante la limpieza de la virtud y la belleza que encierra en sí la buena fama.

Es asimesmo la buena mujer como espejo de cristal luciente y claro, pero está sujeto a empañarse y escurecerse con cualquiera aliento que le toque. Hase de usar con la honesta mujer el estilo que con las reliquias: adorarlas y no tocarlas. Hase de guardar y estimar la mujer buena como se guarda y estima un hermoso jardín que está lleno de flores y rosas, cuyo dueño no consiente que nadie le pasee ni manosee; basta que desde lejos y por entre las verjas de hierro gocen de su fragancia y hermosura. Finalmente, quiero decirte unos versos que se me han venido a la memoria, que los oí en una comedia moder-

---

[6] *naturales*, naturalistas.
[7] *ojeándole*, de ¡ox!, espantar la caza.

na,[8] que me parece que hacen al propósito de lo que vamos tratando. Aconsejaba un prudente viejo a otro, padre de una doncella, que la recogiese, guardase y encerrase, y entre otras razones, le dijo éstas:

Es de vidrio la mujer;
pero no se ha de probar
si se puede o no quebrar,
porque todo podría ser.
Y es más fácil el quebrarse,
y no es cordura ponerse
a peligro de romperse
lo que no puede soldarse.
Y en esta opinión estén
todos, y en razón la fundo;
que si hay Dánaes en el mundo,
hay pluvias de oro también.[9]

Cuanto hasta aquí te he dicho, ¡oh Anselmo!, ha sido por lo que a ti te toca; y ahora es bien que se oiga algo de lo que a mí me conviene; y si fuere largo, perdóname; que todo lo requiere el laberinto donde te has entrado y de donde quieres que yo te saque. Tú me tienes por amigo, y quieres quitarme la honra, cosa que es contra toda amistad; y aun no sólo pretendes esto, sino que procuras que yo te la quite a ti. Que me la quieres quitar a mí está claro, pues cuando Camila vea que yo la solicito, como me pides, cierto está que me ha de tener por hombre sin honra y mal mirado, pues intento y hago una cosa tan fuera de aquello que el ser quien soy y tu amistad me obliga. De que quieres que te la quite a ti no hay duda, porque viendo Camila que yo la solicito, ha de pensar que yo he visto en ella alguna liviandad que me dio atrevimiento a descubrirle mi mal deseo, y teniéndose por deshonrada, te toca a ti, como a cosa suya, su mesma deshonra. Y de aquí nace lo que comúnmente se platica:[10] que el marido de la mujer adúltera, puesto que él no lo sepa ni haya dado ocasión para que su mujer no sea la que debe, ni haya sido en su mano, ni en su descuido y poco recato estorbar su desgracia,

---

[8] No se ha identificado esta obra.
[9] Júpiter se transformó en lluvia de oro para gozar de Dánae, encerrada en una torre.
[10] *se platica*, se practica. Más abajo dice Anselmo *poner en plática*, en el mismo sentido.

con todo, le llaman y le nombran con nombre de vituperio y bajo, y en cierta manera le miran los que la maldad de su mujer saben con ojos de menosprecio, en cambio de mirarle con los de lástima, viendo que no por su culpa, sino por el gusto de su mala compañera, está en aquella desventura.

Pero quiérote decir la causa por que con justa razón es deshonrado el marido de la mujer mala, aunque él no sepa que lo es, ni tenga culpa, ni haya sido parte, ni dado ocasión, para que ella lo sea. Y no te canses de oírme; que todo ha de redundar en tu provecho. Cuando Dios crió a nuestro primero padre en el Paraíso terrenal, dice la divina Escritura que infundió Dios sueño en Adán, y que, estando durmiendo, le sacó una costilla del lado siniestro, de la cual formó a nuestra madre Eva; y así como Adán despertó y la miró, dijo: "—Ésta es carne de mi carne y hueso de mis huesos." Y Dios dijo: "—Por ésta dejará el hombre a su padre y madre, y serán dos en una carne misma." Y entonces fue instituido el divino sacramento del matrimonio, con tales lazos, que sola la muerte puede desatarlos. Y tiene tanta fuerza y virtud este milagroso sacramento, que hace que dos diferentes personas sean una mesma carne; y aun hace más en los buenos casados, que, aunque tienen dos almas, no tienen más de una voluntad. Y de aquí viene que, como la carne de la esposa sea una mesma con la del esposo, las manchas que en ella caen, o los defectos que se procura, redundan en la carne del marido, aunque él no haya dado, como queda dicho, ocasión para aquel daño. Porque así como el dolor del pie o de cualquier miembro del cuerpo humano le siente todo el cuerpo, por ser todo de una carne mesma, y la cabeza siente el daño del tobillo, sin que ella se le haya causado, así el marido es participante de la deshonra de la mujer, por ser una mesma cosa con ella. Y como las honras y deshonras del mundo sean todas y nazcan de carne y sangre, y las de la mujer mala sean deste género, es forzoso que al marido le quepa parte dellas, y sea tenido por deshonrado sin que él lo sepa.

Mira, pues, ¡oh Anselmo!, al peligro que te pones en querer turbar el sosiego en que tu buena esposa vive. Mira por cuán vana e impertinente curiosidad quieres revolver los humores que ahora están sosegados en el pecho de tu casta esposa. Advierte que lo que aventuras a ganar es poco, y que lo que perderás será tanto, que lo dejaré en su punto, porque me faltan palabras para encarecerlo. Pero si todo cuanto he dicho no basta a moverte de tu mal propósito, bien puedes buscar otro instrumento de tu deshonra y desventura; que yo no pienso serlo, aunque por ello pierda tu amistad, que es la mayor pérdida que imaginar puedo.

Calló en diciendo esto el virtuoso y prudente Lotario, y Anselmo quedó tan confuso y pensativo, que por un buen espacio no le pudo responder palabra; pero, en fin, le dijo:

—Con la atención que has visto he escuchado, Lotario amigo, cuanto has querido decirme, y en tus razones, ejemplos y comparaciones he visto la mucha discreción que tienes y el estremo de la verdadera amistad que alcanzas; y asimesmo veo y confieso que si no sigo tu parecer y me voy tras el mío, voy huyendo del bien y corriendo tras el mal. Presupuesto esto, has de considerar que yo padezco ahora la enfermedad que suelen tener algunas mujeres, que se les antoja comer tierra, yeso, carbón y otras cosas peores, aún asquerosas para mirarse, cuanto más para comerse; así que es menester usar de algún artificio para que yo sane, y esto se podía hacer con facilidad, sólo con que comiences, aunque tibia y fingidamente, a solicitar a Camila, la cual no ha de ser tan tierna, que a los primeros encuentros dé con su honestidad por tierra; y con solo este principio quedaré contento, y tú habrás cumplido con lo que debes a nuestra amistad, no solamente dándome la vida, sino persuadiéndome de no verme sin honra. Y estás obligado a hacer esto por una razón sola, y es que, estando yo, como estoy, determinado de poner en plática esta prueba, no has tú de consentir que yo dé cuenta de mi desatino a otra persona, con que pondría en aventura el honor que tú procuras que no pierda; y cuando el tuyo no esté en el punto que debe en la intención de Camila en tanto que la solicitares, importa poco o nada, pues con brevedad, viendo [en] ella la entereza que esperamos, le podrás decir la pura verdad de nuestro artificio, con que volverá tu crédito al ser primero. Y pues tan poco aventuras y tanto contento me puedes dar aventurándote, no lo dejes de hacer, aunque más inconvenientes se te pongan delante, pues, como ya he dicho, con sólo que comiences daré por concluida la causa.

Viendo Lotario la resoluta voluntad de Anselmo, y no sabiendo qué más ejemplos traerle ni qué más razones mostrarle para que no la siguiese, y viendo que le amenazaba que daría a otro cuenta de su mal deseo, por evitar mayor mal, determinó de contentarle y hacer lo que le pedía, con propósito e intención de guiar aquel negocio de modo que, sin alterar los pensamientos de Camila, quedase Anselmo satisfecho; y así, le respondió que no comunicase su pensamiento con otro alguno, que él tomaba a su cargo aquella empresa, la cual comenzaría cuando a él le diese más gusto. Abrazóle Anselmo tierna y amorosamente, y agradecióle su ofrecimiento, como si alguna grande merced le hubiera hecho, y quedaron de acuerdo entre los dos que desde otro día siguiente se comenzase la obra; que él le daría lugar y tiempo como a sus solas pudiese hablar a Camila, y asimesmo le daría dineros y joyas que darla y que ofrecerla. Aconsejóle que le diese músicas, que escribiese versos en su alabanza, y que, cuando él no quisiese tomar trabajo de hacerlos, él mesmo los haría. A todo se ofreció Lotario, bien con diferente intención que Anselmo pensaba.

Y con este acuerdo se volvieron a casa de Anselmo, donde hallaron a Camila con ansia y cuidado, esperando a su esposo, porque aquel día tardaba en venir más de lo acostumbrado.

Fuese Lotario a su casa, y Anselmo quedó en la suya, tan contento como Lotario fue pensativo, no sabiendo qué traza dar para salir bien de aquel impertinente negocio. Pero aquella noche pensó el modo que tendría para engañar a Anselmo sin ofender a Camila, y otro día vino a comer con su amigo, y fue bien recibido de Camila, la cual le recibía y regalaba con mucha voluntad, por entender la buena que su esposo le tenía.

Acabaron de comer, levantaron los manteles y Anselmo dijo a Lotario que se quedase allí con Camila en tanto que él iba a un negocio forzoso, que dentro de hora y media volvería. Rogóle Camila que no se fuese, y Lotario se ofreció a hacerle compañía; mas nada aprovechó con Anselmo; antes importunó a Lotario que se quedase y le aguardase, porque tenía que tratar con él una cosa de mucha importancia. Dijo también a Camila que no dejase solo a Lotario en tanto que él volviese. En efecto, él supo tan bien fingir la necesidad o necedad de su ausencia, que nadie pudiera entender que era fingida. Fuese Anselmo, y quedaron solos a la mesa Camila y Lotario, porque la demás gente de casa toda se había ido a comer. Viose Lotario puesto en la estacada que su amigo deseaba y con el enemigo delante, que pudiera vencer con sola su hermosura a un escuadrón de caballeros armados: mirad si era razón que le temiera Lotario.

Pero lo que hizo fue poner el codo sobre el brazo de la silla, y la mano abierta en la mejilla, y pidiendo perdón a Camila del mal comedimiento, dijo que quería reposar un poco en tanto que Anselmo volvía. Camila le respondió que mejor reposaría en el estrado que en la silla, y así, le rogó se entrase a dormir en él. No quiso Lotario, y allí se quedó dormido hasta que volvió Anselmo, el cual, como halló a Camila en su aposento y a Lotario durmiendo, creyó que, como se había tardado tanto, ya habrían tenido los dos lugar para hablar, y aun para dormir, y no vio la hora en que Lotario despertase, para volverse con él fuera y preguntarle de su ventura.

Todo le sucedió como él quiso; Lotario despertó, y luego salieron los dos de casa, y así, le preguntó lo que deseaba, y le respondió Lotario que no le había parecido ser bien que la primera vez se descubriese del todo, y así no había hecho otra cosa que alabar a Camila de hermosa, diciéndole que en toda la ciudad no se trataba de otra cosa que de su hermosura y discreción, y que éste le había parecido buen principio para entrar ganando la voluntad, y disponiéndola a que otra vez le escuchase con gusto, usando en esto del artificio que el demonio usa cuando quiere engañar a alguno que está puesto en atalaya de mirar por sí; que se transforma en ángel de luz, siéndolo él de tinieblas, y, poniéndole delante apariencias buenas, al cabo descubre quién es y sale con su intención, si a los principios no es descubierto su engaño. Todo esto le contentó mucho a Anselmo, y dijo que cada día daría el mesmo lugar, aunque no saliese de casa, porque en ella se ocuparía en cosas que Camila no pudiese venir en conocimiento de su artificio.

Sucedió, pues, que se pasaron muchos días que sin decir Lotario palabra a Camila, respondía a Anselmo que la hablaba y jamás podía sacar della una pequeña muestra de venir en ningúna cosa que mala fuese, ni aun dar una señal de sombra de esperanza; antes decía que le amenazaba que si de aquel mal pensamiento no se quitaba, que lo había de decir a su esposo.

—Bien está —dijo Anselmo—. Hasta aquí ha resistido Camila a las palabras; es menester ver cómo resiste a las obras: yo os daré mañana dos mil escudos de oro para que se los ofrezcáis, y aun se los deis, y otros tantos para que compréis joyas con que cebarla; que las mujeres suelen ser aficionadas, y más si son hermosas, por más castas que sean, a esto de traerse bien y andar galanas; y si ella resiste a esta tentación, yo quedaré satisfecho y no os daré más pesadumbre.

Lotario respondió que ya que había comenzado, que él llevaría hasta el fin aquella empresa, puesto que entendía salir della cansado y vencido. Otro día recibió los cuatro mil escudos, y con ellos cuatro mil confusiones, porque no sabía qué decirse para mentir de nuevo; pero, en efecto, determinó de decirle que Camila estaba tan entera a las dádivas y promesas como a las palabras, y que no había para qué cansarse más, porque todo el tiempo se gastaba en balde.

Pero la suerte, que las cosas guiaba de otra manera, ordenó que, habiendo dejado Anselmo solos a Lotario y a Camila, como otras veces solía, él se encerró en un aposento y por los agujeros de la cerradura estuvo mirando y escuchando lo que los dos trataban, y vio que en más de media hora Lotario no habló palabra a Camila, ni se la hablara si allí estuviera un siglo, y cayó en la cuenta de que cuanto su amigo le había dicho de las respuestas de Camila todo era ficción y mentira. Y para ver si esto era así, salió del aposento, y llamando a Lotario aparte, le preguntó qué nuevas había y de qué temple estaba Camila. Lotario le respondió que no pensaba más darle puntada en aquel negocio, porque respondía tan áspera y desabridamente, que no tendría ánimo para volver a decirle cosa alguna.

—¡Ah —dijo Anselmo—, Lotario, Lotario, y cuán mal correspondes a lo que me debes y a lo mucho que de ti confío! Ahora te he estado mirando por el lugar que concede la entrada desta llave, y he visto que no has dicho palabra a Camila, por donde me doy a entender que aun las primeras le tienes por decir; y si esto es así, como sin duda lo es, ¿para qué me engañas, o por qué quieres quitarme con tu industria los medios que yo podría hallar para conseguir mi deseo?

No dijo más Anselmo, pero bastó lo que había dicho para dejar corrido y confuso a Lotario; el cual, casi como tomando por punto de honra el haber sido hallado en mentira, juró a Anselmo que desde aquel momento tomaba tan a su cargo el contentalle y no mentille, cual lo vería si con curiosidad lo espiaba; cuanto más que no sería menester usar de ninguna diligencia, porque la que él pensaba poner en satisfacelle le quitaría de toda sospecha. Creyóle Anselmo, y para dalle comodidad más segura y menos sobresaltada, determinó de hacer ausencia de su casa por ocho días, yéndose a la de un amigo suyo, que estaba en una aldea, no lejos de la ciudad; con el cual amigo concertó que le enviase a llamar con muchas veras, para tener ocasión con Camila de su partida.

¡Desdichado y mal advertido de ti, Anselmo! ¿Qué es lo que haces? ¿Qué es lo que trazas? ¿Qué es lo que ordenas? Mira que haces contra ti mismo, trazando tu deshonra y ordenando tu perdición. Buena es tu esposa Camila; quieta y sosegadamente la posees; nadie sobresalta tu gusto; sus pensamientos no salen de las paredes de su casa; tú eres su cielo en la tierra, el blanco de sus deseos, el cumplimiento de sus gustos y la medida por donde mide su voluntad, ajustándola en todo con la tuya y con la del cielo. Pues si la mina de su honor, hermosura, honestidad y re-

cogimiento te da sin ningún trabajo toda la riqueza que tiene
y tú puedes desear, ¿para qué quieres ahondar la tierra, y buscar
nuevas vetas de nuevo y nunca visto tesoro, poniéndote a peligro que todo venga abajo, pues, en fin, se sustenta sobre los dé-
biles arrimos de su flaca naturaleza? Mira que el que busca lo
imposible, es justo que lo posible se le niegue, como lo dijo mejor
un poeta,[11] diciendo:

> Busco en la muerte la vida,
> salud en la enfermedad,
> en la prisión libertad,
> en lo cerrado salida
> y en el traidor lealtad.
> Pero mi suerte, de quien
> jamás espero algún bien,
> con el cielo ha estatuido
> que, pues lo imposible pido,
> lo posible aun no me den.

Fuese otro día Anselmo a la aldea, dejando dicho a Camila
que el tiempo que él estuviese ausente vendría Lotario a mirar
por su casa y a comer con ella; que tuviese cuidado de tratalle
como a su mesma persona. Afligióse Camila, como mujer discreta
y honrada, de la orden que su marido le dejaba, y díjole que advirtiese que no estaba bien que nadie, él ausente, ocupase la silla
de su mesa, y que si lo hacía por no tener confianza que ella sabría gobernar su casa, que probase por aquella vez, y vería
por experiencia como para mayores cuidados era bastante.
Anselmo le replicó que aquél era su gusto, y que no tenía más
que hacer que bajar la cabeza y obedecelle. Camila dijo que así
lo haría, aunque contra su voluntad.

Partióse Anselmo, y otro día vino a su casa Lotario, donde
fue recibido de Camila con amoroso y honesto acogimiento;
la cual jamás se puso en parte donde Lotario la viese a solas,
porque siempre andaba rodeada de sus criados y criadas, especialmente de una doncella suya llamada Leonela, a quien ella
mucho quería, por haberse criado desde niñas las dos juntas en
casa de los padres de Camila, y cuando se casó con Anselmo
la trujo consigo. En los tres días primeros nunca Lotario le dijo
nada, aunque pudiera, cuando se levantaban los manteles y la
gente se iba a comer con mucha priesa, porque así se lo tenía mandado Camila. Y aun tenía orden Leonela que comiese primero
que Camila, y que de su lado jamás se quitase; mas ella, que en

---

[11] No se ha identificado.

otras cosas de su gusto tenía puesto el pensamiento y había menester aquellas horas y aquel lugar para ocuparle en sus contentos, no cumplía todas veces el mandamiento de su señora; antes los dejaba solos, como si aquello le hubieran mandado. Mas la honesta presencia de Camila, la gravedad de su rostro, la compostura de su persona era tanta, que ponía freno a la lengua de Lotario.

Pero el provecho que las muchas virtudes de Camila hicieron poniendo silencio en la lengua de Lotario, redundó más en daño de los dos, porque si la lengua callaba, el pensamiento discurría y tenía lugar de contemplar, parte por parte, todos los estremos de bondad y de hermosura que Camila tenía, bastantes a enamorar una estatua de mármol, no que un corazón de carne.

Mirábala Lotario en el lugar y espacio que había de hablarla, y consideraba cuán digna era de ser amada, y esta consideración comenzó poco a poco a dar asaltos a los respetos que a Anselmo tenía, y mil veces quiso ausentarse de la ciudad e irse donde jamás Anselmo le viese a él, ni él viese a Camila; mas ya le hacía impedimento y detenía el gusto que hallaba en mirarla. Hacíase fuerza y peleaba consigo mismo por desechar y no sentir el contento que le llevaba a mirar a Camila. Culpábase a solas de su desatino; llamábase mal amigo, y aun mal cristiano; hacía discursos y comparaciones entre él y Anselmo, y todos paraban en decir que más había sido la locura y confianza de Anselmo que su poca fidelidad, y que si así tuviera disculpa para con Dios como para con los hombres de lo que pensaba hacer, que no temiera pena por su culpa.

En efecto, la hermosura y la bondad de Camila, juntamente con la ocasión que el ignorante marido le había puesto en las manos, dieron con la lealtad de Lotario en tierra. Y, sin mirar a otra cosa que aquella a que su gusto le inclinaba, al cabo de tres días de la ausencia de Anselmo, en los cuales estuvo en continua batalla por resistir a sus deseos, comenzó a requebrar a Camila, con tanta turbación y con tan amorosas razones, que Camila quedó suspensa, y no hizo otra cosa que levantarse de donde estaba y entrarse en su aposento, sin respondelle palabra alguna. Mas no por esta sequedad se desmayó en Lotario la esperanza, que siempre nace juntamente con el amor; antes tuvo en más a Camila. La cual, habiendo visto en Lotario lo que jamás pensara, no sabía qué hacerse. Y, pareciéndole no ser cosa segura ni bien hecha darle ocasión ni lugar a que otra vez la hablase, determinó de enviar aquella mesma noche, como lo hizo, a un criado suyo con un billete a Anselmo, donde le escribió estas razones:

Capítulo XXXIV

Donde se prosigue la novela del curioso impertinente

Así como suele decirse que parece mal el ejército sin su general y el castillo sin su castellano, digo yo que parece muy peor la mujer casada y moza sin su marido, cuando justísimas ocasiones no lo impiden. Yo me hallo tan mal sin vos, y tan imposibilitada de no poder sufrir esta ausencia, que si presto no venís, me habré de ir a entretener en casa de mis padres, aunque deje sin guarda la vuestra; porque la que me dejastes, si es que quedó con tal título, creo que mira más por su gusto que por lo que a vos os toca; y pues sois discreto, no tengo más que deciros, ni aun es bien que más os diga.

Esta carta recibió Anselmo, y entendió por ella que Lotario había ya comenzado la empresa, y que Camila debía de haber respondido como él deseaba; y, alegre sobremanera de tales nuevas, respondió a Camila, de palabra, que no hiciese mudamiento de su casa en modo ninguno, porque él volvería con mucha brevedad. Admirada quedó Camila de la respuesta de Anselmo, que la puso en más confusión que primero, porque ni se atrevía a estar en su casa, ni menos irse a la de sus padres, porque en la quedada corría peligro su honestidad, y en la ida, iba contra el mandamiento de su esposo.

En fin, se resolvió en lo que le estuvo peor, que fue en el quedarse, con determinación de no huir la presencia de Lotario por no dar que decir a sus criados, y ya le pesaba de haber escrito lo que escribió a su esposo, temerosa de que no pensase que Lotario había visto en ella alguna desenvoltura que le hubiese movido a no guardalle el decoro que debía. Pero, fiada en su bondad, se fió en Dios y en su buen pensamiento, con que pensaba resistir callando a todo aquello que Lotario decirle quisiese, sin dar más cuenta a su marido, por no ponerle en alguna pendencia y trabajo.

Y aun andaba buscando manera como disculpar a Lotario con Anselmo, cuando le preguntase la ocasión que le había movido a escribirle aquel papel. Con estos pensamientos, más honrados que acertados ni provechosos, estuvo otro día escuchando a Lotario, el cual cargó la mano de manera que comenzó a titubear la firmeza de Camila, y su honestidad tuvo harto que hacer en acudir a los ojos, para que no diesen muestra de alguna amorosa compasión que las lágrimas y las razones de Lotario en su pecho habían despertado. Todo esto notaba Lotario, y todo le encendía.

Finalmente, a él le pareció que era menester, en el espacio y lugar que daba la ausencia de Anselmo, apretar el cerco a aquella fortaleza, y así, acometió a su presunción con las alabanzas de su hermosura, porque no hay cosa que más presto rinda y allane las encastilladas torres de la vanidad de las hermosas que la mesma vanidad, puesta en las lenguas de la adulación. En efecto, él, con toda diligencia, minó la roca de su entereza, con tales pertrechos, que aunque Camila fuera toda de bronce, viniera al suelo. Lloró, rogó, ofreció, aduló, porfió y fingió Lotario con tantos sentimientos, con muestras de tantas veras, que dio al través con el recato de Camilia y vino a triunfar de lo que menos se pensaba y más deseaba.

Rindióse Camila; Camila se rindió; pero ¿qué mucho, si la amistad de Lotario no quedó en pie? Ejemplo claro que nos muestra que sólo se vence la pasión amorosa con huilla, y que nadie se ha de poner a brazos con tan poderoso enemigo, porque es menester fuerzas divinas para vencer las suyas humanas. Sólo supo Leonela la flaqueza de su señora, porque no se la pudieron encubrir los dos malos amigos y nuevos amantes. No quiso Lotario decir a Camila la pretensión de Anselmo, ni que él le había dado lugar para llegar a aquel punto, porque no tuviese en menos su amor, y pensase que así, acaso y sin pensar, y no de propósito, la había solicitado.

Volvió de allí a pocos días Anselmo a su casa, y no echó de ver lo que faltaba en ella, que era lo que en menos tenía y más estimaba. Fuese luego a ver a Lotario, y hallóle en su casa; abrazáronse los dos, y el uno preguntó por las nuevas de su vida o de su muerte.

—Las nuevas que te podré dar, ¡oh amigo Anselmo! —dijo Lotario—, son de que tienes una mujer que dignamente puede ser ejemplo y corona de todas las mujeres buenas. Las palabras que le he dicho se las ha llevado el aire; los ofrecimientos se han tenido en poco; las dádivas no se han admitido; de algunas lágrimas fingidas mías se ha hecho burla notable. En resolución, así como Camila es cifra de toda belleza, es archivo donde asiste la honestidad y vive el comedimiento y el recato, y todas las virtudes que pueden hacer loable y bien afortunada a una honrada mujer. Vuelve a tomar tus dineros, amigo, que aquí los tengo, sin haber tenido necesidad de tocar a ellos, que la entereza de Camila no se rinde a cosas tan bajas como son dádivas ni promesas. Conténtate, Anselmo, y no quieras hacer más pruebas de las hechas, y pues a pie enjuto has pasado el mar de las dificultades y sospechas que de las mujeres suelen y pueden tenerse, no quieras entrar de nuevo en el profundo piélago de nuevos inconvenientes, ni quieras hacer experiencia con otro piloto de la bondad y fortaleza del navío que el cielo te dio en suerte para que en él pasases la mar deste mundo, sino haz cuenta que estás ya en seguro puerto, y aférrate con las áncoras de la buena consideración, y déjate estar hasta que te vengan a pedir la deuda que no hay hidalguía humana que de pagarla se escuse.

Contentísimo quedó Anselmo de las razones de Lotario, y así se las creyó como si fueran dichas por algún oráculo. Pero, con todo eso, le rogó que no dejase la empresa, aunque no fuese más de por curiosidad y entretenimiento, aunque no se aprovechase de allí adelante de tan ahincadas diligencias como hasta entonces. Y que sólo quería que le escribiese algunos versos en su alabanza, debajo del nombre de Clori, porque él le daría a entender a Camila que andaba enamorado de una dama, a quien le había puesto aquel nombre por poder celebrarla con el decoro que a su honestidad se le debía. Y que, cuando Lotario no quisiera tomar trabajo de escribir los versos, que él los haría.

—No será menester eso —dijo Lotario—, pues no me son tan enemigas las musas que algunos ratos del año no me visiten. Dile tú a Camila lo que has dicho del fingimiento de mis amores; que los versos yo los haré, si no tan buenos como el sujeto merece, serán, por lo menos, los mejores que yo pudiere.

Quedaron deste acuerdo el impertinente y el traidor amigo; y, vuelto [Anselmo] a su casa, preguntó a Camila lo que ella ya se maravillaba que no se lo hubiese preguntado: que fue que le dijese la ocasión por que le había escrito el papel que le envió. Camila le respondió que le había parecido que Lotario la miraba un poco más desenvueltamente que cuando él estaba en casa; pero que ya estaba desengañada y creía que había sido imaginación suya, porque ya Lotario huía de vella y de estar con ella a solas. Díjole Anselmo que bien podía estar segura de aquella sospecha, porque él sabía que Lotario andaba enamorado de una doncella principal de la ciudad, a quien él celebraba debajo del nombre de Clori, y que, aunque no lo estuviera, no había que temer de la verdad de Lotario y de la mucha amistad de entrambos. Y, a no estar avisada Camila de Lotario de que eran fingidos aquellos amores de Clori, y que él se lo había dicho a Anselmo por poder ocuparse algunos ratos en las mismas alabanzas de Camila, ella, sin duda, cayera en la desesperada red de los celos; mas, por estar ya advertida, pasó aquel sobresalto sin pesadumbre.

Otro día, estando los tres sobre mesa, rogó Anselmo a Lotario dijese alguna cosa de las que había compuesto a su amada Clori; que, pues Camila no la conocía, seguramente podía decir lo que quisiese.

—Aunque la conociera —respondió Lotario—, no encubriera yo nada, porque cuando algún amante loa a su dama de hermosa y la nota de cruel, ningún oprobio hace a su buen crédito. Pero, sea lo que fuere, lo que sé decir, que ayer hice un soneto a la ingratitud desta Clori, que dice así:

SONETO

En el silencio de la noche, cuando
ocupa el dulce sueño a los mortales,
la pobre cuenta de mis ricos males
estoy al cielo y a mi Clori dando.

Y al tiempo cuando el sol se va mostrando
por las rosadas puertas orientales,
con suspiros y acentos desiguales
voy la antigua querella renovando.

Y cuando el sol, de su estrellado asiento
derechos rayos a la tierra envía,
el llanto crece y doblo los gemidos.

Vuelve la noche, y vuelvo al triste cuento,
y siempre hallo, en mi mortal porfía,
al cielo, sordo; a Clori, sin oídos.[1]

---

[1] Cervantes incluyó este mismo soneto en *La casa de los celos*, Jornada III, con una pequeña variante.

Bien le pareció el soneto a Camila, pero mejor a Anselmo, pues le alabó, y dijo que era demasiadamente cruel la dama que a tan claras verdades no correspondía. A lo que dijo Camila:

—Luego ¿todo aquello que los poetas enamorados dicen es verdad?

—En cuanto poetas, no la dicen —respondió Lotario—; mas en cuanto enamorados, siempre quedan tan cortos como verdaderos.

—No hay duda deso —replicó Anselmo, todo por apoyar y acreditar los pensamientos de Lotario con Camila, tan descuidada del artificio de Anselmo como ya enamorada de Lotario.

Y así, con el gusto que de sus cosas tenía, y más, teniendo por entendido que sus deseos y escritos a ella se encaminaban, y que ella era la verdadera Clori, le rogó que si otro soneto o otros versos sabía, los dijese:

—Sí sé —respondió Lotario—; pero no creo que es tan bueno como el primero, o, por mejor decir, menos malo. Y podréislo bien juzgar, pues es éste:

SONETO

Yo sé que muero; y si no soy creído,
es más cierto el morir, como es más cierto
verme a tus pies, ¡oh bella ingrata!, muerto,
antes que de adorarte arrepentido.

Podré yo verme en la región de olvido,
de vida y gloria y de favor desierto,
y allí verse podrá en mi pecho abierto
cómo tu hermoso rostro está esculpido.

Que esta reliquia guardo para el duro
trance que me amenaza mi porfía,
que en tu mismo rigor se fortalece.

¡Ay de aquel que navega, el cielo escuro,
por mar no usado y peligrosa vía,
adonde norte o puerto no se ofrece!

También alabó este segundo soneto Anselmo como había hecho el primero, y desta manera iba añadiendo eslabón a eslabón a la cadena con que se enlazaba y trababa su deshonra, pues cuando más Lotario le deshonraba, entonces le decía que estaba más honrado. Y con esto, todos los escalones que Camila bajaba hacia el centro de su menosprecio, los subía, en la opinión de su marido, hacia la cumbre de la virtud y de su buena fama.

Sucedió en esto que, hallándose una vez, entre otras, sola Camila con su doncella, le dijo:

—Corrida estoy, amiga Leonela, de ver en cuán poco he sabido estimarme, pues siquiera no hice que con el tiempo comprara Lotario la entera posesión que le di tan presto de mi voluntad. Temo que ha de estimar mi presteza o ligereza, sin que eche de ver la fuerza que él me hizo para no poder resistirle.

—No te dé pena eso, señora mía —respondió Leonela—; que no está la monta[2] ni es causa para menguar la estimación darse lo que se da presto, si, en efecto, lo que se da es bueno, y ello por sí digno de estimarse. Y aun suele decirse que el que luego da, da dos veces.

—También se suele decir —dijo Camila—, que lo que cuesta poco se estima en menos.

—No corre por ti esa razón —respondió Leonela—, porque el amor, según he oído decir, unas veces vuela y otras anda; con éste corre, y con aquél va despacio; a unos entibia, y a otros abrasa; a unos hiere, y a otros mata; en un mesmo punto comienza la carrera de sus deseos, y en aquel mesmo punto la acaba y concluye; por la mañana suele poner el cerco a una fortaleza, y a la noche la tiene rendida, porque no hay fuerza que le resista. Y siendo así, ¿de qué te espantas, o de qué temes, si lo mismo debe de haber acontecido a Lotario, habiendo tomado el amor por instrumento de rendirnos la ausencia de mi señor? Y era forzoso que en ella se concluyese lo que el amor tenía determinado, sin dar tiempo al tiempo para que Anselmo le tuviese de volver, y con su presencia quedase imperfecta la obra. Porque el amor no tiene otro mejor ministro para ejecutar lo que desea que es la ocasión: de la ocasión se sirve en todos su hechos, principalmente en los principios. Todo esto sé yo muy bien, más de experiencia que de oídas, y algún día te lo diré, señora, que yo también soy de carne y de sangre moza.

Cuanto más, señora Camila, que no te entregaste ni diste tan luego, que primero no hubieses visto en los ojos, en los suspiros, en las razones y en las promesas y dádivas de Lotario toda su alma, viendo en ella y en sus virtudes cuán digno era Lotario de ser amado. Pues si esto es así, no te asalten la imaginación esos escrupulosos y melindrosos pensamientos, sino asegúrate que

---

[2] *monta*, importancia.

Lotario te estima como tú le estimas a él, y vive con contento y satisfación de que ya que caíste en el lazo amoroso, es el que te aprieta de valor y de estima. Y que no sólo tiene las cuatro eses[3] que dicen que han de tener los buenos enamorados, sino todo un A B C entero; si no, escúchame, y verás como te le digo de coro. Él es, según yo veo y a mí me parece, agradecido, bueno, caballero, dadivoso, enamorado, firme, gallardo, honrado, ilustre, leal, mozo, noble, onesto, principal, quantioso, rico y las eses que dicen, y luego, tácito, verdadero. La X no le cuadra, porque es letra áspera; la Y ya está dicha; la Z, zelador de tu honra.

Rióse Camila del A B C de su doncella, y túvola por más plática[4] en las cosas de amor que ella decía. Y así lo confesó ella, descubriendo a Camila como trataba amores con un mancebo bien nacido, de la mesma ciudad; de lo cual se turbó Camila, temiendo que era aquél camino por donde su honra podía correr riesgo. Apuróla si pasaban sus pláticas a más que serlo. Ella, con poca vergüenza y mucha desenvoltura, le respondió que sí pasaban. Porque es cosa ya cierta que los descuidos de las señoras quitan la vergüenza a las criadas, las cuales, cuando ven a las amas echar traspiés, no se les da nada a ellas de cojear, ni de que lo sepan.

No pudo hacer otra cosa Camila sino rogar a Leonela no dijese nada de su hecho al que decía ser su amante, y que tratase sus cosas con secreto, porque no viniesen a noticia de Anselmo ni de Lotario. Leonela respondió que así lo haría; mas cumpliólo de manera, que hizo cierto el temor de Camila de que por ella había de perder su crédito. Porque la deshonesta y atrevida Leonela, después que vio que el proceder de su ama no era el que solía, atrevióse a entrar y poner dentro de casa a su amante, confiada que, aunque su señora le viese, no había de osar descubrille; que este daño acarrean, entre otros, los pecados de las señoras: que se hacen esclavas de sus mesmas criadas, y se obligan a encubrirles sus deshonestidades y vilezas, como aconteció con Camila; que, aunque vio una y muchas veces que su Leonela estaba con su galán en un aposento de su casa, no sólo no la osaba reñir, mas dábale lugar a que lo encerrase, y quitábale todos los estorbos, para que no fuese visto de su marido.

Pero no los pudo quitar, que Lotario no le viese una vez

---

[3] *las cuatro eses*, sabio, solo, solícito y secreto.
[4] *plática*, práctica, como antes, pero aquí adjetivo.

salir, al romper del alba; el cual, sin conocer quién era, pensó primero que debía de ser alguna fantasma; mas cuando le vio caminar, embozarse y encubrirse con cuidado y recato, cayó de su simple pensamiento, y dio en otro, que fuera la perdición de todos, si Camila no lo remediara. Pensó Lotario que aquel hombre que había visto salir tan a deshora de casa de Anselmo no había entrado en ella por Leonela, ni aun se acordó si Leonela era en el mundo. Sólo creyó que Camila, de la misma manera que había sido fácil y ligera con él, lo era para otro; que estas añadiduras trae consigo la maldad de la mujer mala: que pierde el crédito de su honra con el mesmo a quien se entregó rogada y persuadida, y cree que con mayor facilidad se entrega a otros, y da infalible crédito a cualquiera sospecha que desto le venga. Y no parece sino que le faltó a Lotario en este punto todo su buen entendimiento, y se le fueron de la memoria todos sus advertidos discursos, pues sin hacer alguno que bueno fuese, ni aun razonable, sin más ni más, antes que Anselmo se levantase, impaciente y ciego de la celosa rabia que las entrañas le roía, muriendo por vengarse de Camila, que en ninguna cosa le había ofendido, se fue a Anselmo y le dijo:

—Sábete, Anselmo, que ha muchos días que he andado peleando conmigo mesmo, haciéndome fuerza a no decirte lo que ya no es posible ni justo que más te encubra. Sábete que la fortaleza de Camila está ya rendida y sujeta a todo aquello que yo quisiere hacer della; y si he tardado en descubrirte esta verdad, ha sido por ver si era algún liviano antojo suyo, o si lo hacía por probarme y ver si eran con propósito firme tratados los amores que, con tu licencia, con ella he comenzado. Creí asimismo que ella, si fuera la que debía y la que entrambos pensábamos, ya te hubiera dado cuenta de mi solicitud; pero habiendo visto que se tarda, conozco que son verdaderas las promesas que me ha dado de que cuando otra vez hagas ausencia de tu casa, me hablará en la recámara, donde está el repuesto de tus alhajas —y era la verdad que allí le solía hablar Camila—; y no quiero que precipitosamente corras a hacer alguna venganza, pues no está aún cometido el pecado sino con pensamiento, y podría ser que desde éste hasta el tiempo de ponerle por obra se mudase el de Camila, y naciese en su lugar el arrepentimiento. Y así, ya que en todo o en parte has seguido siempre mis consejos, sigue y guarda uno que ahora te diré, para que sin engaño y con medroso advertimiento te satisfagas de aquello que más vieres que te convenga. Finge que te ausentas por dos o tres días, como otras veces sueles, y haz de manera que te quedes escondido en tu recámara, pues los tapices que allí hay y otras cosas con que te puedas encubrir te ofrecen mucha comodidad, y entonces verás por tus mismos ojos, y yo por los míos, lo que Camila quiere; y si fuere la maldad que se puede temer antes que esperar, con silencio, sagacidad y discreción podrás ser el verdugo de tu agravio.

Absorto, suspenso y admirado quedó Anselmo con las razones de Lotario, porque le cogieron en tiempo donde menos las esperaba oír, porque ya tenía a Camila por vencedora de los fingidos asaltos de Lotario, y comenzaba a gozar la gloria del vencimiento. Callando estuvo por un buen espacio, mirando al suelo sin mover pestaña, y al cabo dijo:

—Tú lo has hecho, Lotario, como yo esperaba de tu amistad; en todo he de seguir tu consejo; haz lo que quisieres y guarda aquel secreto que ves que conviene en caso tan no pensado.

Prometióselo Lotario, y, en apartándose dél, se arrepintió totalmente de cuanto le había dicho, viendo cuán neciamente había andado, pues pudiera él vengarse de Camila, y no por camino tan cruel y tan deshonrado. Maldecía su entendimiento, afeaba su ligera determinación y no sabía qué medio tomarse para deshacer lo hecho, o para dalle alguna razonable salida. Al fin, acordó de dar cuenta de todo a Camila, y como no faltaba lugar para poderlo hacer, aquel mismo día la halló sola, y [ella], así como vio que le podía hablar, le dijo:

—Sabed, amigo Lotario, que tengo una pena en el corazón, que me le aprieta de suerte que parece que quiere reventar en el pecho, y ha de ser maravilla si no lo hace; pues ha llegado la desvergüenza de Leonela a tanto, que cada noche encierra a un galán suyo en esta casa, y se está con él hasta el día, tan a costa de mi crédito, cuanto le quedará campo abierto de juzgarlo al que le viere salir a horas tan inusitadas de mi casa. Y lo que me fatiga es que no la puedo castigar ni reñir; que el ser ella secretaria de nuestros tratos me ha puesto un freno en la boca para callar los suyos, y temo que de aquí ha de nacer algún mal suceso.

Al principio que Camila esto decía creyó Lotario que era artificio para desmentille que el hombre que había visto salir era de Leonela, y no suyo; pero viéndola llorar, y afligirse, y pedirle remedio, vino a creer la verdad, y, en creyéndola, acabó de estar confuso y arrepentido del todo. Pero, con todo esto, respondió a Camila que no tuviese pena; que él ordenaría remedio para atajar la insolencia de Leonela. Díjole asimismo lo que, instigado de la furiosa rabia de los celos, había dicho a

Anselmo, y cómo estaba concertado de esconderse en la recámara, para ver desde allí a la clara la poca lealtad que ella le guardaba. Pidióle perdón desta locura, y consejo para poder remedialla y salir bien de tan revuelto laberinto como su mal discurso le había puesto.

Espantada quedó Camila de oír lo que Lotario le decía, y con mucho enojo y muchas y discretas razones le riñó y afeó su mal pensamiento, y la simple y mala determinación que había tenido. Pero, como naturalmente tiene la mujer ingenio presto para el bien y para el mal, más que el varón, puesto que le va faltando cuando de propósito se pone a hacer discursos, luego al instante halló Camila el modo de remediar tan al parecer inremediable negocio, y dijo a Lotario que procurase que otro día se escondiese Anselmo donde decía, porque ella pensaba sacar de su escondimiento comodidad para que desde allí en adelante los dos se gozasen sin sobresalto alguno; y, sin declararle del todo su pensamiento, le advirtió que tuviese cuidado que en estando Anselmo escondido, él viniese cuando Leonela le llamase, y que a cuanto ella le dijese le respondiese como respondiera aunque no supiera que Anselmo le escuchaba. Porfió Lotario que le acabase de declarar su intención, porque con más seguridad y aviso guardase todo lo que viese ser necesario.

—Digo —dijo Camila— que no hay más que guardar, si no fuere responderme como yo os preguntare —no queriendo Camila darle antes cuenta de lo que pensaba hacer, temerosa que no quisiese seguir el parecer que a ella tan bueno le parecía, y siguiese o buscase otros que no podrían ser tan buenos.

Con esto, se fue Lotario; y Anselmo, otro día, con la escusa de ir [a] aquella aldea de su amigo, se partió y volvió a esconderse; que lo pudo hacer con comodidad, porque de industria se la dieron Camila y Leonela.

Escondido, pues, Anselmo, con aquel sobresalto que se puede imaginar que tendría el que esperaba ver por sus ojos hacer notomía[5] de las entrañas de su honra, íbase a pique de perder el sumo bien que él pensaba que tenía en su querida Camila. Seguras ya y ciertas Camila y Leonela que Anselmo estaba escondido, entraron en la recámara, y apenas hubo puesto los pies en ella Camila, cuando, dando un grande suspiro, dijo:

—¡Ay, Leonela amiga! ¿No sería mejor que antes que llegase a poner en ejecución lo que no quiero que sepas, porque no procures estorbarlo, que tomases la daga de Anselmo, que te

---

[5] *notomía*, disección.

he pedido, y pasases con ella este infame pecho mío? Pero no hagas tal; que no será razón que yo lleve la pena de la ajena culpa. Primero quiero saber qué es lo que vieron en mí los atrevidos y deshonestos ojos de Lotario que fuese causa de darle atrevimiento a descubrirme un tan mal deseo como es el que me ha descubierto, en desprecio de su amigo y en deshonra mía. Ponte, Leonela, a esa ventana, y llámale; que sin duda alguna se debe de estar en la calle, esperando poner en efecto su mala intención. Pero primero se pondrá la cruel cuanto honrada mía.

—¡Ay, señora mía! —respondió la sagaz y advertida Leonela—. Y ¿qué es lo que quieres hacer con esta daga? ¿Quieres por ventura quitarte la vida o quitársela a Lotario? Que cualquiera destas cosas que quieras ha de redundar en pérdida de tu crédito y fama. Mejor es que disimules tu agravio, y no des lugar a que este mal hombre entre ahora en esta casa y nos halle solas. Mira, señora, que somos flacas mujeres, y él es hombre, y determinado; y como viene con aquel mal propósito, ciego y apasionado, quizá antes que tú pongas en ejecución el tuyo, hará él lo que te estaría más mal que quitarte la vida. ¡Mal haya mi señor Anselmo, que tanto mal ha querido dar a este desuellacaras[6] en su casa! Y ya, señora, que le mates, como yo pienso que quieres hacer, ¿qué hemos de hacer dél después de muerto?

—¿Qué, amiga? —respondió Camila—. Dejarémosle para que Anselmo le entierre, pues será justo que tenga por descanso el trabajo que tomare en poner debajo de la tierra su misma infamia. Llámale, acaba; que todo el tiempo que tardo en tomar la debida venganza de mi agravio parece que ofendo a la lealtad que a mi esposo debo.

Todo esto escuchaba Anselmo, y a cada palabra que Camila decía se le mudaban los pensamientos. Mas cuando entendió que estaba resuelta en matar a Lotario, quiso salir y descubrirse, porque tal cosa no se hiciese; pero detúvole el deseo de ver en qué paraba tanta gallardía y honesta resolución, con propósito de salir a tiempo que la estorbase.

Tomóle en esto a Camila un fuerte desmayo y, arrojándose encima de una cama que allí estaba, comenzó Leonela a llorar muy amargamente y a decir:

—¡Ay, desdichada de mí si fuese tan sin ventura, que se me muriese aquí entre mis brazos la flor de la honestidad del mundo, la corona de las buenas mujeres, el ejemplo de la castidad...!, —con otras cosas a éstas semejantes, que ninguno la escuchara

---

[6] *desuellacaras*, sinvergüenza.

que no la tuviera por la más lastimada y leal doncella del mundo, y a su señora por otra nueva y perseguida Penélope. Poco tardó en volver de su desmayo Camila, y al volver en sí, dijo:

—¿Por qué no vas, Leonela, a llamar al más leal amigo de amigo que vio el sol o cubrió la noche? Acaba, corre, aguija, camina, no se esfogue con la tardanza el fuego de la cólera que tengo, y se pase en amenazas y maldiciones la justa venganza que espero.

—Ya voy a llamarle, señora mía —dijo Leonela—; mas hasme de dar primero esa daga, porque no hagas cosa, en tanto que falto, que dejes con ella que llorar toda la vida a todos los que bien te quieren.

—Ve segura, Leonela amiga, que no haré —respondió Camila—, porque ya que sea atrevida y simple a tu parecer en volver por mi honra, no lo he de ser tanto como aquella Lucrecia de quien dicen que se mató sin haber cometido error alguno, y sin haber muerto primero a quien tuvo la causa de su desgracia. Yo moriré, si muero, pero ha de ser vengada y satisfecha del que me ha dado ocasión de venir a este lugar a llorar sus atrevimientos, nacidos tan sin culpa mía.

Mucho se hizo de rogar Leonela antes que saliese a llamar a Lotario pero en fin salió, y entre tanto que volvía, quedó Camila diciendo, como que hablaba consigo misma:

—¡Válame Dios! ¿No fuera más acertado haber despedido a Lotario, como otras muchas veces lo he hecho, que no ponerle en condición, como ya le he puesto, que me tenga por deshonesta y mala, siquiera este tiempo que he de tardar en desengañarle? Mejor fuera, sin duda; pero no quedara yo vengada, ni la honra de mi marido satisfecha, si tan a manos lavadas y tan a paso llano se volviera a salir de donde sus malos pensamientos le entraron. Pague el traidor con la vida lo que intentó con tan lascivo deseo. Sepa el mundo (si acaso llegare a saberlo) de que Camila no sólo guardó la lealtad a su esposo, sino que le dio venganza del que se atrevió a ofendelle. Mas, con todo, creo que fuera mejor dar cuenta desto a Anselmo; pero ya se la apunté a dar en la carta que le escribí al aldea, y creo que el no acudir él al remedio del daño que allí le señalé, debió de ser que, de puro bueno y confiado, no quiso ni pudo creer que en el pecho de su tan firme amigo pudiese caber género de pensamiento que contra su honra fuese, ni aun yo lo creí después, por muchos días, ni lo creyera jamás, si su insolencia no llegara a tanto, que las manifiestas dádivas y las largas promesas y las continuas lágrimas no me lo manifestaran. Mas ¿para qué hago yo ahora estos discursos? ¿Tiene, por ventura, una resolución gallarda necesidad de consejo alguno? No, por cierto. ¡Afuera, pues, traidores! ¡Aquí, venganzas! ¡Entre el falso, venga, llegue, muera y acabe, y suceda lo que sucediere! Limpia entré en poder del que el cielo me dio por mío; limpia he de salir dél, y, cuando mucho, saldré bañada en mi casta sangre, y en la impura del más falso amigo que vio la amistad en el mundo.

Y diciendo esto, se paseaba por la sala con la daga desenvainada, dando tan desconcertados y desaforados pasos y haciendo tales ademanes, que no parecía sino que le faltaba el juicio, y que no era mujer delicada, sino un rufián desesperado.

Todo lo miraba Anselmo, cubierto detrás de unos tapices donde se había escondido, y de todo se admiraba, y ya le parecía que lo que había visto y oído era bastante satisfación para mayores sospechas, y ya quisiera que la prueba de venir Lotario faltara, temeroso de algún mal repentino suceso. Y estando ya para manifestarse y salir, para abrazar y desengañar a su esposa, se detuvo porque vio que Leonela volvía con Lotario de la mano; y así como Camila le vio, haciendo con la daga en el suelo una gran raya delante della, le dijo:

—Lotario, advierte lo que te digo: si a dicha te atrevieres a pasar desta raya que ves, ni aun llegar a ella, en el punto que viere que lo intentas, en ese mismo me pasaré el pecho con esta daga que en las manos tengo. Y antes que a esto me respondas palabra, quiero que otras algunas me escuches; que después responderás lo que más te agradare. Lo primero, quiero, Lotario, que me digas si conoces a Anselmo mi marido, y en qué opinión le tienes; y lo segundo, quiero saber también si me conoces a mí. Respóndeme a esto, y no te turbes, ni pienses mucho lo que has de responder, pues no son dificultades las que te pregunto.

No era tan ignorante Lotario, que desde el primer punto que Camila le dijo que hiciese esconder a Anselmo, no hubiese dado en la cuenta de lo que ella pensaba hacer; y así, correspondió con su intención tan discretamente y tan a tiempo, que hicieran los dos pasar aquella mentira por más que cierta verdad; y así, respondió a Camila desta manera:

—No pensé yo, hermosa Camila, que me llamabas para preguntarme cosas tan fuera de la intención con que yo aquí vengo. Si lo haces por dilatarme la prometida merced, desde más lejos pudieras entretenerla, porque tanto más fatiga el bien deseado cuanto la esperanza está más cerca de poseello; pero porque no digas que no respondo a tus preguntas, [digo] que conozco a tu esposo Anselmo, y nos conocemos los dos desde nuestros más tiernos años; y no quiero decir lo que tú tan bien sabes de nuestra amistad, por [no] me hacer testigo del agravio que el amor hace que le haga, poderosa disculpa de mayores yerros. A ti te conozco y tengo en la misma posesión[7] que él te tiene; que, a no ser así, por menos prendas que las tuyas no había yo de ir contra lo que debo a ser quien soy y contra las santas leyes de la verdadera amistad, ahora por tan poderoso enemigo como el amor por mí rompidas y violadas.

—Si eso confiesas —respondió Camila—, enemigo mortal de todo aquello que justamente merece ser amado, ¿con qué rostro osas parecer ante quien sabes que es el espejo donde se mira aquel en quien tú te debieras mirar, para que vieras con cuán poca ocasión le agravias? Pero ya cayo, ¡ay, desdichada de mí!, en la cuenta de quién te ha hecho tener tan poca con lo que a ti mismo debes, que debe de haber sido alguna desenvoltura mía, que no quiero llamarla deshonestidad, pues no habrá procedido de deliberada determinación, sino de algún descuido de los que las mujeres que piensan que no tienen de quién recatarse suelen hacer inadvertidamente. Si no, dime: ¿cuándo, ¡oh traidor!, respondí a tus ruegos con alguna palabra o señal que pudiese despertar en ti alguna sombra de esperanza de cumplir tus infames deseos? ¿Cuándo tus amorosas palabras no fueron deshechas y reprehendidas de las mías con rigor y con aspereza? ¿Cuándo tus muchas promesas y mayores dádivas fueron de mí creídas ni admitidas? Pero, por parecerme que alguno no puede perseverar en el intento amoroso luengo tiempo, si no es sustentado de alguna esperanza, quiero atribuirme a mí la culpa de tu impertinencia, pues, sin duda, algún descuido mío ha sustentado tanto tiempo tu cuidado, y así, quiero castigarme y darme la pena que tu culpa merece. Y porque vieses que siendo conmigo tan inhumana, no era posible dejar de serlo contigo, quise traerte a ser testigo del sacrificio que pienso hacer a la ofendida honra de mi tan honrado marido, agraviado de ti con el mayor cuidado que te ha sido posible, y de mí también con el poco recato que he tenido del huir la ocasión, si alguna te di, para favorecer y canonizar tus malas intenciones. Torno a decir que la sospecha que tengo que algún descuido mío engendró en ti tan desvariados pensamientos es la que más me fatiga, y la que yo más deseo castigar con mis propias manos, porque, castigándome otro verdugo, quizá sería más pública mi culpa; pero antes que esto haga, quiero matar muriendo, y llevar conmigo quien me acabe

---

[7] *posesión*, reputación, concepto.

de satisfacer el deseo de la venganza que espero y tengo, viendo allá, dondequiera que fuere, la pena que da la justicia desinteresada y que no se dobla al que en términos tan desesperados me ha puesto.

Y diciendo estas razones, con una increíble fuerza y ligereza arremetió a Lotario con la daga desenvainada, con tales muestras de querer enclavársela en el pecho, que casi él estuvo en duda si aquellas demostraciones eran falsas o verdaderas, porque le fue forzoso valerse de su industria y de su fuerza para estorbar que Camila no le diese. La cual tan vivamente fingía aquel estraño embuste y fealdad, que, por dalle color de verdad, la quiso matizar con su misma sangre; porque, viendo que no podía haber a Lotario, o fingiendo que no podía, dijo:

—Pues la suerte no quiere satisfacer del todo mi tan justo deseo, a lo menos, no será tan poderosa que, en parte, me quite que no le satisfaga.

Y haciendo fuerza para soltar la mano de la daga, que Lotario la tenía asida, la sacó, y guiando su punta por parte que pudiese herir no profundamente, se la entró y escondió por más arriba de la islilla[8] del lado izquierdo, junto al hombro, y luego se dejó caer en el suelo, como desmayada.

Estaban Leonela y Lotario suspensos y atónitos de tal suceso, y todavía dudaban de la verdad de aquel hecho, viendo a Camila tendida en tierra y bañada en su sangre. Acudió Lotario con mucha presteza, despavorido y sin aliento, a sacar la daga, y en ver la pequeña herida, salió del temor que hasta entonces tenía, y de nuevo se admiró de la sagacidad, prudencia y mucha discreción de la hermosa Camila; y, por acudir con lo que a él le tocaba, comenzó a hacer una larga y triste lamentación sobre el cuerpo de Camila, como si estuviera difunta, echándose muchas maldiciones, no sólo a él, sino al que había sido causa de habelle puesto en aquel término. Y como sabía que le escuchaba su amigo Anselmo, decía cosas que el que le oyera le tuviera mucha más lástima que a Camila, aunque por muerta la juzgara.

Leonela la tomó en brazos y la puso en el lecho, suplicando a Lotario fuese a buscar quien secretamente a Camila curase. Pedíale asimismo consejo y parecer de lo que dirían a Anselmo de aquella herida de su señora, si acaso viniese antes que estuviese sana. Él respondió que dijesen lo que quisiesen; que él no estaba para dar consejo que de provecho fuese; sólo le dijo que procurase tomarle la sangre, porque él se iba adonde gentes

---

[8] *islilla*, axila, sobaco.

no le viesen. Y con muestras de mucho dolor y sentimiento, se salió de casa, y cuando se vio solo y en parte donde nadie le veía, no cesaba de hacerse cruces, maravillándose de la industria de Camila y de los ademanes tan propios de Leonela. Consideraba cuán enterado había de quedar Anselmo de que tenía por mujer a una segunda Porcia, y deseaba verse con él para celebrar los dos la mentira y la verdad más disimulada que jamás pudiera imaginarse.

Leonela tomó, como se ha dicho, la sangre a su señora, que no era más de aquello que bastó para acreditar su embuste, y lavando con un poco de vino la herida, se la ató lo mejor que supo, diciendo tales razones en tanto que la curaba, que aunque no hubieran precedido otras, bastaran a hacer creer a Anselmo que tenía en Camila un simulacro[9] de la honestidad.

Juntáronse a las palabras de Leonela otras de Camila, llamándose cobarde y de poco ánimo, pues le había faltado al tiempo que fuera más necesario tenerle, para quitarse la vida, que tan aborrecida tenía. Pedía consejo a su doncella si daría, o no, todo aquel suceso a su querido esposo, la cual le dijo que no se lo dijese, porque le pondría en obligación de vengarse de Lotario, lo cual no podría ser sin mucho riesgo suyo, y que la buena mujer estaba obligada a no dar ocasión a su marido a que riñese, sino a quitalle todas aquellas que le fuese posible.

Respondió Camila que le parecía muy bien su parecer, y que ella le seguiría; pero que en todo caso convenía buscar qué decir a Anselmo de la causa de aquella herida, que él no podría dejar de ver; a lo que Leonela respondía que ella, ni aun burlando, no sabía mentir.

—Pues yo, hermana —replicó Camila—, ¿qué tengo de saber, que no me atreveré a forjar ni sustentar una mentira, si me fuese en ello la vida? Y si es que no hemos de saber dar salida a esto, mejor será decirle la verdad desnuda, que no que nos alcance en mentirosa cuenta.

—No tengas pena, señora; de aquí a mañana —respondió Leonela— yo pensaré qué le digamos, y quizá que por ser la herida donde es, [se] podrá[10] encubrir sin que él la vea, y el cielo será servido de favorecer a nuestros tan justos y tan honrados pensamientos. Sosiégate, señora mía, y procura sosegar tu alteración, porque mi señor no te halle sobresaltada, y lo

    [9] *simulacro*, modelo, dechado.
    [10] La *princeps: la podrá*; muchos editores modernos: *la podrás*. Sigo la resolución de Schevill.

demás déjalo a mi cargo, y al de Dios, que siempre acude a los buenos deseos.

Atentísimo había estado Anselmo a escuchar y a ver representar la tragedia de la muerte de su honra; la cual con tan estraños y eficaces afectos la representaron los personajes della, que pareció que se habían transformado en la misma verdad de lo que fingían. Deseaba mucho la noche, y el tener lugar para salir de su casa, e ir a verse con su buen amigo Lotario, congratulándose con él de la margarita preciosa que había hallado en el desengaño de la bondad de su esposa. Tuvieron cuidado las dos de darle lugar y comodidad a que saliese, y él, sin perdella, salió, y luego fue a buscar a Lotario; el cual hallado, no se puede buenamente contar los abrazos que le dio, las cosas que de su contento le dijo, las alabanzas que dio a Camila. Todo lo cual escuchó Lotario sin poder dar muestras de alguna alegría, porque se le representaba a la memoria cuán engañado estaba su amigo, y cuán injustamente él le agraviaba. Y aunque Anselmo veía que Lotario no se alegraba, creía ser la causa por haber dejado a Camila herida y haber él sido la causa.

Y así, entre otras razones, le dijo que no tuviese pena del suceso de Camila, porque, sin duda, la herida era ligera, pues quedaban de concierto de encubrírsela a él; y que, según esto, no había de qué temer, sino que de allí adelante se gozase y alegrase con él, pues por su industria y medio él se veía levantado a la más alta felicidad que acertara a desearse, y quería que no fuesen otros sus entretenimientos que en hacer versos en alabanza de Camila, que la hiciesen eterna en la memoria de los siglos venideros. Lotario alabó su buena determinación y dijo que él, por su parte, ayudaría a levantar tan ilustre edificio.

Con esto quedó Anselmo el hombre más sabrosamente engañado que pudo haber en el mundo: él mismo llevó por la mano a su casa, creyendo que llevaba el instrumento de su gloria, toda la perdición de su fama. Recibíale Camila con rostro, al parecer torcido, aunque con alma risueña. Duró este engaño algunos días, hasta que al cabo de pocos meses volvió Fortuna su rueda, y salió a plaza la maldad con tanto artificio hasta allí cubierta, y a Anselmo le costó la vida su impertinente curiosidad."

Capítulo XXXV

Donde se da fin a la novela del curioso impertinente

Poco más quedaba por leer de la novela, cuando del caramanchón donde reposaba don Quijote salió Sancho Panza todo alborotado, diciendo a voces:

—Acudid, señores, presto y socorred a mi señor, que anda envuelto en la más reñida y trabada batalla que mis ojos han visto. ¡Vive Dios, que ha dado una cuchillada al gigante enemigo de la señora princesa Micomicona, que le ha tajado la cabeza cercen a cercen,[1] como si fuera un nabo!

—¿Qué dices, hermano? —dijo el cura, dejando de leer lo que de la novela quedaba—. ¿Estáis en vos, Sancho? ¿Cómo diablos puede ser eso que decís, estando el gigante dos mil leguas de aquí?

En esto, oyeron un gran ruido en el aposento, y que don Quijote decía a voces:

—¡Tente, ladrón, malandrín, follón; que aquí te tengo, y no te ha de valer tu cimitarra!

Y parecía que daba grandes cuchilladas por las paredes. Y dijo Sancho:

—No tienen que pararse a escuchar, sino entren a despartir la pelea, o a ayudar a mi amo; aunque ya no será menester, porque, sin duda alguna, el gigante esta ya muerto, y dando cuenta a Dios de su pasada y mala vida; que yo vi correr la

---

[1] *cercen*, palabra llana entonces.

sangre por el suelo, y la cabeza cortada y caída a un lado, que es tamaña como un gran cuero de vino.

—Que me maten —dijo a esta sazón el ventero— si don Quijote, o don diablo, no ha dado alguna cuchillada en alguno de los cueros de vino tinto que a su cabecera estaban llenos, y el vino derramado debe de ser lo que le parece sangre a este buen hombre.

Y con esto, entró en el aposento, y todos tras él, y hallaron a don Quijote en el más estraño traje del mundo. Estaba en camisa, la cual no era tan cumplida, que por delante le acabase de cubrir los muslos, y por detrás tenía seis dedos menos; las piernas eran muy largas y flacas, llenas de vello y no nada limpias; tenía en la cabeza un bonetillo[2] colorado, grasiento, que era del ventero. En el brazo izquierdo tenía revuelta la manta de la cama, con quien tenía ojeriza Sancho, y él se sabía bien el porqué; y en la derecha, desenvainada la espada, con la cual daba cuchilladas a todas partes, diciendo palabras como si verdaderamente estuviera peleando con algún gigante. Y es lo bueno que no tenía los ojos abiertos, porque estaba durmiendo y soñando que estaba en batalla con el gigante: que fue tan intensa la imaginación de la aventura que iba a fenecer, que le hizo soñar que ya había llegado al reino de Micomicón, y que ya estaba en la pelea con su enemigo. Y había dado tantas cuchilladas en los cueros, creyendo que las daba en el gigante, que todo el aposento estaba lleno de vino. Lo cual visto por el ventero, tomó tanto enojo, que arremetió con don Quijote, y a puño cerrado le comenzó a dar tantos golpes, que si Cardenio y el cura no se le quitaran, él acabara la guerra del gigante; y, con todo aquello, no despertaba el pobre caballero, hasta que el barbero trujo un gran caldero de agua fría del pozo y se le echó por todo el cuerpo de golpe, con lo cual despertó don Quijote, mas no con tanto acuerdo, que echase de ver de la manera que estaba.

Dorotea, que vio cuán corta y sutilmente estaba vestido, no quiso entrar a ver la batalla de su ayudador y de su contrario.

Andaba Sancho buscando la cabeza del gigante por todo el suelo, y como no la hallaba, dijo:

—Ya yo sé que todo lo desta casa es encantamento; que la otra vez, en este mesmo lugar donde ahora me hallo, me dieron muchos mojicones y porrazos, sin saber quién me los daba,

---

[2] *bonetillo*, gorro de dormir. El que don Quijote acostumbraba dormir con gorro se ve en II, 1 y 48.

y nunca pude ver a nadie; y ahora no parece por aquí esta cabeza que vi cortar por mis mismísimos ojos, y la sangre corría del cuerpo como de una fuente.

—¿Qué sangre ni qué fuente dices, enemigo de Dios y de sus santos? —dijo el ventero—. ¿No vees, ladrón, que la sangre y la fuente no es otra cosa que estos cueros que aquí están horadados y el vino tinto que nada en este aposento, que nadando vea yo el alma en los infiernos de quien los horadó?

—No sé nada —respondió Sancho—; sólo sé que vendré a ser tan desdichado, que, por no hallar esta cabeza, se me ha de deshacer mi condado, como la sal en el agua.

Y estaba peor Sancho despierto que su amo durmiendo: tal le tenían las promesas que su amo le había hecho. El ventero se desesperaba de ver la flema del escudero y el maleficio del señor, y juraba que no había de ser como la vez pasada, que se le fueron sin pagar, y que ahora no le habían de valer los privilegios de su caballería para dejar de pagar lo uno y lo otro, aun hasta lo que pudiesen costar las botanas[3] que se habían de echar a los rotos cueros.

Tenía el cura de las manos a don Quijote, el cual, creyendo que ya había acabado la aventura, y que se hallaba delante de la princesa Micomicona, se hincó de rodillas delante del cura, diciendo:

—Bien puede la vuestra grandeza, alta y famosa señora, vivir, de hoy más, segura que le pueda hacer mal esta mal nacida criatura, y yo también, de hoy más, soy quito de la palabra que os di, pues, con el ayuda del alto Dios y con el favor de aquella por quien yo vivo y respiro, tan bien la he cumplido.

—¿No lo dije yo? —dijo oyendo esto Sancho—. Sí que no estaba yo borracho: ¡mirad si tiene puesto ya en sal mi amo al gigante! ¡Ciertos son los toros; mi condado está de molde!

¿Quién no había de reír con los disparates de los dos, amo y mozo? Todos reían sino el ventero, que se daba a Satanás. Pero, en fin, tanto hicieron el barbero, Cardenio y el cura, que, con no poco trabajo, dieron con don Quijote en la cama, el cual se quedó dormido, con muestras de grandísimo cansancio. Dejáronle dormir, y saliéronse al portal de la venta a consolar a Sancho Panza de no haber hallado la cabeza del gigante; aunque más tuvieron que hacer en aplacar al ventero, que estaba deses-

---

[3] *botanas*, pedacitos de palo redondos que se ponen a los agujeros que se hacen en las botas o cueros de vino.

perado por la repentina muerte de sus cueros. Y la ventera decía en voz y en grito:

—En mal punto y en hora menguada entró en mi casa este caballero andante, que nunca mis ojos le hubieran visto, que tan caro me cuesta. La vez pasada se fue con el costo de una noche, de cena, cama, paja y cebada, para él y para su escudero, y un rocín y un jumento, diciendo que era caballero aventurero, que mala ventura le dé Dios, a él y a cuantos aventureros hay en el mundo, y que por esto no estaba obligado a pagar nada, que así estaba escrito en los aranceles de la caballería andantesca. Y ahora, por su respeto, vino estotro señor y me llevó mi cola, y hámela vuelto con más de dos cuartillos[4] de daño, toda pelada, que no puede servir para lo que la quiere mi marido. Y por fin y remate de todo, romperme mis cueros y derramarme mi vino, que derramada le vea yo su sangre. ¡Pues no se piense; que por los huesos de mi padre y por el siglo de mi madre, si no me lo han de pagar un cuarto sobre otro, o no me llamaría yo como me llamo, ni sería hija de quien soy!

Estas y otras razones tales decía la ventera con grande enojo, y ayudábala su buena criada Maritornes. La hija callaba, y de cuando en cuando se sonreía. El cura lo sosegó todo, prometiendo de satisfacerles su pérdida lo mejor que pudiese, así de los cueros como del vino, y principalmente del menoscabo de la cola, de quien tanta cuenta hacían. Dorotea consoló a Sancho Panza diciéndole que cada y cuando que pareciese haber sido verdad que su amo hubiese descabezado al gigante, le prometía, en viéndose pacífica en su reino, de darle el mejor condado que en él hubiese. Consolóse con esto Sancho, y aseguró a la princesa que tuviese por cierto que él había visto la cabeza del gigante, y que, por más señas, tenía una barba que le llegaba a la cintura, y que si no parecía, era porque todo cuanto en aquella casa pasaba era por vía de encantamento, como él lo había probado otra vez que había posado en ella. Dorotea dijo que así lo creía, y que no tuviese pena, que todo se haría bien y sucedería a pedir de boca.

Sosegados todos, el cura quiso acabar de leer la novela, porque vio que faltaba poco. Cardenio, Dorotea y todos los demás le rogaron la acabase. Él, que a todos quiso dar gusto, y por el que él tenía de leerla, prosiguió el cuento, que así decía:

"Sucedió, pues, que, por la satisfación que Anselmo tenía de la bondad de Camila, vivía una vida contenta y descuidada,

---

[4] medio real.

y Camila, de industria, hacía mal rostro a Lotario, porque Anselmo entendiese al revés de la voluntad que le tenía, y para más confirmación de su hecho, pidió licencia Lotario para no venir a su casa, pues claramente se mostraba la pesadumbre que con su vista Camila recibía; mas el engañado Anselmo le dijo que en ninguna manera tal hiciese. Y desta manera, por mil maneras era Anselmo el fabricador de su deshonra, creyendo que lo era de su gusto.

En esto, el que tenía Leonela de verse cualificada y notada con sus amores,[5] llegó a tanto, que, sin mirar a otra cosa, se iba tras él a suelta rienda, fiada en que su señora la encubría, y aun la advertía del modo que con poco recelo pudiese ponerle en ejecución. En fin, una noche sintió Anselmo pasos en el aposento de Leonela, y queriendo entrar a ver quién los daba, sintió que le detenían la puerta, cosa que le puso más voluntad de abrirla; y tanta fuerza hizo, que la abrió, y entró dentro a tiempo que vio que un hombre saltaba por la ventana a la calle; y acudiendo con presteza a alcanzarle o conocerle, no pudo conseguir lo uno ni lo otro, porque Leonela se abrazó con él, diciéndole:

—Sosiégate, señor mío, y no te alborotes, ni sigas al que de aquí saltó; es cosa mía, y tanto, que es mi esposo.

No lo quiso creer Anselmo; antes, ciego de enojo, sacó la daga y quiso herir a Leonela, diciéndole que le dijese la verdad; si no, que la mataría. Ella, con el miedo, sin saber lo que se decía, le dijo:

—No me mates, señor, que yo te diré cosas de más importancia de las que puedes imaginar.

—Dilas luego —dijo Anselmo—; si no, muerta eres.

—Por ahora será imposible —dijo Leonela—, según estoy de turbada; déjame hasta mañana, que entonces sabrás de mí lo que te ha de admirar; y está seguro que el que saltó por esta ventana es un mancebo desta ciudad, que me ha dado la mano de ser mi esposo.

Sosegóse con esto Anselmo y quiso aguardar el término que se le pedía, porque no pensaba oír cosa que contra Camila fuese, por estar de su bondad tan satisfecho y seguro; y así, se salió del aposento, y dejó encerrada en él a Leonela, diciéndole que de allí no saldría hasta que le dijese lo que tenía que decirle.

---

[5] La *princeps: qualificada, no de con sus amores.* Hartzenbusch: *no de buena;* Rodríguez-Marín: *en sus amores;* Schevill: *no de deshonesta.* Sigo la enmienda propuesta por Riquer.

Fue luego a ver a Camila y a decirle, como le dijo, todo aquello que con su doncella le había pasado, y la palabra que le había dado de decirle grandes cosas y de importancia. Si se turbó Camila o no, no hay para qué decirlo, porque fue tanto el temor que cobró, creyendo verdaderamente (y era de creer) que Leonela había de decir a Anselmo todo lo que sabía de su poca fe, que no tuvo ánimo para esperar si su sospecha salía falsa o no, y aquella mesma noche, cuando le pareció que Anselmo dormía, juntó las mejores joyas que tenía y algunos dineros, y, sin ser de nadie sentida, salió de casa y se fue a la de Lotario, a quien contó lo que pasaba, y le pidió que la pusiese en cobro o que se ausentasen los dos donde de Anselmo pudiesen estar seguros. La confusión en que Camila puso a Lotario fue tal, que no le sabía responder palabra, ni menos sabía resolverse en lo que haría.

En fin, acordó de llevar a Camila a un monesterio, en quien era priora una su hermana. Consintió Camila en ello, y con la presteza que el caso pedía la llevó Lotario y la dejó en el monesterio, y él asimesmo se ausentó luego de la ciudad, sin dar parte a nadie de su ausencia.

Cuando amaneció, sin echar de ver Anselmo que Camila faltaba de su lado, con el deseo que tenía de saber lo que Leonela quería decirle, se levantó y fue adonde la había dejado encerrada. Abrió y entró en el aposento, pero no halló en él a Leonela; sólo halló puestas unas sábanas añudadas a la ventana, indicio y señal que por allí se había descolgado e ido. Volvió luego muy triste a decírselo a Camila y, no hallándola en la cama ni en toda la casa, quedó asombrado. Preguntó a los criados de casa por ella, pero nadie le supo dar razón de lo que pedía.

Acertó acaso, andando a buscar a Camila, que vio sus cofres abiertos y que dellos faltaban las más de sus joyas, y con esto acabó de caer en la cuenta de su desgracia, y en que no era Leonela la causa de su desventura. Y así como estaba, sin acabarse de vestir, triste y pensativo, fue a dar cuenta de su desdicha a su amigo Lotario. Mas cuando no le halló, y sus criados le dijeron que aquella noche había faltado de casa, y había llevado consigo todos los dineros que tenía, pensó perder el juicio. Y para acabar de concluir con todo, volviéndose a su casa, no halló en ella ninguno de cuantos criados ni criadas tenía, sino la casa desierta y sola.

No sabía qué pensar, qué decir, ni qué hacer, y poco a poco se le iba volviendo el juicio. Contemplábase y mirábase en un instante sin mujer, sin amigo y sin criados, desamparado, a su parecer, del cielo que le cubría, y sobre todo sin honra, porque en la falta de Camila vio su perdición.

Resolvióse, en fin, a cabo de una gran pieza, de irse a la aldea de su amigo, donde había estado cuando dio lugar a que se maquinase toda aquella desventura. Cerró las puertas de su casa, subió a caballo, y con desmayado aliento se puso en camino; y apenas hubo andado la mitad, cuando, acosado de sus pensamientos, le fue forzoso apearse y arrendar su caballo a un árbol, a cuyo tronco se dejó caer, dando tiernos y dolorosos suspiros, y allí se estuvo hasta casi que anochecía, y a aquella hora vio que venía un hombre a caballo de la ciudad y, después de haberle saludado, le preguntó qué nuevas había en Florencia. El ciudadano respondió:

—Las más estrañas que muchos días ha se han oído en ella; porque se dice públicamente que Lotario, aquel grande amigo de Anselmo el rico, que vivía a San Juan, se llevó está noche a Camila, mujer de Anselmo, el cual tampoco parece. Todo esto ha dicho una criada de Camila, que anoche la halló el gobernador descolgándose con una sábana por las ventanas de la casa de Anselmo. En efecto, no sé puntualmente cómo pasó el negocio; sólo sé que toda la ciudad está admirada deste suceso, porque no se podía esperar tal hecho de la mucha y familiar amistad de los dos, que dicen que era tanta, que los llamaban *los dos amigos.*

—¿Sábese, por ventura —dijo Anselmo—, el camino que llevan Lotario y Camila?

—Ni por pienso —dijo el ciudadano—, puesto que el gobernador ha usado de mucha diligencia en buscarlos.

—A Dios vais, señor —dijo Anselmo.

—Con Él quedéis —respondió el ciudadano, y fuese.

Con tan desdichadas nuevas, casi casi llegó a términos Anselmo, no sólo de perder el juicio, sino de acabar la vida. Levantóse como pudo, y llegó a casa de su amigo, que aún no sabía su desgracia; mas como le vio llegar amarillo, consumido y seco, entendió que de algún grave mal venía fatigado. Pidió luego Anselmo que le acostasen, y que le diesen aderezo de escribir. Hízose así, y dejáronle acostado y solo, porque él así lo quiso, y aun que le cerrasen la puerta. Viéndose, pues, solo, comenzó a cargar tanto la imaginación de su desventura, que claramente conoció que se le iba acabando la vida; y así, ordenó de dejar noticia de la causa de su estraña muerte; y comenzando a escribir, antes que acabase de poner todo lo que quería, le faltó el aliento y dejó la vida en las manos del dolor que le causó su curiosidad impertinente.

Viendo el señor de casa que era ya tarde y que Anselmo no llamaba, acordó de entrar a saber si pasaba adelante su indisposición, y hallóle tendido boca abajo, la mitad del cuerpo en la cama y la otra mitad sobre el bufete, sobre el cual estaba, con el papel escrito y abierto, y él tenía aún la pluma en la mano. Llegóse el huésped a él, habiéndole llamado primero, y trabándole por la mano, viendo que no le respondía, y hallándole frío, vio que estaba muerto. Admiróse y congojóse en gran manera, y llamó a la gente de casa para que viesen la desgracia a Anselmo sucedida, y, finalmente, leyó el papel, que conoció que de su mesma mano estaba escrito, el cual contenía estas razones:

Un necio e impertinente deseo me quitó la vida. Si las nuevas de mi muerte llegaren a los oídos de Camila, sepa que yo la perdono, porque no estaba ella obligada a hacer milagros, ni yo tenía necesidad de querer que ella los hiciese; y pues yo fui el fabricador de mi deshonra, no hay para qué...

Hasta aquí escribió Anselmo, por donde se echó de ver que en aquel punto, sin poder acabar la razón, se le acabó la vida. Otro día dio aviso su amigo a los parientes de Anselmo de su muerte, los cuales ya sabían su desgracia, y el monesterio donde Camila estaba, casi en el término de acompañar a su esposo en aquel forzoso viaje, no por las nuevas del muerto esposo, mas por las que supo del ausente amigo. Dícese que aunque se vio viuda, no quiso salir del monesterio, ni menos hacer profesión de monja, hasta que, no de allí a muchos días, le vinieron nuevas que Lotario había muerto en una batalla que en aquel tiempo dio monsiur de Lautrec al Gran Capitán Gonzalo Fernández de Córdoba en el reino de Nápoles,[6] donde había ido a parar el tarde arrepentido amigo; lo cual sabido por Camila, hizo profesión, y acabó en breves días la vida, a las rigurosas manos de tristezas y melancolías. Este fue el fin que tuvieron todos, nacido de un tan desatinado principio."[7]

---

[6] Parece que se refiere a la batalla de Ceriñola (1503) donde tomaron parte el Gran Capitán y Odet de Foix, señor de Lautrec (Schevill).

[7] El cuento del *Curioso impertinente* tiene sus raíces en unos pasajes del Canto 43 del *Orlando furioso* de Ariosto, utilizados también por Cristóbal de Villalón en su *Crotalón*. La bibliografía sobre este cuento, sus fuentes y su relación con *Don Quijote* es extensa. Véase Avalle-Arce (1975), 117-52 y 187-89; Ayala (1965b); Bandera (1975), 139-54; Casalduero (1966a), 152-60, y (1966b); Castro (1972), 126-33; Descouzis (1966), 170-85; Hahn; La Barbera; Neuschäfer (1963), 70-80; Percas (1975) I, 181-224; Pérez de la Dehesa; Rodríguez Guerrero, 287-388; Roux; Sieber (1970-71); Wardropper (1957).

—Bien —dijo el cura— me parece esta novela; pero no me puedo persuadir que esto sea verdad; y si es fingido, fingió mal el autor, porque no se puede imaginar que haya marido tan necio, que quiera hacer tan costosa experiencia como Anselmo. Si este caso se pusiera entre un galán y una dama, pudiérase llevar; pero entre marido y mujer, algo tiene del imposible; y en lo que toca al modo de contarle, no me descontenta.

Capítulo XXXVI

Que trata de la brava y descomunal batalla que don Quijote tuvo con unos cueros de vino tinto,[1] con otros raros sucesos que en la venta le sucedieron

Estando en esto, el ventero, que estaba a la puerta de la venta, dijo:

—Esta que viene es una hermosa tropa de huéspedes: si ellos paran aquí, gaudeamus[2] tenemos.

—¿Qué gente es? —dijo Cardenio.

—Cuatro hombres —respondió el ventero— vienen a caballo, a la jineta, con lanzas y adargas, y todos con antifaces[3] negros; y junto con ellos viene una mujer vestida de blanco, en un sillón,[4] asimesmo cubierto el rostro, y otros dos mozos de a pie.

—¿Vienen muy cerca? —preguntó el cura.

—Tan cerca —respondió el ventero—, que ya llegan.

Oyendo esto Dorotea, se cubrió el rostro, y Cardenio se entró en el aposento de don Quijote; y casi no habían tenido lugar para esto, cuando entraron en la venta todos los que el ventero había dicho; y apeándose los cuatro de a caballo, que de muy gentil talle y disposición eran, fueron a apear a la mujer que en el sillón venía; y, tomándola uno dellos en sus brazos,

---

[1] Se refiere, equivocadamente, al episodio del capítulo anterior.

[2] *guadeamus*, palabra latina vulgarizada: fiesta y regocijo.

[3] Para defenderse del polvo y del sol.

[4] *sillón*, silla de montar de mujeres.

la sentó en una silla que estaba a la entrada del aposento donde Cardenio se había escondido. En todo este tiempo, ni ella ni ellos se habían quitado los antifaces, ni hablado palabra alguna; sólo que al sentarse la mujer en la silla dio un profundo suspiro, y dejó caer los brazos, como persona enferma y desmayada. Los mozos de a pie llevaron los caballos a la caballeriza.

Viendo esto el cura, deseoso de saber qué gente era aquella que con tal traje y tal silencio estaba, se fue donde estaban los mozos, y a uno dellos le preguntó lo que ya deseaba, el cual le respondió:

—Pardiez, señor, yo no sabré deciros qué gente sea ésta; sólo sé que muestra ser muy principal, especialmente aquel que llegó a tomar en sus brazos a aquella señora que habéis visto; y esto dígolo porque todos los demás le tienen respeto, y no se hace otra cosa más de la que él ordena y manda.

—Y la señora, ¿quién es? —preguntó el cura.

—Tampoco sabré decir eso —respondió el mozo—, porque en todo el camino no la he visto el rostro; suspirar sí la he oído muchas veces, y dar unos gemidos, que parece que con cada uno dellos quiere dar el alma. Y no es de maravillar que no sepamos más de lo que habemos dicho, porque mi compañero y yo no ha más de dos días que los acompañamos; porque, habiéndolos encontrado en el camino, nos rogaron y persuadieron que viniésemos con ellos hasta el Andalucía, ofreciéndose a pagárnoslo muy bien.

—Y ¿habéis oído nombrar a alguno dellos? —preguntó el cura.

—No, por cierto —respondió el mozo—, porque todos caminan con tanto silencio, que es maravilla, porque no se oye entre ellos otra cosa que los suspiros y sollozos de la pobre señora, que nos mueven a lástima; y sin duda tenemos creído que ella va forzada dondequiera que va; y según se puede colegir por su hábito, ella es monja, o va a serlo, que es lo más cierto, y quizá porque no le debe de nacer de voluntad el monjío, va triste, como parece.

—Todo podría ser —dijo el cura.

Y dejándolos, se volvió adonde estaba Dorotea, la cual, como había oído suspirar a la embozada, movida de natural compasión, se llegó a ella y le dijo:

—¿Qué mal sentís, señora mía? Mirad si es alguno de quien las mujeres suelen tener uso y experiencia de curarle; que de mi parte os ofrezco una buena voluntad de serviros.

A todo esto callaba la lastimada señora; y aunque Dorotea tornó con mayores ofrecimientos, todavía se estaba en su silencio, hasta que llegó el caballero embozado (que dijo el mozo que los demás obedecían) y dijo a Dorotea:

—No os canséis, señora, en ofrecer nada a esa mujer, porque tiene por costumbre de no agradecer cosa que por ella se hace, ni procuréis que os responda, si no queréis oír alguna mentira de su boca.

—Jamás la dije —dijo a esta sazón la que hasta allí había estado callando—; antes por ser tan verdadera y tan sin trazas mentirosas me veo ahora en tanta desventura; y desto vos mesmo quiero que seáis el testigo, pues mi pura verdad os hace a vos ser falso y mentiroso.

Oyó estas razones Cardenio bien clara y distintamente, como quien estaba tan junto de quien las decía, que sola la puerta del aposento de don Quijote estaba en medio, y así como las oyó, dando una gran voz dijo:

—¡Válgame Dios! ¿Qué es esto que oigo? ¿Qué voz es esta que ha llegado a mis oídos?

Volvió la cabeza a estos gritos aquella señora, toda sobresaltada, y no viendo quién las[5] daba, se levantó en pie y fuese a entrar en el aposento; lo cual visto por el caballero, la detuvo, sin dejarla mover un paso. A ella, con la turbación y desasosiego, se le cayó el tafetán con que traía cubierto el rostro, y descubrió una hermosura incomparable y un rostro milagroso, aunque descolorido y asombrado, porque con los ojos andaba rodeando todos los lugares donde alcanzaba con la vista, con tanto ahínco, que parecía persona fuera de juicio; cuyas señales, sin saber por qué las hacía, pusieron gran lástima en Dorotea y en cuantos la miraban. Teníala el caballero fuertemente asida por las espaldas, y por estar tan ocupado en tenerla, no pudo acudir a alzarse el embozo, que se le caía, como, en efecto, se le cayó del todo; y alzando los ojos Dorotea, que abrazada con la señora estaba, vio que el que abrazada asimesmo la tenía era su esposo don Fernando; y apenas le hubo conocido, cuando, arrojando de lo íntimo de sus entrañas un luengo y tristísimo *¡ay!*, se dejó caer de espaldas desmayada; y a no hallarse allí junto el barbero, que la recogió en los brazos, ella diera consigo en el suelo.

Acudió luego el cura a quitarle el embozo, para echarle agua en el rostro, y así como la descubrió, la conoció don Fernando, que era el que estaba abrazado con la otra, y quedó

⁵ *las* [voces].

como muerto en verla; pero no porque dejase, con todo esto, de tener a Luscinda, que era la que procuraba soltarse de sus brazos; la cual había conocido en el suspiro a Cardenio, y él la había conocido a ella. Oyó asimesmo Cardenio el ¡ay! que dio Dorotea cuando se cayó desmayada, y, creyendo que era su Luscinda, salió del aposento despavorido, y lo primero que vio fue a don Fernando, que tenía abrazada a Luscinda. También don Fernando conoció luego a Cardenio, y todos tres, Luscinda, Cardenio y Dorotea, quedaron mudos y suspensos, casi sin saber lo que les había acontecido.

Callaban todos y mirábanse todos: Dorotea a don Fernando, don Fernando a Cardenio, Cardenio a Luscinda y Luscinda a Cardenio. Mas quien primero rompió el silencio fue Luscinda, hablando a don Fernando desta manera:

—Dejadme, señor don Fernando, por lo que debéis a ser quien sois, ya que por otro respeto no lo hagáis, dejadme llegar al muro de quien yo soy yedra, al arrimo de quien no me han podido apartar vuestras importunaciones, vuestras amenazas, vuestras promesas ni vuestras dádivas. Notad cómo el cielo, por desusados y a nosotros encubiertos caminos, me ha puesto a mi verdadero esposo delante. Y bien sabéis por mil costosas experiencias que sola la muerte fuera bastante para borrarle de mi memoria. Sean, pues, parte tan claros desengaños para que volváis (ya que no podáis hacer otra cosa) el amor en rabia, la voluntad en despecho, y acabadme con él la vida; que como yo la rinda delante de mi buen esposo, la daré por bien empleada; quizá con mi muerte quedará satisfecho de la fe que le mantuve hasta el último trance de la vida.

Había en este entretanto vuelto Dorotea en sí, y había estado escuchando todas las razones que Luscinda dijo, por las cuales vino en conocimiento de quién ella era; que viendo que don Fernando aún no la dejaba de los brazos, ni respondía a sus razones, esforzándose lo más que pudo, se levantó y se fue a hincar de rodillas a sus pies, y derramando mucha cantidad de hermosas y lastimeras lágrimas, así le comenzó a decir:

—Si ya no es, señor mío, que los rayos deste sol que en tus brazos eclipsados tienes te quitan y ofuscan los de tus ojos, ya habrás echado de ver que la que a tus pies está arrodillada es la sin ventura, hasta que tú quieras, y la desdichada Dorotea. Yo soy aquella labradora humilde a quien tú, por tu bondad o por tu gusto, quisiste levantar a la alteza de poder llamarse tuya. Soy la que, encerrada en los límites de la honestidad, vivió vida contenta hasta que, a las voces de tus importunidades, y al parecer, justos y amorosos sentimientos, abrió las puertas de su recato y te entregó las llaves de su libertad, dádiva de ti tan mal agradecida, cual lo muestra bien claro haber sido forzoso hallarme en el lugar donde me hallas, y verte yo a ti de la manera que te veo. Pero, con todo esto, no querría que cayese en tu imaginación pensar que he venido aquí con pasos de mi deshonra, habiéndome traído sólo los del dolor y sentimiento de verme de ti olvidada. Tú quisiste que yo fuese tuya, y quisístelo de manera que, aunque ahora quieras que no lo sea, no será posible que tú dejes de ser mío.

Mira, señor mío, que puede ser recompensa a la hermosura y nobleza por quien me dejas la incomparable voluntad que te tengo. Tú no puedes ser de la hermosa Luscinda, porque eres mío, ni ella puede ser tuya, porque es de Cardenio. Y más fácil te será, si en ello miras, reducir tu voluntad a querer a quien te adora, que no encaminar la que te aborrece a que bien te quiera. Tú solicitaste mi descuido; tú rogaste a mi entereza; tú no ignoraste mi calidad; tú sabes bien de la manera que me entregué a toda tu voluntad: no te queda lugar ni acogida de llamarte a engaño. Y si esto es así, como lo es, y tú eres tan cristiano como caballero, ¿por qué por tantos rodeos dilatas de hacerme venturosa en los fines, como me hiciste en los principios? Y si no me quieres por la que soy, que soy tu verdadera y legítima esposa, quiéreme, a lo menos, y admíteme por tu esclava; que como yo esté en tu poder, me tendré por dichosa y bien afortunada. No permitas, con dejarme y desampararme, que se hagan y junten corrillos en mi deshonra; no des tan mala vejez a mis padres, pues no lo merecen los leales servicios que, como buenos vasallos, a los tuyos siempre han hecho.

Y si te parece que has de aniquilar tu sangre por mezclarla con la mía, considera que pocas o ninguna nobleza hay en el mundo que no haya corrido por este camino, y que la que se toma de las mujeres no es la que hace al caso en las ilustres decendencias; cuanto más, que la verdadera nobleza consiste en la virtud, y si ésta a ti te falta negándome lo que tan justamente me debes, yo quedaré con más ventajas de noble que las que tú tienes. En fin, señor, lo que últimamente te digo es que, quieras o no quieras, yo soy tu esposa; testigos son tus palabras, que no han ni deben ser mentirosas, si ya es que te precias de aquello por que me desprecias; testigo será la firma que hiciste, y testigo el cielo, a quien tú llamaste por testigo de lo que me prometías. Y cuando todo esto falte, tu misma conciencia no ha de faltar de dar voces callando en mitad de tus alegrías, volviendo por esta verdad que te he dicho, y turbando tus mejores gustos y contentos.

Estas y otras razones dijo la lastimada Dorotea, con tanto sentimiento y lágrimas, que los mismos que acompañababan a don Fernando, y cuantos presentes estaban, la acompañaron en ellas. Escuchóla don Fernando sin replicalle palabra, hasta que ella dio fin a las suyas, y principio a tantos sollozos y suspiros, que bien había de ser corazón de bronce el que con muestras de tanto dolor no se enterneciera. Mirándola estaba Luscinda, no menos lastimada de su sentimiento que admirada de su mucha discreción y hermosura, y, aunque quisiera llegarse a ella y decirle algunas palabras de consuelo, no la dejaban los brazos de don Fernando, que apretada la tenían. El cual, lleno de confusión y espanto, al cabo de un buen espacio que atentamente estuvo mirando a Dorotea, abrió los brazos y, dejando libre a Luscinda, dijo:

—Venciste, hermosa Dorotea, venciste: porque no es posible tener ánimo para negar tantas verdades juntas.

Con el desmayo que Luscinda había tenido, así como la dejó don Fernando iba a caer en el suelo; mas hallándose Cardenio allí junto, que a las espaldas de don Fernando se había puesto porque no le conociese, [pospuesto] todo temor y aventurando a todo riesgo, acudió a sostener a Luscinda, y, cogiéndola entre sus brazos, le dijo:

—Si el piadoso cielo gusta y quiere que ya tengas algún descanso, leal, firme y hermosa señora mía, en ninguna parte creo yo que le tendrás más seguro que en estos brazos que ahora te reciben, y otro tiempo te recibieron, cuando la fortuna quiso que pudiese llamarte mía.

A estas razones, puso Luscinda en Cardenio los ojos, y, habiendo comenzado a conocerle, primero por la voz, y asegurándose que él era con la vista, casi fuera de sentido y sin tener cuenta a ningún honesto respeto, le echó los brazos al cuello y, juntando su rostro con el de Cardenio, le dijo:

—Vos sí, señor mío, sois el verdadero dueño desta vuestra cautiva, aunque más lo impida la contraria suerte, y aunque más amenazas le hagan a esta vida que en la vuestra se sustenta.

Estraño espectáculo fue éste para don Fernando y para todos los circunstantes, admirándose de tan no visto suceso. Parecióle a Dorotea que don Fernando había perdido la color del rostro y que hacía ademán de querer vengarse de Cardenio, porque le vio encaminar la mano a ponella en la espada; y así como lo pensó, con no vista presteza se abrazó con él por las rodillas, besándoselas y teniéndole apretado, que no le dejaba mover, y, sin cesar un punto de sus lágrimas, le decía:

—¿Qué es lo que piensas hacer, único refugio mío, en este tan impensado trance? Tú tienes a tus pies a tu esposa, y la que quieres que lo sea está en los brazos de su marido. Mira si te estará bien, o te será posible deshacer lo que el cielo ha hecho, o si te convendrá querer levantar a igualar a ti mismo a la que, [pospuesto] todo inconveniente, confirmada en su verdad y firmeza, delante de tus ojos tiene los suyos, bañados de licor amoroso el rostro y pecho de su verdadero esposo. Por quien Dios es te ruego, y por quien tú eres te suplico, que este tan notorio desengaño no sólo no acreciente tu ira, sino que la mengüe en tal manera, que con quietud y sosiego permitas que estos dos amantes le tengan sin impedimento tuyo todo el tiempo que el cielo quisiere concedérsele, y en esto mostrarás la generosidad de tu ilustre y noble pecho, y verá el mundo que tiene contigo más fuerza la razón que el apetito.

En tanto que esto decía Dorotea, aunque Cardenio tenía abrazada a Luscinda, no quitaba los ojos de don Fernando, con determinación de que, si le viese hacer algún movimiento en su perjuicio, procurar defenderse y ofender como mejor pudiese a todos aquellos que en su daño se mostrasen, aunque le costase la vida. Pero a esta sazón acudieron los amigos de don Fernando, y el cura y el barbero, que a todo habían estado presentes, sin que faltase el bueno de Sancho Panza, y todos rodeaban a don Fernando, suplicándole tuviese por bien de mirar las lágrimas de Dorotea, y que siendo verdad, como sin duda ellos creían que lo era, lo que en sus razones había dicho, que no permitiese quedase defraudada de sus tan justas esperanzas. Que considerase que, no acaso, como parecía, sino con particular providencia del cielo, se habían todos juntado en lugar donde menos ninguno pensaba. Y que advirtiese —dijo el cura— que sola la muerte podía apartar a Luscinda de Cardenio, y aunque los dividiesen filos de alguna espada, ellos tendrían por felicísima [su] muerte y que en los lazos inremediables era suma cordura, forzándose y venciéndose a sí mismo, mostrar un generoso pecho, permitiendo que por sola su voluntad los dos gozasen el bien que el cielo ya les había concedido; que pusiese los ojos asimesmo en la beldad de Dorotea, y vería que pocas o ninguna se le podían igualar, cuanto más hacerle ventaja, y que juntase a su hermosura su humildad y el estremo del amor que le tenía, y, sobre todo, advirtiese que si se preciaba de caballero y de cristiano, que no podía hacer otra cosa que cumplille la palabra dada; y que, cumpliéndosela, cumpliría con Dios y satisfaría a las gentes discretas, las cuales saben y conocen que es prerrogativa de la hermosura, aunque esté en sujeto humilde, como se acompañe con la honestidad, poder levantarse e igualarse a cualquiera alteza, sin nota de menoscabo del que la levanta e iguala a sí mismo; y cuando se cumplen las fuertes leyes del gusto, como en ello no intervenga pecado, no debe de ser culpado el que las sigue.

En efecto, a estas razones añadieron todos otras, tales y tantas, que el valeroso pecho de don Fernando —en fin, como alimentado con ilustre sangre— se ablandó y se dejó vencer de la verdad, que él no pudiera negar aunque quisiera; y la señal que dio de haberse rendido y entregado al buen parecer que se le había propuesto fue abajarse y abrazar a Dorotea, diciéndole:

—Levantaos, señora mía; que no es justo que esté arrodillada a mis pies la que yo tengo en mi alma, y si hasta aquí no he dado muestras de lo que digo, quizá ha sido por orden del cielo, para que viendo yo en vos la fe con que me amáis, os sepa estimar en lo que merecéis. Lo que os ruego es que no me reprehendáis mi mal término y mi mucho descuido, pues la misma ocasión y fuerza que me movió para aceptaros por mía, esa misma me impelió para procurar no ser vuestro. Y que esto sea verdad, volved y mirad los ojos de la ya contenta Luscinda, y en ellos hallaréis disculpa de todos mis yerros; y pues ella halló y alcanzó lo que deseaba, y yo he hallado en vos lo que me cumple, viva ella segura y contenta luengos y felices años con su Cardenio, que yo rogaré al cielo que me los deje vivir con mi Dorotea.

Y diciendo esto, la tornó a abrazar y a juntar su rostro con el suyo, con tan tierno sentimiento, que le fue necesario tener gran cuenta con que las lágrimas no acabasen de dar indubitables señas de su amor y arrepentimiento. No lo hicieron así las de Luscinda y Cardenio, y aun las de casi todos los que allí presentes estaban, porque comenzaron a derramar tantas, los unos de contento propio, y los otros del ajeno, que no parecía sino que algún grave y mal caso a todos había sucedido. Hasta Sancho Panza lloraba, aunque después dijo que no lloraba él sino por ver que Dorotea no era, como él pensaba, la reina Micomicona, de quien él tantas mercedes esperaba. Duró algún espacio, junto con el llanto, la admiración en todos, y luego Cardenio y Luscinda se fueron a poner de rodillas ante don Fernando, dándole gracias de la merced que les había hecho, con tan corteses razones, que don Fernando no sabía qué responderles; y así, los levantó y abrazó con muestras de mucho amor y de mucha cortesía.

Preguntó luego a Dorotea le dijese cómo había venido a aquel lugar, tan lejos del suyo. Ella, con breves y discretas razones, contó todo lo que antes había contado a Cardenio, de lo cual gustó tanto don Fernando y los que con él venían, que quisieran que durara el cuento más tiempo: tanta era la gracia con que Dorotea contaba sus desventuras. Y así como hubo acabado, dijo don Fernando lo que en la ciudad le había acontecido después que halló el papel en el seno de Luscinda, donde declaraba ser esposa de Cardenio, y no poderlo ser suya. Dijo que la quiso matar, y lo hiciera si de sus padres no fuera impedido; y que así, se salió de su casa despechado y corrido, con determinación de vengarse con más comodidad, y que otro día supo como Luscinda había faltado de casa de sus padres, sin que nadie supiese decir dónde se había ido, y que, en resolución, al cabo de algunos meses vino a saber como estaba en un monesterio, con voluntad de quedarse en él toda la vida, si no la pudiese pasar con Cardenio; y que así como lo supo, escogiendo para su compañía aquellos tres caballeros, vino al lugar donde estaba, a la cual no había querido hablar, temeroso que en sabiendo que él estaba allí, había de haber más guarda en el monesterio; y así, aguardando un día a que la portería estuviese abierta, dejó a los dos a la guarda de la puerta, y él, con otro, habían entrado en el monesterio buscando a Luscinda, la cual hallaron en el claustro hablando con una monja; y, arrebatándola, sin darle lugar a otra cosa, se habían venido con ella a un lugar donde se acomodaron de aquello que hubieron menester para traella. Todo lo cual habían podido hacer bien a su salvo, por estar el monesterio en el campo, buen trecho fuera del pueblo. Dijo que así como Luscinda se vio en su poder, perdió todos los sentidos, y que después de vuelta en sí, no había hecho otra cosa sino llorar y suspirar, sin hablar palabra alguna; y que así, acompañados de silencio y de lágrimas, habían llegado a aquella venta, que para él era haber llegado al cielo, donde se rematan y tienen fin todas las desventuras de la tierra.

Capítulo XXXVII

Que trata donde se prosigue la historia de la famosa infanta Micomicona, con otras graciosas aventuras

Todo esto escuchaba Sancho, no con poco dolor de su ánima, viendo que se le desparecían e iban en humo las esperanzas de su dictado,[1] y que la linda princesa Micomicona se le había vuelto en Dorotea, y el gigante en don Fernando, y su amo se estaba durmiendo a sueño suelto, bien descuidado de todo lo sucedido. No se podía asegurar Dorotea si era soñado el bien que poseía. Cardenio estaba en el mismo pensamiento, y el de Luscinda corría por la misma cuenta. Don Fernando daba gracias al cielo por la merced recibida y haberle sacado de aquel intricado laberinto, donde se hallaba tan a pique de perder el crédito y el alma; y, finalmente, cuantos en la venta estaban, estaban contentos y gozosos del buen suceso que habían tenido tan trabados y desesperados negocios.

Todo lo ponía en su punto el cura, como discreto, y a cada uno daba el parabién del bien alcanzado; pero quien más jubilaba y se contentaba era la ventera, por la promesa que Cardenio y el cura le habían hecho de pagalle todos los daños e intereses que por cuenta de don Quijote le hubiesen venido. Sólo Sancho, como ya se ha dicho, era el afligido, el desventurado y el triste; y así, con malencónico semblante, entró a su amo, el cual acababa de despertar, a quien dijo:

---

[1] *dictado*, título de dignidad y señorío.

—Bien puede vuestra merced, señor Triste Figura, dormir todo lo que quisiere, sin cuidado de matar a ningún gigante, ni de volver a la princesa su reino; que ya todo está hecho y concluido.

—Eso creo yo bien —respondió don Quijote—, porque he tenido con el gigante la más descomunal y desaforada batalla que pienso tener en todos los días de mi vida, y de un revés, ¡zas!, le derribé la cabeza en el suelo, y fue tanta la sangre que le salió, que los arroyos corrían por la tierra como si fueran de agua.

—Como si fueran de vino tinto, pudiera vuestra merced decir mejor —respondió Sancho—; porque quiero que sepa vuestra merced, si es que no lo sabe, que el gigante muerto es un cuero horadado, y la sangre, seis arrobas de vino tinto que encerraba en su vientre; y la cabeza cortada es la puta que me parió, y llévelo todo Satanás.

—Y ¿qué es lo que dices, loco? —replicó don Quijote—. ¿Estás en tu seso?

—Levántese vuestra merced —dijo Sancho—, y verá el buen recado que ha hecho, y lo que tenemos que pagar, y verá a la reina convertida en una dama particular, llamada Dorotea, con otros sucesos que, si cae en ellos, le han de admirar.

—No me maravillaría de nada deso —replicó don Quijote—, porque, si bien te acuerdas, la otra vez que aquí estuvimos te dije yo que todo cuanto aquí sucedía eran cosas de encantamento, y no sería mucho que ahora fuese lo mesmo.

—Todo lo creyera yo —respondió Sancho—, si también mi manteamiento fuera cosa dese jaez; mas no lo fue, sino real y verdaderamente; y vi yo que el ventero que aquí está hoy día tenía del un cabo de la manta, y me empujaba hacia el cielo con mucho donaire y brío, y con tanta risa como fuerza; y donde interviene conocerse las personas, tengo para mí, aunque simple y pecador, que no hay encantamento alguno, sino mucho molimiento y mucha mala ventura.

—Ahora bien, Dios lo remediará —dijo don Quijote—. Dame de vestir y déjame salir allá fuera; que quiero ver los sucesos y transformaciones que dices.

Diole de vestir Sancho, y en el entretanto que se vestía, contó el cura a don Fernando y a los demás las locuras de don Quijote, y del artificio que habían usado para sacarle de la Peña Pobre, donde él se imaginaba estar, por desdenes de su señora. Contóles asimismo casi todas las aventuras que Sancho había contado, de que no poco se admiraron y rieron, por parecerles lo que a todos parecía: ser el más estraño género de locura que podía caber en pensamiento disparatado. Dijo más el cura: que pues ya el buen suceso de la señora Dorotea impedía pasar con su designio adelante, que era menester inventar y hallar otro para poderle llevar a su tierra. Ofrecióse Cardenio de proseguir lo comenzado, y que Luscinda haría y representaría la persona de Dorotea.

—No —dijo don Fernando—, no ha de ser así; que yo quiero que Dorotea prosiga su invención; que como no sea muy lejos de aquí el lugar deste buen caballero, yo holgaré de que se procure su remedio.

—No está más de dos jornadas de aquí.

—Pues aunque estuviera más, gustara yo de caminallas, a trueco de hacer tan buena obra.

Salió, en esto, don Quijote, armado de todos sus pertrechos, con el yelmo, aunque abollado, de Mambrino en la cabeza, embrazado de su rodela y arrimado a su tronco o lanzón. Suspendió a don Fernando y a los demás la estraña presencia de don Quijote, viendo su rostro de media legua de andadura, seco y amarillo, la desigualdad de sus armas y su mesurado continente, y estuvieron callando, hasta ver lo que él decía; el cual, con mucha gravedad y reposo, puestos los ojos en la hermosa Dorotea, dijo:

—Estoy informado, hermosa señora, deste mi escudero que la vuestra grandeza se ha aniquilado, y vuestro ser se ha deshecho, porque de reina y gran señora que solíades ser os habéis vuelto en una particular doncella. Si esto ha sido por orden del rey nigromante de vuestro padre, temeroso que yo no os diese la necesaria y debida ayuda, digo que no supo ni sabe de la misa la media, y que fue poco versado en las historias caballerescas; porque si él las hubiera leído y pasado tan atentamente y con tanto espacio como yo las pasé y leí, hallara a cada paso como otros caballeros de menor fama que la mía habían acabado cosas más dificultosas, no siéndolo mucho matar a un gigantillo, por arrogante que sea; porque no ha muchas horas que yo me vi con él, y... quiero callar, porque no me digan que miento; pero el tiempo, descubridor de todas las cosas, lo dirá cuando menos lo pensemos.

—Vístesos vos con dos cueros, que no con un gigante —dijo a esta sazón el ventero.

Al cual mandó don Fernando que callase y no interrumpiese la plática de don Quijote en ninguna manera; y don Quijote prosiguió diciendo:

—Digo, en fin, alta y desheredada señora, que si por la causa que he dicho vuestro padre ha hecho este metamorfóseos en vuestra persona, que no le deis crédito alguno; porque no hay ningún peligro en la tierra por quien no se abra camino mi espada, con la cual, poniendo la cabeza de vuestro enemigo en tierra, os pondré a vos la corona de la vuestra en la cabeza, en breves días.

No dijo más don Quijote, y esperó a que la princesa le respondiese, la cual, como ya sabía la determinación de don Fernando de que se prosiguiese adelante en el engaño hasta llevar a su tierra a don Quijote, con mucho donaire y gravedad le respondió:

—Quienquiera que os dijo, valeroso caballero de la Triste Figura, que yo me había mudado y trocado de mi ser, no os dijo lo cierto, porque la misma que ayer fui me soy hoy. Verdad es que alguna mudanza han hecho en mí ciertos acaecimientos de buena ventura, que me la han dado la mejor que yo pudiera desearme; pero no por eso he dejado de ser la que antes y de tener los mesmos pensamientos de valerme del valor de vuestro valeroso e invenerable[2] brazo que siempre he tenido. Así que, señor mío, vuestra bondad vuelva la honra al padre que me engendró, y téngale por hombre advertido y prudente, pues con su ciencia halló camino tan fácil y tan verdadero para remediar mi desgracia, que yo creo que si por vos, señor, no fuera, jamás acertara a tener la ventura que tengo; y en esto digo tanta verdad como son buenos testigos della los más destos señores que están presentes. Lo que resta es que mañana nos pongamos en camino, porque ya hoy se podrá hacer poca jornada, y en lo demás del buen suceso que espero, lo dejaré a Dios y al valor de vuestro pecho.

Esto dijo la discreta Dorotea, y en oyéndolo don Quijote, se volvió a Sancho, y con muestras de mucho enojo, le dijo:

—Ahora te digo, Sanchuelo, que eres el mayor bellacuelo que hay en España. Dime, ladrón vagamundo, ¿no me acabaste de decir ahora que esta princesa se había vuelto en una doncella que se llamaba Dorotea y que la cabeza que entiendo que corté a un gigante era la puta que te parió, con otros disparates que me pusieron en la mayor confusión que jamás he estado en todos los días de mi vida? ¡Voto..., —y miró al cielo y apretó los dientes— que estoy por hacer un estrago en ti, que ponga sal en la mollera a todos cuantos mentirosos escuderos hubiere de caballeros andantes, de aquí adelante, en el mundo!

---

[2] *invenerable:* o donaire de Dorotea o errata por *invulnerable*.

—Vuestra merced se sosiegue, señor mío —respondió Sancho—; que bien podría ser que yo me hubiese engañado en lo que toca a la mutación de la señora princesa Micomicona; pero en lo que toca a la cabeza del gigante, o, a lo menos, a la horadación de los cueros, y a lo de ser vino tinto la sangre, no me engaño, vive Dios, porque los cueros allí están heridos, a la cabecera del lecho de vuestra merced, y el vino tinto tiene hecho un lago el aposento, y si no, al freír de los huevos lo verá;[3] quiero decir que lo verá cuando aquí su merced del señor ventero le pida el menoscabo de todo. De lo demás, de que la señora reina se esté como se estaba, me regocijo en el alma, porque me va mi parte, como a cada hijo de vecino.

—Ahora yo te digo, Sancho —dijo don Quijote—, que eres un mentecato, y perdóname, y basta.

—Basta —dijo don Fernando—, y no se hable más en esto; y pues la señora princesa dice que se camine mañana, porque ya hoy es tarde, hágase así, y esta noche la podremos pasar en buena conversación, hasta el venidero día, donde todos acompañaremos al señor don Quijote, porque queremos ser testigos de las valerosas e inauditas hazañas que ha de hacer en el discurso desta grande empresa que a su cargo lleva.

—Yo soy el que tengo de serviros y acompañaros —respondió don Quijote—, y agradezco mucho la merced que se me hace y la buena opinión que de mí se tiene, la cual procuraré que salga verdadera, o me costará la vida, y aun más, si más costarme puede.

Muchas palabras de comedimiento y muchos ofrecimientos pasaron entre don Quijote y don Fernando; pero a todo puso silencio un pasajero que en aquella sazón entró en la venta, el cual en su traje mostraba ser cristiano recién venido de tierra de moros, porque venía vestido con una casaca de paño azul, corta de faldas, con medias mangas y sin cuello; los calzones eran asimismo de lienzo azul, con bonete de la misma color; traía unos borceguíes datilados[4] y un alfanje morisco, puesto en un tahelí que le atravesaba el pecho. Entró luego tras él, encima de un jumento, una mujer a la morisca vestida, cubierto el rostro con una toca; en la cabeza traía un bonetillo de brocado, y vestida una almalafa[5] que desde los hombros a los pies la cubría.

Era el hombre de robusto y agraciado talle, de edad de poco

---

[3] Expresión proverbial.
[4] El borceguí era una bota morisca sobre la cual se ponía el zapato; datilados, de color de dátil.
[5] almalafa, manto grande.

más de cuarenta años, algo moreno de rostro, largo de bigotes y la barba muy bien puesta; en resolución, él mostraba en su apostura que si estuviera bien vestido, le juzgaran por persona de calidad y bien nacida.

Pidió, en entrando, un aposento, y como le dijeron que en la venta no le había, mostró recibir pesadumbre, y llegándose a la que en el traje parecía mora, la apeó en sus brazos. Luscinda, Dorotea, la ventera, su hija y Maritornes, llevadas del nuevo y para ellas nunca visto traje, rodearon a la mora, y Dorotea, que siempre fue agraciada, comedida y discreta, pareciéndole que así ella como el que la traía se congojaban por la falta del aposento, le dijo:

—No os dé mucha pena, señora mía, la incomodidad de regalo que aquí falta, pues es propio de ventas no hallarse en ellas; pero, con todo esto, si gustáredes de pasar con nosotras —señalando a Luscinda—, quizá en el discurso de este camino habréis hallado otros no tan buenos acogimientos.

No respondió nada a esto la embozada, ni hizo otra cosa que levantarse de donde sentado se había, y puestas entrambas manos cruzadas sobre el pecho, inclinada la cabeza, dobló el cuerpo en señal de que lo agradecía. Por su silencio imaginaron que, sin duda alguna, debía de ser mora, y que no sabía hablar cristiano. Llegó en esto el cautivo, que entendiendo en otra cosa hasta entonces había estado, y viendo que todas tenían cercada a la que con él venía, y que ella a cuanto le decían callaba, dijo:

—Señoras mías, esta doncella apenas entiende mi lengua, ni sabe hablar otra ninguna sino conforme a su tierra, y por esto no debe de haber respondido, ni responde, a lo que se le ha preguntado.

—No se le pregunta otra cosa ninguna —respondió Luscinda— sino ofrecelle por esta noche nuestra compañía y parte del lugar donde nos acomodáremos, donde se le hará el regalo que la comodidad ofreciere, con la voluntad que obliga a servir a todos los estranjeros que dello tuvieren necesidad, especialmente siendo mujer a quien se sirve.

—Por ella y por mí —respondió el cautivo— os beso, señora mía, las manos, y estimo mucho y en lo que es razón la merced ofrecida, que en tal ocasión, y de tales personas como vuestro parecer muestra, bien se echa de ver que ha de ser muy grande.

—Decidme, señor —dijo Dorotea—: ¿esta señora es cristiana o mora? Porque el traje y el silencio nos hace pensar que es lo que no querríamos que fuese.

—Mora es en el traje y en el cuerpo; pero en el alma es muy grande cristiana, porque tiene grandísimos deseos de serlo.

—Luego ¿no es bautizada? —replicó Luscinda.

—No ha habido lugar para ello —respondió el cautivo— después que salió de Argel, su patria y tierra, y hasta agora no se ha visto en peligro de muerte tan cercana, que obligase a bautizalla sin que supiese primero todas las ceremonias que nuestra Madre la Santa Iglesia manda; pero Dios será servido que presto se bautice con la decencia que la calidad de su persona merece, que es más de lo que muestra su hábito y el mío.

[Con] estas razones puso gana en todos los que escuchándole estaban de saber quién fuese la mora y el cautivo; pero nadie se lo quiso preguntar por entonces, por ver que aquella sazón era más para procurarles descanso que para preguntarles sus vidas. Dorotea la tomó por la mano y la llevó a sentar junto a sí, y le rogó que se quitase el embozo. Ella miró al cautivo, como si le preguntara le dijese lo que decían y lo que ella haría. Él, en lengua arábiga, le dijo que le pedían se quitase el embozo, y que lo hiciese; y así, se lo quitó, y descubrió un rostro tan hermoso, que Dorotea la tuvo por más hermosa que a Luscinda, y Luscinda por más hermosa que a Dorotea, y todos los circunstantes conocieron que si alguno se podría igualar al de las dos, era el de la mora, y aun hubo algunos que le aventajaron en alguna cosa. Y como la hermosura tenga prerrogativa y gracia de reconciliar los ánimos y atraer las voluntades, luego se rindieron todos al deseo de servir y acariciar a la hermosa mora.

Preguntó don Fernando al cautivo cómo se llamaba la mora, el cual respondió que *lela*[6] Zoraida; y así como esto oyó ella, entendió lo que le habían preguntado al cristiano, y dijo con mucha priesa, llena de congoja y donaire:

—¡No, no Zoraida: María, María! —dando a entender que se llamaba María y no Zoraida.

Estas palabras [y] el grande afecto con que la mora las dijo hicieron derramar más de una lágrima a algunos de los que la escucharon, especialmente a las mujeres, que de su naturaleza son tiernas y compasivas. Abrazóla Luscinda con mucho amor, diciéndole:

—Sí, sí, María, María.

A lo cual respondió la mora:

—¡Sí, sí, María: Zoraida *macange!* —que quiere decir *no*. Ya en esto llegaba la noche, y por orden de los que venían

---

[6] «*lela*, señora (en árabe).» Nota de Riquer.

con don Fernando había el ventero puesto diligencia y cuidado en aderezarles de cenar lo mejor que a él le fue posible. Llegada, pues, la hora, sentáronse todos a una larga mesa como de tinelo,[7] porque no la había redonda ni cuadrada en la venta, y dieron la cabecera y principal asiento, puesto que él lo rehusaba, a don Quijote, el cual quiso que estuviese a su lado la señora Micomicona, pues él era su aguardador. Luego se sentaron Luscinda y Zoraida, y frontero dellas don Fernando y Cardenio, y luego el cautivo y los demás caballeros, y al lado de las señoras, el cura y el barbero. Y así, cenaron con mucho contento, y acrecentóseles más viendo que, dejando de comer don Quijote, movido de otro semejante espíritu que el que le movió a hablar tanto como habló cuando cenó con los cabreros, comenzó a decir:

—Verdaderamente, si bien se considera, señores míos, grandes e inauditas cosas ven los que profesan la orden de la andante caballería. Si no, ¿cuál de los vivientes habrá en el mundo que ahora por la puerta deste castillo entrara, y de la suerte que estamos nos viere, que juzgue y crea que nosotros somos quien somos? ¿Quién podrá decir que esta señora que está a mi lado es la gran reina que todos sabemos, y que yo soy aquel Caballero de la Triste Figura que anda por ahí en boca de la fama? Ahora no hay que dudar, sino que esta arte y ejercicio excede a todas aquellas y aquellos que los hombres inventaron, y tanto más se ha de tener en estima cuanto a más peligros está sujeto. Quítensense delante los que dijeren que las letras hacen ventaja a las armas; que les diré, y sean quien se fueren, que no saben lo que dicen. Porque la razón que los tales suelen decir y a lo que ellos más se atienen, es que los trabajos del espíritu exceden a los del cuerpo, y que las armas sólo con el cuerpo se ejercitan como si fuese su ejercicio oficio de ganapanes, para el cual no es menester más de buenas fuerzas, o como si en esto que llamamos armas los que las profesamos no se encerrasen los actos de la fortaleza, los cuales piden para ejecutallos mucho entendimiento, o como si no trabajase el ánimo del guerrero que tiene a su cargo un ejército, o la defensa de una ciudad sitiada, así con el espíritu como con el cuerpo. Si no, véase si se alcanza con las fuerzas corporales a saber y conjeturar el intento del enemigo, los designios, las estratagemas, las dificultades, el prevenir los daños que se temen; que todas estas cosas son acciones del entendimiento, en quien no tiene parte alguna el cuerpo.

---

[7] *tinelo*, comedor de la servidumbre.

Siendo pues así, que las armas requieren espíritu, como las letras, veamos ahora cuál de los dos espíritus, el del letrado o el del guerrero, trabaja más. Y esto se vendrá a conocer por el fin y paradero a que cada uno se encamina, porque aquella intención se ha de estimar en más que tiene por objeto más noble fin. Es el fin y paradero de las letras..., y no hablo ahora de las divinas, que tienen por blanco llevar y encaminar las almas al cielo; que a un fin tan sin fin como éste ninguno otro se le puede igualar: hablo de las letras humanas, que es su fin poner en su punto la justicia distributiva y dar a cada uno lo que es suyo, entender y hacer que las buenas leyes se guarden. Fin, por cierto, generoso y alto y digno de grande alabanza, pero no de tanta como merece aquel a que las armas atienden, las cuales tienen por objeto y fin la paz, que es el mayor bien que los hombres pueden desear en esta vida. Y así, las primeras buenas nuevas que tuvo el mundo y tuvieron los hombres fueron las que dieron los ángeles la noche que fue nuestro día, cuando cantaron en los aires: "—Gloria sea en las alturas, y paz en la tierra a los hombres de buena voluntad"; y a la salutación que el mejor maestro de la tierra y del cielo enseñó a sus allegados y favoridos fue decirles que cuando entrasen en alguna casa, dijesen: "—Paz sea en esta casa"; y otras muchas veces les dijo: "—Mi paz os doy; mi paz os dejo; paz sea con vosotros," bien como joya y prenda dada y dejada de tal mano; joya, que sin ella, en la tierra ni en el cielo puede haber bien alguno. Esta paz es el verdadero fin de la guerra, que lo mesmo es decir armas que guerra. Prosupuesta, pues, esta verdad, que el fin de la guerra es la paz, y que en esto hace ventaja al fin de las letras, vengamos ahora a los trabajos del cuerpo del letrado y a los del profesor de las armas, y véase cuáles son mayores.

De tal manera y por tan buenos términos iba prosiguiendo en su plática don Quijote, que obligó a que por entonces ninguno de los que escuchándole estaban le tuviese por loco. Antes, como todos los más eran caballeros, a quien son anejas las armas, le escuchaban de muy buena gana; y él prosiguió diciendo:

—Digo, pues, que los trabajos del estudiante son éstos: principalmente pobreza (no porque todos sean pobres, sino por poner este caso en todo el estremo que pueda ser); y en haber dicho que padece pobreza me parece que no había que decir más de su mala ventura; porque quien es pobre no tiene cosa buena. Esta pobreza la padece por sus partes, ya en hambre, ya en frío, ya en desnudez, ya en todo junto; pero, con todo eso, no es tanta, que no coma, aunque sea un poco más tarde de lo que se usa, aunque sea de las sobras de los ricos, que es la mayor miseria del estudiante este que entre ellos llaman *andar a la sopa*, y no les falta algún ajeno brasero o chimenea, que, si no callenta, a lo menos entibie su frío, y, en fin, la noche duermen debajo de cubierta. No quiero llegar a otras menudencias, conviene a saber, de la falta de camisas y no sobra de zapatos, la raridad y poco pelo del vestido, ni aquel ahitarse con tanto gusto, cuando la buena suerte les depara algún banquete.

Por este camino que he pintado, áspero y dificultoso, tropezando aquí, cayendo allí, levantándose acullá, tornando a caer acá, llegan al grado que desean; el cual alcanzado, a muchos hemos visto que, habiendo pasado por estas sirtes[8] y por estas Scilas y Caribdis[9] como llevados en vuelo de la favorable fortuna, digo que los hemos visto mandar y gobernar el mundo desde una silla, trocada su hambre en hartura, su frío en refrigerio, su desnudez en galas y su dormir en una estera en reposar en holandas y damascos, premio justamente merecido de su virtud. Pero contrapuestos y comparados sus trabajos con los del mílite guerrero, se quedan muy atrás en todo, como ahora diré.

---

[8] *sirtes*, bancos y escollos de las costas.

[9] Escila *y Caribdis*, cabo y torbellino del estrecho de Mesina.

Capítulo XXXVIII

Que trata del curioso discurso que hizo don Quijote de las armas y las letras

Prosiguiendo don Quijote, dijo:

—Pues comenzamos en el estudiante por la pobreza y sus partes, veamos si es más rico el soldado. Y veremos que no hay ninguno más pobre en la misma pobreza, porque está atenido a la miseria de su paga, que viene o tarde o nunca, o a lo que garbeare[1] por sus manos, con notable peligro de su vida y de su conciencia. Y a veces suele ser su desnudez tanta, que un coleto acuchillado[2] le sirve de gala y de camisa, y en la mitad del invierno se suele reparar de las inclemencias del cielo, estando en la campaña rasa, con sólo el aliento de su boca, que, como sale de lugar vacío, tengo por averiguado que debe de salir frío, contra toda naturaleza. Pues esperad que espere que llegue la noche para restaurarse de todas estas incomodidades en la cama que le aguarda, la cual, si no es por su culpa, jamás pecará de estrecha; que bien puede medir en la tierra los pies que quisiere, y revolverse en ella a su sabor, sin temor que se le encojan las sábanas.

Lléguese, pues, a todo esto, el día y la hora de recibir el grado de su ejercicio: lléguese un día de batalla, que allí le pondrán la borla en la cabeza,[3] hecha de hilas, para curarle algún balazo,

---

[1] *garbear*, voz de la germanía, robar.
[2] *acuchillado*, como hemos apuntado antes, se aplicaba a la ropa abierta a trechos. Aquí don Quijote juega con este sentido figurado y con el literal.
[3] Sigue el juego de los dobles sentidos: la *borla* alude a la del doctorado.

que quizá le habrá pasado las sienes, o le dejará estropeado de brazo o pierna. Y cuando esto no suceda, sino que el cielo piadoso le guarde y conserve sano y vivo, podrá ser que se quede en la mesma pobreza que antes estaba, y que sea menester que suceda uno y otro rencuentro, una y otra batalla, y que de todas salga vencedor, para medrar en algo; pero estos milagros vense raras veces.

Pero, decidme, señores, si habéis mirado en ello: ¿cuán menos son los premiados por la guerra que los que han perecido en ella? Sin duda, habéis de responder, que no tienen comparación, ni se pueden reducir a cuenta los muertos, y que se podrán contar los premiados vivos con tres letras de guarismo. Todo esto es al revés en los letrados, porque de faldas, que no quiero decir de mangas,[4] todos tienen en qué entretenerse. Así que, aunque es mayor el trabajo del soldado, es mucho menor el premio. Pero a esto se puede responder que es más fácil premiar a dos mil letrados que a treinta mil soldados, porque a aquéllos se premian con darles oficios que por fuerza se han de dar a los de su profesión, y a éstos no se pueden premiar sino con la mesma hacienda del señor a quien sirven; y esta imposibilidad fortifica más la razón que tengo.

Pero dejemos esto aparte, que es laberinto de muy dificultosa salida, sino volvamos a la preeminencia de las armas contra las letras, materia que hasta ahora está por averiguar, según son las razones que cada una de su parte alega; y entre las que he dicho, dicen las letras que sin ellas no se podrían sustentar las armas, porque la guerra también tiene sus leyes y está sujeta a ellas, y que las leyes caen debajo de lo que son letras y letrados. A esto responden las armas que las leyes no se podrán sustentar sin ellas, porque con las armas se defienden las repúblicas, se conservan los reinos, se guardan las ciudades, se aseguran los caminos, se despejan los mares de cosarios, y, finalmente, si por ellas no fuese, las repúblicas, los reinos, las monarquías, las ciudades, los caminos de mar y tierra estarían sujetos al rigor y a la confusión que trae consigo la guerra el tiempo que dura y tiene licencia de usar de sus privilegios y de sus fuerzas. Y es razón averiguada que aquello que más cuesta se estima y debe de estimar en más.

Alcanzar alguno a ser eminente en letras le cuesta tiempo, vigilias, hambre, desnudez, vaguidos de cabeza, indigestiones

---

[4] *de faldas*, del estipendio señalado; *de mangas*, de regalo o soborno.

de estómago, y otras cosas a estas adherentes, que, en parte, ya las tengo referidas. Mas llegar uno por sus términos a ser buen soldado le cuesta todo lo que al estudiante, en tanto mayor grado, que no tiene comparación, porque a cada paso está a pique de perder la vida. Y ¿qué temor de necesidad y pobreza puede llegar ni fatigar al estudiante, que llegue al que tiene un soldado, que, hallándose cercado en alguna fuerza,[5] y estando de posta,[6] o guarda en algún rebellín o caballero,[7] siente que los enemigos están minando hacia la parte donde él está, y no puede apartarse de allí por ningún caso, ni huir el peligro que de tan cerca le amenaza? Sólo lo que puede hacer es dar noticia a su capitán de lo que pasa, para que lo remedie con alguna contramina, y él estarse quedo, temiendo y esperando cuándo improvisamente ha de subir a las nubes sin alas, y bajar al profundo sin su voluntad.

Y si éste parece pequeño peligro, veamos si le iguala o hace ventaja el de embestirse dos galeras por las proas en mitad del mar espacioso, las cuales enclavijadas y trabadas, no le queda al soldado más espacio del que concede dos pies de tabla del espolón; y, con todo esto, viendo que tiene delante de sí tantos ministros de la muerte que le amenazan cuantos cañones de artillería se asestan de la parte contraria, que no distan de su cuerpo una lanza, y viendo que al primer descuido de los pies iría a visitar los profundos senos de Neptuno, y, con todo esto, con intrépido corazón, llevado de la honra que le incita, se pone a ser blanco de tanta arcabucería, y procura pasar por tan estrecho paso al bajel contrario. Y lo que más es de admirar: que apenas uno ha caído donde no se podrá levantar hasta la fin del mundo, cuando otro ocupa su mesmo lugar; y si éste también cae en el mar, que como a enemigo le aguarda, otro y otro le sucede, sin dar tiempo al tiempo de sus muertes: valentía y atrevimiento el mayor que se puede hallar en todos los trances de la guerra.

Bien hayan aquellos benditos siglos que carecieron de la espantable furia de aquestos endemoniados instrumentos de la artillería, a cuyo inventor tengo para mí que en el infierno se le está dando el premio de su diabólica invención, con la cual dio causa que un infame y cobarde brazo quite la vida a un valeroso caballero, y que, sin saber cómo o por dónde, en la mitad del coraje y brío que enciende y anima a los valientes pechos,

---

[5] *fuerza*, lugar fortificado.
[6] *estar de posta*, estar de centinela.
[7] *rebellín* y *caballero*, términos de fortificación.

llega una desmandada bala, disparada de quien quizá huyó y se espantó del resplandor que hizo el fuego al disparar de la maldita máquina, y corta y acaba en un instante los pensamientos y vida de quien la merecía gozar luengos siglos.

Y así, considerando esto, estoy por decir que en el alma me pesa de haber tomado este ejercicio de caballero andante en edad tan detestable como es esta en que ahora vivimos, porque aunque a mí ningún peligro me pone miedo, todavía me pone recelo pensar si la pólvora y el estaño me han de quitar la ocasión de hacerme famoso y conocido por el valor de mi brazo y filos de mi espada, por todo lo descubierto de la tierra. Pero haga el cielo lo que fuere servido; que tanto seré más estimado, si salgo con lo que pretendo, cuanto a mayores peligros me he puesto que se pusieron los caballeros andantes de los pasados siglos.

Todo este largo preámbulo dijo don Quijote en tanto que los demás cenaban, olvidándose de llevar bocado a la boca, puesto que algunas veces le había dicho Sancho Panza que cenase; que después habría lugar para decir todo lo que quisiese. En los que escuchado le habían sobrevino nueva lástima de ver que hombre que, al parecer, tenía buen entendimiento y buen discurso en todas las cosas que trataba, le hubiese perdido tan rematadamente en tratándole de su negra y pizmienta[8] caballería. El cura le dijo que tenía mucha razón en todo cuanto había dicho en favor de las armas, y que él, aunque letrado y graduado, estaba de su mesmo parecer.

Acabaron de cenar, levantaron los manteles, y en tanto que la ventera, su hija y Maritornes aderezaban el camaranchón de don Quijote de la Mancha, donde habían determinado que aquella noche las mujeres solas en él se recogiesen, don Fernando rogó al cautivo les contase el discurso de su vida, porque no podría ser sino que fuese peregrino y gustoso, según las muestras que había comenzado a dar, viniendo en compañía de Zoraida. A lo cual respondió el cautivo que de muy buena gana haría lo que se le mandaba, y que sólo temía que el cuento no había de ser tal, que les diese el gusto que él deseaba; pero que, con todo eso, por no faltar en obedecelle, le contaría. El cura y todos los demás se lo agradecieron, y de nuevo se lo rogaron. Y él, viéndose rogar de tantos, dijo que no eran menester ruegos adonde el mandar tenía tanta fuerza.

_____

[8] *negra*, funesta, y *pizmienta*, color de la pez, lo mismo.

—Y así, estén vuestras mercedes atentos, y oirán un discurso verdadero a quien podría ser que no llegasen los mentirosos que con curioso y pensado artificio suelen componerse.

Con esto que dijo hizo que todos se acomodasen y le prestasen un grande silencio; y él, viendo que ya callaban y esperaban lo que decir quisiese, con voz agradable y reposada comenzó a decir desta manera:

Capítulo XXXIX

Donde el cautivo cuenta su vida y sucesos

—En un lugar de las montañas de León tuvo principio mi linaje, con quien fue más agradecida y liberal la naturaleza que la fortuna, aunque en la estrecheza de aquellos pueblos todavía alcanzaba mi padre fama de rico, y verdaderamente lo fuera si así se diera maña a conservar su hacienda como se la daba en gastalla. Y la condición que tenía de ser liberal y gastador le procedió de haber sido soldado los años de su juventud; que es escuela la soldadesca donde el mezquino se hace franco, y el franco, pródigo, y si algunos soldados se hallan miserables, son como monstruos que se ven raras veces. Pasaba mi padre los términos de la liberalidad y rayaba en los de ser pródigo, cosa que no le es de ningún provecho al hombre casado y que tiene hijos que le han de suceder en el nombre y en el ser. Los que mi padre tenía eran tres, todos varones y todos de edad de poder elegir estado. Viendo, pues, mi padre que, según él decía, no podía irse a la mano contra su condición, quiso privarse del instrumento y causa que le hacía gastador y dadivoso, que fue privarse de la hacienda, sin la cual el mismo Alejandro pareciera estrecho.

Y así, llamándonos un día a todos tres a solas en un aposento, nos dijo unas razones semejantes a las que ahora diré: "—Hijos, para deciros que os quiero bien basta saber y decir que sois mis hijos; y para entender que os quiero mal basta saber que no me voy a la mano en lo que toca a conservar vuestra hacienda. Pues para que entendáis desde aquí adelante que os quiero como padre, y que no os quiero destruir como padrastro, quiero hacer una cosa con vosotros que ha muchos días que la tengo pensada y con madura consideración dispuesta. Vosotros estáis ya en edad de tomar estado, o, a lo menos, de elegir ejercicio, tal que, cuando mayores, os honre y aproveche. Y lo que he pensado es hacer de mi hacienda cuatro partes: las tres os daré a vosotros, a cada uno lo que le tocare, sin exceder en cosa alguna, y con la otra me quedaré yo para vivir y sustentarme los días que el cielo fuere servido de darme de vida. Pero querría que después que cada uno tuviese en su poder la parte que le toca de su hacienda, siguiese uno de los caminos que le diré. Hay un refrán en nuestra España, a mi parecer muy verdadero, como todos lo son, por ser sentencias breves sacadas de la luenga y discreta experiencia; y el que yo digo dice: 'Iglesia, o mar, o casa real,' como si más claramente dijera: 'Quien quisiere valer y ser rico, siga, o la Iglesia, o navegue, ejercitando el arte de la mercancía, o entre a servir a los reyes en sus casas'; porque dicen: 'Más vale migaja de rey que merced de señor.' Digo esto porque querría, y es mi voluntad, que uno de vosotros siguiese las letras, el otro la mercancía, y el otro sirviese al rey en la guerra, pues es dificultoso entrar a servirle en su casa; que ya que la guerra no dé muchas riquezas, suele dar mucho valor y mucha fama. Dentro de ocho días os daré toda vuestra parte en dineros, sin defraudaros en un ardite, como lo veréis por la obra. Decidme ahora si queréis seguir mi parecer y consejo en lo que os he propuesto."

Y mandándome a mí, por ser el mayor, que respondiese, después de haberle dicho que no se deshiciese de la hacienda, sino que gastase todo lo que fuese su voluntad, que nosotros éramos mozos para saber ganarla, vine a concluir en que cumpliría su gusto, y que el mío era seguir el ejercicio de las armas, sirviendo en él a Dios y a mi rey. El segundo hermano hizo los mesmos ofrecimientos, y escogió el irse a las Indias, llevando empleada la hacienda que le cupiese. El menor, y, a lo que yo creo, el más discreto, dijo que quería seguir la Iglesia, o irse a acabar sus comenzados estudios a Salamanca. Así como acabamos de concordarnos y escoger nuestros ejercicios, mi padre nos abrazó a todos, y con la brevedad que dijo puso por obra cuanto nos había prometido; y dando a cada uno su parte, que, a lo que se me acuerda, fueron cada tres mil ducados en dineros, porque un nuestro tío compró toda la hacienda y la pagó de contado, porque no saliese del tronco de la casa, en un mesmo día nos despedimos todos tres de nuestro buen padre, y en aquel mesmo, pareciéndome a mí ser inhumanidad que mi padre quedase viejo y con tan poca hacienda, hice con él que de mis tres mil tomase los dos mil ducados, porque a mí me bastaba el resto para acomodarme de lo que había menester un soldado.

Mis dos hermanos, movidos de mi ejemplo, cada uno le dio mil ducados. De modo que a mi padre le quedaron cuatro mil en dineros, y más tres mil, que, a lo que parece, valía la hacienda que le cupo, que no quiso vender, sino quedarse con ella en raíces. Digo, en fin, que nos despedimos dél y de aquel nuestro tío que he dicho, no sin mucho sentimiento y lágrimas de todos, encargándonos que les hiciésemos saber, todas las veces que hubiese comodidad para ello, de nuestros sucesos, prósperos o adversos. Prometímosselo, y abrazándonos y echándonos su bendición, el uno tomó el viaje de Salamanca, el otro de Sevilla, y yo el de Alicante, adonde tuve nuevas que había una nave ginovesa que cargaba allí lana para Génova.

Éste hará veinte y dos años que salí de casa de mi padre,[1] y en todos ellos, puesto que he escrito algunas cartas, no he sabido dél ni de mis hermanos nueva alguna. Y lo que en este discurso de tiempo he pasado lo diré brevemente. Embarquéme en Alicante, llegué con próspero viaje a Génova, fui desde allí a Milán, donde me acomodé de armas y de algunas galas de soldado, de donde quise ir a asentar mi plaza al Piamonte; y estando ya de camino para Alejandría de la Palla, tuve nuevas que el gran duque de Alba pasaba a Flandes.[2] Mudé propósito, fuime con él, servíle en las jornadas que hizo, halléme en la muerte de los condes de Eguemón y de Hornos,[3] alcancé a ser alférez de un famoso capitán de Guadalajara, llamado Diego de Urbina,[4] y a cabo de algún tiempo que llegué a Flandes, se tuvo nuevas de la liga que la Santidad del Papa Pío Quinto, de felice recordación, había hecho con Venecia y con España, contra el enemigo común, que es el Turco. El cual en aquel mesmo tiempo había ganado con su armada la famosa isla de Chipre, que estaba debajo del dominio de venecianos, pérdida lamentable y desdichada.

Súpose cierto que venía por general desta liga el serenísimo don Juan de Austria, hermano natural de nuestro buen rey

---

[1] Este dato, junto con la serie de acontecimientos históricos que siguen, comenzando con la llegada del duque de Alba a Flandes en 1567, fija el momento de la narración del cautivo en la venta en 1589. Véase I, Introducción, pág.

[2] Llegó en agosto de 1567.

[3] Fueron degollados Lamoral, conde de Egmont, y Felipe de Montmorency-Nivelle, conde de Hoorne, el 5 de agosto de 1568.

[4] Bajo el mando de Diego de Urbina sirvió Cervantes en la batalla de Lepanto.

don Felipe. Divulgóse el grandísimo aparato de guerra que se hacía; todo lo cual me incitó y conmovió el ánimo y el deseo de verme en la jornada que se esperaba; y aunque tenía barruntos, y casi promesas ciertas, de que en la primera ocasión que se ofreciese sería promovido a capitán, lo quise dejar todo y venirme, como me vine, a Italia. Y quiso mi buena suerte que el señor don Juan de Austria acababa de llegar a Génova; que pasaba a Nápoles a juntarse con la armada de Venecia, como después lo hizo en Mecina.

Digo, en fin, que yo me hallé en aquella felicísima jornada,[5] ya hecho capitán de infantería, a cuyo honroso cargo me subió mi buena suerte, más que mis merecimientos. Y aquel día, que fue para la cristiandad tan dichoso, porque en él se desengañó el mundo y todas las naciones del error en que estaban, creyendo que los turcos eran invencibles por la mar, en aquel día, digo, donde quedó el orgullo y soberbia otomana quebrantada, entre tantos venturosos como allí hubo —porque más ventura tuvieron los cristianos que allí murieron que los que vivos y vencedores quedaron—, yo solo fui el desdichado; pues, en cambio de que pudiera esperar, si fuera en los romanos siglos, alguna naval corona, me vi aquella noche que siguió a tan famoso día con cadenas a los pies y esposas a las manos.

Y fue desta suerte: que habiendo el Uchalí,[6] rey de Argel, atrevido y venturoso cosario, embestido y rendido la capitana de Malta, que solos tres caballeros quedaron vivos en ella, y éstos mal heridos, acudió la capitana de Juan Andrea[7] a socorrella, en la cual yo iba con mi compañía; y haciendo lo que debía en ocasión semejante, salté en la galera contraria, la cual, desviándose de la que la había embestido, estorbó que mis soldados me siguiesen, y así me hallé solo entre mis enemigos, a quien no pude resistir, por ser tantos; en fin, me rindieron lleno de heridas. Y como ya habréis, señores, oído decir que el Uchalí se salvó con toda su escuadra, vine yo a quedar cautivo en su poder, y solo fui el triste entre tantos alegres y el cautivo entre tantos libres; porque fueron quince mil cristianos los que aquel día alcanzaron la deseada libertad, que todos venían al remo en la turquesca armada.

[5] La batalla de Lepanto, 7 de octubre de 1571.

[6] *el Uchalí*, Aluch Alí, o Uluj Alí, renegado calabrés de quién habla el cautivo con más detalle después.

[7] Giovanni Andrea Doria.

Lleváronme a Constantinopla, donde el Gran Turco Selim hizo general de la mar a mi amo, porque había hecho su deber en la batalla, habiendo llevado por muestra de su valor el estandarte de la religión de Malta. Halléme el segundo año, que fue el de setenta y dos, en Navarino,[8] bogando en la capitana de los tres fanales.[9] Vi y noté la ocasión que allí se perdió de no coger en el puerto toda el armada turquesca, porque todos los leventes y genízaros[10] que en ella venían tuvieron por cierto que les habían de embestir dentro del mesmo puerto, y tenían a punto su ropa y pasamaques, que son sus zapatos, para huirse luego por tierra, sin esperar ser combatidos: tanto era el miedo que habían cobrado a nuestra armada. Pero el cielo lo ordenó de otra manera, no por culpa ni descuido del general que a los nuestros regía, sino por los pecados de la cristiandad, y porque quiere y permite Dios que tengamos siempre verdugos que nos castiguen.

En efecto, el Uchalí se recogió a Modón, que es una isla que esta junto a Navarino, y echando la gente en tierra, fortificó la boca del puerto, y estúvose quedo hasta que el señor don Juan se volvió. En este viaje se tomó la galera que se llamaba *La Presa*, de quien era capitán un hijo de aquel famoso cosario Barbarroja. Tomóla la capitana de Nápoles, llamada *La Loba*, regida por aquel rayo de la guerra, por el padre de los soldados, por aquel venturoso y jamás vencido capitán don Álvaro de Bazán, marqués de Santa Cruz. Y no quiero dejar de decir lo que sucedió en la presa de *La Presa*. Era tan cruel el hijo de Barbarroja, y trataba tan mal a sus cautivos, que así como los que venían al remo vieron que la galera *Loba* les iba entrando y que los alcanzaba, soltaron todos a un tiempo los remos, y asieron de su capitán, que estaba sobre el estanterol gritando que bogasen apriesa, y pasándole de banco en banco, de popa a proa, le dieron bocados, que a poco más que pasó del árbol ya había pasado su ánima al infierno: tal era, como he dicho, la crueldad con que los trataba y el odio que ellos le tenían.

Volvimos a Constantinopla, y el año siguiente, que fue el de setenta y tres, se supo en ella cómo el señor don Juan había ganado a Túnez, y quitado aquel reino a los turcos, y puesto en posesión dél a Muley Hamet, cortando las esperanzas que de volver a reinar en él tenía Muley Hamida, el moro más cruel

---

[8] *Navarino*, puerto en el golfo de Mesenia, al sur del Peloponeso.
[9] *los tres fanales*, insignia del buque comandante general de la armada.
[10] *leventes*, soldados de marina; *genízaros*, soldados de tierra.

y más valiente que tuvo el mundo. Sintió mucho esta pérdida el Gran Turco, y, usando de la sagacidad que todos los de su casa tienen, hizo paz con venecianos, que mucho más que él la deseaban. y el año siguiente de setenta y cuatro acometió a la Goleta[11] y al fuerte que junto a Túnez había dejado medio levantado el señor don Juan.

En todos estos trances andaba yo al remo, sin esperanza de libertad alguna; a lo menos, no esperaba tenerla por rescate, porque tenía determinado de no escribir las nuevas de mi desgracia a mi padre. Perdióse, en fin, la Goleta; perdióse el fuerte, sobre las cuales plazas hubo de soldados turcos, pagados, setenta y cinco mil, y de moros y alárabes de toda la África, más de cuatrocientos mil, acompañado este tan gran número de gente con tantas municiones y pertrechos de guerra, y con tantos gastadores, que con las manos y a puñados de tierra pudieran cubrir la Goleta y el fuerte.

Perdióse primero la Goleta, tenida hasta entonces por inexpugnable, y no se perdió por culpa de sus defensores, los cuales hicieron en su defensa todo aquello que debían y podían, sino porque la experiencia mostró la facilidad con que se podían levantar trincheas en aquella desierta arena, porque a dos palmos se hallaba agua, y los turcos no la hallaron a dos varas; y así, con muchos sacos de arena levantaron las trincheas tan altas, que sobrepujaban las murallas de la fuerza, y tirándoles a caballero,[12] ninguno podía parar, ni asistir a la defensa. Fue común opinión que no se habían de encerrar los nuestros en la Goleta, sino esperar en campaña al desembarcadero, y los que esto dicen hablan de lejos y con poca experiencia de casos semejantes; porque si en la Goleta y en el fuerte apenas había siete mil soldados, ¿cómo podía tan poco número, aunque más esforzados fuesen, salir a la campaña y quedar en las fuerzas, contra tanto como era el de los enemigos? Y ¿cómo es posible dejar de perderse fuerza que no es socorrida, y más cuando la cercan enemigos muchos y porfiados, y en su mesma tierra?

Pero a muchos primero les pareció, y así me pareció a mí, que fue particular gracia y merced que el cielo hizo a España en permitir que se asolase aquella oficina y capa de maldades, y aquella gomia[13] o esponja y polilla de la infinidad de dineros que allí sin provecho se gastaban, sin servir de otra cosa que de conser-

---

[11] *la Goleta*, fortaleza que cubría el puerto de Túnez.
[12] *tirar a caballero*, tirar desde un lugar más alto.
[13] *gomia*, persona que traga y engulle desenfrenadamente.

var la memoria de haberla ganado la felicísima del invictísimo Carlos Quinto, como si fuera menester para hacerla eterna, como lo es y será, que aquellas piedras la sustentaran. Perdióse también el fuerte, pero fuéronle ganando los turcos palmo a palmo, porque los soldados que lo defendían pelearon tan valerosa y fuertemente, que pasaron de veinte y cinco mil enemigos los que mataron, en veinte y dos asaltos generales que les dieron. Ninguno cautivaron sano de trecientos que quedaron vivos, señal cierta y clara de su esfuerzo y valor, y de lo bien que se habían defendido y guardado sus plazas.

Rindióse a partido[14] un pequeño fuerte o torre que estaba en mitad del estaño, a cargo de don Juan Zanoguera, caballero valenciano y famoso soldado. Cautivaron a don Pedro Puertocarrero, general de la Goleta, el cual hizo cuanto fue posible por defender su fuerza; y sintió tanto el haberla perdido, que de pesar murió en el camino de Constantinopla, donde le llevaban cautivo. Cautivaron asimesmo al general del fuerte, que se llamaba Gabrio Cervellón, caballero milanés, grande ingeniero y valentísimo soldado. Murieron en estas dos fuerzas muchas personas de cuenta, de las cuales fue una Pagán de Oria, caballero del hábito de San Juan, de condición generoso, como lo mostró la suma liberalidad que usó con su hermano, el famoso Juan de Andrea de Oria;[15] y lo que más hizo lastimosa su muerte fue haber muerto a manos de unos alárabes de quien se fió, viendo ya perdido el fuerte, que se ofrecieron de llevarle en hábito de moro a Tabarca, que es un portezuelo o casa que en aquellas riberas tienen los ginoveses que se ejercitan en la pesquería del coral; los cuales alárabes le cortaron la cabeza y se la trujeron al general de la armada turquesca, el cual cumplió con ellos nuestro refrán castellano que "aunque la traición aplace, el traidor se aborrece;" y así, se dice que mandó el general ahorcar a los que le trujeron el presente, porque no se le habían traído vivo.

Entre los cristianos que en el fuerte se perdieron, fue uno llamado don Pedro de Aguilar, natural no sé de qué lugar del Andalucía, el cual había sido alférez en el fuerte, soldado de mucha cuenta y de raro entendimiento; especialmente tenía particular gracia en lo que llaman poesía. Dígolo porque su suerte le trujo a mi galera y a mi banco, y a ser esclavo de mi mesmo patrón; y antes que nos partiésemos de aquel puerto hizo este

---

[14] *a partido*, por trato o convenio.
[15] Giovanni Andrea Doria.

caballero dos sonetos a manera de epitafios, el uno a la Goleta y el otro al fuerte. Y en verdad que los tengo de decir, porque los sé de memoria y creo que antes causarán gusto que pesadumbre.

En el punto que el cautivo nombró a don Pedro de Aguilar, don Fernando miró a sus camaradas, y todos tres se sonrieron, y cuando llegó a decir de los sonetos, dijo el uno:

—Antes que vuestra merced pase adelante, le suplico me diga qué se hizo ese don Pedro de Aguilar que ha dicho.

—Lo que sé es —respondió el cautivo— que al cabo de dos años que estuvo en Constantinopla se huyó en traje de arnaute[16] con un griego espía, y no sé si vino en libertad, puesto que creo que sí, porque de allí a un año vi yo al griego en Constantinopla, y no le pude preguntar el suceso de aquel viaje.

—Pues [lo] fue —respondió el caballero—, porque ese don Pedro es mi hermano, y está ahora en nuestro lugar, bueno y rico, casado y con tres hijos.

—Gracias sean dadas a Dios —dijo el cautivo— por tantas mercedes como le hizo; porque no hay en la tierra, conforme mi parecer, contento que se iguale a alcanzar la libertad perdida.

—Y más —replicó el caballero—, que yo sé los sonetos que mi hermano hizo.

—Dígalos, pues, vuestra merced —dijo el cautivo—, que los sabrá decir mejor que yo.

—Que me place —respondió el caballero—; y el de la Goleta decía así:

---

16 *arnaute*, albanés.

Capítulo XL

Donde se prosigue la historia del cautivo

SONETO

Almas dichosas que del mortal velo
libres y esentas, por el bien que obrastes,
desde la baja tierra os levantastes,
a lo más alto y lo mejor del cielo.
   Y, ardiendo en ira y en honroso celo,
de los cuerpos la fuerza ejercitastes,
que en propia y sangre ajena colorastes
el mar vecino y arenoso suelo;
   primero que el valor faltó la vida
en los cansados brazos que, muriendo,
con ser vencidos, llevan la victoria.
   Y esta vuestra mortal, triste caída
entre el muro y el hierro, os va adquiriendo
fama que el mundo os da, y el cielo gloria.

—Desa mesma manera le sé yo —dijo el cautivo.
—Pues el del fuerte, si mal no me acuerdo —dijo el caballero—,
dice así:

SONETO

De entre esta tierra estéril, derribada,
destos terrones por el suelo echados,

las almas santas de tres mil soldados
subieron vivas a mejor morada,
    siendo primero, en vano, ejercitada
la fuerza de sus brazos esforzados,
hasta que, al fin, de pocos y cansados,
dieron la vida al filo de la espada.
    Y éste es el suelo que continuo ha sido
de mil memorias lamentables lleno
en los pasados siglos y presentes.
    Mas no más justas de su duro seno
habrán al claro cielo almas subido,
ni aun él sostuvo cuerpos tan valientes.

No parecieron mal los sonetos, y el cautivo se alegró con
las nuevas que de su camarada le dieron, y, prosiguiendo su
cuento, dijo:

—Rendidos, pues, la Goleta y el fuerte, los turcos dieron
orden en desmantelar la Goleta, porque el fuerte quedó tal que
no hubo qué poner por tierra, y para hacerlo con más brevedad
y menos trabajo, la minaron por tres partes; pero con ninguna
se pudo volar lo que parecía menos fuerte, que eran las murallas
viejas, y todo aquello que había quedado en pie de la fortificación
nueva que había hecho el Fratín,[1] con mucha facilidad vino
a tierra. En resolución, la armada volvió a Constantinopla
triunfante y vencedora, y de allí a pocos meses murió mi amo
el Uchalí,[2] al cual llamaban *Uchalí Fartax*, que quiere decir, en
lengua turquesca, *el renegado tiñoso*, porque lo era, y es costumbre entre los turcos ponerse nombres de alguna falta que tengan,
o de alguna virtud que en ellos haya. Y esto es porque no hay entre
ellos sino cuatro apellidos de linajes, que decienden de la casa
Otomana, y los demás, como tengo dicho, toman nombre y
apellido ya de las tachas del cuerpo y ya de las virtudes del ánimo. Y este Tiñoso bogó el remo, siendo esclavo del Gran Señor, catorce años, y a más de los treinta y cuatro de su edad
renegó, de despecho de que un turco, estando al remo, le dio
un bofetón, y por poderse vengar dejó su fe; y fue tanto su valor,
que, sin subir por los torpes medios y caminos que los más
privados del Gran Turco suben, vino a ser rey de Argel, y después, a ser general de la mar, que es el tercero cargo que hay en
aquel señorío. Era calabrés de nación, y moralmente fue hombre

---

[1] Giacome Paleazzo, ingeniero que sirvió a Carlos V y a Felipe II.
[2] Según el cautivo, «el Uchalí» habría muerto en 1575.

de bien, y trataba con mucha humanidad a sus cautivos, que llegó a tener tres mil, los cuales, después de su muerte, se repartieron, como él lo dejó en su testamento, entre el Gran Señor (que también es hijo heredero de cuantos mueren y entra a la parte con los más hijos que deja el difunto) y entre sus renegados; y yo cupe a un renegado veneciano que, siendo grumete de una nave, le cautivó el Uchalí, y le quiso tanto, que fue uno de los más regalados garzones suyos, y él vino a ser el más cruel renegado que jamás se ha visto. Llamábase Azán Agá,[3] y llegó a ser muy rico, y a ser rey de Argel; con el cual yo vine de Constantinopla, algo contento, por estar tan cerca de España, no porque pensase escribir a nadie el desdichado suceso mío, sino por ver si me era más favorable la suerte en Argel que en Constantinopla, donde ya había probado mil maneras de huirme, y ninguna tuvo sazón ni ventura; y pensaba en Argel buscar otros medios de alcanzar lo que tanto deseaba, porque jamás me desamparó la esperanza de tener libertad, y cuando en lo que fabricaba, pensaba y ponía por obra no correspondía el suceso a la intención, luego, sin abandonarme, fingía y buscaba otra esperanza que me sustentase, aunque fuese débil y flaca.

Con esto entretenía la vida, encerrado en una prisión o casa que los turcos llaman *baño*, donde encierran los cautivos cristianos, así los que son del rey como de algunos particulares, y los que llaman *del almacén*, que es como decir *cautivos del Concejo*, que sirven a la ciudad en las obras públicas que hace y en otros oficios, y estos tales cautivos tienen muy dificultosa su libertad; que, como son del común y no tienen amo particular, no hay con quien tratar su rescate, aunque le tengan. En estos baños, como tengo dicho, suelen llevar a sus cautivos algunos particulares del pueblo, principalmente cuando son de rescate, porque allí los tienen holgados y seguros hasta que venga su rescate. También los cautivos del rey que son de rescate no salen al trabajo con la demás chusma, si no es cuando se tarda su rescate; que entonces, por hacerles que escriban por él con más ahínco, les hacen trabajar e ir por leña con los demás, que es un no pequeño trabajo.

Yo, pues, era uno de los de rescate; que como se supo que era capitán, puesto que dije mi poca posibilidad y falta de hacienda, no aprovechó nada para que no me pusiesen en el número de los caballeros y gente de rescate. Pusiéronme una ca-

---

[3] *Azán Agá*, Hasán (Azán, Hazán) Bajá, ahijado de «el Uchalí,» reinó en Argel de 1577 a 1580, año en que se le rescató a Cervantes.

PILAR COOMONTE.

dena, más por señal de rescate que por guardarme con ella, y así pasaba la vida en aquel baño, con otros muchos caballeros y gente principal, señalados y tenidos por de rescate. Y aunque la hambre y desnudez pudiera fatigarnos a veces, y aun casi siempre, ninguna cosa nos fatigaba tanto como oír y ver a cada paso las jamás vistas ni oídas crueldades que mi amo usaba con los cristianos. Cada día ahorcaba el suyo, empalaba a éste, desorejaba aquél; y esto, por tan poca ocasión, y tan sin ella, que los turcos conocían que lo hacía no más de por hacerlo, y por ser natural condición suya ser homicida de todo el género humano. Sólo libró bien con él un soldado español llamado tal de Saavedra,[4] el cual, con haber hecho cosas que quedarán en la memoria de aquellas gentes por muchos años, y todas por alcanzar libertad, jamás le dio palo, ni se lo mandó dar, ni le dijo mala palabra; y por la menor cosa de muchas que hizo temíamos todos que había de ser empalado, y así lo temió él más de una vez, y si no fuera porque el tiempo no da lugar, yo dijera ahora algo de lo que este soldado hizo, que fuera parte para entreteneros y admiraros harto mejor que con el cuento de mi historia.

Digo, pues, que encima del patio de nuestra prisión caían las ventanas de la casa de un moro rico y principal, las cuales, como de ordinario son las de los moros, más eran agujeros que ventanas, y aun éstas se cubrían con celosías muy espesas y apretadas. Acaeció, pues, que un día, estando en un terrado de nuestra prisión con otros tres compañeros, haciendo pruebas de saltar con las cadenas, por entretener el tiempo, estando solos, porque todos los demás cristianos habían salido a trabajar, alcé acaso los ojos y vi que por aquellas cerradas ventanillas que he dicho parecía una caña, y al remate della puesto un lienzo atado, y la caña se estaba blandeando y moviéndose, casi como si hiciera señas que llegásemos a tomarla. Miramos en ello, y uno de los que conmigo estaban fue a ponerse debajo de la caña, por ver si la soltaban, o lo que hacían; pero así como llegó, alzaron la caña y la movieron a los dos lados, como si dijeran no con la cabeza. Volvióse el cristiano, y tornáronla a bajar y hacer los mesmos movimientos que primero. Fue otro de mis compañeros, y sucedióle lo mesmo que al primero. Finalmente, fue el tercero, y avínole lo que al primero y al segundo.

---

[4] Alude Cervantes a continuación a su propio cautiverio, etapa heroica de su vida ampliamente comentada por sus biógrafos.

Viendo yo esto no quise dejar de probar la suerte, y así como llegué a ponerme debajo de la caña, la dejaron caer, y dio a mis pies dentro del baño. Acudí luego a desatar el lienzo, en el cual vi un nudo, y dentro dél venían diez cianiís, que son unas monedas de oro bajo que usan los moros, que cada una vale diez reales de los nuestros. Si me holgué con el hallazgo, no hay para qué decirlo, pues fue tanto el contento como la admiración de pensar de dónde podía venirnos aquel bien, especialmente a mí, pues las muestras de no haber querido soltar la caña sino a mí claro decían que a mí se hacía la merced. Tomé mi buen dinero, quebré la caña, volvíme al terradillo, miré la ventana, y vi que por ella salía una muy blanca mano, que la abrían y cerraban muy apriesa. Con esto entendimos o imaginamos que alguna mujer que en aquella casa vivía nos debía de haber hecho aquel beneficio, y en señal de que lo agradecíamos hicimos zalemas a uso de moros, inclinando la cabeza, doblando el cuerpo y poniendo los brazos sobre el pecho. De allí a poco sacaron por la mesma ventana una pequeña cruz hecha de cañas, y luego la volvieron a entrar. Esta señal nos confirmó en que alguna cristiana debía de estar cautiva en aquella casa, y era la que el bien nos hacía; pero la blancura de la mano, y las ajorcas que en ella vimos, nos deshizo este pensamiento, puesto que imaginamos que debía de ser cristiana renegada, a quien de ordinario suelen tomar por legítimas mujeres sus mesmos amos, y aun lo tienen a ventura, porque las estiman en más que las de su nación.

En todos nuestros discursos dimos muy lejos de la verdad del caso, y así, todo nuestro entretenimiento desde allí adelante era mirar y tener por norte a la ventana donde nos había aparecido la estrella de la caña; pero bien se pasaron quince días en que no la vimos, ni la mano tampoco, ni otra señal alguna. Y aunque en este tiempo procuramos con toda solicitud saber quién en aquella casa vivía, y si había en ella alguna cristiana renegada, jamás hubo quien nos dijese otra cosa sino que allí vivía un moro principal y rico, llamado Agi Morato,[5] alcaide que había sido de La Pata, que es oficio entre ellos de mucha calidad. Mas cuando más descuidados estábamos de que por allí habían de llover más cianiís, vimos a deshora parecer la caña, y otro lienzo en ella, con otro nudo más crecido; y esto fue a tiempo que estaba el baño, como la vez pasada, solo y sin gente.

---

[5] *Agi Morato*, Hajji Murad, personaje histórico, esclavo renegado, se contaba entre los moros principales de Argel en 1581.

Hicimos la acostumbrada prueba, yendo cada uno primero que yo, de los mismos tres que estábamos, pero a ninguno se rindió la caña sino a mí, porque, en llegando yo, la dejaron caer. Desaté el nudo y hallé cuarenta escudos de oro españoles y un papel escrito en arábigo, y al cabo de lo escrito hecha una grande cruz. Besé la cruz, tomé los escudos, volvíme al terrado, hicimos todos nuestras zalemas, tornó a parecer la mano, hice señas que leería el papel, cerraron la ventana. Quedamos todos confusos y alegres con lo sucedido; y como ninguno de nosotros no entendía el arábigo, era grande el deseo que teníamos de entender lo que el papel contenía, y mayor la dificultad de buscar quien lo leyese.

En fin, yo me determiné de fiarme de un renegado, natural de Murcia, que se había dado por grande amigo mío, y puesto prendas entre los dos, que le obligaban a guardar el secreto que le encargase; porque suelen algunos renegados, cuando tienen intención de volverse a tierra de cristianos, traer consigo algunas firmas de cautivos principales, en que dan fe, en la forma que pueden, como el tal renegado es hombre de bien, y que siempre ha hecho bien a cristianos, y que lleva deseo de huirse en la primera ocasión que se le ofrezca. Algunos hay que procuran estas fees con buena intención; otros se sirven dellas a caso y de industria: que viniendo a robar a tierra de cristianos, si a dicha se pierden o los cautivan, sacan sus firmas y dicen que por aquellos papeles se verá el propósito con que venían, el cual era de quedarse en tierra de cristianos, y que por eso venían en corso con los demás turcos. Con esto se escapan de aquel primer ímpetu, y se reconcilian con la Iglesia, sin que se les haga daño, y cuando veen la suya, se vuelven a Berbería a ser lo que antes eran. Otros hay que usan destos papeles, y los procuran con buen intento, y se quedan en tierra de cristianos.

Pues uno de los renegados que he dicho era este mi amigo, el cual tenía firmas de todas nuestras camaradas, donde le acreditábamos cuanto era posible, y si los moros le hallaran estos papeles, le quemaran vivo. Supe que sabía muy bien arábigo, y no solamente hablarlo, sino escribirlo; pero antes que del todo me declarase con él, le dije que me leyese aquel papel, que acaso me había hallado en un agujero de mi rancho. Abrióle, y estuvo un buen espacio mirándole, y construyéndole, murmurando entre los dientes. Preguntéle si lo entendía. Díjome que muy bien, y que si quería que me lo declarase palabra por palabra, que le diese tinta y pluma, porque mejor lo hiciese. Dímosle luego lo que pedía, y él poco a poco lo fue traduciendo, y en acabando, dijo: "—Todo lo que va aquí en romance, sin faltar letra, es lo que contiene este papel morisco, y hase de advertir que adonde dice *Lela Marién* quiere decir *Nuestra Señora la Virgen María.*"

Leímos el papel, y decía así:

Cuando yo era niña, tenía mi padre una esclava, la cual en mi lengua me mostró la *zalá* cristianesca,[6] y me dijo muchas cosas de Lela Marién. La cristiana murió, y yo sé que no fue al fuego, sino con Alá, porque después la vi dos veces, y me dijo que me fuese a tierra de cristianos a ver a Lela Marién, que me quería mucho. No sé yo cómo vaya; muchos cristianos he visto por esta ventana, y ninguno me ha parecido caballero sino tú. Yo soy muy hermosa y muchacha, y tengo muchos dineros que llevar conmigo. Mira tú si puedes hacer cómo nos vamos, y serás allá mi marido, si quisieres, y si no quisieres, no se me dará nada, que Lela Marién me dará con quien me case. Yo escribí esto; mira a quién lo das a leer: no te fíes de ningún moro, porque son todos marfuces.[7] Desto tengo mucha pena, que quisiera que no te descubrieras a nadie, porque si mi padre lo sabe, me echará luego en un pozo, y me cubrirá de piedras. En la caña pondré un hilo; ata allí la respuesta; y si no tienes quien te escriba arábigo, dímelo por señas, que Lela Marién hará que te entienda. Ella y Alá te guarden, y esa cruz que yo beso muchas veces; que así me lo mandó la cautiva.

Mirad, señores, si era razón que las razones deste papel nos admirasen y alegrasen; y así, lo uno y lo otro fue de manera, que el renegado entendió que no acaso se había hallado aquel papel, sino que realmente a alguno de nosotros se había escrito; y así, nos rogó que si era verdad lo que sospechaba, que nos fiásemos dél y se lo dijésemos, que él aventuraría su vida por nuestra libertad. Y diciendo esto, sacó del pecho un crucifijo de metal, y con muchas lágrimas juró por el Dios que aquella imagen representaba, en quien él, aunque pecador y malo, bien y fielmente creía, de guardarnos lealtad y secreto en todo cuanto quisiésemos descubrirle, porque le parecía, y casi adivinaba, que por medio de aquella que aquel papel había escrito había él y todos nosotros de tener libertad, y verse

---

[6] *zala*, azalá, oración de los musulmanes.
[7] *marfuces*, engañosos, pérfidos.

él en lo que tanto deseaba, que era reducirse al gremio de la santa Iglesia, su madre, de quien como miembro podrido estaba dividido y apartado, por su ignorancia y pecado.

Con tantas lágrimas y con muestras de tanto arrepentimiento dijo esto el renegado, que todos de un mesmo parecer consentimos, y venimos en declararle la verdad del caso; y así, le dimos cuenta de todo, sin encubrirle nada. Mostrámosle la ventanilla por donde parecía la caña, y él marcó desde allí la casa, y quedó de tener especial y gran cuidado de informarse quién en ella venía.[8] Acordamos asimesmo que sería bien responder al billete de la mora, y como teníamos quien lo supiese hacer, luego al momento el renegado escribió las razones que yo le fui notando,[9] que puntualmente fueron las que diré, porque de todos los puntos sustanciales que en este suceso me acontecieron, ninguno se me ha ido de la memoria, ni aun se me irá en tanto que tuviere vida. En efecto, lo que a la mora se le respondió fue esto:

El verdadero Alá te guarde, señora mía, y aquella bendita Marién, que es la verdadera madre de Dios y es la que te ha puesto en corazón que te vayas a tierra de cristianos, porque te quiere bien. Ruégale tú que se sirva de darte a entender cómo podrás poner por obra lo que te manda; que ella es tan buena, que sí hará. De mi parte y de la de todos estos cristianos que están conmigo, te ofrezco de hacer por ti todo lo que pudiéremos, hasta morir. No dejes de escribirme y avisarme lo que pensares hacer, que yo te responderé siempre; que el grande Alá nos ha dado un cristiano cautivo que sabe hablar y escribir tu lengua tan bien como lo verás por este papel. Así que, sin tener miedo, nos puedes avisar de todo lo que quisieres. A lo que dices que si fueres a tierra de cristianos, que has de ser mi mujer, yo te lo prometo como buen cristiano; y sabe que los cristianos cumplen lo que prometen mejor que los moros. Alá y Marién, su madre, sean en tu guarda, señora mía.

Escrito y cerrado este papel, aguardé dos días a que estuviese el baño solo, como solía, y luego salí al paso acostumbrado del terradillo, por ver si la caña parecía, que no tardó mucho

---

[8] *venía*. Muchos editores enmiendan *vivía*.

[9] *notando*, dictando.

en asomar. Así como la vi, aunque no podía ver quién la ponía, mostré el papel, como dando a entender que pusiesen el hilo; pero ya venía puesto en la caña, al cual até el papel, y de allí a poco tornó a parecer nuestra estrella, con la blanca bandera de paz del atadillo. Dejáronla caer, y alcé yo, y hallé en el paño, en toda suerte de moneda de plata y de oro, más de cincuenta escudos, los cuales cincuenta veces más doblaron nuestro contento y confirmaron la esperanza de tener libertad.

Aquella misma noche volvió nuestro renegado, y nos dijo que había sabido que en aquella casa vivía el mesmo moro que a nosotros nos habían dicho que se llamaba Agi Morato, riquísimo por todo estremo, el cual tenía una sola hija, heredera de toda su hacienda, y que era común opinión en toda la ciudad ser la más hermosa mujer de la Berbería; y que muchos de los virreyes que allí venían la habían pedido por mujer, y que ella nunca se había querido casar; y que también supo que tuvo una cristiana cautiva, que ya se había muerto. Todo lo cual concertaba con lo que venía en el papel. Entramos luego en consejo con el renegado en qué orden se tendría para sacar a la mora y venirnos todos a tierra de cristianos, y, en fin, se acordó por entonces que esperásemos al aviso segundo de Zoraida, que así se llamaba la que ahora quiere llamarse María; porque bien vimos que ella y no otra alguna era la que había de dar medio a todas aquellas dificultades. Después que quedamos en esto, dijo el renegado que no tuviésemos pena; que él perdería la vida o nos pondría en libertad.

Cuatro días estuvo el baño con gente, que fue ocasión que cuatro días tardase en parecer la caña; al cabo de los cuales, en la acostumbrada soledad del baño, pareció con el lienzo tan preñado, que un felicísimo parto prometía. Inclinóse a mí la caña y el lienzo, hallé en él otro papel y cien escudos de oro, sin otra moneda alguna. Estaba allí el renegado, dímosle a leer el papel dentro de nuestro rancho, el cual dijo que así decía:

Yo no sé, mi señor, cómo dar orden que nos vamos a España, ni Lela Marién me lo ha dicho, aunque yo se lo he preguntado; lo que se podrá hacer es que yo os daré por esta ventana muchísimos dineros de oro: rescataos vos con ellos y vuestros amigos, y vaya uno en tierra de cristianos, y compre allá una barca, y vuelva por los demás; y a mí me hallarán en el jardín de mi padre, que está a la puerta de Babazón, junto a la marina, donde tengo de estar todo este verano con mi padre y con mis criados.

De allí, de noche, me podréis sacar sin miedo y llevarme a la barca; y mira que has de ser mi marido, porque si no, yo pediré a Marién que te castigue. Si no te fías de nadie que vaya por la barca, rescátate tú y ve; que yo sé que volverás mejor que otro, pues eres caballero y cristiano. Procura saber el jardín, y cuando te pasees por ahí sabré que está solo el baño, y te daré mucho dinero. Alá te guarde, ·señor mío.

Esto decía y contenía el segundo papel; lo cual visto por todos, cada uno se ofreció a querer ser el rescatado, y prometió de ir y volver con toda puntualidad, y también yo me ofrecí a lo mismo; a todo lo cual se opuso el renegado, diciendo que en ninguna manera consentiría que ninguno saliese de libertad hasta que fuesen todos juntos, porque la experiencia le había mostrado cuán mal cumplían los libres las palabras que daban en el cautiverio; porque muchas veces habían usado de aquel remedio algunos principales cautivos, rescatando a uno que fuese a Valencia o Mallorca con dineros para poder armar una barca y volver por los que le habían rescatado, y nunca habían vuelto; porque, [decía], la libertad alcanzada y el temor de no volver a perderla se borraba de la memoria todas las obligaciones del mundo. Y en confirmación de la verdad que nos decía, nos contó brevemente un caso que casi en aquella mesma sazón había acaecido a unos caballeros cristianos, el más estraño que jamás sucedió en aquellas partes, donde a cada paso suceden cosas de grande espanto y de admiración.

En efecto, él vino a decir que lo que se podía y debía hacer era que el dinero que se había de dar para rescatar al cristiano, que se le diese a él para comprar allí en Argel una barca, con achaque de hacerse mercader y tratante en Tetuán y en aquella costa, y que siendo él el señor de la barca, fácilmente se daría traza para sacarlos del baño y embarcarlos a todos. Cuanto más que si la mora, como ella decía, daba dineros para rescatarlos a todos, que estando libres, era facilísima cosa aun embarcarse en la mitad del día, y que la dificultad que se ofrecía mayor era que los moros no consienten que renegado alguno compre ni tenga barca, si no es bajel grande para ir en corso, porque se temen que el que compra barca, principalmente si es español, no la quiere sino para irse a tierra de cristianos; pero que él facilitaría este inconveniente con hacer que un moro [tagarino][10]

[10] *moro tagarino*, morisco de Aragón, como dice Cervantes más adelante. La *princeps* tiene aquí, por equivocación, *tangerino*.

fuese a la parte con él en la compañía de la barca y en la ganancia de las mercancías, y con esta sombra[11] él vendría a ser señor de la barca, con que daba por acabado todo lo demás.

Y puesto que a mí y a mis camaradas nos había parecido mejor lo de enviar por la barca a Mallorca, como la mora decía, no osamos contradecirle, temerosos que, si no hacíamos lo que él decía, nos había de descubrir y poner a peligro de perder las vidas, si descubriese el trato de Zoraida, por cuya vida diéramos todos las nuestras; y así determinamos de ponernos en las manos de Dios y en las del renegado, y en aquel mismo punto se le respondió a Zoraida, diciéndole que haríamos todo cuanto nos aconsejaba, porque lo había advertido tan bien como si Lela Marién se lo hubiera dicho, y que en ella sola estaba dilatar aquel negocio, o ponello luego por obra. Ofrecímele de nuevo de ser su esposo, y con esto, otro día que acaeció a estar solo el baño, en diversas veces, con la caña y el paño, nos dio dos mil escudos de oro, y un papel donde decía que el primer *jumá*, que es el viernes, se iba al jardín de su padre, y que antes que se fuese nos daría más dinero, y que si aquello no bastase, que se lo avisásemos, que nos daría cuanto le pidiésemos: que su padre tenía tantos, que no lo echaría menos, cuanto más que ella tenía las llaves de todo.

Dimos luego quinientos escudos al renegado para comprar la barca; con ochocientos me rescaté yo, dando el dinero a un mercader valenciano que a la sazón se hallaba en Argel, el cual me rescató del rey, tomándome sobre su palabra, dándola de que con el primer bajel que viniese de Valencia pagaría mi rescate; porque si luego diera el dinero, fuera dar sospechas al rey que había muchos días que mi rescate estaba en Argel, y que el mercader, por sus granjerías, lo había callado. Finalmente, mi amo era tan caviloso, que en ninguna manera me atreví a que luego se desembolsase el dinero. El jueves antes del viernes que la hermosa Zoraida se había de ir al jardín nos dio otros mil escudos y nos avisó de su partida, rogándome que, si me rescatase, supiese luego el jardín de su padre, y que en todo caso buscase ocasión de ir allá y verla. Respondíle en breves palabras que así lo haría, y que tuviese cuidado de encomendarnos a Lela Marién, con todas aquellas oraciones que la cautiva le había enseñado.

Hecho esto, dieron orden en que los tres compañeros nuestros se rescatasen, por facilitar la salida del baño, y porque,

---

[11] *con esta sombra*, con este ardid.

viéndome a mí rescatado, y a ellos no, pues había dinero, no se alborotasen y les persuadiese el diablo que hiciesen alguna cosa en perjuicio de Zoraida; que puesto que el ser ellos quien eran me podía asegurar deste temor, con todo eso, no quise poner el negocio en aventura, y así, los hice rescatar por la misma orden que yo me rescaté, entregando todo el dinero al mercader, para que con certeza y seguridad pudiese hacer la fianza, al cual nunca descubrimos nuestro trato y secreto, por el peligro que había.

Capítulo XLI

Donde todavía prosigue el cautivo su suceso

No se pasaron quince días, cuando ya nuestro renegado tenía comprada una muy buena barca, capaz de más de treinta personas; y para asegurar su hecho y dalle color, quiso hacer, como hizo, un viaje a un lugar que se llamaba Sargel,[1] que está treinta leguas de Argel hacia la parte de Orán, en el cual hay mucha contratación de higos pasos. Dos o tres veces hizo este viaje, en compañía del tagarino que había dicho. *Tagarinos* llaman en Berbería a los moros de Aragón, y a los de Granada, *mudéjares;* y en el reino de Fez llaman a los mudéjares *elches*, los cuales son la gente de quien aquel rey más se sirve en la guerra.

Digo, pues, que cada vez que pasaba con su barca daba fondo en una caleta que estaba no dos tiros de ballesta del jardín donde Zoraida esperaba, y allí, muy de propósito, se ponía el renegado con los morillos que bogaban el remo, o ya a hacer la zalá, o a como por ensayarse de burlas a lo que pensaba hacer de veras; y así, se iba al jardín de Zoraida y le pedía fruta, y su padre se la daba sin conocelle, y, aunque él quisiera hablar a Zoraida, como él después me dijo, y decille que él era el que por orden mía le había de llevar a tierra de cristianos, que estuviese contenta y segura, nunca le fue posible, porque las moras no se dejan ver de ningún moro ni turco, si no es que su marido o su padre se lo manden. De cristianos cautivos se dejan tratar

---

[1] Cerceli (Cherchel).

y comunicar, aun más de aquello que sería razonable; y a mí me hubiera pesado que él la hubiera hablado, que quizá la alborotara, viendo que su negocio andaba en boca de renegados.

Pero Dios, que lo ordenaba de otra manera, no dio lugar al buen deseo que nuestro renegado tenía; el cual, viendo cuán seguramente iba y venía a Sargel, y que daba fondo cuando y como y adonde quería, y que el tagarino, su compañero, no tenía más voluntad de lo que la suya ordenaba, y que yo estaba ya rescatado, y que sólo faltaba buscar algunos cristianos que bogasen el remo, me dijo que mirase yo cuáles quería traer conmigo, fuera de los rescatados, y que los tuviese hablados para el primer viernes, donde tenía determinado que fuese nuestra partida. Viendo esto, hablé a doce españoles, todos valientes hombres del remo, y de aquellos que más libremente podían salir de la ciudad; y no fue poco hallar tantos en aquella coyuntura, porque estaban veinte bajeles en corso, y se habían llevado toda la gente de remo, y éstos no se hallaran, si no fuera que su amo se quedó aquel verano sin ir en corso, a acabar una galeota que tenía en astillero. A los cuales no les dije otra cosa sino que el primer viernes en la tarde se saliesen uno a uno, disimuladamente, y se fuesen la vuelta del jardín de Agi Morato, y que allí me aguardasen hasta que yo fuese. A cada uno di este aviso de por sí, con orden que, aunque allí viesen a otros cristianos, no les dijesen sino que yo les había mandado esperar en aquel lugar.

Hecha esta diligencia, me faltaba hacer otra, que era la que más me convenía: y era la de avisar a Zoraida en el punto que estaban los negocios, para que estuviese apercibida y sobre aviso, que no se sobresaltase si de improviso la asaltásemos antes del tiempo que ella podía imaginar que la barca de cristianos podía volver. Y así, determiné de ir al jardín y ver si podría hablarla, y con ocasión de coger algunas yerbas, un día, antes de mi partida, fui allá, y la primera persona con quien encontré fue con su padre, el cual me dijo en lengua que en toda la Berbería, y aun en Constantinopla, se halla entre cautivos y moros, que ni es morisca, ni castellana, ni de otra nación alguna, sino una mezcla de todas las lenguas, con la cual todos nos entendemos; digo, pues, que en esta manera de lenguaje me preguntó que qué buscaba en aquel su jardín, y de quién era. Respondíle que era esclavo de Arnaute Mamí[2] (y esto, porque sabía yo por muy cierto que era un grandísimo amigo suyo), y que buscaba

---

[2] *Arnaute Mamí* fue el renegado albanés *(arnaute)* que apresó a Cervantes en la galera Sol.

de todas yerbas, para hacer ensalada. Preguntóme, por el consiguiente, si era hombre de rescate o no, y que cuánto pedía mi amo por mí.

Estando en todas estas preguntas y respuestas, salió de la casa del jardín la bella Zoraida, la cual ya había mucho que me había visto, y como las moras en ninguna manera hacen melindre de mostrarse a los cristianos, ni tampoco se esquivan (como ya he dicho), no se le dio nada de venir adonde su padre conmigo estaba; antes, luego cuando su padre vio que venía, y de espacio, la llamó y mandó que llegase. Demasiada cosa sería decir yo agora la mucha hermosura, la gentileza, el gallardo y rico adorno con que mi querida Zoraida se mostró a mis ojos; sólo diré que más perlas pendían de su hermosísimo cuello, orejas y cabellos que cabellos tenía en la cabeza. En las gargantas de los sus pies, que descubiertas, a su usanza, traía, traía dos carcajes (que así se llamaban las manillas o ajorcas de los pies en morisco) de purísimo oro, con tantos diamantes engastados, que ella me dijo después que su padre los estimaba en diez mil doblas, y las que traía en las muñecas de las manos valían otro tanto. Las perlas eran en gran cantidad y muy buenas, porque la mayor gala y bizarría de las moras es adornarse de ricas perlas y aljófar, [3] y así, hay más perlas y aljófar entre moros que entre todas las demás naciones; y el padre de Zoraida tenía fama de tener muchas y de las mejores que en Argel había, y de tener asimismo más de doscientos mil escudos españoles, de todo lo cual era señora esta que ahora lo es mía.

Si con todo este adorno podía venir entonces hermosa, o no, por las reliquias que le han quedado en tantos trabajos se podrá conjeturar cuál debía de ser en las prosperidades. Porque ya se sabe que la hermosura de algunas mujeres tiene días y sazones, y requiere accidentes para disminuirse o acrecentarse, y es natural cosa que las pasiones del ánimo la levanten o abajen, puesto que las más veces la destruyen. Digo, en fin, que entonces llegó en todo estremo aderezada y en todo estremo hermosa, o, a lo menos, a mí me pareció serlo la más que hasta entonces había visto, y con esto, viendo las obligaciones en que me había puesto, me parecía que tenía delante de mí una deidad del cielo, venida a la tierra para mi gusto y para mi remedio. Así como ella llegó, le dijo su padre en su lengua como yo era cautivo de su amigo Arnaute Mamí, y que venía a buscar ensalada. Ella tomó la mano, y en aquella mezcla de lenguas que

---

[3] *aljófar*, perla menuda e irregular.

tengo dicho me preguntó si era caballero y qué era la causa que no me rescataba. Yo le respondí que ya estaba rescatado, y que en el precio podía echar de ver en lo que mi amo me estimaba, pues había dado por mí mil y quinientos zoltamís.[4] A lo cual ella respondió: "—En verdad que si tú fueras de mi padre, que yo hiciera que no te diera él por otros dos tantos; porque vosotros, cristianos, siempre mentís en cuanto decís, y os hacéis pobres por engañar a los moros." "—Bien podría ser eso, señora," le respondí; "mas en verdad que yo la he tratado con mi amo, y la trato y la trataré con cuantas personas hay en el mundo." "—Y ¿cuándo te vas?," dijo Zoraida. "—Mañana, creo yo," dije, "porque está aquí un bajel de Francia que se hace mañana a la vela, y pienso irme en él." "—¿No es mejor," replicó Zoraida, "esperar a que vengan bajeles de España, e irte con ellos, que no con los de Francia, que no son vuestros amigos?" "—No," respondí yo; "aunque si como hay nuevas que viene ya un bajel de España es verdad, todavía yo le aguardaré, puesto que es más cierto el partirme mañana, porque el deseo que tengo de verme en mi tierra y con las personas que bien quiero es tanto, que no me dejará esperar otra comodidad, si se tarda, por mejor que sea." "—Debes de ser, sin duda, casado en tu tierra," dijo Zoraida, "y por eso deseas ir a verte con tu mujer." "—No soy," respondí yo, "casado; mas tengo dada la palabra de casarme en llegando allá." "—Y ¿es hermosa la dama a quien se la diste?," dijo Zoraida. "—Tan hermosa es," respondí yo, "que para encarecella y decirte la verdad, te parece a ti mucho."

Desto se riyó muy de veras su padre, y dijo: "—Gualá,[5] cristiano, que debe de ser muy hermosa si se parece a mi hija, que es la más hermosa de todo este reino. Si no, mírala bien, y verás cómo te digo verdad." Servíanos de intérprete a las más destas palabras y razones el padre de Zoraida, como más ladino,[6] que aunque ella hablaba la bastarda lengua que, como he dicho, allí se usa, más declaraba su intención por señas que por palabras.

Estando en estas y otras muchas razones, llegó un moro corriendo, y dijo, a grandes voces, que por las bardas o paredes del jardín habían saltado cuatro turcos, y andaban cogiendo la fruta, aunque no estaba madura. Sobresaltóse el viejo, y lo mesmo hizo Zoraida; porque es común y casi natural el miedo

---

[4] *zoltamí* (zoltaní), moneda de Argel.
[5] *Gualá*, juramento arábigo, por Alá.
[6] *ladino*, de *latino*, designaba al moro que sabía castellano.

que los moros a los turcos tienen, especialmente a los soldados, los cuales son tan insolentes y tienen tanto imperio sobre los moros que a ellos están sujetos, que los tratan peor que si fuesen esclavos suyos. Digo, pues, que dijo su padre a Zoraida: "—Hija, retírate a la casa y enciérrate, en tanto que yo voy a hablar a estos canes; y tú, cristiano, busca tus yerbas, y vete en buen hora, y llévete Alá con bien a tu tierra." Yo me incliné, y él se fue a buscar los turcos, dejándome solo con Zoraida, que comenzó a dar muestras de irse donde su padre la había mandado. Pero apenas él se encubrió con los árboles del jardín, cuando ella, volviéndose a mí, llenos los ojos de lágrimas, me dijo: "—*Ámexi*,[7] cristiano, *ámexi?*" Que quiere decir: "¿Vaste, cristiano, vaste?" Yo la respondí: "—Señora, sí; pero no, en ninguna manera, sin ti; el primero *jumá*[8] me aguarda, y no te sobresaltes cuando nos veas; que sin duda alguna iremos a tierra de cristianos."

Yo le dije esto de manera que ella me entendió muy bien a todas las razones que entrambos pasamos, y echándome un brazo al cuello, con desmayados pasos comenzó a caminar hacia la casa; y quiso la suerte, que pudiera ser muy mala si el cielo no lo ordenara de otra manera, que yendo los dos de la manera y postura que os he contado, con un brazo al cuello, su padre, que ya volvía de hacer ir a los turcos, nos vio de la suerte y manera que íbamos, y nosotros vimos que él nos había visto; pero Zoraida, advertida y discreta, no quiso quitar el brazo de mi cuello, antes se llegó más a mí y puso su cabeza sobre mi pecho, doblando un poco las rodillas, dando claras señales y muestras que se desmayaba, y yo, asimismo, di a entender que la sostenía contra mi voluntad. Su padre llegó corriendo adonde estábamos, y viendo a su hija de aquella manera, le preguntó que qué tenía; pero como ella no le respondiese, dijo su padre: "—Sin duda alguna que con el sobresalto de la entrada de estos canes se ha desmayado." Y quitándola del mío, la arrimó a su pecho, y ella, dando un suspiro y aún no enjutos los ojos de lágrimas, volvió a decir: "—*Amexi*, cristiano, *ámexi.*" "Vete, cristiano, vete." A lo que su padre respondió: "—No importa, hija, que el cristiano se vaya, que ningún mal te ha hecho, y los turcos ya son idos. No te sobresalte cosa alguna, pues ninguna hay que pueda darte pesadumbre; pues, como ya te he dicho, los turcos, a mi ruego, se volvieron por donde entraron." "—Ellos, señor, la sobresaltaron, como has dicho," dije

---

[7] *ámexi* significa «¡vete!,» y así lo emplea Cervantes más adelante.

[8] *jumá*, viernes.

yo a su padre; "mas, pues ella dice que yo me vaya, no la quiero dar pesadumbre: quédate en paz, y, con tu licencia, volveré, si fuere menester, por yerbas a este jardín; que, según dice mi amo, en ninguno las hay mejores para ensalada que en él." "—Todas las que quisieres podrás volver," respondió Agi Morato; que mi hija no dice esto porque tú ni ninguno de los cristianos la enojaban, sino que, por decir que los turcos se fuesen, dijo que tú te fueses, o porque ya era hora que buscases tus yerbas."

Con esto, me despedí al punto de entrambos, y ella, arrancándosele el alma, al parecer, se fue con su padre, y yo, con achaque de buscar las yerbas, rodeé muy bien y a mi placer todo el jardín.

Miré bien las entradas y salidas, y la fortaleza de la casa, y la comodidad que se podía ofrecer para facilitar todo nuestro negocio. Hecho esto, me vine y di cuenta de cuanto había pasado al renegado y a mis compañeros, y ya no veía la hora de verme gozar sin sobresalto del bien que en la hermosa y bella Zoraida la suerte me ofrecía.

En fin, el tiempo se pasó, y se llegó el día y plazo de nosotros tan deseado; y siguiendo todos el orden y parecer que, con discreta consideración y largo discurso, muchas veces habíamos dado, tuvimos el buen suceso que deseábamos; porque el viernes que se siguió al día que yo con Zoraida hablé en el jardín, [nuestro renegado], al anochecer, dio fondo con la barca casi frontero de donde la hermosísima Zoraida estaba. Ya los cristianos que habían de bogar el remo estaban prevenidos, y escondidos por diversas partes de todos aquellos alrededores. Todos estaban suspensos y alborozados aguardándome, deseosos ya de embestir con el bajel que a los ojos tenían; porque ellos no sabían el concierto del renegado, sino que pensaban que a fuerza de brazos habían de haber y ganar la libertad, quitando la vida a los moros que dentro de la barca estaban.

Sucedió, pues, que así como yo me mostré y mis compañeros, todos los demás escondidos que nos vieron se vinieron llegando a nosotros. Esto era ya a tiempo que la ciudad estaba ya cerrada, y por toda aquella campaña ninguna persona parecía. Como estuvimos juntos, dudamos si sería mejor ir primero por Zoraida, o rendir primero a los moros bagarinos[9] que bogaban el remo en la barca. Y estando en esta duda, llegó a nosotros nuestro renegado diciéndonos que en qué nos deteníamos, que ya era hora, y que todos sus moros estaban descuidados, y los más

---

[9] bagarinos, remeros.

de ellos, durmiendo. Dijímosle en lo que reparábamos, y él dijo que lo que más importaba era rendir primero el bajel, que se podía hacer con grandísima facilidad y sin peligro alguno, y que luego podíamos ir por Zoraida. Pareciónos bien a todos lo que decía, y así, sin detenernos más, haciendo él la guía, llegamos al bajel, y saltando él dentro primero, metió mano a un alfanje, y dijo en morisco: "—Ninguno de vosotros se mueva de aquí, si no quiere que le cueste la vida." Ya, a este tiempo, habían entrado dentro casi todos los cristianos. Los moros, que eran de poco ánimo, viendo hablar de aquella manera su arráez,[10] quedáronse espantados, y sin ninguno de todos ellos echar mano a las armas, que pocas o casi ningunas tenían, se dejaron, sin hablar alguna palabra, maniatar de los cristianos, los cuales con mucha presteza lo hicieron, amenazando a los moros que si alzaban por alguna vía o manera la voz, que luego al punto los pasarían todos a cuchillo.

Hecho ya esto, quedándose en guardia dellos la mitad de los nuestros, los que quedábamos, haciéndonos asimismo el renegado la guía, fuimos al jardín de Agi Morato, y quiso la buena suerte que, llegando a abrir la puerta, se abrió con tanta facilidad como si cerrada no estuviera; y así, con gran quietud y silencio, llegamos a la casa sin ser sentidos de nadie. Estaba la bellísima Zoraida aguardándonos a una ventana, y así como sintió gente preguntó con voz baja si éramos *nizarani*,[11] como si dijera o preguntara si éramos cristianos. Yo le respondí que sí, y que bajase. Cuando ella me conoció, no se detuvo un punto, porque, sin responderme palabra, bajó en un instante, abrió la puerta y mostróse a todos tan hermosa y ricamente vestida, que no lo acierto a encarecer. Luego que yo la vi, le tomé una mano y la comencé a besar, y el renegado hizo lo mismo, y mis dos camaradas; y los demás que el caso no sabían, hicieron lo que vieron que nosotros hacíamos, que no parecía sino que le dábamos las gracias y la reconocíamos por señora de nuestra libertad. El renegado le dijo en lengua morisca si estaba su padre en el jardín. Ella respondió que sí, y que dormía. "—Pues será menester despertalle," replicó el renegado, "y llevárnosle con nosotros, y todo aquello que tiene de valor este hermoso jardín." "—No," dijo ella, "a mi padre no se ha de tocar en ningún modo, y en esta casa no hay otra cosa que lo que yo llevo, que

---

[10] *arráez*, capitán de barco.
[11] *nizarani*, nazarenos.

es tanto, que bien habrá para que todos quedéis ricos y contentos, y esperaros un poco y lo veréis."

Y diciendo esto, se volvió a entrar, diciendo que muy presto volvería; que nos estuviésemos quedos, sin hacer ningún ruido. Pregúntele al renegado lo que con ella había pasado, el cual me lo contó, a quien yo dije que ninguna cosa se había de hacer más de lo que Zoraida quisiese; la cual ya que volvía cargada con un cofrecillo lleno de escudos de oro, tantos, que apenas lo podía sustentar, quiso la mala suerte que su padre despertase en el ínterin y sintiese el ruido que andaba en el jardín, y asomándose a la ventana, luego conoció que todos los que en él estaban eran cristianos; y dando muchas, grandes y desaforadas voces, comenzó a decir en arábigo: "—¡Cristianos, cristianos! ¡Ladrones, ladrones!" Por los cuales gritos nos vimos todos puestos en grandísima y temerosa confusión. Pero el renegado, viendo el peligro en que estábamos, y lo mucho que le importaba salir con aquella empresa antes de ser sentido, con grandísima presteza subió donde Agi Morato estaba, y juntamente con él fueron algunos de nosotros; que yo no osé desamparar a la Zoraida, que como desmayada se había dejado caer en mis brazos.

En resolución, los que subieron se dieron tan buena maña, que en un momento bajaron con Agi Morato, trayéndole atadas las manos y puesto un pañizuelo en la boca, que no le dejaba hablar palabra, amenazándole que el hablarla le había de costar la vida. Cuando su hija le vio se cubrió los ojos por no verle, y su padre quedó espantado, ignorando cuán de su voluntad se había puesto en nuestras manos. Mas entonces siendo más necesarios los pies, con diligencia y presteza nos pusimos en la barca; que ya los que en ella habían quedado nos esperaban, temerosos de algún mal suceso nuestro.

Apenas serían dos horas pasadas de la noche, cuando ya estábamos todos en la barca, en la cual se le quitó al padre de Zoraida la atadura de las manos y el paño de la boca; pero tornóle a decir el renegado que no hablase palabra; que le quitarían la vida. Él, como vio allí a su hija, comenzó a suspirar ternísimamente, y más cuando vio que yo estrechamente la tenía abrazada, y que ella sin defender, quejarse ni esquivarse, se estaba queda; pero, con todo esto, callaba, porque no pusiesen en efecto las muchas amenazas que el renegado le hacía.

Viéndose, pues, Zoraida ya en la barca, y que queríamos dar los remos al agua, y viendo allí a su padre y a los demás moros que atados estaban, le dijo al renegado que me dijese le hiciese merced de soltar a aquellos moros y de dar libertad a su padre, porque antes se arrojaría en la mar que ver delante de sus ojos y por causa suya llevar cautivo a un padre que tanto la había querido. El renegado me lo dijo, y yo respondí que era muy contento. Pero él respondió que no convenía, a causa que, si allí los dejaban, apellidarían luego la tierra y alborotarían la ciudad, y serían causa que saliesen a buscallos con algunas fragatas ligeras, y les tomasen la tierra y la mar, de manera que no pudiésemos escaparnos; que lo que se podría hacer era darles libertad en llegando a la primera tierra de cristianos. En este parecer venimos todos, y Zoraida, a quien se le dio cuenta, con las causas que nos movían a no hacer luego lo que quería, también se satisfizo; y luego, con regocijado silencio y alegre diligencia, cada uno de nuestros valientes remeros tomó su remo, y comenzamos, encomendándonos a Dios de todo corazón, a navegar la vuelta de las islas de Mallorca, que es la tierra de cristianos más cerca.

Pero a causa de soplar un poco el viento tramontana y estar la mar algo picada, no fue posible seguir la derrota de Mallorca, y fuenos forzosos dejarnos ir tierra a tierra la vuelta de Orán, no sin mucha pesadumbre nuestra, por no ser descubiertos del lugar de Sargel, que en aquella costa cae sesenta millas de Argel. Y asimismo temíamos encontrar por aquel paraje alguna galeota de las que de ordinario vienen con mercancía de Tetuán, aunque cada uno por sí, y por todos juntos, presumíamos de que, si se encontraba galeota de mercancía, como no fuese de las que andan en corso, que no sólo no nos perderíamos, mas que tomaríamos bajel donde con más seguridad pudiésemos acabar nuestro viaje. Iba Zoraida, en tanto que se navegaba, puesta la cabeza entre mis manos, por no ver a su padre, y sentía yo que iba llamando a Lela Marién que nos ayudase.

Bien habríamos navegado treinta millas, cuando nos amaneció, como tres tiros de arcabuz, desviados de tierra, toda la cual vimos desierta y sin nadie que nos descubriese; pero, con todo eso, nos fuimos a fuerza de brazos entrando un poco en la mar, que ya estaba algo más sosegada; y habiendo entrado casi dos leguas, diose orden que se bogase a cuarteles[12] en tanto que comíamos algo, que iba bien proveída la barca, puesto que los que bogaban dijeron que no era aquél tiempo de tomar reposo alguno; que les diesen de comer los que no bogaban, que ellos no querían soltar los remos de las manos en manera al-

---

[12] *a cuarteles*, turnando.

guna. Hízose así, y en esto comenzó a soplar un viento largo,[13] que nos obligó a hacer luego vela y a dejar el remo, y enderezar a Orán, por no ser posible poder hacer otro viaje. Todo se hizo con mucha presteza, y así a la vela, navegamos por más de ocho millas por hora, sin llevar otro temor alguno sino el de encontrar con bajel que de corso fuese.

Dimos de comer a los moros bagarinos, y el renegado les consoló diciéndoles como no iban cautivos: que en la primera ocasión les darían libertad. Lo mismo se le dijo al padre de Zoraida, el cual respondió: "—Cualquiera otra cosa pudiera yo esperar y creer de vuestra liberalidad y buen término, ¡oh cristianos!; mas el darme libertad, no me tengáis por tan simple que lo imagine; que nunca os pusistes vosotros al peligro de quitármela para volverla tan liberalmente, especialmente sabiendo quién soy yo, y el interese que se os puede seguir de dármela; el cual interese, si le queréis poner nombre, desde aquí os ofrezco todo aquello que quisiéredes por mí y por esa desdichada hija mía, o si no, por ella sola, que es la mayor y la mejor parte de mi alma."

En diciendo esto, comenzó a llorar tan amargamente, que a todos nos movió a compasión, y forzó a Zoraida que le mirase; la cual, viéndole llorar, así se enterneció, que se levantó de mis pies y fue a abrazar a su padre, y, juntando su rostro con el suyo, comenzaron los dos tan tierno llanto, que muchos de los que allí íbamos le acompañamos en él. Pero cuando su padre la vio adornada de fiesta y con tantas joyas sobre sí, le dijo en su lengua: "—¿Qué es esto, hija, que ayer al anochecer, antes que nos sucediese esta terrible desgracia en que nos vemos, te vi con tus ordinarios y caseros vestidos, y agora, sin que hayas tenido tiempo de vestirte, y sin haberte dado alguna nueva alegre de solenizalle con adornarte y pulirte, te veo compuesta con los mejores vestidos que yo supe y pude darte cuando nos fue la ventura más favorable? Respóndeme a esto, que me tiene más suspenso y admirado de la misma desgracia en que me hallo."

Todo lo que el moro decía a su hija nos lo declaraba el renegado, y ella no le respondía palabra. Pero cuando él vio a un lado de la barca el cofrecillo donde ella solía tener sus joyas, el cual sabía él bien que le había dejado en Argel, y no traídole al jardín, quedó más confuso, y preguntóle que cómo aquel cofre había venido a nuestras manos, y qué era lo que venía dentro. A lo cual el renegado, sin aguardar que Zoraida le respondiese,

---

[13] *viento largo*, el que sopla desde la dirección perpendicular al rumbo de la nave.

le respondió: "—No te canses, señor, en preguntar a Zoraida, tu hija, tantas cosas, porque con una que yo te responda te satisfaré a todas; y así, quiero que sepas que ella es cristiana, y es la que ha sido la lima de nuestras cadenas y la libertad de nuestro cautiverio; ella va aquí de su voluntad, tan contenta, a lo que yo imagino, de verse en este estado, como el que sale de las tinieblas [a] la luz, de la muerte a la vida y de la pena a la gloria." "—¿Es verdad lo que éste dice, hija?," dijo el moro. "—Así es," respondió Zoraida. "—¿Que, en efecto," replicó el viejo, "tú eres cristiana, y la que ha puesto a su padre en poder de sus enemigos?" A lo cual respondió Zoraida: "—La que es cristiana, yo soy; pero no la que te ha puesto en este punto; porque nunca mi deseo se estendió a dejarte ni a hacerte mal, sino a hacerme a mí bien." "—Y ¿qué bien es el que te has hecho, hija?" "—Eso," respondió ella, "pregúntaselo tú a Lela Marién; que ella te lo sabrá decir mejor que no yo."

Apenas hubo oído esto el moro, cuando, con una increíble presteza, se arrojó de cabeza en la mar, donde sin ninguna duda se ahogara, si el vestido largo y embarazoso que traía no le entretuviera un poco sobre el agua. Dio voces Zoraida que le sacasen, y así, acudimos luego todos, y, asiéndole de la almalafa, le sacamos medio ahogado y sin sentido, de que recibió tanta pena Zoraida, que, como si fuera ya muerto, hacía sobre él un tierno y doloroso llanto. Volvímosle boca abajo; volvió mucha agua; tornó en sí al cabo de dos horas, en las cuales, habiéndose trocado el viento, nos convino volver hacia tierra, y hacer fuerza de remos, por no embestir en ella; mas quiso nuestra buena suerte que llegamos a una cala que se hace al lado de un pequeño promontorio o cabo que de los moros es llamado el de *la Cava Rumía*, que en nuestra lengua quiere decir *la mala mujer cristiana;* y es tradición entre los moros que en aquel lugar está enterrada la Cava, por quien se perdió España, [14] porque *cava* en su lengua quiere decir *mujer mala,* y *rumía, cristiana;* y aun tienen por mal agüero llegar allí a dar fondo cuando la necesidad les fuerza a ello, porque nunca le dan sin ella, puesto que para nosotros no fue abrigo de mala mujer, sino puerto seguro de nuestro remedio, según andaba alterada la mar.

Pusimos nuestras centinelas en tierra, y no dejamos jamás los remos de la mano; comimos de lo que el renegado había proveído,

---

[14] *la Cava,* hija del Conde don Julián, quien, según la tradición popular, trajo los moros a la conquista de España para vengarse de don Rodrigo, quien la había engañado.

y rogamos a Dios y a Nuestra Señora, de todo nuestro corazón, que nos ayudase y favoreciese para que felicemente diésemos fin a tan dichoso principio. Diose orden, a suplicación de Zoraida, como echásemos en tierra a su padre y a todos los demás moros que allí atados venían, porque no le bastaba el ánimo, ni lo podían sufrir sus blandas entrañas, ver delante de sus ojos atado a su padre y aquellos de su tierra presos. Prometímosle de hacerlo así al tiempo de la partida, pues no corría peligro el dejallos en aquel lugar, que era despoblado. No fueron tan vanas nuestras oraciones que no fuesen oídas del cielo, que en nuestro favor luego volvió el viento, tranquilo el mar, convidándonos a que tornásemos alegres a proseguir nuestro comenzado viaje.

Viendo esto, desatamos a los moros, y uno a uno los pusimos en tierra, de lo que ellos se quedaron admirados; pero llegando a desembarcar al padre de Zoraida, que ya estaba en todo su acuerdo, dijo: "—¿Por qué pensáis, cristianos, que esta mala hembra huelga de que me deis libertad? ¿Pensáis que es por piedad que de mí tiene? No, por cierto, sino que lo hace por el estorbo que le dará mi presencia cuando quiera poner en ejecución sus malos deseos; ni penséis que la ha movido a mudar religión entender ella que la vuestra a la nuestra se aventaja, sino el saber que en vuestra tierra se usa la deshonestidad más libremente que en la nuestra." Y volviéndose a Zoraida, teniéndole yo y otro cristiano de entrambos brazos asido, porque algún desatino no hiciese, le dijo: "—¡Oh infame moza y mal aconsejada muchacha! ¿Adónde vas, ciega y desatinada, en poder destos perros, naturales enemigos nuestros? ¡Maldita sea la hora en que yo te engendré, y malditos sean los regalos y deleites en que te he criado!" Pero viendo yo que llevaba término de no acabar tan presto, di priesa a ponelle en tierra, y desde allí, a voces, prosiguió en sus maldiciones y lamentos, rogando a Mahoma rogase a Alá que nos destruyese, confundiese y acabase; y cuando, por habernos hecho a la vela, no podimos oír sus palabras, vimos sus obras, que eran arrancarse las barbas, mesarse los cabellos y arrastrarse por el suelo; mas una vez esforzó la voz de tal manera, que podimos entender que decía: "—¡Vuelve, amada hija, vuelve a tierra, que todo te lo perdono; entrega a esos hombres ese dinero, que ya es suyo, y vuelve a consolar a este triste padre tuyo, que en esta desierta arena dejará la vida, si tú le dejas!"

Todo lo cual escuchaba Zoraida, y todo lo sentía y lloraba, y no supo decirle ni respondelle palabra, sino: "—Plega a Alá, padre mío, que Lela Marién, que ha sido la causa de que yo sea cristiana, ella te consuele en tu tristeza. Alá sabe bien que no pude hacer otra cosa de la que he hecho, y que estos cristianos no deben nada a mi voluntad, pues aunque quisiera no venir con ellos y quedarme en mi casa, me fuera imposible, según la priesa que me daba mi alma a poner por obra esta que a mí me parece tan buena como tú, padre amado, la juzgas por mala."

Esto dijo, a tiempo que ni su padre la oía, ni nosotros ya le veíamos; y así, consolando yo a Zoraida, atendimos todos a nuestro viaje, el cual nos le facilitaba el propio viento, de tal manera que bien tuvimos por cierto de vernos otro día al amanecer en las riberas de España.

Mas como pocas veces, o nunca, viene el bien puro y sencillo, sin ser acompañado o seguido de algún mal que le turbe o sobresalte, quiso nuestra ventura, o quizá las maldiciones que el moro a su hija había echado, que siempre se han de temer de cualquier padre que sean, quiso, digo, que estando ya engolfados y siendo ya casi pasadas tres horas de la noche, yendo con la vela tendida de alto baja, frenillados[15] los remos, porque el próspero viento nos quitaba del trabajo de haberlos menester, con la luz de la luna, que claramente resplandecía, vimos cerca de nosotros un bajel redondo,[16] que, con todas las velas tendidas, llevando un poco a orza el timón, delante de nosotros atravesaba, y esto tan cerca, que nos fue forzoso amainar por no embestirle, y ellos, asimesmo, hicieron fuerza de timón para darnos lugar que pasásemos.

Habíanse puesto a bordo del bajel a preguntarnos quién éramos, y adónde navegábamos, y de dónde veníamos; pero, por preguntarnos esto en lengua francesa, dijo nuestro renegado: "—Ninguno responda, porque éstos, sin duda, son cosarios franceses, que hacen a toda ropa."[17] Por este advertimiento, ninguno respondió palabra; y habiendo pasado un poco delante, ya que el bajel quedaba sotavento, de improviso soltaron dos piezas de artillería, y, a lo que parecía, ambas venían con cadenas, porque con una cortaron nuestro árbol por medio, y dieron con él y con la vela en la mar; y al momento, disparando otra pieza, vino a dar la [bala] en mitad de nuestra barca, de modo que la abrió toda, sin hacer otro mal alguno; pero como nosotros nos vimos ir a fondo, comenzamos todos a grandes voces a

---

[15] *frenillados*, afrenillados, amarrados.
[16] *bajel redondo*, el que lleva vela cuadrada.
[17] *hacen a toda ropa*, roban y hacen pillaje.

pedir socorro y a rogar a los del bajel que nos acogiesen, porque nos anegábamos. Amainaron entonces, y echando el esquife, o barca, al mar, entraron en él hasta doce franceses bien armados, con sus arcabuces y cuerdas encendidas; y así llegaron junto al nuestro, y viendo cuán pocos éramos y cómo el bajel se hundía, nos recogieron, diciendo que, por haber usado de la descortesía de no respondelles, nos había sucedido aquello.

Nuestro renegado tomó el cofre de las riquezas de Zoraida, y dio con él en la mar, sin que ninguno echase de ver en lo que hacía. En resolución, todos pasamos con los franceses, los cuales, después de haberse informado de todo aquello que de nosotros saber quisieron, como si fueran nuestros capitales enemigos, nos despojaron de todo cuanto teníamos, y a Zoraida le quitaron hasta los carcajes que traía en los pies. Pero no me daba a mí tanta pesadumbre la que a Zoraida daban como me la daba el temor que tenía de que habían de pasar del quitar de las riquísimas y preciosísimas joyas al quitar de la joya que más valía y ella más estimaba. Pero los deseos de aquella gente no se estienden a más que al dinero, y desto jamás se vee harta su codicia; lo cual entonces llegó a tanto, que aun hasta los vestidos de cautivos nos quitaran si de algún provecho les fueran. Y hubo parecer entre ellos de que a todos nos arrojasen a la mar envueltos en una vela, porque tenían intención de tratar en algunos puertos de España con nombre de que eran bretones, y si nos llevaban vivos, serían castigados siendo descubierto su hurto.

Mas el capitán, que era el que había despojado a mi querida Zoraida, dijo que él se contentaba con la presa que tenía, y que no quería tocar en ningún puerto de España, sino pasar el estrecho de Gibraltar de noche, o como pudiese, e irse a la Rochela, de donde había salido; y así, tomaron por acuerdo de darnos el esquife de su navío, y todo lo necesario para la corta navegación que nos quedaba, como lo hicieron otro día, ya a vista de tierra de España; con la cual vista, todas nuestras pesadumbres y pobrezas se nos olvidaron de todo punto, como si no hubieran pasado por nosotros: tanto es el gusto de alcanzar la libertad perdida. Cerca de medio día podría ser cuando nos echaron en la barca, dándonos dos barriles de agua y algún bizcocho; y el capitán, movido no sé de qué misericordia, al embarcarse la hermosísima Zoraida, le dio hasta cuarenta escudos de oro, y no consintió que le quitasen sus soldados estos mesmos vestidos que ahora tiene puestos. Entramos en el bajel; dímosles las gracias por el bien que nos hacían, mostrándonos más agradecidos que quejosos; ellos se hicieron a lo largo, siguiendo la derrota del estrecho; nosotros, sin mirar a otro norte que a la tierra que se nos mostraba delante, nos dimos tanta priesa a bogar, que al poner del sol estábamos tan cerca, que bien pudiéramos, a nuestro parecer, llegar antes que fuera muy noche; pero, por no parecer en aquella noche la luna y el cielo mostrarse escuro, y por ignorar el paraje en que estábamos, no nos pareció cosa segura embestir en tierra, como a muchos de nosotros les parecía, diciendo que diésemos en ella, aunque fuese en unas peñas y lejos de poblado, porque así aseguraríamos el temor que de razón se debía tener que por allí anduviesen bajeles de cosarios de Tetuán, los cuales anochecen en Berbería y amanecen en las costas de España, y hacen de ordinario presa, y se vuelven a dormir a sus casas; pero de los contrarios pareceres el que se tomó fue que nos llegásemos poco a poco, y que si el sosiego del mar lo concediese, desembarcásemos donde pudiésemos.

Hízose así, y poco antes de la media noche sería cuando llegamos al pie de una disformísima y alta montaña, no tan junto al mar que no concediese un poco de espacio para poder desembarcar cómodamente. Embestimos en la arena, salimos a tierra, besamos el suelo, y con lágrimas de muy alegrísimo contento dimos todos gracias a Dios, Señor Nuestro, por el bien tan incomparable que nos había hecho. Sacamos de la barca los bastimentos que tenía, tirámosla en tierra, y subímonos un grandísimo trecho en la montaña, porque aún allí estábamos, y aún no podíamos asegurar el pecho, ni acabábamos de creer que era tierra de cristianos la que ya nos sostenía. Amaneció más tarde, a mi parecer, de lo que quisiéramos. Acabamos de subir toda la montaña, por ver si desde allí algún poblado se descubría, o algunas cabañas de pastores, pero aunque más tendimos la vista, ni poblado, ni persona, ni senda, ni camino descubrimos.

Con todo esto, determinamos de entrarnos la tierra adentro, pues no podría ser menos sino que presto descubriésemos quien nos diese noticia della. Pero lo que a mí más me fatigaba era el ver ir a pie a Zoraida por aquellas asperezas, que, puesto que alguna vez la puse sobre mis hombros, más le cansaba a ella mi cansancio que la reposaba su reposo; y así, nunca más quiso que yo aquel trabajo tomase; y con mucha paciencia y muestras de alegría, llevándola yo siempre de la mano, poco menos de un cuarto de legua debíamos de haber andado, cuando llegó a nuestros oídos el son de una pequeña esquila, señal clara que por allí cerca había ganado; y mirando todos con atención si alguno se parecía, vimos al pie de un alcornoque un pastor mozo, que con grande reposo y descuido estaba labrando un palo con un cuchillo. Dimos voces, y él, alzando la cabeza, se puso ligeramente en pie, y a lo que después supimos, los primeros que a la vista se le ofrecieron fueron el renegado y Zoraida, y como él los vio en hábito de moros, pensó que todos los de la Berbería estaban sobre él, y metiéndose con estraña ligereza por el bosque adelante, comenzó a dar los mayores gritos del mundo, diciendo: "—¡Moros, moros hay en la tierra! ¡Moros, moros! ¡Arma, arma!"

Con estas voces quedamos todos confusos, y no sabíamos qué hacernos; pero considerando que las voces del pastor habían de alborotar la tierra, y que la caballería de la costa había de venir luego a ver lo que era, acordamos que el renegado se desnudase las ropas del turco y se vistiese un gilecuelco o casaca de cautivo que uno de nosotros le dio luego, aunque se quedó en camisa; y así, encomendándonos a Dios, fuimos por el mismo camino que vimos que el pastor llevaba, esperando siempre cuándo había de dar sobre nosotros la caballería de la costa. Y no nos engañó nuestro pensamiento, porque aún no habrían pasado dos horas cuando, habiendo ya salido de aquellas malezas a un llano, descubrimos hasta cincuenta caballeros, que con gran ligereza, corriendo a media rienda, a nosotros se venían, y así como los vimos, nos estuvimos quedos aguardándolos; pero como ellos llegaron, y vieron, en lugar de los moros que buscaban, tanto pobre cristiano, quedaron confusos, y uno dellos nos preguntó si éramos nosotros acaso la ocasión por que un pastor había apellidado al arma. "—Sí," dije yo; y queriendo comenzar a decirle mi suceso, y de dónde veníamos y quién éramos, uno de los cristianos que con nosotros venían conoció al jinete que nos había hecho la pregunta, y dijo, sin dejarme a mí decir más palabra: "—¡Gracias sean dadas a Dios, señores, que a tan buena parte nos ha conducido! Porque, si yo no me engaño, la tierra que pisamos es la de Vélez Málaga; si ya los años de mi cautiverio no me han quitado de la memoria el acordarme que vos, señor, que nos preguntáis quién somos, sois Pedro de Bustamante, tío mío."

Apenas hubo dicho esto el cristiano cautivo, cuando el jinete se arrojó del caballo y vino a abrazar al mozo, diciéndole: "—Sobrino de mi alma y de mi vida, ya te conozco, y ya te he llorado por muerto yo, y mi hermana, tu madre, y todos los tuyos, que aún viven, y Dios ha sido servido de darles vida para que gocen el placer de verte; ya sabíamos que estabas en Argel, y por las señales y muestras de tus vestidos, y la de todos los desta compañía, comprehendo que habéis tenido milagrosa libertad."

"—Así es," respondió el mozo, "y tiempo nos quedará para contároslo todo." Luego que los jinetes entendieron que éramos cristianos cautivos, se apearon de sus caballos, y cada uno nos convidaba con el suyo para llevarnos a la ciudad de Vélez Málaga, que legua y media de allí estaba. Algunos dellos volvieron a llevar la barca a la ciudad, diciéndoles dónde la habíamos dejado; otros nos subieron a las ancas, y Zoraida fue en las del caballo del tío del cristiano.

Saliónos a recibir todo el pueblo; que ya de alguno que se había adelantado sabían la nueva de nuestra venida. No se admiraban de ver cautivos libres, ni moros cautivos, porque toda la gente de aquella costa está hecha a ver a los unos y a los otros, pero admirábanse de la hermosura de Zoraida, la cual en aquel instante y sazón estaba en su punto, así con el cansancio del camino como con la alegría de verse ya en tierra de cristianos, sin sobresalto de perderse, y esto le había sacado al rostro tales colores, que si no es que la afición entonces me engañaba, osaré decir que más hermosa criatura no había en el mundo; a lo menos que yo la hubiese visto.

Fuimos derechos a la iglesia, a dar gracias a Dios por la merced recibida, y así como en ella entró Zoraida, dijo que allí había rostros que se parecían a los de Lela Marién. Dijímosle que eran imágenes suyas, y como mejor se pudo le dio el renegado a entender lo que significaban, para que ella las adorase como si verdaderamente fueran cada una dellas la misma Lela Marién que la había hablado.[18] Ella, que tiene buen entendimiento y un natural fácil y claro, entendió luego cuanto acerca de las imágenes se le dijo. Desde allí nos llevaron y repartieron a todos en diferentes casas del pueblo; pero al renegado, Zoraida y a mí nos llevó el cristiano que vino con nosotros, y en casa de sus padres, que medianamente eran acomodados de los bienes de fortuna, nos regalaron con tanto amor como a su mismo hijo.

Seis días estuvimos en Vélez, al cabo de los cuales el renegado, hecha su información de cuanto le convenía, se fue a la ciudad de Granada, a reducirse por medio de la Santa Inquisición al gremio santísimo de la Iglesia; los demás cristianos libertados se fueron cada uno donde mejor le pareció; solos quedamos Zoraida y yo, con solos los escudos que la cortesía del francés le dio a Zoraida, de los cuales compré este animal en que ella viene, y, sirviéndola yo hasta agora de padre y escudero, y no de

---

[18] Explicaciones necesarias para Zoraida, por la prohibición mahometana de las imágenes.

esposo, vamos con intención de ver si mi padre es vivo, o si alguno de mis hermanos ha tenido más próspera ventura que la mía, puesto que, por haberme hecho el cielo compañero de Zoraida, me parece que ninguna otra suerte me pudiera venir, por buena que fuera, que más la estimara. La paciencia con que Zoraida lleva las incomodidades que la pobreza trae consigo, y el deseo que muestra tener de verse ya cristiana es tanto y tal, que me admira, y me mueve a servirla todo el tiempo de mi vida; puesto que el gusto que tengo de verme suyo y de que ella sea mía me le turba y deshace no saber si hallaré en mi tierra algún rincón donde recogella, y si habrán hecho el tiempo y la muerte tal mudanza en la hacienda y vida de mi padre y hermanos, que apenas halle quien me conozca, si ellos faltan.

No tengo más, señores, que deciros de mi historia, la cual, si es agradable y peregrina, júzguenlo vuestros buenos entendimientos; que de mí sé decir que quisiera habérosla contado más brevemente, puesto que el temor de enfadaros más de cuatro circunstancias me ha quitado de la lengua.

Capítulo XLII

Que trata de lo que más sucedió en la venta y de otras muchas cosas dignas de saberse

Calló en diciendo esto el cautivo, a quien don Fernando dijo:

—Por cierto, señor capitán, el modo con que habéis contado este estraño suceso ha sido tal, que iguala a la novedad y estrañeza del mesmo caso. Todo es peregrino, y raro, y lleno de accidentes que maravillan y suspenden a quien los oye. Y es de tal manera el gusto que hemos recibido en escuchalle, que aunque nos hallara el día de mañana entretenidos en el mesmo cuento, holgáramos que de nuevo se comenzara.

Y en diciendo esto, [Cardenio][1] y todos los demás se le ofrecieron con todo lo a ellos posible para servirle, con palabras y razones tan amorosas y tan verdaderas, que el capitán se tuvo por bien satisfecho de sus voluntades. Especialmente, le ofreció don Fernando que si quería volverse con él, que él haría que el marqués, su hermano, fuese padrino del bautismo de Zoraida, y que él, por su parte, le acomodaría de manera que pudiese entrar en su tierra con el autoridad y cómodo que a su persona se debía. Todo lo agradeció cortesísimamente el cautivo, pero no quiso aceptar ninguno de sus liberales ofrecimientos.

En esto llegaba ya la noche, y al cerrar della, llegó a la venta un coche, con algunos hombres de a caballo. Pidieron posada;

---

[1] La *princeps*: *don Antonio.*

a quien la ventera respondió que no había en toda la venta un palmo desocupado.

—Pues, aunque eso sea —dijo uno de los de a caballo que habían entrado—, no ha de faltar para el señor oidor que aquí viene.

A este nombre se turbó la güéspeda, y dijo:

—Señor, lo que en ello hay, es que no tengo camas; si es que su merced del señor oidor la trae, que sí debe de traer, entre en buen hora; que yo y mi marido nos saldremos de nuestro aposento por acomodar a su merced.

—Sea en buen hora —dijo el escudero.

Pero a este tiempo ya había salido del coche un hombre, que en el traje mostró luego el oficio y cargo que tenía, porque la ropa luenga, con las mangas arrocadas,[2] que vestía, mostraron ser oidor, como su criado había dicho. Traía de la mano a una doncella, al parecer de hasta diez y seis años, vestida de camino, tan bizarra, tan hermosa y tan gallarda, que a todos puso en admiración su vista, de suerte, que a no haber visto a Dorotea y a Luscinda y Zoraida, que en la venta estaban, creyeran que otra tal hermosura como la desta doncella difícilmente pudiera hallarse. Hallóse don Quijote al entrar del oidor y de la doncella, y así como le vio, dijo:

—Seguramente puede vuestra merced entrar y espaciarse en este castillo; que aunque es estrecho y mal acomodado, no hay estrecheza ni incomodidad en el mundo que no dé lugar a las armas y a las letras, y más si las armas y letras traen por guía y adalid a la fermosura, como la traen las letras de vuestra merced en esta fermosa doncella, a quien deben no sólo abrirse y manifestarse los castillos, sino apartarse los riscos, y dividirse y abajarse las montañas, para dalle acogida. Entre vuestra merced, digo, en este paraíso; que aquí hallará estrellas y soles que acompañen el cielo que vuestra merced trae consigo: aquí hallará las armas en su punto y la hermosura en su estremo.

Admirado quedó el oidor del razonamiento de don Quijote, a quien se puso a mirar muy de propósito, y no menos le admiraba su talle que sus palabras; y sin hallar ningunas con que respondelle, se tornó a admirar de nuevo cuando vio delante de sí a Luscinda, Dorotea y a Zoraida, que a las nuevas de los nuevos güéspedes y a las que la ventera les había dado de la hermosura de la doncella, habían venido a verla y a recibirla. Pero don

---

[2] *mangas arrocadas*, mangas acuchilladas de la toga del juez.

Fernando, Cardenio y el cura le hicieron más llanos y más cortesanos ofrecimientos. En efecto, el señor oidor entró confuso, así de lo que veía como de lo que escuchaba, y las hermosas de la venta dieron la bienllegada a la hermosa doncella.

En resolución, bien echó de ver el oidor que era gente principal toda la que allí estaba, pero el talle, visaje y la apostura de don Quijote le desatinaba; y habiendo pasado entre todos corteses ofrecimientos y tanteado la comodidad de la venta, se ordenó lo que antes estaba ordenado: que todas las mujeres se entrasen en el camaranchón ya referido, y que los hombres se quedasen fuera, como en su guarda. Y así, fue contento el oidor que su hija, que era la doncella, se fuese con aquellas señoras, lo que ella hizo de muy buena gana. Y con parte de la estrecha cama del ventero, y con la mitad de la que el oidor traía, se acomodaron aquella noche, mejor de lo que pensaban.

El cautivo, que desde el punto que vio al oidor, le dio saltos el corazón y barruntos de que aquél era su hermano, preguntó a uno de los criados que con él venían que cómo se llamaba y si sabía de qué tierra era. El criado le respondió que se llamaba el licenciado Juan Pérez de Viedma, y que había oído decir que era de un lugar de las montañas de León. Con esta relación y con lo que él había visto se acabó de confirmar de que aquél era su hermano, que había seguido las letras, por consejo de su padre. Y alborotado y contento, llamando aparte a don Fernando, a Cardenio y al cura, les contó lo que pasaba, certificándoles que aquel oidor era su hermano. Habíale dicho también el criado como iba proveído por oidor a las Indias, en la Audiencia de Méjico; supo también como aquella doncella era su hija, de cuyo parto había muerto su madre, y que él había quedado muy rico con el dote que con la hija se le quedó en casa. Pidióles consejo qué modo tendría para descubrirse, o para conocer primero si, después de descubierto, su hermano, por verle pobre, se afrentaba o le recibía con buenas entrañas.

—Déjeseme a mí el hacer esa experiencia —dijo el cura—; cuanto más que no hay pensar sino que vos, señor capitán, seréis muy bien recibido, porque el valor y prudencia que en su buen parecer descubre vuestro hermano no da indicios de ser arrogante ni desconocido, ni que no ha de saber poner los casos de la fortuna en su punto.

—Con todo eso —dijo el capitán—, yo querría, no de improviso, sino por rodeos, dármele a conocer.

—Ya os digo —respondió el cura— que yo lo trazaré de modo que todos quedemos satisfechos.

Ya, en esto, estaba aderezada la cena,[3] y todos se sentaron a la mesa, excepto el cautivo y las señoras, que cenaron de por sí en su aposento. En la mitad de la cena dijo el cura:

—Del mesmo nombre de vuestra merced, señor oidor, tuve yo una camarada en Constantinopla, donde estuve cautivo algunos años; la cual camarada era uno de los valientes soldados y capitanes que había en toda la infantería española. Pero tanto cuanto tenía de esforzado y valeroso tenía de desdichado.

—Y ¿cómo se llamaba ese capitán, señor mío? —preguntó el oidor.

—Llamábase —respondió el cura— Ruy Pérez de Viedma, y era natural de un lugar de las montañas de León; el cual me contó un caso que a su padre con sus hermanos le había sucedido, que, a no contármelo un hombre tan verdadero como él, lo tuviera por conseja de aquellas que las viejas cuentan el invierno al fuego. Porque me dijo que su padre había dividido su hacienda entre tres hijos que tenía, y les había dado ciertos consejos, mejores que los de Catón. Y sé yo decir que el que él escogió de venir a la guerra le había sucedido tan bien, que en pocos años, por su valor y esfuerzo, sin otro brazo que el de su mucha virtud, subió a ser capitán de infantería, y a verse en camino y predicamento de ser presto maestre de campo.[4] Pero fuele la fortuna contraria, pues donde la pudiera esperar y tener buena, allí la perdió, con perder la libertad en la felicísima jornada donde tantos la cobraron, que fue en la batalla de Lepanto. Yo la perdí en la Goleta, y después, por diferentes sucesos, nos hallamos camaradas en Constantinopla. Desde allí vino a Argel, donde sé que le sucedió uno de los más estraños casos que en el mundo han sucedido.

De aquí fue prosiguiendo el cura, y con brevedad sucinta contó lo que con Zoraida a su hermano había sucedido. A todo lo cual estaba tan atento el oidor, que ninguna vez había sido tan oidor como entonces. Sólo llegó el cura al punto de cuando los franceses despojaron a los cristianos que en la barca venían, y la pobreza y necesidad en que su camarada y la hermosa mora habían quedado, de los cuales no había sabido en qué habían parado, ni si habían llegado a España, o llevádolos los franceses a Francia.

---

[3] Ya habían cenado (finales del Capítulo 38), antes de relatar el cautivo su historia.

[4] *maestre de campo*, grado militar que equivalía, según Rodríguez Marín, al moderno de coronel.

Todo lo que el cura decía estaba escuchando, algo de allí desviado, el capitán, y notaba todos los movimientos que su hermano hacía; el cual, viendo que ya el cura había llegado al fin de su cuento, dando un grande suspiro y llenándosele los ojos de agua, dijo:

—¡Oh, señor, si supiésedes las nuevas que me habéis contado, y cómo me tocan tan en parte, que me es forzoso dar muestras dello con estas lágrimas que, contra toda mi discreción y recato, me salen por los ojos! Ese capitán tan valeroso que decís es mi mayor hermano, el cual, como más fuerte y de más altos pensamientos que yo ni otro hermano menor mío, escogió el honroso y digno ejercicio de la guerra, que fue uno de los tres caminos que nuestro padre nos propuso, según os dijo vuestra camarada en la conseja que, a vuestro parecer, le oístes.[5] Yo seguí el de las letras, en las cuales Dios y mi diligencia me han puesto en el grado que me veis. Mi menor hermano está en el Pirú, tan rico, que con lo que ha enviado a mi padre y a mí ha satisfecho bien la parte que él se llevó, y aun dado a las manos de mi padre con que poder hartar su liberalidad natural; y yo, asimesmo, he podido con más decencia y autoridad tratarme en mis estudios, y llegar al puesto en que me veo.

Vive aún mi padre, muriendo con el deseo de saber de su hijo mayor, y pide a Dios con continuas oraciones no cierre la muerte sus ojos hasta que él vea con vida a los de su hijo. Del cual me maravillo, siendo tan discreto, cómo en tantos trabajos y aflicciones, o prósperos sucesos, se haya descuidado de dar noticia de sí a su padre; que si él lo supiera, o alguno de nosotros, no tuviera necesidad de aguardar al milagro de la caña para alcanzar su rescate. Pero de lo que yo agora me temo es de pensar si aquellos franceses le habrán dado libertad, o le habrán muerto por encubrir su hurto. Esto todo será que yo prosiga mi viaje, no con aquel contento con que le comencé, sino con toda melancolía y tristeza. ¡Oh buen hermano mío, y quién supiera agora dónde estabas; que yo te fuera a buscar y a librar de tus trabajos, aunque fuera a costa de los míos! ¡Oh, quién llevara nuevas a nuestro viejo padre de que tenías vida, aunque estuvieras en las mazmorras más escondidas de Berbería; que de allí te sacaran sus riquezas, las de mi hermano y las mías! ¡Oh Zoraida hermosa y liberal, quién pudiera pagar el bien que a un hermano hiciste! ¡Quién pudiera hallarse al renacer de tu alma, y a las bodas, que tanto gusto a todos nos dieran!

---

[5] *a vuestro parecer* se refiere a *conseja*, por lo que dijo el cura al empezar su relato.

Estas y otras semejantes palabras decía el oidor, lleno de tanta compasión con las nuevas que de su hermano le habían dado, que todos los que le oían le acompañaban en dar muestras del sentimiento que tenían de su lástima.

Viendo, pues, el cura que tan bien había salido con su intención y con lo que deseaba el capitán, no quiso tenerlos a todos más tiempo tristes, y así, se levantó de la mesa, y entrando donde estaba Zoraida, la tomó por la mano, y tras ella se vinieron Luscinda, Dorotea y la hija del oidor. Estaba esperando el capitán a ver lo que el cura quería hacer, que fue que, tomándole a él asimesmo de la otra mano, con entrambos a dos se fue donde el oidor y los demás caballeros estaban, y dijo:

—Cesen, señor oidor, vuestras lágrimas, y cólmese vuestro deseo de todo el bien que acertare a desearse, pues tenéis delante a vuestro buen hermano y a vuestra buena cuñada. Este que aquí veis es el capitán Viedma, y ésta, la hermosa mora que tanto bien le hizo. Los franceses que os dije los pusieron en la estrecheza que veis, para que vos mostréis la liberalidad de vuestro buen pecho.

Acudió el capitán a abrazar a su hermano, y él le puso [ambas] manos en los pechos, por mirarle algo más apartado; mas, cuando le acabó de conocer, le abrazó tan estrechamente, derramando tan tiernas lágrimas de contento, que los más de los que presentes estaban le hubieron de acompañar en ellas. Las palabras que entrambos hermanos se dijeron, los sentimientos que mostraron, apenas creo que pueden pensarse, cuanto más escribirse. Allí, en breves razones, se dieron cuenta de sus sucesos; allí mostraron puesta en su punto la buena amistad de dos hermanos; allí abrazó el oidor a Zoraida; allí la ofreció su hacienda; allí hizo que la abrazase su hija; allí la cristiana hermosa y la mora hermosísima renovaron las lágrimas de todos.

Allí don Quijote estaba atento, sin hablar palabra, considerando estos tan estraños sucesos, atribuyéndolos todos a quimeras de la andante caballería. Allí concertaron que el capitán y Zoraida se volviesen con su hermano a Sevilla y avisasen a su padre de su hallazgo y libertad, para que, como pudiese, viniese a hallarse en las bodas y bautismo de Zoraida, por no le ser al oidor posible dejar el camino que llevaba, a causa de tener nuevas que de allí a un mes partía flota de Sevilla a la Nueva España, y fuérale de grande incomodidad perder el viaje.

En resolución, todos quedaron contentos y alegres del buen suceso del cautivo, y como ya la noche iba casi en las dos partes de su jornada, acordaron de recogerse y reposar lo que de ella les quedaba. Don Quijote se ofreció a hacer la guardia del castillo, porque de algún gigante o otro mal andante follón no fuesen acometidos, codiciosos del gran tesoro de hermosura que en aquel castillo se encerraba. Agradeciéronselo los que le conocían, y dieron al oidor cuenta del humor estraño de don Quijote, de que no poco gusto recibió.

Sólo Sancho Panza se desesperaba con la tardanza del recogimiento, y sólo él se acomodó mejor que todos, echándose sobre los aparejos de su jumento, que le costaron tan caros como adelante se dirá.

[Capítulo XLIII

Donde se cuenta la agradable historia del mozo de mulas, con otros estraños acaecimientos en la venta sucedidos][1]

Recogidas, pues, las damas en su estancia, y los demás acomodándose como menos mal pudieron, don Quijote se salió fuera de la venta a hacer la centinela del castillo, como lo había prometido.

Sucedió, pues, que faltando poco por venir el alba, llegó a los oídos de las damas una voz tan entonada y tan buena, que les obligó a que todas le prestasen atento oído, especialmente Dorotea, que despierta estaba, a cuyo lado dormía doña Clara de Viedma, que así se llamaba la hija del oidor. Nadie podía imaginar quién era la persona que tan bien cantaba, y era una voz sola, sin que la acompañase instrumento alguno. Unas veces les parecía que cantaban en el patio, otras, que en la caballeriza; y estando en esta confusión muy atentas, llegó a la puerta del aposento Cardenio, y dijo:

[1] En esta edición la división entre los Capítulos 42 y 43 se efectúa por primera vez en el punto en que parece fuera de duda constaba en el manuscrito de Cervantes. En la *princeps* falta totalmente, y en la *Tabla de los capítulos* al final, que incluye el epígrafe, se reconoce el error al añadir esta advertencia: «comienza: "Marinero soy de amor."» En todas las ediciones posteriores se ha hecho la división al comenzar la canción del mozo de mulas, según esta indicación. R. M. Flores ha demostrado, con pruebas convincentes basadas en las prácticas de los cajistas, que Cervantes habría comenzado el capítulo en el punto en que consta aquí: R. M. Flores, «El caso del epígrafe desaparecido: capítulo 43 de la edición príncipe de la Primera Parte del *Quijote*,» ponencia del VI Congreso de la Asociación internacional de hispanistas en Toronto, 1977.

—Quien no duerme, escuche; que oirán una voz de un mozo de mulas, que de tal manera canta, que encanta.

—Ya lo oímos, señor —respondió Dorotea.

Y con esto, se fue Cardenio, y Dorotea, poniendo toda la atención posible, entendió que lo que se cantaba era esto:

—Marinero soy de amor,
y en su piélago profundo
navego sin esperanza
de llegar a puerto alguno.
  Siguiendo voy a una estrella
que desde lejos descubro,
más bella y resplandeciente
que cuantas vio Palinuro.[2]
  Yo no sé adónde me guía,
y así, navego confuso,
el alma a mirarla atenta,
cuidadosa y con descuido.
  Recatos impertinentes,
honestidad contra el uso,
son nubes que me la encubren
cuando más verla procuro.
  ¡Oh clara y luciente estrella,
en cuya lumbre me apuro!
Al punto que te me encubras,
será de mi muerte el punto.

Llegando el que cantaba a este punto, le pareció a Dorotea que no sería bien que dejase Clara de oír una tan buena voz, y así, moviéndola a una y a otra parte, la despertó, diciéndole:

—Perdóname, niña, que te despierto, pues lo hago porque gustes de oír la mejor voz que quizá habrás oído en toda tu vida.

Clara despertó toda soñolienta, y de la primera vez no entendió lo que Dorotea le decía, y volviéndoselo a preguntar, ella se lo volvió a decir, por lo cual estuvo atenta Clara. Pero apenas hubo oído dos versos que el que cantaba iba prosiguiendo, cuando le tomó un temblor tan estraño, como si de algún grave accidente de cuartana estuviera enferma, y abrazándose estrechamente con [Dorotea],[3] le dijo:

—¡Ay señora de mi alma y de mi vida! ¿Para qué me despertastes? Que el mayor bien que la fortuna me podía hacer

---

[2] *Palinuro*, piloto mayor de la flota de Eneas.
[3] La *princeps: Teodora*.

por ahora era tenerme cerrados los ojos y los oídos, para no ver ni oír a ese desdichado músico.

—¿Qué es lo que dices, niña? Mira que dicen que el que canta es un mozo de mulas.

—No es sino señor de lugares —respondió Clara—, y el que le tiene en mi alma con tanta seguridad, que si él no quiere dejalle, no le será quitado eternamente.

Admirada quedó Dorotea de las sentidas razones de la muchacha, pareciéndole que se aventajaban en mucho a la discreción que sus pocos años prometían; y así, le dijo:

—Habláis de modo, señora Clara, que no puedo entenderos: declaraos más y decidme qué es lo que decís de alma y de lugares, y deste músico, cuya voz tan inquieta os tiene. Pero no me digáis nada por ahora; que no quiero perder, por acudir a vuestro sobresalto, el gusto que recibo de oír al que canta; que me parece que con nuevos versos y nuevo tono torna a su canto.

—Sea en buen hora —respondió Clara.

Y por no oílle, se tapó con las manos entrambos oídos, de lo que también se admiró Dorotea; la cual, estando atenta a lo que se cantaba, vio que proseguían en esta manera:

> Dulce esperanza mía,
> que, rompiendo imposibles y malezas,
> sigues firme la vía
> que tú mesma te finges y aderezas,
> no te desmaye el verte
> a cada paso junto al de tu muerte.
>
>   No alcanzan perezosos
> honrados triunfos ni victoria alguna,
> ni pueden ser dichosos
> los que, no contrastando a la fortuna,
> entregan, desvalidos,
> al ocio blando todos los sentidos.
>
>   Que amor sus glorias venda
> caras, es gran razón, y es trato justo;
> pues no hay más rica prenda
> que la que se quilata por su gusto,
> y es cosa manifiesta
> que no es de estima lo que poco cuesta.
>
>   Amorosas porfías
> tal vez alcanzan imposibles cosas,
> y así, aunque con las mías

> sigo de amor las más dificultosas,
> no por eso recelo
> de no alcanzar desde la tierra el cielo.[4]

Aquí dio fin la voz, y principio a nuevos sollozos Clara; todo lo cual encendía el deseo de Dorotea, que deseaba saber la causa de tan suave canto y de tan triste lloro. Y así, le volvió a preguntar qué era lo que le quería decir denantes. Entonces Clara, temerosa de que Luscinda no la oyese, abrazando estrechamente a Dorotea, puso su boca tan junto del oído de Dorotea, que seguramente podía hablar sin ser de otro sentida, y así le dijo:

—Este que canta, señora mía, es un hijo de un caballero natural del reino de Aragón, señor de dos lugares, el cual vivía frontero de la casa de mi padre en la Corte. Y aunque mi padre tenía las ventanas de su casa con lienzos en el invierno y celosías en el verano, yo no sé lo que fue, ni lo que no, que este caballero, que andaba al estudio, me vio, ni sé si en la iglesia o en otra parte. Finalmente, él se enamoró de mí, y me lo dio a entender desde las ventanas de su casa con tantas señas y con tantas lágrimas, que yo le hube de creer, y aun querer, sin saber lo que me quería. Entre las señas que me hacía, era una de juntarse la una mano con la otra, dándome a entender que se casaría conmigo, y aunque yo me holgaría mucho de que así fuera, como sola y sin madre, no sabía con quién comunicallo, y así, lo dejé estar sin dalle otro favor si no era, cuando estaba mi padre fuera de casa y el suyo también, alzar un poco el lienzo o la celosía, y dejarme ver toda, de lo que él hacía tanta fiesta, que daba señales de volverse loco.

Llegóse en esto el tiempo de la partida de mi padre, la cual él supo, y no de mí, pues nunca pude decírselo. Cayó malo, a lo que yo entiendo, de pesadumbre, y así, el día que nos partimos nunca pude verle para despedirme dél, siquiera con los ojos. Pero a cabo de dos días que caminábamos, al entrar de una posada en un lugar una jornada de aquí, le vi a la puerta del mesón, puesto en hábito de mozo de mulas, tan al natural, que si yo no le trujera tan retratado en mi alma fuera imposible conocelle. Conocíle, admiréme y alegréme; él me miró a hurto de mi padre, de quien él siempre se esconde cuando atraviesa

---

[4] Se puso música a esta canción en 1591 (Schevill), lo que indica que su fecha de composición se aproxima a la de la historia del cautivo y a las de los libros más recientes de la biblioteca de don Quijote.

por delante de mí en los caminos y en las posadas do llegamos. Y como sé yo quién es, y considero que por amor de mí viene a pie y con tanto trabajo, muéreme de pesadumbre, y adonde él pone los pies pongo yo los ojos.

No sé con qué intención viene, ni cómo ha podido escaparse de su padre, que le quiere extraordinariamente, porque no tiene otro heredero, y porque él lo merece, como lo verá vuestra merced cuando le vea. Y más le sé decir: que todo aquello que canta lo saca de su cabeza; que he oído decir que es muy gran estudiante y poeta. Y hay más: que cada vez que le veo o le oigo cantar, tiemblo toda y me sobresalto, temerosa de que mi padre le conozca y venga en conocimiento de nuestros deseos. En mi vida le he hablado palabra, y con todo eso le quiero de manera que no he de poder vivir sin él. Esto es, señora mía, todo lo que os puedo decir deste músico cuya voz tanto os ha contentado; que en sola ella echaréis bien de ver que no es mozo de mulas, como decís, sino señor de almas y lugares, como yo os he dicho.

—No digáis más, señora doña Clara —dijo a esta sazón Dorotea, y esto, besándola mil veces—; no digáis más, digo, y esperad que venga el nuevo día; que yo espero en Dios de encaminar de manera vuestros negocios, que tengan el felice fin que tan honestos principios merecen.

—¡Ay señora! —dijo doña Clara—, ¿qué fin se puede esperar, si su padre es tan principal y tan rico, que le parecerá que aun yo no puedo ser criada de su hijo, cuanto más esposa? Pues casarme yo a hurto de mi padre, no lo haré por cuanto hay en el mundo. No querría sino que este mozo se volviese y me dejase; quizá con no velle y con la gran distancia del camino que llevamos se me aliviaría la pena que ahora llevo, aunque sé decir que este remedio que me imagino me ha de aprovechar bien poco. No sé qué diablos ha sido esto, ni por dónde se ha entrado este amor que le tengo, siendo yo tan muchacha y él tan muchacho, que en verdad que creo que somos de una edad mesma, y que yo no tengo cumplidos diez y seis años; que para el día de San Miguel que vendrá dice mi padre que los cumplo.

No pudo dejar de reírse Dorotea oyendo cuán como niña hablaba doña Clara, a quien dijo:

—Reposemos, señora, lo poco que creo queda de la noche, y amanecerá Dios y medraremos, o mal me andarán las manos.

Sosegáronse con esto, y en toda la venta se guardaba un grande silencio; solamente no dormían la hija de la ventera y Maritornes su criada, las cuales, como ya sabían el humor de que pecaba don Quijote, y que estaba fuera de la venta armado y a caballo haciendo la guarda, determinaron las dos de hacelle alguna burla, o, a lo menos, de pasar un poco el tiempo oyéndole sus disparates.

Es, pues, el caso, que en toda la venta no había ventana que saliese al campo, sino un agujero de un pajar, por donde echaban la paja por defuera. A este agujero se pusieron las dos semidoncellas, y vieron que don Quijote estaba a caballo, recostado sobre su lanzón, dando de cuando en cuando tan dolientes y profundos suspiros, que parecía que con cada uno se le arrancaba el alma. Y asimesmo oyeron que decía con voz blanda, regalada y amorosa:

—¡Oh mi señora Dulcinea del Toboso, estremo de toda hermosura, fin y remate de la discreción, archivo del mejor donaire, depósito de la honestidad, y, ultimadamente, idea de todo lo provechoso, honesto y deleitable que hay en el mundo! Y ¿qué fará agora la tu merced? ¿Si tendrás por ventura las mientes en tu cautivo caballero, que a tantos peligros, por sólo servirte, de su voluntad ha querido ponerse? Dame tú nuevas della, ¡oh luminaria de las tres caras![5] Quizá con envidia de la suya la estás ahora mirando, que, o paseándose por alguna galería de sus suntuosos palacios, o ya puesta de pechos sobre algún balcón, está considerando cómo, salva su honestidad y grandeza, ha de amansar la tormenta que por ella este mi cuitado corazón padece, qué gloria ha de dar a mis penas, qué sosiego a mi cuidado y finalmente, qué vida a mi muerte y qué premio a mis servicios. Y tú, sol, que ya debes de estar apriesa ensillando tus caballos, por madrugar y salir a ver a mi señora, así como la veas, suplícote que de mi parte la saludes; pero guárdate que al verla y saludarla no le des paz en el rostro, que tendré más celos de ti que tú los tuviste de aquella ligera ingrata que tanto te hizo sudar y correr por los llanos de Tesalia, o por las riberas de Peneo,[6] que no me acuerdo bien por dónde corriste entonces celoso y enamorado.

A este punto llegaba entonces don Quijote en su tan lastimero razonamiento, cuando la hija de la ventera le comenzó a cecear y a decirle:

—Señor mío, lléguese acá la vuestra merced, si es servido.

A cuyas señas y voz volvió don Quijote la cabeza, y vio, a la luz de la luna, que entonces estaba en toda su claridad, cómo le llamaban del agujero que a él le pareció ventana, y aun con

_____

[5] _luminaria de las tres caras_, la luna, en la tradición clásica (Ovidio, Horacio), en sus tres estados: llena, creciente y menguante.

[6] Alude a la fábula de Dafne y Apolo. _Peneo_ es un río de _Tesalia_.

rejas doradas, como conviene que las tengan tan ricos castillos como él se imaginaba que era aquella venta; y luego en el instante se le representó en su loca imaginación que otra vez, como la pasada, la doncella fermosa, hija de la señora de aquel castillo, vencida de su amor, tornaba a solicitarle; y con este pensamiento, por no mostrarse descortés y desagradecido, volvió las riendas a Rocinante y se llegó al agujero, y así como vio a las dos mozas, dijo:

—Lástima os tengo, fermosa señora, de que hayades puesto vuestras amorosas mientes en parte donde no es posible corresponderos conforme merece vuestro gran valor y gentileza; de lo que no debéis dar culpa a este miserable andante caballero, a quien tiene amor imposibilitado de poder entregar su voluntad a otra que aquella que, en el punto que sus ojos la vieron, la hizo señora absoluta de su alma. Perdonadme, buena señora, y recogeos en vuestro aposento, y no queráis, con significarme más vuestros deseos, que yo me muestre más desagradecido; y si del amor que me tenéis halláis en mí otra cosa con que satisfaceros que el mismo amor no sea, pedídmela; que yo os juro por aquella ausente enemiga dulce mía de dárosla encontinente, si bien me pidiésedes una guedeja de los cabellos de Medusa, que eran todos culebras, o ya los mesmos rayos del sol, encerrados en una redoma.

—No ha menester nada deso mi señora, señor caballero —dijo a este punto Maritornes.

—Pues ¿qué ha menester, discreta dueña, vuestra señora? —respondió don Quijote.

—Sola una de vuestras hermosas manos —dijo Maritornes—, por poder deshogar con ella el gran deseo que a este agujero la ha traído, tan a peligro de su honor, que si su señor padre la hubiera sentido, la menor tajada della fuera la oreja.

—¡Ya quisiera yo ver eso! —respondió don Quijote—. Pero él se guardará bien deso, si ya no quiere hacer el más desastrado fin que padre hizo en el mundo, por haber puesto las manos en los delicados miembros de su enamorada hija.

Parecióle a Maritornes que sin duda don Quijote daría la mano que le habían pedido, y, proponiendo en su pensamiento lo que había de hacer, se bajó del agujero y se fue a la caballeriza, donde tomó el cabestro del jumento de Sancho Panza, y con mucha presteza se volvió a su agujero, a tiempo que don Quijote se había puesto de pies sobre la silla de Rocinante, por alcanzar a la ventana enrejada donde se imaginaba estar la ferida doncella; y al darle la mano, dijo:

—Tomad, señora, esa mano, o, por mejor decir, ese verdugo de los malhechores del mundo; tomad esa mano, digo, a quien no ha tocado otra de mujer alguna, ni aun la de aquella que tiene entera posesión de todo mi cuerpo. No os la doy para que la beséis, sino para que miréis la contestura de sus nervios, la trabazón de sus músculos, la anchura y espaciosidad de sus venas; de donde sacaréis qué tal debe de ser la fuerza del brazo que tal mano tiene.

—Ahora lo veremos —dijo Maritornes.

Y haciendo una lazada corrediza al cabestro, se la echó a la muñeca, y bajándose del agujero, ató lo que quedaba al cerrojo de la puerta del pajar, muy fuertemente. Don Quijote, que sintió la aspereza del cordel en su muñeca, dijo:

—Más parece que vuestra merced me ralla que no que me regala la mano; no la tratéis tan mal, pues ella no tiene la culpa del mal que mi voluntad os hace, ni es bien que en tan poca parte venguéis el todo de vuestro enojo. Mirad que quien quiere bien no se venga tan mal.

Pero todas estas razones de don Quijote ya no las escuchaba nadie, porque, así como Maritornes le ató, ella y la otra se fueron, muertas de risa, y le dejaron asido de manera que fue imposible soltarse.

Estaba, pues, como se ha dicho, de pies sobre Rocinante, metido todo el brazo por el agujero, y atado de la muñeca, y al cerrojo de la puerta, con grandísimo temor y cuidado, que si Rocinante se desviaba a un cabo o a otro, había de quedar colgado del brazo; y así, no osaba hacer movimiento alguno, puesto que de la paciencia y quietud de Rocinante bien se podía esperar que estaría sin moverse un siglo entero.

En resolución, viéndose don Quijote atado, y que ya las damas se habían ido, se dio a imaginar que todo aquello se hacía por vía de encantamento, como la vez pasada, cuando en aquel mesmo castillo le molió aquel moro encantado del arriero, y maldecía entre sí su poca discreción y discurso, pues habiendo salido tan mal la vez primera de aquel castillo, se había aventurado a entrar en él la segunda, siendo advertimiento de caballeros andantes que cuando han probado una aventura y no salido bien con ella, es señal que no está para ellos guardada, sino para otros, y así, no tienen necesidad de probarla segunda vez. Con todo esto, tiraba de su brazo por ver si podía soltarse; mas él estaba tan bien asido, que todas sus pruebas fueron en vano. Bien es verdad que tiraba con tiento, porque Rocinante no se moviese, y aunque él quisiera sentarse y ponerse en la silla, no podía sino estar en pie, o arrancarse la mano.

Allí fue el desear de la espada de Amadís, contra quien no tenía fuerza de encantamento alguno; allí fue el maldecir de su fortuna; allí fue el exagerar la falta que haría en el mundo su presencia el tiempo que allí estuviese encantado, que sin duda alguna se había creído que lo estaba; allí el acordarse de nuevo de su querida Dulcinea del Toboso; allí fue el llamar a su buen escudero Sancho Panza, que, sepultado en sueño y tendido sobre el albarda de su jumento, no se acordaba en aquel instante de la madre que lo había parido; allí llamó a los sabios Lirgandeo y Alquife, que le ayudasen; allí invocó a su buena amiga Urganda,[7] que le socorriese, y, finalmente, allí le tomó la mañana, tan desesperado y confuso, que bramaba como un toro; porque no esperaba él que con el día se remediaría su cuita, porque la tenía por eterna, teniéndose por encantado. Y hacíale creer esto ver que Rocinante poco ni mucho se movía, y creía que de aquella suerte, sin comer ni beber ni dormir, habían de estar él y su caballo, hasta que aquel mal influjo de las estrellas se pasase, o hasta que otro más sabio encantador le desencantase.

Pero engañóse mucho en su creencia, porque apenas comenzó a amanecer, cuando llegaron a la venta cuatro hombres de a caballo, muy bien puestos y aderezados, con sus escopetas sobre los arzones. Llamaron a la puerta de la venta, que aún estaba cerrada, con grandes golpes, lo cual visto por don Quijote desde donde aún no dejaba de hacer la centinela, con voz arrogante y alta dijo:

—Caballeros, o escuderos, o quienquiera que seáis; no tenéis para qué llamar a las puertas deste castillo; que asaz de claro está que a tales horas, o los que están dentro duermen, o no tienen por costumbre de abrirse las fortalezas hasta que el sol esté tendido por todo el suelo. Desviaos afuera, y esperad que aclare el día, y entonces veremos si será justo o no que os abran.

—¿Qué diablos de fortaleza o castillo es éste —dijo uno—, para obligarnos a guardar esas ceremonias? Si sois el ventero, mandad que nos abran; que somos caminantes que no queremos más de dar cebada a nuestras cabalgaduras y pasar adelante, porque vamos de priesa.

—¿Paréceos, caballeros, que tengo yo talle de ventero? —respondió don Quijote.

---

[7] *Lirgandeo*, sabio encantador y cronista del Caballero del Febo; *Alquife*, sabio cronista de Amadís de Grecia; *Urganda*, véase I, Versos preliminares, n. 1.

—No sé de qué tenéis talle —respondió el otro, pero sé que decís disparates en llamar castillo a esta venta.

—Castillo es —replicó don Quijote—, y aun de los mejores de toda esta provincia; y gente tiene dentro que ha tenido cetro en la mano y corona en la cabeza.

—Mejor fuera al revés —dijo el caminante—: el cetro en la cabeza y la corona en la mano. Y será, si a mano viene, que debe de estar dentro alguna compañía de representantes, de los cuales es tener a menudo esas coronas y cetros que decís, porque en una venta tan pequeña, y adonde se guarda tanto silencio como ésta, no creo yo que se alojan personas dignas de corona y cetro.

—Sabéis poco del mundo —replicó don Quijote—, pues ignoráis los casos que suelen acontecer en la caballería andante.

Cansábanse los compañeros que con el preguntante venían del coloquio que con don Quijote pasaba, y así, tornaron a llamar con grande furia; y fue de modo que el ventero despertó, y aun todos cuantos en la venta estaban, y así, se levantó a preguntar quién llamaba. Sucedió en este tiempo que una de las cabalgaduras en que venían los cuatro que llamaban se llegó a oler a Rocinante, que, melancólico y triste, con las orejas caídas, sostenía sin moverse a su estirado señor; y como, en fin, era de carne, aunque parecía de leño, no pudo dejar de resentirse y tornar a oler a quien le llegaba a hacer caricias; y así, no se hubo movido tanto cuanto, cuando se desviaron los juntos pies de don Quijote, y, resbalando de la silla, dieran con él en el suelo, a no quedar colgado del brazo, cosa que le causó tanto dolor, que creyó, o que la muñeca le cortaban, o que el brazo se le arrancaba, porque él quedó tan cerca del suelo, que con los estremos de las puntas de los pies besaba la tierra, que era en su perjuicio, porque, como sentía lo poco que le faltaba para poner las plantas en la tierra, fatigábase y estirábase cuanto podía por alcanzar al suelo, bien así como los que están en el tormento de la garrucha,[8] puestos a toca, no toca, que ellos mesmos son causa de acrecentar su dolor, con el ahínco que ponen en estirarse, engañados de la esperanza que se les representa, que con poco más que se estiren llegarán al suelo.

---

[8] El *tormento de la garrucha* consistía en suspender al reo atadas las manos a una soga que pasaba por una polea.

Capítulo XLIV

Donde se prosiguen los inauditos sucesos de la venta

En efecto, fueron tantas las voces que don Quijote dio, que, abriendo de presto las puertas de la venta, salió el ventero, despavorido, a ver quién tales gritos daba, y los que estaban fuera hicieron lo mesmo. Maritornes, que ya había despertado a las mismas voces, imaginando lo que podía ser, se fue al pajar y desató, sin que nadie lo viese, el cabestro que a don Quijote sostenía, y él dio luego en el suelo, a vista del ventero y de los caminantes, que, llegándose a él, le preguntaron qué tenía, que tales voces daba. Él, sin responder palabra, se quitó el cordel de la muñeca, y levantándose en pie, subió sobre Rocinante, embrazó su adarga, enristró su lanzón, y tomando buena parte del campo, volvió a medio galope, diciendo:

—Cualquiera que dijere que yo he sido con justo título encantado, como mi señora la princesa Micomicona me dé licencia para ello, yo le desmiento, le rieto[1] y desafío a singular batalla.

Admirados se quedaron los nuevos caminantes de las palabras de don Quijote, pero el ventero les quitó de aquella admiración, diciéndoles que era don Quijote, y que no había de hacer caso dél, porque estaba fuera de juicio.

Preguntáronle al ventero si acaso había llegado a aquella venta un muchacho de hasta edad de quince años, que venía vestido como mozo de mulas, de tales y tales señas, dando las

---

[1] *rieto*, de retar.

mesmas que traía el amante de doña Clara. El ventero respondió que había tanta gente en la venta, que no había echado de ver en el que preguntaban. Pero habiendo visto uno dellos el coche donde había venido el oidor, dijo:

—Aquí debe de estar sin duda, porque éste es el coche que él dicen que sigue; quédese uno de nosotros a la puerta y entren los demás a buscarle, y aun sería bien que uno de nosotros rodease toda la venta, porque no se fuese por las bardas de los corrales.

—Así se hará —respondió uno dellos.

Y entrándose los dos dentro, uno se quedó a la puerta y el otro se fue a rodear la venta; todo lo cual veía el ventero, y no sabía atinar para qué se hacían aquellas diligencias, puesto que bien creyó que buscaban aquel mozo cuyas señas le habían dado. Ya a esta sazón aclaraba el día; y así por esto como por el ruido que don Quijote había hecho, estaban todos despiertos y se levantaban, especialmente doña Clara y Dorotea, que la una con sobresalto de tener tan cerca a su amante, y la otra con el deseo de verle, habían podido dormir bien mal aquella noche.

Don Quijote, que vio que ninguno de los cuatro caminantes hacía caso dél, ni le respondían a su demanda, moría y rabiaba de despecho y saña, y si él hallara en las ordenanzas de su caballería que lícitamente podía el caballero andante tomar y emprender otra empresa habiendo dado su palabra y fe de no ponerse en ninguna hasta acabar la que había prometido, él embistiera con todos, y les hiciera responder mal de su grado. Pero por parecerle no convenirle ni estarle bien comenzar nueva empresa hasta poner a Micomicona en su reino, hubo de callar y estarse quedo, esperando a ver en qué paraban las diligencias de aquellos caminantes, uno de los cuales halló al mancebo que buscaba, durmiendo al lado de un mozo de mulas, bien descuidado de que nadie ni le buscase, ni menos de que le hallase. El hombre le trabó del brazo y le dijo:

—Por cierto, señor don Luis, que responde bien a quien vos sois el hábito que tenéis, y que dice bien la cama en que os hallo al regalo con que vuestra madre os crió.

Limpióse el mozo los soñolientos ojos y miró de espacio al que le tenía asido, y luego conoció que era criado de su padre, de que recibió tal sabresalto, que no acertó o no pudo hablarle palabra por un buen espacio; y el criado prosiguió diciendo:

—Aquí no hay que hacer otra cosa, señor don Luis, sino prestar paciencia y dar la vuelta a casa, si ya vuestra merced no gusta que su padre y mi señor la dé al otro mundo, porque no se puede esperar otra cosa de la pena con que queda por vuestra ausencia.

—Pues ¿cómo supo mi padre —dijo don Luis— que yo venía este camino y en este traje?

—Un estudiante —respondió el criado— a quien distes cuenta de vuestros pensamientos fue el que lo descubrió, movido a lástima de las que vio que hacía vuestro padre al punto que os echó menos; y así, despachó a cuatro de sus criados en vuestra busca, y todos estamos aquí a vuestro servicio, más contentos de lo que imaginarse puede, por el buen despacho con que tornaremos, llevándoos a los ojos que tanto os quieren.

—Eso será como yo quisiere, o como el cielo lo ordenare —respondió don Luis.

—¿Qué habéis de querer, o qué ha de ordenar el cielo fuera de consentir en volveros? Porque no ha de ser posible otra cosa.

Todas estas razones que entre los dos pasaban oyó el mozo de mulas junto a quien don Luis estaba, y levantándose de allí, fue a decir lo que pasaba a don Fernando y a Cardenio, y a los demás, que ya vestido se habían; a los cuales dijo cómo aquel hombre llamaba de *don* a aquel muchacho, y las razones que pasaban, y cómo le quería volver a casa de su padre, y el mozo no quería. Y con esto, y con lo que dél sabían, de la buena voz que el cielo le había dado, vinieron todos en gran deseo de saber más particularmente quién era, y aun de ayudarle si alguna fuerza le quisiesen hacer; y así, se fueron hacia la parte donde aún estaba hablando y porfiando con su criado.

Salía en esto Dorotea de su aposento, y tras ella doña Clara, toda turbada; y llamando Dorotea a Cardenio aparte, le contó en breves razones la historia del músico y de doña Clara; a quien[2] él también dijo lo que pasaba de la venida a buscarle los criados de su padre, y no se lo dijo tan callando, que lo dejase de oír Clara; de lo que quedó tan fuera de sí, que si Dorotea no llegara a tenerla, diera consigo en el suelo. Cardenio dijo a Dorotea que se volviesen al aposento, que él procuraría poner remedio en todo, y ellas lo hicieron.

Ya estaban todos los cuatro que venían a buscar a don Luis dentro de la venta y rodeados dél, persuadiéndole que luego, sin detenerse un punto, volviese a consolar a su padre. Él respondió que en ninguna manera lo podía hacer hasta dar fin a un negocio en que le iba la vida, la honra y el alma. Apretáronle

---

[2] *a quien* se refiere a Dorotea.

entonces los criados, diciéndole que en ningún modo volverían sin él, y que le llevarían, quisiese o no quisiese.

—Eso no haréis vosotros —replicó don Luis—, si no es llevándome muerto, aunque de cualquiera manera que me llevéis, será llevarme sin vida.

Ya a esta sazón habían acudido a la porfía todos los más que en la venta estaban, especialmente Cardenio, don Fernando, sus camaradas, el oidor, el cura, el barbero y don Quijote, que ya le pareció que no había necesidad de guardar más el castillo. Cardenio, como ya sabía la historia del mozo, preguntó a los que llevarle querían que qué les movía a querer llevar contra su voluntad aquel muchacho.

—Muévenos —respondió uno de los cuatro— dar la vida a su padre, que por la ausencia deste caballero queda a peligro de perderla.

A esto dijo don Luis:

—No hay para qué se dé cuenta aquí de mis cosas; yo soy libre, y volveré si me diere gusto, y si no ninguno de vosotros me ha de hacer fuerza.

—Harásela a vuestra merced la razón —respondió el hombre—; y cuando ella no bastare con vuestra merced, bastará con nosotros para hacer a lo que venimos y lo que somos obligados.

—Sepamos qué es esto de raíz —dijo a este tiempo el oidor.

Pero el hombre, que lo conoció, como vecino de su casa, respondió:

—¿No conoce vuestra merced, señor oidor, a este caballero, que es el hijo de su vecino, el cual se ha ausentado de casa de su padre en el hábito tan indecente a su calidad como vuestra merced puede ver?

Miróle entonces el oidor más atentamente y conocióle, y abrazándole, dijo:

—¿Qué niñerías son éstas, señor don Luis, o qué causas tan poderosas, que os hayan movido a venir desta manera, y en este traje, que dice tan mal con la calidad vuestra?

Al mozo se le vinieron las lágrimas a los ojos, y no pudo responder palabra. El oidor dijo a los cuatro que se sosegasen, que todo se haría bien, y tomando por la mano a don Luis, le apartó a una parte y le preguntó qué venida había sido aquélla.

Y en tanto que le hacía esta y otras preguntas, oyeron grandes voces a la puerta de la venta, y era la causa dellas que dos huéspedes que aquella noche habían alojado en ella, viendo a toda la gente ocupada en saber lo que los cuatro buscaban, había intentado a irse sin pagar lo que debían; mas el ventero, que atendía más a su negocio que a los ajenos, les asió al salir de la puerta, y pidió su paga, y les afeó su mala intención con tales palabras, que les movió a que le respondiesen con los puños; y así, le comenzaron a dar tal mano, que el pobre ventero tuvo necesidad de dar voces y pedir socorro. La ventera y su hija no vieron a otro más desocupado para poder socorrerle que a don Quijote, a quien la hija de la ventera dijo:

—Socorra vuestra merced, señor caballero, por la virtud que Dios le dio, a mi pobre padre; que dos malos hombres le están moliendo como a cibera.

A lo cual respondió don Quijote, muy de espacio y con mucha flema:

—Fermosa doncella, no ha lugar por ahora vuestra petición, porque estoy impedido de entremeterme en otra aventura en tanto que no diere cima a una en que mi palabra me ha puesto. Mas lo que yo podré hacer por serviros es lo que ahora diré: corred y decid a vuestro padre que se entretenga en esa batalla lo mejor que pudiere, y que no se deje vencer en ningún modo, en tanto que yo pido licencia a la princesa Micomicona para poder socorrerle en su cuita; que si ella me la da, tened por cierto que yo le sacaré della.

—¡Pecadora de mí! —dijo a esto Maritornes, que estaba delante—. Primero que vuestra merced alcance esa licencia que dice, estará ya mi señor en el otro mundo.

—Dadme vos, señora, que yo alcance la licencia que digo —respondió don Quijote—; que como yo la tenga, poco hará al caso que él esté en el otro mundo; que de allí le sacaré a pesar del mismo mundo que lo contradiga; o, por lo menos, os daré tal venganza de los que allá le hubieren enviado, que quedéis más que medianamente satisfechas.

Y sin decir más se fue a poner de hinojos ante Dorotea, pidiéndole con palabras caballerescas y andantescas que la su grandeza fuese servida de darle licencia de acorrer y socorrer al castellano de aquel castillo, que estaba puesto en una grave mengua. La princesa se la dio de buen talante, y él luego, embrazando su adarga y poniendo mano a su espada, acudió a la puerta de la venta, adonde aún todavía traían los dos huéspedes a mal traer al ventero; pero así como llegó, embazó[3] y se estuvo quedo, aunque Maritornes y la ventera le decían que en qué se detenía, que socorriese a su señor y marido.

---

[3] *embazó*, se turbó, se pasmó.

—Deténgome —dijo don Quijote— porque no me es lícito poner mano a la espada contra gente escuderil; pero llamadme aquí a mi escudero Sancho, que a él toca y atañe esta defensa y venganza.

Esto pasaba en la puerta de la venta, y en ella andaban las puñadas y mojicones muy en su punto, todo en daño del ventero y en rabia de Maritornes, la ventera y su hija, que se desesperaban de ver la cobardía de don Quijote, y de lo mal que lo pasaba su marido, señor y padre.

Pero dejémosle aquí, que no faltará quien le socorra; o si no, sufra y calle el que se atreve a más de a lo que sus fuerzas le prometen, y volvámonos atrás cincuenta pasos, a ver qué fue lo que don Luis respondió al oidor, que le dejamos aparte, preguntándole la causa de su venida a pie y de tan vil traje vestido. A lo cual el mozo, asiéndole fuertemente de las manos, como en señal de que algún gran dolor le apretaba el corazón, y derramando lágrimas en grande abundancia, le dijo:

—Señor mío, yo no sé deciros otra cosa sino que desde el punto que quiso el cielo y facilitó nuestra vecindad que yo viese a mi señora doña Clara, hija vuestra y señora mía, desde aquel instante la hice dueño de mi voluntad; y si la vuestra, verdadero señor y padre mío, no lo impide, en este mesmo día ha de ser mi esposa. Por ella dejé la casa de mi padre, y por ella me puse en este traje, para seguirla dondequiera que fuese, como la saeta al blanco, o como el marinero al norte. Ella no sabe de mis deseos más de lo que ha podido entender de algunas veces que desde lejos ha visto llorar mis ojos. Ya, señor, sabéis la riqueza y la nobleza de mis padres, y como yo soy su único heredero; si os parece que éstas son partes para que os aventuréis a hacerme en todo venturoso, recibidme luego por vuestro hijo; que si mi padre, llevado de otros designios suyos, no gustare deste bien que yo supe buscarme, más fuerza tiene el tiempo para deshacer y mudar las cosas que las humanas voluntades.

Calló en diciendo esto el enamorado mancebo, y el oidor quedó en oírle suspenso, confuso y admirado, así de haber oído el modo y la discreción con que don Luis le había descubierto su pensamiento, como de verse en punto que no sabía el que poder tomar en tan repentino y no esperado negocio; y así, no respondió otra cosa sino que se sosegase por entonces, y entretuviese a sus criados, que por aquel día no le volviesen, porque se tuviese tiempo para considerar lo que mejor a todos estuviese. Besóle las manos por fuerza don Luis, y aun se las bañó con lágrimas, cosa que pudiera enternecer un corazón de mármol, no sólo el del oidor, que, como discreto, ya había conocido cuán bien le estaba a su hija aquel matrimonio; puesto que, si fuera posible, lo quisiera efetuar con voluntad del padre de don Luis, del cual sabía que pretendía hacer de título a su hijo.

Ya a esta sazón estaban en paz los huéspedes con el ventero, pues por persuasión y buenas razones de don Quijote, más que por amenazas, le habían pagado todo lo que él quiso, y los criados de don Luis aguardaban el fin de la plática del oidor y la resolución de su amo, cuando el demonio, que no duerme, ordenó que en aquel mesmo punto entró en la venta el barbero a quien don Quijote quitó el yelmo de Mambrino y Sancho Panza los aparejos del asno, que trocó con los del suyo; el cual barbero, llevando su jumento a la caballeriza, vio a Sancho Panza que estaba aderezando no sé qué de la albarda, y así como la vio la conoció, y se atrevió a arremeter a Sancho, diciendo:

—¡Ah don ladrón, que aquí os tengo! ¡Venga mi bacía y mi albarda, con todos mis aparejos que me robastes!

Sancho, que se vio acometer tan de improviso y oyó los vituperios que le decían, con la una mano asió de la albarda, y con la otra dio un mojicón al barbero, que le bañó los dientes en sangre; pero no por esto dejó el barbero la presa que tenía hecha en el albarda, antes alzó la voz de tal manera, que todos los de la venta acudieron al ruido y pendencia, y decía:

—¡Aquí del rey y de la justicia; que sobre cobrar mi hacienda me quiere matar este ladrón, salteador de caminos!

—Mentís —respondió Sancho—; que yo no soy salteador de caminos; que en buena guerra ganó mi señor don Quijote estos despojos.

Ya estaba don Quijote delante, con mucho contento de ver cuán bien se defendía y ofendía su escudero, y túvole desde allí adelante por hombre de pro, y propuso en su corazón de armalle caballero en la primera ocasión que se le ofreciese, por parecerle que sería en él bien empleada la orden de la caballería. Entre otras cosas que el barbero decía en el discurso de la pendencia, vino a decir:

—Señores, así esta albarda es mía como la muerte que debo a Dios, y así la conozco como si la hubiera parido, y ahí está mi asno en el establo, que no me dejará mentir; si no, pruébensela, y si no le viniere pintiparada, yo quedaré por infame. Y hay más: que el mismo día que ella se me quitó, me quitaron también una bacía de azófar nueva, que no se había estrenado, que era señora de un escudo.

Aquí no se pudo contener don Quijote sin responder, y poniéndose entre los dos y apartándoles, depositando la albarda en el suelo, que la tuviese de manifiesto hasta que la verdad se aclarase, dijo:

—¡Porque vean vuestras mercedes clara y manifiestamente el error en que está este buen escudero, pues llama bacía a lo que fue, es y será yelmo de Mambrino, el cual se le quité yo en buena guerra, y me hice señor dél con legítima y lícita posesión! En lo del albarda no me entremeto; que lo que en ello sabré decir es que mi escudero Sancho me pidió licencia para quitar los jaeces del caballo deste vencido cobarde, y con ellos adornar el suyo; yo se la di, y él los tomó, y de haberse convertido de jaez en albarda, no sabré dar otra razón si no es la ordinaria: que como esas transformaciones se ven en los sucesos de la caballería; para confirmación de lo cual corre, Sancho hijo, y saca aquí el yelmo que este buen hombre dice ser bacía.

—¡Pardiez, señor —dijo Sancho—, si no tenemos otra prueba de nuestra intención que la que vuestra merced dice, tan bacía es el yelmo de Malino como el jaez deste buen hombre albarda!

—Haz lo que te mando —replicó don Quijote—; que no todas las cosas deste castillo han de ser guiadas por encantamento.

Sancho fue a do estaba la bacía y la trujo; y así como don Quijote la vio, la tomó en las manos y dijo:

—Miren vuestras mercedes con qué cara podía decir este escudero que ésta es bacía, y no el yelmo que yo he dicho; y juro por la orden de caballería que profeso que este yelmo fue el mismo que yo le quité, sin haber añadido en él ni quitado cosa alguna.

—En eso no hay duda —dijo a esta sazón Sancho—; porque desde que mi señor le ganó hasta agora no ha hecho con él más de una batalla, cuando libró a los sin ventura encadenados, y si no fuera por este baciyelmo, no lo pasara entonces muy bien, porque hubo asaz de pedradas en aquel trance.

Capítulo XLV

Donde se acaba de averiguar la duda del yelmo de Mambrino y de la albarda y otras aventuras sucedidas, con toda verdad

—¿Qué les parece a vuestras mercedes, señores —dijo el barbero—, de lo que afirman estos gentiles hombres, pues aún porfían que ésta no es bacía, sino yelmo?

—Y quien lo contrario dijere —dijo don Quijote—, le haré yo conocer que miente, si fuere caballero, y si escudero, que remiente mil veces.

Nuestro barbero, que a todo estaba presente, como tenía tan bien conocido el humor de don Quijote, quiso esforzar su desatino y llevar adelante la burla para que todos riesen, y dijo, hablando con el otro barbero:

—Señor barbero, o quien sois, sabed que yo también soy de vuestro oficio, y tengo más ha de veinte años carta de examen,[1] y conozco muy bien de todos los instrumentos de la barbería, sin que le falte uno; y ni más ni menos fui un tiempo en mi mocedad soldado, y sé también qué es yelmo, y qué es morrión, y celada de encaje, y otras cosas tocantes a la milicia, digo, a los géneros de armas de los soldados; y digo, salvo mejor parecer, remitiéndome siempre al mejor entendimiento, que esta pieza que está aquí delante y que este buen señor tiene en las manos, no sólo no es bacía de barbero, pero está tan lejos de serlo como está lejos lo blanco de lo negro y la verdad de la

---

[1] *carta de examen*, certificación que sirve de título para ejercer.

mentira; también digo que éste, aunque es yelmo, no es yelmo entero.

—No, por cierto —dijo don Quijote—, porque le falta la mitad, que es la babera.

—Así es —dijo el cura, que ya había entendido la intención de su amigo el barbero.

Y lo mismo confirmó Cardenio, don Fernando y sus camaradas; y aun el oidor, si no estuviera tan pensativo con el negocio de don Luis, ayudara, por su parte, a la burla; pero las veras de lo que pensaba le tenían tan suspenso, que poco o nada atendía a aquellos donaires.

—¡Válame Dios! —dijo a esta sazón el barbero burlado—. ¿Que es posible que tanta gente honrada diga que ésta no es bacía, sino yelmo? Cosa parece ésta que puede poner en admiración a toda una Universidad, por discreta que sea. Basta: si es que esta bacía es yelmo, también debe de ser esta albarda jaez de caballo, como este señor ha dicho.

—A mí albarda me parece —dijo don Quijote—; pero ya he dicho que en esto no me entremeto.

—De que sea albarda o jaez —dijo el cura— no está en más de decirlo el señor don Quijote; que en estas cosas de la caballería todos estos señores y yo le damos la ventaja.

—Por Dios, señores míos —dijo don Quijote—, que son tantas y tan estrañas las cosas que en este castillo, en dos veces que en él he alojado, me han sucedido, que no me atreva a decir afirmativamente ninguna cosa de lo que acerca de lo que en él se contiene se preguntare, porque imagino que cuanto en él se trata va por vía de encantamento. La primera vez me fatigó mucho un moro encantado que en él hay, y a Sancho no le fue muy bien con otros sus secuaces, y anoche estuve colgado deste brazo casi dos horas, sin saber cómo ni cómo no vine a caer en aquella desgracia. Así que, ponerme yo agora en cosa de tanta confusión a dar mi parecer, será caer en juicio temerario. En lo que toca a lo que dicen que ésta es bacía, y no yelmo, ya yo tengo respondido; pero en lo de declarar si ésa es albarda o jaez, no me atrevo a dar sentencia difinitiva: sólo lo dejo al buen parecer de vuestras mercedes. Quizá por no ser armados caballeros como yo lo soy, no tendrán que ver con vuestras mercedes los encantamentos deste lugar, y tendrán los entendimientos libres, y podrán juzgar de las cosas deste castillo como ellas son real y verdaderamente, y no como a mí me parecían.

—No hay duda —respondió a esto don Fernando—, sino que el señor don Quijote ha dicho muy bien hoy, que a nosotros toca la difinición deste caso; y porque vaya con más fundamento, yo tomaré en secreto los votos destos señores, y de lo que resultare daré entera y clara noticia.

Para aquellos que la tenían del humor de don Quijote era todo esto materia de grandísima risa; pero para los que le ignoraban les parecía el mayor disparate del mundo, especialmente a los cuatro criados de don Luis, y a don Luis ni más ni menos, y a otros tres pasajeros que acaso habían llegado a la venta, que tenían parecer de ser cuadrilleros, como, en efecto, lo eran. Pero el que más se desesperaba era el barbero, cuya bacía allí delante de sus ojos se le había vuelto en yelmo de Mambrino, y cuya albarda pensaba sin duda alguna que se le había de volver en jaez rico de caballo; y los unos y los otros se reían de ver cómo andaba don Fernando tomando los votos de unos en otros, hablándolos al oído para que en secreto declarasen si era albarda o jaez aquella joya sobre quien tanto se había peleado. Y después que hubo tomado los votos de aquellos que a don Quijote conocían, dijo en alta voz:

—El caso es, buen hombre, que ya yo estoy cansado de tomar tantos pareceres, porque veo que a ninguno pregunto lo que deseo saber que no me diga que es disparate el decir que ésta sea albarda de jumento, sino jaez de caballo, y aun de caballo castizo; y así, habréis de tener paciencia, porque, a vuestro pesar y al de vuestro asno, éste es jaez y no albarda, y vos habéis alegado y probado muy mal de vuestra parte.

—No la tenga yo en el cielo —dijo el sobrebarbero[2]— si todos vuestras mercedes no se engañan, y que así parezca mi ánima ante Dios como ella me parece a mí albarda, y no jaez; pero allá van leyes..., etcétera;[3] y no digo más; y en verdad que no estoy borracho: que no me he desayunado, si de pecar no.

No menos causaban risa las necedades que decía el barbero que los disparates de don Quijote, el cual a esta sazón dijo:

—Aquí no hay más que hacer sino que cada uno tome lo que es suyo, y a quien Dios se la dio, San Pedro se la bendiga.

Uno de los cuatro[4] dijo:

—Si ya no es que esto sea burla pesada, no me puedo persuadir que hombres de tan buen entendimiento como son, o parecen, todos los que aquí están, se atrevan a decir y afirmar que ésta no es bacía, ni aquélla albarda; mas como veo que lo afir-

---

[2] sobrebarbero, o para distinguirlo del otro barbero, o errata por pobre barbero, como enmiendan algunas ediciones modernas.

[3] allá van leyes [do quieren reyes], refrán.

[4] cuatro (criados de don Luis).

man y lo dicen, me doy a entender que no carece de misterio el porfiar una cosa tan contraria de lo que nos muestra la misma verdad y la misma experiencia; porque ¡voto a tal! —y arrojóle redondo— que no me den a mí a entender cuantos hoy viven en el mundo al revés de que ésta no sea bacía de barbero y ésta albarda de asno.

—Bien podría ser de borrica —dijo el cura.

—Tanto monta —dijo el criado—; que el caso no consiste en eso, sino en si es o no es albarda, como vuestras mercedes dicen.

Oyendo esto uno de los cuadrilleros que habían entrado, que había oído la pendencia y cuestión, lleno de cólera y de enfado, dijo:

—Tan albarda es como mi padre; y el que otra cosa ha dicho o dijere debe estar hecho uva.[5]

—Mentís como bellaco villano —respondió don Quijote.

Y alzando el lanzón, que nunca le dejaba de las manos, le iba a descargar tal golpe sobre la cabeza, que, a no desviarse el cuadrillero, se le dejara allí tendido. El lanzón se hizo pedazos en el suelo y los demás cuadrilleros, que vieron tratar mal a su compañero, alzaron la voz pidiendo favor a la Santa Hermandad.

El ventero, que era de la cuadrilla, entró al punto por su varilla[6] y por su espada, y se puso al lado de sus compañeros. Los criados de don Luis rodearon a don Luis, porque con el alboroto no se les fuese. El barbero, viendo la casa revuelta, tornó a asir de su albarda, y lo mismo hizo Sancho. Don Quijote puso mano a su espada y arremetió a los cuadrilleros. Don Luis daba voces a sus criados, que le dejasen a él y acorriesen a don Quijote, y a Cardenio, y a don Fernando, que todos favorecían a don Quijote. El cura daba voces, la ventera gritaba, su hija se afligía, Maritornes lloraba, Dorotea estaba confusa, Luscinda suspensa y doña Clara desmayada. El barbero aporreaba a Sancho, Sancho molía al barbero, don Luis, a quien un criado suyo se atrevió a asirle del brazo porque no se fuese, le dio una puñada que le bañó los dientes en sangre; el oidor le defendía; don Fernando tenía debajo de sus pies a un cuadrillero, midiéndole el cuerpo con ellos muy a su sabor; el ventero tornó a reforzar la voz, pidiendo favor a la Santa Her-

---

[5] *hecho uva*, borracho.

[6] *varilla*, la media vara, señal de la autoridad del cuadrillero, como queda dicho en la nota 14 al Capítulo 16.

mandad: de modo que toda la venta era llantos, voces, gritos, confusiones, temores, sobresaltos, desgracias, cuchilladas, mojicones, palos, coces y efusión de sangre. Y en la mitad deste caos, máquina y laberinto de cosas se le representó en la memoria de don Quijote que se veía metido de hoz y de coz en la discordia del campo de Agramante,[7] y así dijo, con voz que atronaba la venta:

—Ténganse todos; todos envainen; todos se sosieguen; óiganme todos, si todos quieren quedar con vida.

A cuya gran voz todos se pararon, y él prosiguió, diciendo:

—¿No os dije yo, señores, que este castillo era encantado, y que alguna región[8] de demonios debe de habitar en él? En confirmación de lo cual quiero que veáis por vuestros ojos cómo se ha pasado aquí y trasladado entre nosotros la discordia del campo de Agramante. Mirad cómo allí se pelea por la espada, aquí por el caballo, acullá por el águila, acá por el yelmo, y todos peleamos, y todos no nos entendemos. Venga, pues, vuestra merced, señor oidor, y vuestra merced, señor cura, y el uno sirva de rey Agramante, y el otro de rey Sobrino, y pónganos en paz, porque por Dios Todopoderoso que es gran bellaquería que tanta gente principal como aquí estamos se mate por causas tan livianas.

Los cuadrilleros, que no entendían el frasis[9] de don Quijote, y se veían malparados de don Fernando, Cardenio y sus camaradas, no querían sosegarse; el barbero sí, porque en la pendencia tenía deshechas las barbas y el albarda; Sancho, a la más mínima voz de su amo, obedeció como buen criado; los cuatro criados de don Luis también se estuvieron quedos, viendo cuán poco les iba en no estarlo. Sólo el ventero porfiaba que se habían de castigar las insolencias de aquel loco, que a cada paso le alborotaba la venta. Finalmente, el rumor se apaciguó por entonces, la albarda se quedó por jaez hasta el día del juicio, y la bacía por yelmo y la venta por castillo en la imaginación de don Quijote.

Puestos, pues, ya en sosiego, y hechos amigos todos a persuasión del oidor y del cura, volvieron los criados de don Luis a porfiarle que al momento se viniese con ellos; y en tanto que él con ellos se avenía, el oidor comunicó con don Fernando, Cardenio y el cura qué debía hacer en aquel caso, contándoseles con las razones que don Luis le había dicho. En fin, fue acordado

---

[7] *la discordia del campo de Agramante* alude a un episodio del *Orlando Furioso* (Cantos 14 y 27). Los reyes nombrados a continuación resolvieron la contienda.
[8] *región*, legión.
[9] *frasis*, lenguaje.

que don Fernando dijese a los criados de don Luis quién él era y como era su gusto que don Luis se fuese con él al Andalucía, donde de su hermano el marqués sería estimado como el valor de don Luis merecía, porque desta manera se sabía de la intención de don Luis que no volvería por aquella vez a los ojos de su padre, si le hiciesen pedazos. Entendida, pues, de los cuatro la calidad de don Fernando y la intención de don Luis, determinaron entre ellos que los tres se volviesen a contar lo que pasaba a su padre, y el otro se quedase a servir a don Luis, y a no dejalle hasta que ellos volviesen por él, o viese lo que su padre les ordenaba.

Desta manera se apaciguó aquella máquina de pendencias, por la autoridad de Agramante y prudencia del rey Sobrino; pero viéndose el enemigo de la concordia y el émulo de la paz menospreciado y burlado, y el poco fruto que había granjeado de haberlos puesto a todos en tan confuso laberinto, acordó de probar otra vez la mano, resucitando nuevas pendencias y desasosiegos.

Es, pues, el caso, que los cuadrilleros se sosegaron, por haber entreoído la calidad de los que con ellos se habían combatido, y se retiraron de la pendencia, por parecerles que, de cualquiera manera que sucediese, habían de llevar lo peor de la batalla; pero uno de ellos, que fue el que fue molido y pateado por don Fernando, le vino a la memoria que entre algunos mandamientos que traía para prender a algunos delincuentes, traía uno contra don Quijote, a quien la Santa Hermandad había mandado prender, por la libertad que dio a los galeotes, y como Sancho con mucha razón había temido.

Imaginando, pues, esto, quiso certificarse si las señas que de don Quijote traía venían bien, y sacando del seno un pergamino, topó con el que buscaba, y poniéndosele a leer de espacio, porque no era buen lector, a cada palabra que leía ponía los ojos en don Quijote, e iba cotejando las señas del mandamiento con el rostro de don Quijote, y halló que sin duda alguna era el que el mandamiento rezaba. Y apenas se hubo certificado, cuando, recogiendo su pergamino, [en la izquierda] tomó el mandamiento, y con la derecha asió a don Quijote del cuello fuertemente, que no le dejaba alentar, y a grandes voces decía:

—¡Favor a la Santa Hermandad! Y para que se vea que lo pido de veras, léase este mandamiento, donde se contiene que se prenda a este salteador de caminos.

Tomó el mandamiento el cura y vio como era verdad cuanto el cuadrillero decía, y como convenía con las señas con don

Quijote; el cual, viéndose tratar mal de aquel villano malandrín, puesta la cólera en su punto, y crujiéndole los huesos de su cuerpo, como mejor pudo él, asió al cuadrillero con entrambas manos de la garganta, que a no ser socorrido de sus compañeros, allí dejara la vida antes que don Quijote la presa. El ventero, que por fuerza había de favorecer a los de su oficio, acudió luego a dalle favor. La ventera, que vio de nuevo a su marido en pendencias, de nuevo alzó la voz, cuyo temor[10] le llevaron luego Maritornes y su hija, pidiendo favor al cielo y a los que allí estaban. Sancho dijo, viendo lo que pasaba:

—¡Vive el Señor, que es verdad cuanto mi amo dice de los encantos deste castillo, pues no es posible vivir una hora con quietud en él!

Don Fernando despartió al cuadrillero y a don Quijote, y, con gusto de entrambos, les desenclavijó las manos, que el uno en el collar del sayo del uno, y el otro en la garganta del otro, bien asidas tenían; pero no por esto cesaban los cuadrilleros de pedir su preso, y que les ayudasen a dárselo atado y entregado a toda su voluntad, porque así convenía al servicio del rey y de la Santa Hermandad, de cuya parte de nuevo les pedían socorro y favor para hacer aquella prisión de aquel robador y salteador de sendas y de carreras. Reíase de oír decir estas razones don Quijote, y con mucho sosiego dijo:

—Venid acá, gente soez y malnacida: ¿saltear de caminos llamáis al dar libertad a los encadenados, soltar los presos, acorrer a los miserables, alzar los caídos, remediar los menesterosos? ¡Ah gente infame, digna por vuestro bajo y vil entendimiento que el cielo no os comunique el valor que se encierra en la caballería andante, ni os dé a entender el pecado e ignorancia en que estáis en no reverenciar la sombra, cuanto más la asistencia, de cualquier caballero andante! Venid acá, ladrones en cuadrilla, que no cuadrilleros, salteadores de caminos con licencia de la Santa Hermandad; decidme: ¿quién fue el ignorante que firmó mandamiento de prisión contra un tal caballero como yo soy? ¿Quién el que ignoró que son esentos de todo judicial fuero los caballeros andantes, y que su ley es su espada, sus fueros sus bríos, sus premáticas su voluntad? ¿Quién fue el mentecato, vuelvo a decir, que no sabe que no hay secutoria[11] de hidalgo con tantas preeminencias ni esenciones como la que

---

[10] *temor;* así en la *princeps,* aunque casi todas las ediciones modernas enmiendan *tenor,* siguiendo la segunda edición.

[11] *secutoria,* ejecutoria.

adquiere un caballero andante el día que se arma caballero y se entrega al duro ejercicio de la caballería? ¿Qué caballero andante pagó pecho, alcabala, chapín de la reina, moneda forera, portazgo ni barca?[12] ¿Qué sastre le llevó hechura de vestido que le hiciese? ¿Qué castellano le acogió en su castillo que le hiciese pagar el escote? ¿Qué rey no le asentó a su mesa? ¿Qué doncella no se le aficionó y se le entregó rendida a todo su talante y voluntad? Y, finalmente, ¿qué caballero andante ha habido, hay ni habrá en el mundo, que no tenga bríos para dar él solo cuatrocientos palos a cuatrocientos cuadrilleros que se le pongan delante?

---

[12] tributos e impuestos.

Capítulo XLVI

De la notable aventura de los cuadrilleros, y la gran ferocidad de nuestro buen caballero don Quijote

En tanto que don Quijote esto decía, estaba persuadiendo el cura a los cuadrilleros como don Quijote era falto de juicio, como lo veían por sus obras y por sus palabras, y que no tenían para qué llevar aquel negocio adelante, pues aunque le prendiesen y llevasen, luego le habían de dejar por loco; a lo que respondió el del mandamiento que a él no tocaba juzgar de la locura de don Quijote, sino hacer lo que por su mayor le era mandado, y que una vez preso, siquiera le soltasen trecientas.

—Con todo eso —dijo el cura—, por esta vez no le habéis de llevar, ni aun él dejará llevarse, a lo que yo entiendo.

En efecto, tanto les supo el cura decir, y tantas locuras supo don Quijote hacer, que más locos fueran que no él los cuadrilleros si no conocieran la falta de don Quijote; y así, tuvieron por bien de apaciguarse, y aun de ser medianeros de hacer las paces entre el barbero y Sancho Panza, que todavía asistían con gran rancor a su pendencia. Finalmente, ellos, como miembros de justicia, mediaron la causa y fueron árbitros della, de tal modo, que ambas partes quedaron, si no del todo contentas, a lo menos en algo satisfechas, porque se trocaron las albardas, y no las cinchas y jáquimas. Y en lo que tocaba a lo del yelmo de Mambrino, el cura, a socapa y sin que don Quijote lo entendiese, le dio por la bacía ocho reales, y el barbero le hizo una cédula del recibo y de no llamarse a engaño por entonces, ni por siempre jamás amén.

Sosegadas, pues, estas dos pendencias, que eran las más principales y de más tomo, restaba que los criados de don Luis se contentasen de volver los tres, y que el uno quedase para acompañarle donde don Fernando le quería llevar; y como ya la buena suerte y mejor fortuna había comenzado a romper lanzas y a facilitar dificultades en favor de los amantes de la venta y de los valientes della, quiso llevarlo al cabo y dar a todo felice suceso, porque los criados se contentaron de cuanto don Luis quería, de que recibió tanto contento doña Clara, que ninguno en aquella sazón la mirara al rostro que no conociera el regocijo de su alma.

Zoraida, aunque no entendía bien todos los sucesos que había visto, se entristecía y alegraba a bulto, conforme veía y notaba los semblantes a cada uno, especialmente de su español, en quien tenía siempre puestos los ojos y traía colgada el alma. El ventero, a quien [no] se le [pasó] por alto[1] la dádiva y recompensa que el cura había hecho al barbero, pidió el escote de don Quijote, con el menoscabo de sus cueros y falta de vino, jurando que no saldría de la venta Rocinante, ni el jumento de Sancho, sin que se le pagase primero hasta el último ardite. Todo lo apaciguó el cura, y lo pagó don Fernando, puesto que el oidor, de muy buena voluntad, había también ofrecido la paga; y de tal manera quedaron todos en paz y sosiego, que ya no parecía la venta la discordia del campo de Agramante, como don Quijote había dicho, sino la misma paz y quietud del tiempo de Otaviano; de todo lo cual fue común opinión que se debían dar las gracias a la buena intención y mucha elocuencia del señor cura y a la incomparable liberalidad de don Fernando.

Viéndose, pues, don Quijote libre y desembarazado de tantas pendencias, así de su escudero como suyas, le pareció que sería bien seguir su comenzado viaje y dar fin a aquella grande aventura para que había sido llamado y escogido; y así, con resoluta determinación se fue a poner de hinojos ante Dorotea, la cual no le consintió que hablase palabra hasta que se levantase; y él, por obedecella, se puso en pie, y le dijo:

—Es común proverbio, fermosa señora, que la diligencia es madre de la buena ventura, y en muchas y graves cosas ha mostrado la experiencia que la solicitud del negociante trae a buen fin el pleito dudoso; pero en ningunas cosas se muestra [más] esta verdad que en las de la guerra, adonde la celeridad y presteza previene los discursos del enemigo, y alcanza la vic-

---

[1] La *princeps: se le pagó por alto.* La enmienda es de Pellicer.

toria antes que el contrario se ponga en defensa. Todo esto digo, alta y preciosa señora, porque me parece que la estada nuestra en este castillo ya es sin provecho, y podría sernos de tanto daño, que lo echásemos de ver algún día; porque ¿quién sabe si por ocultas espías y diligentes habrá sabido ya vuestro enemigo el gigante de que yo voy a destruille y dándole lugar el tiempo, se fortificase en algún inexpugnable castillo o fortaleza contra quien valiesen poco mis diligencias y la fuerza de mi incansable brazo? Así que, señora mía, prevengamos, como tengo dicho, con nuestra diligencia sus designios, y partámonos luego a la buena ventura; que no está más de tenerla vuestra grandeza como desea, de cuanto yo tarde de verme con vuestro contrario.

Calló y no dijo más don Quijote, y esperó con mucho sosiego la respuesta de la fermosa infanta, la cual, con ademán señoril y acomodado al estilo de don Quijote, le respondió desta manera:

—Yo os agradezco, señor caballero, el deseo que mostráis tener de favorecerme en mi gran cuita, bien así como caballero a quien es anejo y concerniente favorecer los huérfanos y menesterosos; y quiera el cielo que el vuestro y mi deseo se cumplan, para que veáis que hay agradecidas mujeres en el mundo. Y en lo de mi partida, sea luego, que yo no tengo más voluntad que la vuestra: disponed vos de mí a toda vuestra guisa y talante; que la que una vez os entregó la defensa de su persona y puso en vuestras manos la restauración de sus señoríos no ha de querer ir contra lo que la vuestra prudencia ordenare.

—A la mano de Dios —dijo don Quijote—; pues así es que una señora se me humilla, no quiero yo perder la ocasión de levantalla y ponella en su heredado trono. La partida sea luego, porque me va poniendo espuelas al deseo y al camino, lo que suele decirse que en la tardanza está el peligro. Y pues no ha criado el cielo, ni visto el infierno, ninguno que me espante ni acobarde, ensilla, Sancho, a Rocinante, y apareja tu jumento y el palafrén de la reina, y despidámonos del castellano y destos señores, y vamos de aquí luego al punto.

Sancho, que a todo estaba presente, dijo, meneando la cabeza a una parte y a otra:

—¡Ay señor, señor, y cómo hay más mal en el aldegüela que se suena, con perdón sea dicho de las tocadas honradas![2]

---

[2] *tocadas honradas:* así en la *princeps.* Casi todas las ediciones lo enmiendan en *tocas honradas,* haciendo concordar la frase con la forma convencional de pedir perdón

—¿Qué mal puede haber en ninguna aldea, ni en todas las ciudades del mundo, que pueda sonarse en menoscabo mío, villano?

—Si vuestra merced se enoja —respondió Sancho—, yo callaré, y dejaré [de] decir lo que soy obligado como buen escudero, y como debe un buen criado decir a su señor.

—Di lo que quisieres —replicó don Quijote—, como tus palabras no se encaminen a ponerme miedo; que si tú le tienes, haces como quien eres, y si yo no le tengo, hago como quien soy.

—No es eso, ¡pecador fui yo a Dios! —respondió Sancho—, sino que yo tengo por cierto y por averiguado que esta señora que se dice ser reina del gran reino Micomicón no lo es más que mi madre, porque a ser lo que ella dice, no se anduviera hocicando con alguno de los que están en la rueda, a vuelta de cabeza y a cada traspuesta.

Paróse colorada con las razones de Sancho Dorotea, porque era verdad que su esposo don Fernando, alguna vez, a hurto de otros ojos, había cogido con los labios parte del premio que merecían sus deseos —lo cual había visto Sancho, pareciéndole que aquella desenvoltura más era de dama cortesana que de reina de tan gran reino—, y no pudo ni quiso responder palabra a Sancho, sino dejóle proseguir en su plática, y él fue diciendo:

—Esto digo, señor, porque, si al cabo de haber andado caminos y carreras, y pasado malas noches y peores días, ha de venir a coger el fruto de nuestros trabajos el que se está holgando en esta venta, no hay para qué darme priesa a que ensille a Rocinante, albarde el jumento y aderece al palafrén, pues será mejor que nos estemos quedos, y cada puta hile, y comamos.

¡Oh, válame Dios, y cuán grande que fue el enojo que recibió don Quijote oyendo las descompuestas palabras de su escudero! Digo que fue tanto, que, con voz atropellada y tartamuda lengua, lanzando vivo fuego por los ojos, dijo:

—¡Oh bellaco villano, mal mirado, descompuesto, ignorante, infacundo, deslenguado, atrevido, murmurador y maldiciente! ¿Tales palabras has osado decir en mi presencia y en la destas ínclitas señoras, y tales deshonestidades y atrevimientos osaste poner en tu confusa imaginación? ¡Vete de mi presencia, monstruo de naturaleza, depositario de mentiras, almario de embustes, silo de bellaquerías, inventor de maldades, publicador de

---

antes de decir algo que pudiera ofender, pero me parece cierto el reparo de Riquer, que sugiere la posibilidad de que Sancho haya deformado la frase a propósito en vistas de lo que dice de Dorotea a continuación.

sandeces, enemigo del decoro que se debe a las reales personas! ¡Vete, no parezcas delante de mí, so pena de mi ira!

Y diciendo esto, enarcó las cejas, hinchó los carrillos, miró a todas partes, y dio con el pie derecho una gran patada en el suelo, señales todas de la ira que encerraba en sus entrañas. A cuyas palabras y furibundos ademanes quedó Sancho tan encogido y medroso, que se holgara que en aquel instante se abriera debajo de sus pies la tierra y le tragara. Y no supo qué hacerse, sino volver las espaldas y quitarse de la enojada presencia de su señor. Pero la discreta Dorotea, que tan entendido tenía ya el humor de don Quijote, dijo, para templarle la ira:

—No os despechéis, señor Caballero de la Triste Figura, de las sandeces que vuestro buen escudero ha dicho; porque quizá no las debe de decir sin ocasión, ni de su buen entendimiento y cristiana conciencia se puede sospechar que levante testimonio a nadie; y así, se ha de creer, sin poner duda en ello, que, como en este castillo, según vos, señor caballero, decís, todas las cosas van y suceden por modo de encantamento, podría ser, digo, que Sancho hubiese visto por esta diabólica vía lo que él dice que vio, tan en ofensa de mi honestidad.

—Por el omnipotente Dios juro —dijo a esta sazón don Quijote—, que la vuestra grandeza ha dado en el punto, y que alguna mala visión se le puso delante a este pecador de Sancho, que le hizo ver lo que fuera imposible verse de otro modo que por el de encantos no fuera; que sé yo bien de la bondad e inocencia deste desdichado, que no sabe levantar testimonios a nadie.

—Así es y así será —dijo don Fernando—; por lo cual debe vuestra merced, señor don Quijote, perdonalle y reducille al gremio de su gracia, *sicut erat in principio*,[3] antes que las tales visiones le sacasen de juicio.

Don Quijote respondió que él le perdonaba, y el cura fue por Sancho, el cual vino muy humilde, e, hincándose de rodillas, pidió la mano a su amo, y él se la dio, y después de habérsela dejado besar, le echó la bendición, diciendo:

—Agora acabarás de conocer, Sancho hijo, ser verdad lo que yo otras muchas veces te he dicho de que todas las cosas deste castillo son hechas por vía de encantamento.

—Así lo creo yo —dijo Sancho—, excepto aquello de la manta, que realmente sucedió por vía ordinaria.

---

[3] *reducir al gremio de* la Iglesia se aplica al excomulgado que vuelve a ser admitido a la Iglesia; *sicut erat in principio* es del *Gloria Patri*.

—No lo creas —respondió don Quijote—; que si así fuera, yo te vengara entonces, y aun agora; pero ni entonces ni agora pude, ni vi en quién tomar venganza de tu agravio.

Desearon saber todos qué era aquello de la manta, y el ventero [les] contó, punto por punto la volatería de Sancho Panza, de que no poco se rieron todos, y de que no menos se corriera Sancho, si de nuevo no le asegurara su amo que era encantamento; puesto que jamás llegó la sandez de Sancho a tanto, que creyese no ser verdad pura y averiguada, sin mezcla de engaño alguno, lo de haber sido manteado por personas de carne y hueso, y no por fantasmas soñadas ni imaginadas, como su señor lo creía y lo afirmaba.

Dos días eran ya pasados los que había que toda aquella ilustre compañía estaba en la venta, y pareciéndoles que ya era tiempo de partirse, dieron orden para que, sin ponerse al trabajo de volver Dorotea y don Fernando con don Quijote a su aldea, con la invención de la libertad de la reina Micomicona, pudiesen el cura y el barbero llevársele, como deseaban, y procurar la cura de su locura en su tierra. Y lo que ordenaron fue que se concertaron con un carretero de bueyes que acaso acertó a pasar por allí, para que lo llevase en esta forma: hicieron una como jaula de palos enrejados, capaz que pudiese en ella caber holgadamente don Quijote, y luego don Fernando y sus camaradas, con los criados de don Luis y los cuadrilleros, juntamente con el ventero, todos, por orden y parecer del cura, se cubrieron los rostros y se disfrazaron, quién de una manera y quién de otra, de modo que a don Quijote le pareciese ser otra gente de la que en aquel castillo había visto.

Hecho esto, con grandísimo silencio se entraron adonde él estaba durmiendo y descansando de las pasadas refriegas. Llegáronse a él, que libre y seguro[4] de tal acontecimiento dormía, y asiéndole fuertemente, le ataron muy bien las manos y los pies, de modo que cuando él despertó con sobresalto, no pudo menearse, ni hacer otra cosa más que admirarse y suspenderse de ver delante de sí tan estraños visajes. Y luego dio en la cuenta de lo que su continua y desvariada imaginación le representaba, y se creyó que todas aquellas figuras eran fantasmas de aquel encantado castillo, y que, sin duda alguna, ya estaba encantado, pues no se podía menear ni defender: todo a punto como había pensado que sucedería el cura, trazador desta máquina. Sólo Sancho, de todos los presentes, estaba en su mesmo juicio y en

---

[4] *seguro*, descuidado, despreocupado.

su mesma figura; el cual, aunque le faltaba bien poco para tener la mesma enfermedad de su amo, no dejó de conocer quién eran todas aquellas contrahechas figuras; mas no osó descoser su boca, hasta ver en qué paraba aquel asalto y prisión de su amo, el cual tampoco hablaba palabra, atendiendo a ver el paradero de su desgracia, que fue que, trayendo allí la jaula, le encerraron dentro, y le clavaron los maderos tan fuertemente, que no se pudieran romper a dos tirones.

Tomáronle luego en hombros, y al salir del aposento se oyó una voz temerosa, todo cuanto la supo formar el barbero, no el del albarda, sino el otro, que decía:

—¡Oh Caballero de la Triste Figura! No te dé afincamiento[5] la prisión en que vas, porque así conviene para acabar más presto la aventura en que tu gran esfuerzo te puso. La cual se acabará cuando el furibundo león manchado con la blanca paloma tobosina yoguieren[6] en uno, ya después de humilladas las altas cervices al blando yugo matrimoñesco; de cuyo inaudito consorcio saldrán a la luz del orbe los bravos cachorros, que imitarán las rumpantes[7] garras del valeroso padre. Y esto será antes que el seguidor de la fugitiva ninfa faga dos vegadas la visita de las lucientes imágenes con su rápido y natural curso.[8] Y tú, ¡oh, el más noble y obediente escudero que tuvo espada en cinta, barbas en rostro y olfato en las narices!, no te desmaye ni descontente ver llevar así delante de tus ojos mesmos a la flor de la caballería andante; que presto, si al plasmador del mundo le place, te verás tan alto y tan sublimado que no te conozcas y no saldrán defraudadas las promesas que te ha fecho tu buen señor. Y asegúrote, de parte de la sabia Mentironiana, que tu salario te sea pagado, como lo verás por la obra; y sigue las pisadas del valeroso y encantado caballero; que conviene que vayas donde paréis entrambos. Y porque no me es lícito decir otra cosa, a Dios quedad; que yo me vuelvo adonde yo me sé.

Y al acabar de la profecía, alzó la voz de punto y disminuyóla después, con tan tierno acento, que aun los sabidores de la burla estuvieron por creer que era verdad lo que oían.

Quedó don Quijote consolado con la escuchada profecía, porque luego coligió de todo en todo la significación de ella,

---

[5] *afincamiento* (arcaico), aflicción, como en la carta de don Quijote a Dulcinea (I, 25, n. 26).

[6] *yoguieren*, de *yacer*.

[7] *rumpantes*, rampantes.

[8] Antes que Apolo (el sol, seguidor de Dafne) recorra dos veces *(vegadas)* los signos del Zodíaco, o sea, en menos de dos años.

y vio que le prometían el verse ayuntado en santo y debido matrimonio con su querida Dulcinea del Toboso, de cuyo felice vientre saldrían los cachorros, que eran sus hijos, para gloria perpetua de la Mancha; y creyendo esto bien y firmemente, alzó la voz, y dando un gran suspiro, dijo:

—¡Oh tú, quienquiera que seas, que tanto bien me has pronosticado! Ruégote que pidas de mi parte al sabio encantador que mis cosas tiene a cargo, que no me deje perecer en esta prisión donde agora me llevan, hasta ver cumplidas tan alegres e incomparables promesas como son las que aquí se me han hecho; que como esto sea, tendré por gloria las penas de mi cárcel, y por alivio estas cadenas que me ciñen, y no por duro campo de batalla este lecho en que me acuestan, sino por cama blanda y tálamo dichoso.[9] Y en lo que toca a la consolación de Sancho Panza mi escudero, yo confío de su bondad y buen proceder que no me dejará, en buena ni en mala suerte. Porque cuando no suceda, por la suya o por mi corta ventura, el poderle yo dar la ínsula, o otra cosa equivalente, que le tengo prometida, por lo menos su salario no podrá perderse; que en mi testamento, que ya está hecho, dejo declarado lo que se le ha de dar, no conforme a sus muchos y buenos servicios, sino a la posibilidad mía.

Sancho Panza se le inclinó con mucho comedimiento, y le besó entrambas las manos, porque la una no pudiera, por estar atadas entrambas.

Luego tomaron la jaula en hombros aquellas visiones, y la acomodaron en el carro de los bueyes.

[9] Cf.: *cama de campo y campo de batalla*. Góngora, *Fábula de Polifemo y Galatea*.

Capítulo XLVII

Del estraño modo con que fue encantado don Quijote de la Mancha, con otros famosos sucesos

Cuando don Quijote se vio de aquella manera enjaulado y encima del carro, dijo:

—Muchas y muy graves historias he yo leído de caballeros andantes, pero jamás he leído, ni visto, ni oído, que a los caballeros encantados los lleven desta manera y con el espacio que prometen estos perezosos y tardíos animales; porque siempre los suelen llevar por los aires, con estraña ligereza, encerrados en alguna parda y escura nube, o en algún carro de fuego, o ya sobre algún hipogrifo u otra bestia semejante; pero que me lleven a mí agora sobre un carro de bueyes, ¡vive Dios que me pone en confusión! Pero quizá la caballería y los encantos destos nuestros tiempos deben de seguir otro camino que siguieron los antiguos. Y también podría ser que, como yo soy nuevo caballero en el mundo, y el primero que ha resucitado el ya olvidado ejercicio de la caballería aventurera, también nuevamente se hayan inventado otros géneros de encantamentos y otros modos de llevar a los encantados. ¿Qué te parece desto, Sancho hijo?

—No sé yo lo que me parece —respondió Sancho—, por no ser tan leído como vuestra merced en las escrituras andantes; pero, con todo eso, osaría afirmar y jurar que estas visiones que por aquí andan, que no son del todo católicas.

—¿Católicas? ¡Mi padre! —respondió don Quijote—. ¿Cómo han de ser católicas si son todos demonios que han tomado cuerpos fantásticos para venir a hacer esto y a ponerme en este estado? Y si quieres ver esta verdad, tócalos y pálpalos, y verás como no tienen cuerpo sino de aire, y como no consiste más de en la apariencia.

—Par Dios, señor —replicó Sancho—, ya yo los he tocado, y este diablo que aquí anda tan solícito es rollizo de carnes, y tiene otra propiedad muy diferente de la que yo he oído decir que tienen los demonios; porque, según se dice, todos huelen a piedra azufre y a otros malos olores, pero éste huele a ámbar de media legua.

Decía esto Sancho por don Fernando, que, como tan señor, debía de oler a lo que Sancho decía.

—No te maravilles deso, Sancho amigo —respondió don Quijote—, porque te hago saber que los diablos saben mucho, y puesto que traigan olores consigo, ellos no huelen nada, porque son espíritus, y si huelen, no pueden oler cosas buenas, sino malas y hediondas. Y la razón es que como ellos, dondequiera que están, traen el infierno consigo, y no pueden recibir género de alivio alguno en sus tormentos, y el buen olor sea cosa que deleita y contenta, no es posible que ellos huelan cosa buena. Y si a ti te parece que ese demonio que dices huele a ámbar, o tú te engañas, o él quiere engañarte con hacer que no le tengas por demonio.

Todos estos coloquios pasaron entre amo y criado; y temiendo don Fernando y Cardenio que Sancho no viniese a caer del todo en la cuenta de su invención, a quien andaba ya muy en los alcances, determinaron de abreviar con la partida; y llamando aparte al ventero, le ordenaron que ensillase a Rocinante y enalbardase el jumento de Sancho, el cual lo hizo con mucha presteza.

Ya en esto, el cura se había concertado con los cuadrilleros que le acompañasen hasta su lugar, dándoles un tanto cada día. Colgó Cardenio del arzón de la silla de Rocinante, del un cabo la adarga y del otro la bacía, y por señas mandó a Sancho que subiese en su asno y tomase de las riendas a Rocinante, y puso a los dos lados del carro a los dos cuadrilleros con sus escopetas. Pero antes que se moviese el carro, salió la ventera, su hija y Maritornes a despedirse de don Quijote, fingiendo que lloraban de dolor de su desgracia; a quien don Quijote dijo:

—No lloréis, mis buenas señoras, que todas estas desdichas son anexas a los que profesan lo que yo profeso, y si estas calamidades no me acontecieran no me tuviera yo por famoso caballero andante; porque a los caballeros de poco nombre y

fama nunca les suceden semejantes casos, porque no hay en el mundo quien se acuerde dellos. A los valerosos sí, que tienen envidiosos de su virtud y valentía a muchos príncipes y a muchos otros caballeros, que procuran por malas vías destruir a los buenos. Pero, con todo eso, la virtud es tan poderosa que, por sí sola, a pesar de toda la nigromancia que supo su primer inventor, Zoroastes,[1] saldrá vencedora de todo trance, y dará de sí luz en el mundo, como la da el sol en el cielo. Perdonadme, fermosas damas, si algún desaguisado, por descuido mío, os he fecho, que de voluntad y a sabiendas jamás le di a nadie, y rogad a Dios me saque destas prisiones, donde algún mal intencionado encantador me ha puesto; que si de ellas me veo libre, no se me caerá de la memoria las mercedes que en este castillo me habedes fecho, para gratificallas, servillas y recompensallas como ellas merecen.

En tanto que las damas del castillo esto pasaban con don Quijote, el cura y el barbero se despidieron de don Fernando y sus camaradas, y del capitán y de su hermano y todas aquellas contentas señoras, especialmente de Dorotea y Luscinda. Todos se abrazaron y quedaron de darse noticia de sus sucesos, diciendo don Fernando al cura dónde había de escribirle para avisarle en lo que paraba don Quijote, asegurándole que no habría cosa que más gusto le diese que saberlo; y que él, asimesmo le avisaría de todo aquello que él viese que podría darle gusto, así de su casamiento como del bautismo de Zoraida, y suceso de don Luis, y vuelta de Luscinda a su casa. El cura ofreció de hacer cuanto se le mandaba, con toda puntualidad. Tornaron a abrazarse otra vez, y otra vez tornaron a nuevos ofrecimientos.

El ventero se llegó al cura y le dio unos papeles, diciéndole que los había hallado en un aforro de la maleta donde se halló la *Novela del curioso impertinente*, y que pues su dueño no había vuelto más por allí, que se los llevase todos; que, pues él no sabía leer, no los quería. El cura se lo agradeció, y abriéndolos luego, vio que al principio del escrito decía: *Novela de Rinconete y Cortadillo*,[2] por donde entendió ser alguna novela, y coligió que, pues la del *Curioso impertinente* había sido buena, que también lo sería aquélla, pues podría ser fuesen todas de un mesmo autor; y así, la guardó, con prosupuesto de leerla cuando tuviese comodidad.

---

[1] *Zoroastes*, o Zoroastro, rey persa a quien vulgarmente se atribuía el principio de la magia.
[2] *Rinconete y Cortadillo*, una de las doce *Novelas ejemplares* que Cervantes publicó en 1613. Se conserva una versión anterior a la publicada.

Subió a caballo, y también su amigo el barbero, con sus antifaces, porque no fuesen luego conocidos de don Quijote, y pusiéronse a caminar tras el carro. Y la orden que llevaban era ésta: iba primero el carro, guiándole su dueño; a los dos lados iban los cuadrilleros, como se ha dicho, con sus escopetas; seguía luego Sancho Panza sobre su asno, llevando de rienda a Rocinante. Detrás de todo esto iban el cura y el barbero sobre sus poderosas mulas, cubiertos los rostros, como se ha dicho, con grave y reposado continente, no caminando más de lo que permitía el paso tardo de los bueyes. Don Quijote iba sentado en la jaula, las manos atadas, tendidos los pies, y arrimado a las verjas, con tanto silencio y tanta paciencia como si no fuera hombre de carne, sino estatua de piedra.

Y así, con aquel espacio y silencio caminaron hasta dos leguas, que llegaron a un valle, donde le pareció al boyero ser lugar acomodado para reposar y dar pasto a los bueyes; y comunicándolo con el cura, fue de parecer el barbero que caminasen un poco más, porque él sabía detrás de un recuesto que cerca de allí se mostraba, había un valle de más yerba y mucho mejor que aquel donde parar querían. Tomóse el parecer del barbero, y así, tornaron a proseguir su camino.

En esto, volvió el cura el rostro, y vio que a sus espaldas venían hasta seis o siete hombres de a caballo, bien puestos y aderezados, de los cuales fueron presto alcanzados, porque caminaban no con la flema y reposo de los bueyes, sino como quien iba sobre mulas de canónigos y con deseo de llegar presto a sestear a la venta, que menos de una legua de allí se parecía. Llegaron los diligentes a los perezosos y saludáronse cortésmente; y uno de los que venían, que, en resolución, era canónigo de Toledo y señor de los demás que le acompañaban, viendo la concertada procesión del carro, cuadrilleros, Sancho, Rocinante, cura y barbero, y más a don Quijote, enjaulado y aprisionado, no pudo dejar de preguntar qué significaba llevar aquel hombre de aquella manera, aunque ya se había dado a entender, viendo las insignias de los cuadrilleros, que debía de ser algún facinoroso salteador, o otro delincuente cuyo castigo tocase a la Santa Hermandad. Uno de los cuadrilleros, a quien fue hecha la pregunta, respondió así:

—Señor, lo que significa ir este caballero desta manera, dígalo él, porque nosotros no lo sabemos.

Oyó don Quijote la plática, y dijo:

—¿Por dicha vuestras mercedes, señores caballeros, son versados y peritos en esto de la caballería andante? Porque si lo son, comunicaré con ellos mis desgracias, y si no, no hay para qué me canse en decillas.

Y a este tiempo habían ya llegado el cura y el barbero, viendo que los caminantes estaban en pláticas con don Quijote de la Mancha, para responder de modo que no fuese descubierto su artificio.

El canónigo, a lo que don Quijote dijo, respondió:

—En verdad, hermano, que sé más de libros de caballerías que de las *Súmulas* de Villalpando.[3] Así que, si no está más que en esto, seguramente podéis comunicar conmigo lo que quisiéredes.

—A la mano de Dios —replicó don Quijote—. Pues así es, quiero, señor caballero, que sepades que yo voy encantado en esta jaula, por envidia y fraude de malos encantadores; que la virtud más es perseguida de los malos que amada de los buenos. Caballero andante soy, y no de aquellos de cuyos nombres jamás la Fama se acordó para eternizarlos en su memoria, sino de aquellos que, a despecho y pesar de la mesma envidia, y de cuantos magos crió Persia, bracmanes la India, ginosofistas la Etiopía,[4] ha de poner su nombre en el templo de la inmortalidad para que sirva de ejemplo y dechado en los venideros siglos, donde los caballeros andantes vean los pasos que han de seguir, si quisieren llegar a la cumbre y alteza honrosa de las armas.

—Dice verdad el señor don Quijote de la Mancha —dijo a esta sazón el cura—, que él va encantado en esta carreta, no por sus culpas y pecados, sino por la mala intención de aquellos a quien la virtud enfada y la valentía enoja. Éste es, señor, el Caballero de la Triste Figura, si ya le oístes nombrar en algún tiempo, cuyas valerosas hazañas y grandes hechos serán escritas en bronces duros y en eternos mármoles, por más que se canse la envidia en escurecerlos y la malicia en ocultarlos.

Cuando el canónigo oyó hablar al preso y al libre en semejante estilo, estuvo por hacerse la cruz de admirado, y no podía saber lo que le había acontecido; y en la mesma admiración cayeron todos los que con él venían. En esto, Sancho Panza, que se había acercado a oír la plática, para adobarlo todo, dijo:

—Ahora, señores, quiéranme bien o quiéranme mal por lo que dijere, el caso de ello es que así va encantado mi señor don

---

[3] *Summa summularum*, de Gaspar Cardillo de Villalpando (Alcalá, 1557. Texto de la Universidad de Alcalá).

[4] *bracmanes* (brahmanes), conocidos por los griegos y romanos como *gimnosofistas*.

Quijote como mi madre; él tiene su entero juicio, él come y bebe y hace sus necesidades como los demás hombres, y como las hacía ayer, antes que le enjaulasen. Siendo esto así, ¿cómo quieren hacerme a mí entender que va encantado? Pues yo he oído decir a muchas personas que los encantados ni comen, ni duermen, ni hablan, y mi amo, si no le van a la mano, hablará más que treinta procuradores.

Y volviéndose a mirar al cura, prosiguió diciendo:

—¡Ah, señor cura, señor cura! ¿Pensaba vuestra merced que no le conozco, y pensará que yo no calo y adivino adónde se encaminan estos nuevos encantamentos? Pues sepa que le conozco, por más que se encubra el rostro, y sepa que le entiendo, por más que disimule sus embustes. En fin, donde reina la envidia no puede vivir la virtud, ni adonde hay escaseza la liberalidad. ¡Mal haya el diablo; que si por su reverencia no fuera, ésta fuera ya la hora que mi señor estuviera casado con la infanta Micomicona, y yo fuera conde, por lo menos, pues no se podía esperar otra cosa, así de la bondad de mi señor el de la Triste Figura como de la grandeza de mis servicios! Pero ya veo que es verdad lo que se dice por ahí: que la rueda de la Fortuna anda más lista que una rueda de molino, y que los que ayer estaban en pinganitos[5] hoy están por el suelo. De mis hijos y de mi mujer me pesa, pues cuando podían y debían esperar ver entrar a su padre por sus puertas hecho gobernador o visorrey de alguna ínsula o reino, le verán entrar hecho mozo de caballos. Todo esto que he dicho, señor cura, no es más de por encarecer a su paternidad haga conciencia del mal tratamiento que a mi señor se le hace, y mire bien no le pida Dios en la otra vida esta prisión de mi amo, y se le haga cargo de todos aquellos socorros y bienes que mi señor don Quijote deja de hacer en este tiempo que está preso.

—¡Adóbame esos candiles![6] —dijo a este punto el barbero—. ¿También vos, Sancho, sois de la cofradía de vuestro amo? ¡Vive el Señor, que voy viendo que le habéis de tener compañía en la jaula, y que habéis de quedar tan encantado como él, por lo que os toca de su humor y de su caballería! En mal punto os empreñastes de sus promesas, y en mal hora se os entró en los cascos la ínsula que tanto deseáis.

—Yo no estoy preñado de nadie —respondió Sancho—, ni soy hombre que me dejaría empreñar, del rey que fuese; y

---

[5] *estar en pinganitos*, estar en puesto elevado.
[6] *¡Adóbame esos candiles!*, expresión que indica que lo que otro ha dicho es absurdo.

aunque pobre, soy cristiano viejo, y no debo nada a nadie; y si ínsulas deseo, otros desean otras cosas peores; y cada uno es hijo de sus obras; y debajo de ser hombre puedo venir a ser papa, cuanto más gobernador de una ínsula, y más pudiendo ganar tantas mi señor, que le falte a quien dallas. Vuestra merced mire cómo habla, señor barbero; que no es todo hacer barbas, y algo va de Pedro a Pedro. Dígolo porque todos nos conocemos, y a mí no se me ha de echar dado falso. Y en eso del encanto de mi amo, Dios sabe la verdad; y quédese aquí, porque es peor meneallo.

No quiso responder el barbero a Sancho, porque no descubriese con sus simplicidades lo que él y el cura tanto procuraban encubrir; y por este mesmo temor había el cura dicho al canónigo que caminasen un poco delante: que él le diría el misterio del enjaulado, con otras cosas que le diesen gusto. Hízolo así el canónigo, y, [adelantándose] con sus criados y con él, estuvo atento a todo aquello que decirle quiso de la condición, vida, locura y costumbres de don Quijote, contándole brevemente el principio y causa de su desvarío, y todo el progreso de sus sucesos, hasta haberlo puesto en aquella jaula, y el designio que llevaban de llevarle a su tierra, para ver si por algún medio hallaban remedio a su locura. Admiráronse de nuevo los criados y el canónigo de oír la peregrina historia de don Quijote, y en acabándola de oír, dijo:

—Verdaderamente, señor cura, yo hallo por mi cuenta que son perjudiciales en la república estos que llaman libros de caballerías. Y aunque [he leído], llevado de un ocioso y falso gusto, casi el principio de todos los más que hay impresos, jamás me he podido acomodar a leer ninguno del principio al cabo, porque me parece que, cuál más, cuál menos, todos ellos son una mesma cosa, y no tiene más éste que aquél, ni estotro que el otro. Y según a mí me parece, este género de escritura y composición cae debajo de aquel de las fábulas que llaman milesias,[7] que son cuentos disparatados, que atienden solamente a deleitar, y no a enseñar, al contrario de lo que hacen las fábulas apólogas, que deleitan y enseñan juntamente. Y puesto que el principal intento de semejantes libros sea el deleitar, no sé yo cómo puedan conseguirle, yendo llenos de tantos y tan desaforados disparates; que el deleite que en el alma se concibe ha de ser de la hermosura y concordancia que vee o contempla en las cosas

---

[7] *fábulas milesias*, cuentos inverosímiles, llamados así por haberse cultivado en Mileto, en Grecia.

que la vista o la imaginación le ponen delante, y toda cosa que tiene en sí fealdad y descompostura no nos puede causar contento alguno.

Pues ¿qué hermosura puede haber, o qué proporción de partes con el todo, y del todo con las partes, en un libro o fábula donde un mozo de diez y seis años da una cuchillada a un gigante como una torre, y le divide en dos mitades, como si fuera de alfeñique, y que cuando nos quieren pintar una batalla, después de haber dicho que hay de la parte de los enemigos un millón de competientes, como sea contra ellos el señor del libro, forzosamente, mal que nos pese, habemos de entender que el tal caballero alcanzó la victoria por solo el valor de su fuerte brazo? Pues ¿qué diremos de la facilidad con que una reina o emperatriz heredera se conduce en los brazos de un andante y no conocido caballero? ¿Qué ingenio, si no es del todo bárbaro e inculto, podrá contentarse leyendo que una gran torre llena de caballeros va por la mar adelante, como nave con próspero viento, y hoy anochece en Lombardía, y mañana amanezca en tierras del Preste Juan de las Indias, o en otras que ni las [describió][8] Tolomeo ni las vio Marco Polo?

Y si a esto se me respondiese que los que tales libros componen los escriben como cosas de mentira, y que así, no están obligados a mirar en delicadezas ni verdades, responderles hía[9] yo que tanto la mentira es mejor cuanto más parece verdadera, y tanto más agrada cuanto tiene más de lo dudoso y posible. Hanse de casar las fábulas mentirosas con el entendimiento de los que las leyeren, escribiéndose de suerte que, facilitando los imposibles, allanando las grandezas, suspendiendo los ánimos, admiren, suspendan, alborocen y entretengan, de modo que anden a un mismo paso la admiración y la alegría juntas; y todas estas cosas no podrá hacer el que huyere de la verisimilitud y de la imitación, en quien consiste la perfección de lo que se escribe.

No he visto ningún libro de caballerías que haga un cuerpo de fábula entero con todos sus miembros, de manera que el medio corresponda al principio, y el fin al principio y al medio, sino que los componen con tantos miembros, que más parece que llevan intención a formar una quimera o un monstruo que a hacer una figura proporcionada. Fuera desto, son en el estilo duros; en las hazañas, increíbles; en los amores, lascivos; en

---

[8] Véase la nota 11 al Capítulo 18.
[9] *responderles hía*, les respondería.

las cortesías, mal mirados; largos en las batallas, necios en las razones, disparatados en los viajes, y, finalmente, ajenos de todo discreto artificio, y por esto dignos de ser desterrados de la república cristiana, como a gente inútil.

El cura le estuvo escuchando con grande atención, y parecióle hombre de buen entendimiento, y que tenía razón en cuanto decía; y así, le dijo que, por ser él de su mesma opinión, y tener ojeriza a los libros de caballerías, había quemado todos los de don Quijote, que eran muchos. Y contóle el escrutinio que dellos había hecho, y los que había condenado al fuego y dejado con vida, de que no poco se rió el canónigo, y dijo que, con todo cuanto mal había dicho de tales libros, hallaba en ellos una cosa buena: que era el sujeto que ofrecían para que un buen entendimiento pudiese mostrarse en ellos, porque daban largo y espacioso campo por donde sin empacho alguno pudiese correr la pluma, [describiendo] naufragios, tormentas, rencuentros y batallas; pintando un capitán valeroso con todas las partes que para ser tal se requieren, mostrándose prudente previniendo las astucias de sus enemigos, y elocuente orador persuadiendo o disuadiendo a sus soldados, maduro en el consejo, presto en lo determinado, tan valiente en el esperar como en el acometer; pintando ora un lamentable y trágico suceso, ahora un alegre y no pensado acontecimiento; allí una hermosísima dama, honesta, discreta y recatada; aquí un caballero cristiano, valiente y comedido; acullá un desaforado bárbaro fanfarrón; acá un príncipe cortés, valeroso y bien mirado; representando bondad y lealtad de vasallos, grandezas y mercedes de señores. Ya puede mostrarse astrólogo, ya cosmógrafo excelente, ya músico, ya inteligente en las materias de estado, y tal vez le vendrá ocasión de mostrarse nigromante, si quisiere. Puede mostrar las astucias de Ulixes, la piedad de Eneas, la valentía de Aquiles, las desgracias de Héctor, las traiciones de Sinón,[10] la amistad de Eurialio,[11] la liberalidad de Alejandro, el valor de César, la clemencia y verdad de Trajano, la fidelidad de Zopiro,[12] la prudencia de Catón, y, finalmente, todas aquellas acciones que pueden hacer perfecto a un varón ilustre, ahora poniéndolas en uno solo, ahora dividiéndolas en muchos.

---

[10] *Sinón*, figura de la *Eneida*, y traidor al conseguir la introducción del caballo, según la tradición en tiempos de Cervantes, aunque en Virgilio no era troyano.

[11] *Eurialio* (Eurialo), de la *Eneida*.

[12] *Zopiro*, famoso por su fidelidad a Darío, rey de Persia, según Plutarco en los *Apotegmas*.

—Y siendo esto hecho con apacibilidad de estilo y con ingeniosa invención, que tire lo más que fuere posible a la verdad, sin duda compondrá una tela de varios y hermosos lazos[13] tejida, que después de acabada, tal perfección y hermosura muestre, que consiga el fin mejor que se pretende en los escritos, que es enseñar y deleitar juntamente, como ya tengo dicho. Porque la escritura desatada destos libros da lugar a que el autor pueda mostrarse épico, lírico, trágico, cómico, con todas aquellas partes que encierran en sí las dulcísimas y agradables ciencias de la poesía y de la oratoria; que la épica también puede escribirse en prosa como en verso.

---

[13] En muchas ediciones: *lizos.* Cf. *Viaje del Parnaso* (Cap. III):

de varios lizos por amor tejida.

Capítulo XLVIII

Donde prosigue el canónigo la materia de los libros de caballerías, con otras cosas dignas de su ingenio

Así es como vuestra merced dice, señor canónigo —dijo el cura—, y por esta causa son más dignos de reprehensión los que hasta aquí han compuesto semejantes libros sin tener advertencia a ningún buen discurso, ni al arte y reglas por donde pudieran guiarse y hacerse famosos en prosa, como lo son en verso los dos príncipes de la poesía griega y latina.

—Yo, a lo menos —replicó el canónigo—, he tenido cierta tentación de hacer un libro de caballerías, guardando en él todos los puntos que he significado; y si he de confesar la verdad, tengo escritas más de cien hojas. Y para hacer la experiencia de si correspondían a mi estimación, las he comunicado con hombres apasionados desta leyenda,[1] doctos y discretos, y con otros ignorantes, que sólo atienden al gusto de oír disparates, y de todos he hallado una agradable aprobación; pero, con todo esto, no he proseguido adelante, así por parecerme que hago cosa ajena de mi profesión como por ver que es más el número de los simples que de los prudentes, y que, puesto que es mejor ser loado de los pocos sabios que burlado de los muchos necios, no quiero sujetarme al confuso juicio del desvanecido vulgo, a quien por la mayor parte toca leer semejantes libros.

Pero lo que más me le quitó de las manos, y aun del pensamiento, de acabarle, fue un argumento que hice conmigo mesmo,

---

[1] *leyenda*, lectura.

sacado de las comedias que ahora se representan, diciendo: "Si estas que ahora se usan, así las imaginadas como las de historia, todas o las más son conocidos disparates y cosas que no llevan pies ni cabeza, y, con todo eso, el vulgo las oye con gusto, y las tiene y las aprueba por buenas, estando tan lejos de serlo, y los autores que las componen y los actores que las representan dicen que así han de ser, porque así las quiere el vulgo, y no de otra manera, y que las que llevan traza y siguen la fábula como el arte pide, no sirven sino para cuatro discretos que las entienden, y todos los demás se quedan ayunos de entender su artificio, y que a ellos les está mejor ganar de comer con los muchos, que no opinión con los pocos, deste modo vendrá a ser un[2] libro, al cabo de haberme quemado las cejas por guardar los preceptos referidos, y vendré a ser el sastre del cantillo."[3]

Y aunque algunas veces he procurado persuadir a los actores que se engañan en tener la opinión que tienen, y que más gente atraerán y más fama cobrarán representando comedias que hagan el arte que no con las disparatadas, y están tan asidos y encorporados en su parecer, que no hay razón ni evidencia que dél los saque. Acuérdome que un día dije a uno destos pertinaces: "—Decidme, ¿no os acordáis que ha pocos años que se representaron en España tres tragedias que compuso un famoso poeta destos reinos, las cuales fueron tales, que admiraron, alegraron y suspendieron a todos cuantos las oyeron, así simples como prudentes, así el vulgo como de los escogidos, y dieron más dineros a los representantes ellas tres solas que treinta de las mejores que después acá se han hecho?" "—Sin duda" respondió el autor que digo, "que debe de decir vuestra merced por *La Isabela*, *La Filis* y *La Alejandra*."[4] "—Por ésas digo" le repliqué yo; "y mirad si guardaban bien los preceptos del arte, y si por guardarlos dejaron de parecer lo que eran y de agradar a todo el mundo. Así que no está la falta en el vulgo que pide disparates, sino en aquellos que no saben representar otra cosa. Sí, que no fue disparate *La ingratitud vengada*,[5] ni le tuvo *La Numancia*,[6] ni se le halló en la del *Mercader amante*,[7] ni menos en *La enemiga favorable*,[8] ni en otras algunas que de

---

[2] *un.* Muchas ediciones modernas: *mi.*
[3] Alude al refrán: «El sastre del cantillo, que cosía de balde y ponía el hilo.»
[4] De Lupercio Leonardo de Argensola.
[5] De Lope de Vega.
[6] De Cervantes.
[7] De Gaspar de Aguilar.
[8] Del doctor Francisco Agustín Tárrega.

algunos entendidos poetas han sido compuestas, para fama y renombre suyo, y para ganancia de los que las han representado." Y otras cosas añadí a éstas, con que a mi parecer le dejé algo confuso, pero no satisfecho ni convencido, para sacarle de su errado pensamiento.

—En materia ha tocado vuestra merced, señor canónigo —dijo a esta sazón el cura—, que ha despertado en mí un antiguo rancor que tengo con las comedias que agora se usan, tal, que iguala al que tengo con los libros de caballerías; porque habiendo de ser la comedia, según le parece a Tulio, espejo de la vida humana, ejemplo de las costumbres e imagen de la verdad,[9] las que ahora se representan son espejos de disparates, ejemplos de necedades e imágenes de lascivia. Porque, ¿qué mayor disparate puede ser en el sujeto que tratamos que salir un niño en mantillas en la primera cena[10] del primer acto, y en la segunda salir ya hecho hombre barbado? Y ¿qué mayor que pintarnos un viejo valiente y un mozo cobarde, un lacayo retórico, un paje consejero, un rey ganapán y una princesa fregona?

¿Qué diré, pues, de la observancia que guardan en los tiempos en que pueden o podían suceder las acciones que representan, sino que he visto comedia que la primera jornada comenzó en Europa, la segunda en Asia, la tercera se acabó en África, y aun si fuera de cuatro jornadas, la cuarta acababa en América, y así se hubiera hecho en todas las cuatro partes del mundo? Y si es que la imitación es lo principal que ha de tener la comedia, ¿cómo es posible que satisfaga a ningún mediano entendimiento que, fingiendo una acción que pasa en tiempo del rey Pepino y Carlomagno, el mismo que en ella hace la persona principal le atribuyan que fue el emperador Heraclio, que entró con la Cruz en Jerusalén, y el que ganó la Casa Santa, como Godofre de Bullón, habiendo infinitos años de lo uno a lo otro; y fundándose la comedia sobre cosa fingida, atribuirle verdades de historia y mezclarle pedazos de otras sucedidas a diferentes personas y tiempos, y esto, no con trazas verisímiles, sino con patentes errores, de todo punto inexcusables? Y es lo malo que hay ignorantes que digan que esto es lo perfecto, y que lo demás es buscar gullurías.[11]

---

[9] Las palabras de Cicerón aquí aludidas son: «*imitatio vitae, speculum consuetudinis, imago veritatis.*»

[10] *cena*, escena.

[11] *buscar gullurías*, buscar lo que no justifica la búsqueda.

Pues ¿qué, si venimos a las comedias divinas? ¡Qué de milagros falsos fingen en ellas, qué de cosas apócrifas y mal entendidas, atribuyendo a un santo los milagros de otro! Y aun en las humanas se atreven a hacer milagros, sin más respeto ni consideración que parecerles que allí estará bien el tal milagro y apariencia, [12] como ellos [los] llaman, para que gente ignorante se admire y venga a la comedia; que todo esto es en perjuicio de la verdad y en menoscabo de las historias, y aun en oprobio de los ingenios españoles, porque los estranjeros, que con mucha puntualidad guardan las leyes de la comedia, nos tienen por bárbaros e ignorantes, viendo los absurdos y disparates de las que hacemos.

Y no sería bastante disculpa desto decir que el principal intento que las repúblicas bien ordenadas tienen permitiendo que se hagan públicas comedias es para entretener la comunidad con alguna honesta recreación, y divertirla a veces de los malos humores que suele engendrar la ociosidad; y que, pues éste se consigue con cualquier comedia, buena o mala, no hay para qué poner leyes, ni estrechar a los que las componen y representan a que las hagan como debían hacerse, pues, como he dicho, con cualquiera se consigue lo que con ellas se pretende. A lo cual respondería yo que este fin se conseguiría mucho mejor, sin comparación alguna, con las comedias buenas que con las no tales; porque de haber oído la comedia artificiosa y bien ordenada, saldría el oyente alegre con las burlas, enseñado con las veras, admirado de los sucesos, discreto con las razones, advertido con los embustes, sagaz con los ejemplos, airado contra el vicio y enamorado de la virtud; que todos estos afectos ha de despertar la buena comedia en el ánimo del que la escuchare, por rústico y torpe que sea, y de toda imposibilidad es imposible dejar de alegrar y entretener, satisfacer y contentar, la comedia que todas estas partes tuviere mucho más que aquella que careciere dellas, como por la mayor parte carecen estas que de ordinario agora se representan.

Y no tienen la culpa desto los poetas que las componen, porque algunos hay dellos que conocen muy bien en lo que yerran, y saben estremadamente lo que deben hacer; pero como las comedias se han hecho mercadería vendible, dicen, y dicen verdad, que los representantes no se las comprarían si no fuesen de aquel jaez; y así, el poeta procura acomodarse con lo que el representante que le ha de pagar su obra le pide. Y que esto sea

---

[12] *apariencia*, tramoya o máquina teatral.

verdad véase por muchas e infinitas comedias que ha compuesto un felicísimo ingenio destos reinos, con tanta gala, con tanto donaire, con tan elegante verso, con tan buenas razones, con tan graves sentencias y, finalmente, tan llenas de elocución y alteza de estilo, que tiene lleno el mundo de su fama; y por querer acomodarse al gusto de los representantes, no han llegado todas, como han llegado algunas, al punto de la perfección que requieren.[13]

Otros las componen tan sin mirar lo que hacen, que después de representadas tienen necesidad los recitantes de huirse y ausentarse, temerosos de ser castigados, como lo han sido muchas veces, por haber representado cosas en perjuicio de algunos reyes y en deshonra de algunos linajes. Y todos estos inconvenientes cesarían, y aun otros muchos más que no digo, con que hubiese en la Corte una persona inteligente y discreta que examinase todas las comedias antes que se representasen, no sólo aquellas que se hiciesen en la Corte, sino todas las que se quisiesen representar en España; sin la cual aprobación, sello y firma ninguna justicia en su lugar dejase representar comedia alguna; y desta manera, los comediantes tendrían cuidado de enviar las comedias a la Corte, y con seguridad podrían representallas; y aquellos que las componen mirarían con más cuidado y estudio lo que hacían, temerosos de haber de pasar sus obras por el riguroso examen de quien lo entiende; y desta manera se harían buenas comedias y se conseguiría felicísimamente lo que en ellas se pretende: así el entretenimiento del pueblo como la opinión de los ingenios de España, el interés y seguridad de los recitantes y el ahorro del cuidado de castigallos.

Y si se diese cargo a otro, o a este mismo, que examinase los libros de caballerías que de nuevo se compusiesen, sin duda podrían salir algunos con la perfección que vuestra merced ha dicho, enriqueciendo nuestra lengua del agradable y precioso tesoro de la elocuencia, dando ocasión que los libros viejos se escureciesen a la luz de los nuevos que saliesen, para honesto pasatiempo, no solamente de los ociosos, sino de los más ocupados; pues no es posible que esté continuo el arco armado, ni la condición y flaqueza humana se pueda sustentar sin alguna lícita recreación.

A este punto de su coloquio llegaban el canónigo y el cura, cuando adelantándose el barbero, llegó a ellos, y dijo al cura:

---

[13] Se refiere a Lope de Vega.

—Aquí, señor licenciado, es el lugar que yo dije que era bueno para que, sesteando nosotros, tuviesen los bueyes fresco y abundoso pasto.

—Así me lo parece a mí —respondió el cura.

Y diciéndole al canónigo lo que pensaba hacer, él también quiso quedarse con ellos, convidado del sitio de un hermoso valle que a la vista se les ofrecía. Y así por gozar dél como de la conversación del cura, de quien ya iba aficionado, y por saber más por menudo las hazañas de don Quijote, mandó a algunos de sus criados que se fuesen a la venta, que no lejos de allí estaba, y trujesen della lo que hubiese de comer, para todos, porque él determinaba de sestear en aquel lugar aquella tarde; a lo cual uno de sus criados respondió que el acémila del repuesto, que ya debía de estar en la venta, traía recado bastante para no obligar a no tomar de la venta más que cebada.

—Pues así es —dijo el canónigo—, llévense allá todas las cabalgaduras, y haced volver la acémila.

En tanto que esto pasaba, viendo Sancho que podía hablar a su amo sin la continua asistencia del cura y el barbero, que tenía por sospechosos, se llegó a la jaula donde iba su amo, y le dijo:

—Señor, para descargo de mi conciencia le quiero decir lo que pasa cerca de su encantamento; y es que aquestos dos que vienen aquí cubiertos los rostros son el cura de nuestro lugar y el barbero, e imagino han dado esta traza de llevalle desta manera, de pura envidia que tienen como vuestra merced se les adelanta en hacer famosos hechos. Presupuesta, pues, esta verdad, síguese que no va encantado, sino embaído y tonto. Para prueba de lo cual le quiero preguntar una cosa, y si me responde como creo que me ha de responder, tocará con la mano este engaño y verá como no va encantado, sino trastornado el juicio.

—Pregunta lo que quisieres, hijo Sancho —respondió don Quijote—; que yo te satisfaré y responderé a toda tu voluntad. Y en lo que dices que aquellos que allí van y vienen con nosotros son el cura y el barbero, nuestros compatriotos y conocidos, bien podrá ser que parezca que son ellos mesmos; pero que lo sean realmente y en efecto, eso no lo creas en ninguna manera. Lo que has de creer y entender es que si ellos se les parecen, como dices, debe de ser que los que me han encantado habrán tomado esa apariencia y semejanza; porque es fácil a los encantadores tomar la figura que se les antoja, y habrán tomado las destos nuestros amigos para darte a ti ocasión de que pienses lo que piensas, y ponerte en un laberinto de imaginaciones que no aciertes a salir dél, aunque tuvieses la soga de Teseo.[14] Y también lo habrán hecho para que yo vacile en mi entendimiento, y no sepa atinar de dónde me viene este daño; porque si por una parte tú me dices que me acompañan el barbero y el cura de nuestro pueblo, y por otra yo me veo enjaulado, y sé de mí que fuerzas humanas, como no fueran sobrenaturales, no fueran bastantes para enjaularme, ¿qué quieres que diga o piense sino que la manera de mi encantamento excede a cuantas yo he leído en todas las historias que tratan de caballeros andantes que han sido encantados? Así que bien puedes darte paz y sosiego en esto de creer que son los que dices, porque así son ellos como yo soy turco. Y en lo que toca a querer preguntarme algo, di, que yo te responderé, aunque me preguntes de aquí a mañana.

—¡Válame Nuestra Señora! —respondió Sancho, dando una gran voz—. Y ¿es posible que sea vuestra merced tan duro de celebro y tan falto de meollo, que no eche de ver que es pura verdad la que le digo, y que en esta su prisión y desgracia tiene más parte la malicia que el encanto? Pero, pues así es, yo le quiero probar evidentemente como no va encantado. Si no, dígame, así Dios le saque desta tormenta, y así se vea en los brazos de mi señora Dulcinea cuando menos se piense...

—Acaba de conjurarme —dijo don Quijote—, y pregunta lo que quisieres; que ya te he dicho que te responderé con toda puntualidad.

—Eso pido —replicó Sancho—; y lo que quiero saber es que me diga, sin añadir ni quitar cosa ninguna, sino con toda verdad, como se espera que la han de decir y la dicen todos aquellos que profesan las armas, como vuestra merced las profesa, debajo de título de caballeros andantes...

—Digo que no mentiré en cosa alguna —respondió don Quijote—. Acaba ya de preguntar; que en verdad que me cansas con tantas salvas, plegarias y prevenciones, Sancho.

—Digo que yo estoy seguro de la bondad y verdad de mi amo; y así, porque hace al caso a nuestro cuento, pregunto, hablando con acatamiento, si acaso después que vuestra merced va enjaulado y, a su parecer, encantado en esta jaula, le ha venido gana y voluntad de hacer aguas mayores o menores, como suele decirse.

—No entiendo eso de *hacer aguas*, Sancho; aclárate más, si quieres que te responda derechamente.

---

[14] Véase el Capítulo 25, n. 30.

—¿Es posible que no entiende vuestra merced de hacer aguas menores o mayores? Pues en la escuela destetan a los muchachos con ello. Pues sepa que quiero decir si le ha venido gana de hacer lo que no se escusa.

—¡Ya, ya te entiendo, Sancho! Y muchas veces; y aun agora la tengo. ¡Sácame deste peligro, que no anda todo limpio!

Capítulo XLIX

Donde se trata del discreto coloquio que Sancho Panza tuvo con su señor don Quijote

—¡Ah! —dijo Sancho—. ¡Cogido le tengo! Esto es lo que yo deseaba saber, como al alma y como a la vida. Venga acá, señor: ¿Podría negar lo que comúnmente suele decirse por ahí cuando una persona está de mala voluntad: "No sé qué tiene fulano, que ni come, ni bebe, ni duerme, ni responde a propósito a lo que le preguntan, que no parece sino que está encantado?" De donde se viene a sacar que los que no comen, ni beben, ni duermen, ni hacen las obras naturales que yo digo, estos tales están encantados; pero no aquellos que tienen la gana que vuestra merced tiene y que bebe cuando se lo dan, y come cuando lo tiene, y responde a todo aquello que le preguntan.

—Verdad dices, Sancho —respondió don Quijote—; pero ya te he dicho que hay muchas maneras de encantamentos, y podría ser que con el tiempo se hubiesen mudado de unos en otros, y que agora se use que los encantados hagan todo lo que yo hago, aunque antes no lo hacían. De manera, que contra el uso de los tiempos no hay que argüir ni de qué hacer consecuencias. Yo sé y tengo para mí que voy encantado, y esto me basta para la seguridad de mi conciencia; que la formaría muy grande si yo pensase que no estaba encantado y me dejase estar en esta jaula perezoso y cobarde, defraudando el socorro que podría dar a muchos menesterosos y necesitados que de mi ayuda y amparo deben tener a la hora de ahora precisa y estrema necesidad.

—Pues con todo eso —replicó Sancho—, digo que, para mayor abundancia y satisfacción, sería bien que vuestra merced probase a salir desta cárcel, que yo me obligo con todo mi poder a facilitarlo, y aun a sacarle della, y probase de nuevo a subir sobre su buen Rocinante, que también parece que va encantado, según va de malencólico y triste; y, hecho esto, probásemos otra vez la suerte de buscar más aventuras; y si no nos sucediese bien, tiempo nos queda para volvernos a la jaula, en la cual prometo, a ley de buen y leal escudero, de encerrarme juntamente con vuestra merced, si acaso fuere vuestra merced tan desdichado, o yo tan simple, que no acierte a salir con lo que digo.

—Yo soy contento de hacer lo que dices, Sancho hermano —replicó don Quijote—; y cuando tú veas coyuntura de poner en obra mi libertad, yo te obedeceré en todo y por todo; pero tú, Sancho, verás como te engañas en el conocimiento de mi desgracia.

En estas pláticas se entretuvieron el caballero andante y el mal andante escudero, hasta que llegaron donde, ya apeados, los aguardaban el cura, el canónigo y el barbero. Desunció luego los bueyes de la carreta el boyero, y dejólos andar a sus anchuras por aquel verde y apacible sitio, cuya frescura convidaba a quererla gozar, no a las personas tan encantadas como don Quijote, sino a los tan advertidos y discretos como su escudero; el cual rogó al cura que permitiese que su señor saliese por un rato de la jaula, porque si no le dejaban salir, no iría tan limpia aquella prisión como requiría la decencia de un tal caballero como su amo. Entendióle el cura, y dijo que de muy buena gana haría lo que le pedía, si no temiera que en viéndose su señor en libertad había de hacer de las suyas, e irse donde jamás gentes le viesen.

—Yo le fío de la fuga —respondió Sancho.

—Y yo y todo —dijo el canónigo—, y más si él me da la palabra como caballero de no apartarse de nosotros hasta que sea nuestra voluntad.

—Sí doy —respondió don Quijote, que todo lo estaba escuchando—; cuanto más que el que está encantado, como yo, no tiene libertad para hacer de su persona lo que quisiere, porque el que le encantó le puede hacer que no se mueva de un lugar en tres siglos, y si hubiere huido, le hará volver en volandas.

Y que, pues esto era así, bien podían soltalle, y más siendo tan en provecho de todos; y del no soltalle les protestaba que no podía dejar de fatigalles el olfato, si de allí no se desviaban.

Tomóle la mano el canónigo, aunque las tenía atadas, y debajo de su buena fe y palabra, le desenjaularon, de que él se alegró infinito y en grande manera de verse fuera de la jaula. Y lo primero que hizo fue estirarse todo el cuerpo, y luego se fue donde estaba Rocinante, y dándole dos palmadas en las ancas, dijo:

—Aún espero en Dios y en su bendita Madre, flor y espejo de los caballos, que presto nos hemos de ver los dos cual deseamos: tú, con tu señor a cuestas, y yo, encima de ti, ejercitando el oficio para que Dios me echó al mundo.

Y diciendo esto, don Quijote se apartó con Sancho en remota parte, de donde vino más aliviado y con más deseos de poner en obra lo que su escudero ordenase.

Mirábalo el canónigo, y admirábase de ver la estrañeza de su grande locura, y de que en cuanto hablaba y respondía mostraba· tener bonísimo entendimiento; solamente venía a perder los estribos, como otras veces se ha dicho, en tratándole de caballería. Y así, movido de compasión, después de haberse sentado todos en la verde yerba para esperar el repuesto del canónigo, le dijo:

—¿Es posible, señor hidalgo, que haya podido tanto con vuestra merced la amarga y ociosa letura de los libros de caballerías, que le hayan vuelto el juicio de modo que venga a creer que va encantado, con otras cosas deste jaez, tan lejos de ser verdaderas como lo está la mesma mentira de la verdad? Y ¿cómo es posible que haya entendimiento humano que se dé a entender que ha habido en el mundo aquella infinidad de Amadises, y aquella turbamulta de tanto famoso caballero, tanto emperador de Trapisonda, tanto Felixmarte de Hircania, tanto palafrén, tanta doncella andante, tantàs sierpes, tantos endriagos, tantos gigantes, tantas inauditas aventuras, tanto género de encantamentos, tantas batallas, tantos desaforados encuentros, tanta bizarría de trajes, tantas princesas enamoradas, tantos escuderos condes, tantos enanos graciosos, tanto billete, tanto requiebro, tantas mujeres valientes y, finalmente, tantos y tan disparatados casos como los libros de caballerías contienen? De mí sé decir que cuando los leo, en tanto que no pongo la imaginación en pensar que son todos mentira y liviandad, me dan algún contento; pero cuando caigo en la cuenta de lo que son, doy con el mejor dellos en la pared, y aun diera con él en el fuego si cerca o presente le tuviera, bien como a merecedores de tal pena, por ser falsos y embusteros, y fuera del trato que pide la común naturaleza, y como a inventores de nuevas sectas y de nuevo modo de vida, y como a quien da ocasión que el vulgo ignorante venga a creer y a tener por verdaderas tantas necedades como contienen.

Y aun tienen tanto atrevimiento que se atreven a turbar los ingenios de los discretos y bien nacidos hidalgos, como se echa bien de ver por lo que con vuestra merced han hecho, pues le han traído a términos, que sea forzoso encerrarle en una jaula, y traerle sobre un carro de bueyes, como quien trae o lleva algún león o algún tigre de lugar en lugar, para ganar con él dejando que le vean. ¡Ea, señor don Quijote, duélase de sí mismo, y redúzgase al gremio de la discreción, y sepa usar de la mucha que el cielo fue servido de darle, empleando el felicísimo talento de su ingenio en otra letura que redunde en aprovechamiento de su conciencia y en aumento de su honra! Y si todavía, llevado de su natural inclinación, quisiere leer libros de hazañas y de caballerías, lea en la Sacra Escritura el de los Jueces; que allí hallará verdades grandiosas y hechos tan verdaderos como valientes. Un Viriato tuvo Lusitania; un César, Roma; un Aníbal, Cartago; un Alejandro, Grecia; un conde Fernán González, Castilla; un Cid, Valencia; un Gonzalo Fernández, Andalucía; un Diego García de Paredes, Estremadura; un Garci Pérez de Vargas, Jerez; un Garcilaso, Toledo; un don Manuel de León, Sevilla, [1] cuya lección de sus valerosos hechos puede entretener, enseñar, deleitar y admirar a los más altos ingenios que los leyeren. Ésta sí será letura digna del buen entendimiento de vuestra merced, señor don Quijote mío, de la cual saldrá erudito en la historia, enamorado de la virtud, enseñado en la bondad, mejorado en las costumbres, valiente sin temeridad, osado sin cobardía, y todo esto, para honra de Dios, provecho suyo y fama de la Mancha, do, según he sabido, trae vuestra merced su principio y origen.

Atentísimamente estuvo don Quijote escuchando las razones del canónigo, y cuando vio que ya había puesto fin a ellas, después de haberle estado un buen espacio mirando, le dijo:

—Paréceme, señor hidalgo, que la plática de vuestra merced se ha encaminado a querer darme a entender que no ha habido caballeros andantes en el mundo, y que todos los libros de caballerías son falsos, mentirosos, dañadores e inútiles para la repú-

---

[1] *Viriato*, héroe lusitano en la lucha contra los romanos; *Gonzalo Fernández*, el Gran Capitán; *Garcí Pérez de Vargas*, caballero del Rey San Fernando; *Garcilaso de la Vega* (homónimo del poeta) se distinguió en la toma de Granada; *don Manuel de León*, caballero de tiempos de los Reyes Católicos, recogió de la jaula de un león el guante que arrojó una dama.

blica y que yo he hecho mal en leerlos, y peor en creerlos, y más mal en imitarlos, habiéndome puesto a seguir la durísima profesión de la caballería andante que ellos enseñan, negándome que no ha habido en el mundo Amadises, ni de Gaula ni de Grecia, ni todos los otros caballeros de que las escrituras están llenas.

—Todo es al pie de la letra como vuestra merced lo va relatando —dijo a esta sazón el canónigo.

A lo cual respondió don Quijote:

—Añadió también vuestra merced, diciendo que me habían hecho mucho daño tales libros, pues me habían vuelto el juicio y puéstome en una jaula, y que me sería mejor hacer la enmienda y mudar de letura, leyendo otros más verdaderos y que mejor deleitan y enseñan.

—Así es —dijo el canónigo.

—Pues yo —replicó don Quijote—, hallo por mi cuenta que el sin juicio y el encantado es vuestra merced, pues se ha puesto a decir tantas blasfemias contra una cosa tan recibida en el mundo, y tenida por tan verdadera, que el que la negase, como vuestra merced la niega, merecía la mesma pena que vuestra merced dice que da a los libros cuando los lee y le enfadan. Porque querer dar a entender a nadie que Amadís no fue en el mundo, ni todos los otros caballeros aventureros de que están colmadas las historias, será querer persuadir que el sol no alumbra, ni el yelo enfría, ni la tierra sustenta; porque ¿qué ingenio puede haber en el mundo que pueda persuadir a otro que no fue verdad lo de la infanta Floripes y Guy de Borgoña, y lo de Fierabrás con la puente de Mantible,[2] que sucedió en el tiempo de Carlomagno, que voto a tal que es tanta verdad como es ahora de día? Y si es mentira, también lo debe de ser que no hubo Héctor, ni Aquiles, ni la guerra de Troya, ni los doce Pares de Francia, ni el rey Artús de Ingalaterra, que anda hasta ahora convertido en cuervo y le esperan en su reino por momentos. Y también se atreverán a decir que es mentirosa la historia de Guarino Mezquino,[3] y la de la demanda del Santo Grial, y que son apócrifos los amores de don Tristán y la reina Iseo, como los de Ginebra y Lanzarote, habiendo personas que casi se acuerdan de haber visto a la dueña Quintañona, que fue la mejor escanciadora de vino que tuvo la Gran Bretaña. Y es esto tan así,

---

[2] Se refiere a personajes y acontecimientos de la *Historia del Emperador Carlomagno...* (Sevilla, 1525).

[3] *Corónica del muy noble caballero Guarino Mezquino...* (Sevilla, 1548), traducción de una obra italiana de Andrea de Barberino de 1473 (Riquer), hecha por Alonso Hernández.

que me acuerdo yo que me decía una mi agüela de partes de mi padre, cuando veía alguna dueña con tocas reverendas: "—Aquélla, nieto, se parece a la dueña Quintañona." De donde arguyo yo que la debió de conocer ella o, por lo menos, debió de alcanzar a ver algún retrato suyo. Pues ¿quién podrá negar no ser verdadera la historia de Pierres y la linda Magalona, pues aun hasta hoy día se vee en la armería de los reyes la clavija con que volvía al caballo de madera sobre quien iba el valiente Pierres por los aires, que es un poco mayor que un timón de carreta?[4] Y junto a la clavija está la silla de Babieca, y en Roncesvalles está el cuerno de Roldán, tamaño como una grande viga: de donde se infiere que hubo doce Pares, que hubo Pierres, que hubo Cides, y otros caballeros semejantes,

déstos que dicen las gentes
que a sus aventuras van.[5]

Si no, díganme también que no es verdad que fue caballero andante el valiente lusitano Juan de Merlo, que fue a Borgoña y se combatió en la ciudad de Ras con el famoso señor de Charní, llamado mosén Pierres, y después, en la ciudad de Basilea, con mosén Enrique de Remestán, saliendo de entrambas empresas vencedor y lleno de honrosa fama, y las aventuras y desafíos que también acabaron en Borgoña los valientes españoles Pedro Barba y Gutierre Quijada (de cuya alcurnia yo deciendo por línea recta de varón), venciendo a los hijos del conde de San Polo. Niéguenme asimesmo que no fue a buscar las aventuras a Alemania don Fernando de Guevara, donde se combatió con micer Jorge, caballero de la casa del duque de Austria. Digan que fueron burla las justas de Suero de Quiñones, del Paso; las empresas de mosén Luis de Falces contra don Gonzalo de Guzmán, caballero castellano,[6] con otras muchas hazañas hechas por caballeros cristianos, déstos y de los reinos estranjeros, tan auténticas y verdaderas, que torno a decir que el que las negase carecería de toda razón y buen discurso.

Admirado quedó el canónigo de oír la mezcla que don

---

[4] La traducción al castellano de la obra francesa que recogió esta historia medieval se intitula *Historia de la linda Magalona, hija del Rey de Nápoles, y de Pierres, hijo del Conde de Provenza* (Toledo, 1526). Véase la nota 3 del Capítulo 40 de la Segunda Parte.

[5] Véase la nota 4 al Capítulo 9.

[6] Todos los caballeros y acontecimientos a que se ha referido don Quijote en lo que va de este párrafo son históricos, de los años 1428-36, y los trata la *Crónica del Rey don Juan II*, posible fuente de Cervantes, de la que hubo varias ediciones.

Quijote hacía de verdades y mentiras, y de ver la noticia que tenía de todas aquellas cosas tocantes y concernientes a los hechos de su andante caballería, y así le respondió:

—No puedo yo negar, señor don Quijote, que no sea verdad algo de lo que vuestra merced ha dicho, especialmente en lo que toca a los caballeros andantes españoles; y asimesmo quiero conceder que hubo doce Pares de Francia; pero no quiero creer que hicieron todas aquellas cosas que el arzobispo Turpín dellos escribe; porque la verdad dello es que fueron caballeros escogidos por los reyes de Francia, a quien llamaron *pares* por ser todos iguales en valor, en calidad y en valentía; a lo menos, si no lo eran, era razón que lo fuesen, y era como una religión de las que ahora se usan de Santiago o de Calatrava, que se presupone que los que la profesan han de ser, o deben ser, caballeros valerosos, valientes y bien nacidos; y como ahora dicen *caballero de San Juan*, o *de Alcántara*, decían en aquel tiempo caballero de los doce Pares, porque [lo] fueron doce iguales los que para esta religión militar se escogieron. En lo de que hubo Cid no hay duda, ni menos Bernardo del Carpio; pero de que hicieron las hazañas que dicen, creo que la hay muy grande. En lo otro de la clavija que vuestra merced dice del conde Pierres, y que está junto a la silla de Babieca en la armería de los reyes, confieso mi pecado; que soy tan ignorante, o tan corto de vista, que, aunque he visto la silla, no he echado de ver la clavija, y más siendo tan grande como vuestra merced ha dicho.

—Pues allí está, sin duda alguna —replicó don Quijote—; y, por más señas, dicen que está metida en una funda de vaqueta, porque no se tome de moho.

—Todo puede ser —respondió el canónigo—, pero por las órdenes que recibí que no me acuerdo haberla visto. Mas puesto que conceda que está allí, no por eso me obligo a creer las historias de tantos Amadises, ni las de tanta turbamulta de caballeros como por ahí nos cuentan, ni es razón que un hombre como vuestra merced, tan honrado y de tan buenas partes, y dotado de tan buen entendimiento, se dé a entender que son verdaderas tantas y tan estrañas locuras como las que están escritas en los disparatados libros de caballerías.

Capítulo L

De las discretas altercaciones que don Quijote y el canónigo tuvieron, con otros sucesos

—¡Bueno está eso! —respondió don Quijote—. Los libros que están impresos con licencia de los reyes y con aprobación de aquellos a quien se remitieron, y que con gusto general son leídos y celebrados de los grandes y de los chicos, de los pobres y de los ricos, de los letrados e ignorantes, de los plebeyos y caballeros, finalmente, de todo género de personas de cualquier estado y condición que sean, ¿habían de ser mentira, y más llevando tanta apariencia de verdad, pues nos cuentan el padre, la madre, la patria, los parientes, la edad, el lugar y las hazañas, punto por punto y día por día, que el tal caballero hizo, o caballeros hicieron? Calle vuestra merced, no diga tal blasfemia, y créame que le aconsejo en esto lo que debe de hacer como discreto, si no léalos, y verá el gusto que recibe de su leyenda.

Si no, dígame: ¿Hay mayor contento que ver, como si dijésemos, aquí ahora se muestra delante de nosotros un gran lago de pez hirviendo a borbollones, y que andan nadando y cruzando por él muchas serpientes, culebras y lagartos, y otros muchos géneros de animales feroces y espantables, y que del medio del lago sale una voz tristísima que dice: "—Tú, caballero, quienquiera que seas, que el temeroso lago estás mirando, si quieres alcanzar el bien que debajo destas negras aguas se encubre, muestra el valor de tu fuerte pecho y arrójate en mitad de su negro y encendido licor, porque si así no lo haces, no serás digno de ver las altas maravillas que en sí encierran y contienen los siete cas-

tillos de las siete fadas que debajo desta negregura yacen"?
¿Y que apenas el caballero no ha acabado de oír la voz temerosa, cuando, sin entrar más en cuentas consigo, sin ponerse a
considerar el peligro a que se pone, y aun sin despojarse de la
pesadumbre de sus fuertes armas, encomendándose a Dios y
a su señora, se arroja en mitad del bullente lago, y cuando no se
cata ni sabe dónde ha de parar, se halla entre unos floridos campos, con quien los Elíseos no tienen que ver en ninguna cosa?
    Allí le parece que el cielo es más transparente, y que el sol
luce con claridad más nueva; ofrécesele a los ojos una apacible
floresta de tan verdes y frondosos árboles compuesta, que alegra
a la vista su verdura, y entretiene los oídos el dulce y no aprendido
canto de los pequeños, infinitos y pintados pajarillos que por los
intricados ramos van cruzando. Aquí descubre un arroyuelo,
cuyas frescas aguas, que líquidos cristales parecen, corren sobre menudas arenas y blancas pedrezuelas, que oro cernido y
puras perlas semejan; acullá vee una artificiosa fuente de jaspe
variado[1] y de liso mármol compuesta; acá vee otra a lo brutesco[2]
adornada, adonde las menudas conchas de las almejas con las
torcidas casas blancas y amarillas del caracol, puestas con orden
desordenada, mezclados entre ellas pedazos de cristal luciente
y de contrahechas esmeraldas, hacen una variada labor, de manera que el arte, imitando a la naturaleza, parece que allí la
vence.
    Acullá de improviso se le descubre un fuerte castillo o visto-
so alcázar, cuyas murallas son de macizo oro, las almenas de
diamantes, las puertas de jacintos; finalmente, él es de tan ad-
mirable compostura, que, con ser la materia de que está formado
no menos que de diamantes, de carbuncos, de rubíes, de perlas,
de oro y de esmeraldas, es de más estimación su hechura. Y
¿hay más que ver, después de haber visto esto, que ver salir
por la puerta del castillo un buen número de doncellas, cuyos
galanos y vistosos trajes, si yo me pusiese ahora a decirlos como
las historias nos los cuentan, sería nunca acabar; y tomar luego
la que parecía principal de todas por la mano al atrevido caballero que se arrojó en el ferviente lago, y llevarle, sin hablarle
palabra, dentro del rico alcázar o castillo, y hacerle desnudar
como su madre le parió, y bañarle con templadas aguas, y luego untarle todo con olorosos ungüentos, y vestirle una camisa
de cendal delgadísimo, toda olorosa y perfumada, y acudir

---

[1] *variado*, de diversos colores.
[2] *a lo brutesco*, en estilo rústico.

otra doncella y echarle un mantón sobre los hombros, que, por lo menos menos, dicen que suele valer una ciudad, y aún más?

¿Qué es ver, pues, cuando nos cuentan que, tras todo esto, le llevan a otra sala, donde halla puestas las mesas, con tanto concierto, que queda suspenso y admirado? ¿Qué el verle echar agua a manos, toda de ámbar y de olorosas flores distilada? ¿Qué el hacerle sentar sobre una silla de marfil? ¿Qué verle servir todas las doncellas, guardando un maravilloso silencio? ¿Qué el traerle tanta diferencia de manjares, tan sabrosamente guisados, que no sabe el apetito a cuál deba de alargar la mano? ¿Cuál será oír la música que en tanto que come suena, sin saberse quién la canta ni adónde suena? ¿Y, después de la comida acabada y las mesas alzadas, quedarse el caballero recostado sobre la silla, y quizá mondándose los dientes, como es costumbre, entrar a deshora por la puerta de la sala otra mucho más hermosa doncella que ninguna de las primeras, y sentarse al lado del caballero, y comenzar a darle cuenta de qué castillo es aquél, y de cómo ella esta encantada en él, con otras cosas que suspenden al caballero y admiran a los leyentes que van leyendo su historia?

No quiero alargarme más en esto, pues dello se puede colegir que cualquiera parte que se lea de cualquiera historia de caballero andante ha de causar gusto y maravilla a cualquiera que la leyere. Y vuestra merced créame, y como otra vez le he dicho, lea estos libros, y verá cómo le destierran la melancolía que tuviere, y le mejoran la condición, si acaso la tiene mala. De mí sé decir que después que soy caballero andante soy valiente, comedido, liberal, biencriado, generoso, cortés, atrevido, blando, paciente, sufridor de trabajos, de prisiones, de encantos; y aunque ha tan poco que me vi encerrado en una jaula como loco, pienso, por el valor de mi brazo, favoreciéndome el cielo y no me siendo contraria la fortuna, en pocos días verme rey de algún reino, adonde pueda mostrar el agradecimiento y liberalidad que mi pecho encierra. Que, mía fe, señor, el pobre está inhabilitado de poder mostrar la virtud de liberalidad con ninguno, aunque en sumo grado la posea; y el agradecimiento que sólo consiste en el deseo es cosa muerta, como es muerta la fe sin obras. Por esto querría que la fortuna me ofreciese presto alguna ocasión donde me hiciese emperador, por mostrar mi pecho haciendo bien a mis amigos, especialmente a este pobre de Sancho Panza, mi escudero, que es el mejor hombre del mundo, y querría darle un condado que le tengo muchos días ha prometido, sino que temo que no ha de tener habilidad para gobernar su estado.

Casi estas últimas palabras oyó Sancho a su amo, a quien dijo:

—Trabaje vuestra merced, señor don Quijote, en darme ese condado tan prometido de vuestra merced, como de mí esperado; que yo le prometo que no me falte a mí habilidad para gobernarle; y cuando me faltare, yo he oído decir que hay hombres en el mundo que toman en arrendamiento los estados de los señores, y les dan un tanto cada año, y ellos se tienen cuidado del gobierno, y el señor se está a pierna tendida, gozando de la renta que le dan, sin curarse de otra cosa; y así haré yo, y no repararé en tanto más cuanto, sino que luego me desistiré de todo, y me gozaré mi renta como un duque, y allá se lo hayan.

—Eso, hermano Sancho —dijo el canónigo—, entiéndese en cuanto al gozar la renta; empero al administrar justicia, ha de atender el señor del estado, y aquí entra la habilidad y buen juicio, y principalmente la buena intención de acertar, que si ésta falta en los principios, siempre irán errados los medios y los fines; y así suele Dios ayudar al buen deseo del simple como desfavorecer al malo del discreto.

—No sé esas filosofías —respondió Sancho Panza—; más sólo sé que tan presto tuviese yo el condado como sabría regirle; que tanta alma tengo yo como otro, y tanto cuerpo como el que más, y tan rey sería yo de mi estado como cada uno del suyo; y siéndolo, haría lo que quisiese; y haciendo lo que quisiese, haría mi gusto; y haciendo mi gusto, estaría contento; y en estando uno contento, no tiene más que desear; y no teniendo más que desear, acabóse, y el estado venga, y a Dios y veámonos, como dijo un ciego a otro.

—No son malas filosofías ésas, como tú dices, Sancho; pero, con todo eso, hay mucho que decir sobre esta materia de condados.

A lo cual replicó don Quijote:

—Yo no sé que haya más que decir; sólo me guío por el ejemplo que me da el grande Amadís de Gaula, que hizo a su escudero conde de la Ínsula Firme; y así, puedo yo sin escrúpulo de conciencia hacer conde a Sancho Panza, que es uno de los mejores escuderos que caballero andante ha tenido.

Admirado quedó el canónigo de los concertados disparates que don Quijote había dicho, del modo con que había pintado la aventura del Caballero del Lago, de la impresión que en él habían hecho las pensadas mentiras de los libros que había leído, y, finalmente, le admiraba la necedad de Sancho, que con tanto ahínco deseaba alcanzar el condado que su amo le había prometido.

Ya en esto volvían los criados del canónigo, que a la venta habían ido por la acémila del repuesto, y haciendo mesa de una alhombra y de la verde yerba del prado, a la sombra de unos árboles se sentaron, y comieron allí, porque el boyero no perdiese la comodidad de aquel sitio, como queda dicho. Y estando comiendo, a deshora oyeron un recio estruendo y un son de esquila, que por entre unas zarzas y espesas matas que allí junto estaban sonaba, y al mesmo instante vieron salir de entre aquellas malezas una hermosa cabra, toda la piel manchada de negro, blanco y pardo. Tras ella venía un cabrero dándole voces, y diciéndole palabras a su uso, para que se detuviese, o al rebaño volviese. La fugitiva cabra, temerosa y despavorida, se vino a la gente, como a favorecerse della, y allí se detuvo. Llegó el cabrero, y asiéndola de los cuernos, como si fuera capaz de discurso y entendimiento, le dijo:

—¡Ah, cerrera, cerrera,[3] Manchada, Manchada, y cómo andáis vos estos días de pie cojo! ¿Qué lobos os espantan, hija? ¿No me diréis qué es esto, hermosa? Mas ¡qué puede ser sino que sois hembra y no podéis estar sosegada; que mal haya vuestra condición, y la de todas aquellas a quien imitáis! Volved, volved, amiga; que si no tan contenta, a lo menos, estaréis más segura en vuestro aprisco, o con vuestras compañeras; que si vos que las habéis de guardar y encaminar andáis tan sin guía y tan descaminada, ¿en qué podrán parar ellas?

Contento dieron las palabras del cabrero a los que las oyeron, especialmente al canónigo, que le dijo:

—Por vida vuestra, hermano, que os soseguéis un poco y no os acuciéis en volver tan presto esa cabra a su rebaño; que pues ella es hembra, como vos decís, ha de seguir su natural distinto,[4] por más que vos os pongáis a estorbarlo. Tomad este bocado y bebed una vez, con que templaréis la cólera, y en tanto, descansará la cabra.

Y el decir esto y el darle con la punta del cuchillo los lomos de un conejo fiambre, todo fue uno. Tomólo y agradeciólo el cabrero; bebió y sosegóse, y luego dijo:

—No querría que por haber yo hablado con esta alimaña tan en seso, me tuviesen vuestras mercedes por hombre simple; que en verdad que no carecen de misterio las palabras que le dije.

---

[3] *cerrera*, propensa a andar por los cerros, desmandada.
[4] *distinto*, instinto. (Cf. la nota 2 del Capítulo 21.)

Rústico soy, pero no tanto que no entienda cómo se ha de tratar con los hombres y con las bestias.

—Eso creo yo muy bien —dijo el cura—; que ya yo sé de experiencia que los montes crían letrados y las cabañas de los pastores encierran filósofos.

—A lo menos, señor —replicó el cabrero—, acogen hombres escarmentados; y para que creáis esta verdad y la toquéis con la mano, aunque parezca que sin ser rogado me convido, si no os enfadáis dello y queréis, señores, un breve espacio prestarme oído atento, os contaré una verdad que acredite lo que ese señor —señalando al cura— ha dicho, y la mía.

A esto respondió don Quijote:

—Por ver que tiene este caso un no sé qué de sombra de aventura de caballería, yo, por mi parte, os oiré, hermano, de muy buena gana, y así lo harán todos estos señores, por lo mucho que tienen de discretos y de ser amigos de curiosas novedades que suspendan, alegren y entretengan los sentidos, como, sin duda, pienso que lo ha de hacer vuestro cuento. Comenzad, pues, amigo: que todos escucharemos.

—Saco la mía [5] —dijo Sancho—; que yo a aquel arroyo me voy con esta empanada, donde pienso hartarme por tres días; porque he oído decir a mi señor don Quijote que el escudero de caballero andante ha de comer cuando se le ofreciere, hasta no poder más, a causa que se les suele ofrecer entrar acaso por una selva tan intricada, que no aciertan a salir della en seis días, y si el hombre no va harto, o bien proveídas las alforjas, allí se podrá quedar, como muchas veces se queda, hecho carnemomia.

—Tú estás en lo cierto, Sancho —dijo don Quijote—; vete adonde quisieres, y come lo que pudieres; que yo ya estoy satisfecho, y sólo me falta dar al alma su refacción, como se la daré escuchando el cuento deste buen hombre.

—Así las daremos todos a las nuestras —dijo el canónigo.

Y luego rogó al cabrero que diese principio a lo que prometido había. El cabrero dio dos palmadas sobre el lomo a la cabra, que por los cuernos tenía, diciéndole:

—Recuéstate junto a mí, Manchada; que tiempo nos queda para volver a nuestro apero.

Parece que lo entendió la cabra, porque en sentándose su dueño, se tendió ella junto a él con mucho sosiego, y mirándole al rostro daba a entender que estaba atenta a lo que el cabrero iba diciendo; el cual comenzó su historia desta manera:

---

[5] *saco la mía*, frase del que se retira de un juego.

Capítulo LI

Que trata de lo que contó el cabrero a todos los que llevaban a don Quijote

—Tres leguas deste valle está una aldea que, aunque pequeña, es de las más ricas que hay en todos estos contornos, en la cual había un labrador muy honrado, y tanto, que aunque es anexo al ser rico el ser honrado, más lo era él por la virtud que tenía que por la riqueza que alcanzaba. Mas lo que le hacía más dichoso, según él decía, era tener una hija de tan estremada hermosura, rara discreción, donaire y virtud, que el que la conocía y la miraba se admiraba de ver las estremadas partes con que el cielo y la naturaleza la habían enriquecido. Siendo niña fue hermosa, y siempre fue creciendo en belleza, y en la edad de diez y seis años fue hermosísima. La fama de su belleza se comenzó a estender por todas las circunvecinas aldeas, ¿qué digo yo por las circunvecinas no más, si se estendió a las apartadas ciudades, y aun se entró por las salas de los reyes, y por los oídos de todo género de gente, que como a cosa rara, o como a imagen de milagros, de todas partes a verla venían?

Guardábala su padre, y guardábase ella; que no hay candados, guardas ni cerraduras que mejor guarden a una doncella que las del recato propio. La riqueza del padre y la belleza de la hija movieron a muchos, así del pueblo como forasteros, a que por mujer se la pidiesen; mas él, como a quien tocaba disponer de tan rica joya, andaba confuso, sin saber determinarse a quién la entregaría de los infinitos que le importunaban. Y entre los muchos que tan buen deseo tenían, fui yo uno, a quien dieron muchas y grandes esperanzas de buen suceso conocer que el padre conocía quién yo era, el ser natural del mismo pueblo, limpio en sangre, en la edad floreciente, en la hacienda muy rico y en el ingenio no menos acabado.

Con todas estas mismas partes la pidió también otro del mismo pueblo, que fue causa de suspender y poner en balanza la voluntad del padre, a quien parecía que con cualquiera de nosotros estaba su hija bien empleada; y por salir desta confusión, determinó decírselo a Leandra, que así se llama la rica que en miseria me tiene puesto, advirtiendo que, pues los dos éramos iguales, era bien dejar a la voluntad de su querida hija el escoger a su gusto, cosa digna de imitar de todos los padres que a sus hijos quieren poner en estado. No digo yo que los dejen escoger en cosas ruines y malas, sino que se las propongan buenas, y de las buenas, que escojan a su gusto. No sé yo el que tuvo Leandra; sólo sé que el padre nos entretuvo a entrambos con la poca edad de su hija y con palabras generales, que ni le obligaban, ni nos desobligaba tampoco. Llámase mi competidor Anselmo, y yo, Eugenio, porque vais con noticia de los nombres de las personas que en esta tragedia se contienen, cuyo fin aún está pendiente; pero bien se deja entender que ha de ser desastrado.

En esta sazón vino a nuestro pueblo un Vicente de la Rosa, hijo de un pobre labrador del mismo lugar, el cual Vicente venía de las Italias y de otras diversas partes, de ser soldado. Llevóle de nuestro lugar, siendo muchacho de hasta doce años, un capitán que con su compañía por allí acertó a pasar, y volvió el mozo de allí a otros doce, vestido a la soldadesca, pintado con mil colores, lleno de mil dijes de cristal y sutiles cadenas de acero. Hoy se ponía una gala y mañana otra, pero todas sutiles, pintadas, de poco peso y menos tomo. La gente labradora, que de suyo es maliciosa, y dándole el ocio lugar es la misma malicia, lo notó, y contó punto por punto sus galas y preseas, y halló que los vestidos eran tres, de diferentes colores, con sus ligas y medias, pero él hacía tantos guisados e invenciones dellas, que si no se los contaran, hubiera quien jurara que había hecho muestra de más de diez pares de vestidos y de más de veinte plumajes. Y no parezca impertinencia y demasía esto que de los vestidos voy contando, porque ellos hacen una buena parte en esta historia.

Sentábase en un poyo que debajo de un gran álamo está en nuestra plaza, y allí nos tenía a todos la boca abierta, pendientes de las hazañas que nos iba contando. No había tierra en todo el orbe que no hubiese visto, ni batalla donde no se hubiese hallado; había muerto más moros que tiene Marruecos y Túnez, y entrado en más singulares desafíos, según él decía, que Gante y Luna,[1] Diego García de Paredes y otros mil que nombraba y de todos había salido con victoria, sin que le hubiesen derramado una sola gota de sangre. Por otra parte, mostraba señales de heridas que, aunque no se divisaban, nos hacía entender que eran arcabuzazos dados en diferentes rencuentros y facciones. Finalmente, con una no vista arrogancia, llamaba de *vos* a sus iguales y a los mismos que le conocían,[2] y decía que su padre era su brazo, su linaje, sus obras, y que debajo de ser soldado, al mismo rey no debía nada. Añadiósele a estas arrogancias ser un poco músico y tocar una guitarra a lo rasgado, de manera que decían algunos que la hacía hablar; pero no pararon aquí sus gracias, que también la tenía de poeta, y así, de cada niñería que pasaba en el pueblo, componía un romance de legua y media de escritura.

Este soldado, pues, que aquí he pintado, este Vicente de la Rosa, este bravo, este galán, este músico, este poeta fue visto y mirado muchas veces de Leandra, desde una ventana de su casa que tenía la vista a la plaza. Enamoróla el oropel de sus vistosos trajes; encantáronla sus romances, que de cada uno que componía daba veinte traslados; llegaron a sus oídos las hazañas que él de sí mismo había referido, y, finalmente, que así el diablo lo debía de tener ordenado, ella se vino a enamorar dél, antes que en él naciese presunción de solicitalla. Y como en los casos de amor no hay ninguno que con más facilidad se cumpla que aquel que tiene de su parte el deseo de la dama, con facilidad se concertaron Leandra y Vicente, y primero que alguno de sus muchos pretendientes cayesen en la cuenta de su deseo, ya ella le tenía cumplido, habiendo dejado la casa de su querido y amado padre (que madre no la tiene) y ausentádose de la aldea con el soldado, que salió con más triunfo desta empresa que de todas las muchas que él se aplicaba.

---

[1] Juan de Gante, soldado aludido en el Canto 43 del *Carlo Famoso* (1566) de Luis Zapata, según advirtió María Soledad Carrasco Urgoiti en una «Nota a una alusión del *Quijote*,» en *Estudios sobre literatura y arte dedicados al Profesor Emilio Orozco Díaz* (Granada, Univ. de Granada, 1979), I, 241-49. Para «Luna» propone la doctora Carrasco un hidalgo, Marco Antonio Lunel, aludido en unas adiciones de Diego de Fuentes a la *Historia del capitán Don Hernando de Aualos, Marqués de Pescara*, de Pedro Vallés (Zaragoza, 1561).

[2] *vos* se usaba con inferiores o con los iguales de gran familiaridad. Lo apropiado en los casos aludidos hubiera sido *vuestra merced*.

Admiró el suceso a toda el aldea, y aun a todos los que dél noticia tuvieron; yo quedé suspenso, Anselmo atónito, el padre triste, sus parientes afrentados, solícita la justicia, los cuadrilleros listos; tomáronse los caminos, escudriñáronse los bosques y cuanto había, y al cabo de tres días hallaron a la antojadiza Leandra en una cueva de un monte, desnuda en camisa, sin muchos dineros y preciosísimas joyas que de su casa había sacado. Volviéronla a la presencia del lastimado padre; preguntáronle su desgracia; confesó sin apremio que Vicente de la Rosa la había engañado, y debajo de su palabra de ser su esposo la persuadió que dejase la casa de su padre; que él la llevaría a la más rica y más viciosa ciudad que había en todo el universo mundo, que era Nápoles, y que ella, mal advertida y peor engañada, le había creído; y, robando a su padre, se le entregó la misma noche que había faltado; y que él la llevó a un áspero monte, y la encerró en aquella cueva donde la habían hallado. Contó también como el soldado, sin quitalle su honor, le robó cuanto tenía, y la dejó en aquella cueva, y se fue: suceso que de nuevo puso en admiración a todos.

[Duro se nos] hizo de creer la continencia del mozo, pero ella lo afirmó con tantas veras, que fueron parte para que el desconsolado padre se consolase, no haciendo cuenta de las riquezas que le llevaban, pues le habían dejado a su hija con la joya que, si una vez se pierde, no deja esperanza de que jamás se cobre. El mismo día que pareció Leandra la despareció su padre de nuestros ojos, y la llevó a encerrar en un monesterio de una villa que está aquí cerca, esperando que el tiempo gaste alguna parte de la mala opinión en que su hija se puso. Los pocos años de Leandra sirvieron de disculpa de su culpa, a lo menos con aquellos que no les iba algún interés en que ella fuese mala o buena; pero los que conocían su discreción y mucho entendimiento no atribuyeron a ignorancia su pecado, sino a su desenvoltura y a la natural inclinación de las mujeres, que, por la mayor parte, suele ser desatinada y mal compuesta.

Encerrada Leandra, quedaron los ojos de Anselmo ciegos, a lo menos sin tener cosa que mirar que contento le diese; los míos en tinieblas, sin luz que a ninguna cosa de gusto les encaminase; con la ausencia de Leandra crecía nuestra tristeza, apocábase nuestra paciencia, maldecíamos las galas del soldado y abominábamos del poco recato del padre de Leandra. Finalmente, Anselmo y yo nos concertamos de dejar el aldea y venirnos a este valle, donde él, apacentando una gran cantidad de ovejas suyas propias, y yo un numeroso rebaño de cabras, también mías, pasamos la vida entre los árboles, dando vado a nuestras pasiones, o cantando juntos alabanzas o vituperios de la hermosa Leandra, o suspirando solos y a solas comunicando con el cielo nuestras querellas.

A imitación nuestra, otros muchos de los pretendientes de Leandra se han venido a estos ásperos montes usando el mismo ejercicio nuestro, y son tantos, que parece que este sitio se ha convertido en la pastoral Arcadia, según está colmo de pastores y de apriscos, y no hay parte en él donde no se oiga el nombre de la hermosa Leandra. Éste la maldice y la llama antojadiza, varia y deshonesta; aquél la condena por fácil y ligera; tal la absuelve y perdona, y tal la justicia y vitupera; uno celebra su hermosura, otro reniega de su condición, y, en fin, todos la deshonran, y todos la adoran, y de todos se estiende a tanto la locura, que hay quien se queje de desdén sin haberla jamás hablado, y aun quien se lamente y sienta la rabiosa enfermedad de los celos, que ella jamás dio a nadie, porque, como ya tengo dicho, antes se supo su pecado que su deseo. No hay hueco de peña, ni margen de arroyo, ni sombra de árbol que no esté ocupada de algún ·pastor que sus desventuras a los aires cuente; el eco repite el nombre de Leandra dondequiera que pueda formarse: *Leandra* resuenan los montes, *Leandra* murmuran los arroyos, y Leandra nos tiene a todos suspensos y encantados, esperando sin esperanza y temiendo sin saber de qué tememos.

Entre estos disparatados, el que muestra que menos y más juicio tiene es mi competidor Anselmo, el cual, teniendo tantas otras cosas de que quejarse, sólo se queja de ausencia; y al son de un rabel, que admirablemente toca, con versos donde muestra su buen entendimiento, cantando se queja. Yo sigo otro camino más fácil, y a mi parecer el más acertado, que es decir mal de la ligereza de las mujeres, de su inconstancia, de su doble trato, de sus promesas muertas, de su fe rompida, y, finalmente, del poco discurso que tienen en saber colocar sus pensamientos e intenciones que tienen. Y ésta fue la ocasión, señores, de las palabras y razones que dije a esta cabra cuando aquí llegué; que por ser hembra la tengo en poco, aunque es la mejor de todo mi apero.

Ésta es la historia que prometí contaros; si he sido en el contarla prolijo, no seré en serviros corto: cerca de aquí tengo mi majada, y en ella tengo fresca leche y muy sabrosísimo queso, con otras varias y sazonadas frutas, no menos a la vista que al gusto agradables.

Capítulo LII

De la pendencia que don Quijote tuvo con el cabrero, con la rara aventura de los diciplinantes, a quien dio felice fin a costa de su sudor

General gusto causó el cuento del cabrero a todos los que escuchado le habían; especialmente le recibió el canónigo, que con estraña curiosidad notó la manera con que le había contado, tan lejos de parecer rústico cabrero cuan cerca de mostrarse discreto cortesano; y así, dijo que había dicho muy bien el cura en decir que los montes criaban letrados. Todos se ofrecieron a Eugenio, pero el que más se mostró liberal en esto fue don Quijote, que le dijo:

—Por cierto, hermano cabrero, que si yo me hallara posibilitado de poder comenzar alguna aventura, que luego luego me pusiera en camino porque vos la tuviérades buena; que yo sacara del monesterio (donde, sin duda alguna, debe de estar contra su voluntad) a Leandra, a pesar de la abadesa y de cuantos quisieran estorbarlo, y os la pusiera en vuestras manos, para que hiciérades della a toda vuestra voluntad y talante, guardando, pero, las leyes de la caballería, que mandan que a ninguna doncella se le sea fecho desaguisado alguno; aunque yo espero en Dios Nuestro Señor que no ha de poder tanto la fuerza de un encantador malicioso, que no pueda más la de otro encantador mejor intencionado, y para entonces os prometo mi favor y ayuda, como me obliga mi profesión, que no es otra si no es favorecer a los desvalidos y menesterosos.

Miróle el cabrero, y como vio a don Quijote de tan mal pelaje y catadura, admiróse y preguntó al barbero, que cerca de sí tenía:

—Señor, ¿quién es este hombre, que tal talle tiene y de tal manera habla?

—¿Quién ha de ser —respondió el barbero— sino el famoso don Quijote de la Mancha, desfacedor de agravios, enderezador de tuertos, el amparo de las doncellas, el asombro de los gigantes y el vencedor de las batallas?

—Eso me semeja —respondió el cabrero— a lo que se lee en los libros de caballeros andantes, que hacían todo eso que de este hombre vuestra merced dice; puesto que para mí tengo, o que vuestra merced se burla, o que este gentilhombre debe de tener vacíos los aposentos de la cabeza.

—Sois un grandísimo bellaco —dijo a esta sazón don Quijote—, y vos sois el vacío y el menguado; que yo estoy más lleno que jamás lo estuvo la muy hideputa puta que os parió.

Y diciendo y hablando, arrebató de un pan que junto a sí tenía, y dio con él al cabrero en todo el rostro, con tanta furia, que le remachó las narices; mas el cabrero, que no sabía de burlas, viendo con cuántas veras le maltrataban, sin tener respeto a la alhombra, ni a los manteles, ni a todos aquellos que comiendo estaban, saltó sobre don Quijote, y asiéndole del cuello con entrambas manos, no dudara de ahogalle, si Sancho Panza no llegara en aquel punto, y le asiera por las espaldas y diera con él encima de la mesa, quebrando platos, rompiendo tazas y derramando y esparciendo cuanto en ella estaba. Don Quijote, que se vio libre, acudió a subirse sobre el cabrero, el cual, lleno de sangre el rostro, molido a coces de Sancho, andaba buscando a gatas algún cuchillo de la mesa para hacer alguna sanguinolenta venganza, pero estorbábanselo el canónigo y el cura; mas el barbero hizo de suerte que el cabrero cogió debajo de sí a don Quijote, sobre el cual llovió tanto número de mojicones, que del rostro del pobre caballero llovía tanta sangre como del suyo.

Reventaban de risa el canónigo y el cura, saltaban los cuadrilleros de gozo, zuzaban los unos y los otros, como hacen a los perros cuando en pendencia están trabados; sólo Sancho Panza se desesperaba, porque no se podía desasir de un criado del canónigo, que le estorbaba que a su amo no ayudase.

En resolución, estando todos en regocijo y fiesta, sino los dos aporreantes que se carpían,[1] oyeron el son de una trompeta,

---

[1] se carpían, se arañaban.

tan triste, que les hizo volver los rostros hacia donde les pareció que sonaba; pero el que más se alborotó de oírle fue don Quijote, el cual, aunque estaba debajo del cabrero, harto contra su voluntad y más que medianamente molido, le dijo:

—Hermano demonio, que no es posible que dejes de serlo, pues has tenido valor y fuerzas para sujetar las mías, ruégote que hagamos treguas, no más de por una hora, porque el doloroso son de aquella trompeta que a nuestros oídos llega me parece que a alguna nueva aventura me llama.

El cabrero, que ya estaba cansado de moler y ser molido, le dejó luego, y don Quijote se puso en pie, volviendo asimismo el rostro adonde el son se oía, y vio a deshora que por un recuesto bajaban muchos hombres vestidos de blanco, a modo de diciplinantes.

Era el caso que aquel año habían las nubes negado su rocío a la tierra, y por todos los lugares de aquella comarca se hacían procesiones, rogativas y diciplinas, pidiendo a Dios abriese las manos de su misericordia y les lloviese; y para este efecto la gente de una aldea que allí junto estaba venía en procesión a una devota ermita que en un recuesto de aquel valle había.

Don Quijote, que vio los estraños trajes de los diciplinantes, sin pasarle por la memoria las muchas veces que los había de haber visto, se imaginó que era cosa de aventura, y que a él solo tocaba, como a caballero andante, el acometerla; y confirmóle más esta imaginación pensar que una imagen que traían cubierta de luto fuese alguna principal señora que llevaban por fuerza aquellos follones y descomedidos malandrines, y como esto le cayó en las mientes, con gran ligereza arremetió a Rocinante, que paciendo andaba, quitándole del arzón el freno y el adarga, y en un punto le enfrenó, y pidiendo a Sancho su espada, subió sobre Rocinante y embrazó su adarga, y dijo en alta voz a todos los que presentes estaban:

—Agora, valerosa compañía, veredes cuánto importa que haya en el mundo caballeros que profesen la orden de la andante caballería; agora digo que veredes, en la libertad de aquella buena señora que allí va cautiva, si se han de estimar los caballeros andantes.

Y en diciendo esto, apretó los muslos a Rocinante, porque espuelas no las tenía, y a todo galope, porque carrera tirada no se lee en toda esta verdadera historia que jamás la diese Rocinante, se fue a encontrar con los diciplinantes, bien que fueran el cura y el canónigo y barbero a detenelle; mas no les fue posible, ni menos le detuvieron las voces que Sancho le daba, diciendo:

—¿Adónde va, señor don Quijote? ¿Qué demonios lleva en el pecho, que le incitan a ir contra nuestra fe católica? Advierta, mal haya yo, que aquélla es procesión de diciplinantes, y que aquella señora que llevan sobre la peana es la imagen benditísima de la Virgen sin mancilla; mire, señor, lo que hace, que por esta vez se puede decir que no es lo que sabe.

Fatigóse en vano Sancho, porque su amo iba tan puesto en llegar a los ensabanados y en librar a la señora enlutada, que no oyó palabra; y aunque la oyera, no volviera, si el rey se lo mandara. Llegó, pues, a la procesión, y paró a Rocinante, que ya llevaba deseo de quietarse un poco, y con turbada y ronca voz, dijo:

—Vosotros, que, quizá por no ser buenos, os encubrís los rostros, atended y escuchad lo que deciros quiero.

Los primeros que se detuvieron fueron los que la imagen llevaban, y uno de los cuatro clérigos que cantaban las ledanías, viendo la estraña catadura de don Quijote, la flaqueza de Rocinante y otras circunstancias de risa que notó y descubrió en don Quijote, le respondió diciendo:

—Señor hermano, si nos quiere decir algo, dígalo presto, porque se van estos hermanos abriendo las carnes, y no podemos, ni es razón que nos detengamos a oír cosa alguna, si ya no es tan breve, que en dos palabras se diga.

—En una lo diré —replicó don Quijote—, y es ésta: que luego al punto dejéis libre a esa hermosa señora, cuyas lágrimas y triste semblante dan claras muestras que la lleváis contra su voluntad y que algún notorio desaguisado le habedes fecho; y yo, que nací en el mundo para desfacer semejantes agravios, no consentiré que un solo paso adelante pase sin darle la deseada libertad que merece.

En estas razones, cayeron todos los que las oyeron que don Quijote debía de ser algún hombre loco, y tomáronse a reír muy de gana, cuya risa fue poner pólvora a la cólera de don Quijote, porque sin decir más palabra, sacando la espada, arremetió a las andas. Uno de aquellos que las llevaban, dejando la carga a sus compañeros, salió al encuentro de don Quijote, enarbolando una horquilla o bastón con que sustentaba las andas en tanto que descansaba; y recibiendo en ella una gran cuchillada que le tiró don Quijote, con que se la hizo dos partes, con el último tercio, que le quedó en la mano, dio tal golpe a don Quijote encima de un hombro, por el mismo lado de la espada, que no pudo cubrir el adarga contra villana fuerza, que el pobre don Quijote vino al suelo muy mal parado.

Sancho Panza, que jadeando le iba a los alcances, viéndole caído, dio voces a su moledor que no le diese otro palo, porque era un pobre caballero encantado, que no había hecho mal a nadie en todos los días de su vida. Mas lo que detuvo al villano no fueron las voces de Sancho, sino el ver que don Quijote no bullía pie ni mano; y así, creyendo que le había muerto, con priesa se alzó la túnica a la cinta, y dio a huir por la campaña como un gamo.

Ya en esto llegaron todos los de la compañía de don Quijote adonde él estaba; y más los de la procesión, que los vieron venir corriendo, y con ellos los cuadrilleros con sus ballestas, temieron algún mal suceso, e hiciéronse todos un remolino alrededor de la imagen, y alzados los capirotes, empuñando las diciplinas, y los clérigos los ciriales, esperaban el asalto con determinación de defenderse, y aun ofender, si pudiesen, a sus acometedores; pero la fortuna lo hizo mejor que se pensaba, porque Sancho no hizo otra cosa que arrojarse sobre el cuerpo de su señor, haciendo sobre él el más doloroso y risueño[2] llanto del mundo, creyendo que estaba muerto.

El cura fue conocido de otro cura que en la procesión venía, cuyo conocimiento puso en sosiego el concebido temor de los dos escuadrones. El primer cura dio al segundo, en dos razones, cuenta de quién era don Quijote, y así él como toda la turba de los diciplinantes fueron a ver si estaba muerto el pobre caballero, y oyeron que Sancho Panza, con lágrimas en los ojos, decía:

—¡Oh flor de la caballería, que con solo un garrotazo acabaste la carrera de tus bien gastados años! ¡Oh honra de tu linaje, honor y gloria de toda la Mancha, y aun de todo el mundo, el cual faltando tú en él, quedará lleno de malhechores, sin temor de ser castigados de sus malas fechorías! ¡Oh liberal sobre todos los Alejandros, pues por solos ocho meses de servicio me tenías dada la mejor ínsula que el mar ciñe y rodea![3] ¡Oh humilde con los soberbios y arrogante con los humildes,[4] acometedor de peligros, sufridor de afrentas, enamorado sin causa, imitador de los buenos, azote de los malos, enemigo de los ruines, en fin, caballero andante, que es todo lo que decir se puede!

Con las voces y gemidos de Sancho revivió don Quijote, y la primer palabra que dijo fue:

---

[2] *risueño*, provocante a risa.
[3] Según el plan cronológico que hizo Vicente de los Ríos, hace diecisiete días que le sirve (Riquer).
[4] Sancho ha invertido los términos.

—El que de vos vive ausente, dulcísima Dulcinea, a mayores miserias que éstas está sujeto. Ayúdame, Sancho amigo, a ponerme sobre el carro encantado; que ya no estoy para oprimir la silla de Rocinante, porque tengo todo este hombro hecho pedazos.

—Eso haré yo de muy buena gana, señor mío —respondió Sancho—, y volvamos a mi aldea en compañía destos señores, que su bien desean, y allí daremos orden de hacer otra salida que nos sea de más provecho y fama.

—Bien dices, Sancho —respondió don Quijote—, y será gran prudencia dejar pasar el mal influjo de las estrellas que agora corre.

El canónigo y el cura y barbero le dijeron que haría muy bien en hacer lo que decía; y así, habiendo recibido grande gusto de las simplicidades de Sancho Panza, pusieron a don Quijote en el carro, como antes venía. La procesión volvió a ordenarse y a proseguir su camino. El cabrero se despidió de todos. Los cuadrilleros no quisieron pasar adelante, y el cura les pagó lo que se les debía. El canónigo pidió al cura le avisase el suceso de don Quijote, si sanaba de su locura o si proseguía en ella, y con esto tomó licencia para seguir su viaje.

En fin, todos se dividieron y apartaron, quedando solos el cura y barbero, don Quijote y Panza y el bueno de Rocinante, que a todo lo que había visto estaba con tanta paciencia como su amo. El boyero unció sus bueyes y acomodó a don Quijote sobre un haz de heno, y con su acostumbrada flema siguió el camino que el cura quiso, y a cabo de seis días llegaron a la aldea de don Quijote, adonde entraron en la mitad del día, que acertó a ser domingo, y la gente estaba toda en la plaza, por mitad de la cual atravesó el carro de don Quijote. Acudieron todos a ver lo que en el carro venía, y cuando conocieron a su compatrioto, quedaron maravillados, y un muchacho acudió corriendo a dar las nuevas a su ama y a su sobrina de que su tío y su señor venía flaco y amarillo, y tendido sobre un montón de heno y sobre un carro de bueyes. Cosa de lástima fue oír los gritos que las dos buenas señoras alzaron, las bofetadas que se dieron, las maldiciones que de nuevo echaron a los malditos libros de caballerías; todo lo cual se renovó cuando vieron entrar a don Quijote por sus puertas.

A las nuevas desta venida de don Quijote, acudió la mujer de Sancho Panza, que ya había sabido que había ido con él sirviéndole de escudero, y así como vio a Sancho, lo primero que le preguntó fue que si venía bueno el asno. Sancho respondió que venía mejor que su amo.

—Gracias sean dadas a Dios —replicó ella—, que tanto bien me ha hecho; pero contadme agora, amigo: ¿Qué bien habéis sacado de vuestras escuderías? ¿Qué saboyana[5] me traéis a mí? ¿Qué zapaticos a vuestros hijos?

—No traigo nada deso —dijo Sancho—, mujer mía, aunque traigo otras cosas de más momento y consideración.

—Deso recibo yo mucho gusto —respondió la mujer—; mostradme esas cosas de más consideración y más momento, amigo mío; que las quiero ver, para que se me alegre este corazón, que tan triste y descontento ha estado en todos los siglos de vuestra ausencia.

—En casa os las mostraré, mujer —dijo Panza—, y por agora estad contenta, que siendo Dios servido de que otra vez salgamos en viaje a buscar aventuras, vos me veréis presto conde, o gobernador de una ínsula, y no de las de por ahí, sino la mejor que pueda hallarse.

—Quiéralo así el cielo, marido mío; que bien lo habemos menester. Mas decidme: ¿Qué es eso de ínsulas, que no lo entiendo?

—No es la miel para la boca del asno —respondió Sancho—; a su tiempo lo verás, mujer, y aun te admirarás de oírte llamar señoría de todos tus vasallos.

—¿Qué es lo que decís, Sancho, de señorías, ínsulas y vasallos? —respondió Juana Panza, que así se llamaba la mujer de Sancho, aunque no eran parientes, sino porque se usa en la Mancha tomar las mujeres el apellido de sus maridos.

—No te acucies, Juana, por saber todo esto tan apriesa; basta que te digo verdad, y cose la boca. Sólo te sabré decir, así de paso, que no hay cosa más gustosa en el mundo que ser un hombre honrado escudero de un caballero andante buscador de aventuras. Bien es verdad que las más que se hallan no salen tan a gusto como el hombre querría, porque de ciento que se encuentran, las noventa y nueve suelen salir aviesas y torcidas. Sélo yo de experiencia, porque de algunas he salido manteado, y de otras molido. Pero, con todo eso, es linda cosa esperar los sucesos atravesando montes, escudriñando selvas, pisando peñas, visitando castillos,[6] alojando en ventas a toda discreción, sin pagar ofrecido sea al diablo el maravedí.

---

[5] *saboyana*, saya abierta por delante.
[6] *visitando castillos:* hasta ahora habían sido ventas para Sancho.

Todas estas pláticas pasaron entre Sancho Panza y Juana Panza, su mujer, en tanto que el ama y sobrina de don Quijote le recibieron, y le desnudaron, y le tendieron en su antiguo lecho. Mirábalas él con ojos atravesados, y no acababa de entender en qué parte estaba. El cura encargó a la sobrina tuviese gran cuenta con regalar a su tío, y que estuviesen alerta de que otra vez no se les escapase, contando lo que había sido menester para traelle a su casa. Aquí alzaron las dos de nuevo los gritos al cielo; allí se renovaron las maldiciones de los libros de caballerías; allí pidieron al cielo que confundiese en el centro del abismo a los autores de tantas mentiras y disparates. Finalmente, ellas quedaron confusas y temerosas de que se habían de ver sin su amo y tío en el mesmo punto que tuviese alguna mejoría, y sí fue como ellas se lo imaginaron.

Pero el autor desta historia, puesto que con curiosidad y diligencia ha buscado los hechos que don Quijote hizo en su tercera salida, no ha podido hallar noticia de ellas, a lo menos por escrituras auténticas; sólo la fama ha guardado, en las memorias de la Mancha, que don Quijote la tercera vez que salió de su casa fue a Zaragoza,[7] donde se halló en unas famosas justas que en aquella ciudad hicieron, y allí le pasaron cosas dignas de su valor y buen entendimiento. Ni de su fin y acabamiento pudo alcanzar cosa alguna, ni la alcanzara ni supiera si la buena suerte no le deparara un antiguo médico que tenía en su poder una caja de plomo, que, según él dijo, se había hallado en los cimientos derribados de una antigua ermita que se renovaba. En la cual caja se habían hallado unos pergaminos escritos con letras góticas, pero en versos castellanos, que contenían muchas de sus hazañas y daban noticia de la hermosura de Dulcinea del Toboso, de la figura de Rocinante, de la fidelidad de Sancho Panza y de la sepultura del mesmo don Quijote, con diferentes epitafios y elogios de su vida y costumbres.[8]

---

[7] No llega don Quijote a Zaragoza en la Segunda Parte, por desmentir a Avellaneda, que había llevado allí a su don Quijote.

[8] Con estos «pergaminos» Cervantes parece aludir al prólogo del *Amadís*, donde se cuenta que el libro de las *Sergas de Esplandián* «pareció en una tumba de piedra que debajo de la tierra en una ermita cerca de Constantinopla fue hallada, y traído por un húngaro mercader a estas partes de España, en la letra y pergamino tan antiguo, que con mucho trabajo se pudo leer por aquellos que la letra sabían.» La falta de concordancia cronológica con la carrera entonces reciente de don Quijote está en consonancia con la burla de las novelas de caballerías con que termina esta Primera Parte. Castro (1971) asocia la caja de plomo y los pergaminos con unos documentos apócrifos descubiertos a fines del siglo XVI en el Sacro Monte de Granada.

Y los que se pudieron leer y sacar en limpio fueron los que aquí pone el fidedigno autor desta nueva y jamás vista historia. El cual autor no pide a los que la leyeren, en premio del inmenso trabajo que le costó inquerir y buscar todos los archivos manchegos, por sacarla a luz, sino que le den el mesmo crédito que suelen dar los discretos a los libros de caballerías, que tan validos andan en el mundo; que con esto se tendrá por bien pagado y satisfecho, y se animará a sacar y buscar otras, si no tan verdaderas, a lo menos de tanta invención y pasatiempo.

Las palabras primeras que estaban escritas en el pergamino que se halló en la caja de plomo eran éstas:

LOS ACADÉMICOS DE LA ARGAMASILLA, LUGAR DE LA MANCHA, EN VIDA Y MUERTE DEL VALEROSO DON QUIJOTE DE LA MANCHA

HOC SCRIPSERUNT

El Monicongo,[9] **académico de la Argamasilla, a la sepultura de don Quijote**

Epitafio

El calvatrueno[10] que adornó a la Mancha
de más despojos que Jasón de Creta,
el juicio que tuvo la veleta
aguda donde fuera mejor ancha,
    el brazo que su fuerza tanto ensancha,
que llegó del Catay hasta Gaeta,
la musa más horrenda y más discreta
que grabó versos en broncínea plancha,
    el que a cola dejó los Amadises,
y en muy poquito a Galaores tuvo,
estribando en su amor y bizarría,
    el que hizo callar los Belianises,
aquel que en Rocinante errando anduvo,
yace debajo desta losa fría.

---

⁹ *monicongo*, negro del Congo.
¹⁰ *calvatrueno*, loco.

Del Paniaguado, académico de la Argamasilla,
In Laudem Dulcineae del Toboso

Soneto

Esta que veis de rostro amondongado,
alta de pechos y ademán brioso,
es Dulcinea, reina del Toboso,
de quien fue el gran Quijote aficionado.

Pisó por ella el uno y otro lado
de la gran Sierra Negra,[11] y el famoso
campo de Montïel, hasta el herboso
llano de Aranjuez, a pie y cansado.

Culpa de Rocinante. ¡Oh dura estrella!,
que esta manchega dama, y este invicto
andante caballero, en tiernos años,

ella dejó, muriendo, de ser bella,
y él, aunque queda en mármores escrito,
no pudo huir de amor, iras y engaños.

Del Caprichoso, discretísimo académico de la Argamasilla, en loor de Rocinante, caballo de don Quijote de la Mancha

Soneto

En el soberbio trono diamantino
que con sangrientas plantas huella Marte,
frenético el Manchego su estandarte
tremola con esfuerzo peregrino.

Cuelga las armas y el acero fino
con que destroza, asuela, raja y parte:
¡Nuevas proezas!, pero inventa el arte
un nuevo estilo al nuevo paladino.

Y si de su Amadís se precia Gaula,
por cuyos bravos descendientes Grecia
triunfó mil veces y su fama ensancha,

hoy a Quijote le corona el aula
do Belona[12] preside, y dél se precia,

---

[11] Sierra Morena.
[12] *Belona*, diosa de la guerra, hija de Marte.

más que Grecia ni Gaula, la alta Mancha.
Nunca sus glorias el olvido mancha,
pues hasta Rocinante, en ser gallardo,
excede a Brilladoro y a Bayardo. [13]

Del Burlador, académico argamasillesco, a Sancho Panza

Soneto

Sancho Panza es aquéste, en cuerpo chico,
pero grande en valor, ¡milagro estraño!
Escudero el más simple y sin engaño
que tuvo el mundo, os juro y certifico.
  De ser conde, no estuvo en un tantico,
si no se conjuraran en su daño
insolencias y agravios del tacaño
siglo, que aun no perdonan a un borrico.
  Sobre él anduvo (con perdón se miente)
este manso escudero, tras el manso
caballo Rocinante y tras su dueño.
  ¡Oh vanas esperanzas de la gente!
¡Cómo pasáis con prometer descanso,
y al fin paráis en sombra, en humo, en sueño!

Del Cachidiablo, [14] académico de la Argamasilla, en la sepultura de don Quijote

Epitafio

Aquí yace el caballero
bien molido y mal andante
a quien llevó Rocinante
por uno y otro sendero.
Sancho Panza el majadero
yace también junto a él,
escudero el más fiel
que vio el trato de escudero.

---

[13] Caballos de Orlando y Reinaldos de Montalbán.
[14] *Cachidiablo*, corsario turco de la época de Carlos V.

594

Del Tiquitoc, académico de la Argamasilla, en la sepultura de Dulcinea del Toboso

Epitafio

Reposa aquí Dulcinea;
y, aunque de carnes rolliza,
la volvió en polvo y ceniza
la muerte espantable y fea.
    Fue de castiza ralea,
y tuvo asomos de dama;
del gran Quijote fue llama,
y fue gloria de su aldea.

Éstos fueron los versos que se pudieron leer; los demás, por estar carcomida la letra, se entregaron a un académico para que por conjeturas los declarase. Tiénese noticia que lo ha hecho, a costa de muchas vigilias y mucho trabajo, y que tiene intención de sacallos a luz, con esperanza de la tercera salida de don Quijote.

Forsi altro canterà con miglior plectio [15]

Finis

---

[15] Verso del *Orlando furioso* de Ariosto:

Forse altri canterá con miglior plettro
Canto XXX, 16.

Índice

---

[1] Se reproduce a continuación la Tabla de la *princeps*, que introduce unas ligeras modificaciones en los epígrafes.

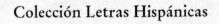
Colección Letras Hispánicas